布鲁克林有棵树

[美] 贝蒂·史密斯 著

陈伯雨　廖昌秀　译

中国华侨出版社

·北京·

图书在版编目（CIP）数据

布鲁克林有棵树 /（美）贝蒂·史密斯著 ；陈伯雨，
廖昌秀译 . -- 北京 : 中国华侨出版社，2024.9
ISBN 978-7-5113-9221-3

Ⅰ . ①布… Ⅱ . ①贝… ②陈… ③廖… Ⅲ . ①长篇小
说—美国—现代 Ⅳ . ① I712.45

中国国家版本馆 CIP 数据核字（2024）第 024664 号

布鲁克林有棵树

著　　者：［美］贝蒂·史密斯
译　　者：陈伯雨　廖昌秀
责任编辑：刘晓燕
封面设计：冬　凡
美术编辑：闫振波
经　　销：新华书店
开　　本：880mm×1230mm　1/32 开　印张：18　字数：350 千字
印　　刷：三河市燕春印务有限公司
版　　次：2024 年 9 月第 1 版
印　　次：2024 年 9 月第 1 次印刷
书　　号：ISBN 978-7-5113-9221-3
定　　价：68.00 元

中国华侨出版社　北京市朝阳区西坝河东里 77 号楼底商 5 号　邮编：100028
发 行 部：（010）88893001　　　传　真：（010）62707370

如果发现印装质量问题，影响阅读，请与印刷厂联系调换。

前　言

　　《布鲁克林有棵树》是美国作家贝蒂·史密斯（Betty Smith）的一部经典之作，以其深刻的人物描写和情感共鸣而备受读者喜爱。本书于1943年首次出版，自那时以来一直在文学领域保持着卓越的地位。在这部小说中，史密斯通过一棵坚韧的"树"和一位坚强的女主人公的故事，向读者展示了关于家庭、生活和成长的深刻见解。

　　"布鲁克林有棵树"这个书名就直截了当地传达了故事的背景。布鲁克林是美国纽约市五个行政区之一，与曼哈顿隔河相望，是一个拥有丰富的文化遗产的多元化社区，它象征着机会、挑战和多元文化，而树则代表了生命的顽强和不屈。这棵树伴随主人公弗兰茜·诺兰成长，见证了她一家人的人生起伏。通过树这个象征，贝蒂·史密斯传达了一个关于生命和家庭的深沉信息，表达了对生活种种经历的思考。

　　故事的主人公弗兰茜·诺兰是一个非常引人注目的文学形象。她从小就在布鲁克林的贫民区长大，但在逆境中展现出惊人的坚韧和智慧。她的成长过程是本书最感人之处，贝蒂·史密斯以她的视角展现了一个女性的坚强和对生活的独特见解。弗兰茜·诺兰的形象并非完美，她有着自己的矛盾和挣扎，正是这些真实而丰富的情感，使得她成为读者心中的亲密伙伴。通过细致入微的描写，贝蒂·史密斯成功地将主人公的内心世界展现得淋漓尽致，让读者在她的喜悦和痛苦中与之共鸣。

　　此外，小说中的家庭元素也是一大亮点。弗兰茜·诺兰的家庭虽然贫困，但充满了爱和温情。家庭成员间的相互关心和支持成为弗兰茜·诺兰成长的力量之源。贝蒂·史密斯通过描绘这个平凡而温馨的家庭，传递了对家庭价值的深刻理解，呼唤读者对家人之间情感的关注和珍惜。这种家庭的温暖在小说中扮演着至关重要的角色，为整个故事增色不少，也使得读者更能投入主人公的世界中。

《布鲁克林有棵树》在文学历史上也占据了一席之地，被认为是描写 20 世纪美国城市生活的经典之作。贝蒂·史密斯以其独特的叙述方式和对人性的敏锐洞察，为读者呈现了一个真实而感人的故事。她通过小说中的细节和情节，反映了那个时代社会的方方面面，使作品具有时代感和历史深度。

此外，整部作品突出了对梦想和追求的探讨。弗兰茜·诺兰虽然生活在困境中，但她从不放弃对美好未来的追求。通过她的努力和勇气，贝蒂·史密斯表达了一种对梦想的坚定信仰，为读者展示了在逆境中如何保持对生活的热爱和信心。

在文学的长河中，《布鲁克林有棵树》如同一颗耀眼的明星，散发着独特的光芒。它不仅是一部作品，更是一次关于人性、生命和梦想的深刻探讨。作品所富有的深度和温情，打动了无数读者的心灵。贝蒂·史密斯以其卓越的写作才华和对人性的深刻洞察，创造了一个永恒的文学经典，产生了深远的文学影响。

在阅读的过程中，我们不仅是倾听一个女孩的成长故事，更是感知一个时代的脉搏，思考生活的真谛。

目　录

第一卷

第一章

　　"宁静"可以用来形容纽约布鲁克林①，特别是 1912 年的夏天。虽然"寂静"更准确，但对其中的威廉斯堡②社区并不适用。大草原③的可爱，雪伦多亚④的空灵，这些词都不适合布鲁克林，唯有"宁静"最为贴切，尤其是夏天的一个星期六下午。

　　傍晚时分，夕阳照到弗兰茜·诺兰家长满青苔的院子里，为破旧的木栅栏镀上了一层暖意。这种感觉如此美好，仿佛

---

① 布鲁克林（Brooklyn）：美国纽约市五个行政区之一。它位于长岛西端，与曼哈顿隔东河（East River）相望。拥有丰富的文化遗产和多元化的社区，是一个充满活力和创新精神的地方。
② 威廉斯堡（Williamsburg）：是美国纽约市布鲁克林的一个社区，位于东河的东岸，与曼哈顿岛一水之隔。该地区以其独特的文化氛围、创意产业、艺术家社区和历史建筑而闻名。
③ 大草原（Prairie）：指的是美国中西部的广袤草原区域，包括了诸如科罗拉多州、肯塔基州、密苏里州、内布拉斯加州、北达科他州、俄克拉荷马州、南达科他州、堪萨斯州、爱荷华州、明尼苏达州、密歇根州、蒙大拿州、威斯康星州等州的部分地区。这些草原广阔而肥沃，是美国农业的重要产区之一。
④ 雪伦多亚（Shenandoah）：指美国弗吉尼亚州的雪伦多亚河谷地区，该地区是一个从北到南约 200 英里的山谷和平原地带，被阿巴拉契亚山脉和蓝岭山脉包围。雪伦多亚河谷地区因其壮观的山脉风光、历史遗迹、文化活动和户外娱乐而闻名。此外，雪伦多亚也是一个美国国家公园的名称，位于弗吉尼亚州和佐治亚州之间，它是蓝岭山脉最著名的景点之一，以其壮观的自然景观、丰富的野生动植物和徒步旅行路线而闻名。

让人回到了和朋友们在学校背诗的青葱时光。那首诗①是这样念的：

> 这里是原始森林。
> 松树和铁杉喃喃细语，
> 苔藓恰似胡须，身披绿衣，
> 在暮色中身影朦胧，
> 矗立如远古的德鲁伊②。

弗兰茜院子里的那棵树既不是松树，也不是铁杉，有些人叫它天堂树。它绿色的枝条上长着尖尖的叶子，枝条从树干向四周发散，看起来像无数撑开的绿伞。它的种子无论落在哪里，都能长出一棵树苗来，然后向着蓝天茁壮成长。这种树生长的地方四周多是栅栏，还有无人留意的垃圾堆，它是唯一能从水泥地里长出来的树。尽管它能长得枝繁叶茂，却只在穷人住的地方生根。

要是你在一个星期日的下午散步，走到一个漂亮又精致的社区，透过某户人家院子的铁门缝，看到一棵这样的小树时，那么那一带很快就会变成穷人的聚居地了。这棵树全知

---

① 下面这首诗出自美国诗人亨利·沃兹沃斯·朗费罗（Henry Wadsworth Longfellow）所写的一首叙事诗，原诗的题目是《伊文捷琳：阿卡迪尔的传说》（*Evangeline: A Tale of Acadie*），讲述了一个发生在法国殖民地阿卡迪尔的悲剧故事。这首诗强调了人类的命运和悲剧，但也表现了爱情和坚韧。它描绘了阿卡迪尔人民在面对逆境时的勇气、毅力和忍耐。这首诗被认为是朗费罗的代表作之一，具有深远的文化意义。

② 矗立如远古的德鲁伊（Stand like Druids of eld）：德鲁伊是古代凯尔特部落的神职人员，他们被认为是具有神秘力量的人物，因此他们的形象经常出现在诗歌和文学作品中。在这里，"矗立如远古的德鲁伊"意味着在面对困境或挑战时，我们应该像勇敢的德鲁伊一样，用力量和智慧，直面困难并克服它们。

道，因为它会先打个前站。要不了多久，就会有一些贫穷的外国人溜进来，他们把原本破旧的褐砂石房子改成公寓，再把羽毛床垫推到窗台上晾晒，天堂树也在这里蓬勃生长。这种树就是这样，它喜欢穷人。

弗兰茜的院子里就有一棵天堂树，树上的"绿伞"卷曲过来，把屋外三楼防火梯都包围起来。年仅十一岁的弗兰茜坐在防火梯上，想象自己生活在一棵树上。夏天的每个星期六下午，她都是这么想的。

哦，布鲁克林的星期六多么美好，这里的任何地方都是那么美好！人们能在星期六领工资，跟星期天一样享受着假日，又不用像星期天那样遵守教会的清规戒律。大家有钱出门买东西，可以饱餐一顿，可以喝得酩酊大醉，可以去赴约，可以与爱人缠绵，可以纵情地歌舞，甚至可以和别人打一架，因为第二天他们可以自由自在地睡个懒觉——最迟能睡到第二场弥撒之前。

星期天，大多数人挤着去做上午十一点的弥撒，也有少数人去做早上六点的那场弥撒。这些早起的人得到了大家的称赞，但事实并非如此，他们只是在外面熬了一个通宵，想要回家时已经天亮了。所以，他们大清早便去做弥撒，等弥撒结束后再回家，然后安安心心地睡上一整天。

对弗兰茜来说，星期六睁眼第一件事就是去废品回收站。弗兰茜和弟弟尼利，跟其他布鲁克林的孩子一样，捡些破布、纸张、金属、橡胶等破烂，要么囤在上锁的地窖箱子里，要么藏在床下的盒子里。从星期一到星期五，每次放学回家的路上，弗兰茜都会走得很慢，眼睛盯着排水沟，搜寻香烟包装或口香糖包装上的锡箔纸，这东西要放在瓶盖里熔化后才能拿去卖，回收站不收没有熔化过的锡箔纸，因为有很多孩子会把铁垫圈偷放在里面来增加重量。有时候，尼利捡到一个苏打水瓶，弗兰茜会帮他把上面的金属瓶盖砸开，然后熔化出里面的铅来。回收站不愿意回收完整的瓶盖，因为苏打水公司可能会找麻烦。苏打水瓶盖可是个好东西，熔化后能卖五分钱[1]。

因为妈妈是附近三栋房子的清洁工，所以弗兰茜和尼利有一项"特权"——可以随意进出这些房子的地下室。每晚他们都会来，把当天升降机上住户扔的垃圾全倒出来，把废纸、破布和能回收的瓶子都拿走。纸张不值钱，十磅[2]才卖一分钱，破布一磅卖两分，铁一磅卖四分，最值钱的是铜，一磅能卖十分。幸运时，弗兰茜会捡到废弃的洗衣锅[3]的锅底。她会用开罐器将它撬下来，再反复折叠、捶打。

星期六上午九点刚过，卖破烂的孩子们就从大街小巷冒出来，涌向主路曼哈顿大道。他们沿着曼哈顿大道，慢悠悠地走着，前往斯科尔斯街。他们有的怀里抱着破烂，有的推着大号木制肥皂盒加装木轮后做成的小车，还有几个推着满载着"宝贝"的婴儿车。

弗兰茜和尼利则将破烂装进麻袋里，一人拎一个角，在地上拖着走。去往卡尼经营的回收站的路上，会经过莫伊尔

---

① 本书涉及的所有货币均为美国货币单位。
② 1磅约等于453.59克。
③ 洗衣锅：指的是一种用于洗涤衣物的器具。它通常由金属制成，形状类似于大桶或大盆，有时还带有手柄或脚架，便于移动或放置在火炉上加热水。它被广泛用于过去的洗涤方式中，特别是在没有现代化洗衣机的时代，人们会把衣物放在里面，加入水和洗涤剂，然后用手或工具搅动来清洗衣物。

街、坦艾克街、斯塔格街，这些光鲜亮丽的名字①背后，其实都是一些简陋破败的街道。每条小巷都会钻出几个捡破烂的小孩，他们会加入浩浩荡荡的捡破烂大军。在去往回收站的路上，他们遇到了双手空空折返的其他小孩。这些孩子已经卖掉了自己的破烂，同时钱也花得一分不剩了。此刻，他们正得意扬扬地往回走，还时不时神气十足地嘲笑起其他小孩。

"捡破烂的，捡破烂的！"

听到嘲笑声，弗兰茜脸涨得通红。其实她知道这些小孩也是捡破烂的，她还知道弟弟和他的小伙伴们一会儿也会这样干——两手空空，大摇大摆，神气十足地嘲笑后来的人。想到这里，她就觉得无地自容。

卡尼的回收站在一个摇摇欲坠的马棚里，转过街角就能看到。回收站的两扇大门被钩子钩住，敞开着，看起来很友好。回收站里平平无奇的磅秤指针不知怎的晃了一下，弗兰茜想象那是对自己的欢迎。卡尼就在磅秤旁，他的头发、眼睛、胡须都好像铁锈一样的颜色。比起男孩，卡尼更喜欢女孩一些。他会伸手捏女孩的脸蛋，如果女孩不反抗的话，他会多给一分钱。

为多拿这一分钱，尼利主动靠边站，让弗兰茜一个人把麻袋拖进马棚。卡尼跨到弗兰茜面前，把袋子里的破烂全倒出来，先在弗兰茜脸上捏了一把，然后才将这些东西堆上磅秤。等待时，弗兰茜尽量调整，让自己适应这里阴暗的光线，

---

① 这三条街道的名字都来源于荷兰殖民时期纽约的开拓者和建筑师。在荷兰语中，"Maujer"是一种常见的荷兰姓氏。"Ten Eyck"则是一个姓氏，意为"在角落里"。而"Stagg"是指一个人名或者姓氏，也许来源于荷兰语的"Stag"，意为"鹿"。因此，这些街道名字的美丽并不是因为名称本身有什么特别的含义，而是因为它们反映了纽约历史和文化遗产中的一部分，向我们展示了荷兰移民对这座城市的贡献和影响。

还有空气中的苔藓味和破布的臭味。卡尼瞥了一下磅秤的指针，说了一个价钱。弗兰茜知道这里不能讨价还价，只能答应。卡尼把磅秤上的废纸、破布、金属分拣出来，再扔到不同的地方。忙完后，才从口袋里掏出一个用蜡线拴着的旧皮袋，从里面翻出几枚硬币来。这些硬币都生锈发绿了，和地上那些破烂没什么两样。弗兰茜怯生生地说了句："谢谢您。"卡尼看向她，狠狠地捏了一下她的脸蛋。弗兰茜绷直身体，不敢动弹。卡尼满意地笑了，多给了她一分钱。随后，卡尼大声朝下一个排队的男孩喊道：

"来吧，把铅拿出来。"卡尼笑着说道，"可不是拿破烂出来哈。"

孩子们十分配合地笑起来，那声音像迷路羔羊在咩咩叫。不过，卡尼看起来心情不错。

弗兰茜走了出去，跟尼利汇报："他给了我十六分，外加捏脸的一分。"

"那一分钱归你。"尼利说。这是他们之间很早就有的约定。

弗兰茜将一分钱揣进裙子口袋，然后把剩下的钱交给尼利。尽管尼利十岁，比弗兰茜还小一岁，但他是男孩，所以钱的事都归他管。尼利小心翼翼地将剩下的硬币分配好。

"八分放进储蓄罐里，剩下的咱们一人一半。"弗兰茜和尼利约好了，不管他们在哪儿挣到钱，都要拿出一半存到储蓄罐里。这个储蓄罐是锡做成的罐子，钉在他们衣柜最隐蔽的角落里。

弗兰茜把该存进储蓄罐的钱用手帕包好，还打上一个结。她看着属于自己的五枚硬币，心想太好了，它们可以凑成一个五分硬币。

尼利把装破烂的麻袋卷起来，夹在胳膊下，挤进了旁边的查理平价糖果店。这家店紧挨着卡尼的回收站，是专门为了这些捡破烂的小孩开的。一过星期六，查理商店里的钱柜都会装满生锈发绿的硬币。大家都默认，这家店只有男孩能进去。所以，弗兰茜便在门口等尼利。

这群卖破烂的男孩，八岁到十四岁不等，他们穿着松垮的灯笼裤，头上顶着破帽子，纤瘦的肩膀向前佝偻着，手都插在口袋里，就这样围在一起。待长大后，他们也会像这样聚在其他地方。不同的是，到时候他们嘴里会叼一根香烟，随着说话，香烟会上下起伏。

孩子们紧张地左顾右盼，他们瘦削的脸庞一会儿朝向查理，一会儿转向同伴，过了一会儿又转回查理。夏天就快来了，有几个男孩已经剃了头发，可因为剃得太短，头皮上隐约有几处推子的刮痕。他们索性把帽子揣进口袋，或者扣到后脑勺上。还有一些没有剃头的男孩，他们的头发卷到了后颈。他们为此很难为情，于是将帽子拉得很低，盖住耳朵，把自己捂得严严实实的。要不是嘴里时不时蹦出两句脏话，他们看起来就像一个个文静的小女孩。

查理平价糖果店并不便宜，店主也不叫查理，只是店门口的遮阳棚上写着"查理"的字样，可是，弗兰茜对店名深信不疑。只要花一分钱，就可以在这里抽一次奖。商店柜台后有一块木板，上面有五十个标有数字的钩子，每个钩子上都挂着奖品。一些奖品非常诱人，比如溜冰鞋、棒球手套、真头发的布娃娃等；另一些钩子则挂着记事本、铅笔以及花一分钱就可以买到的奖品。弗兰茜在旁边看着，尼利花了一分钱去抽奖，他从破旧的信封里取出一张脏兮兮的卡片。二十六！弗兰茜满怀期待地看向奖品，结果是只值一分钱的笔擦子。

"要奖品还是要糖果？"查理问道。

"糖果。不然嘞？"

意料之中。迄今为止，弗兰茜还没看到谁赢过一分钱以上的奖品。事实摆在面前——钩子上的溜冰鞋都生锈了，布娃娃也积了厚厚一层灰，它们似乎已经在那里等了很久，就像童谣里小蓝孩的玩具狗狗和小锡兵①。弗兰茜暗自下定决心，有朝一日自己有了五十分，一定要买下所有的抽奖号码，把木板上的奖品全赢走。只用花五十分，就能带走溜冰鞋、布娃娃和其他所有奖品，这真是一笔非常划算的生意，光是溜冰鞋就值投入的四倍！到了那一天，她一定要叫上尼利共同见证，毕竟很少有女孩来查理商店。那个星期六来的几个女孩都是些胆大、粗鲁、早熟的性子。她们大大咧咧，成天在男孩堆里玩，周围的邻居们都断言她们以后前途堪忧。

弗兰茜过了马路，去了街对面的糖果店。店主吉姆普是个瘸子。几乎所有人都以为，他是个慈祥的人，对小孩子很好。直到一个阳光明媚的下午，他把一个小女孩骗到了他黑黢黢的房间里……

正当弗兰茜纠结要不要花一分钱，购买吉姆普家的特价商品——奖品袋时，她不经常见面的朋友莫迪·多纳文已经准备抽奖了。弗兰茜挤进人群，站在莫迪身后，假装是自己在花钱抽奖。弗兰茜和莫迪一样，屏住了呼吸。再三思考后，莫迪胸有成竹地指向了橱窗里一个鼓鼓的奖品袋。弗兰茜心想，如果是她的话，她会选一个小一点儿的奖品袋。弗兰茜

---

① 出自美国童谣 *Little Boy Blue*（中文译名《小蓝孩》），说的是小蓝孩放下他的玩具狗狗和锡兵去看管羊群，但他在外面待得太久，狗狗和锡兵则被遗忘在草地上。这里用来形容溜冰鞋、布娃娃等奖品被长时间忽略或被遗忘的状态。

目不转睛地看向莫迪，只见她从奖品袋里拿出了几粒快过期的糖果，以及这次的奖品——一块粗糙的亚麻手帕。弗兰茜曾经抽到过一小瓶气味浓烈的香水，她犹豫要不要也花一分钱买一个奖品袋。尽管糖不能吃，但是那种抽奖的惊喜真让人兴奋。不过转念一想，莫迪花了一分钱抽奖，自己已经跟着体验过这种惊喜了，这种感觉并不逊于亲自抽奖。

弗兰茜走在曼哈顿大道上，大声念出沿途那些好听的街道名字：斯科尔斯街、梅瑟罗尔大道、蒙特罗斯大道，然后是约翰逊大道。最后两条大道是意大利人的聚居地。"犹太城区"从西格尔街开始，途经摩尔和麦吉本，需要穿过百老汇①。弗兰茜要去的地方正是百老汇。

百老汇有什么呢？没别的，只是有全世界最棒的廉价商店罢了。对于弗兰茜来说，它既气派又耀眼，全世界的东西这里都有，至少对于一个年仅十一岁的小女孩来说是这样的。弗兰茜身上有五分钱，她现在有能力买下店里绝大多数的东西。只有在这里，她才这么有底气。

到了店里，弗兰茜在摆满了货架的过道里走走停停，时不时拿起喜欢的东西摩挲一下。这种感觉真好，可以短暂地将一件东西捧在手心里，感受它的形状，轻抚它的表面，然后再小心翼翼地放回去。她兜里的钱给了她这样的特权，如果售货员过来问她是否需要购买时，她能不假思索地回复："没错。"然后买下来，让那个售货员长长见识。钱真是个好东西，弗兰茜心想。过足瘾后，弗兰茜花了五分钱，买了事先想好的薄荷夹心饼干。

---

① 百老汇：位于纽约曼哈顿，是著名的戏剧和音乐剧表演的地方。从20世纪初期，百老汇开始成为戏剧和音乐剧表演的中心，百老汇舞台上上演了许多著名的音乐剧，包括《猫》《狮子王》《歌剧魅影》《音乐之声》等。

弗兰茜沿着犹太人聚居的格雷厄姆街道往家走。街上的一切都让她很激动。她看到小推车上满载着货物，宛如一个移动商店，而边上是讨价还价、情绪高亢的犹太人。空气中充斥着附近独特的烤鱼、新出炉的黑麦面包的味道，还有一些像是煮沸的蜂蜜的气味。弗兰茜盯着那些留胡子的犹太男人，只见他们头戴羊驼绒帽，穿着薄棉外套。她很想知道，为什么他们的眼睛这么小，却看起来这么凶？弗兰茜继续向前走着，时不时望望墙边小小的门店，闻闻铺子里杂乱摆放的织物。不经意仰头一看，就发现楼上窗台旁晾着羽毛床垫，消防通道里晒着明艳的东方色彩的衣服，还有一些衣不蔽体的小孩在水沟里嬉闹。她还注意到，一个怀孕的犹太女人坐在街边的椅子上，晒着慵懒的阳光，安静地感受着世间的喧嚣，耐心守护着自己腹中那个神秘的小生命。

　　弗兰茜回到家时已经十二点了。没过多久，凯蒂就拿着扫帚和水桶进来了，顺手便把它们扔到了一个角落里，这意味着在下个星期一之前不会再有人碰这些东西。

　　凯蒂今年二十九岁，一头黑发，棕色眼睛，手脚麻利，身材保持得也很好。她是一个清洁工，负责三栋公寓的清洁工作。谁能想到，凯蒂仅靠擦地板就养活了一家四口呢？她是那么漂亮，那么纤瘦，那么活泼，总是对生活充满热情和活力。尽管她的手被苏打水浸得通红、开裂，但她的手形却依然漂亮，指甲有着圆润饱满的弧度，看起来可爱极了。周围的人都说，像凯蒂·诺兰这么漂亮的女人，为了生计不得不出去擦地板，真是太可惜了。可是摊上这么个丈夫，她能有什么办法呢？不可否认，她的丈夫约翰尼·诺兰确实很英俊，远胜于街区里的任何男人，但他嗜酒成性，这也是尽人皆知的事情。

在凯蒂的注视下，弗兰茜把捡破烂赚回的八分钱放进储蓄罐里。整整五分钟，她们都在开心地猜测储蓄罐里存了多少钱，弗兰茜笃定，里面有差不多一百块，凯蒂则认为八块更接近一些。

快到午饭时间了，凯蒂让弗兰茜出去买点儿东西做午餐。"从那个破杯子里拿八分钱，买四分之一块犹太黑麦面包[①]，看看它新不新鲜。然后再拿五分钱，去索尔温的铺子，买一点舌根肉。"

"可是，舌根肉只有走后门才能买到啊，妈妈。"弗兰茜有些为难地说。

"你就告诉他，是我说的。"凯蒂坚持说道。她又想了想，"还有五分钱，我们是买甜点还是存进储蓄罐呢？"

"妈妈，今天可是星期六啊，你都念叨一个星期了，答应我们可以在星期六吃甜点的。"

"行吧，那就买甜点吧。"

小小的犹太熟食店里人满为患，挤满了来买犹太黑麦面包的基督徒。弗兰茜看着店员把自己要的面包装进了纸袋。这种面包外酥里嫩，要是新鲜就更好了，一定能轻而易举当选全世界最棒的面包。之后，弗兰茜不情不愿地走进了索尔温的店铺，索尔温这个人的脾气阴晴不定。一片切好的舌头肉卖七十五分钱一磅，这个价格令穷人望而却步。不过，等舌头肉卖得差不多了，和索尔温套一下近乎，就可以花五分钱买到剩下的舌根。当然，舌根几乎没什么肉，只剩一些软骨和肉渣。碰巧今天索尔温心情不错，"舌头肉昨天就卖完

---

① 犹太黑麦面包：是一种较大的面包，通常有 1～3 磅，甚至更大。在卖犹太黑麦面包时，有的商家会销售四分之一块，主要是为了给买家提供更多的选择。

了。"他告诉弗兰茜，"我专门给你留了舌根，因为我知道你妈妈喜欢，我也喜欢你妈妈，你记得替我告诉她，听到了吗？"

"好的，先生。"弗兰茜低声说。她低头看着地板，脸上越来越热。她讨厌索尔温，她才不会向妈妈转达呢！

弗兰茜去面包店精挑细选了四份甜点，都是含糖最多的。她在店外和尼利碰头。尼利偷瞄了一眼袋子里的甜点，顿时雀跃起来，恨不得拉着弗兰茜飞回家。尽管他早上才吃完四分钱的糖果，但他现在已经饥肠辘辘了。

约翰尼没有回家吃午饭。他是一个自由职业者，主要做服务员兼职唱歌，没有固定的工作时间。通常情况下，他周六上午都在工会总部等活儿。

弗兰茜、尼利和凯蒂享用了美餐。每个人都吃了一片厚厚的舌根肉，两块涂有黄油的香甜黑麦面包，一份甜点，一杯香浓的热咖啡，以及一小勺甜炼乳。

咖啡的喝法是弗兰茜家独创的，这是他们全家最奢侈的享受了。每天早上，凯蒂会煮一大壶咖啡，吃午饭和晚餐时，再把剩下的咖啡热一遍。从早上到晚上，咖啡的味道越来越浓。所谓的"咖啡"，其实只是大量的水兑一丁点儿的咖啡，凯蒂加了一大块菊苣①在里面，才让它的味道又浓又苦。家里每人每天可以喝三杯加牛奶的咖啡，原味的黑咖啡则不限量。有时候，外面下着雨，哪儿也去不了，只能在家里喝上一杯又黑又苦的咖啡，也不失为一种慰藉。

---

① 菊苣：也被称为根菊、苣菜、菊蓝、金盏花。它是一种多年生草本植物，原产于欧洲和亚洲，现已普及全球。菊苣可以生长到 1.5 米高，拥有浅蓝色的花朵和较宽的叶子。它的根茎可食用，风干后可作为饮料的原料，用于制作代咖啡，其口感和咖啡相似，并且不含咖啡因，是一种不错的代替品。

尼利和弗兰茜虽然喜欢咖啡，但是喝得并不多。今天，像往常一样，尼利没有喝摆在面前的黑咖啡，而是吃着面包上的炼乳。出于礼貌，他抿了一小口咖啡。凯蒂往弗兰茜的杯子里倒了咖啡，还加了一点牛奶，尽管她知道弗兰茜不会喝。

弗兰茜喜欢咖啡的气味，也喜欢咖啡热热的感觉。她一边吃着面包，一边把手覆在杯子上，感受它的温暖。咖啡苦中带甜的香味在鼻尖蔓延，这比喝掉它的感觉还要好。饭后，弗兰茜会把咖啡直接倒进洗碗池。

凯蒂有两个姐姐，茜茜和艾薇，她们经常过来。每次看到咖啡被倒掉，她们都会苦口婆心地教育弗兰茜不要浪费。

凯蒂解释说："弗兰茜可以和我们一样，每餐喝一杯咖啡。如果把它倒掉，能让她感觉比喝掉更好，也没什么不妥。像我们这种穷人家庭，偶尔能有东西浪费一下，体验体验有钱人的感觉也不错。"

凯蒂十分满意这种独树一帜的说法，弗兰茜也很赞同，它让吃不饱穿不暖的穷人和花钱肆无忌惮的富人之间等同起来。弗兰茜甚至觉得，尽管自己没有钱，却比威廉斯堡的任何人都要富有，毕竟她还有东西可以浪费。弗兰茜不想让甜点的味道消失得太快，于是慢条斯理地吃着甜点。等她吃完后，一旁的咖啡早已凉透了。她郑重地把咖啡倒进洗碗池排水管，那一瞬间感觉自己无比奢侈。吃完饭后，弗兰茜就要动身去罗什面包房，买家里下半周要吃的过期面包了。凯蒂告诉她，可以再花五分钱买一个馅饼，如果馅饼看起来还算完整的话。

罗什面包房为附近商店供应面包。这些面包没有用蜡纸包裹，更容易变质。罗什面包房还从各个商店回收过期的面包，再把这些面包半价卖给穷人。这些特价面包的售卖处紧挨着面包房，屋子正中间摆着狭长的柜台，长长的凳子沿柜台两边排列，柜台后面有一扇巨大的双开门。面包房的车到了门前，面包被直接卸到柜台上，两块面包卖五分钱。面包刚被倒出来，大家就争先恐后地抢购。

这种面包总是供不应求，有些人一直等到第三、四辆车运货来，才能买到面包。在低廉的价格下，买家得自带包装。大多数买家是儿童，他们有的直接把面包夹在胳膊下，然后厚着脸皮走回家，毫不在意让全世界知道自己是穷人。自尊心强的人则用什么东西包裹一下面包，有的用旧报纸，有的用干净或脏污的面粉袋。弗兰茜拿的则是一个大纸袋。

弗兰茜没有第一时间去抢面包，而是坐在长椅上，观察起周围的人来。只见十几个孩子在柜台前互相推搡、高声喊叫，四个老人坐在对面的长椅上打盹儿。那些老人很清闲，帮着小辈做一些跑腿和照顾婴儿的活儿。他们很耐心地等着买面包。面包房传来烤面包的香味，阳光从窗外照进来，洒在老人们佝偻的背上。他们坐在那里打瞌睡，随着时间慢慢流逝，他们空虚的生命也被慢慢填补上了。在他们看来，这样的等待让他们的生活有了短暂的目标。因此，这是一件很值得做的事情。

弗兰茜盯着其中那个最老的人，玩起了自己最喜欢的游戏——琢磨一个人。那个老人头发稀疏，脸颊有些凹陷，胡子和打结的头发一样，都是脏兮兮的灰色，嘴角还沾着风干的唾沫。他打了一个哈欠，弗兰茜看到他里面的牙齿都掉光了。弗兰茜好奇又嫌弃地继续盯着看。老头抿嘴时，干瘪的嘴唇变成一条线，消失在面部，鼻子几乎能碰到下巴了。弗兰茜仔细观察了他的外套。衣服的内衬从裂开的袖子缝里露出来。弗兰茜还注意到，他的双腿无力地摊开，沾满油污的裤子少了一个纽扣。他的鞋子破烂不堪，脚指头的位置也破了。一只鞋用打了很多结的鞋带绑着，另一只鞋用一小截脏麻绳系着。两个粗壮的脏脚指头上面是皱巴巴的灰色脚指甲。弗兰茜的思绪开始信马由缰……

　　"看他这个样子，起码得有七十岁了。他出生的时候，大概林肯还在世。那时候的威廉斯堡一定是个小乡村，说不定印第安人还生活在弗拉特布什①一带。那已经是很久远的事情了。"弗兰茜目不转睛地盯着他的脚。"他曾经也是一个婴儿，那时的他一定很干净、很可爱吧，他的妈妈会亲亲他粉嫩的小脚丫。也许晚上打雷时，他的妈妈会来到婴儿床前，为他掖好被角，轻声告诉他不要害怕，有妈妈在。然后把他抱起来，脸颊贴着他的头，说他是自己的亲亲宝贝。他也许和我弟弟尼利一样，整天上蹿下跳，调皮捣蛋。他的妈妈一边责骂他，一边在想，也许有一天自己的孩子也能成为总统。后来他长大了，变得身形矫健、意气风发。他走在街上，不时有女孩为他回头。他回以微笑，也许还冲着其中最漂亮的女孩眨了眨眼。我猜他一定结婚了，并且有孩子，他的孩子们认为他是世界上最好的爸爸，他还努力工作，在圣诞节给他们买玩具。现在他的孩子们长大了，也为人父母了，没有人需要他了，他们都在等着他老死。但他自己并不想死，他想继续活下去，尽管他已经风烛残年，没有什么盼头了。"

　　这会儿难得安静。夏天的阳光从窗户斜照进来，照到地板上，到处都是尘土在飞扬。一只绿头苍蝇在阳光照耀下的

---

① 　弗拉特布什：是美国纽约市布鲁克林区的一个社区，位于布鲁克林的中心，北起公园坡，南至谢博伊岛，东起纽约州路，西至洛克威尔街，是一个历史悠久、文化多元的社区，有丰富的历史背景和各种文化遗产。

灰尘中嗡嗡地飞进飞出。除了弗兰茜和那些打瞌睡的老人，这里空荡荡的。等着买面包的小孩子们都到外面去玩了。他们高声尖叫的声音似乎离这里很远。

突然，弗兰茜跳了起来，她的心脏怦怦地跳着——她被吓到了。没来由地，她联想到手风琴被拉到最大，又慢慢地被合拢……一想到所有新生儿有一天也会像这位老人一样老去，一种无以言状的恐慌便涌上她的心头。她必须尽快离开这个地方，否则，厄运就会降临在她的身上。她会一下子变成没牙的老太太，一双脚瘦骨嶙峋、遭人嫌弃。

这时，一辆运面包的车已经到达。柜台后面的门打开了，一个男人来到柜台后面站着。货车司机开始向他扔面包，他接过后，把面包堆在了柜台上。街上玩耍的孩子们听到门被推开的声音后，纷纷挤到柜台前，而弗兰茜已经在这里了。

"我要买面包！"弗兰茜高声喊道。一个大点儿的女孩用力推了她一下，想给她一点颜色看看，让她知道自己是谁。"没事！没事！"弗兰茜不在意地说道，"我要六个面包和一个馅饼，馅饼不要太碎。"她朝店员大声喊道。

店员看她这么着急，赶紧给她挑了六个面包和一个不太碎的馅饼，从她手里接过了两枚硬币。弗兰茜拿着面包，艰难地从人群中挤出来，其间还掉到地上一个面包，但是没办法，人太多了，根本不允许她弯腰捡起来。

好不容易挤出来，弗兰茜坐在路边，把面包和馅饼装进纸袋里。这时，一个女人推着婴儿车经过，婴儿的腿悬着，脚丫放肆地摇摇摆摆。弗兰茜看到的不是婴儿的脚，而是那破旧大鞋里的臭脚丫子！恐慌再次席卷心头，弗兰茜吓得一路跑回家。

家里一个人也没有，凯蒂和茜茜去看十分钱一场的演出去了。弗兰茜把面包和馅饼放好，把袋子叠整齐，方便下次使用。她走进和尼利共用的没有窗户的小卧室里，坐在无边的黑暗中，静静地平复自己惊恐的内心。

过了一会儿，尼利回来了，从他的床底下翻出一只破旧的棒球手套。

"你要去哪儿？"弗兰茜问道。

"去打棒球。"

"我可以一起去吗？"弗兰茜接着问道。

"不行。"

尽管尼利拒绝了弗兰茜，但弗兰茜依然跟着他一起来到街上。尼利的三个哥们儿正等着，一个拿着球棒，另一个拿着球，还有一个空着手，只穿着一条棒球裤。他们向一片空草地走去，弗兰茜一直跟在尼利后面，尼利也没有多说什么，倒是他的好兄弟向他点头示意道："嘿！你姐姐跟着我们呢。"

"我知道啊。"尼利没有反对。

那个男孩转身对弗兰茜嚷道："走开！"

弗兰茜不为所动："我们这是个讲自由的国家。"

"这是个讲自由的国家。"尼利对那个男孩重复了一遍。之后，他们不再管弗兰茜。弗兰茜继续跟着他们，反正她无事可做。得等到下午两点钟图书馆再次开放，她才有地方可去。

尼利他们一路走得很慢，时不时嬉戏打闹。他们在水沟旁停下来，低头寻找锡箔纸，捡起地上抽得没剩多少的烟头，打算把烟头藏起来，约好一个下雨的午后，一起躲在地窖里接着抽。路上，他们遇到了正要去礼堂的犹太小男孩，于是拦住了他的去路，讨论怎么处置他。小男孩在一旁谦卑地向他们赔笑。这群基督徒男孩最后放了他，但对他未来一周的行为做出了详细的指示。

"不许到德沃街晃悠。"他们命令道。

"好，我肯定不去。"小男孩保证。

小男孩这么顺从，反倒让尼利他们有些失望，他们本以为他会反抗。接着，他们中的一个从口袋里拿出一根粉笔，在路上画了一条波浪线。他命令道："不允许跨过这条线。"

小男孩也察觉到，自己太过顺从反而得罪了他们，于是决定按他们的游戏规则来。

"我一只脚踩在臭水沟也不行吗？"

"不行，连往里面吐痰都不行。"小男孩得到了否定的答复。

"行吧。"他假装不服气地叹了口气。

一个大一点儿的男孩忽然有了新想法，"不能碰任何基督徒女孩，明白吗？"指示完毕后，他们便走了，留下小男孩望着他们的背影发呆。

"天哪！"小男孩眨巴着棕色眼睛低声说，"他们竟然认为我成熟到可以干那种事了。"这几个外来的家伙居然认为他足够成熟，都可以想女人了，这让他感到非常震惊。他一遍一遍难以置信地重复着："天哪！"

几个男孩走得很慢，他们狡黠地看着刚才提到女孩的大男孩，想看看他还能讲出什么荤话来。

不过，还没等他开口，弗兰茜就听见尼利说："我认识那个男孩，他是一个犹太白人。"尼利曾听爸爸提起过，他有一个要好的犹太人朋友，在酒吧做招待。

"哪里有什么犹太白人。"那个大男孩反驳道。

"有！"尼利说，他既想随大溜，又想表达自己的观点，这让他看起来非常随和。"要是有犹太人的话，那么就是他了。"

"不可能有犹太白人的，"大男孩说，"假设也不成立。"

"我们信仰的耶稣基督就是个犹太人。"尼利引用妈妈的话反驳道。

"其他的犹太人背叛了他，并且杀了他①。"大男孩斩钉截铁地回应道。

他们还没来得及深入探讨神学，就看到一个小男孩从洪堡街拐到安斯利街，胳膊上挎着一个篮子。篮子上盖着一块干净的破布。一根棍子从篮子一角伸出来，挂着六个椒盐饼，远看像一面旗帜。

尼利一行人中的高个子男孩一声令下，他们都向卖椒盐饼的小男孩跑过去。还没等他们做什么，小男孩就开始号啕大哭，嘴里还喊着："妈妈！"

哭声传开后，二楼的一扇窗户猛地打开了，一个丰满的女人探出身来，胸口波涛汹涌。她赶紧用皱巴巴的衣服将胸口盖住，大声吼道："别动他，快滚开，你们这些兔崽子！"

弗兰茜立刻捂住耳朵，这样在忏悔时，她就不用告诉神父她曾听见过脏话。

"我们什么也没干，太太。"尼利微笑着讨好对方。每当他露出这种微笑时，总能让妈妈心软。

"谅你们也不敢，除非老娘不在了。"然后她语气不变，对儿子吼道，"给我滚上楼来，看我怎么收拾你，敢扰了我的好梦。"小男孩上楼去了，尼利一行人慢慢地往前走。

"那个女人真凶啊。"高个子男孩悻悻地说道。

"是啊。"其他人附和。

① 根据《圣经·新约》记载，犹大为了30枚银币将耶稣出卖给仇敌，耶稣被十字架钉死后，犹大因悔恨而自杀。

20

"我爸爸也很凶。"其中一个小一点儿的男孩说道。

"谁管你家那些事啊。"高个子男孩漫不经心地答道。

"我只是说说而已。"小男孩略带歉意地说。

"我爸爸一点都不凶。"尼利话音刚落,大家都笑了笑。

他们接着往前走,时不时停下来,闻闻纽顿溪的气味。纽顿溪在蜿蜒、狭窄的河床里流动,流经格兰德街和其他几个街区。

"天哪,这条小溪真臭。"高个子男孩评论道。

"的确!"尼利听起来非常赞同。

"我敢说世界上没有比这更臭的气味了。"另一个男孩吹嘘道。

"不错。"

弗兰茜小声说了句"是的",表示同意。但她为这种气味感到自豪,因为这表明附近有河流,溪水虽然脏,但最终也会汇入大海。对她来说,这种难闻的气味象征着远航的船只和冒险。因此,她很喜欢这种气味。

男孩们到了空场地,脚下是一块用脚踩出来的、不太平整的菱形球场。一只黄色的小蝴蝶飞过杂草,激起了他们追逐的本能。大概男孩子就是这样,无论是天上飞的、地面跑的,还是水里游的,他们总是本能地想去追逐。眼看追不上,他们就把帽子向蝴蝶扔了过去。

最后,尼利抓住了它。男孩子们稍微看了一眼,很快就没了兴趣,又立刻玩起了他们自己设计的四人棒球赛。

他们玩得酣畅淋漓,不时嬉笑打骂。当有流浪汉经过并停下来观看时,他们的动作会变得更加卖力和夸张。听说,每个星期六的下午,会有球探在街上随意观看球赛,挖掘有潜力的球员。大家都想挤进布鲁克林的道奇球队,就算拿美国总统的位置来换都不乐意。

　　他们玩耍了一会儿，弗兰茜看得有些烦了，知道他们会一直这样打打闹闹，直到该回家吃晚饭。已经下午两点了，图书管理员应该吃过午饭回来了。弗兰茜带着期待，满心欢喜地朝图书馆走去。

第二章

图书馆又小又破，可弗兰茜却觉得它漂亮极了，置身其中的感觉，就像身处教堂一样。她推开图书馆的门，走了进去。皮革装订物的陈旧味、糨糊的清香味、刚借的书盖章后的油墨味，这些味道统统交织在一起，弗兰茜很喜欢这种味道，甚至觉得比大弥撒仪式上燃的香还好闻。

弗兰茜觉得世界上的书都在这个图书馆里了，她立志要把它们全部都读完。她每天按字母顺序读一本书，即使遇到有些枯燥乏味的内容也从不跳过。她还记得看的第一本书的作者是阿博特。弗兰茜每天坚持读书已经有很长一段时间了，但至今还停留在 B 开头的书。她已经读过了关于蜜蜂、水牛、百慕大假日和拜占庭建筑等内容。尽管弗兰茜热情高涨，但不得不承认，有些 B 开头的书实在晦涩难懂。不过，弗兰茜非常痴迷于阅读，所有的文字都不放过，普通作品她读，经典名著她读，时刻表和杂货店的价格表她也要去读。在弗兰茜读过的书中，有些书写得精彩绝伦，比如路易莎·奥尔科特的书。她准备读完 Z 开头的书后再把路易莎的书重新读一遍。

不过，星期六稍微有些不同。这一天弗兰茜可以破例不按字母顺序看书，她会请图书管理员给自己推荐一本书。

弗兰茜走进图书馆后便轻轻关上了身后的门，因为图书馆要求必须这么做。弗兰茜习惯性地扫了一眼图书管理员桌上摆放的金褐色陶罐，那东西就像一个季节指示器。在秋天，里面会有几根苦艾，到了圣诞节，里面会放一些冬青，当里面插着柳枝时，就意味着春天要来了，即便地上的积雪还未消融。今天是 1912 年夏天的一个星期六，陶罐里会有什么呢？弗兰茜的目光缓缓向上移，越过细细的绿茎和小圆叶，是……金莲花！红的、黄的、金的和象牙白的金莲花缤纷绚丽，看得弗兰茜目不暇接，这一幕美景让她一辈子都难以忘怀。

"等我长大了，"弗兰茜心想，"我也要有一个金褐色的罐子，到了夏天，里面满是盛开的金莲花。"

弗兰茜把手放在光滑的书桌边缘摩挲——她很喜欢这种触感。而桌上放着的是一排整齐的刚削好的铅笔、一个干净的绿色方形记事本、一个广口的白色糨糊罐子，还有一沓叠得整整齐齐的卡片和已经归还但是等待放回书架上的书。另有一支神奇的笔，形单影只地摆在记事本的旁边，笔尖上能看到盖有日期的印章。

"还有，等我长大了，有了自己的家，我不需要毛绒椅子和花边窗帘，也用不着栽橡皮树。我要在客厅里放一张这样的书桌，四周只是洁白的墙壁。每个星期六晚上都会准备一个整洁的绿色记事本，还有一排崭新的黄色铅笔，削得尖尖的在旁边待命。还要有一个金褐色罐子，我会在里面常年栽一种花，或是一些绿植，浆果也可以考虑。对了，还要有好多书，永远、永远也看不完的书。"

弗兰茜挑出了星期天要看的书，不出意外，肯定是一个姓布朗的作家写的。她已经读了好几个月布朗的书了，她预计快读完的时候，没想到，书架上下一本又是布朗的书，紧随其后的是布朗宁。弗兰茜长叹了一口气，巴不得赶紧读到

C 开头的书，这样她就可以看到玛丽·科雷利的书了，她之前翻到过，玛丽的书写得扣人心弦。什么时候才能读到那本书呢？也许她应该每天读两本书，也许……

弗兰茜站在书桌前等了很久，直到图书管理员很不情愿地走过来。

"要啥？"管理员没好气地问。

"这本书，我想借这本书。"弗兰茜将书推到前面，从后面的小封袋里取出一张小卡片。这是图书管理员告诉孩子们的，目的是省去他们每天打开几百本书再从中取出卡片的麻烦。管理员拿起书里的小卡片，盖上印章，然后把卡片收到书桌的卡槽里。接着，管理员在弗兰茜的借阅卡上盖了章，然后把卡片还给她。弗兰茜接过卡片，但没有马上离开。

"还有事？"管理员头也不抬地问道。

"你能推荐一本适合女孩读的好书吗？"

"几岁？"

"十一岁了。"

弗兰茜每个星期都会提出同样的请求，而图书管理员每次都会问同样的问题。借阅卡上的名字对管理员来说毫无意义，她从不抬头看借书人的脸，所以，她从来没有真正了解过这个每天借一本，星期六借两本的小女孩。其实，一个小小的微笑，一句温暖的话就会让弗兰茜高兴很久。弗兰茜热爱图书馆，希望图书管理员能值得自己崇拜。不过，图书管理员可没心思理会这些，因为她讨厌小孩子。

当图书管理员把手伸到桌子下面拿书时，弗兰茜满心期待地盼着，身体不自觉地轻微发抖。当管理员把书拿出来时，弗兰西看到书名是《如果我是国王》，作者是麦卡锡。真是太棒了！上周那本是《格拉斯塔克的贝弗利》，之前两周也是。

弗兰西只读过两次麦卡锡的书。图书管理员总是给她推荐这两本书，或许这两本书是管理员唯一读过的，或许是这两本书被列到了推荐清单上，又或许是管理员觉得一个十一岁的小女孩应该会很喜欢这两本书。

弗兰茜紧紧地抱着书，一路小跑着往家里赶，她恨不得现在就找个台阶坐下来看书，但她还是忍住了。

回到家后，弗兰茜终于可以享受她心心念念的周六时光——坐在防火梯的台阶上看书。她在台阶上铺了一张小毯子，又把从床上拿来的枕头靠在楼梯的铁栏杆上。运气不错，家中的冰箱里还有冰，她敲了一小块放在玻璃杯里，再把之前买的粉白相间的薄荷夹心饼干摆在一个小碗里，碗虽然有点开裂，但碗身的蓝色很漂亮。她把玻璃杯、碗和书摆在窗台上，然后翻过窗台爬到外墙的防火梯上。一到这里，她就像住在树上一样。楼上、楼下还有对面的人都看不见她，她却可以透过树叶看到外面的一切。

那是个风和日丽的下午，慵懒的风送来大海的气息，天堂树的影子在白色的枕套上幻化出各种图案。院子里一个人也没有，这情景真的太好了。往常，院子总是被一个小男孩霸占着，他爸爸是一楼店铺的主人。那个男孩总是不厌其烦地玩一种"挖坟"的游戏，他会挖一个小小的墓坑，把抓到的毛毛虫放进火柴盒里，然后把它们埋起来，再为它们举办一场不那么正式的葬礼，他还会在埋好的小土堆上竖起一块碎石，当作毛毛虫的墓碑。他全程都在假装哭泣，胸口还会随着哭声剧烈起伏。不过今天，这位"哭丧鬼"去本森赫斯特[①]的一位姨妈家串门了。他不在，弗兰茜高兴得不亚于收到

[①] 本森赫斯特：是美国纽约市布鲁克林区的一个社区，位于布鲁克林区的西南部。

生日礼物。

弗兰茜呼吸着温暖的空气，看着摇曳的树影，吃着夹心饼干，在看书的间隙喝上一口冰水。

> 如果我是国王，亲爱的，
>
> 啊，如果我是国王……

这个关于弗朗索瓦·维永的故事越读越有味道，有时候弗兰茜很担心这本书在图书馆里被弄丢，那她就再也没法看到它了。因此，弗兰茜曾花两分钱买了笔记本，想要誊抄这本书——她太渴望拥有一本属于自己的书了。本以为抄下来就可以满足愿望，可是用铅笔抄的页码，无论是看起来，还是闻起来，都跟图书馆里的书相去甚远，所以最后不得已放弃了。弗兰茜安慰自己，等长大了努力工作，赚到钱后，就可以买下任何一本自己喜欢的书。

弗兰茜看着书，享受着恬淡宁静的时光。一段美好的故事，一碗美味的饼干，一个下午就在树影婆娑中悠闲地度过了。大约四点钟，弗兰茜家对面的公寓开始热闹起来。透过树叶，她看到那些家里没挂窗帘的人们拿着酒桶匆匆忙忙地进进出出，回来时他们的酒桶里装满了全是泡沫的冰啤酒。孩子们则在屋子、肉铺、杂货店和面包店里不停地闹腾。女人们从当铺拿着厚重的包袱回来了，那是她们的丈夫这个星期天要穿的西装，等到了星期一，女人们又得把西装当出去。回到当铺的西装会被擦干净挂起来，再放入樟脑丸防蛀，等到下个星期六的时候再次租出去。这些西服就这么一进一出，往返于当铺和顾客之间。当铺老板蒂米大叔一次就收十分钱的利息，这让他赚得盆满钵满。

弗兰茜还看到对面的妙龄少女们正准备出门和恋人约会。由于这附近的公寓都没有浴室，女孩们只好穿着吊带衫和衬裙站在厨房的洗碗池前擦身子，当她们擦拭腋下时，高抬的手臂划过头顶，弧形十分优美。那么多女孩子站在窗前做着同样的事情，仿佛在共同进行一场肃静且令人期待的神秘仪式。

当邻居弗莱波家的马车回到隔壁院中时，弗兰茜放下了手里的书，因为看那赏心悦目的马匹和阅读一样令人心情愉悦。隔壁院子的地面用鹅卵石铺成，院子尽头有一个气派的马厩。一扇锻铁的大门把院子与街道隔开。鹅卵石边上有一块精心打理过的肥沃园地，里面长着一簇明艳的玫瑰花和一排鲜红的天竺葵。光是马厩就比附近任何一所房子都要好，而那院子放在整个威廉斯堡，也是当之无愧最漂亮的。

弗兰茜听见大门咔嚓一声关上了。那匹毛发光亮的棕色马首先映入了她的眼帘，马的鬃毛和尾巴是黑色的，拉着的马车是红褐色的，车子边上用金色字母写着牙医弗莱波的名字以及他的诊所地址。这辆优雅的马车既不拉货，也不载客，每天只在街道上慢慢行驶，给牙医弗莱波做广告，这个移动广告牌可真梦幻！

驾驶这辆马车的是福兰克，一个不错的小伙子，面色始终红扑扑的，他就像儿歌里那个优秀的青年人一样——每天清晨驾着马车出门，黄昏时归来。福兰克的生活很惬意，所有女孩都对他芳心暗许。他每天要做的事情就是驾着马车慢慢地走来走去，让别人能够记住马车上面的名字和地址。人们需要种牙或拔牙时，就会按照马车上的地址，来找弗莱波医生。

福兰克不紧不慢地脱下外套，穿上皮围裙，马儿鲍勃则踢踏着地面，耐心地等着主人。福兰克给它解开缰绳，取下皮革马具，然后把它们挂到马厩里。之后，他用一大块黄色湿海绵给马儿洗澡。鲍勃很喜欢这样，它舒舒服服地站在那里，任由斑驳的阳光洒在它身上，而有时马蹄子踢到地面的石块会撞出一点火星子。福兰克把海绵里的水挤到马背上，一边擦着一边和马说话。

"别动，鲍勃。真乖。向后一点儿。好样的！"

鲍勃并不是弗兰茜所见过的唯一的马。艾薇姨妈的丈夫威利·弗里特曼也有一匹马。那马叫"鼓手"，每天拉着马车到处送牛奶。威利和"鼓手"并不像福兰克和鲍勃那样相处融洽，而是每分每秒都在互相伤害对方。威利无时无刻不在咒骂"鼓手"。听了威利的描述，你会觉得那匹马在牛奶公司的马厩里整夜无眠，净想着怎么折磨自己的主人呢。

弗兰茜喜欢玩一种游戏——想象人们变成自己的宠物是什么样，而宠物变成主人又会是什么样。在布鲁克林，白毛小狮子狗是最受欢迎的宠物。养狮子狗的女人通常个子矮小、衣服脏污，但是身材丰腴、肤色雪白、眼睛就像狮子狗一样水汪汪的。凯蒂的音乐老师廷莫尔小姐是个身材娇小的老处女，说话声音像她厨房笼子里的金丝雀一样悦耳动听。如果福兰克变成了一匹马，那他一定像鲍勃。弗兰茜从来没见过威利姨父的马，但是，她能想象出那匹马的样子。"鼓手"一定跟威利姨父一样，又小又瘦，皮肤黝黑，眼白露得多，显出戒备的眼神，说不定"鼓手"还像威利姨父一样爱发牢骚……这时一阵声音传来，于是，弗兰茜的思绪从威利姨父那里回到了现实。

外面街道上，十几个小男孩正扒在铁门上，围观附近唯一的马洗澡。弗兰茜看不见他们，但可以听到他们在说话。他们正在编造关于鲍勃的一些耸人听闻的故事。

"别看这匹马看起来温驯，"一个男孩说，"那都是假象，它就等着机会，趁福兰克一个不注意，咬死他或踢死他。"

"没错，"另一个男孩接着说，"我昨天还亲眼看到它踩死了一个婴儿。"

"我看到它往水槽边卖苹果的老婆子身上撒尿，"第三个男孩有了新灵感，补充说道，"撒得苹果上面都是。"

"怪不得要给马戴上眼罩，这样马就看不见人有多弱小，要是它们能看见，人肯定会被踢死。"

"戴上眼罩，马还会觉得人弱小吗？"

"小得很，就像马粪球那么小。"

"天哪！"

每个男孩都清楚自己在胡说八道，但对同伴说的都深信不疑。鲍勃始终温驯地站着，男孩们觉得太无聊。于是，其中一个男孩捡起一块石子，朝鲍勃扔过去。石头砸中了鲍勃，但鲍勃仅仅抖了抖毛发。所有男孩都在瑟瑟发抖，以为鲍勃会发狂。福兰克抬起头，用温和的布鲁克林口音对他们说道："不能这么干吧，我的马又没有惹你们。"

"哦，没有么？"一个男孩怒气冲冲地说。

"没有。"福兰克回答。

"哼，滚——犊子。"最小的男孩口无遮拦，这彻底惹怒了福兰克。

福兰克的声音依旧没有起伏，他一边把海绵里的水挤到马屁股上，一边说道："你们是立刻滚呢，还是让我打烂你们的屁股后再滚？"

"就凭你一个人？"

"那我就让你们见识一下吧！"说完，福兰克猛蹲下来，捡起一块松动的鹅卵石，作势要向那群孩子们扔去。男孩们脚下连连后退，嘴上却依然不落下风。

"这是一个讲自由的国家。"

"对，这条街又不是你家的。"

"我要把你欺负我们的事情告诉我叔叔，他可是警察。"

"现在就去啊。"福兰克冷冰冰地说，接着，他把鹅卵石轻轻放回了原处。

大一点儿的男孩觉得没什么意思，陆续离开了。小一点儿的男孩又折回来，想看福兰克给马儿喂燕麦。

福兰克给马刷洗完了，牵它到树荫下乘凉，然后又在马脖子上挂了满满一袋草料，最后才去洗马车。福兰克边洗边吹口哨，曲调名字是《让我叫你小甜心》。住在弗兰茜楼下的弗洛茜·嘉迪斯仿佛接收到暗号一般，一听到口哨声，立马把头伸出窗外。

"下午好！"弗洛茜热情地和福兰克打招呼。

福兰克不用想也知道是谁，过了很久，他才头也不抬地回了句"下午好"。然后，继续清洗马车的另一边。弗洛茜这时看不到福兰克，但声音却接踵而至。

"收工了吗？"她轻快地问道。

"快了。"

"今天是星期六，我猜你晚上要去约会吧。"

福兰克没有回答。

"你长得这么帅，总不至于没有女朋友吧。"

回答她的依旧是沉默。

"今晚三叶草俱乐部有一场活动。"

"是吗？"福兰克的口气显得没多大兴趣。

"对，我有两张情侣票，要一起去吗？"

"不好意思，我另有安排。"

"在家陪你老母亲吗？"

"差不多。"

"扫兴，真是不解风情！"弗洛茜猛地关上窗户，福兰克松了一口气，心想终于应付过去了。

弗兰茜有些同情弗洛茜。弗洛茜在追福兰克的路上，屡战屡败，却从不放弃。弗洛茜总是倒追男人，那些男人都对她避而远之。而弗兰茜的姨妈茜茜，也倒追男人，可那些男人都被她吸引，又反过来追她。

弗洛茜对男人是穷追猛打，茜茜则是进退得宜，这就是她俩的区别，可谓天差地远。

第三章

　　快到五点钟的时候，约翰尼回来了。这个时间，弗莱波家的马车已经进了马厩，弗兰茜也看完了书，享用完了饼干。傍晚的阳光洒在破旧的木栅栏上，看起来有些苍凉、黯淡。弗兰茜把脸贴在被阳光晒过和风儿抚过的枕头上，感受上面尚余的暖意和香味，过了好一会儿，才把它放回小床。约翰尼回来的时候，唱着他最喜欢的爱尔兰民歌《莫莉·马龙》。他总是在楼道里唱这首歌，一听到这歌声，大家都知道是他回来了。

> 在都柏林①这座迷人的城市，
> 女孩们是如此曼妙多姿，
> 就在那里我邂逅了……

　　在约翰尼唱出下一句之前，弗兰茜早早把门打开了，脸上满是笑意。
　　"你妈妈去哪儿了？"约翰尼总是一进门就问妈妈。
　　"她和茜茜姨妈看演出去了。"
　　"这样啊。"约翰尼有些失望，每次凯蒂不在家，他都这

---

① 都柏林：是爱尔兰共和国的首都，位于爱尔兰东海岸，临近爱尔兰海。它是一个充满活力和文化遗产的城市，被誉为欧洲最友好的城市之一。

样说话。"今晚我要去克罗姆俱乐部，那儿要举办一个大型婚礼派对。"约翰尼用衣袖擦了擦礼帽，然后把它挂起来。

"你是去当服务员，还是去唱歌呢？"弗兰茜问。

"都是。家里还有干净的服务员围裙吗？"

"有一条，但还没熨，我去帮你熨吧。"

弗兰茜把熨衣板摆在两把椅子上，然后开始加热熨斗。她找来爸爸的围裙，这围裙是方形的，厚鸭绒材质，有些皱巴巴的，上面的系带是用宽宽的亚麻做成的。弗兰茜在围裙上洒了一点水，好方便熨烫。在等熨斗预热的间隙，弗兰茜给爸爸热了一杯咖啡。约翰尼喝了咖啡，还吃光了为他留的甜面包。约翰尼今天心情不错，也许是因为晚上有活儿干，也许是天气很宜人。

"遇到这样的好日子，就跟天上掉馅饼了一样。"约翰尼说。

"对呀，爸爸。"

"热咖啡可真美味啊，有它之前，大家都是靠什么生活呢？"

"我喜欢闻咖啡的味道。"

"你在哪里买的这些甜面包呢？"

"温克勒店里，有什么问题吗？"

"没有，面包的味道越来越好了。"

"家里还有一块犹太黑麦面包，爸爸。"

"不错！"约翰尼拿起面包，翻过来看到了"工会制作"的标签，"好，工会烤房烤出来的面包就是好。"他把标签撕下来，这时好像突然想到了什么，"对了，我围裙上也有工会的标签。"

"在这儿，爸爸。它被缝在缝里了，我把它翻出来熨一下。"

"那个标签就像一个装饰品，就好比你戴了一朵玫瑰。你看我身上这枚工会徽章，"约翰尼解释说，同时指了指自己胸前的那枚绿白相间的徽章，然后用袖子把徽章擦了擦。"我加入工会前，那些老板想给我多少工资就给我多少，有时候甚至一分钱也不给。他们说，光是小费的收入就很可观了。有的地方竟然让我倒贴钱上班，说什么小费收入特别丰厚，付钱后把这个岗位拿去租给别人也不亏。后来，我加入了工会。当时你妈妈还舍不得花钱交会费呢，现在看来，这钱花得值。工会给我找到了工作，先不论小费有多少，每个老板都必须保证我最低的工资。依我看，所有行业都应该有工会。"

"是这样啊，爸爸。"弗兰茜开始熨衣服了，她很喜欢听爸爸聊天。

提到工会，弗兰茜想起来有一次她去工会总部，给准备去工作的爸爸送围裙和车票。当时，约翰尼和一群男人坐在一起。他穿着燕尾服，这衣服是他唯一一套无尾礼服，头上斜戴着一顶黑色礼帽，看起来可神气了。约翰尼当时正在抽雪茄，看到弗兰茜进来后，他马上摘下帽子，扔掉了雪茄。

"这是我女儿。"约翰尼骄傲地向同事介绍道。他身边的服务员们看了看眼前这个身材瘦削、穿着破烂裙子的小女孩，然后互相交换了一下眼神。这些服务员和约翰尼·诺兰不一样，他们星期一到星期五有固定工作，星期六出来兼职只是为了多挣点儿，而约翰尼一直没有稳定的工作，总是"打一枪换一个地方"。

"我跟你们说，"约翰尼说，"我有一双可爱的儿女，还有一个漂亮的妻子，可惜我没本事让他们过上好日子。"

"看开点。"一个朋友安慰他说，并拍了拍他的肩膀。

弗兰茜无意中听到人群外有两个人在议论她的爸爸。

其中的矮个子男人说："你听听那家伙是怎么显摆他的老婆和孩子的。他可太有意思了，把工资上交给老婆，小费自己留着喝酒。他和麦克加里蒂有个滑稽的交易，他把所有小费都给麦克加里蒂，而麦克加里蒂的酒吧则让他免费喝酒。时间长了，两人谁也记不清欠没欠对方钱，欠了多少。不过，这对约翰尼来说倒也不亏，因为他总是喝到烂醉。"说完，两人离开了人群。

弗兰茜听到那两个人说的话，心里很不是滋味。但当她看到爸爸身边的人都很喜欢爸爸，不仅耐心地听他讲话，还对他说的报以微笑时，她心里又好受了些。那两个人是例外，没错，大家都喜欢爸爸。

确实如此，几乎所有人都喜欢约翰尼。他是一个唱情歌的歌手，而且很会唱情歌。一直以来，情歌歌手都广受欢迎，尤其是在爱尔兰人多的地方。一起工作的服务员都喜欢约翰尼，他的雇主也喜欢他，他的妻子和孩子更是深深地爱着他。他一直活得很快乐，始终充满活力，身上没有一点儿岁月的痕迹。妻子从不抱怨他碌碌无为，而两个孩子年纪还小，还不知以他为耻。

弗兰茜把思绪收回，继续听爸爸讲话。此刻，约翰尼开始回忆过去。

"说起我自己，这辈子算是一事无成。"约翰尼平静地点了一支五分钱的雪茄，"那一年土豆收成不好，你爷爷奶奶从爱尔兰漂洋过海来到美国。一个经营汽船公司的人答应给你爷爷介绍工作，船费从工资里扣。就这样，我们一家人才来到这里。"

"你爷爷跟我一样，从来没有在一个工作岗位上干很长时

36

间。"约翰尼说道，接着，他默默地抽了一会儿烟。

弗兰茜静静地熨着衣服，她知道爸爸只是在自言自语。约翰尼并不指望女儿能理解自己，他只是希望有个人能听他说话。他每个星期六几乎都会说同样的话，一周的其他时间，他总是喝得醉醺醺的，进出家门都很少说话。只有到了星期六，他才会絮絮叨叨地说这么多。

"那时候家里人都不识字，我自己也只读到小学六年级。你爷爷死后，迫于生计，我不得不辍学。你和尼利就很幸运，爸爸无论如何都会让你们把书念完的。"

"好的，爸爸。"

"辍学那会儿我才12岁，没办法，只能到酒吧唱歌挣钱，那些酒鬼会往我身上扔硬币。之后，我一直在餐馆和酒吧这样的地方工作……被别人使唤……"约翰尼突然静静地思考了一会儿。

"其实，我一直想成为一名真正的歌手，就是那种穿戴光鲜亮丽，能站在舞台中央，正经演出的歌手。可惜我文化不高，不知道从什么地方入手。你奶奶劝我，踏踏实实端好眼前的饭碗，她还说我能有一份工作是多么的幸运，所以后来我就做了服务员，兼职唱唱歌，但这样的工作并不稳定。如果我只是一个普普通通的服务员，说不定会过得比现在好，这就是我天天借酒消愁的原因。"约翰尼如此得出了结论，但似乎有点前言不搭后语。

弗兰茜抬头看了看爸爸，想要问他一个问题，可话到嘴边又咽回去了。

"我喝酒是因为我前途渺茫，我自己清楚。我不像别的男人一样能开卡车，我这身子骨也当不了警察。每当我想唱歌时，我就会喝上一点。我喝酒是因为我本事太小，而肩上的担子又太重。"停顿了许久，约翰尼再次开口，"我内心并不快乐，我有妻子和孩子，但我并不是一个勤奋的人，也从来没想过有一个家。"

弗兰茜听到爸爸这句话时，心里隐隐作痛，不禁怀疑爸爸是后悔生了自己，还是本来不打算生尼利？

"像我这种人，要家做什么呢？可是，我爱上了你妈妈。我说这话没有怪她的意思。"约翰尼很快又说道，"要是我没有爱上你妈妈，就会爱上希尔蒂·奥黛尔。要知道，你妈妈直到现在还吃希尔蒂的醋呢！我遇到你妈妈后，就和希尔蒂一刀两断了。后来，我们结了婚，又有了你们。你妈妈是一个好女人，弗兰茜，这个你千万要记住。"

弗兰茜当然知道妈妈是一个好女人，虽然爸爸也这么说，可为什么她却喜欢爸爸多过妈妈呢？约翰尼一事无成，就连他自己也这么说，但弗兰茜就是更喜欢爸爸。

"没错，你妈妈工作起来很能吃苦，我爱我的妻子，也爱我的孩子。"

弗兰茜听到爸爸这话，又高兴起来。

"但作为一个男人，难道不应该有更光明的前途吗？也许将来某一天，工会不仅能给人们安排工作，而且能让大家有自己的休闲娱乐时间，但是我恐怕等不到那个时候了。对现在的我来说，要么拼命工作，要么变成流浪汉，没有其他选择。等我死后，没有人会永远记得我。提起我，没有人会说，'他是一个热爱家庭，拥护工会的人'。别人只会说，'他哪儿哪儿都不行，整个一酒鬼'。我很确信，他们一定会这么说。"

房间里突然安静了。约翰尼面露痛苦，愤愤地把抽到一半的雪茄从没有纱窗的窗户扔了出去。他意识到，自己这一辈子一晃就过去了。看着低头默默熨衣服的女儿，那瘦削的脸上笼罩着淡淡的悲伤，约翰尼的心好像被什么狠狠刺痛了。

"听我说！"约翰尼走向女儿，用一只手抱住她瘦弱的肩膀，"如果我今晚能赚到很多小费的话，我准备把钱押在星期一出场的一匹赛马身上。那匹马我了解，我打算先在它身上押几元，然后赢个十元，再用赢来的钱去押另一匹马，最后赢他个一百元回家。以我的聪明才智，再加上一点点运气，没准能赢五百元。"

真是白日做梦，约翰尼心想，他自己心里很清楚这不可能实现。可是，转念一想，要是奇迹真能降临，那该多好啊！

他继续说道："等赢了那么多钱，你知道我要做什么吗，小歌星？"

弗兰茜非常开心爸爸这么叫她。当她还是婴儿时，她的哭声嘹亮透彻，约翰尼说她的哭声就跟歌剧演员的歌声一样音色亮丽、旋律优美。

"不知道。你打算做什么呢？"

"我打算带你出门旅行，就咱们俩。我们去那棉花盛开的南方。"约翰尼很满意刚说的这句话，于是又说了一遍，"去那棉花盛开的南方。"他想起来自己唱过的一首歌里就有这样一句歌词，他把双手插进口袋，像帕特·鲁尼①一样跳起华尔兹踢踏舞，还用口哨吹起了那首歌——

---

① 帕特·鲁尼：是20世纪初期美国著名的歌剧演唱家和舞蹈家。他在音乐和舞蹈领域都有很高的成就。他擅长跳华尔兹踢踏舞，这种舞蹈以华尔兹曲为伴奏，舞者们脚踩木头制成的硬底鞋敲击地面，发出清脆的声响，形成了独特的旋律和节奏效果。他曾经出演过多部百老汇音乐剧，如《一千零一夜》和《骑士坐下来》，影响了不少当代音乐家和舞蹈家。

在那白茫茫的田场,

黑人在低声吟唱。

我渴望去到那个地方,

因为有人在等着我,

在那棉花盛开的南方。

弗兰茜轻轻地亲了亲约翰尼的脸颊。"哇,爸爸,我好爱你。"她小声说道。

约翰尼紧紧地抱着女儿,那种心被刺痛的感觉再次袭来。"唉,上帝。唉! 上帝啊! "他自责地重复道,"我真是一个不称职的爸爸。"他努力平复自己的心情,等再次开口说话时,已经恢复了之前的平静。

"咱们再聊下去,围裙可来不及熨咯。"

"已经熨完了,爸爸。"弗兰茜把围裙折成一个规整的四方形。

"家里还有钱吗,宝贝?"

弗兰茜看了一眼那个破杯子,"有一枚五分钱硬币,还有一些零散的分币。"

"你能拿七分钱,去给我买一件假衬衫和一个纸衣领吗?"

弗兰茜拿着钱来到布店,帮爸爸买今晚工作要穿的装束。假衬衫就是用较硬的亚麻布制成的衬衫前襟,穿戴时用一个领扣把它扣在脖子上,再用马甲固定住,天气特别热时,可以用来代替衬衫穿在西服里面,不过穿一次就得扔掉。

纸衣领并不完全是用纸做的,之所以叫这个名字,是为了区别于赛璐珞领①。赛璐珞领是穷人穿的，脏了只需用湿抹布擦几下就干净了。纸衣领则是将亚麻布浸泡变硬制成的，不过容易发皱和损坏，所以也只能穿一次。

弗兰茜买完衣服回来时，约翰尼已经刮完了胡子，打湿了头发，擦亮了鞋子，还穿上了一件干净的汗衫。汗衫没有熨过，背后还破了一个大洞，但它被洗得很干净，味道也很好闻。约翰尼站在椅子上，从碗柜顶端的架子上拿出一个小盒子。盒子里装着凯蒂送给他的结婚礼物——一枚珍珠纽扣，这在当时花了凯蒂一个月的工资。约翰尼非常珍视这份礼物，无论家里多困难，他都没想过把它当掉。

弗兰茜帮爸爸把珍珠纽扣扣到假衬衫上。约翰尼又用一颗金色的领扣将领口的蝴蝶结固定住。这枚领扣是希尔蒂送给他和凯蒂的订婚礼物，约翰尼也舍不得丢掉。他的蝴蝶结是由一条黑色丝带系成的，而且系得非常漂亮。

其他服务员都是戴那种现成的松紧带领结，但约翰尼不是。别的服务员要么穿着脏兮兮的白衬衫，要么穿着洗完后随便熨熨的衬衫，再搭配一个赛璐珞领。约翰尼跟他们不一样，他的衬衫和衣领虽然都是一次性的，但始终保持着干净、整洁，他的着装永远得体优雅。

约翰尼已经穿戴整齐了，他一头金色的波浪鬈发闪闪发光，身上有一股刚洗完脸和刮完胡子后干净清新的味道。他穿上外套，利落地扣上了扣子。他的燕尾服翻领处已经磨损，但谁会去注意这个微小的瑕疵呢？他的西装是那么合身，就

---

① 赛璐珞领：是一种在19世纪末至20世纪初十分流行的衣领。它由纤维素制成，这种材料可以处理成薄而硬挺的衣物，容易清洁且不需要熨烫，非常适合用于制作服装配件，如领子和袖口，便于使用者随时更换，保持整洁。赛璐珞领通常被视为一种廉价替代品，它的价格比高档的布料和饰带要便宜。

连裤子的折痕都是那么完美。一双擦得锃亮的黑皮鞋，鞋跟被垂下来的裤子刚好盖住，裤腿在鞋子内侧形成一个优雅的弧度。没有谁能把裤子穿得这么合身了，弗兰茜打心眼儿里为爸爸感到骄傲，她小心翼翼地把熨好的围裙放进专用的干净纸袋里。

弗兰茜送爸爸去坐电车。一路上，那些女人都对约翰尼投来微笑，但当她们看到约翰尼牵着一个小女孩后，笑容便僵在了脸上。单看约翰尼，完全是一个英俊、不羁的爱尔兰大男孩，很难想象，他是一个清洁女工的丈夫，还是两个经常挨饿的孩子的爸爸。

经过加布里埃尔店时，约翰尼和弗兰茜停下脚步，望着橱窗里的溜冰鞋。凯蒂从来没有闲工夫陪弗兰茜看这些。可约翰尼不一样，看他那架势，仿佛总有一天，他能给弗兰茜买一双。他们走到街角时，一辆格雷厄姆大街的电车正好驶过来。当电车减速停靠时，约翰尼一下跃上了站台，速度正好跟电车保持一致。电车再次开动，约翰尼站在车厢靠后的位置，紧紧地抓着扶手，斜着身子朝弗兰茜挥手告别。弗兰茜心想，天底下还有哪个男人比爸爸更帅气呢？

第四章

目送爸爸走后，弗兰茜回到院子，去了楼下弗洛茜·嘉迪斯那里，想看看她为今晚的聚会准备了什么样的衣服。

弗洛茜在一家儿童手套厂干活儿，养活妈妈和弟弟。工人有时会把手套缝反，弗洛茜的工作就是修正这些缝反的手套。她经常把活儿带回家干。她的弟弟得了肺痨，无法工作，因此钱对她来说，能多赚一分都是好的。

弗兰茜听人说，弗洛茜的弟弟亨尼快死了，可她不肯相信。亨尼明明活得好好的，气色也不错，皮肤白皙，双颊还泛着粉红，眼睛又大又黑，目光炯炯有神，像一盏不会随风而灭的明灯。不过，亨尼自己心里有数。他今年才十九岁，对生活充满了热爱，他想不通为什么自己年纪轻轻就要死掉。弗兰茜的到来，让嘉迪斯太太很高兴——有人来做客可以减少亨尼的胡思乱想。

"亨尼，弗兰茜来了。"嘉迪斯太太高兴地招呼道。

"你好，弗兰茜。"

"你好呀，亨尼。"

"你不觉得亨尼看起来气色不错吗，弗兰茜？你跟他说，他看起来不错。"

"你今天看起来不错，亨尼。"

亨尼对着一个他想象出来的朋友说道："弗兰茜告诉一个

快死的人，他看起来不错。"

"我说的是真的。"

"不，你只是嘴上这么说而已。"

"真的，亨尼。你看我，我这么瘦，不是也从来没想过会死掉吗？"

"你不会死的，弗兰茜。你会战胜生活的苦难。"

"话是这么说，不过我倒希望跟你一样，有粉扑扑的脸蛋。"

"如果你知道它是由什么引起的，你就不会这么想了。"

"亨尼，你去屋顶透透气吧。"嘉迪斯太太劝道。

"她竟然让一个垂死的人去屋顶上。"亨尼再次向他的"隐身朋友"说道。

"你需要呼吸新鲜空气，晒晒太阳。"

"别管我。"

"我是为了你的身体着想。"

"妈妈！妈妈！别烦我了！让我一个人静静！"

突然，亨尼把头埋进胳膊，发出一阵痛苦的咳嗽，还不时伴着抽泣。弗洛茜和妈妈互相看了看，同意让他自己待一会儿。他们从厨房出来，到前厅给弗兰茜展示弗洛茜今晚要穿的礼服，厨房里只剩亨尼在咳嗽和抽泣。

弗洛茜每个星期要做三件事：修正手套，设计衣服，追福兰克。她每个星期六都会参加化装舞会，每次都会穿不同的衣服。她的衣服都是经过精心设计的，用来掩盖她被烫伤的右臂。小时候，弗洛茜不小心身子栽倒在厨房地板上滚烫的煮衣锅上，从那以后，她的右臂就留下了疤痕。长大后那处烫伤的皮肤变得干瘪变形，还泛着吓人的紫色。因此，她总是穿着长袖遮住烫伤的手臂。

因为化装舞会的服装需要露出肩颈，微露胸前春光，所以弗洛茜设计了一种露背、显胸且只有一只袖子的礼服。舞会的评委们觉得单边的流苏袖子似乎具有某种象征意义。因此，弗洛茜的礼服总能在评选时拔得头筹。

弗洛茜穿上了今晚的服装，这衣服有点像人们想象中克朗代克①舞厅女孩的穿着风格。这是一条紫色紧身缎裙，裙摆里面有好几层淡红色的薄棉衬裙，左胸前缝着一只黑色亮片蝴蝶，右臂袖子则用豆绿色的薄绸做成。弗兰茜很喜欢这条裙子。嘉迪斯太太推开衣柜门，弗兰茜看到里面挂满了五颜六色的裙子。

弗洛茜有六条不同颜色的紧身长裙，还有六条衬裙和至少二十件薄绸袖子，你能想到的颜色她都有。弗洛茜每个星期都会把它们重新组合，穿出一身新装。下个星期六，樱桃红的衬裙可能会从天蓝色的紧身裙下露出来，配的长袖可能是一只黑色薄绸袖子。弗洛茜衣柜里还有二十几把卷得紧紧的、从来没用过的丝绸雨伞，那是她每次参加化装舞会赢得的奖品。弗洛茜收藏这些东西，就像运动员收藏奖杯一样。弗兰茜看到这些雨伞就感到很快乐——穷人就是这样，对数量大的东西总会有极大的热情。

弗兰茜欣赏着这些服装，心里却渐渐感到不安起来。看着那些夺目的颜色，红色、黄色、橙色、淡红色和亮蓝色，她总感觉这些衣服后面隐隐约约藏着什么东西——似乎在这

---

① 克朗代克：是加拿大的淘金热区域。这里于 1896 年发现了贵重的黄金矿藏，引发了一股淘金热潮。这股淘金热潮吸引了大量人口前往这个地区寻找财富。在淘金热期间，许多集市、酒吧、舞厅等服务淘金者的行业蓬勃发展。克朗代克舞厅女孩的服装通常色彩鲜艳，裙摆飘逸，露出肩部和胸部比较多，这种服装风格在当时引起了很大争议。在当时，人们普遍认为舞厅女孩穿着暴露、华丽和浪漫，这种形象一直延续到了电影和文学作品中。

修长而忧郁的衣装里，包裹着一个咧嘴而笑的骷髅，一只伤残的手骨。这东西躲在绚丽的服装后面，正等待着亨尼的到来。

第五章

　　傍晚六点，凯蒂和茜茜看完演出回来了。对于能见到茜茜姨妈，弗兰茜感到很开心。弗兰茜一共有三个姨妈，她最喜欢的就是茜茜姨妈，甚至到了痴迷的程度。茜茜今年三十五岁，前半生过得非常精彩——结过三次婚，生过十个孩子，不过，他们在出生不久后都夭折了。茜茜经常说，弗兰茜就是她的孩子。

　　茜茜在一家橡胶厂工作。在男女之事上，她的观念很开放。她生就一双眼波流转的黑眸子，乌黑发亮的鬈发色泽饱满，她总喜欢在头上戴一个樱桃色的蝴蝶结。今天凯蒂戴了一顶绿色帽子，衬得她的皮肤很白皙，像刚从瓶子里舀出的奶酪一样。凯蒂漂亮的双手戴着一双棉手套，遮住了因干活而变得粗糙的皮肤。她们两在回家路上说说笑笑，回味着在观看演出中听到的笑话。

　　茜茜给弗兰茜带了一份礼物，一个玉米棒子做成的烟斗。对着它吹气，一只橡胶做成的老母鸡就会从烟斗里钻出来，你越吹，老母鸡就越大。这个玩具是茜茜从橡胶厂带回来的。这家橡胶厂表面上生产橡胶玩具，实际上生产的是大人们私底下买的某样橡胶制品。

　　弗兰茜希望茜茜姨妈能留下来吃晚饭，只要茜茜姨妈在，一切都会变得热热闹闹，充满欢乐气氛。弗兰茜觉得茜茜姨妈很懂怎么和小孩子相处，不像其他人那样，把孩子当成可爱却麻烦的小鬼头，茜茜姨妈则把孩子当成平等的人对待。凯蒂挽留了几次，让茜茜留下来吃饭，但她还是执意要走。她说，她得回去，看看她家那口子是否还爱她。凯蒂听到这里不禁笑出声来，弗兰茜也跟着笑了，尽管她还不太懂茜茜姨妈说的到底是什么意思。茜茜临走时承诺，以后每月一号都会带着杂志来看弗兰茜，说完便离开了。茜茜的现任丈夫在一家通俗杂志社工作，每个月都能拿到一摞杂志副本，有爱情故事、西部荒野故事、侦探故事、灵异故事等。杂志的封面色彩很鲜艳，他从库房拿到这些刊物时，这些杂志都被一段新的黄色麻绳捆起来。他把杂志交给茜茜，再由茜茜转交给弗兰茜。弗兰茜废寝忘食地读完后，再半价卖给附近的社区文具店，然后把赚到的钱放进妈妈的锡罐子里存起来。

茜茜离开后，弗兰茜同妈妈讲起了在罗什面包房的经历，提到了那个脚很脏的老头。

"别胡思乱想。"凯蒂说，"人老了并不是什么悲剧，除非世上只有他这么一个老人了。事实上，还有其他老人陪着他。人老了并不意味着不快乐，他们只是不再去追求我们渴望的东西，他们只想得到温暖，想有一口软和的东西吃，想聚在一起互相回忆往事。你不用太过焦虑，如果这世上有一件事是能确定的，那就是我们终有一天都会老去。所以，你得调整心态，适应现实。"

弗兰茜知道，妈妈说的都是对的，不过，发现妈妈转移了话题，弗兰茜还是很高兴。她们一起计划，在接下来的一周里，怎样用从罗什面包房买来的过期面包做一家人的饭。

他们一家人的生计几乎靠过期面包维持，而凯蒂总是能化腐朽为神奇，让这些过期面包变得美味可口。凯蒂先取出一个过期面包，用滚烫的开水淋在上面，然后搅拌成糊状。再加入盐、胡椒、百里香、洋葱末和一个鸡蛋（如果鸡蛋便宜的话）调味，最后把它放进烤箱里烘烤。当面包被烤得焦黄时，凯蒂会用半杯番茄酱、两杯开水、少许浓咖啡和适量调味料调成的酱汁，再加上芡粉勾芡，让酱汁变得浓稠，最后浇在刚出炉的面包上。加工后的面包热乎乎的，十分可口，吃完满口留香。第二天，凯蒂会把没吃完的面包切成薄片，用熏肉的油煎着吃。

凯蒂还会用过期面包片、糖、肉桂，外加一个一分钱的苹果切成的薄片，做成精致的面包布丁。面包布丁被烤成褐色的时候，再在上面浇上一点融化的糖水。有时，凯蒂会用过期面包做一个她自创的"香甜油炸面包糊"，说白了就是用不要的面包屑做成的东西。这种做法需要把过期面包浸入面粉、水、盐和鸡蛋混合而成的面糊中，然后再放入热油中煎炸。每当这时，弗兰茜就会跑去糖果店，买一包棕色的冰糖，回家后用擀面杖将冰糖压碎，等面包出锅后撒在上面。还未完全融化的冰糖，亮晶晶地粘在面包上，味道好极了。

星期六的晚餐很丰盛，诺兰一家吃上了炸肉！凯蒂用过期面包加水调成糊，再加入十分钱的碎肉搅拌，洋葱已经在买肉前加进去了，最后放点盐和一分钱的欧芹增香提味。凯蒂把混合后的面包馅捏成小球，陆续放入锅中油炸，出锅后蘸点儿热番茄酱就能吃。这些肉球有一个名字，叫"弗尼大肉丸"，取自弗兰茜和尼利的名字，算是苦中作乐。

他们一家主要靠这些过期面包、炼乳、咖啡、洋葱和土豆等做成食物来维持生计。有多余的钱时，他们会买一分钱的佐料来提升口味。偶尔，他们也能吃上一根香蕉。但弗兰茜很想吃橙子和菠萝，还有只在圣诞节才能吃到的橘子。

有一点闲钱时，弗兰茜会去买一些碎饼干。杂货铺会用一张皱巴巴的纸做成喇叭状的外壳，然后在里面装上碎掉的、不能再整块出售的饼干碎片。而凯蒂的原则是，要是手里有一分钱，与其买蛋糕或糖果，还不如去买一个苹果。为什么要买苹果呢？弗兰茜觉得，生土豆的味道也很好啊，关键是不用花钱就能弄到。

不过有一段特殊时期，特别是在寒冷、漫长的冬天快要结束时，不管弗兰茜肚子有多饿，她都没什么胃口，这就意味着一年一度的"吃腌黄瓜时间"到了。弗兰茜会带着一分钱去摩尔街上的犹太泡菜店，而那家店除了浸泡在加了香料的盐水中的黄瓜以外，什么也没有。一个留着长长的白胡子、带着黑色圆顶小帽、牙齿掉光的老头守在那里，手拿一根木叉子，他是腌黄瓜的，也负责售卖。

像其他小孩一样，弗兰茜说："我要一分钱的犹太佬泡菜。"

老头瞪着面前的爱尔兰小女孩。他的眼圈红红的，眼睛小小的，像是受到了迫害，但里面显然燃起了熊熊怒火。

"外族佬！外族佬！"老头向弗兰茜啐了一口，他痛恨别人叫自己"犹太佬"。

弗兰茜并没有恶意，她甚至不知道这个词到底是什么意思，她以为大人们用这个词来形容某种异类人，而这是一种和善的称呼。不过，老头并不知道弗兰茜是无辜的。弗兰茜听人说，这个老头有一只桶里的腌黄瓜只卖给非犹太人。据说他每天都会往里面吐口水，或者做更过分的事，因为他要报复那些外族人。但是，由于没有确凿的证据，弗兰茜不相信这是真的。

老头拿着叉子搅啊搅，脏污白胡子后面的那张嘴一直嘟嚷着，似乎在念什么咒语。弗兰茜跟他说要桶底的腌黄瓜，这让他十分抓狂，不禁吹胡子瞪眼起来。费了好大劲儿，他终于从桶底捞出了一份通体肥美、品相不错的黄瓜，然后放在一张褐色的纸上，包好后交给弗兰茜。在此期间，他的嘴一直没有停止过咒骂。老头用粗糙的手接过弗兰茜的一分钱，然后骂骂咧咧回到店铺后面。老头一摇晃脑袋，他那浓密的白胡子也跟着一翘一翘的。直到想起旧时在故乡的日子，他的情绪才逐渐平静下来。

弗兰茜整整吃了一天的腌黄瓜，不过她只是吮吸和啃咬，并没有完全吃掉。当她在家里吃了无数次面包和土豆后，她很想念酸脆爽口的腌黄瓜。奇怪的是，吃了一整天的腌黄瓜后，回过头来她发现面包和土豆其实也挺好吃的。这样看来，吃腌黄瓜的日子倒也值得期待。

第六章

尼利回家后，凯蒂让他和弗兰茜一起去买星期天要吃的
肉。买肉可是家里的大事，凯蒂少不了要叮嘱好几遍："在哈
斯勒那里买五分钱熬汤用的骨头，但肉别在他家买，去沃纳
那里买。记住买现切的后腿肉，一毛钱的就够了，不要买盘
子里已经切好的肉。还有，记得带一个洋葱去。"

弗兰茜和尼利在案板前站了很久，屠夫才注意到他们。

"你们买什么？"屠夫终于问了他们。

弗兰茜像模像样地说道："我买一毛钱的后腿肉。"

"切好的要不要？"

"不要。"

"刚刚有个女的在我这儿买了两毛五分钱的后腿肉，我不
小心切多了，就是盘子里这些，刚好是一毛钱的。真不骗你，
我刚刚才切的。"

这是凯蒂特意叮嘱过的点，任屠夫说破天，也不要买盘
子里剁好的碎肉。

"不，我妈妈说要一毛钱现切的后腿肉。"

屠夫有些恼怒地砍下一小块肉，称完把它摔在纸上，正
要包起来时，弗兰茜颤颤巍巍地说道："哦，我忘了，我妈妈
说还要把肉剁碎。"

"见鬼！"屠夫把肉拎起来塞进了绞肉机。见唬不住一个

小丫头，屠夫心里有些气恼。新鲜碎肉沿绞肉机出口旋转而下，屠夫把它们拢在手里，正要扔到纸上包起来，这时……

"我妈妈说还要把这个洋葱剁进肉里。"弗兰茜怯生生地说完，把从家里带来的剥了皮的洋葱推到案板对面。尼利站在一旁，什么话也没说，他唯一的作用就是给弗兰茜精神支持。

"天杀的！"屠夫被彻底惹怒了，但他还是接过洋葱，用两把菜刀把洋葱和碎肉剁在一起。弗兰茜一直盯着看，她喜欢听菜刀和案板碰撞的节奏，那声音跟击鼓似的。屠夫再次收起碎肉，把它们重重摔到纸上后，瞪了一眼弗兰茜。还有最后一个要求，弗兰茜觉得很难开口。屠夫也猜到了一二，他站在那里等着，身子有些颤抖。最后，弗兰茜豁出去了，说道："还要用一块板油炒一下。"

"小杂种！"屠夫怨毒地低骂了一句。他砍下一块白色的板油，为了泄愤，又故意把板油掉在地上，再捡起来扔到碎肉里。屠夫愤怒地把肉包好，没好气地从弗兰茜手里接过钱，一边交给老板，一边埋怨自己是造了什么孽才来当屠夫。

买完肉后，弗兰茜和尼利去哈斯勒那里买熬汤用的骨头。哈斯勒家的骨头质量不错，肉好不好就不得而知了，因为他总是关起门来事先把肉剁碎，鬼知道会从他那里买到什么肉。尼利拎着肉在外面等弗兰茜，因为要是被哈斯勒看到你在别的地方买了肉，他会毫不客气地让你哪儿买的肉就去哪儿买骨头。

弗兰茜花了五分钱，要了一根好骨头，用来星期天炖汤。哈斯勒让她稍等，其间给她讲了一个老掉牙的笑话，说是一个人来这里给狗买两分钱的肉，哈斯勒问他是打包拿走，还是在这里吃。弗兰茜腼腆地笑了笑。心情愉悦的哈斯勒走向冰柜，回来时手里举着一根通体白亮的骨头，里面是奶白色骨髓，两端粘着少许的红肉。他让弗兰茜好好瞧瞧。

哈斯勒嘱咐道："你妈妈炖完汤后，让她把里面的骨髓抠出来，涂在面包上，加点儿胡椒粉、盐，给你做个美味的三明治。"

"我会跟妈妈讲的。"

"你吃完它，会长二两肉，哈哈。"

哈斯勒包好骨头，收了钱，又切下一块厚厚的碎肝香肠送给弗兰茜。弗兰茜心里很愧疚，面对这么好的一个人，她居然去别的地方买肉。可是没办法，妈妈信不过他卖的碎肉。

买完肉后还是傍晚时分，街灯尚未亮起，一位老婆婆已经在哈斯勒店前碾磨刺鼻的辣根了。弗兰茜拿出从家里带来的杯子，向老婆婆买了半杯辣根，花了两分钱。今天的买肉任务圆满完成，弗兰茜松了一口气。接着，弗兰茜去蔬菜店买了两分钱的菜：一根干瘪的胡萝卜，一根奄拉的芹菜，一个发软的番茄和一捆新鲜的香菜。这些菜会和骨头一起煮成浓汤，汤里会漂浮着零星的碎肉。凯蒂还会往汤里加入自己做的宽宽的面条。再加上抹了骨髓的面包，算得上星期天丰盛的大餐了。

晚餐吃过"弗尼大肉丸"、土豆、碎馅饼和咖啡后，尼利去街上找朋友们玩。这些男孩子从来不事先约定，但吃完晚饭后他们总是不约而同地聚在街角。一晚上他们都会在那里，手插在兜里，肩膀向前佝着，不时争论、笑骂、推搡，或跟着口哨的旋律跳舞。

弗兰茜的朋友莫迪·多纳文也来了，拉着她一起去做忏悔。莫迪是个孤儿，和两个还没嫁人、在家做工的姨妈一起生活。

莫迪的两个姨妈靠做寿衣谋生，她们在家做好寿衣，然

后成打卖给一家棺材铺子。她们做缎面寿衣：白色的给还是
处女之身的死者，淡紫色的给年轻死者，紫色的给中年死
者，黑色的给老年死者。莫迪带了一些做寿衣剩下的边角布
片，送给弗兰茜，她觉得弗兰茜可能会利用这些材料做点什
么。弗兰茜假装很高兴，可是把布片收下后，不禁觉得毛骨
悚然。

教堂里香烟缭绕，烛光摇曳。修女们在祭坛上摆满鲜花。
圣母的祭坛上有最漂亮的花。在修女眼中，圣母比耶稣和约
瑟夫更受欢迎。人们在忏悔室外排起长队。那些女孩子和她
们的恋人都想在约会前做完忏悔，好不耽误接下来的安排。
找奥弗林神父忏悔的队伍排得最长，因为他不仅年轻、善良、
宽容，而且忏悔很容易被他接受。

轮到弗兰茜忏悔时，她推开沉重的帘子，跪倒在忏悔室
里。神父推开将他和罪人隔开的小门，在格子窗后做了一个
十字架的手势，古老的神秘感扑面而来。神父闭着眼睛，用
拉丁语快速而单调地低语。弗兰茜闻到了熏香、蜡烛、鲜花，
以及神父的黑袍和剃须水混合的气味。

"保佑我，神父，我有罪……"

弗兰茜快速忏悔了自己的罪过，也很快得到了赦免。她
双手合十，低头走出了忏悔室。来到祭坛前，她行了屈膝礼，
然后跪在栏杆前。她用珍珠母做的念珠一边进行悔罪，一边
数着祷告的次数。相比之下，莫迪的生活就没有那么复杂，
需要忏悔的罪过也比较少。所以，她早早地出来了。弗兰茜
走出教堂的时候，莫迪已经在外面的台阶上等她了。

弗兰茜和莫迪互相搂着对方的腰，在街上逛来逛去，就
像布鲁克林其他女孩一样。莫迪身上有一分钱，买了一个冰
激凌三明治，让弗兰茜咬了一口。很快，莫迪就得回去了，

因为超过八点，她的姨妈们就不让她在街上瞎逛了。两人约好下个星期六还要一起去忏悔，之后就准备各自回家了。

"别忘了，"莫迪边走边说，"这次是我找你，下次轮到你来找我了。"

"我不会忘的。"弗兰茜保证。

弗兰茜回到家时，发现前厅有客人，原来是艾薇姨妈和她的丈夫威利·弗里特曼。弗兰茜很喜欢艾薇姨妈，因为她不仅长相酷似妈妈，还很幽默，她说出的话总让人忍俊不禁。艾薇姨妈还可以模仿世界上任何一个人，像表演一样精彩。

威利带来了吉他，所有人都跟着他的弹奏唱歌。威利瘦瘦的，头发黑亮，留着几缕小胡子。考虑到他右手没了中指，所以，他的吉他算是弹得不错了。每当到了需要中指弹奏的地方，他就用大拇指重重地敲一下那根弦来代替。所以，他弹奏的歌曲听起来有点奇怪。弗兰茜进来的时候，威利姨父已经快把他会的歌全都弹完了，弗兰茜赶上了最后一首。

弹唱结束后，威利出去拿了一瓶啤酒，艾薇则拿来一条粗面包和十分钱的奶酪。就这样，他们边吃边喝。几口啤酒下肚后，威利开始大倒苦水。

"看看我，凯蒂，"他对弗兰茜的妈妈倾诉道，"我一无是处，简直糟糕透了。"听到这句话，艾薇翻了个白眼，叹了口气，嘴角扯了扯。"孩子们对我没大没小，"威利接着说，"老婆也瞧不上我，就连'鼓手'，我那匹运送牛奶的马，都让我心里不痛快。你知道它前几天对我做了什么吗？"

威利身体前倾，弗兰茜看到他眼里泛起了泪花，但眼睛却因此显得格外明亮。"我在马厩里给它洗澡，正洗到肚子的时候，它竟然尿了我一身。"

凯蒂和艾薇忍住没笑，只是互相看了看对方。突然，凯蒂瞪向弗兰茜，她眼里的笑意没有散去，但嘴角却是严肃的。收到妈妈的暗示，弗兰茜赶紧低头假装看地板，还皱起眉头，尽管她心里在笑。

"'鼓手'真这么干了，马厩里的人都嘲笑我。"威利又灌了一口啤酒。

"好了，老威。"艾薇安抚道。

"艾薇不爱我。"威利向凯蒂告状。

"我——爱——你，老威。"艾薇用温柔的声音向他保证，这样温柔的嗓音本身也是一种安抚。

"你也就刚结婚的时候爱我，现在不爱我了，不是吗？"威利在等一个回答，不过，艾薇没有接话。

"你看，她就是不爱我了。"威利得出结论。

"我们该回家了。"艾薇说。

每晚睡觉之前，弗兰茜和尼利都要读一页《圣经》和一页莎士比亚的作品，这是雷打不动的规矩。以前是妈妈为他们读，现在他们可以自己读了。为了节省时间，尼利读《圣经》，弗兰茜读莎士比亚。他们已经这样分工合作读了六年，到现在，《圣经》已经读了一半，莎士比亚的作品读到了《麦克白》。

弗兰茜和尼利飞快地读完后，已经是晚上十一点了。除了还在工作的约翰尼，家里所有人都已经上床躺好了。

星期六晚上，弗兰茜可以破例睡在前厅。她把两把椅子推到窗前，然后并成一张床，这样她就可以看到街上形形色色的路人了。躺在那里，她可以清楚地听到各种各样的声音。不断有人进来，回到他们的公寓。听起来，有的人很疲惫，拖着沉重的步伐，有的人则是轻快地跑上楼梯。有个人摔了一跤，咒骂着楼道里的破油毡。有一个婴儿在装模作样地大哭。还有一个醉汉在数落他老婆所过的罪恶生活。

凌晨两点，弗兰茜听到爸爸上楼时轻唱的歌声。

……亲爱的的莫莉·马龙。

推着她的独轮车，

穿过大街小巷，

独自哭泣……

当唱到"独自哭泣"时，凯蒂打开了门。这是约翰尼和他们玩的一个小游戏。如果他们在约翰尼唱完这段之前打开门，就算他们赢。如果约翰尼还没进门就唱完了，则算约翰尼赢。

弗兰茜和尼利下了床，围在厨房的餐桌边。约翰尼把今晚挣到的三十分钱放在桌子上，分给每个孩子五分钱。凯蒂让他们把钱存进锡罐子里，因为这周卖破烂挣到的钱，他们已经花过了。约翰尼带回了一大纸袋婚礼上没吃的食物。有些客人没有来，新娘便把没动过的食物分给了服务员们。纸袋里有半只冷炙龙虾，五只冷炸牡蛎，一小罐鱼子酱和一块罗克福奶酪。孩子们不喜欢吃龙虾，冷炸牡蛎吃起来没有味道，鱼子酱太咸了，但他们实在是太饿了，所以，桌上的东西很快就被一扫而空。没有什么是他们不能消化的，要是指甲盖能吃的话，没准儿他们也会吃掉。

一顿饱餐后，弗兰茜意识到一件事：从零点到明天弥撒结束前不能吃东西，而她没能遵守，所以明天就不能领圣餐了。说起来，这真是一个正儿八经的罪过，下个星期得找神父忏悔才行。

尼利回到床上，继续呼呼大睡。弗兰茜走进黑暗的前厅，坐在窗边，她现在还不困。凯蒂和约翰尼还在厨房里，他们会坐在那里聊天，一直聊到天亮。约翰尼讲了他今晚的工作，看到的人，他们的模样和说话方式。他们对生活充满了向往。不光把自己的生活过得充实，这还不够，他们还要了解身边所有人的生活情况。

约翰尼和凯蒂就这样畅谈了一夜，他们的声音在黑暗中连续不断，给人一种安稳和舒心的感觉。现在是凌晨三点，街上非常安静。弗兰茜看到住在公寓对面的一个女孩和恋人跳完舞回家。在女孩家楼下门前，他们紧紧拥抱，依依不舍地告别。女孩身体往后仰时不小心碰到门铃，她的父亲听到声音后，穿着短裤便忙不迭地跑了下来。女孩的父亲压着声音咒骂那个男孩，让他赶紧去死，让他麻溜地滚远点。女孩赶紧跑上楼，一边跑一边笑，乐得快要岔气了，男孩则流里流气地吹着《今夜我和你独处》的口哨，沿着街道大摇大摆地离开了。

当铺老板托莫尼先生度过纸醉金迷的纽约之夜后，这时也坐着一辆双座马车回来了。托莫尼从来没有进过当铺，他继承下了当铺，同时继承下的，还有一位能干的经理，他把生意全都扔给了经理，自己当起了甩手掌柜。没人清楚他这么有钱，为什么要住在一家当铺的楼上，他在威廉斯堡的贫民窟里过着纽约贵族般的生活。一位进过托莫尼房间的泥水匠说，他的房间里摆放着雕像、油画和白色毛皮地毯。托莫尼是个单身汉，每周行踪不定，没人看到他星期六晚上是什么时候离开的，只有弗兰茜和巡警看到他是什么时候回来的。弗兰茜看着托莫尼的一举一动，感觉自己像剧院包厢里的一个观众。

托莫尼戴着的丝质高帽遮住他的一只耳朵，夹在他腋下的拐杖手柄在街灯下泛着银色的微光。托莫尼掀开白色缎面披风，从兜里拿出钞票。车夫接过钱后，拿着马鞭的手碰了碰帽子边缘以示感谢，然后甩了甩马缰绳驾车离开了。托莫尼站在那儿目送马车离开，仿佛这是他美妙夜生活的最后一个环节。马车走远后，他回到了自己的豪华公寓。

托莫尼应该经常去一些很有名的地方，比如赖森韦伯和华尔道夫两家餐厅。弗兰茜暗下决心，有朝一日，她也要去这些地方看看。到了那一天，她会穿过威廉斯堡桥，前往只有几个街区之隔的纽约城区，找到这些好玩的地方，好好开开眼。只有这样，她才能切身体会到托莫尼的快乐，才能对这位先生有准确的了解。

一阵清新的微风从海上吹来。远处，北边意大利人聚集的院子里传来公鸡的打鸣声。接着，远处的狗也应声叫了起来，隔壁马厩里之前还在沉睡的马匹鲍勃也发出了一阵响亮的嘶鸣。

弗兰茜很喜欢星期六，因此，她不想用睡觉来将其结束。即将到来的一周让她感到不安，她要把关于星期六的美好记忆全刻进脑海里，除了买面包时遇到的那个老头，其他一切都很完美。

除了星期六之外的其他夜晚，弗兰茜都得睡在自己的床上，她总能从通风口听到来自另一个公寓的争吵，听内容大概是一个新婚女人和她开卡车的丈夫。女人总是温柔地恳求，而她丈夫则粗暴地回应，然后是短暂的沉默。之后便传来男人的鼾声，女人则在一旁可怜兮兮地哭到天亮。

回想起那些啜泣声，弗兰茜颤抖起来，本能地用双手飞快地捂住耳朵。忽然想起今天是星期六，她现在睡在前厅，听不到来自通风口的声音。是的，今天仍然是星期六，而且很美好。还要很久才到星期一，另外，中间还隔着一个相安无事的星期天呢。回想起陶罐里的金莲花，马儿在阳光下洗澡，还在树荫下乘凉……弗兰茜眼皮开始打起了架。

她隐约听到爸爸和妈妈在厨房聊天，他们回忆起以前的事情。

"第一次见你时，我才十七岁，"凯蒂说，"那时我还在卡瑟·布莱德工厂上班。"

"那会儿我已经十九岁了，"约翰尼回忆道，"正跟你最好的朋友希尔蒂谈恋爱呢。"

"哼，跟她这种人——"凯蒂不屑地说道。

清甜的暖风拂过弗兰茜的头发。她把双臂交叉搭在窗台上，脑袋靠在上面，抬眼望着夜空的星星，没过多久，就进入了梦乡。

第二卷

第七章

在布鲁克林1900年的那个夏天，也就是十二年前，约翰尼·诺兰第一次见到了凯蒂·罗姆利。那时约翰尼十九岁，凯蒂十七岁。凯蒂在卡瑟·布莱德工厂上班，她最好的朋友希尔蒂·奥黛尔也在那里上班。凯蒂和希尔蒂可谓亲密无间，希尔蒂是土生土长的爱尔兰人，而凯蒂的父母在奥地利出生。相比之下，凯蒂更漂亮，而希尔蒂更奔放。希尔蒂有一头亮丽的金发，脖子上经常戴着一个石榴红的薄绸蝴蝶结，嘴里嚼着森森牌口香糖，对当下流行歌曲了如指掌，舞也跳得不错。

希尔蒂有个男朋友，算是花花公子，这个男人每个星期六都会带她去跳舞，这个人名叫约翰尼·诺兰。约翰尼有时会独自在工厂外面等她，有时会带着一群哥们儿一起等，大家聚在角落里有说有笑。

有一天，希尔蒂让男朋友给凯蒂也找一个舞伴，约翰尼答应了，他们一行四人坐电车去卡纳西游玩。两个男人都戴着草帽，帽檐上有一根绳子，绳子另一端系在他们的衣襟上。强劲的海风把他们的帽子吹掉了，他们拼命地抓住绳子将其扯回来，希尔蒂和凯蒂被他们滑稽的模样逗得前仰后合。

约翰尼和希尔蒂翩翩起舞，凯蒂则拒绝和自己的舞伴跳舞。凯蒂的舞伴没有文化，而且言行举止非常粗俗，他会在凯蒂从厕所回来时说"我以为你掉进茅坑里了"之类的话。不过，凯蒂并不拒绝对方为自己买啤酒，她一个人坐在桌前欣赏约翰尼和希尔蒂的舞姿。凯蒂心中暗想，世界上再也找不出像约翰尼这么好的男人了。

约翰尼的腿修长而纤细，鞋子擦得锃亮。他跳舞时脚尖朝里，整个身体跟着音乐节奏舞动，舞姿舒展而优美。跳了一会儿，约翰尼感到有些发热，便把外套脱下来搭在椅背上。他的长裤很显身材，白衬衫则被扎进腰带里。他的高领衬衫系着圆点领带，跟他草帽上的带子相得益彰，而衬衣袖子上别着淡蓝色的袖箍。凯蒂断定，这袖箍肯定是希尔蒂做的，想到这儿，心里的醋意涌了上来，所以直到现在，凯蒂都讨厌淡蓝色。

就这样，凯蒂始终目不转睛地看着约翰尼。约翰尼很年轻，身材修长，一头金色鬈发，一双深蓝色眼睛。他的鼻子很挺，肩膀宽阔而板正。凯蒂听到邻桌的女孩们评论约翰尼穿得非常时髦，那些女孩的舞伴则夸约翰尼舞跳得不错。虽然约翰尼不是自己的男朋友，但凯蒂还是为此感到骄傲。

当乐队奏响《甜蜜的罗西·奥格雷迪》时，约翰尼出于礼节，邀请凯蒂跳了一支舞。凯蒂感受到约翰尼的手臂挽着自己，于是，本能地让自己跟上他的节奏。那一刻，凯蒂认定，约翰尼就是自己要找的男人。她别无所求，只想往后的日子里都能看到约翰尼、听他说说话。就在那时，凯蒂下定决心，只要能过上这样的生活，哪怕一辈子给他当牛做马也愿意。

也许这个决定是凯蒂这辈子犯下的最大的错误，她应该再等等，直到某个倾心于她的男人出现。这样一来，她的孩子就不会挨饿，她也不必为了生计去擦地板，她对约翰尼的记忆也会一直停留在最美好、最温暖的那一刻。但是，凯蒂铁了心要跟约翰尼·诺兰，而不是其他任何人。所以，她准备发起攻势，一举拿下约翰尼。

在接下来的星期一，凯蒂开始和希尔蒂的竞争。当工厂下班的哨声响起时，她率先跑出工厂，抢在希尔蒂之前赶到街角，用婉转动听的声音跟约翰尼打招呼。

"你好呀，约翰尼·诺兰。"

"你好呀，亲爱的凯蒂。"约翰尼回答。

此后，凯蒂每天都会设法跟约翰尼说几句话。约翰尼发现自己渐渐有些期待每天在街角和凯蒂相见。

一天，凯蒂用了一个女人的万能借口——她跟女领班说自己来例假了，身体不太舒服。于是，她提前十五分钟下了班。见到约翰尼时，他正和一帮朋友在街角，吹着《安尼·鲁尼》的调子打发时间。约翰尼斜带着帽子，遮住一只眼睛，双手插进口袋里，在人行道上跳起了华尔兹。路过的行人纷纷驻足欣赏，就连巡逻的警察都朝他喊道："简直浪费了，哥们儿，你就应该上台表演。"

约翰尼看到凯蒂走过来，停止了舞蹈，咧嘴冲她笑了笑。凯蒂穿了一身灰色紧身裙，衣服上镶着工厂的黑色穗边，看起来非常吸引人眼球。穗边做工很复杂，目的是恰到好处地勾勒出凯蒂胸部的曲线，尽管裙子胸前的两排荷叶边装饰已经让胸部呼之欲出了。凯蒂戴了一顶樱桃色帽子，正好跟这身灰色打扮相配。她脚上穿着一双小羊皮鞋，鞋帮高高的，鞋跟尖尖的。她的棕色眼睛亮晶晶的，脸颊因兴奋和羞赧而发红。她想，为了追求一个小伙子，把自己打扮得这么漂亮，还真是破天荒头一回。

约翰尼向凯蒂打招呼，他的那帮哥们儿也识趣地离开了。

在那个特殊的日子里，凯蒂和约翰尼对彼此说了什么，他们自己也想不起来了。只记得，在那次有些随意却又郑重其事的谈话中，两人暗生情愫，他们开始意识到自己热烈地爱着对方。

下班的哨声响起，女孩们纷纷走出工厂。希尔蒂穿着一身泥褐色衣服，头发往后梳得高高的，头戴一顶黑色水手帽，帽子被一根长帽针固定在头上。

希尔蒂看到约翰尼时，脸上露出了毫无保留的灿烂笑容，可看到约翰尼身边的凯蒂时，那笑容瞬间变成了杀意和恐惧，然后是仇视。希尔蒂从头上拔下帽针，冲向约翰尼和凯蒂。

"凯蒂·罗姆利，他是我男友！"希尔蒂尖叫起来，"你不能把他从我身边抢走。"

"希尔蒂，希尔蒂。"约翰尼用柔和的声音不急不躁地说道。

"我想这是一个自由的国家。"凯蒂说完，甩了甩头发。

"强盗谈什么自由！"希尔蒂一边歇斯底里地叫着，一边拿帽针向凯蒂刺去。

约翰尼拦在两个女孩中间，帽针划到了他的脸上。这时，从工厂下班的女孩们聚在一旁叽叽喳喳地说个不停，她们都在兴奋地看着这场好戏。约翰尼只好一手拉住一个，把她们拽过拐角，带进一个门厅，用胳膊拦住出口，然后安抚两人的情绪。

"希尔蒂，"约翰尼说道，"我没那么好，我不该给你错误的示意，我现在发现不能和你结婚。"

"这一切都是她的错！"希尔蒂哭着说。

"是我的错。"约翰尼主动把错揽到自己身上，风度翩翩地说，"在我遇到凯蒂之前，我不知道什么是真爱。"

"她可是我最好的朋友啊。"希尔蒂满腹委屈地说，仿佛约翰尼犯了乱伦罪。

"凯蒂现在是我挚爱的女孩，我能说的只有这么多。"

希尔蒂一边哭一边争辩，约翰尼让她安静下来，解释了自己和凯蒂的情况。约翰尼快刀斩乱麻般得出结论——从此以后，他和希尔蒂各走各的路。他很满意这句话，又重复了一遍，享受着眼下这一刻的戏剧性，"今后你走你的路，我走我的路。"

"你想说的是，我走我的路，你走她的路，对吧？"希尔蒂苦涩地讽刺道。

最后，希尔蒂选择离开，她独自一人走在大街上，肩膀耷拉着。约翰尼跟在她后面，用胳膊搂住她，温柔地向她吻别。

"我也不想事情发展成今天这个地步。"约翰尼伤感地说道。

"你心里不是这么想的，"希尔蒂脱口说道，"如果你真这么想，"她带着哭腔，"你就会让她走，然后和我重归于好。"

凯蒂也哭了。不管怎么说，希尔蒂曾是她最好的朋友。凯蒂也吻了希尔蒂。看到眼前希尔蒂那被泪水浸湿、因仇恨而瞪大的眼睛，凯蒂移开了目光。

这场感情纠葛的结局就是，希尔蒂走她自己的路，约翰尼走凯蒂的路。

约翰尼和凯蒂谈了一段时间恋爱，然后订了婚。1901年元旦，他们在凯蒂所属的教堂结了婚。他们结婚时，相识的时间还不到四个月。

托马斯·罗姆利永远也不会原谅凯蒂这个女儿，事实上，他对每一个嫁出去的女儿都不会原谅。他的育儿经很简单——必须有利可图。男人要享受生孩子的乐趣，而养育孩子的精力和金钱能少投入就少投入。等他们长大到十几岁，就让他们出去工作，给他这个当爹的赚钱。凯蒂今年十七岁，也就是说，凯蒂结婚时才工作了四年。托马斯觉得，凯蒂还欠着自己一笔账没还完。

托马斯痛恨身边所有的人和事，从来没有人知道为什么。托马斯是一个身材高大、长相帅气的男人，一头铁灰色的鬈发覆盖在他狮子一般的头颅上。为了逃兵役，他和新婚妻子一起从奥地利跑出来。他憎恨自己的祖国，也冥顽不化地拒绝喜欢新国家。他能听懂英语，也能开口说英语，但当别人用英语和他讲话时，他却选择置之不理。在家里，他禁止女儿们讲英语。尽管如此，女儿们还是只懂很少的德语。妈妈坚持让女儿们在家里只说英语，她的想法是，女儿们能听懂的德语越少，就越少知道她们的父亲是多么的残忍。因此，四个女儿在成长过程中很少跟老头子交流。除了咒骂女儿，托马斯从来不和她们说话，他对孩子们张口闭口"Gottverdammte"（德语，意为"天杀的"），简直就像说"你好"和"再见"一样稀松平常。他憎恨奥地利，也憎恨美国，最令人匪夷所思的是，他最恨的竟然是俄国。关键是他从来没去过俄国，也从没见过俄国人，没人理解他对那样一个模糊的国家和人民的憎恨从何而来。这个古怪的老头就是弗兰茜的外公，弗兰茜恨他，就像妈妈、姨妈们恨他一样。

玛丽·罗姆利是托马斯·罗姆利的妻子，弗兰茜的外婆，是一个像圣徒一般善良的人。她没有接受过教育，没读过什么书，甚至不会写自己的名字，但她的脑海里有一千多个故事和传说，有些是她为了逗孩子自己编的，有些是她的母亲和外婆讲给她的古老民间故事。她还知道许多悠久的民歌，还有让人深受启发的谚语。

玛丽有虔诚的宗教信仰，能将每个天主教圣徒的生平如数家珍般一一道来。她相信世上有鬼魂、仙女以及超脱自然的东西。她对草药了如指掌，可以给别人煮草药，也可以煮出符水来——只要那人不用符水去作恶。在老家奥地利，玛丽还因为聪明而受人尊敬，也经常有人向她请教这样那样的事情。她一生没有造过罪孽，但她能理解那些罪人内心的苦衷。在道德上，她总是严于律己，宽以待人。她尊崇上帝，热爱耶稣，但她也理解为什么有的人会经常背离他们。

玛丽结婚时还是个处女，丈夫毫不怜香惜玉，他的粗暴扼杀了玛丽对爱情的憧憬。所以，她能够理解强烈的爱情渴望能让女孩——正如人们所说的——误入歧途。她也理解，因为强奸而被社区驱赶的男孩，说不定仍然心存良善。她理解为什么人们不得不撒谎、偷窃和互相伤害，她知道人类所有可怜的弱点，也知道许多残酷的力量。

可惜，玛丽不识字，也不会写字。

玛丽的眼睛是浅棕色，看上去清澈而无辜。她一头棕色的秀发从中间分开，垂在耳边。她的皮肤白皙清透，唇瓣很柔软。她说话时，声音轻柔、温暖而悠扬，听她说话感觉如沐春风，女儿们和外孙女都从她那里继承了这样好听的声音。

玛丽深信，自己一定在无意间犯过一些罪孽，所以这辈子才会和魔鬼为伍。她真的相信这一点，因为她的丈夫经常这么对她说："我就是魔鬼本尊。"

玛丽常常会注视丈夫的样子，看他两绺头发竖立在脑袋两侧，灰色眼睛冰冷至极，眼尾向上倾斜。玛丽叹了口气，对自己说："没错，他就是魔鬼。"

托马斯常用这种伎俩——一边盯着妻子虔诚的面庞，一边用若无其事的语气指责基督做了不可告人的事情。每当听到这些话，玛丽总是感到非常不安，她会立马从门后的钉子上取下披肩，盖在头上，捂住耳朵，然后冲到街上。玛丽一直在街上徘徊，直到放心不下家里的孩子才回去。

玛丽曾跑到三个女儿就读的公立学校，用蹩脚的英语跟老师们说，一定要让孩子们只说英语，一个德语单词或短语都不要学。她想通过这种方式，保护女儿们不受她们那糟糕老爹的影响。当女儿们读完小学六年级后不得不辍学去工作时，玛丽很心疼；当女儿们嫁给庸庸碌碌的男人时，她很难过；当女儿们自己也生了女儿时，她哭了，因为她知道，女人一辈子过得有多卑微、多艰辛。

弗兰茜每当念出祷告词"万福玛利亚，您充满恩典，主与您同在"时，脑海里便会浮现出外婆的脸庞。

茜茜是玛丽和托马斯的第一个女儿，她在父母来美国的三个月后出生。茜茜从来没有上过学，是因为她到了该上学的年纪时，玛丽并不知道像他们这样的家庭也可以免费让孩子上学。法律规定，孩子必须读书，但是没人找到这些无知的家长，通知他们送孩子去读书。等其他三个女儿到了上学的年纪，玛丽才知道有免费读书这回事，但那时茜茜已经长大了，和一帮六岁的小屁孩一起读书总有些不合时宜，所以她就留在家里，帮着妈妈做些家务。

十岁时，茜茜已经发育得像三十岁的女人一样成熟了，所有的男孩都在追求茜茜，茜茜也在追求所有男孩。十二岁时，茜茜和一个二十岁的小伙子谈恋爱，她老爹知道后，揍了那男孩子一顿，把这段感情扼杀在了摇篮里。茜茜十四岁时，和一个二十五岁的消防员在一起了。不过，这次反过来了，茜茜的消防员男友把未来的岳父给揍了一顿，最后抱得美人归。

茜茜和消防员男友来到市政厅，茜茜信誓旦旦地说自己已经十八岁了，市政厅的一名小职员给他们办理了结婚登记手续。听说茜茜结婚了，邻居们都很震惊，只有玛丽知道，对太过性感的茜茜来说，结婚才是她最好的归宿。

消防员名叫吉姆，人不错。受过教育，中学毕业。他赚了很多钱，而且不常回家。对女人来说，他是一个理想的丈夫。茜茜和吉姆过得非常幸福。茜茜对他的要求很少——除了常行房事，不过，这一点两口子正好想到一处去了。

有时，吉姆感觉有些脸上无光，因为老婆认识的单词加起来没几个。但茜茜人很机灵，做事又聪明，待人也热情，她能让生活处处变得妙趣横生。久而久之，吉姆不再去想老婆是个文盲这档子事儿。茜茜对妈妈和妹妹们非常好，吉姆给她一笔可观的生活费，她总是非常节约，把省下的钱给妈妈。

结婚一个月后，茜茜怀孕了。尽管从身份上看，她已经是一个女人了，可是从年龄上看，她只不过是一个十四岁的小姑娘。她在街上和其他孩子一起玩跳绳，全然忘了自己肚子里还有一个小生命，邻居们看到后纷纷替茜茜捏了一把汗。

除了做饭、打扫、行房、跳绳、和男孩们一起打棒球比赛这些事情，茜茜都在为即将到来的孩子准备着。如果生的是个女孩，她准备用妈妈的名字给孩子取名为"玛丽"。要是男孩，那就叫"约翰"。不知道为什么，茜茜对约翰这个名字情有独钟。于是，她开始用约翰这个名字来称呼吉姆，说是想用孩子的名字来叫他。起初，这只是茜茜对吉姆的昵称，很快，大家都开始叫他约翰，以至于很多人以为这是他的本名。

孩子出生了，是个女孩，出生时非常顺利。街区里的接生婆被叫过来帮忙，一切都很顺利，茜茜生产只用了二十五分钟。这是一次很完美的分娩，整个过程唯一的缺憾是——孩子一出生就死了，孩子夭折那天正好是茜茜的十五岁生日。

茜茜悲痛了许久，这样的悲痛改变了她，她变得更加勤快，没日没夜地打扫房间，整个屋子被她打扫得不染纤尘。她也更加体贴母亲。她不再像一个假小子一样没心没肺。她深信不疑，一定是跳绳让自己失去了孩子。当她好不容易歇下来时，她看起来更加稚嫩、脆弱，更像一个小孩子了。

茜茜二十岁时，她已经生过四个孩子了，无一例外都是死胎。最后她得出结论，一定是丈夫的错，跟自己没关系。头胎夭折后，她不是停止跳绳了吗？茜茜告诉吉姆，自己不再爱他了，因为他们之间的结合，注定无法生下鲜活的生命。茜茜让吉姆离开，吉姆争辩了几句，但他最后还是走了。刚分开时，吉姆不时地给茜茜寄钱。有时，当茜茜感到寂寞时，她会"路过"消防队。吉姆就坐在外面，椅子斜靠在砖墙上。茜茜故意慢慢地走过，眉眼含情，风情万种。吉姆每每看到她，总是忍不住擅离职守，跟着她回到公寓云雨一番。

后来，茜茜遇到了另一个想娶她的男人。那个男人的真名是什么，茜茜的家人都不知道，因为茜茜从一开始就叫他约翰。茜茜的第二次结婚非常简单，毕竟离婚很复杂，而且需要支付昂贵的费用。此外，茜茜还是一个天主教徒，天主教教义不允许信徒离婚。反正她和吉姆是在市政厅登记的，又不是在教堂，算不上是真正的婚姻。所以，为什么要让上一次的"婚姻"束缚自己呢？这一次，茜茜用了前一次结婚时用的名字，却对前一次婚姻只字不提。茜茜和新男友在市政厅完成了登记结婚，不过，这次是找另一个职员办理的手续。

茜茜的妈妈很苦恼，因为自己的女儿没有在教堂举行婚礼，等于没有被教会认可。茜茜第二次结婚后，托马斯又想到一招来折磨自己的老婆，他经常在玛丽耳边威胁，说要向警察检举，以重婚罪逮捕茜茜。不过，还没等他这么干，茜茜就结束了第二段婚姻。茜茜和"约翰二号"的婚姻持续了四年，在此期间她生了四个孩子，无一例外都在出生时就夭折了。茜茜断定，"约翰二号"也不是她要找的男人。

茜茜告诉丈夫，自己是天主教徒，而对方是新教徒，天主教会不承认他们的婚姻，所以，她也用不着承认。就这样，茜茜干净利落地解除了婚姻，并宣布自己恢复了自由身。

"约翰二号"欣然接受了这个结果。尽管他很喜欢茜茜，和茜茜在一起也很快乐，但是茜茜就像握不住的沙子一样，让人不得不放弃。虽然茜茜为人坦率真诚，但是他对枕边人一无所知，他厌倦了和一个谜一样的人一起生活。分开对他来说并没有多难过。

茜茜到了二十四岁时，前前后后一共生了八个孩子，然而没有一个活下来。她坚信，一定是上帝反对她结婚。于是，她去橡胶厂找了一份工作，她告诉厂里的人自己是个老处女（这话当然没人相信），下班后要回家和妈妈一起生活。茜茜在第二次和第三次婚姻之间有一连串的情人，她都统一叫他们约翰。

经历过这么多次失败的生育后，茜茜对孩子的爱反而越来越强烈，还曾一度陷入极度的负面情绪中，直言如果没有孩子，她就会疯掉。她把泛滥的母爱倾泻给情人，给艾薇和凯蒂两个妹妹，以及两个妹妹的孩子。弗兰茜很崇拜茜茜姨妈，尽管她听到有人在背后说茜茜是个坏女孩，但她还是一如既往地喜欢茜茜姨妈。艾薇和凯蒂想对老犯错误的姐姐发火，可姐姐对她们那么好，她们也气不起来。

弗兰茜十一岁后，没过多久，茜茜又在市政厅第三次登记结婚。第三个约翰就是在杂志社工作的姨父。凭着这层关系，弗兰茜可以免费阅读精美杂志。看在这些杂志的分上，她多么希望茜茜姨妈的这次婚姻能长长久久。

伊丽莎是玛丽和托马斯的第二个女儿，没有其他三个姐妹漂亮，也没有她们那么热情。伊丽莎喜欢安静，不爱说话，甚至对所有事情都漠不关心。玛丽想选一个女儿送去当修女，伊丽莎无疑是最合适的那一个。伊丽莎十六岁就被送进了修道院，她选择了非常严格的修道之路——除非父母去世，否则永远也不能踏出修道院的门。伊丽莎为自己取了个教名，叫乌尔苏拉①。作为修女乌尔苏拉，她在弗兰茜眼里仿佛一个虚幻的传说。

弗兰茜见过伊丽莎姨妈一次，当时姨妈从修道院回来参加外公托马斯·罗姆利的葬礼。那一年弗兰茜九岁，刚领完第一次圣餐。她当时一心想把自己奉献给教会，长大后也去当一个修女。

在外公的葬礼上，弗兰茜兴奋地等待着伊丽莎姨妈的到

---

① 乌尔苏拉：又称圣乌尔苏拉。据说乌尔苏拉是不列颠国王的女儿，一位笃信基督教的公主，却被许配给布列塔尼王国的王子，一位异教徒。乌尔苏拉公主忠于天主，开出结婚条件——婚期延后三年，以达成她前去罗马朝圣的愿望。这三年中，她与十名贵族贞女为伴，开始她们的朝圣之旅。不仅如此，这十一位贞女还各自带领一千名童贞女同去罗马朝圣。归途中经过科隆，被入侵的匈奴王阿提拉所率领的匈奴人袭击，阿提拉欲霸占乌尔苏拉公主，遭到反抗，最终，包括乌尔苏拉公主在内的贞女们一同殉道。

来。想一想就觉得自豪，这得是多大的荣耀啊，自己竟然有一个当修女的姨妈。但是当姨妈弯腰亲吻弗兰茜时，弗兰茜看到了她上唇和下巴附近有一层细密的毛发。当时，弗兰茜非常惊恐，还以为所有年幼时被送进修道院的修女脸上都会长出"头发"。从那之后，弗兰茜决定长大后不做修女了。

艾薇是家里的老三，也是年纪轻轻就嫁了人，丈夫是威利·弗里特曼，这个男人长得可谓英俊，脸色黝黑，下巴留着小胡子，有一双像意大利人一样水汪汪的眼睛。弗兰茜觉得威利的名字非常滑稽，每次提起姨父的名字，都会暗自发笑。

威利也是一事无成，不过，好在他不会到处拈花惹草，只是性格上有些软弱，总是抱怨这抱怨那的。他会弹吉他，罗姆利家的女人都抵挡不住有才华的男人，这样的男人对她们有致命的吸引力。在她们看来，无论是音乐、艺术还是讲故事的才华，都值得培育和守护。

艾薇是整个家族最有文化的人，现在居住于一个高档社区，她在那里租了一个地下室公寓，常常盘算着怎么才能把日子过得更好。艾薇想出人头地，想让自己的孩子过上她从没有体验过的生活。艾薇有三个孩子，其中一个男孩的姓随爸爸威利，另一个男孩叫保罗·琼斯，还有一个女孩叫布洛莎。艾薇培养孩子们迈向上流社会的第一步就是，让孩子从天主教学校转到圣公会学校学习。也不知道她从哪里听到的，说新教徒比天主教徒更高雅，更有文化。

艾薇非常喜欢音乐，可惜她自己没有这方面的天赋。所以，她将殷殷期望都寄托到了孩子身上。她希望将来布洛莎能唱歌，保罗·琼斯会拉小提琴，威利则擅长弹钢琴。但孩子们似乎缺乏音乐细胞，不过艾薇可不管，无论他们是否愿意，都必须爱上音乐。如果他们生来没有天赋，那后天花钱也要给他们培养出天赋。艾薇给保罗·琼斯买了一把二手小提琴，和一个自称阿莱格里托教授的老师商量好，以每小时五十分钱的价格请他给保罗·琼斯上课。阿莱格里托教起小提琴像拉锯子一样，还说等年底会教保罗拉一首完整的曲子，这正合艾薇心意，能拉一首完整的曲子，总比一直拉音阶要好……嗯，好一点。

然而，艾薇还不满足。

"既然咱们已经给保罗买了小提琴，"艾薇对丈夫说，"那么干脆让布洛莎也一起上小提琴课吧，他俩共用一把琴。"

"最好错开时间上课，我觉得。"丈夫说了等于没说。

"难不成你老人家有什么好办法？"艾薇气不打一处来。

于是，艾薇和丈夫每周多拿出五十分钱，交到布洛莎手里，让她也去学琴。

阿莱格里托教女学生有一个癖好，他会让女学生脱掉鞋袜，光着脚站在他家的绿地毯上。无论女孩们拉得多难听，他都不会去纠正她们的指法，或指点她们的节奏，而在整整一小时的上课时间内，他都只盯着她们的脚出神。

一天，艾薇看着布洛莎在为上小提琴课做准备——脱掉鞋子和长裤，在那里仔细地洗着脚。艾薇寻思着，虽然洗脚是好事，但总觉得哪里有些不对劲。

"你洗脚干什么？"

"去上小提琴课啊。"

"你是用手拉，又不是用脚。"

"可是，我站在教授面前，要是脚很脏，会很丢脸啊。"

"他有透视眼不成，还能看到你的脚丫子？"

"他每次都会让我脱掉鞋子和袜子。"

艾薇听到这话后跳了起来，尽管她对弗洛伊德一无所知，对性的了解也很匮乏。没承想，竟然还有这种形式的性骚扰。但常识告诉她，阿莱格里托教授不该拿着每小时五十分钱的报酬，却不去干好他该干的事情。于是，艾薇决定，不再让布洛莎去上小提琴课了。

艾薇问保罗是否也有相同遭遇时，保罗回答说，教授从没有让自己脱什么，除了帽子。听到这儿，艾薇松了口气，让他继续去上课。五年后，保罗的小提琴演奏水平几乎赶上了他老爸的吉他弹奏水平。不过，他爸可从没有上过吉他课，而是全靠自学成才。

除了音乐，威利·弗里特曼在其他事情上就是个"闷葫芦"。他在家里唯一的话题是那匹拉牛奶的马——"鼓手"是如何欺负他的。威利和这匹马已经斗了五年，艾薇倒是希望他们能早日分出胜负来。

艾薇其实很爱丈夫，尽管她总是忍不住想要模仿对方。艾薇站在弗兰茜家的厨房里，一会儿假装自己是那匹马，一会儿模仿威利是如何把饲料袋放到马身上。

"马就像这样站在路边。"艾薇弯下身子，头几乎碰到膝盖。"这时，威利拿着饲料袋走过来，想趁马不注意把饲料放到马身上去，马却突然抬起头来。"说到这里，艾薇把头抬得高高的，学着马儿嘶叫。"威利在旁边等了一小会儿，马儿把头低下去了，应该不会再抬头了，因为看马儿那垂着头的样子，好像没有骨头似的。这时，威利又拿着饲料袋过来了，不料，那马又扬起了头。"

"然后呢？"弗兰茜追问。

"只能我出马，去把饲料袋放到马背上，就搞定咯。"

"那匹马会让你放吗？"

"它让我放吗？"艾薇看了看凯蒂，然后转向弗兰茜，"它一看到我就跑到人行道上迎接我，我还没放呢，它自己就把头伸进饲料袋了。你说，它让不让我放上去？"艾薇笑着说道。

艾薇又转向凯蒂，"你知道吗？凯蒂，有时候，我都觉得威利在吃那匹马的醋。"

凯蒂张着嘴，不可置信地盯着艾薇，随即哈哈大笑起来。艾薇也笑了，弗兰茜也跟着她们笑了起来。两个罗姆利家的女人和半个罗姆利家的女孩聚在那里大笑，笑着同一个男人身上的弱点。

这些就是罗姆利家的女人：妈妈玛丽，女儿茜茜、艾薇和凯蒂，还有外孙女弗兰茜。虽然弗兰茜姓诺兰，但是她长大后也会成为罗姆利家的女人。罗姆利家的女人们都有纤细、娇柔的外表，有一双充满好奇的眼睛和一副温柔的嗓音。

但是，她们却都像由看不见的薄钢锻造而成。

第八章

　　罗姆利家族大多是些要强的女人，诺兰家族则是一些软弱却有才华的男人。诺兰家里的男人一代比一代英俊，一代比一代迷人，却一代比一代软弱。诺兰家的男人们容易坠入爱河，却总是逃避婚姻，这就是诺兰家后继无人的主要原因。

　　露西·诺兰和年轻英俊的丈夫刚结婚没多久，就从爱尔兰来到了美国。他们一共生了四个儿子，一年生一个。后来，露西的丈夫米克·诺兰三十岁就死了，留下她一人拉扯四个儿子，日子过得十分艰难。露西实在没有办法让安迪、乔治、弗兰基和约翰尼一直读书，孩子们读完小学六年级之后，也就是十二岁的时候，他们都不得不辍学，出去挣钱补贴家用。

　　这些苦命的男孩子长大后个个出落得英俊潇洒，能歌善舞，所有的女孩都为他们痴迷、疯狂。虽然诺兰一家住在贫民窟最破旧的房子里，但是诺兰家的四个儿子却是这一带最英俊的男孩。在诺兰家，熨衣板一直摆放在厨房里，从来没有收起来过。不是这个人过来熨裤子，就是那个人过来熨衬衫或是熨领带。诺兰家的四个小伙儿在贫民窟里都是闪亮耀眼的存在，这些身材修长、金发蓝眼的小伙子看着就令人赏心悦目。他们穿的鞋都擦得锃亮，一个个走起路来脚下生风。他们穿的裤子恰到好处地贴合身材，头上戴的帽子更是让他们看起来神气活现。不幸的是，他们在三十五岁之前都死了。

是的，全死了。四个人中，只有约翰尼留下了自己的血脉。

安迪是诺兰家的长子，也是长得最英俊的一个。他有一头金红色波浪鬈发，五官轮廓分明，可惜得了痨病。安迪和一个叫弗兰茜·麦兰妮的女孩订立婚约。由于病情加重，他们的婚期一推再推，大家都盼望着安迪的病情能够好转，只可惜天不遂人愿。

诺兰家的小伙子们都做着服务员的工作，也都兼职唱歌，他们曾经组了一个"诺兰四重奏"乐队，后来安迪病重，再也无法唱歌，他们的组合就成了"诺兰三重奏"。他们挣的钱不多，挣的两个子儿不是花在喝酒上，就是用来赌马。

安迪躺在床上奄奄一息的时候，三个弟弟凑了些钱，给他买了一个货真价实的天鹅绒枕头，花了整整七块钱。他们希望安迪在临死前能好好享受一次，安迪也觉得这个枕头舒服极了。两天后，安迪最后一次咯血，鲜血流到枕头上，把精美的枕头染成了红褐色。最终，安迪离开了人世。他的母亲露西守在儿子遗体旁，痛哭了三天。他的未婚妻弗兰茜·麦兰妮立下誓言，发誓永远也不会嫁给别人。诺兰家剩下的三个男孩也发誓，他们绝对不会丢下母亲不管。

安迪死后六个月，约翰尼和凯蒂结婚了。为此，露西非常痛恨凯蒂，只因她从自己身边抢走了宝贝儿子。露西曾希望，自己所有的孩子都能始终留在家里，全家人相依为命，直到最后死去。从目前来看，诺兰家所有的儿子都抗拒婚姻，但，那个女人！凯蒂·罗姆利！她勾走了小儿子约翰尼的真心！她竟然和约翰尼在一起谈恋爱！她居然要和约翰尼结婚！露西十分肯定，儿子一定被那女人灌了什么迷魂汤。

约翰尼的两个哥哥，乔治和弗兰基倒是挺喜欢凯蒂。不过，他们认为，这样一来，弟弟就把母亲扔给他们照料，属实有点说不过去。想归想，他们仍然十分乐观，四处筹备给约翰尼和凯蒂的结婚贺礼。最后，他们决定把给安迪买的那只被短暂使用过的天鹅绒枕头送给凯蒂。露西帮他们缝了一个新的枕套罩在上面，遮住了安迪临死前咯出的血迹。就这样，这只枕头转到了约翰尼和凯蒂的手里。这个结婚礼物太贵重了，约翰尼和凯蒂平时都舍不得用，只有生病的时候才会拿出来用一用。因此，弗兰茜叫它"病号枕"。直到现在，凯蒂和弗兰茜都不知道这个枕头上曾睡过死人。

约翰尼结婚后大约一年，被许多人认为比安迪还要英俊的弗兰基在某个夜晚的酒会上喝多了，步履蹒跚的他在回家路上被一根绷紧的铁丝给绊倒了。那些铁丝是布鲁克林的一户人家用来围草地的，铁丝被锋利的棍子连接并固定住。很不巧的是，在弗兰基跌倒的瞬间，一根棍子刺穿了他的肚子。他爬起来就跌跌撞撞地往家走，终于摇摇晃晃地回到家里。可是，他当天夜里就死了。他死的时候是一个人，还没来得及得到神父对他生前所有罪过的最后赦免。弗兰基死后，他的母亲露西每个月都会做一次弥撒告慰他，因为露西始终觉得，儿子的灵魂还在炼狱徘徊，一直没能得到安息。

在过去一年多一点的时间里，露西接连失去了三个儿子——两个死了，一个结婚了。短时间内接连失去三个儿子，露西悲痛得无以复加。更令她想不到的是，就连一直陪在她身边的乔治也会在三年后离她而去。乔治去世时年仅二十八岁，那时，约翰尼才二十三岁，他就这么成了诺兰家唯一的血脉。

以上就是诺兰家的孩子，个个都英年早逝，要么死于非命，要么死于病痛。约翰尼是他们中唯一活过三十岁的人。

而弗兰茜·诺兰，这个罗姆利家和诺兰家共同的血脉，她身上有诺兰家不可避免的缺点，也有对美好生活的热情。她身上还有外婆那神秘、虔诚、同情弱者的品德，以及讲故事的才能，有外公那固执得令人震惊的意志力，有艾薇姨妈的超强模仿天赋，有奶奶露西·诺兰的占有欲，有茜茜姨妈对生活的热爱和对孩子的疼惜，她还继承了父亲约翰尼的多愁善感，却没有继承父亲出众的外貌，她还有母亲凯蒂身上的温柔，却只有母亲一半的坚强。弗兰茜综合了诺兰和罗姆利两家所有人的优缺点。

除此之外，弗兰茜身上还有更多的东西，是她在图书馆里读过的书，是开在金褐色陶罐里的金莲花，是扎根在院子里的天堂树，是平日里和弟弟之间的吵吵闹闹，是母亲无助的哭声，是父亲醉酒后的踉跄。

弗兰茜身上不只有这些，还有别的东西，它们既不是罗姆利家族赋予她的，也不是诺兰家族的。它们不是阅读习惯，不是观察能力，也不是日复一日的平淡生活，而是她身上与生俱来的、与两个家族中的任何一个人都有所不同的特质，那是上帝赋予每个生命独一无二的东西，就像世界上没有两片相同的树叶一样。

第九章

约翰尼和凯蒂婚后住在博格特街，这是威廉斯堡社区内一条很静谧的小街。约翰尼之所以选择这儿，是因为"博格特街"这名字听起来充满神秘又让人兴奋。新婚第一年，他们在那里住得很惬意。

凯蒂嫁给约翰尼前，喜欢听他唱歌、看他跳舞，还喜欢他的穿衣打扮。然而结婚后，凯蒂却像所有女人一样，想改变约翰尼原本的这些优点。凯蒂劝约翰尼不要做歌唱服务员，约翰尼二话没说就答应了，因为他正在热恋之中，一心想着讨凯蒂的欢心。后来，他们找了一份共同的工作——在一所公立大学看门，他俩对这份工作都很满意。当其他人都上床睡觉时，凯蒂和约翰尼的工作才刚开始。吃完晚饭，凯蒂穿上她那件黑色大衣（大衣袖子很大，上面还装点着饰带，这是她从工厂顺走的最后一点东西），头戴一条樱桃色羊毛围巾（她管这叫"披巾"），而穿戴利落之后，她就和约翰尼去上班了。

约翰尼和凯蒂工作的学校又旧又小，不过很温暖。他们期待每晚上班时间的来临，因为去上班时他们总是牵着彼此的手。约翰尼穿着他的漆皮舞鞋，凯蒂则穿着她的羊皮皮靴。当繁星满天时，他们会通过跑跑跳跳来让自己暖和一点，而整个学校都回荡着他们欢快的笑声。每当他们用钥匙打开学校大门时，那种感觉对于他们而言十分庄重，因为门后的校园是独属于他们二人的世界。

约翰尼和凯蒂会一边工作一边玩游戏，约翰尼像学生一样坐在课桌座位旁，凯蒂则假装自己是一名老师。他们还会在黑板上互相写下留言，把像百叶窗一样卷起来的地图拉下来，用橡胶教鞭指出一些国家。对那些从未去过的地方和从未听过的语言，他们内心充满了好奇。（那年约翰尼十九岁，凯蒂十七岁。）

约翰尼和凯蒂最喜欢打扫会议室。在那里，约翰尼可以一边给钢琴扫灰尘，一边轻抚琴键。凯蒂坐在前排，请约翰尼唱歌，约翰尼给她唱了当时的情歌——《她见过更好的明天》和《我把心交给你》。住在学校附近的人会被大晚上乍现的歌声吵醒，他们在温暖的被窝里迷迷糊糊地听着，口中念念有词："那是谁啊，也不知道是谁家的小子，简直是浪费时间，他不去上台演出太屈才了。"

有时，约翰尼会在讲台上翩翩起舞，想象那是属于他自己的舞台。跳起舞来的约翰尼是那么优雅、英俊，整个人充满了爱意和情趣。凯蒂盯着他，感慨自己真是捡到了宝贝。

凌晨两点，约翰尼和凯蒂会到教师午餐室，里面有一个煤气灶。他们会煮上一壶咖啡，橱柜里还放着他们自己带来的一罐炼乳。沸腾的热咖啡让整个房间都充满了美妙的气味，他们自带的黑麦面包和腊肠三明治的味道也好极了。

晚餐过后，他们有时会到教师休息室，那里有一张铺着棉麻布的沙发，他们会互相依偎着休息一会儿。要下班时，他们会倒掉垃圾桶里的垃圾，凯蒂会捡起里面被别人丢掉的粉笔和用过的铅笔，然后把它们带回家，并放在一个盒子里。后来，弗兰茜长大了，家里有很多粉笔和铅笔可以用，她觉得自己可真富有。

黎明时分，约翰尼和凯蒂离开了学校，走之前他们把学校每个地方都收拾得很干净。早晨的阳光暖洋洋的，白天换班的清洁工就要来了。约翰尼和凯蒂走在回家的路上，天上的星星渐渐淡出天幕。

经过面包店时，新出炉面包的香味从地下烘烤室里飘出来。约翰尼跑下去，花五分钱买了一个刚出炉的面包。回到家后，他们吃了面包，再喝上一杯热咖啡，这就算是吃过早餐了。然后，约翰尼会出去买一份《美国晨报》，给凯蒂读今天的新闻，他会时不时谈谈自己的看法，凯蒂这时则在打扫房间。到了中午，他们会吃上一顿热腾腾的炖肉和面条，或者别的什么好东西。吃过中午饭后，他们会一直睡到晚上该准备去上班之前。

约翰尼和凯蒂每个月能挣五十块，在那个年代，对他们这个阶层来说，这样的收入已经很不错了。他们生活得很安逸，这就是他们婚后的甜蜜生活……充满了快乐和小插曲。

那个时候，他们都是那么年轻，都互相深爱着对方。

几个月后，凯蒂发现自己怀孕了，一阵惊慌过后，她告诉约翰尼自己"有了"。一开始，约翰尼还摸不着头脑，弄清楚之后，约翰尼希望她不要再去学校工作了。凯蒂却告诉约翰尼，自己在不知道的情况下工作了那么久，不也没事吗？就这样，凯蒂说服了约翰尼，说活动活动对她自己和肚子里的孩子都有好处，最后约翰尼妥协了，答应让她继续工作。随着时间的推移，凯蒂的身子变得越来越笨重，已经没办法弯腰打扫办公桌下的灰尘。过了没多久，凯蒂就只能在约翰尼工作期间陪伴他了，而更多时候，凯蒂是躺在他们以前亲热的沙发上休息。所以，约翰尼一个人包揽了两个人的活儿。

凌晨两点，约翰尼笨手笨脚地为凯蒂做好三明治，准备好热咖啡。时间越往后，约翰尼就越担心凯蒂的身体，不过担心之余，两个人的内心都充满了抑制不住的喜悦。

十二月，一个冰天雪地的晚上，凯蒂的肚子传来阵阵痛感。她躺在沙发上，尽力忍住疼痛，不想在约翰尼干完活之前为她担心。当晚回家的路上，随着一阵撕心裂肺的疼痛传来，凯蒂再也忍不住了，她痛苦地大叫了一声。约翰尼这才意识到孩子要出生了，于是赶紧把凯蒂带回家，让凯蒂穿着衣服躺在床上，给凯蒂盖上暖和的被子后，他沿着街区一路跑到接生婆金德勒那里，央求接生婆赶紧去帮自己的妻子接生。相比急得像热锅上的蚂蚁的约翰尼，那个慢条斯理的接生婆差点没把约翰尼逼疯。

金德勒先是不慌不忙地取下头发上几十个发卷，然后又找起自己的假牙来。她说要是没有戴好假牙，她是无论如何都不会去接生的。约翰尼只好耐着性子帮她一起找，两个人终于在窗外壁架上的一个水杯里找到了她的假牙。可是不凑巧的是，水杯里的水结冰了，要想取出假牙还得先把冰给化掉。好不容易搞定假牙的事，金德勒又去摘下一片在祭坛上受过祝福的棕榈叶，用来给凯蒂做护身符，还拿了一块圣母玛利亚勋章、一根蓝色的小鸟羽毛、一把折断的小刀和一束药草。这些东西用一个女人胸衣上的一截脏绳子绑在一起，听人说那个女人只用十分钟就生下了一对双胞胎。金德勒朝绑好的护身符上洒了一点儿圣水，据说这圣水来自耶路撒冷的一口井，相传那是耶稣喝过的圣水。

金德勒向急得抓狂的约翰尼解释说，这个护身符不仅可以减轻凯蒂的疼痛，还可以保佑她生出一个健康的婴儿。一切都准备妥当后，金德勒才拿起她的鳄鱼皮挎包——住在这附近的人都熟悉她的挎包，所有年纪小点儿的孩子都认为他们自己是从这个包里生出来的，他们在包包里面拳打脚踢，最后被金德勒送到了他们的妈妈身边。终于，金德勒出发了。

约翰尼和金德勒回来时，凯蒂正躺在床上痛苦地嘶叫。房间里挤满了左邻右舍的妇女，她们站在一起为凯蒂祈祷，眼前的情景勾起了她们生孩子的记忆。

"当年我生文森特时，"一个女人说，"我……"

"我个子比凯蒂还小，"另一个女人说，"当时……"

"他们都没想到我能从鬼门关捡回一条命，"第三个女人自豪地说，"但是……"

这群女人把接生婆迎进来，把约翰尼赶了出去。约翰尼坐在门外凳子上等待，凯蒂每哭喊一声，他就跟着哆嗦一下。他不知所措，因为这件事来得太突然了。现在是早上七点，凯蒂的尖叫声不断向他袭来，尽管窗户关得死死的。

一些上班的男人经过这里，屋内传来的尖叫声使得他们纷纷望向窗户。看到蜷缩在门外的约翰尼后，那些男人的脸上浮现出沉重的表情来。

凯蒂痛苦地生了整整一天，约翰尼却无能为力——他确实一点儿忙都帮不上。熬到了晚上，他再也忍不住了，回到母亲那里去寻求些许慰藉。约翰尼告诉母亲凯蒂快生了，却没想到母亲随后的哀叹声快把屋顶都掀翻了。

"她是彻底把你套牢了，"露西哀号道，"你永远也不会回到我身边了。"任凭约翰尼怎么劝说，都止不住母亲的哭泣。

约翰尼去找哥哥乔治，乔治这会儿正忙着跳舞。约翰尼只能坐在边上喝酒，等着乔治跳完。此刻，他把去学校上班的事情忘了个干干净净。乔治跳完舞后，约翰尼和他去了几个通宵营业的酒吧，每到一个地方都要喝几杯。乔治告诉大家约翰尼正在经历的事情，那些人听完后深表同情，纷纷请他喝酒，并传授他过来人的经验，说他们自己也曾经历过同样的折磨。

接近黎明时分，约翰尼和乔治回到了母亲家里。在那里，约翰尼不太踏实地进入了梦乡。早上九点，约翰尼从梦中惊醒，突然想到了凯蒂，也想到了学校！约翰尼匆匆忙忙地洗了把脸，穿上衣服，之后立刻往家里赶。路过水果摊时，约翰尼给凯蒂买了两个牛油果。

约翰尼不知道的是，昨天夜里，凯蒂受了多大的苦，痛了快二十四个小时，才生下一个血淋淋的瘦小的女婴。这个孩子不同于其他婴儿，她出生时有胎膜，这预示着孩子将来能成大事。接生婆偷偷地拿走了胎膜，然后以两块钱的价格卖给了布鲁克林海军船坞的一名水手。据说，随身携带着胎膜的人永远不会溺水死掉。后来，那名水手把胎膜装在法兰绒袋子里，一直挂在脖子上。

当前一夜约翰尼喝得酩酊大醉、呼呼大睡的时候，他不知道夜里有多么寒冷，本该由他好好照看的学校里的炉火熄灭了，水管因此受冻爆裂，淹掉了地下室和一楼。

约翰尼回到家时，凯蒂正躺在昏暗的卧室里，刚出生的婴儿则躺在安迪生前睡过的枕头上。这间屋子非常干净，空气中还有一股淡淡的石炭酸和滑石粉混合的气味，看样子左邻右舍的女人们没少帮忙。接生婆走之前，对凯蒂丢下一句话："一共五块钱，你男人知道我住哪儿。"

凯蒂把脸转向墙壁，试图让自己不哭出来。昨天夜里，她一直在安慰自己，约翰尼不能陪在自己身边是因为要去学校上班。她多么希望，约翰尼能在凌晨两点钟趁吃东西的工夫跑回家陪自己一会儿。再后来，一直到了早晨，算算时间他也应该回家了，却迟迟见不到他的身影。也许他去了他母亲那里，干了一晚上的活儿之后去那里补觉了。凯蒂努力让自己相信，无论约翰尼选择做什么，都有他自己的考虑，只要他回来说明一下，自己就能释怀。

早在接生婆离开后不久，艾薇就过来了，是一个邻家的男孩去把她叫来的。艾薇给凯蒂带了一些甜黄油和一包苏打饼干，还泡了杯茶。对刚生完孩子、虚弱无比的凯蒂来说，这些东西味道好极了。艾薇看了看孩子，虽然觉得过于瘦弱，不过她并没有对凯蒂说什么。

约翰尼刚进家门，艾薇就开始数落他。不过，看到约翰尼脸色苍白，一脸惊恐的样子，想到他也只不过是个二十岁的小伙子，艾薇又有些于心不忍。于是她亲了亲他的脸颊，安慰他不要担心，还给他煮了一杯咖啡。

约翰尼几乎没有看孩子一眼。他手里攥着牛油果，啜泣着跪在凯蒂的床边，显得又担心又害怕。凯蒂也跟着他一起哭了。

昨晚，凯蒂倒是希望约翰尼能陪在自己身边。可现在，她多希望自己去一个没人知道的地方，偷偷把孩子生下来，然后等一切结束后再回来告诉约翰尼一切安好。她经历了那种生产的痛苦，就像在滚烫的热油中被活活煮了一遭，自己却怎么也无法挣脱。她已经历了这种痛苦。上帝啊！还不够吗？这难道还不够吗？为什么要约翰尼也跟着遭这样的罪？约翰尼不行，而她凯蒂可以。在两个小时前，凯蒂才生完孩子，现在的她虚弱得连把头从枕头上抬起来的力气都没有，反倒是她在安慰着约翰尼，告诉约翰尼不要担心，她会照顾好约翰尼的。

约翰尼感觉好多了，他告诉凯蒂，这点煎熬对他而言

不算什么。他听别人说，很多为人丈夫的，都要经历这种
"磨炼"。

"我这回也经历过了磨炼，"约翰尼说，"现在我是真正的
男人了。"

约翰尼对孩子又亲又抱，在他的提议下，凯蒂同意孩子
叫弗兰茜，这个名字取自安迪的未婚妻弗兰茜·麦兰妮。约
翰尼和凯蒂一致认为，让弗兰茜·麦兰妮做孩子的教母，这
样可以宽慰弗兰茜·麦兰妮悲痛的心。她若是真嫁给安迪，
就要改姓诺兰，那便是孩子现在这个名字——弗兰茜·诺兰。

约翰尼把买来的牛油果去核，用食用油和醋腌成沙拉，
然后拿给凯蒂。凯蒂尝了一口，这寡淡的味道让她提不起半
分胃口。约翰尼劝她多吃两口就习惯了，就跟吃橄榄一样。
凯蒂被他的坚持打动，吃下了他亲手做的沙拉。约翰尼让艾
薇也尝一点，艾薇吃过后说，她宁愿吃西红柿。

约翰尼在厨房里喝咖啡时，一个男孩从学校找到这里，
他手里拿着一张校长让他送来的纸条，上面说约翰尼擅离岗
位，校方决定解雇他，让他赶紧回学校去结清工钱。纸条最
后，校长告诉约翰尼，别想让自己给他写推荐信。看完之后，
约翰尼脸色唰地一下变得苍白。约翰尼给了那孩子一枚五分
钱硬币，让他帮自己捎回去一张纸条，告诉校长说自己马上
就到。约翰尼销毁了自己被解雇的纸条，没敢跟凯蒂说自己
丢了饭碗。

约翰尼见到校长，试图解释昨晚发生的事情。校长告诉
约翰尼，既然他知道妻子快生了，那他就应该妥善安排好自
己的工作。最后，校长善意地告诉约翰尼，不用他支付水管
破裂造成的损失，由教委会负责处理善后。约翰尼对校长表
示感谢。约翰尼在一张凭证上签字后，校长自掏腰包垫付了

约翰尼的工资，等约翰尼发薪水的时候校长再扣回去。总而言之，校长已经在他的能力范围内尽量照顾了约翰尼。

约翰尼先把接生婆的钱付了，又去交了房租。他意识到，他们现在有了一个孩子，而妻子在相当长一段时间内都将因身体虚弱而无法工作，现在他们双双失业，想到这些，约翰尼有些担忧。最后他安慰自己道，好歹房租已经付了，起码未来三十天内，他们一家的住处是有着落的。在这段时间里，自己怎么着也能找到一份新工作。

下午，约翰尼准备去告诉岳母玛丽·罗姆利孩子已经出生了。经过橡胶厂时，约翰尼进去找到茜茜的领班，请他转告茜茜，凯蒂已经生了，不知道茜茜下班后能否顺路过来探望。领班冲约翰尼眨了眨眼，说他会转告的，还戳了戳约翰尼的肋骨，爽快地答应："没问题。"领班又接着调侃道："真行啊，哥们儿。"

约翰尼咧嘴一笑，给了领班五分钱，并叮嘱说："自己去买一支上好的雪茄，我请你的。"

"我会转告茜茜的，哥们儿。"领班握了握约翰尼的手，再次保证他一定会告诉茜茜的。

玛丽听到女儿生下孩子时，不禁哀叹道："那可怜的孩子！可怜的小家伙！生在这个悲哀的世界上，生来就是为了受苦受难的。唉，即便会有一丁点儿幸福，但更多的是艰苦的工作。唉！唉！"

约翰尼很想告诉岳父托马斯·罗姆利，但玛丽求他先不要说。托马斯平日里恨死了约翰尼，因为约翰尼是爱尔兰人。托马斯恨德国人，恨美国人，恨俄国人，但他最不能忍受的是有一个爱尔兰女婿。尽管托马斯并不以自己的种族为骄傲，但他仍然有很强烈的种族排外意识，在他的认知里，两个异族结婚生子，生不出什么好种来。

"如果让金丝雀和乌鸦交配，你说能配出什么鬼东西？"托马斯总是这样说。

约翰尼把玛丽接到凯蒂身边后，就出去找工作了。

见到母亲，凯蒂很开心。由于昨晚生产的痛苦还记忆犹新，凯蒂现在终于体会到自己出生时母亲遭了多大的罪。母亲一共生了七个孩子，眼睁睁看着其中三个早早死去，一辈子含辛茹苦把剩下的四个抚养成人，却只是无能为力地看着她们忍饥挨饿。凯蒂有种预感，自己这刚出生不到一天的孩子，将来也会跟她们一样经历同样的命运。想到未来，凯蒂忧心忡忡。

"我会什么呢？"凯蒂对母亲说道，"除了我自己知道的，我没有什么能教这孩子的，但是我知道的实在太少了。妈妈，你是穷人，我和约翰尼也是穷人，这孩子长大后也会是穷人。有时，我不禁会想，过去的这一年真安逸啊。我们都清楚，日子越往后，我和约翰尼会越来越老，没有什么事情会朝着好的方向发展。我和约翰尼现在的资本就是还年轻、能吃苦，可是日子一天天过去，这些优点都将离我们而去。"

随后，凯蒂想到了真正让她揪心的事情，"我是这么想的，"凯蒂说出了内心的想法，"我可以去工作，毕竟这个家不能全指望约翰尼一个人，我得照顾他。上帝，拜托不要再让我生孩子，那样的话，我就分身乏术，不能照顾约翰尼了。没了我，他照顾不好自己的。"

玛丽打断了女儿的话，"我和你爸在老家奥地利时，也是什么都没有。我们是农民，每天都过着忍饥挨饿的日子。后来我们来到了美国，这里除了不抓壮丁以外，也没好到哪里去。相比之下，在这里生活更艰难。我好怀念家乡的土地、树木和广阔的田野，还有熟悉的生活和那些老朋友。"

"既然你一点盼头都没有，那为什么还要来美国？"

"为了我的孩子们，我希望他们能出生在一块自由的土地上。"

"你的孩子们辜负了你的期望，妈妈。"凯蒂苦笑了一下。

"这里有老家奥地利没有的东西，尽管有新的困难，但也处处充满了希望。在老家，一个人再怎么拼死拼活，也不可能跨越他所在的阶层。如果他的父亲是木匠，那他大概率也会是个木匠，而不可能成为一名教师或神父。他可以上升，但最高只能升到他父亲的地位。在老家，一个人是属于过去的，在这里则是属于未来的。在这片自由的土地上，一个人可以成为任何他想成为的人，只要他心怀良善，勤勤恳恳地工作。"

"可是事实却是，你的孩子们并没有青出于蓝而胜于蓝。"

"也许错在我。"玛丽叹了口气，接着说道，"我不知道怎么教育你们。几百年来，我的祖祖辈辈都在给地主卖命。都怪我的无知，我不知道在这里即便是我们这样的人也可以免费送孩子去读书，你大姐因此错过了上学的时光。茜茜没有机会超过我了，可是你们三个不一样……你上过学。"

"我只读完小学六年级，如果那也算受了教育的话。"

"你家翰尼也读到了小学六年级。"——玛丽不会发"约"的音，她老是把约翰尼叫成翰尼，"你没意识到吗？"玛丽的声音带着兴奋，"从你们这一辈开始，事情已经朝着好的方向发展了——而且会越来越好。"玛丽抱起外孙女，一会儿高高举起，一会儿又抱在怀里。

"这个孩子的父母都识字，"玛丽简明扼要地说道，"在我看来，简直就是个奇迹了。"

"妈妈，我现在还年轻，才十八岁。我还有力气，也会努力工作，我不希望这个孩子长大后只靠卖苦力活着。我必须做点什么，为她创造一个不同的未来。可是我该怎么做呢？"

"有一个办法，那就是教她阅读和写作。你想想看，你自己能阅读，那你就每天从一些好书中挑出一页，然后读给孩子听。日复一日，直到这孩子自己学会阅读为止。你要做的就是督促她每天都阅读，这就是我所知道的秘诀。"

"我会读的。"凯蒂答应道，"那什么书能称之为好书呢？"

"有两本很不错的书。一本是莎士比亚的作品。我听别人说，书里面包含了生命中所有的奇迹、人类所有的美好、世间所有的智慧。我还听人说，书里面的故事被搬上了舞台。我从来没有和看过这本书的人交流过，不过我在老家奥地利的时候，倒是听地主提起过，他说莎士比亚的作品里有些内容像诗歌一样，还能唱出来呢。"

"莎士比亚的书是用德语写的吗？"

"它是英国人写的。我听地主跟他儿子说过，他正准备送儿子去那个响当当的海德堡大学学习这个呢。"

"那另一本是什么？"

"是新教徒看的《圣经》。"

"我们天主教有自己的《圣经》啊。"

"虽说作为一个忠实的天主教徒，我这么说确实不对。"玛丽偷偷地环视了一下房间四周，然后才接着说道，"但是，新教徒的《圣经》包含了世上最伟大的故事，讲得更鲜活生动。我有一个要好的新教朋友曾经给我读过，我听了以后感觉确实是这样的。"

"新教的《圣经》，加上莎士比亚的作品。你每天给孩子各读一页，哪怕你自己都不理解上面写的是什么，发音也不一定正确，那都不要紧。你必须雷打不动地坚持，这样等你的孩子长大了，她就会知道，原来世上不只有眼前的贫民窟，还有诗和远方。"

"新教的《圣经》和莎士比亚的作品。"

"你还要给这孩子讲一些故事，就像你外婆讲给我听，我又讲给你听那样，要给她讲讲老家的童话故事，讲讲那些不存在的人，那些活在人们心中的仙女、精灵、矮人等。还得给她讲困扰你爸一家人的厉鬼，以及你姑姑身上的邪祟。你还得告诉她，当家里有人要死去的时候，咱们罗姆利家族的女人身上会出现什么征兆。还有，必须让孩子信仰上帝和耶稣。"说完，玛丽画了一个十字。

"哦，对了，还要给她讲圣诞老人的故事。孩子六岁前都要相信有圣诞老人。"

"妈妈，我明明知道世界上没有鬼怪和仙女，你让我这样说，那我就是在对孩子撒谎啊。"

玛丽提高了音量反驳道："你哪里能确定这个世界上到底有没有鬼，天堂里有没有天使呢？"

"但我很确定这个世界上没有圣诞老人。"

"话是这么说，但你得让孩子相信有。"

"为什么？可我自己都不相信。"

"因为孩子得有一种宝贵的东西，也就是要有想象力。"玛丽简单解释道，"他们得有自己的隐秘世界，在他们的秘密世界里生活着这个世上从未存在过的东西。孩子得去相信，她必须从相信这个世界上不存在的东西开始。当日子变得难过，孩子就可以钻进自己的隐秘世界，并且乐在其中。就说我自己吧，我到了如今这把岁数，不是也还常常感怀圣徒的事迹以及其他一些伟大的奇迹吗？有了这些想象，足以让我熬过生活的艰辛。"

"孩子会渐渐长大，会得知真相，到时候要是发现我撒谎了，她会失望的。"

"这就是探索真理的意义，自己去了解真相是一件好事。全心全意地相信，然后又彻底失望，也是一件好事。这会丰富她的情感，塑造她的人格。作为一个女人，倘若生活让她饱受失望，她就会在一次次的失望中得到磨炼，久而久之，也就不会那么痛苦了。你自己在教育孩子时，千万别忘了痛苦也是一件好事，它是一个人性格上的财富。"

"照你这个说法，"凯蒂苦涩地应道，"我们罗姆利家算是富得流油了。"

"我们一家都是穷人，事实的确是这样，我们也确确实实活得很艰难，我们的路非常艰难，但一切都会好起来的。我虽然不识字，但我告诉了你我从生活中学到的所有东西。你也得把它们告诉给你的孩子，还有你长大后学到的东西。"

"除了这些，我还要教孩子相信什么？"

"还得让她相信有天堂。我说的天堂，不是漫天飞舞的天使和坐在宝座上的上帝，"玛丽用英语夹杂着德语，蹩脚地解释着自己的意思，"而是人们梦想中一个奇妙的地方——一个梦想成真的地方。也许这是另外一种形式的宗教，我也不是很清楚。"

"然后呢，我还需要做什么？"

"在你死之前，最好能留下一块土地，上面或许已建有一栋房子。这个孩子，也许你将来还有更多的孩子，他们都能继承你留下的东西。"

"我自己的土地？还一栋房子？能付得起房租，我们一家就谢天谢地了。"凯蒂自嘲地笑着说道。

"现在是这样，"玛丽语气笃定，"但你还是可以咬咬牙做到。在我们老家奥地利，几千年来，我们农民都是在地主的土地上干活。在这里，我们可以进厂当工人，靠自己的双手挣钱。而且，每天我们都有一段属于自己的时间。这段时间可不属于工厂老板，单就这一点，这里已经比在老家好多了，但是还能更好些。我们攒钱买下一小块土地，然后把它留给子子孙孙，让他们以后能混口饭吃。"

"那我们怎样才能拥有属于自己的土地呢？约翰尼和我都领着微薄的工资，有时交完房租和保险后，剩下的钱连买吃的都拮据，我要怎么做才能从牙缝里省出一块地的钱呢？"

"你先找一个空的炼乳罐，洗干净。"

"炼乳罐？"

"你先把罐子顶端修剪齐整，然后从那里剪出几处长条口子，长度跟手指差不多，宽度大概是这些。"玛丽把两根手指并拢，比画给凯蒂看，"然后把剪开的几处长条向外掰，这时候罐子看起来就像一个粗糙的星形。最后把罐子钉起来，每个金属条都钉上钉子，就固定在衣柜最隐秘的角落里。你每天存五分钱进去，三年后就会有一笔小钱——五十块钱。然后你就拿着这笔钱去乡下买块地，千万别忘了带上身份证明，这样那块土地就归你所有了。一旦你拥有了土地，你就再也不是农奴了。"

"一天五分钱，听起来好像不多，但它从哪里来呢？我们现在连足够的食物都没有，还要多养活一张嘴……"

"你照我说的做，举个例子，你去蔬菜店问老板胡萝卜卖多少钱，他告诉你三分钱，那你就挑一些看起来不那么新鲜、个头不那么饱满的，跟老板讲讲价，问他能不能两分钱卖给你。这样，你就只需要花两分钱，省下的一分钱就能存进罐子里了。再比如说，现在是冬天，你花二十五分钱买了一些煤，天气很冷，你很想生火取暖。这个时候你就多等一小时，再忍受一小时的寒冷。找来披肩围上，告诉自己，虽然没有火会很冷，但你这么做是为了存钱买地，就算挨冻也值了。挨冻这么一个小时，可以为你节省三分钱。于是，你又能往罐子里存三分钱。晚上你一个人在家时，不要点灯，坐在黑暗中让自己胡思乱想，一会儿工夫过去了，你算一下省了多少油钱，然后把这钱存进罐子里。天长日久，罐子里的钱就会越来越多，总有一天能存足五十块，你就能在某个地方，买下属于自己的一块土地。"

"照你说的这样存钱，能行吗？"

"我以圣母玛利亚的名义起誓，能行。"

"那你为什么没有攒够钱买地？"

"我以前存足过。我们第一次踏上美国这片土地时，我就做了一个储蓄罐，那时我花了十年时间存了五十块。后来，我就拿着这五十块找附近街上的一个人，别人说他卖地童叟无欺。那人给我看了一块很不错的地，用我听得懂的话告诉我'这块土地属于你了'。他收了我的钱，给了我一张纸，上面的字我不认识。后来，我看到有人在我的土地上盖房子，我拿出那张纸给他们看。他们看完后都嘲笑我，眼神中充满了同情。他们说，那块土地不是那个人能买卖的，而是……用英语怎么说来着……反正就是一个骗局。"

"骗局。"

"唉，像我们这样的，在别人眼里就是傻乎乎的外地人，经常被人家蒙骗，因为我们大字不识一个。你不一样，你读过书，起码认得上面的名字是你的之后你才会付钱。"

"那你上当受骗后再也没有存钱了吗？妈妈。"

"我又存过。第二次攒钱更难，因为有很多孩子要养活。我省吃俭用，好不容易存下的钱，却在搬家时被你爸看到后拿走了。他不想用这些钱买地，他喜欢养家禽。所以，他就拿这笔钱买了一只公鸡和一些母鸡，把它们放在后院里养着。"

"那些鸡我依稀记得，"凯蒂说，"那是很久很久以前的事了。"

"你爸说把母鸡下的蛋卖给附近的人，这样他就能挣很多的钱，这就是他做的白日梦。谁承想鸡买回来的头天晚上，二十几只饿极了的猫翻过栅栏，一下吃掉了好几只鸡。第二天晚上，意大利人溜进栅栏，又偷了不少。第三天，警察来了，说在布鲁克林的院子里养鸡是违法的。万不得已，我们给了警察五块钱，求他不要把你爸抓到警察局去。后来，你爸把剩下的几只鸡卖了，卖的钱买了一只金丝雀，这下他用不着提心吊胆了。就这样，我第二次存的钱也打了水漂。但是，我又开始存钱了，也许将来的某一天……"玛丽默默地坐了一会儿，然后站起来，披上了披肩。

"天黑了，你爸也该下班回家了，我得回去了，愿圣母玛利亚保佑你和孩子。"

茜茜一下班就过来了，她甚至没来得及掸掉头发上的灰色橡胶粉。这个孩子的降生简直让茜茜欣喜若狂，她刚一见到孩子，就宣布这是世界上最漂亮的孩子。约翰尼有些怀疑，明明这个孩子身体有淤青，还皱巴巴的，说不定有什么毛病。茜茜给孩子洗了澡（这孩子头一天估计被洗了十几次），然后又忙不迭到熟食店赊了一些吃的，她说等星期六发了工资再还给老板。茜茜买了足足两块钱的东西：猪舌片、烟熏三文鱼、乳白色的烟熏鲟鱼片和脆皮卷。她还买来一袋木炭，把火烧得旺旺的。茜茜把做好的晚饭端到凯蒂面前，她和约翰尼则到厨房里吃。屋里暖洋洋的，弥漫着美食和脂粉的香味，还有茜茜项链上浓郁的糖果味。

饭后，约翰尼抽了一支雪茄，他开始琢磨茜茜这人到底是好还是坏。他很想知道，人们评判一个人好坏的标准究竟是什么？拿茜茜来说，她这个人时好时坏。在男人眼里，茜茜处处留情，可她本身又是那么美好，因为她走到哪里，哪里的生命就充满了善良、温柔、热烈和浓郁的香味。约翰尼很希望自己刚出生的女儿能像茜茜一样。

当茜茜决定要在这里过夜时，凯蒂有些为难，因为这里只有一张床。茜茜开玩笑说，要是约翰尼能和她生出弗兰茜这么漂亮的宝贝，她倒是不介意和约翰尼睡一晚。听完，凯蒂皱起了眉头，她当然知道茜茜是在开玩笑，只不过茜茜这人太过口无遮拦，为此，凯蒂又开始数落她了。约翰尼打断了她们的话，借口说自己该去学校工作，便离开了。

约翰尼不忍心在这时候告诉凯蒂自己丢了饭碗。离开家后，约翰尼到了哥哥乔治那里，不过乔治正在工作。幸运的是，乔治工作的地方正好需要一个服务员，还要会唱歌，所以约翰尼就顶上了。工作结束后，老板说让约翰尼下周继续过来。就这样，约翰尼又干起了老本行。也是从那天起，约翰尼再也没有换过别的工作。

茜茜挨着凯蒂躺在床上，两人聊到大半夜。凯蒂谈起约翰尼和未来，言语中满是担心和害怕。她们提起了妈妈，说妈妈真是一个好妈妈。转而又提到了她们的爸爸，茜茜直言他就是个老顽固，凯蒂说不管怎样茜茜也该对爸爸尊重一些，茜茜却故意唱反调："啊，呸呸！"于是，凯蒂被她逗笑了。

凯蒂把白天妈妈和她的谈话告诉了茜茜，茜茜对妈妈说的那个存钱的办法很感兴趣，于是一骨碌翻身下床——尽管现在已经半夜了——茜茜找来一罐牛奶，把里面的牛奶倒在碗里，按照妈妈的描述，做了一个储蓄罐。茜茜想钻进狭窄的衣柜里把罐子钉好，但是睡衣太过臃肿了，她没办法钻进去，只好脱掉衣服光着身子钻进去钉储蓄罐。凯蒂被她滑稽的模样逗得哈哈大笑，一度担心自己会不会因此笑得大出血。现在已经是凌晨三点，茜茜钉储蓄罐的巨响惊动了楼上楼下的邻居，楼下的人敲天花板抗议，楼上的人则在跺地板。茜茜在衣柜里嘟囔道："这屋里有一个生病的女人，他们竟敢这么猖狂。"凯蒂听到邻居们的反应后，直接笑得岔了气。"他们这么吵，谁还能睡得着啊？"茜茜一边说，一边用力地钉完最后一颗钉子。

储蓄罐钉好后，茜茜又穿上了睡衣，并往罐子里放了第一笔五分钱。就这样，开启了买地的存钱计划。茜茜回到床上，兴奋地听凯蒂跟她提起那两本书，她向凯蒂保证，一定会把这两本书弄到手，送给孩子当受洗的礼物。

弗兰茜出生的第一个夜晚，安安稳稳地睡在妈妈和茜茜姨妈中间。

第二天，茜茜就到处寻找凯蒂提过的那两本书。她先去了一家公共图书馆，问图书管理员怎样才能得到莎士比亚和《圣经》作为纪念。图书管理员说，《圣经》他爱莫能助，不过，档案室里倒是有一本莎士比亚，比较破旧，他们正要丢掉，如果茜茜要的话可以拿去。最后，茜茜花钱买下了这本书。虽然这是一本旧书，但里面包含了莎士比亚所有的戏剧和十四行诗，还有复杂的脚注和对内容的详细解释，以及莎士比亚的生平和照片，甚至还有描绘每部戏剧场景的钢版画插图。这本莎士比亚作品集是用小号字体印刷，每页薄薄的纸上有两列文字，花了茜茜二十五分钱。

新教的《圣经》虽然有点难找，但比莎士比亚的作品更便宜。实际上，茜茜一分钱也没花。

这本《圣经》的封面上有一个名字，写着吉迪恩。在买下莎士比亚几天后的一个早晨，茜茜和现任情人在酒店醒来，她朝"约翰 N 号"眨了眨眼睛，"约翰（茜茜叫他约翰，实际上他的名字叫查理），梳妆台上那本书是什么？"

"《圣经》。"

"新教的《圣经》？"

"没错。"

"我决定把它弄到手。"

"去吧，这就是它被放在那里的意义。"

"不是吧？"

"真的。"

"别开玩笑了。"

"我说的是真的。人们顺手牵羊地拿走它，阅读它，从中受到启发并忏悔。读完后他们会把它还回来，或者再去买一本新的带回来，让别人也有洗心革面的机会。这样一来，出版这些书的公司就没有任何损失了。"

"原来是这样啊，那这一本的损失他们铁定拿不回来了。"茜茜用酒店毛巾把书包起来，准备一并顺走。

"茜茜！"一种冰冷的恐惧笼罩着约翰 N 号，"要是你读完后想要改过自新，那我就不得不回到我老婆身边。"他打了个寒战，用胳膊搂住茜茜。"答应我，你不会这么做的。"

"我不会的。"

"你怎么知道你不会？"

"我从不接受别人给我的建议，另外我也不识字。我判断正确和错误的唯一方法是我对事情的感觉。如果我感觉不好，那就是错的。如果我感觉好，那就是对的。和你在一起，我感觉很好。"茜茜把手臂放在约翰胸前，在他的耳边用力吻了吻。

"我很希望我们能结婚，茜茜。"

"我也是，约翰。我知道我们会很合得来。怎么说呢，起码有一段时间是这样的。"茜茜诚实地补充道。

"但是我结过婚了，这就是天主教的麻烦之处，教义不让离婚。"

"反正就我个人而言，我才不管什么离不离婚的。"茜茜说，其实她自己就总是在没有离婚的情况下再婚。

"你知道吗，茜茜？"

"什么？"

"你真有点儿铁石心肠。"

"不是开玩笑吧？"

"不是开玩笑。"约翰看着茜茜在匀称的腿上穿上薄纱袜子，又把一条红色的真丝吊袜带扣上。"亲我一下，"约翰 N 号突然恳求道。

"我们还有时间吗？"茜茜务实地问道，不过说话间她又把袜子脱掉了。

弗兰茜·诺兰从此开启了她的漫漫阅读之路。

第十章

弗兰茜生下来就发育得不好，皮肤黝黑，骨瘦如柴，没有生命活力。邻居家的女人告诉凯蒂，八成是她的奶水不行，但凯蒂还是坚持用母乳喂养弗兰茜。

不过很快，弗兰茜还是喝上了奶粉，因为在她三个月大时，凯蒂突然断奶了。凯蒂不知所措，跑去问母亲这是怎么回事。玛丽看着女儿，叹了口气，但是什么也没说。凯蒂又去找接生婆，那女人问了凯蒂一个让她摸不着头脑的问题。

"你星期五在哪里买的鱼？"

"在帕蒂的铺子买的，你问这个做什么？"

"那你有没有碰到过一个老太婆，她经常在那儿给猫买鳕鱼头。你现在还能见到她吗？"

"碰到过，我每个星期都会见到她。"

"一定是她干的！就是她让你没了奶水。"

"这，太荒谬了！"

"她时时刻刻盯着你呢。"

"为什么？"

"嫉妒你呗，因为你嫁给一个这么英俊的爱尔兰小伙子，还过得那么幸福。"

"嫉妒？你是说那个老太婆嫉妒我？"

"那老太婆是个女巫，我在老家的时候就认识她。后来，她和我一起坐船来了美国。她年轻时爱上了爱尔兰凯里郡的一个野小子，是那男的主动追求她的。结果，她很快就怀上了。可是，等她爸爸让那小子娶自己女儿时，那个男人却不愿意和女孩一起去见神父，甚至在夜深人静时乘船溜走了。最后，远远地跑到了美国。那女人的孩子一出生就死了，后来她用自己的灵魂与魔鬼交易，魔鬼传给她让人断奶的巫术。于是，她能让奶牛、山羊断奶，嫁给年轻小伙子的女孩也会遭受同样的厄运。"

"那个女人我有点印象，她看我的眼神好像很奇怪。"

"那是她在用眼睛向你施法。"

"那我要怎么做才能恢复奶水呢？"

"按我说的做——等到月圆之夜，你用自己的一绺鬈发，加上你的一截指甲，以及洒过圣水的布做一个人偶，这个人偶的名字就叫'涅丽·格罗根'，也就是那个女巫的名字。然后，你在人偶头上插上三根生锈的针，这样就能破除女巫对你的施法，你的奶水又能像河水一样滚滚流淌了。我说完了，这次收费二十五分钱。"

凯蒂付钱给了接生婆。到了月圆之夜，她按照接生婆说的，人偶做了，针也扎了又扎，可不仅自己一点起色都没有，弗兰茜还生病了。六神无主的凯蒂只好把茜茜找来。茜茜听她说完女巫的故事，不屑地说道："什么狗屁女巫，根本就不是那老太婆用眼睛施法导致的，都是约翰尼干的好事。"

于是，凯蒂知道自己又怀孕了，她把这个消息告诉了约翰尼。约翰尼听到这消息后又开始焦虑了，他现在唱歌的工作很不错，经常能接到活儿，日子过得还算安稳，他自己也不会喝太多酒，挣的钱大部分拿回来养家糊口。眼看第二个孩子不久也要出生了，约翰尼感觉自己这辈子彻底被套牢了，他今年才二十岁，凯蒂十八岁，他们都这么年轻，就不得不向命运低头。得知这个消息后，约翰尼便出去喝酒消愁了。

后来，接生婆来找凯蒂，她想看看自己的人偶符咒效果如何。凯蒂告诉她，那法子没用，不过是自己又怀孕了才导致断奶，所以不算接生婆的错。接生婆掀开凯蒂的裙子，在她的衬裙口袋里放了一瓶看起来很可怕的深棕色东西。

"放心，没什么好担心的。"接生婆说，"接下来的三天时间里，早晚各服一次，你就能恢复如初了。"

凯蒂不同意用这个方法，摇了摇头。

"怎么，你是担心自己这样做了，神父会谴责你？"

"不行，我不能杀生。"

"这不算杀生。还没有生命迹象，它就不算是生命。你还没有感受到胎动，对吧？"

"没有。"

"那不就得了！"接生婆好似得胜一般把拳头砸在桌子上，"这瓶药我只收你一块钱。"

"谢谢你，但我不想要。"

"别犯傻了，你年纪轻轻的，养一个孩子已经够你麻烦的了，你那男人虽然模样长得英俊，可看起来不怎么稳重持家啊。"

"我的男人怎么样，那是我自己的事。再说了，带孩子也没有多麻烦。"

"我这都是为了你好。"

"多谢，慢走不送。"

接生婆收回了瓶子，起身准备离开，"等你想通吧，反正你知道我住哪儿。"走到门口时，接生婆"好意"提醒道，"如果你在楼梯上跑上跑下，说不定也能弄掉。"

那年秋天，天气短暂回暖。挺着大肚子的凯蒂坐在凳子上，怀里还抱着一个病恹恹的弗兰茜。路过的邻居们看到这番场景，纷纷停下脚步，都忍不住可怜起弗兰茜来。

邻居们告诉凯蒂："这孩子八成活不了，你瞧瞧她气色多差。如果上帝带走了她，说不定对你们家来说是最好的结果。咱们是穷人家，要一个生病的孩子有什么用？这世上的孩子已经够多了，哪儿还容得下病孩子啊。"

"别说这些。"凯蒂紧紧地抱住自己的孩子，"还不到死的时候呢，谁不想活着？世间万物都在拼命活着，你们看那棵从栅栏里冒出来的天堂树，尽管阳光都晒不到，也只能得到少许雨水的滋润，而且生长在贫瘠的酸性土壤里，现在却长得枝繁叶茂，就是因为它始终不屈不挠地生长嘛，我的孩子也会像它一样坚强的。"

"哦，你说那棵树啊，它早该砍掉了，这种树随处可见。"

"如果世上只有一棵这样的树，你会觉得它很美，"凯蒂反驳道，"但如果它们随处可见，你反而会忽略它们的美。看看那些孩子，"凯蒂指着一群在水沟里玩耍的泥孩子说，"你在里面任选一个，把他洗得干干净净，再给他穿上干净的衣服，让他住在精致的房子里，你同样也会觉得他很漂亮。"

"你的想法是没错，但这孩子着实病得不轻啊，凯蒂。"邻居再一次劝道。

"这个孩子会活下来的。"凯蒂激动又坚定地说，"我一定会让她活下来！"

弗兰茜活了下来，在坚强的啼哭声中度过了第一年。

弗兰茜过完一周岁生日后，没过多久，弟弟也出生了。这一次阵痛来临时，凯蒂没有上班。凯蒂咬紧牙关，没有像上一次那样大喊大叫。尽管还是痛苦又无助，但她早已做好了心理准备。

　　最终，凯蒂生下了一个健康的男孩。当呱呱坠地的儿子被抱来放在她胸前时，狂热的柔情在她心中翻涌。此刻，一岁大的弗兰茜正躺在凯蒂旁边的小床上嘤嘤哭泣。凯蒂看着一年前出生的、身子羸弱的弗兰茜，再看看刚出生的、模样英俊的儿子，不由得从心底生出了一丝对弗兰茜的轻视，但她很快就为自己的轻视感到愧疚，因为她知道孩子是无辜的。"我必须注意自己的言行举止，"凯蒂心想，"我做不到一碗水端平，但我一定不能让弗兰茜察觉到。虽然手心手背都是肉，可我就是控制不住自己啊。"

　　茜茜希望凯蒂能为这个男孩取名为"约翰尼"，但凯蒂坚持要为孩子取一个属于自己的名字。茜茜拗不过，对凯蒂说了几句气话。最后，凯蒂竟然问茜茜是不是爱上了约翰尼。这当然不是事实，只是一时冲昏了头的胡话。茜茜回答她："那可没准儿。"

　　凯蒂立刻闭嘴了，她害怕继续吵下去，会发现茜茜真的爱上了约翰尼。

　　凯蒂回想起自己曾经见过的一个在舞台上扮相英俊的男演员，所以便比照着给孩子取名叫科尼利厄斯。在孩子长大后，他的名字便被改成了常见的布鲁克林男性名字——尼利。

　　没有曲折的逻辑推理和复杂的内心纠结，尼利自打出生就成了凯蒂生活的重心，约翰尼退居第二，弗兰茜则排在最后。凯蒂非常爱尼利，因为尼利完完全全属于自己，远胜约翰尼和弗兰茜。尼利长得和约翰尼一模一样，凯蒂下定决心让尼利成为他爸那样的人。凡是约翰尼身上的优点，凯蒂都鼓励尼利发扬光大；凡是约翰尼身上的缺点，凯蒂坚决不允许它们出现在尼利身上。尼利会在凯蒂的精心培育下长大成人，凯蒂将来也会以他为荣。至于弗兰茜和约翰尼，差不多就得了，但尼利可马虎不得，凯蒂得让他出人头地。

渐渐地，随着孩子们一天天长大，凯蒂原有的温柔都被磨没了，取而代之的是人们口中所说的好品质——能干、坚强、目光长远。凯蒂依然深爱着约翰尼，但年少时那种狂热的崇拜逐渐消失了。凯蒂也爱着弗兰茜，并且时常为女儿感到难过，但她对弗兰茜与其说是爱，不如说更多的是怜悯和责任。

约翰尼和弗兰茜感觉到凯蒂的变化越发明显。和朝气蓬勃、茁壮成长的尼利比起来，约翰尼的身体是一天不如一天。弗兰茜能感受到妈妈对自己越发疏远，因此，她对妈妈也越来越疏远。但是，没想到的是，这种疏离感却让弗兰茜和凯蒂更加接近了，因为这让她们越来越像彼此。

尼利一岁的时候，凯蒂已经不再指望约翰尼了。约翰尼总是酗酒，有人给他提供一晚上的工作，他就去干一晚上。他的工资仍然会拿回家，不过，他会把小费留下来买酒喝。对约翰尼来说，生活过得太快了。他自己还没过二十一岁生日，甚至还没到法定投票年龄，就已经有了妻子和两个孩子。想想他约翰尼这辈子就这样了，未来已经没什么出头之日，没有人比他自己更清楚这一点。

凯蒂和约翰尼经历了同样的苦难，凯蒂才十九岁，比约翰尼还小两岁。可以这样说，凯蒂注定一辈子碌碌无为。她的生活就是这样，还没开始就已结束。但是，她和约翰尼的相似之处仅限于此。约翰尼知道结果已然注定，于是选择了认命。而凯蒂不愿意接受命运的安排，她要挥手告别过去，开启新的人生。

凯蒂卸下了柔情，变得越发能干，也放弃了自己的梦想，转而与艰难的现实战斗。

　　凯蒂有一种强烈的生存欲，这让她成为一名和命运抗争的斗士。而约翰尼渴望被后人记住，这让他变成了一个百无一用的空想家。两个人之间存在着巨大差别，可是，他们都深深爱着对方。

第十一章

在过二十二岁生日时，约翰尼喝了三天的酒来庆祝。凯蒂把他关进卧室里，不允许他再喝下去。可约翰尼非但没有清醒，甚至还说起了胡话。约翰尼哭了，不停地乞求凯蒂给他酒喝，他说自己现在很痛苦。凯蒂告诉他感到痛苦是好事，因为痛苦能让人变得坚强，这一次他必须多长点记性，以后再也不能碰酒了。可是，被关起来的约翰尼不仅没有变得坚强，反而更脆弱了，房间里不断传来他断断续续的哭声，听上去像是女妖在啼哭。

邻居们过来敲凯蒂的门，让她别对约翰尼这么狠心。凯蒂的嘴角僵住了，现出一个冷峻的弧度，她让邻居们少管闲事。凯蒂不怕为此得罪邻居，因为她很确定，等不到这个月结束，他们就得搬家了。约翰尼这次闹出这样大的笑话，他们一家没脸再继续住在这里了。

到了下午，约翰尼还在哭，他的哭声让凯蒂感到不安。凯蒂把两个孩子塞进一辆婴儿车，带他们一起去茜茜的工厂。在领班把茜茜叫出来后，凯蒂把约翰尼的事情告诉了茜茜，茜茜答应找个机会过去看看。

茜茜向一位男性朋友打听了一下，像约翰尼这种情况该怎么办。按照这位朋友的指点，她买了半瓶威士忌，然后把它藏在丰满的胸口，再系上紧身胸衣，扣上裙子扣。

茜茜来到凯蒂家，告诉凯蒂，让自己和约翰尼单独待一会儿，她有办法开导约翰尼。就这样，凯蒂把她和约翰尼关在一间屋子里，自己则回到厨房，把头枕在桌子上，等了一夜。

当约翰尼看到茜茜时，他混沌的大脑突然清醒了，紧紧地抓住茜茜的手不放，"你不仅是我的朋友，茜茜，你更是我的姐姐。看在上帝的分上，求你给我一杯酒。"

"别急，约翰尼，"茜茜用温柔的声音安慰道，"我给你带了酒。"

茜茜解开腰间的扣子，露出白色绣花荷叶边和深粉色丝带，房间里充满了她香囊里传来的甜美气息。她解开一个复杂的蝴蝶结，并松开胸衣。约翰尼看得眼睛都直了，又联想到茜茜的坏名声，以为她要……

"别，别，茜茜。求你了！"约翰尼虚弱地拒绝道。

"瞎想什么呢？约翰尼。那种事得分时间和场合，现在哪里是时候。"茜茜从身上拿出酒瓶。

约翰尼像抓住救命稻草一样抓住了酒瓶，酒瓶上还残留着茜茜暖暖的体温。茜茜任由他猛灌了一大口，才从他攥紧的手指中拿走瓶子。喝完后，约翰尼安静下来，感到睡意沉沉。他恳求茜茜不要离开，茜茜欣然答应。茜茜懒得整理衣衫，便直接躺在约翰尼身边，用手搂住他的肩膀，让他的头靠在自己的胸口。约翰尼睡着了，泪水从他紧闭的眼里滑落下来，那暖暖的眼泪比他的身体还要热几分。

茜茜把约翰尼搂在怀里，独自望着周遭的黑暗出神。她很清醒，知道自己对约翰尼的感觉就像母亲对孩子一样。要是她自己夭折的孩子还活着，一定能感受到她温暖的母爱。茜茜摩挲着约翰尼的鬓发，后来又轻轻抚摸他的脸颊。约翰尼在睡梦中发出声响时，茜茜便用对孩子说话的口吻安抚他。茜茜的手臂被压麻了，她试着动一动，约翰尼却顿时惊醒过来，死死地抱住她，央求她不要离开，嘴里还一直叫着妈妈。

每当约翰尼醒来并感到害怕时，茜茜就让他喝一口威士忌。到了凌晨，约翰尼醒了，他的神志已经清醒，但是头却疼得厉害。看到睡在身旁的茜茜，约翰尼猛地拉开距离，发出懊悔的自责。

"快回妈妈这儿来。"茜茜用温柔的语气呼唤道。

茜茜张开双臂，约翰尼再一次回到茜茜的怀抱，把脸埋在她的胸口。约翰尼偷偷掉起了眼泪，他哽咽着说出自己的恐惧和忧虑，以及他对世事的疑惑。茜茜让他尽情地倾诉，尽情地哭泣。茜茜抱着约翰尼（茜茜并无孩子，所以从来没有这样做过），就像约翰尼小时候他妈妈抱着他一样。听约翰尼讲到落泪处，茜茜也跟着约翰尼一起哭。约翰尼倾诉完后，茜茜把剩下的威士忌给了他。到了最后，约翰尼实在太累了，又沉沉地睡过去了。

茜茜在约翰尼身边又躺了很久，不想让他觉察到自己离开。快到天亮的时候，约翰尼紧握着茜茜的手放松了，他的脸上又恢复了平静，看起来就像一个稚嫩的大男孩。茜茜让约翰尼的头躺到枕头上，又麻利地替他脱掉外衣，给他盖好被子。最后，茜茜把喝空的酒瓶子扔到了通风管里。茜茜觉得，只要凯蒂不知道约翰尼又喝了酒，那凯蒂就不会为此感到烦心了。茜茜不紧不慢地系上深粉色的丝带，整理了一下衣服，出去的时候轻轻带上了卧室的门。

茜茜有两大弱点——喜欢处处留情，也喜欢母爱泛滥。茜茜身上有取之不尽的柔情，她总是想着把自己的一切奉献给需要的人，包括她的金钱、时间、衣服、怜悯、理解、友谊、陪伴和爱意。茜茜对身边所有的人都母爱泛滥，她爱男人，也爱女人，爱老人，尤其爱孩子，她多么渴望能有一个孩子让自己去爱！茜茜也爱那些落魄的人，她想让每个人快乐。茜茜甚至还萌生了勾引神父的想法，只因她觉得神父孑然一身，痛失了这世上最大的快乐。

茜茜喜欢街上到处觅食的野狗。她会因为看到挺着大肚子到处找地方下崽的野猫而难过。茜茜还喜欢灰不溜秋的麻雀，觉得空地上长出的野草也很美。茜茜有一次在地里摘了一束白苜蓿花，不禁感叹它们是上帝创造出的最美丽的花朵。还有一次茜茜看到一只老鼠出现在她的房间里，第二天晚上，茜茜就为它准备了一个小盒子，里面放了些奶酪碎屑。茜茜会倾听每个人向她诉说烦恼，不过，没有人听她的。但没有关系，因为茜茜喜欢给予，而不是索取。

茜茜走进厨房后，凯蒂用怀疑的眼光看向她红肿的眼睛，还有凌乱的衣衫。

"我没记错的话，"凯蒂带着最后的尊严说，"你是我的亲姐姐，我希望你也记住这一点。"

"别说胡话了，"茜茜说，她知道凯蒂肯定是误会了。茜茜微笑着直视凯蒂的眼睛，她的笑容很真诚，凯蒂悬着的心这才放下了。

"约翰尼怎么样了？"

"他睡一觉就好了，不过看在上帝的分上，他醒来后，你可千万不要再责骂他了。千万要记住，凯蒂。"

"但我总得跟他说……"

"如果我听到你又骂他，那我就把他从你身边抢走。我保证。哪怕你是我的妹妹。"

凯蒂明白茜茜的意思，有点害怕茜茜来真的。"我不骂他，"凯蒂嘟囔道，"这次就暂且放过他。"

"现在你已经成长为一个女人了。"茜茜一边亲吻凯蒂的脸颊一边赞许道。她很同情凯蒂和约翰尼的遭遇。

凯蒂再也抑制不住，崩溃地哭了起来。凯蒂的哭声很干涩，因为她一向讨厌哭泣，只是现在终于承受不住了。茜茜只好耐心地听着，把刚刚从约翰尼那里经历过的再经历一遍，只不过这次她是站在凯蒂的立场上。因为立场不同，所以茜茜对待他们俩的方式也不同。茜茜对约翰尼是温柔劝解，因为约翰尼需要这东西。茜茜对凯蒂则不同，因为凯蒂内心仿佛有钢铁般的意志，等凯蒂倾诉完后，这种钢铁般的意志会更加坚定。

"你都看见了吧，茜茜？约翰尼他就是个酒鬼。"

"嗯，每个人都有自己的特点。我们都有某种标签。就拿我来说，我就从来没喝过酒，但你知道吗？"茜茜诚实地说道，"总有些人在背后说我闲话，说我是坏女人。你敢信吗？我承认，自己偶尔会抽一两支烟，但是……"

"茜茜，他们说的坏是你和男人……"

"行了，凯蒂。我们所有人都有自己的路要走，每个人也都过着属于自己的生活。总而言之，你有一个好男人，凯蒂。"

"可他总是喝酒。"

"他确实会一直喝，直到他死的那一天。但是，你不能只盯着他喝酒不放，还要看看其他方面。"

"其他？你是说不工作，整夜不归，和流浪汉鬼混？"

"你选择嫁给了他，当初肯定是被他身上的优点打动了。你只要牢记当时的初心，其他的微不足道。"

"有时候，我真不知道自己为什么要嫁给他。"

"你撒谎，你知道，你知道自己当初为什么嫁给他。你想和他上床，但是，你太保守了。没有去教堂举行婚礼之前，你不敢越界。"

"倒也不是保守，想当年我是从别人手里把他抢过来的呢。"

"说白了是做爱这回事，就这么简单。它好，婚姻就幸福；它不好，婚姻也得跟着出问题。"

"不，还有别的。"

"什么别的？好吧，就如你所说，或许有。"茜茜认同凯蒂说的，"如果还有别的好品质，那就太珍贵了。"

"你错了。这也许对你很重要，可是……"

"它对每个人都很重要，或者说应该很重要。只有这样，所有人的婚姻才都会是幸福的。"

"这个我承认，我喜欢看他跳舞，喜欢听他唱歌……还喜欢他的长相……"

"你说的这些，跟我说的是一个意思。"

"我跟茜茜的洒脱比起来，简直太逊色了。"凯蒂心想，"茜茜总能按她自己的方式解决掉所有的麻烦，也许她的方式是好的，反正我搞不清楚。她是我的亲姐姐，可是人们提起她，总说她是个坏女孩，这也是不争的事实。等茜茜死后，她的灵魂会永远在炼狱中徘徊。我经常这么跟茜茜说，她却总是回答我说，她的灵魂绝不会孤零零地游荡。如果茜茜比我先死，我一定要给她举行弥撒。说不定过一段时间，她的灵魂就能走出炼狱。即使别人都说她很坏，但她对世上有幸遇到她的人都很好。考虑到这一点，上帝或许会对她宽容些。"

突然，凯蒂俯身在茜茜的脸上吻了一下。茜茜很惊讶，因为她不知道凯蒂此时在想什么。

"也许你说得对，也许你说得不对，茜茜。对我来说，我把它归结为一点：除了约翰尼喜欢喝酒，我喜欢他别的一切。我会试着对他好，试着忽略……"凯蒂停住不说了，因为在她心里，喝酒这件事不是说忽略就能忽略的。

弗兰茜躺在厨房灶台旁边的洗衣篮里，吮吸着拇指，听着妈妈和茜茜姨妈的谈话。不过，当时她只有两岁，什么也没听懂。

第十二章

　　约翰尼闹了这么一出笑话，凯蒂深感没脸继续再住在博格特街了。尽管左邻右舍的男人们也好不到哪儿去，甚至有的还比不上约翰尼，但凯蒂并不想这样凑合着过日子。凯蒂希望家里所有人都能奋发向上，不要总是安于现状。搬家还有另一个现实的原因——就是他们实在缺钱，这个困难是明摆着的，他们本来手头就不宽裕，现在又多了两个张着嘴要吃饭的孩子。凯蒂到处寻找可以为他们提供住处的工作，好歹得有一个能遮风避雨的地方住吧。

　　最后，凯蒂找到了一份清洁工的活儿，有了这份工作，他们一家能住上免费的房子。约翰尼说什么也不肯让凯蒂受累去当清洁工，凯蒂则用刚养成的利落口吻告诉他，自己要是不做清洁工的话，他们一家连睡觉的地方都没有，因为现在想凑齐房租越来越难了。迫于压力，约翰尼只好做出让步，并承诺由他自己来打扫这所房子，等他找到一份稳定的工作后，他们就搬走。

　　凯蒂开始收拾他们家为数不多的家当：一张双人床，一张婴儿床，一辆破旧的婴儿车，一套绿色的毛绒沙发，一张有粉红色玫瑰的地毯，一幅挂在前厅的花边窗帘，一棵橡皮树，一株玫瑰天竺葵，一只装在金色鸟笼里的金丝雀，一本有绒布封面的相册，一张厨房桌子和几把椅子，一箱锅碗瓢盆，一个镀金的十字架（十字架底座是一个八音盒，旋转底座时会播放《圣母颂》），一个妈妈送给她的不起眼的木制十字架，一个装满了衣服的洗衣篮，一卷铺盖，一沓约翰尼的乐谱，还有两本书——《圣经》和莎士比亚的作品。

这么点儿家当，用一辆马车来装绰绰有余。收拾完后，凯蒂一家四口随马车一起前往新家。

在旧房子里，凯蒂做的最后一件事就是取下衣柜里的锡罐子。此时，他们曾住过的房间已经搬空了，四周望去，就像近视的人没了眼镜，看周围空荡荡的。锡罐子里只有三元零八十分，雪上加霜的是，马上就要花出去一元钱，支付搬家的车费。

就在约翰尼帮搬家工人卸家具时，凯蒂到新家的第一件事就是把锡罐子钉进衣柜里。她把余下的两元零八十分放回去，接着又从破旧的钱包里掏了十分钱放进去，原本这十分钱应该给搬家工人的，但现在凯蒂不打算给了。

在威廉斯堡，每当搬家完毕，主人家通常会请工人喝一杯啤酒，但凯蒂心里有自己的打算："我们以后又不跟他打交道了。再说了，一元钱对他来说已经足够多了，他得干几天才能赚到一元钱啊。"

在凯蒂挂窗帘时，母亲玛丽·罗姆利过来为新房间洒圣水，这么做是为了让每个角落里的魔鬼无处遁形。因为谁也说不好，以前这所房子里没准住过新教徒，也可能死过一个天主教徒，更糟糕的是，那个人死前没有得到赦免。洒过圣水后，这里将被净化，重新获得上帝的眷顾。

玛丽拿着圣水瓶洒圣水时，还是婴儿的弗兰茜高兴地叫起来，因为阳光透过瓶子在墙上折射出一道又粗又短的彩虹来。玛丽晃动瓶子，让彩虹在墙上跳舞，以此来逗弗兰茜，两人都笑得十分开心。

"秀丽！秀丽！①"玛丽用德语逗弗兰茜。

"羞耻！羞耻！②"弗兰茜咿咿呀呀学成了英语，还向外婆伸出了两只小手。

玛丽把还剩一半圣水的瓶子递给弗兰茜，就去帮着凯蒂忙活了。弗兰茜以为彩虹被装在瓶子里，于是，她便把瓶子倒过来，想把里面的彩虹倒出来。结果，却把水倒得腿上到处都是。凯蒂看到弗兰茜的裤子湿了，还以为是她尿了裤子，轻轻地拍了拍她的屁股。一旁的玛丽看到后打趣道："哎，这孩子原本想为自己求福，没想到求来一顿打。"

凯蒂听到后忍不住笑起来，弗兰茜也跟着妈妈笑起来，因为她知道，笑代表着妈妈不生气了。尼利也被大人们的笑声感染，笑着露出了三颗乳牙。看到这景象，玛丽欣慰地笑了。新家充满了欢声笑语，这可是好兆头。

晚饭前，凯蒂一家终于收拾完了。约翰尼在家照顾孩子，凯蒂则去杂货店赊点食物。凯蒂告诉老板自己是刚搬过来的，能不能先赊一点儿东西，等星期六一发工资就还钱。老板答应了，给了凯蒂一袋东西和一个小本子，本子上记录着凯蒂的欠款情况。老板告诉凯蒂，以后每次来赊东西，都要带上这个小本子。有了这些赊来的食物，他们一家在发工资前不用愁饿肚子了。

晚饭后，凯蒂用读书的方式来哄两个孩子入睡，她读了一页莎士比亚的介绍和一页《圣经》的序言，这是她截至目前的进展。凯蒂和两个孩子完全不理解书上说的是什么，凯蒂自己一边读，一边昏昏欲睡，不过，她还是强忍着睡意读

---

① 原文为德语：Schoen！ Schoen！
② 原文为英语：Shame！ Shame！

完了两页，然后小心翼翼地给孩子们盖好被子，最后才回到床上和约翰尼一同休息。虽然现在才八点，但是今天的搬家着实把他们累坏了。

凯蒂一家在洛瑞姆街的新家沉沉睡去，尽管新家还在威廉斯堡社区内，不过离另一个社区——格林波音特社区已经不远了。

第十三章

　　洛瑞姆街比博格特街更有些档次，这里周围住的都是送信员、消防员和家境殷实、不用住在商铺后面房间里的店主。
　　凯蒂他们现在住的房子里有一个浴桶，那是一个椭圆形木桶，里面镀了一层能防漏水的金属锌。当浴桶装满水时，弗兰茜对此印象非常深刻，因为她还从没见过这么多水。在稚嫩的弗兰茜眼里，浴桶里的水就如汪洋大海一般。
　　所有人都对新家满意极了。凯蒂和约翰尼按免租的约定，把地下室、大厅、屋顶和屋前的人行道打扫得一尘不染。这个房子没有通风口，不过，每间卧室都有一个窗户，厨房和前厅各有三个窗户。他们住在这里的第一个秋天很舒心。这里的房间一整天都能照到阳光，因此在这里的第一个冬天，他们是在温暖中度过的。这时的约翰尼工作稳定，也不怎么喝酒，而且，他还能有多余的钱来买煤。
　　转眼夏天来了，两个孩子一天中的大部分时间在户外的门廊上度过。这所公寓除了弗兰茜和尼利，没有别的小孩了，所以，门廊的楼梯上总是有空位。将近四岁的弗兰茜照顾着快三岁的尼利。弗兰茜在楼梯上一坐就是很久，她用瘦小的胳膊抱着纤细的腿。她那棕色的头发被微风撩起，风中夹杂着大海咸咸的气息，而那片海就在他们家附近，不过，弗兰茜从来没见过。弗兰茜紧紧盯着尼利，因为尼利一点儿也不让人省心，他总是在台阶上蹿来蹿去。弗兰茜则安静地坐着，前后摇晃着身体，她想知道很多问题的答案：是什么让风儿吹动？小草是什么？为什么尼利是个男孩，而不是像她一样的女孩？

有时弗兰茜和尼利坐在一起，互相盯着对方看，他俩的眼睛几乎长得一样。不过，尼利的眼珠是明亮、清澈的蓝色，弗兰茜的则是深邃、幽冷的灰色。他俩总在互相说话，不过，尼利说得少，弗兰茜说得多。有时候弗兰茜滔滔不绝，能一直说到活蹦乱跳的尼利坐在台阶上，头靠着栏杆睡着为止。

这年夏天，弗兰茜开始学习做针线活儿了。凯蒂花一分钱买了一块布，大小跟女士手帕差不多，手帕上面的图案是一个坐着的、舌头耷拉着的纽芬兰狗。凯蒂又花一分钱买了一小卷红色的线，用两分钱买了一对固定刺绣用的铁环。外婆教弗兰茜怎样刺绣，没过多久，她就掌握了要领。路过的妇女看到正在刺绣的弗兰茜，总会停下来，向瘦巴巴的弗兰茜投以同情的目光。因为营养不良，弗兰茜的右眉内侧出现了一道深色凹线，与之形成鲜明对比的是，她灵巧的右手却能在布料中快速翻飞。尼利常常趴在弗兰茜身上，看着她手中的针一会儿消失，一会儿又探出头来，简直像变魔术一样。

茜茜给了弗兰茜一个用来插针的布草莓。尼利哭闹时，弗兰茜会哄他用针插一下布草莓。弗兰茜现在刺绣用的方块布，要是能绣完一百多个，再把它们缝起来，最后能拼成一床被单。弗兰茜听说真的有人成功过，于是，凑齐一床被单便成了她努力的方向。夏天过去了，尽管弗兰茜废寝忘食地绣着，但到了秋天的时候，她发现自己才完成了一半。于是，绣被单这事就只能往后拖一拖了。

寒来暑往，弗兰茜和尼利在一天天长大，凯蒂的工作越来越辛苦，约翰尼倒是越来越轻松，酒却喝得越来越多。每天读两页书的计划仍在进行，有时凯蒂实在太累了，就少读一页，但大部分时间里，她都坚持读两页。现在，凯蒂已经读到莎士比亚中的《凯撒大帝》，里面出现"号角声"的舞台提示时，凯蒂也不明白那是什么东西，她猜测可能和消防车有关，所以每当出现这个词时，凯蒂就模仿消防车，大喊"喔当，喔当"，孩子们都被她逗得乐此不疲。

锡罐子里存的硬币越来越多，不过好景不长，弗兰茜的膝盖不小心被生锈的钉子扎了，凯蒂不得不从中取出两元钱带她去看医生。还有十几次，锡罐子顶端被弄开了一条口子，他们再用尖刀从里面掏出五分钱，这钱用来给约翰尼坐车去上班。不过家里有个规定，那就是约翰尼工作赚到的小费必须拿十分钱放回去。这样算下来，锡罐子里的存货反而更多了。

在暖洋洋的日子里，弗兰茜总是独自一个人在街上或门廊玩耍。她非常渴望自己能有玩伴，却不知道怎样和其他小女孩交朋友。她们都躲着弗兰茜，因为她说起话来很神经质。凯蒂每晚都给弗兰茜和尼利读《圣经》或莎士比亚的作品，因此，弗兰茜说起话来要比同龄人古怪。有一次，一个小孩嘲笑弗兰茜，小小年纪的弗兰茜竟然反驳道："你不知道自己在说什么，你只是在胡言乱语，一无所知而已。"

有一次，弗兰茜想和一个小女孩交朋友，她告诉小女孩："你在这里等着，我进屋去把我的绳子生（begat①）来，我们一起玩跳绳。"

---

① 在这里，弗兰茜的语言表达明显是受到了《圣经》用词的影响。

"你要说的是把绳子'拿'来吧。"小女孩纠正道。

"不是，我要去'生'我的绳子，东西用的是'生'，而不是'拿'。"

"什么是'生'东西？"那个刚满五岁的小姑娘疑惑地问道。

"生，就好比夏娃生了该隐。"

"你个笨蛋，女的才不用拐杖 ① 呢，只有男的走不动路了才用拐杖。"小女孩误把人名"该隐"理解成了"拐杖"。

"夏娃就是生了该隐，还生了亚伯。"

"她可能生了，也可能没生，不过你嘛——"

"我什么？"

"你说话就跟那些意大利佬一样。"

"才不是，"弗兰茜喊道，"我说话像……像……上帝。"

"你说这话也不怕上帝生气，一个雷劈死你。"

"才不会。"

"你家里没有别人了吗？"小女孩敲了敲弗兰茜的额头。

"有啊。"

"那你说话怎么这么奇怪？"

"妈妈给我读的就是这些内容。"

"原来是你妈妈一天到晚神经兮兮。"小女孩得出结论。

"随便你怎么说，我妈妈不像你妈妈那样又脏又懒。"这是弗兰茜能想到的唯一反驳的话。

这种话小女孩已经听过很多次了，早已应对自如，她的对策就是不正面争论这个问题。"对，我宁愿要一个又脏又懒的妈妈，也不要一个疯子当妈妈。我宁愿没有爸爸，也好过你有一个酒鬼爸爸。"

---

① 该隐的名字叫 Cain，与拐杖（cane）的发音完全相同。

"邋遢鬼！邋遢鬼！邋遢鬼！"弗兰茜高声争论道。

"疯子！疯子！疯子！"小女孩也寸步不让。

"邋遢鬼！脏兮兮的邋遢鬼！"弗兰茜尖叫道，急得声音里都带着哭腔。

小女孩蹦蹦跳跳地走了，她浓密的鬈发在阳光下跟着跳动，嘴里还若无其事地唱道："棍子石头能伤我，挨一顿骂算什么？等我以后老死了，你还为我哭泣呢！"

弗兰茜确实哭了，不过不是因为小女孩的这些话，而是因为她感到很孤独，没有人愿意和她玩。那些好动的孩子觉得弗兰茜太文静了，而那些乖巧的孩子又都躲着弗兰茜。懵懵懂懂之中，弗兰茜意识到这并不全是自己的错，或许与茜茜姨妈有关，或许与经常给茜茜姨妈献殷勤的男人有关，或许与喝醉了路都走不稳的爸爸有关，又或许与周围邻居家的女人有关。那些女人总是想方设法从弗兰茜嘴里打探消息，她们的问题看似漫不经心，实际上却暗藏玄机。好在弗兰茜并不吃她们这一套，因为妈妈一早便告诉她"不要上邻居的当"。

就这样，在阳光正好的夏日，弗兰茜独自一人坐在家门口，假装自己不屑和街上那些嬉戏打闹的孩子们一起玩。弗兰茜和自己想象出来的同伴们一起玩耍，她觉得自己的"同伴"并不比那些孩子差。可是，当那群孩子手拉手围成一圈，嘴里唱着一首伤感的歌曲时，弗兰茜的心还是忍不住跟随歌曲的节奏跳动。他们唱道：

> 沃尔特野花长得高，
> 以后我们都会死翘翘。
> 丽兹·维纳人比花娇，

> 别害羞，
> 快把你情郎的名字报。

他们停下来，起哄让被选中的丽兹说出一个男孩的名字。弗兰茜心想，要是他们选中了自己，那我会说出谁的名字呢？如果我说出爸爸的名字"约翰尼·诺兰"，他们会不会哄堂大笑？

当被选中的丽兹低声说出一个名字时，小女孩们欢呼起来。她们再次手拉手，围成一圈，唱歌打趣那个被报出名字的男孩——赫米·巴赫梅尔。

> 赫米赫米真不赖，
> 手拿帽子迎亲来。
> 新娘穿丝绸婚纱，
> 明天就要嫁给他。

女孩们停下来，欢快地拍起手来。她们玩得有些累，兴致没有刚才那么高了。于是，她们慢吞吞地绕着圈，低头唱道：

> 妈妈妈妈我病啦，
> 快把医生找来啊。
> 医生来到我这里，
> 说我小命剩无几。
> 医生让我安心往，
> 我问灵车有几辆。
> 妈妈叫我莫慌张，
> 说够一家去天堂。

在其他街区，这首歌的歌词略有不同。不过，本质上都是一个游戏。没人知道这些歌词是从哪儿传出来的，这些小女孩也是从别的小女孩那里学的歌词，这个游戏目前是布鲁克林最受欢迎的游戏。

当然，还有其他游戏，比如"抓十字架"，大致玩法是朝天上抛橡皮球，在球落地之前抓住散落在地上的十字架。弗兰茜自己一个人玩抓十字架的游戏时，她想象自己先玩，然后该她的"同伴"玩。她对同伴说："我抓三个十字架，你抓两个。"

还有另一个叫"跳房子"的游戏，这个游戏起先是男孩开始，女孩结束。几个男孩先把一个锡罐子放在电车轨道上，然后在路边目不转睛地盯着，等电车的车轮把罐子压扁后，他们会捡起压扁的罐子再对折一次，然后重新放回到电车轨道上。这样重复几次，原来的锡罐子就被压成了一条实心的锡块。男孩把它交给女孩，女孩则用它在人行道上画出有数字的格子，这个游戏的规则是用单脚从一个格子跳到另一个指定的格子，谁跳的步子最少，谁就赢得了比赛。

弗兰茜也学他们找来一个小罐子，把它放在电车轨道上，皱着眉头一本正经地看着电车碾过它。当弗兰茜听到电车嘎吱压过去的声音时，她既高兴又害怕。弗兰茜很想知道，要是电车司机知道自己的车子这么被利用，他会不会生气呢？弗兰茜在地上画了格子，不过，她现在只会写数字1和7。她是多么渴望能有人陪自己玩这个游戏，因为她确信，没人能比自己跳的步子还少，她可以战胜世界上的任何人。

有时候街上会有支乐队来演出。听音乐跟玩游戏不一样，弗兰茜不需要同伴也能欣赏。这支乐队有三个人，他们每个星期会来一次。乐队里的人穿着寻常的西装，不过他们的帽子很有趣，有点像电车司机的帽子，而乐手们的帽子顶部是扁的。每当弗兰茜听到乐队的动静，就会跑出去观看他们演出，有时还拉着尼利一起。

乐队里的三个人分别演奏鼓、短号和小提琴。这些人会演奏年代悠久的维也纳歌曲，首先无论好不好听，起码音乐声还挺大。围观的小女孩们会随着音乐跳起华尔兹，在温暖的夏天转了一圈又一圈。这时，总会有两个搞恶作剧的男孩，他们模仿女孩们跳舞时的样子，不过却跳得非常滑稽，有时还故意撞向跳舞的女孩。被撞倒的女孩们很生气，这两个搞恶作剧的男孩会非常夸张地向她们鞠躬（他们把屁股撅得老高，不出意外，又会撞到另一对跳舞的女孩），然后又油嘴滑舌地向她们道歉。

那些搞恶作剧的孩子胆子真大，他们不好好跳舞，而是站在吹短号的乐手旁，吧嗒吧嗒地吮吸着腌黄瓜，惹得乐手口水直流，滴进了短号的喇叭里，这让乐手非常生气。乐手们一旦被激怒，就会用德语咒骂他们是"该死的外国犹太佬"。在布鲁克林，大多数德国人习惯把惹恼自己的人称为犹太佬。

弗兰茜对乐队收钱的方式很感兴趣。两首曲子演奏完毕后，小提琴手和短号手会继续演奏，鼓手则拿着帽子，朝周围的人讨赏钱。街上的围观群众给完钱后，鼓手便站在路边，抬头看向楼上的窗户。楼上围观的女人会用报纸包住两枚硬币，然后把报纸扔下来。用报纸包着非常必要，因为硬币一旦直接散落到地上，旁边的男孩子就会争先恐后地去抢，然后一哄而散，不见了踪影，只留下乐手们在原地干瞪眼。但硬币要是被包着的话，他们不但不会去抢，有时还会帮乐手捡起来。在他们的认知里，包着的硬币就是有主的。

讨要一圈下来，如果乐手们收获颇丰，那么他们就会再演奏一曲。如果收获不太乐观，他们就会换一个地方接着演奏。弗兰茜经常带着尼利，跟着乐手们从一条街到另一条街，直到天黑乐手们解散了才作罢。弗兰茜只是众多"乐迷"中的一员，还有很多小孩子也着魔似的跟着乐手们。小女孩们大都带着弟弟妹妹，要么把他们放在自家的小拖车里拖着，要么让他们坐在破旧的婴儿车上推着走。音乐对他们而言仿佛有巨大的魔力，让他们忘记了回家，忘记了吃饭。小一点儿的宝宝们睡醒了便哭，哭累了倒头又睡，时不时还会尿裤子，而《蓝色多瑙河》被乐手们演奏了一遍又一遍。

　　弗兰茜觉得乐手们的生活挺不错，于是她萌生了一个小小的念头——等尼利长大后，让他吹"拉拉"（弗兰茜把手风琴叫作"拉拉"），自己敲手鼓，他们一起在街上演奏。人们会向他们扔硬币，到那时他们就发财了，妈妈也就不用再辛苦工作了。

　　虽然弗兰茜很喜欢三位乐手的表演，但她更喜欢手摇风琴的演奏。每隔一段时间，街上就会有个人拖着一架手摇风琴过来，那人的风琴上面蹲着一只猴子。猴子头上戴一顶红色帽子，帽子的带子系在它的脖子上。猴子上半身穿一件红色的外套，外套上面装饰着金色花边。猴子下半身穿的裤子也是红色的，后面还有一个洞方便它把尾巴伸出来。弗兰茜很喜欢那只猴子，她会把身上宝贵的一分钱拿去买糖果给猴子，只为看猴子朝自己敬礼的模样。要是妈妈在，她也会毫不犹豫拿出本该存到锡罐子的一分钱，把它交给猴子主人，严肃地告诉他不要虐待那只猴子，不然的话，他就会被举报。那个意大利人其实一句也听不懂，但他每次的回应都一样——他会脱下帽子，谦卑地向凯蒂鞠躬，嘴上连连答应着

"好的，好的"。

和乐队演出不同，每当手摇风琴出现在街上时，那阵仗就像在开一场音乐演奏会。演奏手摇风琴的是一个深色鬈发的男人，他的牙齿很白，穿一身绿色天鹅绒裤子和棕色灯芯绒外套，而他的外套上挂着一条红色手帕。男人还戴了一个圆形耳环。帮他拖风琴的女人穿一条螺纹红裙和一件黄色上衣，女人耳朵上戴着一对大大的圆形耳环。

琴声悠扬，他们演奏的一般是歌剧《卡门》或《游吟诗人》①中的一首歌。那个女人摇着脏兮兮的带有饰带的小手鼓，随着音乐的节奏，有气无力地用胳膊肘击打着它。一首歌结束谢场时，她会猛地旋转，然后定住身形。女人的裙摆会随风扬起，露出一双脏兮兮的袜子和粗壮的小腿，以及裙子下面五颜六色的衬裙。

弗兰茜从未去注意那女人身上的脏污和倦怠，她只听到了美妙怡人的音乐，看到了缤纷斑斓的色彩，感受到了不一样的风情。凯蒂曾告诫过弗兰茜，千万别跟拉风琴的人走，因为那些拉风琴的人都是西西里人。全世界都知道，西西里人是出了名的黑手党，他们会绑架小孩，让家长拿赎金来换。他们通常都只留下一张字条，上面印有他们的黑手印，指示小孩家长带一百元钱赎金到墓地赎人。这些都是凯蒂亲口对弗兰茜说的。

几天过去了，弗兰茜还沉浸在风琴演奏里。她一边哼着留存在脑海中的所有威尔第的歌曲，一边用手拍着一个装馅饼的旧盘子，假装它是一个演奏用的手鼓。弗兰茜最后在纸

---

① 《吟游诗人》：是一部著名的四幕歌剧，由朱塞佩·威尔第作曲，歌剧讲述了发生在鲁纳伯爵领地的一个因贵族残杀吉卜赛人而遭到吉卜赛人报复的悲剧故事。

上画出自己手的轮廓，然后用黑色蜡笔填满，这样她的"黑手党音乐演奏"游戏就算结束了。

有时弗兰茜会拿不定主意，她不知道长大后到底是该加入别人的乐队，还是自己一个人演奏手摇风琴。要是她和尼利能有一架手摇风琴和一只可爱的猴子，那就太好了。他们不仅可以整天和猴子在一起玩，而且不用花一分钱。他们可以领着猴子到处遛，让人们看它如何戴帽子。大家自然会给他们很多的赏钱。猴子可以和他们一起吃饭，说不定晚上还能睡在她的床上，这样的日子想想就很棒。弗兰茜把她的想法告诉了妈妈，却被妈妈泼了一盆冷水。凯蒂告诉她千万别犯傻，猴子身上有跳蚤，说什么也不会允许猴子睡在家里干净的床上。

弗兰茜想象着自己当鼓手，可是要想敲手鼓，她就必须成为一个西西里人，还要绑架小孩子，然而她不想那样做，尽管画一只黑手听起来倒也有趣。

弗兰茜记忆深处的那些夏天，总有音乐相伴。布鲁克林的街道有人爱唱歌，有人爱跳舞，到处都可听到欢声笑语。但是，有喜就有悲，孩子们的可怜也留在了弗兰茜的心里。他们身体瘦削，只有脸庞依稀能看到婴儿般的曲线。他们一边玩着游戏，一边唱着单调悲伤的歌。他们自己也才四五岁，却能自己照顾好自己，这何尝不是一种悲哀。《蓝色多瑙河》被乐手们演奏得如此拙劣，更有种悲伤的感觉。猴子明亮的红帽子下面，是一双伤感的眼睛。风琴师的曲子听起来轻快而响亮，可是，曲调深处却有几分悲愁。

就连那些来后院唱歌的吟游诗人，他们唱的歌词：

如果我可以做到，

你永远也不会老。

也流露出无尽的伤感。他们都是些流浪汉，经常食不果腹。他们没有唱歌的天赋，有的仅仅是在后院手拿帽子放声高歌的勇气。可悲的是，他们清楚地知道，这样的勇气不能给他们带来任何好处。他们很迷茫，就像布鲁克林有些人感受的那样，那种感觉就像虽然太阳依然火热又耀眼，但对他们来说已经日落西山，再也不能照在他们身上，他们也不会感到温暖。

第十四章

　　如果不是茜茜做的"好事"，弗兰茜一家现在说不定还在洛瑞姆街开心地生活着，也许他们会一直在那里住下去。茜茜闹出了三轮车和"气球"两件事，打破了弗兰茜一家原本平静稳定的生活。

　　有一天，茜茜被工厂解雇了，无事可做的她决定在凯蒂工作时去照顾弗兰茜和尼利。茜茜在离凯蒂家不远处的一个街区看到了一辆三轮车，三轮车车把上的黄铜在阳光下显得铮亮，茜茜看得眼睛有些发直，再也不想把目光挪开。三轮车可是个稀罕玩意儿，在这一带很难见到。这辆三轮车不仅有宽敞舒适的皮革座椅，座椅还配有靠背，两个孩子一起上来也坐得下。一个铁制的转向杆连接着三轮车的两个大后轮和一个小前轮，车身两侧是脚踏板，车子最前方则是纯铜的车把。孩子可以舒舒服服地坐在座位上，还能将身子靠在椅背上，一边踩着脚踏板前进，一边握住车把控制方向。

　　茜茜看到这辆车放在一个门廊前，当时并没有人看管，于是便毫不犹豫地把车推到凯蒂家，让弗兰茜和尼利坐上来玩耍。

　　茜茜带着弗兰茜和尼利沿着街区骑行，姐弟俩坐在三轮车座椅上，沿途的孩子们纷纷投来羡慕的目光，而弗兰茜也觉得这车子棒极了。三轮车上的真皮座椅被太阳晒得很暖和，散发出一种说不清但闻起来很昂贵的味道。炙热的阳光似乎正在纯铜的车把上跳舞，看起来就像真有一团火在上面燃烧一样。弗兰茜心想，要是自己碰一下车把，肯定会被烧伤。正当弗兰茜沉浸在自己的想法中时，麻烦就这样来了。

一群人向弗兰茜他们冲过来，为首的是一个歇斯底里的女人和一个号啕大哭的小男孩。那个女人冲着茜茜大喊："小偷！"她伸手就抓住车把，茜茜也毫不示弱地抓紧车把。在两个女人的争抢中，弗兰茜差点从座位上被甩下去。这时，负责巡逻的警察赶过来了。

"怎么了？怎么了？"警察接管了这桩纠纷。

"这女的是一个偷车贼，"赶来的女人答道，"她偷了我儿子的三轮车。"

"我没偷，警官，"茜茜用她那柔情似水的声音辩解道，"那辆三轮车就放在那里，我只是先借来给孩子玩一下，两个孩子从来没有坐过这么好的三轮车。你知道能坐上这辆三轮车对孩子们来说意味着什么吗？简直就像是身处天堂。"警察看了一眼座位上已吓得不敢说话的弗兰茜和尼利，弗兰茜冲警察咧嘴一笑，尽管她现在害怕得发抖。"我只是打算骑着这辆车带他们在街上转一圈，然后就把车还回去。我说的都是真的，长官。"茜茜继续辩解道。

警察的目光在茜茜丰满的胸前停了停，茜茜平时喜欢穿收腰的衣服，这着装勾勒出她胸前姣好的曲线。随后，警察转向那个女人，"哎呀，多大点儿事，怎么能这么小气呢？"警察说道，"就让她带孩子们在街上转转呗，你又不会丢了命。"（他还没说完"命"，旁边围观的小孩已经在偷笑了。）

"就让他们骑一圈，到时候我盯着他们把车完好无损地给你送回来。"他说的话相当于法律，那个女人也没别的办法。

警察给那个还在号啕大哭的小孩一个硬币，让他别哭了。接着，他直截了当地告诉围观者，要么乖乖闪开，要么跟他回警察局坐一坐。

人群散开了，警察挥舞着警棍，自告奋勇要为茜茜他们保驾护航。茜茜抬头望着他的眼睛，不好意思地笑了笑，警察便把手里的警棍往腰带上一别，说什么也要帮茜茜推三轮车。由于穿的是高跟鞋，茜茜只能跟在警察身边小跑，边跑边发出娇柔的喘气声。警察仿佛被施了魔法一般，带着茜茜他们沿街区转了三圈。沿途的人们看到一个穿戴整齐的警官如此献殷勤时，纷纷捂着嘴偷笑。警察毫不在意路人的眼光，他热情地和茜茜套着近乎，聊天的内容大多跟自己的妻子有关。他说他的妻子是个好女人，怎么说呢？可惜有点残疾。茜茜对他表示同情。

三轮车事件后，周围的邻居都在对弗兰茜一家指指点点。原本，约翰尼偶尔喝得烂醉回家，而不怀好意的男人总看茜茜，这些就够大家嚼舌根的了，现在又有了新的八卦。于是，凯蒂又有了搬家的念头，因为这里越来越像他们之前住的博格特街了，邻居们已经对他们家知根知底了。凯蒂还在考虑搬到哪儿去的时候，他们家又发生了一件事，这让凯蒂恨不得立刻、马上、一秒钟也不能耽搁地搬家。那件事跟"性"有关。不过，若是以正常的方式来看，其实也算不上什么大事。

事情是这样的，一个星期六的下午，凯蒂在威廉斯堡一家名叫格尔灵的大型百货公司做零工。凯蒂自己带了咖啡和三明治作为晚餐，这样就不会花掉加班费了。约翰尼在工会总部寻觅干活的机会。茜茜那天不上班，于是，她决定来看望弗兰茜和尼利，她知道两个可怜的孩子这会儿一定被锁在房间里，她得去陪陪他们。

茜茜敲了敲门，对孩子们说是茜茜姨妈来看他们了。弗兰茜听到声音后打开房门，但是没有松开门链，确认是茜茜姨妈后才让她进来。两个孩子一拥而上，紧紧地抱住茜茜姨妈，差点就把她弄得窒息了。对孩子们来说，茜茜姨妈不仅人长得漂亮，身上总有一股好闻的甜美气味，还总是穿着时髦衣服，而且会给他们带来各种各样稀奇古怪的玩意儿。

今天茜茜给他们带的是一个闻起来清甜的雪松木做的雪茄盒，还有几张红纸和一些白纸，外加一罐糨糊。茜茜带着他们围坐在厨房的桌子旁，一起装点她带来的雪茄盒。茜茜用二十五分钱硬币在纸上描出一个个圆，弗兰茜用剪刀把它们剪下来。茜茜教他们如何把一个个圆变成小纸杯，方法就是借助一根铅笔把它们卷起来。他们做了很多个纸杯子后，茜茜在雪茄盒封面上画了一个爱心，然后把红色杯子的底部刷上糨糊，再把它们全部固定在爱心里，而盒子的其他地方则用白色纸杯子粘上去。完成雪茄盒一面的装饰后，盒子看起来就像密密麻麻的白色康乃馨簇拥着一颗鲜红的心。紧接着，他们把盒子的侧面也粘上白色的小杯子，并在盒子里面放了一张红纸。装饰完的盒子真漂亮，简直看不出来它曾经是一个平平无奇的雪茄盒。茜茜就这样陪两个孩子玩了大半个下午。

快到五点了，茜茜之前跟人约好了要去吃炒杂烩，所以她得离开了。弗兰茜紧紧抱着茜茜姨妈，舍不得她走。虽然茜茜舍不得离开，但她也不想失约。于是，她翻了翻皮包，想找出一个东西可以代替她逗孩子们开心。两个孩子站在她膝边陪她一起找。最后，弗兰茜发现了一个烟盒，然后把它拿了出来。这个烟盒上面有一张画，画上的男子躺在沙发上，跷着二郎腿，正在抽香烟，吐出的烟雾在他头顶形成了一个大烟圈。烟圈里有一个女孩，女孩的眼睛被头发遮住了，只能看到呼之欲出的胸前春光。盒子上写着"美国梦"的字样，这是茜茜从工厂里拿的。

两个孩子吵着要玩这个盒子，茜茜无可奈何地交给他们，临走前再三叮嘱，盒子里是香烟，看看就行，千万别打开，千万别碰封条。

茜茜离开后，弗兰茜和尼利自娱自乐地玩了一会儿香烟盒，他们摇了摇盒子，里面传来沉闷、神秘的嗖嗖声。

"里面是蛇，不是香烟。"尼利断定。

"不对，"弗兰茜纠正道，"里面是虫子，而且还是活的虫子。"

他们争论不休，弗兰茜说盒子这么小，肯定放不下蛇，尼利则坚持认为里面是一条盘起来的蛇。在强烈好奇心的驱使下，他们打开了盒子，把茜茜姨妈的叮嘱忘到了脑后。盒子的封条贴得很轻，他们很轻易就撕开了封条。弗兰茜打开了盒子，里面的东西用一张柔软的锡箔纸包着。弗兰茜小心翼翼地掀开锡箔纸，尼利则高度警惕，准备一见到蛇就躲到桌子下面去。

出乎意料的是，里面既没有蛇、虫子，也没有香烟，而是一个非常无聊的东西。弗兰茜和尼利琢磨着怎么玩，似乎只能往里面吹气。很快，弗兰茜和尼利便没了兴致，于是便用一根线把气球笨拙地绑好，拴在窗边，最后关上了窗户，任气球在窗外飘扬。接着，两个人又发明了新玩法——轮流在盒子上跳跃。弗兰茜和尼利一门心思把盒子踩个稀碎，完全忘了窗外还飘着一个气球。

结果，当约翰尼昂首阔步回家拿晚上要穿的工作服时，他此时不知道家里有一个巨大的"惊喜"在等着他。约翰尼看了窗外的气球一眼，整个脸羞得发烫。晚上凯蒂回来后，约翰尼跟她说了这件事情。

凯蒂仔细询问了弗兰茜，才发现这件事的罪魁祸首是茜茜。那天晚上，孩子们都睡了，约翰尼也出去工作了，凯蒂坐在黑暗的厨房里，越发觉得臊得慌，脸红了又红。约翰尼出去工作时也不好受，他一想到这事就仿佛世界末日来临一般。

晚上，凯蒂的二姐艾薇过来了，她和凯蒂讨论起茜茜干的这桩好事。"完了，凯蒂，"艾薇说，"完了。茜茜总是我行我素，这次竟然做出这么荒唐的事来。我有一个未经世事的女儿，你也有，我们绝不能再让茜茜踏进我们家的门。她为人很轻浮，这一点无法回避。"

"茜茜在很多方面还是很不错的。"凯蒂觉得艾薇说得过于绝对。

"她今天干出了那样的事，你还在为她辩解？"

"嗯……我想你说的是对的。只是今天这事不要告诉妈妈。妈妈不知道茜茜是什么样的，她一直是妈妈的心头肉。"

约翰尼下班回家后，凯蒂告诉他，以后不能再让茜茜进出他们家了。约翰尼叹了一口气，这也许是他们目前唯一能做的事了。约翰尼和凯蒂彻夜长谈，到了早上，他们做出决定，到了月底就搬家。

凯蒂重新在格兰德街找了一份清洁工的工作。等搬家那天，凯蒂取出锡罐子，里面已经存有八元钱了，她从里面拿出两元钱给搬家工人，其余的则放了回去。跟上次搬家流程差不多，玛丽再一次来到凯蒂的新家帮她洒圣水，凯蒂和约翰尼再一次忙前忙后地收拾，凯蒂再一次去附近的商店赊账。

这个新家有很多地方不如他们在洛瑞姆街的家，但这也是无可奈何的事。弗兰茜他们之前住在一楼，现在则住在顶楼。一楼的房子是一家商店，所以他们楼下没有台阶可以闲坐了。他们住的地方不仅没有浴室，厕所还在楼道，跟另一家共用。

新家唯一的优点是，现在屋顶属于他们。一般来说，屋顶归住在顶楼的人，院子归住在一楼的人。住在这里的另一个好处是，现在他们是顶层，他们头顶上没人住，天花板再也不会像以前一样传来剧烈的声响，以前那声音仿佛要把灯都震碎似的。

就在凯蒂又和搬家工人争论琐碎小事时，约翰尼带弗兰茜到屋顶欣赏风景，从楼上眺望，弗兰茜看到了一个全新的世界。不远处有横跨东河的威廉斯堡大桥，还有东河对岸看起来仿佛是由银色纸板做成的童话城堡，城堡里的摩天大楼整齐地排列着。更远一点的地方是布鲁克林大桥，与威廉斯堡大桥遥相呼应。

"好漂亮啊，"弗兰茜说，"就像照片上的田园风光一样漂亮。"

"我有时出去工作的时候会经过威廉斯堡大桥。"

弗兰茜吃惊地看着爸爸，没想到他竟然走过那座神奇的大桥，可为什么他提起这事就像在说一件寻常的事情。弗兰茜觉得这太不可思议了，于是伸出手来，摸了摸爸爸的胳膊，心想爸爸走过那座神奇的大桥，那他一定跟往常不一样吧。让弗兰茜感到失望的是，爸爸的胳膊摸起来跟平常并没什么两样。

见女儿触摸自己，约翰尼用一只手搂着弗兰茜，对她微笑着说："你多大了，小歌星？"

"六岁，快七岁了。"

"这么算来，今年九月你就该去上学了。"

"不，妈妈说让我等到明年再去，等尼利也到年纪了，我跟他一起去。"

"为什么？"

"妈妈说有大一点儿的孩子欺负我们时，我们可以互相有个照应。"

"还是你妈妈想得周到。"

弗兰茜转过身来，看了看其他房子的屋顶。不远处的屋顶上有一个鸽子笼，里面锁着几只鸽子。那些鸽子的主人是一个十七岁的少年，此时他握着一根顶端绑着布条的长棍站在屋顶边缘。他拿着棍子一圈圈挥舞，而天上的一群鸽子跟着布条绕圈飞行，其中一只鸽子离开鸽群，跟着布条飞过来。男孩小心翼翼地拖动长棍，引着那只傻乎乎的鸽子跟着棍子飞。最后，男孩抓住了那只鸽子，并把它关进了笼子。目睹了全程的弗兰茜情绪有些低落。

"那个男孩偷了一只鸽子。"

"明天也会有人偷他一只。"约翰尼宽慰女儿道。

"但是这只可怜的鸽子，离开了它的亲人，说不定它还有孩子呢。"说着，泪水就涌进了弗兰茜的眼睛。

"别急着哭，"约翰尼安慰道，"也许是这只鸽子自己想离开亲人呢。如果它不喜欢新的笼子，到时候它自然会飞回去的。"听完爸爸的话，弗兰茜心里才好受些了。

过了很长时间，约翰尼和弗兰茜都没有再说话。约翰尼牵着女儿的手，两人一起看着河对岸的纽约。过了一会儿，约翰尼仿佛自言自语地说："七年了。"

"什么七年了，爸爸？"

"我和你妈妈结婚都七年了。"

"你们结婚那会儿我在吗？"

"那会儿还没有你呢。"

"不过我知道，尼利出生的时候，我在。"

"没错。"约翰尼大声说出心中所想，"结婚七年了，我们住过三个家。我希望这将是我最后一个家。"

弗兰茜没有注意到爸爸说的是"我最后一个家"，而不是"我们最后一个家"。

第三卷

第十五章

　　凯蒂和约翰尼的新公寓有四个房间，房间一个挨一个，就像火车车厢一样。又高又窄的厨房对着院子，院子里有一条石板路，石板路周围是水泥一样的酸性土壤，这样的土地几乎不可能长出植物来。

　　然而，那院子里却长了一棵树。

　　弗兰茜第一次看到这棵树时，它才长到两层楼这么高。弗兰茜从房间窗户看下去，茂密的树叶就像一群高矮不同的人在雨中打着伞。

　　院子里立着一根细细的晾衣杆，晾衣杆顶端装有滑轮，一共连接了来自六个厨房的晾衣绳。附近的男孩总是爬上晾衣杆搞破坏，好从中赚点小钱。听别人说，他们总是三更半夜爬到晾衣杆上面，偷偷把晾衣绳从滑轮上取下来，这样第二天他们就能挣到十分钱。

　　在风和日丽的日子里，这些绳子上晾满了衣服。白色的被单迎风飘扬，就像故事书中的船帆一样。红色、绿色和黄色的衣服紧紧地抓住绳子，仿佛那一件件衣服有了生命。

　　院里晾衣杆的背后是学校的一堵砖墙，这堵墙没有窗户。弗兰茜走近这堵墙才发现，居然没有两块砖是一样的。砖与砖之间是细细的白色砂浆，它们以一种舒缓的节奏排列在一起。阳光照过来时，它们闪闪发亮，仿佛会发光一样。弗兰茜把脸贴在墙上,感受着它们散发出的温暖。在下雨天,这堵墙是第一个淋到雨水的地方,所以它们还有一股湿黏土的气味,那味道就如同生命本身。到了冬天,薄薄的初雪在人行道上很快就会消融,却能附在这些粗糙的砖块表面上,看起来就像仙女裙的花边。

学校的院子有四英尺^①毗邻弗兰茜家楼下的院子,不过中间隔了一个铁丝网。弗兰茜很少有机会在院子里玩(因为只要住在一楼的男孩在那里玩,他就不允许任何人进入院子),所以,弗兰茜只在学校课间休息时去过几次院子。几百个孩子待在学校院子里,课间休息就是学校把这些孩子集中到铺满石头的院子里,上课铃响再把他们领回去。几百个人挤在院子里,狭窄得都没有游戏空间了。孩子们愤怒地走来走去,尖叫声此起彼伏,一直持续五分钟。当上课铃响起时,他们的尖叫声戛然而止,就像一团乱麻被快刀斩断一般。铃声过后的一瞬间,是死一样的寂静和磨蹭的挪动声。然后,挪动声变成了推挤声。孩子们似乎非常急切地想回教室,就像他们想出来时一样。当他们拼命往回走时,刚才课间休息时的高声尖叫又变成了低沉哀号。

一天下午,弗兰茜在院子里玩,忽然看见一个小女孩走了出来。小女孩拍打两块黑板擦,以此抖掉上面的粉笔灰。弗兰茜把脸紧紧地贴在铁网上向内望去,在她眼里,小女孩正在做的事是迄今为止最令她向往的工作了。凯蒂告诉弗兰茜,只有老师的宠儿才能干这个活儿。对弗兰茜来说,宠儿就是猫、狗和鸟之类的。于是,弗兰茜暗暗发誓,等自己长大了能上学时,她一定要学会猫、狗和鸟的叫声,这样她就

---

① 英尺(foot):英制长度单位之一,在英制和美制系统中都广泛使用,等于12 英寸(inch),或 0.3048 米。

能成为老师的"宠儿",就可以给黑板擦抖灰了。

这天下午,弗兰茜就这样满眼羡慕地一直看着对面的小女孩。对面的小女孩察觉到了,于是更加卖力地炫耀起来,一会儿在砖墙上拍黑板擦,一会儿在石板路上拍,最后又把黑板擦藏到身后拍。

小女孩对弗兰茜说:"想隔近点看黑板擦吗?"

弗兰茜腼腆地点了点头,那个小女孩拿出一块黑板擦靠近铁丝网。

弗兰茜用手指捅了捅,她还想摸摸各色粉笔灰混合到那上面去的毛毡。正当弗兰茜就要触摸到这美好的东西时,小女孩却把它拿开了,还往弗兰茜的脸上啐了一口。弗兰茜紧紧地闭着双眼,强忍着不让难过的眼泪流出来。小女孩好奇地站在那儿,等着看弗兰茜哭鼻子,可是看对方并没有像她想的那样哭出来,她嘲讽道:"你为什么不哭,你这个笨蛋?还想让我再朝你脸上吐口水吗?"

弗兰茜转身进了地下室,一个人在黑暗中坐了很久,直到如潮水一般的伤痛不再向她袭来。随着年龄的增长,弗兰茜对周围事物的感知能力逐渐增强,这是她第一次体验到希望幻灭。从那以后,她再也不喜欢黑板擦了。

弗兰茜家里的厨房平时既用来接待客人,也是吃饭的地方。厨房的一面墙上是两扇细长的窗户,另一面墙上则嵌着一个铁壁炉。壁炉周围用红砖白泥砌成,壁炉最上面盖了一块石板和壁炉架,弗兰茜平时用粉笔在石板上写写画画。壁炉旁边有一个烧水锅炉,壁炉里有火的时候,余温能顺带把锅炉里的水烧热。冰天雪地的时候,弗兰茜从外面进屋,会一把搂住锅炉,把冻得僵硬的脸靠在温暖的银色锅炉上,这时她感觉自己仿佛重新活过来一般。

锅炉旁边是两个带木盖的洗衣盆，把它们中间的隔板拆掉，就能组合成一个浴盆。说实话，这个浴盆体验感很差。有时弗兰茜坐在里面，一不小心头会磕到盖子。浴盆的底部很粗糙，弗兰茜每次坐在里面，时间稍微久一点都全身酸痛，泡澡本该是件享受的事情，这下反而成了遭罪。除了这些，弗兰茜还要小心四个水龙头。无论孩子们如何牢牢记住，但人总有疏忽的时候。四个水龙头杵在那儿，如果弗兰茜从洗澡水中起得太急，那么她一定会被水龙头刮到。因此，弗兰茜的后背总是有一条刮痕。

穿过厨房就是两间相连的卧室。每间卧室上面都有一个通风口，像棺材一样阴森地嵌在屋顶中间。卧室里还有一扇小小的窗户，窗户看上去灰蒙蒙的。要是借助凿子和锤子，说不定可以打开通风口，但这样做的后果是，冬天寒冷潮湿的冷空气会灌进房间里。通风口外面是一扇斜顶天窗，厚重、脏污的天窗四周围着铁网，以防天窗破损。天窗和通风口的设计原本是为了采光和换气，但是天窗外积累了许多脏污，这下阳光照不进来，通风口又到处都是灰尘和蜘蛛网，结果新鲜空气也进不来。更糟糕的是，雨雪却可以通过通风口长驱直入。所以，在有暴风雨的日子里，通风口下面的木头总是湿漉漉的，还散发出一股霉味。

通风口的设计有很多问题，即使门窗紧闭，也能通过它听到每一个人说话，它就像一个传声筒，你甚至能清晰地听到老鼠在里面蹿来蹿去的声音。除此之外，它还有可能随时起火，要是哪个喝得醉醺醺的搬运工本该把火柴扔到院子里或大街上，却不小心扔进了通风口里面，那整栋房子很快就会烧成灰烬。由于人们无法到通风口底下去——毕竟入口太小，无法通过人的身体——所以它就演变成了一个可怕的仓库。通风口的底下堆满了各种各样人们丢弃的东西，所有东西杂乱无章地堆积着，生锈的刀片和带血的衣服都算好的了。有一次，弗兰茜通过入口往下看，仿佛看到了神父口中的炼狱，只是这个规模小一些，以至于弗兰茜每次要经过卧室去前厅时，都会双眼紧闭，浑身发抖。

前厅才能算是真正的"房间"。里面有两扇又高又窄的窗户，正对着喧闹的街道。弗兰茜他们家住在三楼，当楼下的喧闹声传上来时，已经变成了令人舒适的背景乐音。前厅的门通向外面走廊，屋外的客人可以通过这扇门进来，而不用从厨房穿过可怕的卧室。前厅墙上贴着深褐色的墙纸，墙纸上镶有金色的条纹。两扇窗户前都有百叶窗，百叶窗可以被收成小小的一卷。弗兰茜花了很多时间来研究百叶窗，看着它们被卷起来后又放下去，这情景总是让她感到快乐。百叶窗放下来时可以遮住整个窗户，遮挡阳光和空气，卷起来时又让人眼前豁然开朗，而且百叶窗只占很小的空间。

前厅有一个黑色大理石壁炉，但是并不常用，取而代之的是一个低矮的前厅炉子。这个炉子像是一座小型宝塔，外层是雕花铁皮铸成的框架，框架上还镶有玻璃，用来观察炉膛内柴火的燃烧情况。炉子紧挨着凹进去的壁炉，因此只露出凸出的部分在外面，看起来就像被一分为二的大西瓜。只有到了圣诞节的时候，凯蒂才舍得在前厅生火，那时候前厅的窗玻璃会摇曳着火光。弗兰茜坐在那里，感受着空气中的温暖，看着窗户随夜色降临从玫红色变成琥珀色。凯蒂进来点燃煤气灯时，灯光会让房间变得亮堂，但也让窗户上有趣的火光没了踪影，这似乎成了凯蒂的罪过。

前厅最美妙的东西是一架钢琴。这对他们家来说简直是一个奇迹，一个就算祈祷一辈子也不会发生的奇迹，这样的奇迹却实实在在发生在弗兰茜家。这真的算是一个奇迹，因为既没有许愿，也没有祈祷，这架钢琴确确实实放在弗兰茜家的前厅里。这架钢琴是以前的租户留在这儿的，因为她没钱支付昂贵的搬运费。

　　在那个年代，搬运钢琴可是一项浩大工程，因为钢琴不能从狭窄的楼梯间搬下来，所以必须用绳子把钢琴捆起来，用滑轮把钢琴吊出窗外。这时候，搬运工还得戴上安全帽，在下面挥舞手臂，高声指挥。地面的工作同样不可忽视，先得用绳子隔出一个安全区，还得出动警察把围观的人群拦住。每逢哪家搬运钢琴，孩子们就是逃学也要来现场看热闹。最令人惊心动魄的是被裹着的钢琴吊出窗外的时候，那会儿钢琴会在空中打几个旋儿，然后才能摆正位置。接着，在孩子们声嘶力竭的欢呼声中，钢琴开始缓慢而危险地下降。

　　搬运一次钢琴需要花十五元钱，这项花费是搬运其余所有家具的三倍，所以这架钢琴的主人问凯蒂，能不能暂时把钢琴留在这里，请凯蒂代为保管。凯蒂欣然答应了。

　　拥有这架钢琴的女子叮嘱凯蒂，千万不要让钢琴受潮或受冻，冬天的时候可以把卧室门打开，让厨房的热气传到前厅来，防止钢琴变形。

　　"你会弹吗？"凯蒂问她。

　　"不会，"女子低落地说，"我家里没一个人会，我倒希望我会弹。"

　　"既然如此，那你为什么还买它？"

　　"它曾经在一个富人家里，是别人低价处置的。我非常想拥有它，尽管我并不会弹，但它是那么漂亮……光是摆在那里就让房间熠熠生辉。"

凯蒂答应女子自己会好好照顾这架钢琴，直到她有钱来搬走它。可是这么久过去了，那个女子一直没来，这架钢琴也就一直放在了凯蒂家。

这架钢琴体积不算大，琴身通体是黑色木板，木板经过了抛光，散发出点点光泽。钢琴前面的薄木板上雕刻着美丽的图案，图案下方是玫瑰色的丝绸。它的盖子能一下全部掀开，不同于立式钢琴的分段上翻。掀开的钢琴盖向后翻，靠在设计好的木头上，打开的钢琴盖就像一个可爱的、有光泽的黑贝壳。钢琴两边都有烛台，弹琴时可以燃上一根白蜡烛，在烛光下演奏。烛光在琴键上投下梦幻般的影子，隐约可见黑色琴盖上琴键的投影。

当凯蒂还在和约翰尼检查前厅时，弗兰茜第一眼就看到了这架钢琴，她尝试着用手抱住这架钢琴，但是钢琴太大了，所以弗兰茜只能退而求其次，去抱那个有些褪色的玫瑰色琴凳。

凯蒂用雀跃的眼神盯着那架钢琴。她曾注意到楼下的窗户上有一张广告牌，上面写着"教弹钢琴"。于是，凯蒂心里萌生出一个想法。

约翰尼坐在琴凳上，这个神奇的凳子不仅可以转圈，还可以变高变矮。约翰尼开始弹钢琴，当然他并不会弹。约翰尼并不认识音符，只知道一些旋律。约翰尼一边唱着一首歌，一边时不时用手按一下琴键，看起来就像他真的在边弹边唱。约翰尼弹了一个小调和弦后，看着女儿弗兰茜的眼睛，得意地笑了起来。弗兰茜也回以一个微笑，期待着爸爸接下来的演奏。约翰尼重复了刚才的和弦，在琴声余音未散时用清晰的嗓音唱道：

麦克维顿的山丘如此壮丽，

早春的露水晶莹剔透。

（按键——按键——）

安妮·洛瑞就在那里，

向我吐露真情。

（按键——按键——按键——按键）

弗兰茜转过头，不想让爸爸看到她的泪水。她怕爸爸问她为什么哭，她自己也说不上来自己为什么会哭。她爱爸爸，也爱钢琴，但就是不知道为什么会哭。

凯蒂开口了，她的嗓音里带着久违的温柔，在过去一年多的时间里，约翰尼几乎没听到过凯蒂这样的声音。

"这是一首爱尔兰歌曲吗，约翰尼？"

"是苏格兰的。"

"我以前从来没听你唱过。"

"确实没唱过，不是我不想唱，我会唱这首歌，但我从来不唱它。我工作的地方谁会听这种歌，他们宁愿听《下雨的午后给我打电话》，等他们喝得迷糊了，我就只能唱《甜蜜蜜的阿戴琳》了。"

弗兰茜一家很快在新住所安顿下来。在新的环境里，曾经熟悉的家具看起来有些陌生。弗兰茜坐在一张椅子上，惊讶地发现这感觉和在洛瑞姆街的家里没什么两样。太奇怪了，明明看起来不一样啊。

约翰尼和凯蒂把前厅布置了一番，让房间看起来焕然一新。他们在地上铺了一块嫩绿色地毯，上面装点了很多粉红色玫瑰，又在窗户上挂了白色花边窗帘。前厅正中间摆了一张大理石桌子，后面是三件套的绿色毛绒沙发。前厅角落里有一个竹架子，上面放着一本相册，里面有凯蒂和姐姐们婴儿时期趴在毛皮地毯上的照片，还有弗兰茜的姨妈们和她们各自丈夫的合影。架子上还放了一些有纪念意义的粉色和蓝色的杯子，杯子上面大多用金箔镶着蓝色的勿忘我和红色的美人玫瑰图案，此外还有一些简短的句子，诸如"勿忘我"和"友谊万岁"之类的。这些杯子是凯蒂和老朋友们的回忆，弗兰茜从来不敢用它们玩过家家。架子最下面放着一个白色的海螺，里面是漂亮的玫瑰色。弗兰茜和尼利非常喜欢这个海螺，还给它起了一个亲切的名字：嘟嘟。弗兰茜把海螺放在耳边时，仿佛能听到大海在唱歌。有时候为了逗孩子们高兴，约翰尼听了听贝壳的声音，然后把贝壳高高举起，深情地看着它，唱道：

> 在岸边捡到小贝壳，
> 把它放在耳边听着，
> 它在高兴地唱着歌，
> 歌声甜美而又清澈。

后来，约翰尼带弗兰茜和尼利去了卡纳西[①]，在那里，弗兰茜才算第一次真正看到了大海。大海对于她的独特之处在于，它的海浪声听起来真的像海螺发出的悦耳声音。

---

① 卡纳西（Canarsie），是位于美国纽约市布鲁克林区东南部的一个社区，该区东部是典型郊区住宅区，包括独立屋和公寓楼，西部则是工业区和海滩区。

第十六章

社区商店是孩子们经常去的地方，那里不仅有生活必需品，还有孩子们梦寐以求的东西。只要孩子们能想到的玩意儿，商店里都应有尽有。

弗兰茜最喜欢的是一家当铺，喜欢它倒不是因为那里面被当掉的金银珠宝，也不是因为那些裹着披肩，悄悄从后门进来典当的女人，而是商店门口挂的三个金色大球。三个大金球在阳光下闪闪发光，一阵风吹来，金球就像沉重的金苹果一样在空中晃晃悠悠。

当铺旁边是一家面包店，面包店里面会卖一种名叫夏洛特的奶油蛋糕，蛋糕上点缀着红樱桃，这种蛋糕只有富人才能买得起。

当铺另一边是格林德粉刷店。粉刷店门口有一个架子，上面挂着一个瓷盘，盘子面上有一条明显用水泥修补过的裂缝。盘子中心钻了一个洞，一条链子穿过其中，并在下面挂了一块看起来很重的石头。它们被摆在这里，用来向人们展示梅杰牌水泥有多牢固。有人怀疑这东西不是真的瓷盘，而是用铁器涂成了有裂纹的瓷器模样。弗兰茜更愿意相信这是一个真的盘子，它曾经被打碎了，正是因为涂了水泥，才奇迹般地复原。

社区附近有一个有趣的小棚屋商店。早在印第安人还在这一带活动的时候，这里就有小棚屋了。小棚屋的小窗、木墙和斜顶跟周围的住房比起来，显得有些与众不同。在小棚屋凸出的窗台后，总有一个穿戴体面的男人坐在桌前卷雪茄。他手上卷的是一种细长的褐色雪茄，四支雪茄卖五分钱。那人精心从一堆烟叶中选出最外层的烟叶，熟练地把深浅不一的棕色烟叶放在里层，然后干净利落地将它们搓成一个卷。最后卷成的雪茄又紧又细，两端还有方形的角。作为一个守旧的人，他抵触一切新东西，比如他就拒绝使用煤气灯。有时候天黑得早，他的雪茄还没有卷完，他会点一根蜡烛继续卷。商店门口摆有一个木头雕成的印第安人，木雕摆出一副随时准备战斗的姿势。只见它头上戴了一顶头盔，一手拿着战斧，一手拿着雪茄，下半身穿着短皮裙，脚上穿着罗马凉鞋，鞋带一直缠绕着小腿，绑到了膝盖位置。木雕的衣服被涂成了明亮的红、蓝、黄三色，卷雪茄的人每年都会给它刷四次漆，下雨天还会把它抱进屋里。附近的孩子都亲切地称这个印第安人木雕为"麦米阿姨"。

弗兰茜还喜欢一家只卖茶叶、咖啡和香料的商店。那是一个令人激动的地方，商店里面有一排排的漆柜，整个店里充满了奇妙、浪漫的味道，很有异国风情。店内有十几个红色咖啡柜，每个咖啡柜子前面都用墨水写着龙飞凤舞的中国字：巴西！阿根廷！土耳其！爪哇！混装。装茶叶的柜子相对小些，这些精致的柜子有倾斜的盖子，上面写着：乌龙茶！中国台湾茶！上等红茶！中国黑茶！杏花茶！茉莉花茶！爱尔兰茶！香料则装在柜台后的小柜子里，它们的名字在货架上被排成一长溜：肉桂—丁香—生姜—肉豆蔻—咖喱—花椒—鼠尾草—马郁兰。要是在店里买辣椒面的话，店主还会当场帮顾客磨碎。

这家店里有一个手转式的咖啡研磨机,用的时候把咖啡豆放进研磨机的黄铜漏斗中,再用双手转动大轮子,磨好的咖啡粉就会悉数落到红色的勺状容器里。

(凯蒂和约翰尼平常也在家磨咖啡。弗兰茜喜欢看妈妈温柔安静地坐在厨房里,双膝之间夹着咖啡磨,左手不停地研磨咖啡,一边磨一边跟爸爸聊天,房间里满是新鲜咖啡浓郁的香味。)

这家店里还有一架神奇的天平,天平两端是两块亮得反光的黄铜盘子,它们过去二十五年来每天都被擦得铮亮,而且又薄又精致,看起来就像擦亮的金子。弗兰茜买一磅咖啡或一盎司①胡椒时,店主会把一个带有重量标记的抛光银块放在一个盘子上,再用一个银勺把咖啡或胡椒小心翼翼地舀到天平另一边盘子上。弗兰茜全程看着店主加一点减一点,在这一过程中不由自主地屏住了呼吸,直到天平的两个盘子最终保持平衡。这真是一个美丽而宁静的时刻,仿佛这一刻所有东西都达到了和谐,不会出现任何意外。

在弗兰茜的印象里,最神秘的商店莫过于一家中国人开的洗衣店,这个店只有一扇窗户。店主是中国人,头上缠着长辫子。凯蒂解释说,他留着辫子就能随时回到中国,一旦剪掉辫子,就永远回不去了。店主穿着黑色毡拖鞋,一声不响地忙前忙后,耐心地听顾客关于洗衬衫的要求。弗兰茜跟他说话时,他双手交叠放在宽袍大袖里,眼睛盯着地面耐心地听着。在弗兰茜看来,店主很聪明,他是在沉思,是在认真听自己说话。实际上店主根本就不会英语,也不知道弗兰茜到底说了些什么,他只能勉强听懂"衬衫"和"取衣凭条"

---

① 一盎司等于 28.35 克,或者 1/16 磅。

的单词。

　　弗兰茜把爸爸的脏衬衫拿到洗衣店时，店主麻利地把它收到柜台下，随后，他拿出一张带有神秘纹理的正方形纸，用一支细刷子蘸了一点儿墨水，然后在纸上画了几笔，便把这张神奇的纸递给了弗兰茜。一件脏衬衫换回一张神奇的纸，还真是有趣的交易。

　　洗衣店里有一种干净、温暖的气味，但感觉若有若无，就像在闷热的房间里摆了没有气味的假花。弗兰茜猜想，店主一定是在一个神秘的休息时间洗衣服，大概是在夜深人静的时候，因为从早上七点到晚上十点，一整天下来，店主一直站在柜台前推着沉重的黑色熨斗熨衣服。店主的熨斗里一定有个汽油罐吧，要不然，怎么会一直这么烫？弗兰茜弄不明白，她只知道，他们家都是把熨斗放在炉子上加热来熨衣服，这家店主用的熨斗却跟他们家里的不同，这一定是他们这个民族特有的诀窍。弗兰茜一直以为，熨斗之所以能一直发烫，是因为熨斗里面没有放浆粉而是放了别的能产生热量的东西。

　　弗兰茜拿出取衣凭条和十分钱硬币，把它们放到柜台上，店主便把弗兰茜要的衬衫拿了出来，还送了她两颗荔枝。弗兰茜喜欢荔枝。荔枝的外壳很好剥开，果壳里面是柔软香甜的果肉，果肉里面又包裹着一个坚硬的核，没有孩子能砸开这个核。据说这个核里还有一个更小的核，反正里面的核一层比一层小。到了最深处，里面的核小得只能用放大镜才能看到。最后，那些小核用肉眼都看不见，但它们又实打实地存在，而且会一直有更小的核存在，这是弗兰茜第一次体会到"无穷无尽"的概念。

　　最妙的时候是店主找给她零钱，店主会先拿出一个用细杆串起来的小木架，每个细杆上穿着蓝色、红色、黄色和绿色的珠子。店主拨动细杆上的珠子，稍作思考便把珠子复原，然后得出"找零三十九分"。这些小珠子能告诉他收多少钱，找多少零。

弗兰茜多么希望自己能成为一个中国人，这样她就可以拥有那么漂亮的珠子玩具，可以吃好多好多的荔枝，可以知道熨斗不用在炉子上加热却能一直发热的秘密，还可以随便一画就能在纸上画出清晰的黑色符号，这些符号就像蝴蝶翅膀一样脆弱，但却充满了神秘色彩。所有的这些，就是弗兰茜对东方的最初印象。

第十七章

　　上钢琴课！听起来多么诱人！在新家刚安顿好，凯蒂就按广告牌上写的联系方式，找到了两位廷莫尔小姐：一个名叫莉齐，教钢琴；另一个是麦吉，教声乐。她们的上课费用都是二十五分钱一小时，凯蒂提议自己每周给她们做一小时家务，以此来抵学费。莉齐小姐不愿意，她认为自己的时间可比凯蒂的时间宝贵多了。凯蒂却认为时间就是时间，对于每个人来说都是一样的，最后说服了莉齐小姐，然后和她商量好了上课的时间。

　　历史性的第一课就要来了，凯蒂让弗兰茜和尼利坐在前厅，一定要睁大眼睛，竖起耳朵好好听。凯蒂给老师放了一把椅子，孩子们则并排坐在钢琴对面，凯蒂很紧张，时不时地调整一下座位。就这样，三个人一直坐在座位上等待莉齐小姐的到来。

　　五点钟的时候，莉齐小姐准时到了。虽然只是楼下到楼上的距离，但她还是穿着正式套装，头上戴了一顶帽子，帽子上有一只红色的小鸟，鸟儿被两支固定帽子用的帽针穿过，帽檐下有带斑点的面纱。从莉齐小姐一进门，弗兰茜便目不转睛地盯着她帽子上那只可怜的鸟儿看。凯蒂察觉到弗兰茜的心思，便把她叫到卧室，告诉她那不是真正的鸟，只是把一些羽毛粘在一起，让她别再分心看那只鸟了。弗兰茜相信妈妈说的，但她还是不由自主地看向那只饱受折磨的小鸟标本。

除了钢琴，莉齐小姐什么都带了。她带了一个闹钟和一个有些年头的节拍器。现在是五点，她把闹钟定到六点，然后放在钢琴上。在这宝贵的一小时时间里，莉齐小姐先是慢悠悠地脱下灰色的小山羊皮手套，把每根手指都轻轻地吹了吹，摸了摸，接着懒洋洋地把手套叠好，再把它们放在钢琴上。然后，她把解下来的面纱搭在帽子上。最后，她双手交叉使了使劲，活动了一下手指关节。做完这些，她看了一眼时钟，很满意这次磨洋工消耗的时间。最后，莉齐小姐启动了节拍器，坐在座位上开始上课。

弗兰茜被节拍器吸引了，她听不清莉齐小姐说的话，也看不见妈妈放在琴键上的手势，没多久就随着节拍器单调舒缓的节奏进入了梦乡。至于尼利，他圆圆的蓝眼睛盯着节拍器的摇杆来回转动，不一会儿就被催眠了。尼利睡着时，嘴巴微微张着，随着呼气，鼻孔里还冒出一个鼻涕泡来。凯蒂不好意思叫醒孩子们，因为她怕莉齐小姐发现，自己只交了一个人的钱，却是三个人在听课。

房间里节拍器的嗒嗒声和时钟的嘀嘀声交织在一起。莉齐小姐似乎不太相信节拍器的节奏，于是亲自数着：一，二，三；一，二，三……凯蒂平日里因工作而肿胀的手指笨拙地按着琴键，紧跟节拍，弹刚学的第一个音阶。时间一分一秒流逝，天色暗了下来。突然，闹钟发出刺耳的声音。听到声音，弗兰茜的心猛地一跳，尼利则直接吓得从椅子上摔了下来。

第一节课上到这里就结束了，凯蒂再三感谢莉齐小姐："哪怕以后我不听课了，你今天教我的东西够我受用终身了，你真是个好老师。"

莉齐小姐听到这种奉承话很高兴，不过还是拆穿了凯蒂："你可瞒不过我，不过，孩子们我就不再另外收钱了。"凯蒂听完有些脸红，孩子们低头看着地板，因为被老师发现了而感到不好意思。

"以后就让孩子们待在前厅里吧。"莉齐小姐说道。

凯蒂十分感谢莉齐小姐。莉齐小姐站起来，不过，她并没有马上离开。凯蒂跟她确认了做家务的时间，她还是没有离开。看她的样子好像还有什么话要说，于是，凯蒂问道："还有什么事吗？"

莉齐小姐脸有些红，但还是骄傲地说："那些人……就是我上课的那些……嗯……我上完课，她们都会给我泡杯茶。"她把手放在胸口，又含含糊糊地解释道："爬楼梯确实有些口渴。"

"咖啡行吗？"凯蒂问，"我们家里没有茶了。"

"也不错。"莉齐小姐如释重负地坐了下来。

凯蒂去厨房，把一直放着的咖啡重新加热，等咖啡加热后，又拿了一个甜点和一把勺子，把这些东西一并放在圆形托盘上。

此刻，尼利已经进入了甜美的梦乡。莉齐小姐和弗兰茜互相对视着，最后，莉齐小姐问道："你在想什么，小姑娘？"

"随便想想。"弗兰茜答道。

"有时候我看见你在水沟边，一坐就是几个小时，那时你在想什么？"

"没什么，我只是在给自己讲故事。"

莉齐小姐一本正经地指着她说："小姑娘，你长大以后一定要去当作家。"这话听起来更像是命令，而不是建议。

"我一定，莉齐小姐。"出于礼貌，弗兰茜答应道。

就在这时，凯蒂端着托盘进来了。"招待不周，"凯蒂道歉说，"家里只有这些东西了。"

"哪里的话。"莉齐小姐回应道，然后优雅地吃了起来，尽量让自己看起来不那么狼吞虎咽。

实际上，莉齐和麦吉都靠在学生家享用"免费茶点"来维持生活。她们一天只上几节课，一节课才二十五分钱，这些钱并不多，付完房租后，几乎没钱买吃的了。大多数时候，她们在学生家蹭到的都是一杯茶和一些苏打饼干。出于礼节，学生家长会端一杯茶来，但是，没人愿意付了学费还要管饭。因此，莉齐小姐开始期待到凯蒂家上课了，因为凯蒂不仅会为她准备提神的咖啡，还提供一个甜点或腊肠三明治。

每节课结束后，凯蒂都把自己在课上学到的教给孩子们，让他们每天练习半小时。最后，他们三个都学会了弹钢琴。

约翰尼得知麦吉小姐教声乐课后，认为自己也可以像凯蒂那样，给麦吉小姐修理一扇吊窗绳断裂的窗户，而作为交换，麦吉给弗兰茜上两节声乐课。约翰尼之前从来没有见过吊窗绳。他拿了一把锤子和一把螺丝刀，把整扇窗子都卸下来了，只看到断裂的绳子。约翰尼忙活了一阵子，一点儿头绪也没有。约翰尼很想揽这个瓷器活，可惜没那个金刚钻。但是，毕竟现在是冬天，窗子就这么敞着也不是办法。于是，约翰尼决定先把窗子装回去，之后再想办法。不幸的是，他在把窗户装回去的过程中打碎了一块玻璃。为此，麦吉小姐不得不重新找一个熟练工人来安装。就这样，凯蒂不得不免费替麦吉小姐做两次家务，算是抵债，而弗兰茜的声乐课彻底没了着落。

第十八章

　　弗兰茜非常盼望能去上学，这样一来，她憧憬的东西都
会一一实现。弗兰茜现在非常孤独，她很渴望自己能有玩伴，
还想尝尝学校饮水处的水是什么味道，她一度认为那里水龙
头流出来的是苏打水而不是自来水。弗兰茜听爸爸妈妈说起
过教室，她也想亲眼看看像百叶窗一样的地图。最重要的是，
她很想拥有"学习文具"——一个笔记本、一本活页簿、一
个装满新铅笔的滑盖铅笔盒、一块橡皮、一个大炮形状的削
笔刀、一颗钢笔擦和一把六英寸长的黄色软木尺子。

　　但是，上学前每个孩子都必须去接种疫苗，这是法律规
定的。接种疫苗是一件多么可怕的事啊！尽管卫生局的人一
个劲儿地跟穷人和文盲解释，疫苗是一种无害的病毒，用来
帮助人们增强抵抗病毒的免疫力，但他们不相信，只听到了
"疫苗是病毒，会进入原本健康的人体"。一些从外国移民来
的父母们拒绝给孩子接种疫苗，可是不接种疫苗就不能上学，
而上不了学家长又要被法律追究。这叫什么自由的国家，那
些家长们对规定表示质疑——法律不光强迫人上学，为了上
个学还得危害身体，这里面有什么自由可言？哭哭啼啼的妈
妈们带着号啕大哭的孩子来到疫苗接诊处，那些接种疫苗的
种种场景，就像把无辜的人带去屠杀。孩子们一看到针就歇
斯底里地尖叫，他们的母亲则在接待室等着，有的甚至把披

肩蒙在头上，大声哭泣，仿佛在为死去的人哀悼。

弗兰茜今年七岁，尼利六岁。凯蒂让弗兰茜多等了一年，今年和尼利一起去上学，这样他们就可以互相有个照应，不被大点儿的孩子欺负。就在八月一个可怕的星期六，凯蒂去上班前把他们叫醒了，随后交代了几句。

"快起来，把自己洗干净，一会儿十一点时，去拐角的社区卫生室，跟那里的人说你们要接种疫苗，因为你们九月就要去上学了。"

弗兰茜一听到要接种疫苗，便开始浑身颤抖，尼利则哇的一声哭了出来。

"你和我们一起去吗，妈妈？"弗兰茜恳求道。

"我得去上班。如果我不上班，谁替我干活？"凯蒂佯装生气，说到底，心里还是有些不忍。

弗兰茜没再说什么，凯蒂知道自己让孩子们失望了。

但是，凯蒂怕自己忍不住，事实上，她的确会忍不住。按道理，她应该和孩子们一起去，好歹能给他们一些安慰。但凯蒂知道自己看到那样的场景会心痛万分。可是，孩子们必须得接种疫苗才能有书读。不管她去不去，都无法改变这个事实。既然这样，两个人受罪总好过三个人。凯蒂安慰自己，世界本来就充满了艰难和痛苦，他们以后早晚会尝到这些滋味，这回让他们去历练一下也好，以后就能变得更加坚强，更能照顾好自己。

"那就是爸爸和我们一起去。"弗兰茜满怀希望地说。

"爸爸在工会总部等着干活，今天一天都不在家。你已经长大了，可以一个人去了。而且，接种疫苗又不疼。"

尼利听完后哭得更大声了，凯蒂差点就忍不住了。她很爱尼利，她决定不去的一个原因也是因为尼利，她不忍心看到尼利受伤……哪怕是被针刺伤。凯蒂再多待几分钟就会心软，肯定陪他们一起去了，但那是不行的。要是她去了，就会耽误半天的工作，而且必须在星期天早上补回来。还有就是，去了之后她会心疼孩子，甚至会到病倒的地步。她不去，孩子们也能独自应付。想到这些，凯蒂便匆匆出门去工作了。

尼利一直在担惊受怕，弗兰茜试图安慰他。尼利曾听一些大点儿的孩子说过，去接种疫苗时，那里的人会把你的胳膊砍掉。为了让尼利暂时忘掉恐惧，弗兰茜带他到院子里捏泥饼玩，全然忘记了妈妈走之前让他们把自己洗干净的叮嘱。

弗兰茜和尼利玩泥巴玩得不亦乐乎，手上、胳膊上全都沾满泥巴，忘了时间就快到十一点了。十点五十分的时候，邻居嘉迪斯太太从窗外探头进来，提醒他们该去接种疫苗了。

尼利捏完了最后一块泥饼，出发前流下了不舍的眼泪。弗兰茜牵着他的手，姐弟俩脚步沉重地前往拐角的社区卫生室。

到了卫生室，弗兰茜和尼利找了一个长凳坐下。他们身旁坐着一位犹太妈妈，怀里紧紧抱着一个六岁大的男孩。那位妈妈不停地哭泣，还时不时地狠狠亲吻孩子的额头。其他坐在那里的妈妈脸上无一例外都带着痛苦的表情。在一扇磨砂玻璃门后，可怕的事情正在反复发生，一声刺耳的尖叫过后，号啕大哭就紧随其后，而且哭声持续很久才能平息。接着，门后走出来一个脸色苍白的孩子，那孩子的左臂上还缠了一条白纱布。孩子妈妈立刻飞奔过去牵住自己的孩子，并且一边用外国的语言诅咒这该死的疫苗，一边向那扇万恶的玻璃门挥舞着拳头，然后马不停蹄地带领自家孩子离开这个恐怖的"行刑室"。

轮到弗兰茜接种疫苗时，她颤颤巍巍地走进那扇玻璃门后的世界。从小到大，弗兰茜都没有见过医生或者护士。现如今，她眼前的医生和护士都穿着白大褂，那些残忍的"刑具"就被摆放在托盘上，整间屋子里弥漫着一股难闻的消毒水的味道，消毒器上印着鲜红的红十字，还向外冒着惨白的雾气，这一切都让弗兰茜陷入深深的恐惧中。

护士掀起弗兰茜的袖子，在她的左臂上擦拭出一块干净的地方。弗兰茜看见医生拿着针向自己步步逼近，医生的身形变得越来越庞大，等他走到弗兰茜跟前的时候，已经和那根硕大的针头融为一体了。弗兰茜紧紧闭上了双眼，屏息等待死亡的降临，可实际上什么都没有发生。弗兰茜缓缓睁开眼睛，不敢相信这一切就这样轻而易举地结束了。再次让她感到恐怖的是，医生仍然在那里，手里拿着注射用的针和其他辅助工具。医生满脸嫌弃地看了看弗兰茜的手臂，弗兰茜循着他的目光，看到自己的手臂因为玩泥巴而脏成了深棕色，护士刚刚就是在这么脏的手臂上擦干净了一小块地方。接下来，弗兰西听到了医生和护士对她的嫌弃。

"脏死了，脏死了，脏死了，一天天的。我知道他们很穷，但是洗干净总可以吧，水又不要钱，肥皂也很便宜，可你瞧瞧这胳膊脏成什么样了，护士。"

护士夸张地咂咂嘴，应和着医生。弗兰茜杵在那里，小脸因为羞愧而像火烧一样通红。这位医生是大名鼎鼎的哈佛大学的毕业生，他是被分配到这里的社区卫生室实习的，所以才不得不每个星期屈尊来这里待几个小时。只等实习结束，他就可以风风光光地去波士顿开一家诊所。医生写信向在波士顿的未婚妻诉苦，要是用当地的说法，他来布鲁克林这里实习简直就像在经历人间炼狱。

护士是布鲁克林本地人，从她的口音可以听出来。她原本出身贫穷，是波兰移民的后代。她曾经奋发图强，白天在工厂上班挣血汗钱，晚上还要去夜校学习知识来提升自己。她心底有一个美好的愿望，那就是以后一定要嫁给一个医生，彻底摆脱自己贫民窟的出身。

医生肆无忌惮地吐槽后，弗兰茜在原地垂头丧气地站着。她是个很脏的女孩，按医生刚刚说的，就是这个情况。医生接着压低了声音，问护士那些穷人到底是怎么苟活下来的，要是所有的穷人都死绝了，那么这个世界就美好了吧。弗兰茜在心里暗暗琢磨，医生的意思是让我去死吗？就因为我的手被泥巴弄脏了，他就想让我去死吗？

弗兰茜用求助的目光看向护士，在她看来，世界上所有女人都像妈妈、茜茜姨妈和艾薇姨妈那样，她以为护士可能会这么回答：

"可能这个小女孩的妈妈今天早上着急去工作，所以没时间帮她洗洗吧。"又或者，"你知道的，小孩子嘛，就爱在泥里玩儿。"但是护士开口说的却是："确实很脏，太可怕了，我太同情你了。这些人到底是怎么做到这么脏还能活得下去的呢！"

通常来说，一个人通过自身努力脱离原来的阶层后会有两种表现：一种是彻彻底底甩掉原有的出身，同时忘记自己来时的路；另一种是他可以超越过去，但永不忘记，并永远对那些尚在残酷竞争中被抛在身后的人充满同情。显然，这位护士选择了第一种做法，忘记了她也曾经是自己口中"这些人"中的一员。或许多年以后，护士会懊恼自己，当初为什么没有对那个面黄肌瘦的小女孩说一两句宽慰的话，让自己的灵魂得以升华。到那时，幡然醒悟的护士才会意识到，现在的她是多么的渺小，同时缺乏勇气去改变自己。

打针时，弗兰茜没有感觉到任何疼痛，因为刚才医生和护士的一番话让弗兰茜幼小的心灵被无尽的痛苦笼罩，全然感觉不到身体上的疼痛。当护士熟练地在她胳膊上绑好一条纱布，医生把刚才用过的针放进消毒器，又取出一根新针时，一直沉默的弗兰茜出乎意料地说话了。

　　"下一个进来的是我弟弟，他的胳膊和我的一样脏，你们用不着那么震惊。用不着再说他的胳膊有多脏，因为你已经跟我讲过了，这就够了。"医生和护士有些惊讶地盯着面前这个口齿清晰的小女孩。弗兰茜的声音带着哭腔，甚至有些沙哑。"你们不用告诉他那些话。再说了，就算说了也没什么用。他是男孩子，才不会在意自己脏不脏。"说完，弗兰茜转过身来，有点踉跄地走出了房间。那扇玻璃门关上时，她听到了医生那不可置信的声音。

　　"我没想到这小女孩居然能听懂我在说什么。"

　　"唉，算了。"接着是护士叹了口气回应道。

　　弗兰茜和尼利回到家时，凯蒂正在吃午饭。凯蒂看着两个孩子手臂上缠着的绷带，眼里满是心疼。弗兰茜气愤地向妈妈说起刚才接种疫苗的遭遇。

　　"为什么？妈妈，为什么？为什么他们一定要……要……说那一番话，然后才在我胳膊上扎一针？"

　　"接种疫苗是一件好事，"凯蒂见打针反正都结束了，于是坚定地告诉两个孩子，"它能让你分清自己的左右手。等你上学后，你必须用右手写字。你要是弄错了，那个针眼就会提醒你，哎——哎，不是这只手，是另一只手。"

　　弗兰茜很满意妈妈的解释，因为她从来都分不清自己的左手和右手。她吃饭、画画都用左手。妈妈总是纠正她，还把粉笔或绣花针从她的左手拿到右手。经过妈妈今天这么一解释，弗兰茜心想，接种疫苗也许是一件好事，只用付出小小的代价，就可以简化一个复杂的问题，这确实算是一件好事。接种完疫苗后，弗兰茜便开始像其他人一样使用右手，并且再也没有左右不分过。

接种疫苗的当天晚上，弗兰茜开始发烧，针眼的位置痒痒的，而且比较疼。弗兰茜告诉了妈妈，妈妈听完一时慌了神，连忙告诉她："不管多么痒，你都千万别挠它。"

"为什么？"

"因为你要是挠了它，你整只手都会肿，还会变黑，最后会断掉，所以千万不要挠。"

凯蒂并不是成心吓唬孩子，因为她自己也非常害怕。在她看来，要是挠了有针眼的地方，就会感染败血症。所以她只好这么夸张地告诉孩子，让弗兰茜千万不要挠。

弗兰茜忍住不去挠发痒又疼痛的地方。第二天，弗兰茜手臂上传来阵阵疼痛。晚上准备睡觉时，她往绷带里面瞧了一眼。令她感到惊恐的是，打针的地方肿了，针眼周围呈暗绿色，还溃烂发黄。弗兰茜并没有挠它！她非常确信自己没有挠。但是，等一等！会不会是昨天晚上睡得迷迷糊糊时挠的。肯定是，她肯定挠了。弗兰茜不敢告诉妈妈，因为妈妈一定会说："我不是跟你讲了吗？我一再告诫你，你就是不听，现在你看，成这样了吧。"

现在是星期天晚上，约翰尼出去工作了。弗兰茜睡不着觉，便从自己的小床上起来去了前厅。她坐在窗前，把头靠在胳膊上，在绝望中等死。

凌晨三点，弗兰茜听到格雷厄姆大街上的电车在拐角处刹住，这意味着有人要下车了。她把头探出窗外，看到是爸爸回来了。约翰尼迈着轻盈的脚步走在街头，嘴里吹着《我的爱人在月亮上》的口哨。他穿着燕尾服，戴着圆顶礼帽，胳膊下夹了一条卷得整整齐齐的侍者围裙，整个人看起来神采奕奕。约翰尼走到楼下时，弗兰茜喊了他一声。约翰尼抬起头，朝弗兰茜敬了个礼回应她。弗兰茜为他打开了厨房的门。

"你这么晚了还不睡，在做什么，小歌星？"约翰尼问道，"今天可不是星期六晚上，你知道的。"

"我坐在窗边，"弗兰茜低声说，"等着我的胳膊掉下来。"

约翰尼忍住不笑。弗兰茜跟他说了接种疫苗、手臂溃烂的来龙去脉。约翰尼关上厨房通往卧室的门，接着点亮了煤气灯。他解下弗兰茜手臂上的绷带，看到女儿肿胀溃烂的手臂，胃里不禁一阵翻江倒海，不过，他没告诉孩子。

"怎么这么想啊，宝贝，这点小事没什么的，你手臂上什么也没有。你不知道我打疫苗时才可怕呢，手臂肿了将近一倍，溃烂的地方还变成了红色、白色和蓝色，比你的绿色和黄色还吓人。可你现在再看看，我的胳膊是多么强壮有力。"约翰尼撒了一个善意的谎言，他自己可从来没有接种过疫苗。

约翰尼倒了一些温水在盆里，再往水里加了几滴石炭酸，一遍又一遍地清洗弗兰茜手臂上的疮伤。弗兰西感觉到伤口很刺痛，本能地想要缩回手，但是爸爸跟她说，痛是好事，说明伤口就快好了。约翰尼一边洗，一边唱着傻乎乎的煽情歌曲来分散弗兰茜的注意力。

　　　他从未想过背井离乡，
　　　他从未想过四处流浪……

清洗完手臂后，约翰尼找了半天也没找到一块干净的布能当绷带用，便脱下自己的外套和假衬衫，用力地从衬衫上面扯下一条布。

"好好的一件衬衫就这么被你……"弗兰茜抗议道。

"没事，反正到处都是洞。"

约翰尼给弗兰茜包扎了手臂。这块布上面有约翰尼的气味，是雪茄的味道，还有约翰尼身上一些残留的温度。对小孩子来说，这是一件很令人感动的事，那平凡的布条似乎散发着保护和关爱的味道。

"你为什么在前厅等自己的手臂断掉呢？小歌星，你为什么觉得你的胳膊会断掉？"

"妈妈跟我说，如果我挠了针眼，我的手臂就会断掉。我不是故意的，我可能是睡觉的时候不小心挠到了。"

"没准儿真是。"约翰尼亲了亲弗兰茜瘦削的脸颊，"快回床上睡觉去吧。"弗兰茜照爸爸说的去做了，这天晚上她睡得很踏实。早晨醒来时，她的手臂已经不痛了，后来没过几天便恢复如初了。

弗兰茜上床后，约翰尼又抽了一支雪茄。然后缓缓脱下衣服，钻进了被窝。凯蒂睡意蒙眬，意识到是约翰尼回来了，难得温柔地把手臂搭在了约翰尼的胸前。约翰尼轻轻地把它拿开，朝里面的位置挪了挪，紧挨墙躺着。那天夜里，约翰尼双手枕在头下，独自在黑夜中沉思了很久很久。

第十九章

弗兰茜非常憧憬去学校上学的日子，因为打疫苗这么一件简单的事，让她一下就分清了左右手。那进了学校，肯定能学到更多比这神奇的知识。弗兰茜满心以为，第一天上完学回来，自己就能学会读书和写字了。不过，事情的发展跟她想的有些不同。第一天从学校回来，她的鼻子倒先负伤流血了。弗兰茜来到学校那个并不会流出苏打水的水龙头喝水时，一个大孩子按着她的头往水槽的石头边沿上撞，结果把她的鼻子弄伤了。

弗兰茜对上学接连感到失望，因为本该一人一张课桌，现在她却要和另一个女孩共用一张桌子。弗兰茜太想要一张属于自己的桌子了。早上她刚从班长那儿骄傲地领了铅笔，下午就被其他班的班长"没收"了，不管她是否情愿。

弗兰茜在学校待了才半天，就知道自己永远也成为不了老师的宠儿。当宠儿这种特权只有一小拨女生才能享受，她们都留着一头鬈发，上面扎着新的蝴蝶结，下身穿着干干净净的裙子，她们都是附近家境殷实的店主家的孩子。弗兰茜亲眼所见，老师布里格斯小姐看到她们就眉开眼笑，还把她们安排在前排最好的位置，所以，她们不用跟别人挤一张桌子。布里格斯小姐对这些幸运儿说话时温声细语，而对一大群穿得破破烂烂的孩子说话时则是高声怒吼。

弗兰茜跟别的像她一样的孩子挤在一起。第一天上课时，弗兰茜学到的东西比想象的还要多，她了解到美国是一个伟大的民主国家，可是布里格斯小姐明显体现出区别对待的不民主态度，这让弗兰茜感到十分困惑。

布里格斯小姐讨厌弗兰茜以及像她一样贫穷的人，没有别的原因，只是单纯地讨厌他们。在布里格斯小姐眼里，像弗兰茜他们这样的穷人根本不配上学，而她却只能极不情愿地接受这些孩子，还得教给他们知识。布里格斯小姐跟卫生室的医生一样，也觉得像弗兰茜这样的穷人没有活下去的权利。

这些被老师排斥的孩子本该团结一致，共同反对那些看不起他们的人，但是他们反而窝里斗，互相憎恨，就像老师憎恨他们一样，甚至连互相之间说话也是模仿老师恶语相向。

每个班里总会有个可怜的孩子被挑出来当出气筒，受尽同学的折磨和谩骂，也是布里格斯小姐发泄她那老处女脾气的对象。当一个孩子被贴上"受气包"的标签后，其他孩子也会跟着老师有样学样欺负这个孩子。对于老师喜欢的孩子，他们就一个劲儿地巴结，以为这样就能离老师的"恩赐"更近。

弗兰茜就读的这所学校破败不堪，原本只能容纳一千名学生，却招了三千名。学校里一些黄色故事在学生中间广为流传，其中一个是关于菲弗尔小姐的。她是一个金发碧眼的老师，脸上总是带着微笑。有一次，她让班长暂时管一下班级纪律，说她自己"有事去办公室一趟"，其实她是去地下室和门卫厮混。男孩们中间还流传着一个关于体罚的故事，故事主角是这所学校的女校长。她是一个又肥又凶的老女人（其实是中年妇女），整天穿着亮瞎眼的裙子，身上一股粗酿杜松子酒的味道。她会把调皮捣蛋的男孩叫到她的办公室里，让他们脱掉裤子，然后用藤条狠狠地抽打他们的屁股（女孩则隔着衣服打）。

当然，在学校是禁止体罚学生的，但是外面的人又有谁知道呢？里面的孩子又有谁会说呢？那些被打的孩子肯定不会说，因为这附近的家长都有一个传统，就是谁家孩子说自己在学校被老师打了，回去还得再被打一顿。所以那些被体罚的孩子，都选择忍气吞声，没必要回家再挨一顿打。

这些故事听起来难以置信，却又是实实在在发生在这所学校的真事。

如果要用一个词来形容 1908—1909 年威廉斯堡的公立学校，莫过于"简单粗暴"。那时候，这里还没有所谓的儿童心理学。学校对任课老师的要求也很低：中学毕业，在师范学校学过两年即可。因此，很少有老师能胜任教书育人的工作。她们之所以选择来教书，一是因为这是她们少数能从事的职业之一。比起在工厂上班，学校的工资要高些，而且有很长的暑假，等老了还有退休金。二是因为没人愿意跟她们结婚。在那个年代，已婚的女人不能来教书。所以，很多老师是求爱不得、经常发神经的女人，她们自己结不了婚，生不了孩子，就把这种怒火以扭曲的方式发泄在其他女人生的孩子身上。

那些越是出身卑微的老师，对待跟她们同样出身的孩子就越残忍，她们以为这样就能驱散原有阶层带给她们的恐惧。

当然，并不是所有的老师都不好。偶尔会有一两个好老师，她们关爱学生，帮助学生。但是，这些好老师通常都待不了多久，要么她们很快就结婚了，不能再从事教书这个行业，要么则被其他坏老师排挤出了学校。

在学校，上厕所有个体面的说法，就是"出去一趟"。上厕所这事是一个值得引起重视的问题。通常，学校会要求孩子们早上出门前先上一趟厕所，等到学校午饭时间再去一趟，但是很少有孩子能利用午休的这段时间去上厕所，因为去上厕所的人太多了，即便他们能很幸运地挤进去，他们也会发现厕所里的十个蹲位全被学校里的小霸王们霸占着（五百个人只有十个位置）。小霸王们站在前面，不让后面的孩子进去，任凭孩子们怎么苦苦哀求，他们也不为所动，除非给他们一分钱。但是，学校里很少有人能拿得出这笔钱。直到上课铃声响起，这些小霸王才会放下对厕所的控制，没人知道他们在这个可恶的游戏中得到了什么乐趣。

这些小霸王从来没有因为他们的行为受到过惩罚，因为老师们既不去学生用的厕所，也没有别的孩子敢向老师告状。再小的孩子也知道这种事不能说出去，不然的话，那些小霸王会变本加厉地折磨自己。所以，这个邪恶的游戏就这么一直在持续。

按理说，孩子如果课上提出上厕所的请求，是可以随时离开教室的。关于上厕所，有两种示意：举一根手指是去小便，举两根手指则是去大便。不胜其烦的老师们总是无情地忽略孩子们的请求，还说这是孩子们想用来逃课的借口，因为在老师看来，课间休息和午餐时间足够他们去上厕所了。就这样，老师们一致决定无视孩子们上厕所的请求。

不过凡事都有例外，那些坐在前排的宠儿是那么干净、精致，他们能得到老师的额外关照，可以随时离开教室。至于其他孩子，一半人学会了适应环境，另一半人就只能长期尿裤子了。

后来，还是茜茜出面帮弗兰茜搞定了上厕所的事情。自从凯蒂和约翰尼不让茜茜登门后，她就再也没见过弗兰茜和尼利了。茜茜很想孩子们，知道他们已经入学了，很想知道他们在学校过得怎么样。

十一月的时候，工厂不景气，茜茜又下岗了。快到放学的时候，茜茜在学校附近的街上转悠，她想，如果孩子们回去跟父母说碰到了她，那顶多就算偶遇。人群中，茜茜最先看到了尼利，一个大孩子抢了他的帽子，然后扔在地上使劲踩了两脚就跑了。尼利又找了比他小的男孩，上演了同样的画面。茜茜拽住了尼利的胳膊，尼利尖叫了一声，挣脱了茜茜的手，一溜烟地沿着街道跑没影了。茜茜有些心酸，意识到孩子终归是长大了。

在人流涌动的街上，弗兰茜看到了茜茜姨妈，立刻伸出双手紧紧搂住了她，还亲了亲姨妈的脸颊。茜茜带弗兰茜去了一家糖果店，给她买了一分钱的巧克力汽水。接着，茜茜带着弗兰茜坐在门口的台阶上，让弗兰茜给她讲讲在学校发生的一切。弗兰茜给茜茜姨妈看了学校发的课本和作业本，课本里全是印刷体的字母，这让茜茜印象极为深刻。茜茜充满怜爱地看着弗兰茜瘦削的脸，才发现弗兰茜在发抖。现在已经是十一月了，可是，弗兰茜只穿着破旧的棉布裙和单薄的小毛衣，棉袜也很薄，实在不足以抵御寒冷。茜茜伸手把弗兰茜抱在怀里，用自己的身体温暖她。

"弗兰茜，小宝贝，你颤抖得像秋风中的树叶一样。"

弗兰茜从来没有听过这种表达，不禁陷入了深思。她看着那棵从房子旁水泥地里长出来的小树，树枝上面只有几片枯叶，在秋风中发出沙沙的声音。"颤抖得像秋风中的树叶一样"，弗兰茜把这句话记在了心里，颤抖……

"怎么回事？"茜茜问，"你的身体凉冰冰的。"

弗兰茜一开始不好意思开口，茜茜耐心哄劝后，她才把害羞得发烫的脸埋在茜茜姨妈的怀里，跟姨妈低声解释了事情的缘由。

"哦，我的天，"茜茜说，"怪不得你这么凉。那你为什么不请求……"

"我们举手的时候，老师从来不看我们。"

"嘿，没事。不用担心。每个人都尿过裤子，就连英国女王小时候也这样。"

可是，女王会因为尿裤子而感到羞愧和敏感吗？弗兰茜眼泪流了出来，这是掺杂了痛苦、羞愧和恐惧的眼泪。她害怕回家，害怕被妈妈骂一顿。

"你妈妈不会骂你的……每个小女孩都尿过裤子。别说是我告诉你的，你妈妈小时候也尿过裤子呢，你外婆也一样。所以这事并不新鲜，你不是第一个。"

"可是我都七岁了，只有婴儿才会尿裤子，妈妈一定会当着尼利的面骂我。"

"那你就在妈妈发现之前主动告诉她，并保证以后再也不会发生了，她就不会再骂你了。"

"我保证不了，这件事可能会再次发生，因为老师不让我们上课时去厕所。"

"从现在开始，任何时候你想上厕所，只管去就行了。相信茜茜姨妈，这世上没有我搞不定的事，对不对？"

"对……吧。可是你要怎么做呢？"

"我准备在教堂里点一支蜡烛解决这事。"

听了茜茜姨妈的承诺，弗兰茜心里得到了安慰。回到家时，妈妈果然骂了她一顿，但是事先听了茜茜姨妈对她说过的话，弗兰茜觉得，好像被骂一顿也没有想象中那么难受。

第二天早上，离上课还有十分钟，茜茜来教室找弗兰茜的老师布里格斯小姐。

"你们班有个叫弗兰茜·诺兰的小女孩，是吧？"茜茜开口说道。

"是有个叫弗兰茜斯·诺兰的。"布里格斯小姐纠正道。

"她聪明吗？"

"还行。"

"她是一个好女孩吗？"

"她最好是。"

茜茜把脸靠近老师，"我问你，她是一个好女孩吗？"茜茜的声音比往常还温和，不知为什么，布里格斯小姐却往后退了两步。

"是，是。"布里格斯小姐急忙说。

"我是她妈妈。"茜茜撒了一个谎。

"不会吧！"

"就是的！"

"那么，诺兰太太，你是想了解这孩子的学习情况还是……"

茜茜又撒了一个谎："你知道吗？弗兰茜有肾病。"

"肾病？"

"医生说过，她要是想上厕所，如果不及时去的话，她很可能会因为肾脏超负荷而马上倒地身亡。"

"没有你说的那么夸张吧！"

"那你是希望她死在这间教室里吗？"

"当然不是，我不是这个意思，可是……"

"我看你是想坐警车去警察局，跟医生或法官讲，是你不允许弗兰茜去厕所才导致悲剧发生的。"

茜茜是不是在撒谎，布里格斯小姐也拿不准。眼前这个女人用最平静、最温柔的口吻，讲着如此骇人听闻的事情，让人一时分不清到底是真是假。

茜茜瞥见窗外正好有一个身材魁梧的警察在巡逻，顿时计上心来，她指了指窗外。

"看见那个警察了吗？"老师点了点头。

"那是我老公。"

"弗兰茜的爸爸？"

"不然呢？"茜茜猛地打开窗户，喊道，"哎，亲爱的，约翰尼。"

警察惊讶得仰起了头，茜茜给了他一个飞吻。刚开始，警察还以为是学校里哪个发神经的老处女，看到茜茜的模样后，他十分确定是自己魅力无边，才引得茜茜暗恋他，才有了当街表白的狂热举动。于是，警察向茜茜做出热情的回应，他先是笨拙地回了茜茜一个飞吻，然后又优雅地行了一个脱帽礼，最后春风得意地走了，嘴里还得意地吹着《在魔鬼舞会上》的口哨。"我可真走桃花运啊，"警察心想，"我这该死的魅力，谁能想到我都已经是六个孩子的爸爸了。"

布里格斯小姐见那个英俊魁梧的警察做出一系列回应，惊讶得瞪大了眼睛。布里格斯小姐还没回过神来时，一个金发小女孩拿着一盒糖果进来要送给老师。老师高兴得咯咯直笑，亲了亲那个孩子如绸缎般粉嫩的脸颊。茜茜灵光一闪，瞬间就懂了老师喜好的风向，当然这股风对弗兰茜这种穷人家的孩子来说并不友好。

"对了，"茜茜说，"我猜你肯定觉得我们没多少钱吧。"

"我保证，我从来没有……"

"我们家不是那种喜欢显摆的人家，可圣诞节就要到了……"茜茜暗示要给老师送礼。

"那什么，"布里格斯小姐承认道，"可能弗兰茜举手的时候我没看到。"

"她坐在哪里你看不到？"布里格斯小姐指了指后排的座位。

"要是她坐在前面，说不定你就能看得更清楚。"

"座位都是固定的。"

"圣诞节马上就要来了。"茜茜再次暗示道。

"我想想办法。"

"这还差不多，最好是你能看到她的座位。"茜茜走到门口，又转过身来，"不光是圣诞节快到了，到时候我的警察老公过来，发现你不好生对待弗兰茜，他会痛扁你一顿的。"

茜茜去过学校后，弗兰茜举手时再也没有被无视过，无论哪次她小心翼翼地举手，老师都能"碰巧"看到，甚至还把她的座位调到了第一排第一个。不过，圣诞节到了，老师没有如愿收到昂贵的礼物。于是，她又把弗兰茜弄到后排去了。

弗兰茜和凯蒂都不知道茜茜曾去过学校，但是弗兰茜不再像之前那样自卑，尽管老师没有对她很好，但也没有很坏，至少不会对她恶语相向。当然，布里格斯小姐想通了，茜茜跟她说过的话虽然听起来过于荒谬，但她也不想冒这个险，反正多一事不如少一事。布里格斯小姐虽然不喜欢孩子，但也不是恶魔，她可不想眼睁睁看着一个孩子在自己面前死去。

几个星期后，茜茜请同车间的女工给凯蒂写了一张卡片，希望凯蒂能摒弃前嫌，至少允许她能偶尔过来看看孩子们。

凯蒂没有理会。

玛丽也过来替茜茜说情，"你们两姐妹之间到底发生了什么？"她问凯蒂。

"我不能告诉你，妈妈。"凯蒂回答。

"宽恕是一份珍贵的礼物，"玛丽说，"而且你一分钱都不用花。"

"我有自己的考虑。"凯蒂说。

"唉。"玛丽深深叹了口气，没有再劝说下去。

凯蒂虽然嘴上不承认，但其实心里挺想念茜茜，想念她不计回报的为人和快刀斩乱麻的处事。二姐艾薇来看凯蒂时，也从来没有提起过茜茜。在之前的劝说无果之后，玛丽再也没有在凯蒂面前提过茜茜。

后来，凯蒂从他们罗姆利家的保险代理人那儿得知了茜茜的近况。他们家所有人的保险都是在同一家公司买的，由同一个人代理。代理人每个星期都会向他们收取保险费用。就这样，这个保险代理人成了他们家的往来信使，他每次都会带来不同的八卦或消息。有一天，代理人对凯蒂说，茜茜又生了一个孩子，只可惜投不了保，因为孩子出生两个小时后就夭折了。那一刻，凯蒂才意识到自己对茜茜是多么残忍，在茜茜最需要关心的时候自己却充耳不闻。

"下次你见到我姐姐时，"凯蒂告诉代理人，"跟她说不用见外，可以随时来我家。"代理人向茜茜转达了凯蒂的话。就这样，茜茜又能来凯蒂家了。

第二十章

弗兰茜和尼利上学后,凯蒂和虫子、传染病之间的战斗也打响了,这场战斗过程很激烈,不过见效很快,最终以凯蒂大获全胜而告终。

因为学校太过拥挤,所以孩子们很容易得传染病。这本来不是孩子们的错,但他们小小年纪却要承受对他们来说最屈辱的防治过程。

护士每周会来一次学校,她们背对着窗户,挨个儿检查小女孩们。小女孩们则排好队,走到了护士面前时就转过身,把头上的辫子放下来,并弯下腰去。护士用一根细棍撩开她们浓密的头发仔细检查,要是小女孩头上有虱子或虱卵,护士就会让她靠边站。一轮检查过后,护士会让刚才靠边站的人站到全班面前,当众宣判她们有多脏,让别的同学离她们远点儿。然后,这些"小罪人"当天就不能上课了,要按护士说的去奈普药房买一种"蓝色药膏",回家让妈妈给她们涂在脑袋上。等她们回学校时,周围的同学会嘲笑她们。

在放学回家的路上,每个"小罪人"身后都会跟着一群孩子,他们嘴里会喊着:"脏兮兮,老师说你脏兮兮,快回去,快回去,快回去,只能怪你脏兮兮。"

等到下一次护士检查时,上一次那些女孩头上的虱子可能已经消失了,她们又会转头嘲笑那些新的"小罪人",仿佛忘记了别人曾强加给她们的伤害。她们没有从痛苦中学会同情，她们之前的苦难算是白受了。

凯蒂自己的工作已经够忙了，平时根本没工夫想着去解决其他烦恼。弗兰茜第一天从学校回来，跟凯蒂说坐在旁边的女孩头上有虫子爬来爬去，凯蒂立刻就采取了行动。她拿出清洁工专用的粗糙结实的黄肥皂，开始使劲给弗兰茜洗头，一直洗到弗兰茜的头皮都疼了。第二天一早，凯蒂又用浸过煤油的刷子给弗兰茜的头发刷了一层油，最后再把弗兰茜的一头长发编成紧紧的辫子，紧得弗兰茜的太阳穴青筋凸起。因为头发上涂了煤油，所以凯蒂叮嘱弗兰茜一定要远离煤气灯，之后便送她去了学校。

弗兰茜头发上的煤油味充斥着整个教室，她的同桌离她远远的。于是，老师给弗兰茜写了一张纸条，让她带回家，告诉她妈妈别再往她头上刷煤油了。凯蒂坚持认为，这是一个自由的国家，所以，她没有理会老师的纸条，照样每周用黄肥皂给弗兰茜洗一次头，每天用煤油给她刷一次头发。

当流行性腮腺炎在学校暴发后，凯蒂又开始了对抗传染病的行动。她的办法就是做两个法兰绒袋子，在每个袋子里缝入一头大蒜，然后系上一根干净绳子，让弗兰茜和尼利把袋子挂在脖子上，再用衣服盖住。

弗兰茜所到之处总是散发着大蒜和煤油的气味，所有见到她的人都对她避之唯恐不及。在拥挤的院子里，她的周围总是有一块空地。在拥挤的电车里，人们哪怕挤作一团也要离她远远的。

难闻归难闻，但凯蒂的法子确实很有效。也不知道是大蒜里有女巫，还是刺鼻的煤油杀死了病毒，还是那些感染了病毒的孩子都离弗兰茜远远的，又或者是她和尼利天生体质强壮，总之弗兰茜和尼利在上学的这些年里从来没有生过病，就连感冒都没有得过，也从来没有长过虱子。

但是，弗兰茜也因此成了学校里所有人都孤立的对象，因为她身上的味道实在太难闻了。好在弗兰茜一直以来已习惯了孤独，习惯了独来独往，习惯了格格不入，所以这对她来说没什么大不了的。

第二十一章

　　尽管学校里常有可恶、折磨和不愉快的事情发生，但弗兰茜仍然喜欢上学。在学校里，这么多的孩子会同时做一件事，这种整齐划一的日常给了弗兰茜一种安全感，让她觉得自己归属于集体，大家都是为了同样的目标而聚在某个领导者之下，她自己也是这个整体中的一部分。在家里，约翰尼和凯蒂都是个人主义者，除了追求活下去，他们并不遵循世俗的条条框框，他们有自己的生活准则，他们不属于任何一个集体。他们这样的处事法则对个人主义者来说很好，但对弗兰茜这个年纪的小孩来说，却会让他们感到困惑。因此，弗兰茜能在学校中感受到安全感和稳定感。尽管上学就像一场残酷和丑陋的例行公事，但这件事依然在朝着一个目标按部就班地进行着。

　　学校里的生活并不总是枯燥乏味的，其间也有难得的黄金时间，那就是莫顿先生每周来上音乐课的时候。莫顿先生是一名专业的音乐老师，附近所有的学校都有他上课的身影。莫顿先生一来学校，孩子们就会像过节一样兴奋。莫顿先生总是穿着燕尾服，打好蓬松的领带，脸上笑逐颜开。莫顿先生全身上下都充满了生机和活力，他是那么陶醉于生活，仿佛他是一个来自云端的神明。莫顿先生的长相并不出众，但是一举一动都风度翩翩。他很理解孩子们，也很关爱他们。

孩子们都崇拜他，学校里的老师也很喜欢他。莫顿先生来学校上课的当天，那些女老师会盛装打扮，说话也不像平日里那么刻薄了，有时她们还会卷起头发，喷上一点儿香水，这就是莫顿先生的魅力所在。

莫顿先生每次来上课时就像一阵龙卷风来袭。首先，教室门会突然被打开，紧接着，莫顿先生大步流星地走进来，他身后的燕尾服在风中飘动。莫顿先生走上讲台，微笑着环顾底下的孩子们，用和蔼的声音夸道："不错，不错。"孩子们开心地笑啊笑，旁听的女老师也一样乐不可支。

莫顿先生在黑板上画出音符，并给每个音符都画上了小脚丫，那些活灵活现的音符看起来像随时会从五线谱上跑掉似的。在他笔下，降音符看起来像矮矮的胖子，而升音符则像长鼻子小鸟。莫顿先生唱起歌来像鸟儿一样婉转动听，唱到兴致高昂时，还会跳上一曲，把他浑身溢满的快乐散播出去。

莫顿先生会教孩子们一些鼎鼎有名的古典曲子，但是，他从不告诉孩子们那些曲子多么有名。莫顿先生还会给那些伟大的经典音乐填上通俗易懂的歌词，然后再给它们取上一些简单的名字，比如《摇篮曲》《小夜曲》《街头歌曲》和《阳光之歌》之类的。孩子们稚气未脱地唱着亨德尔的《拉戈》，他们只知道这是莫顿先生教的《赞美诗》。小男孩们一边玩弹珠，一边哼着德沃夏克的《新世界交响曲》，当别人问起歌名时，他们就说这首歌的名字是《回家》。孩子们还会唱《浮士德》中的《士兵合唱曲》，不过，他们称之为《光荣曲》。

另一位老师伯恩斯通小姐不像莫顿先生那样人见人爱，不过，她在学校也很受欢迎。伯恩斯通小姐是美术老师，每周来学校给孩子们上一次课。伯恩斯通小姐这个人就像来自另一个世界，一个由嫩绿和紫红组成的美丽世界，她看上去那么甜美，那么温柔。伯恩斯通小姐爱学校里那一大群脏兮兮没人愿意搭理的孩子，远胜过那些在老师跟前得宠的孩子，这一点伯恩斯通小姐跟莫顿先生一样。很多女老师并不喜欢伯恩斯通小姐，可当着她的面，总会奉承两句。然而，一转身她们就露出了无比鄙夷的面目。这些老师嫉妒伯恩斯通小姐的魅力、甜美和对男人的吸引力，因为伯恩斯通小姐总是热情洋溢，容光焕发，非常有女人味。那些老师坚定地认为，伯恩斯通小姐晚上不用像她们一样独守空房。

伯恩斯通小姐说起话来轻言细语，婉转动听。她的手漂亮又灵活，无论一根粉笔还是一支炭笔，到了她手上都能作画。当她拿起蜡笔画画时，那笔就仿佛被施了什么魔法，只见她的手腕随便那么一转，纸上就凭空结出一个苹果。再那么轻轻转两下，纸上就变出了一个手拿苹果的小孩儿。下雨天的时候，伯恩斯通小姐不上课，她会拿出一张纸和一根炭笔，给班里最穷的孩子画像。画完后，纸上的肖像丝毫看不出他们平日里脏兮兮的样子，有的只是他们身为孩童的天真无邪和过早成长的辛酸。伯恩斯通小姐真是一位伟大的老师！

莫顿先生和伯恩斯通小姐的出现，是学生时代那条浑浊大河中的粼粼波光。学生时代的大部分时间里很枯燥乏味，老师让学生们双手背在背后，笔直僵硬地坐着，老师自己则偷偷看藏在腿上的小说。要是学校里所有老师都像莫顿先生和伯恩斯通小姐那样，弗兰茜觉得就算是天堂也不过如此了吧。不过也罢，要是没有夜晚的黑暗和乌云的遮蔽，如何才能衬托出太阳的耀眼光辉呢？

第二十二章

　　当小孩子开始能认字了，那是多么神奇的时刻啊！

　　上学后很长一段时间里，弗兰茜一直都在学习英文字母。她先大声读出每个字母，再拼读出完整的单词。突然有一天，弗兰茜看到书上的一个单词"mouse"（老鼠），一只灰色老鼠的画面在她脑海中闪过。当她看到"horse"（马），她仿佛听到了马儿走起路来嗒嗒的声音，还看到了马儿的皮毛在阳光下闪闪发亮的样子。当弗兰茜想到"running"（跑）这个词，她会不自觉地喘着粗气，好像自己正在奔跑一样。就在这一刻，字母和单词之间再也没有隔阂，书上的单词她看一眼就明白是什么意思了。弗兰茜飞快地读了几页书来验证，发现的确像她想的那样，不禁欣喜若狂。她好想大声喊出来，她认得字了！她可以读书了！

　　从能认字开始，弗兰茜就沉浸在了阅读的世界里。她再也不感到孤独，再也不感慨缺少知心朋友了。书本成了她的朋友，心情不同时她就读不同的书。安静时读诗歌，诗歌读腻了就读探险小说，到了青春期可以读爱情故事，想了解某个人的生平可以读人物传记。从看第一本书的那天开始，弗兰茜就发誓，要在有生之年，每天都读一本书。

　　除了阅读，弗兰茜还喜欢数字，为此，她自己还专门设计了一个游戏，她先假设每个数字都是一个家庭成员，而

"答案"则是一个有故事的家庭成员组合。0是襁褓中的婴儿，很乖，不会带来什么麻烦，只需要背着他就行了。1是刚学会走路的漂亮小女孩，很好管。2是一个会走一点儿路和说一些话的小男孩，他加入数字大家庭中（用来运算等），也很少惹麻烦。3是上幼儿园的男孩，需要有人盯着。4是和弗兰茜年龄相仿的女孩，和2一样很好照顾。5是温柔善良的母亲，在大数计算时，她会来帮忙，让一切都变得容易，就像一个母亲应该有的作用。6是严厉的父亲，比其他数难一点儿，但是很公正。7是刻薄的爷爷，经常牢骚满腹，不负责任，很难记。8是奶奶，也很难记。但是，要比7好一点儿。9是客人，要把它融入大家庭的生活有些困难。

弗兰茜每次计算得到一个答案，她都会根据答案联想出一个小故事来。比如答案是924，那就是邻居在帮忙照看家里的小男孩和小女孩，家里的其他人都有事出门了。如果答案是1024，就是家里所有的小孩儿都在院子里玩耍。如果是62，则是爸爸带着小男孩散步。如果是50，则是妈妈推着婴儿车带小宝宝出去透气。如果是78，那就是爷爷奶奶在冬天围在火炉边烤火。弗兰茜算出的每个答案都是家庭成员的新组合，他们都有不同的故事情景，没有一模一样的故事。

学代数的时候，弗兰茜仍然沿用了这个游戏。她把y想象成一个调皮捣蛋的男孩，x则是他的心上人，由于x的到来，给y带来了更充实、更复杂的家庭生活。所以，数学这门课对弗兰茜来说是温暖而充满人性化的，陪伴她度过了生命中许多孤独的日子。

第二十三章

在学校的日子就这样一天天过去了，有冰冷、残酷和伤心的时候，也有因为伯恩斯通小姐和莫顿先生的到来而明媚和开心的时候。更神奇的是，学习这件事对弗兰茜充满了吸引力，仿佛有魔力一般。

十月的一个星期六，弗兰茜散步时偶然来到了一个陌生街区，这个街区没有拥挤不堪的公寓，也没有嘈杂破旧的商店，只有一些老旧的房子。这些房子甚至可以追溯到华盛顿带领军队征战长岛的时候。它们就矗立在那里，又老又破，房子周围都有栅栏，弗兰茜忍不住推开院子大门去一探究竟。现在是秋天，前院的花儿竞相绽放，和路边深红色、亮黄色的枫树叶相映成趣。阳光下，这个街区显得古老、安静且平和，看上去有一种出尘的气质，那是一种安静、深沉、永恒、简朴的安宁。院内的美景让弗兰茜很是高兴，就像爱丽丝走进一个神奇的镜子，来到仙境一样。

弗兰茜继续往前走，看见一所小小的老学校。这所学校的古老砖墙在傍晚的阳光下闪着石榴红色，校园四周没有围墙，操场是草地而不是水泥地。学校对面是一大片草地，里面长着紫菀、苜蓿和一枝黄等野花野草。

弗兰茜的心瞬间翻腾起来，就是这里了！这就是她梦寐以求的学校。但是，她怎么才能来这里上学呢？毕竟法律有严格的规定，每个孩子都必须在自己所在地区的学校上学。如果弗兰茜执意要来这所学校读书，那她父母就必须搬到这个街区来。弗兰茜知道，妈妈是不会因为她想转学就搬家的。

弗兰茜缓缓地走在回家的路上，思考着怎么才能转学的问题。

当天晚上，弗兰茜一直坐着没睡，直到爸爸干完工作回家。约翰尼像往常一样，在上楼时吹着《莫莉·马龙》。一家人吃完他带回来的龙虾、鱼子酱和肝肠后，凯蒂和尼利便先去睡觉了。约翰尼抽最后一支雪茄时，弗兰茜就一直在他旁边待着。弗兰茜在爸爸耳边说了白天那所学校的事。约翰尼听完点了点头，然后说："我们明天去看看你说的那所学校。"

"你是说我们能搬到那所学校附近？"

"搬过去倒是不能，但一定有别的办法。我明天和你一起去那里，看看能不能想到什么好办法。"

为此，弗兰茜兴奋得一晚上都没睡着，第二天早上才七点她就起来了，但这会儿约翰尼睡得正香呢。弗兰茜只好坐立不安地等着。每次听到爸爸在梦中呢喃，弗兰茜就赶紧跑进去看他醒了没有。

到了中午的时候，约翰尼终于醒了。吃午饭时，弗兰茜一点儿也吃不进去，她直勾勾地看着爸爸，爸爸却一点回应都没有。难道爸爸忘了吗？真的忘了吗？凯蒂倒咖啡时，约翰尼漫不经心地说：

"一会儿我和我们家的小歌星出去散散步。"

弗兰茜的心猛地跳了一下，爸爸没有忘记，他没有忘记。弗兰茜静静等待着妈妈的回答，她猜测妈妈可能会反对，可能会问爸爸为什么，也可能会提议和他们一起去，但妈妈只轻描淡写地说了一句："去吧。"

得到妈妈的应允，弗兰茜忙前忙后，先是洗了碗，然后又去糖果店给爸爸买了当天的报纸，最后还去雪茄店给爸爸买了五分钱的科罗纳雪茄。约翰尼酷爱看报纸，他会认认真真地看完报纸的每一栏，包括他不感兴趣的社会专栏。让人很着急的是，他还要逐一评论报纸的内容。每次约翰尼都会把报纸放在一边，转头对凯蒂说："现如今什么有趣的事都有，你看这条。"一旁的弗兰茜急得都快哭出来了。

下午四点，约翰尼把雪茄抽完了，报纸也散落在地板上。凯蒂听腻了约翰尼的新闻分析，于是，她带着尼利去了母亲那里。

弗兰茜终于如愿以偿地跟着爸爸出门了。约翰尼穿着他唯一的一套西装燕尾服，还戴上了他的圆顶礼帽，这一身打扮看起来很气派。这是一个灿烂的十月，温暖的阳光和清新的风儿将海洋的气息吹遍了大街的每一个角落。弗兰茜和爸爸穿过了几个街区，接着拐个弯，来到了另一个社区。布鲁克林太大了，所以住在这里的人很多很杂，这个社区是第五代和第六代移民居住的社区。在弗兰茜他们居住的威廉斯堡社区，要是你能证明你出生在美国，那么你的身份和地位绝不亚于当年坐"五月花"号轮船来美国的第一批移民。

事实上，弗兰茜是他们班上唯一一个父母都出生在美国的人。刚开学的时候，老师会问每个孩子的身世，大家的回答都很典型。

"我是波兰裔美国人。我爸爸出生在华沙。"

"我是爱尔兰裔美国人。我爸爸妈妈都出生在爱尔兰的科克郡。"

当弗兰茜被老师叫到时，她骄傲地回答："我是美国人。"

"我知道你是美国人，"那位动不动就生气的老师不耐烦地说，"你以前是哪个国家的？"

"美国！"弗兰茜更加自豪地坚持自己的答案。

"你现在回答我，你爸妈是哪儿出生的，要不要我现在就送你去见校长？"

"我爸妈都是美国人，他们就出生在布鲁克林。"

这时，所有的孩子都转过身来看弗兰茜，她的父母居然不是来自其他国家。当老师说出"布鲁克林？嗯，那你确实是美国人，好吧"的回应时，弗兰茜发自内心地感到骄傲和高兴。她心想，布鲁克林这地方多好，只要在这里出生，就会名正言顺地成为美国人！

约翰尼给弗兰茜介绍了他们现在途经的社区，这个社区里的人都在美国扎根一百多年了，他们大多是从苏格兰、英格兰和威尔士移民过来的。他们会做橱柜和其他一些精巧的木工活。还有一些人是金匠、银匠和铜匠。

约翰尼还说，等将来哪天他要带弗兰茜看看西班牙移民居住的社区，那些人以卷雪茄为生。另外，他们每天都会凑出几分钱，专门请人在他们工作时读一些优秀的文学作品。

弗兰茜和爸爸在安静的街道走着，这时一片叶子从树上飘下来，弗兰茜蹦蹦跳跳地跑过去将树叶捡起来。树叶的颜色是鲜红色的，不过边沿是金色的，弗兰茜目不转睛地盯着树叶看了一会儿，不禁感叹世上竟然有这么漂亮的东西。

这时，一个浓妆艳抹的女人从拐角处走来，女人脖颈间戴了一条羽毛围巾，她朝约翰尼笑着说道："寂寞吗，先生？"

约翰尼与她对视了一眼，然后温和地拒绝道："并不，大姐。"

"你确定？"那女人用撒娇的口吻问了一句。

"当然。"约翰尼依然平静地回答。

弗兰茜这才回过神来。于是,她立刻跳过来抓住约翰尼的手。"那是个坏女人吗,爸爸?"她急切地问道。

"不是。"

"可是,她看上去就很坏啊。"

"这世界上真正的坏人很少,只不过很多人是因为运气不好而已。"

"可她浓妆艳抹,而且……"

"她是一个经历过好日子的人。"约翰尼认定自己的说法,"是的,她以前可能过着更好的日子。"说到这里,约翰尼陷入了对往事的沉思。弗兰茜没察觉到爸爸的异样,继续蹦蹦跳跳地不停收集着树叶。

弗兰茜领着爸爸来到那里,自豪地指给爸爸看,那就是她梦寐以求的学校。这天傍晚的阳光有些耀眼,照得学校的红色砖墙暖暖的,窗格子的影子好像在日光下翩翩起舞。

约翰尼盯着学校看了很长时间,然后才开口道:"对,就是这所学校,就是这里了。"

每当约翰尼深受感动或心情激动时,他都会用唱歌来表达自己的情绪,这次也不例外。约翰尼把破旧的皮帽放在胸前,站直身子,抬头望着学校,唱道:

> 学校的日子,学校的日子,
> 那段黄金般的日子,
> 有阅读、写作和算术……

对一个路过的陌生人来说,这幅景象可能看起来很奇怪——约翰尼穿着绿色的西装燕尾服和干净的亚麻布衬衫站在那里，却牵着一个衣衫褴褛的瘦弱小女孩的手，还在街上全然忘我地唱着一首老掉牙的歌。但对弗兰茜来说，这很应景，也很美丽。

弗兰茜和约翰尼穿过街道，漫步在大家称之为"空地"的草地上，弗兰茜摘了一些紫菀和一枝黄带回家。约翰尼跟弗兰茜说，这个地方曾经是印第安人的墓地，他小时候经常来这里找箭头玩。弗兰茜提议他们现在再试着找找，于是他们找了起来。半个小时过去了，他们一无所获。约翰尼跟她说，他自己小时候和玩伴也没找到过箭头。弗兰茜觉得很好笑，约翰尼承认，这里可能根本不是什么印第安人的墓地，也许是有人编造的。约翰尼说得没错，因为这个故事就是他刚刚编的。

眼看着快要回家了，弗兰茜的泪水开始在眼睛里打转，因为爸爸还没有说要怎么做，她才能来这里上学。约翰尼看到弗兰茜急得快哭了，连忙说出了他的办法。

"我这就告诉你接下来我们要做什么，宝贝。我们在这附近转一转，挑一处好房子，记下它的门牌号，然后我给你原来的校长写封信，说你要搬到这边来，让他同意你转校。"

最终，弗兰茜和约翰尼相中了一栋只有一层楼的白色斜屋顶的房子，那栋房子的院子里长着晚菊花。约翰尼仔细抄下了地址。

"你知不知道我们这样做其实是不对的？"

"是吗，爸爸？"

"不过，我们犯下的这一点小错是为了更大的好事。"

"就像撒了一个善意的谎言？"

"就像一个能帮助别人的谎言。所以你到了新学校，要加倍努力读书来弥补咱们今天犯的这个错误啊，你可千万不能在学校表现不好，迟到甚至旷课，也不能做让学校找家长的事情。"

"爸爸，如果我真能来这里读书，我保证以后一直都会乖乖的。"

"好，那现在我就告诉你一条穿过公园的小路，我知道怎么走。"

约翰尼带弗兰茜到了公园，告诉她怎样抄近路穿过公园去上学。

"从这里经过应该很不错，这样你上学和放学的路上，就可以看到公园一年四季的美景，你觉得怎么样？"

弗兰茜学着妈妈的样子，用《圣经》里的话一丝不苟地回答："我快乐得要溢出来了①。"

凯蒂听说弗兰茜要转学的计划，便立刻告诉约翰尼和弗兰茜："转不转学随你们便，这不关我的事，要是你们父女俩因为报假地址以后被警察给抓了，跟我可没一丁点儿关系。这所学校和那所学校都差不多，我搞不懂弗兰茜为什么非要转学，去哪里上学不都要写作业吗？"

"那这件事就这么定了，"约翰尼说道，"弗兰茜，爸爸给你一分钱，你去糖果店买一张信纸和一个信封回来。"

按照爸爸的吩咐，弗兰茜飞快地把东西买回来了。约翰尼开始写信，说弗兰茜将搬去亲戚家居住，希望贵校能让她办理转学。接着，约翰尼在后面补充说，尼利仍然住在家里，不用转校。然后，约翰尼郑重地在纸上签上了他的名字。

第二天早上，弗兰茜忐忑不安地把纸条交给了校长。

校长看了信上的内容，不高兴地咕哝了几句，可还是给

---

① 这句话出自《圣经·旧约·诗篇》第23章第5节："在我敌人面前，你为我摆设筵席。你用油膏了我的头，使我的福杯满溢。"这里结合语境，表达稍作修改。

弗兰茜填了调动表，又把成绩单递给了她，算是允许她转校了，反正这个学校里的孩子实在不少。

弗兰茜给新学校的校长看了材料，并向他介绍了自己。校长和她握了握手，说希望她在新学校过得愉快。接着，一位班长领着弗兰茜去了教室，老师暂停了上课，向全班介绍了新来的弗兰茜。弗兰茜看了一眼座位上一排排的小孩，他们身上的衣服很破旧，但大多数洗得很干净。老师给弗兰茜安排了一个独立座位，就这样，弗兰茜愉快地融入了新学校的生活。

新学校的老师和学生不像旧学校的那样野蛮。尽管有些孩子很讨厌，但那种讨厌都是小孩子那种讨厌，还没有到故意使坏的地步。这里的老师也会不耐烦，甚至急躁，但不会像旧学校里的老师那样持续不断地折磨人，更没有对学生的体罚。新学校里孩子的爸爸妈妈大多都是美国人，他们深知宪法赋予自己的权利。所以，他们不会逆来顺受地接受不公正的对待，他们可不会像移民和第二代美国人那样饱受别人的压迫和剥削。

弗兰茜感觉在新学校里更温暖，可能是那位清洁工的缘故。新学校的清洁工是一位脸色红润、头发花白的老人家，就连校长都要尊称他一声简森先生。简森先生有满堂的儿孙，而且非常疼爱他们。除了自己的孩子，简森也是学校所有孩子的爸爸。下雨天，当孩子们浑身湿透来到学校，简森先生说什么也要让他们到锅炉房将衣袜烤干。他会让孩子们把湿袜子脱下来挂在绳子上，把破旧的小鞋整齐地摆在锅炉前。

锅炉房很温馨，里面的墙壁刷得白白的，漆成红色的大火炉一看就让人觉得很温暖，四壁的窗户高高的。弗兰茜喜欢坐在锅炉房里，感受温暖的气息，看那橙蓝色火焰在乌黑的煤块上面跳舞（孩子们来烤衣服时，简森先生会把炉门打开）。每逢下雨天，弗兰茜会比往常更早出门，但是她会慢吞吞地走到学校，这样她到学校时就会浑身湿透，便有理由待在锅炉房了。

虽然简森先生让孩子们离开教室烤衣服不太合适，但是每个人都很爱戴他，所以也没有人去反对。弗兰茜在学校听人说起过简森先生，说他不仅上过大学，而且知道的比校长还多。简森先生结婚生子后，发现了这样一个事实——他在学校当勤杂工竟然比当老师赚得还多。无论这些传说是真是假，简森先生都赢得了大家的喜欢和尊敬。有一次，弗兰茜在校长办公室看到了简森先生，简森先生当时穿着干净的条纹工作服坐在那里，跷着二郎腿和校长聊着当下的政治。弗兰茜听人说，校长经常会点上满满一斗烟，到简森先生的锅炉房找他聊天。

在这所学校，当一个男孩表现不好时，他不会被送到校长办公室修理，而是被送到简森先生的房间去谈话。简森先生从来不会责骂坏孩子，他会跟他们聊他自己的小儿子——一个布鲁克林棒球队的投球手。他还会跟他们谈论何谓民主，何谓良好的公民意识，何谓美好世界，并且告诉他们，在这个世界上，只要人人都做到最好，那么世界就会越来越好。每次简森先生和他们谈过后，那些坏男孩基本不会再惹麻烦了。

毕业的时候，孩子们出于对校长职位的尊重，往往会请校长在他们签名本的第一页上签名。但实际上简森先生更受孩子们欢迎，第二页签名几乎都是他的。简森先生签名时不会像校长那样，大笔一挥，草草就签了，而是把签名当成一个重要的仪式。简森先生会把签名本拿到他的大桌子上，然后打开台灯，仔细擦拭自己的眼镜，接着选出一支钢笔，蘸一点墨水，眯起眼睛检查一会儿，再将墨水擦干后重新蘸一次。最后，他会用精美的印刷体在签名本上签下自己的名字，并小心翼翼地为每个字母描边。因此，他的签名是最好看的。要是你胆子够大，请他那个在本地棒球队当投球手的小儿子签个名，他也总是有求必应。男孩们很稀罕这玩意儿，女孩们倒是无所谓。

简森先生的书法很好，要是请他帮忙写一下毕业证书，他也是不会推辞的。

莫顿先生和伯恩斯通小姐也会来这个学校里上课。简森先生经常溜进教室来，挤在后排座位上，和学生们一起听课。天气冷的时候，简森先生会让莫顿先生或伯恩斯通小姐去他的锅炉房喝一杯热咖啡，然后再去下一个学校上课。简森先生锅炉房的小桌上放着一个煤气灶和一台煮咖啡的设备，当他用厚壁杯子端出香浓的热黑咖啡时，来这里上课的老师都会感激他善意的招待。

弗兰茜在新学校过得很开心，一直以来，她都在小心翼翼地做一个乖孩子。每天弗兰茜经过她名义上的家时，她都带着感激的心情看着它。有时候风把废纸吹得房前到处都是，弗兰茜会把它们一一捡起来，再扔到房子前面的排水沟里。要是垃圾工来收垃圾，不小心把空的粗麻布垃圾袋扔到了人行道上，而没有扔回院子里时，弗兰茜会把它捡起来并挂在院子的栅栏上。弗兰茜的种种作为让这所房子的主人认为这个安安静静的小女孩对整洁有强迫症。

弗兰茜很喜欢新学校，但她每天上学和放学总共要穿过四十八个街区，好在她本身喜欢走路。弗兰茜每天走得比尼利早，回来时却比弟弟晚很多，所有这些弗兰茜并不介意，只是午餐有些难办。午餐时间只有一个小时，弗兰茜回家要走十二个街区的路程，去学校又要走十二个街区，中间几乎没有吃饭的时间。

尽管这样，凯蒂还是不让弗兰茜早上带好午餐去学校吃。凯蒂的理由是：

"等弗兰茜再大点儿，她很快就会脱离我们这个家。所以，她现在还是孩子时，就做孩子该做的事情，每天必须回家吃饭。她自己要去那么远的地方上学是我的错吗？这难道不是她自己的决定吗？"

"但是凯蒂，"约翰尼为弗兰茜争辩道，"那的确是一所很好的学校。"

"那就让她自己把坏处一并受着吧。"

午餐的事就这么定下了，弗兰茜每天只有大约五分钟的时间吃午饭——刚好够她回家拿三明治，然后在回学校的路上边走边吃。她从不认为自己是被逼的，她在新学校里很开心，所以能为此付出点什么她感到很开心。

弗兰茜顺利转到新学校是件好事，这件事情的成功让她看到，除了她出生的那个世界之外，其实还有其他的世界存在，而那些世界并非遥不可及。

第二十四章

　　弗兰茜对一年的计算，不是按天，也不是按月，而是按节假日。她的一年是从7月4日的独立日开始算起，这是学校放假后的第一个假日。独立日前一周，弗兰茜就开始收集鞭炮，但凡兜里有一分钱，她都会用来买鞭炮。弗兰茜把收集到的鞭炮藏在床下的一个盒子里，一天起码要拿出来看十次，还要把它们摆弄来摆弄去。她经常久久地盯着鞭炮淡红色的外层卷纸和白色的捻子，想知道它们是怎么被做出来的。每次买鞭炮，人家都送火绒，她也会闻一闻是什么气味。火绒可以没有明火闷燃几个小时，一般用来点燃鞭炮。

　　当伟大的独立日终于来临时，弗兰茜反而舍不得放掉这些鞭炮，因为拥有的感觉比点燃它们更好。有一年，弗兰茜家的日子很艰难，家里一分钱都没攒下，弗兰茜和尼利就只好收集带盖的纸袋。等到了独立日那一天，姐弟两个会把袋子装满水，再拧紧盖子，然后把它从楼顶扔到下面的街道去，水袋掉落时发出"啪"的一声，很像鞭炮的声音。下面差点被水袋砸到的路人简直怒不可遏，但当他们怒气冲冲抬头往上看时，看到的只是两个懵懂无知的小孩，于是无可奈何地接受了这样一个事实：这大概是穷人家的孩子庆祝独立日的习俗。

　　独立日之后的大节日是万圣节。到了那天，尼利会把脸用煤涂黑，再把帽子反着戴，衣服反着穿，把妈妈的黑色长袜塞得鼓鼓囊囊的，然后就去街上和小伙伴玩了。尼利挥舞着自己用长袜做的"皮锤"，街上不时传来他和小伙伴们打闹的尖叫声。

弗兰茜则和其他小女孩一起，拿着白色粉笔在街上寻找目标。她们会在每个路人外衣背后画上一个大大的十字。孩子们也不知道这项仪式有什么意义，她们只知道要这样做，却不明白为什么要这样做。这也许是中世纪延续下来的传统，那时候谁家患了瘟疫，他们的房子上就会被画上一个十字作为标记。也有可能是当时的顽童想捉弄无辜的人，于是，给他们做了这个标记。这个习俗已持续了几个世纪，一直流传到现在，成了没有什么具体含义的万圣节恶作剧了。

对于弗兰茜来说，选举日才是一年中最伟大的节日，它是属于整个社区的。弗兰茜心想，也许这天全国其他地方的人也会投票，但肯定跟布鲁克林不太一样。

选举日那天，约翰尼会带弗兰茜去斯科尔斯街的一家牡蛎店。这家店所在的房子有一百多年的历史，可以追溯到大酋长坦慕尼①带着他的印第安勇士在这里出没的时代。这家店的炸牡蛎声名远播，但还有比炸牡蛎更出名的，那就是这家店其实是政客们的秘密聚会场所。政客们在隐秘的房间里，一边吃着鲜美多汁的牡蛎，一边决定谁会当选，谁会被淘汰。

弗兰茜经常路过这家牡蛎店，这次能跟着爸爸进去一探

---

① 大酋长坦慕尼（Big Chief Tammany）：是在美国本土的一位印第安人酋长，他是一位友善和睿智的领袖，在美国独立战争期间曾与美国军队合作，他也被视为影响并塑造了美国历史和文化的一个重要符号。因此，"大酋长坦慕尼"常用作美国历史、印第安文化和民族认同的象征。1789年，坦慕尼协会成立，它象征着信仰、友谊和爱国主义。19世纪下半叶通过发展和扩张，该协会成为民主党的重要组成部分，因此，下文中出现的坦慕尼指的是民主党。

究竟，她心里别提有多激动了。这家店门上没写店名，窗户上也是空荡荡的，只在店门外边摆了一盆蕨类植物，窗后的黄铜杆子上挂着半面棕色亚麻布窗帘。曾有一次，弗兰茜看到有人推门进去，她透过门缝向里瞥了一眼，见里面是一个低矮的房间，有个红色灯罩的灯开着，房间里烟雾缭绕。

弗兰茜和邻居家的小孩一样，参加过几次走过场的选举，但是，他们并不知道这样做有什么意义，他们又为什么要这样做。弗兰茜只知道，到了选举那天晚上，她会和别的小孩一样排着队，双手搭在前面孩子的肩膀上，长长的队伍像蛇一样蜿蜒爬行，孩子们嘴里还会唱道：

坦慕尼，坦慕尼。
他就坐在帐篷里，
欢呼勇士的胜利，
坦慕尼，坦慕尼。

约翰尼和凯蒂喜欢争论共和党与民主党的优缺点，这是弗兰茜感兴趣的话题。约翰尼是民主党的忠实拥护者，但凯蒂却对民主党嗤之以鼻。凯蒂对民主党提出批评，并告诉约翰尼这个政党并不值得为之投票。

"别这样，凯蒂，"约翰尼抗议道，"总的来说，民主党还是为人民做了很多好事。"

"他们做的好事，我只能在梦里见到。"凯蒂不屑地反驳道。

"他们要的只是每个一家之主的选票，可你看看他们付出了什么来交换！"

"他们到底给了你什么回报，你倒是举个例子啊。"

"嗯，比如你需要法律咨询，不用找律师，问民主党议员就可以了。"

"问他们岂不是哑巴给聋子唱歌。"

"你别不信，他们在很多地方可能做得不好，但他们对这个城市的法规可是了如指掌。"

"那你去起诉这座城市试试，看看你的坦慕尼会不会帮你。"

"就拿考公务员来说吧，"约翰尼换了一个角度接着劝说，"他们知道警察、消防员或邮递员什么时候考试，要是选民感兴趣，他们会很乐意提醒大家的。"

"我记得三年前，拉维夫人的丈夫参加了邮递员考试，可到现在他依然是个卡车司机。"

"啊哟！谁叫他是共和党人。如果他是民主党人，他的名字就会被放在名单前面。我听说有一个女老师想调到另一所学校，坦慕尼就帮着把这事解决了。"

"为什么？难道她很漂亮吗？"

"漂亮不漂亮不是重点。民主党他们这么做的高明之处在于——老师教的都是未来的选民。你想想，以后这位老师，有事没事在学生面前说的都是坦慕尼的好话。你知道的，每个男孩长大后都能投票。"

"为什么？"

"因为这是法律赋予他们的权利。"

"权利！我呸！"凯蒂冷笑道。

"现在，举个例子，假如你有一只狮子狗，它死了，你会怎么办？"

"等等，我要一只狮子狗做什么？"

"你就不能假装你有一只死了的狮子狗吗？这样我才能继

续跟你说下去。"

"行吧。我的狮子狗死了。现在我该怎么办？"

"你只要去民主党总部，他们就会帮你处理掉的。再举个例子，要是弗兰茜想办工作证明，但她的年纪太小了。"

"他们这也可以帮忙？"

"当然可以。"

"你认为这样做对吗？让这么小的孩子去工厂工作。"

"那行，我换一个，假如你有一个调皮的儿子，整天逃学，还在街头游荡，法律却不允许他现在去工作，要是能帮他伪造一个工作许可证不是更好吗？"

"照你这么说，确实是这样。"凯蒂不得不承认，"那你说说看，民主党给它的选民都找了些什么样的工作？"

"你知道他们是怎么给选民找工作的吗？他们去视察工厂的时候，对老板的违规行为睁一只眼闭一只眼，老板也会投桃报李，在工厂缺人的时候，老板就会招民主党的选民。最后，所有的功劳都成民主党的了。"

"还有就是，比如一个人想把他在老家的亲戚一并移民过来，但是手续太过烦琐，这时候民主党就会出面帮他解决。"

"不过，民主党让这些外国人到美国来，还给他们办身份证件，只是为了让他们投民主党一票。不然的话，就会让他们哪儿来的回哪儿去。"

"总之不管怎么说，坦慕尼就是给咱们穷人带来了福音。假如一个人病了，穷困潦倒得付不起房租，你觉得坦慕尼协会会置之不理吗？不会，如果这个穷人是民主党的，就能得到保障。"

"那么，我猜房东都是共和党人。"凯蒂说。

"不，他们这套体系对房东和租客都是一样的。假如租客要无赖不交房租，还给了房东鼻子一拳。这时候，坦慕尼协会会帮房东赶走这个租客的。"

"这是坦慕尼协会给选民的一点蝇头小利而已，到了索取的时候，他们会要回双倍。你就等着看吧，等我们女人也能投票的那天。"

约翰尼笑着打断了凯蒂的设想。

"你不相信会有女人也能投票的那一天吗？那一天会来到的，记住我说的。我们要把那些腐败政客送到他们该去的地方——大牢里。"

"要是那一天真的来临，我们俩就一起去投票——咱俩手挽着手——我们投一样的。"约翰尼伸出手臂搂住凯蒂，给了她一个大大的拥抱。

凯蒂回以微笑，弗兰茜看着妈妈的笑容，感觉妈妈的神态有几分像学校礼堂挂着的蒙娜丽莎。

民主党之所以有现在这么大的影响力，还得归功于他们从娃娃抓起，从小用民主党的方式培养他们。脑子再笨的议员也知道，时间的车轮滚滚向前，今天的小孩就是明天的选民，他们得到了小男孩和小女孩们的支持，将来何愁没有选票。虽然女孩们不能直接参与投票，但在布鲁克林，女人很有话语权，对家里男人的影响很大。现在一个小女孩接受了民主党的教育，将来长大嫁人后，她的丈夫就会投民主党一票。为了拉拢小孩子，民主党的马蒂·马奥尼协会每年都会为孩子们和他们的父母组织一次暑期短途旅行。尽管凯蒂很瞧不上民主党，但她觉得反正便宜不占白不占，该去还得去。当十岁的弗兰茜听说自己能坐船去短途旅行时，从来没坐过船的她无比兴奋。

约翰尼不想参加旅行，他不明白为什么一向对民主党看不上眼的凯蒂会去。对此，凯蒂的回答是："我去是因为我热爱生活。"

"如果乱糟糟的状态就是生活，白给我我都不要。"约翰尼说。

不过约翰尼还是去了，他觉得乘船旅行可能有一定的教育意义，他不想缺席孩子们的教育。那天很闷热，甲板上挤满了兴奋异常的孩子们，他们跑来跑去，有的差点掉进哈德逊河。弗兰茜目不转睛地盯着流动的河面，没过多久，就感觉晕晕乎乎的，这还是她人生中第一次觉得头晕。约翰尼告诉弗兰茜和尼利，当年亨德里克·哈德逊[1]就在这条河上航行过。弗兰茜很想知道，同样乘船的哈德逊先生会不会像她这会儿一样胃不舒服呢。

凯蒂坐在甲板上，头戴着她那顶翠绿色的草帽，穿着从艾薇那里借来的黄色瑞士圆点花纹的连衣裙，这一身打扮衬托得她非常漂亮。凯蒂周围的人一直笑个不停，因为凯蒂非常健谈，大家都喜欢听她讲话。

中午过后不久，船停靠在布鲁克林北面一个树木繁茂的峡谷，民主党人下船组织这次活动的开展。孩子们跑来跑去，忙着花掉他们的票。一周前，每个孩子都拿到了一张券，上面有十张票，分别标着"热狗""苏打水""旋转木马"等使用提示。

原本弗兰茜和尼利各自都有十张票，但一些狡猾的男孩骗弗兰茜说，她可以用票来玩弹珠游戏，手气好的话，能赢

---

[1] 亨德里克·哈德逊（Hendrick Hudson）：是17世纪荷兰航海家和探险家，在1609年的航海中，他得到了荷兰政府的支持，开始探索北美东海岸，最终进入了今哈德逊河地区，这是一条流经当时的荷兰殖民地的大河。他还在纽约市港口附近发现了曼哈顿岛，并建立了荷兰殖民地，也就是后来的美国纽约市。

五十张票，这样在旅行的时候就能快快乐乐地过一整天了。可惜，弗兰茜并不擅长玩弹珠游戏，很快就把十张票全输光了。尼利手气不错，赢了三张票。

弗兰茜问妈妈能不能把尼利的票匀一张给自己，凯蒂抓住机会给弗兰茜上了一堂关于赌博的教育课。

"你本来有十张票，但是你自作聪明，想要得到更多。每个赌博的人都没想过会输，他们一门心思想着赢。你记住我说的话，总有人会输，而这个人可能是别人，也同样可能是你。要是能记住这次的教训，这些票就当是你交的学费了，而且这个学费算是便宜的。"

凯蒂说的是对的，弗兰茜也知道她是对的，但妈妈的大道理没能让弗兰茜开心起来。她很想跟其他孩子一样去玩旋转木马，去喝一杯苏打水。弗兰茜闷闷不乐地站在热狗摊旁边，眼巴巴看着其他孩子狼吞虎咽，这时一个路过的男人停下了脚步，跟弗兰茜聊起天来。男人身上穿着警察制服，只是上面多了些金色装饰。

"你没票吗，小姑娘？"男人问道。

"我把票忘在家里了。"弗兰茜撒了一个谎。

"我小时候也不擅长玩弹珠。"男人从口袋里掏出三张票，"我们每年都会多准备一些票，给那些输掉弹珠的小孩，但我很少听说有女孩去赌然后把票全部输光的，女孩们的票即便再少，也会好好保管着，不会让人赢走。"

弗兰茜拿到票，向男人表示感谢。正当弗兰茜向后退的时候，男人开口问道："坐在那边，头上戴绿色帽子的是你妈妈吗？"

"是的。"弗兰茜回答后便等着对方的下一句，男人接下来却什么也没说。

最后，弗兰茜忍不住问道："怎么了？"

"你是不是每晚都要向小花①祈祷，希望自己长大后能有你妈妈一半漂亮的脸蛋呢？现在就去祈祷吧。"

"我妈妈边上是我爸爸。"弗兰茜等着他夸爸爸和妈妈一样好看，男人看了约翰尼一眼，结果，他什么都没说。

弗兰茜跑开了。

每隔半小时，弗兰茜就要找父母报到一次。弗兰茜再次回来时，约翰尼在免费啤酒桶那里，凯蒂则调侃着弗兰茜。

"我看你跟你茜茜姨妈差不多——你们俩都喜欢和穿制服的男人说话。"

"他额外给了我几张票。"

"我看到了。"凯蒂接下来的话很随意，"他问你什么了？"

"他问你是我妈妈吗？"弗兰茜没有告诉妈妈，那男人还夸了妈妈很漂亮。

"跟我想的差不多。"凯蒂盯着自己粗糙又红肿的双手，它们常年被清洗液浸泡，成了如今的模样。凯蒂从包里拿出一副修补过的棉手套，尽管天气很热，她还是戴上了。她叹了口气，"我日复一日地这么拼命工作，有时我都忘了自己是个女人。"

弗兰茜吓了一跳，这是她第一次从妈妈口中听到类似抱怨的话，她不明白为什么妈妈会突然对自己的手感到羞耻。当弗兰茜蹦蹦跳跳地离开时，她听到妈妈问她旁边的女人："那个穿着制服朝这儿看的人是谁？"

"那是迈克尔·麦克肖恩警官啊，你居然不知道，太好笑

---

① 小花：指圣女特蕾莎，她是一位来自法国的天主教修女，因其用谦虚的品质和短暂的生命来宣扬耶稣基督的教义，就如花儿般美丽。因此，被称为小花特蕾莎。

了，你们住的地方就归他管。"

快乐的氛围还在继续着。每张长桌的尽头都有一桶啤酒，所有民主党人都可以免费享用。弗兰茜沉浸在这趟出行的兴奋中，像其他孩子一样四处奔跑、尖叫和打闹。陆续不断地有人来接啤酒，这酒就像布鲁克林雨后排水沟中的水一样，源源不断地流淌。一支铜管乐队从头到尾都在演奏，演奏歌曲有《克里舞者》《爱尔兰的眼睛在微笑》《哈里根，这就是我》《香农河》和纽约当地民歌《纽约的人行道》，等等。

每次开始演奏前，乐队指挥都会报幕："接下来请欣赏马蒂·马奥尼乐队演奏的……"每首歌结束后，乐手们都会齐声高喊"马蒂·马奥尼万岁"。每次给客人倒满一杯啤酒，服务员们都会说："这是马蒂·马奥尼的心意。"每个项目都带有马蒂·马奥尼的名字，比如"马蒂·马奥尼竞走比赛"。这一天结束后，弗兰茜非常肯定，马蒂·马奥尼是一个非常伟大的人。

下午晚些时候，弗兰茜萌生了一个想法，她要找到马蒂·马奥尼先生，亲自感谢他给了自己一段美好的时光。弗兰茜找了又找，问了又问，奇怪的是，这里竟然没有一个人认识马蒂·马奥尼，也没有人见过他。马蒂·马奥尼没来参加这次聚会，却处处都能感觉到他的存在。有人告诉她，也许根本没有马蒂·马奥尼这个人，这个名字可能是这个组织领导人的别称。

"我四十年来一直投民主党，候选人似乎总是马蒂·马奥尼，也许是不同的人用着同一个名字。我不知道他是谁，小姑娘，我只知道我投给了民主党选票。"

夜幕降临，船沿着洒满月光的哈德逊河往回开。男人们喝多了，话语间不时剑拔弩张。孩子们玩了一天疲惫不堪，一个个被太阳晒蔫了，心情有些烦躁。尼利倒在妈妈的腿上睡着了。弗兰茜则坐在甲板上，听爸爸妈妈两个人聊天。

"你认识麦克肖恩警官吗？"凯蒂问道。

"我知道他是谁。大家都说他为人正派，据说民主党正在考察他。要是他被提名为议员候选人，我一点儿也不意外。"

坐在旁边的一个人向前探了探身子，碰了碰约翰尼的胳膊，"说他是警察局办事员还差不多，"那个人说。

"那他的人生经历呢？"凯蒂又问道。

"麦克肖恩警官的人生就像艾吉尔书中那些白手起家的故事。二十五年前，他从爱尔兰来到这里，当时除了一个小到可以背在背上的箱子，他身上一无所有。他白天在码头当搬运工，晚上坚持学习，现如今当了警察。他一直在学习，最后通过选拔当上了现在的警官。"约翰尼娓娓道来。

"我猜他肯定娶了一个学历高的妻子，他的妻子给了他很大的帮助。"

"事实上并不是。他初来乍到时，一户爱尔兰人家收留了他，直到他在这里站稳脚跟。这户人家的女儿嫁给了一个混混，谁知刚过完蜜月，女孩就被抛弃了，女孩的丈夫后来跟人打架死了。那个女孩怀了孩子，邻居们都不相信她是在婚后正当怀孕的，女孩一家人也因此蒙羞。就在这时，麦克肖恩警官娶了女孩，让她腹中的孩子跟自己姓，算是报答了他们家的恩情。确切地说，他们不是因为爱情才结婚的，但我听说麦克肖恩警官对他的妻子很好。"

"他们后来有生孩子吗？"

"听说生了十四个。"

"十四个！"

"但是长大成人的只有四个，其他的都夭折了，好像是死于肺结核。据说是麦克肖恩警官的妻子传染给孩子们的，他妻子是被另一个女孩传染的。"

"麦克肖恩警官真是命途多舛。"约翰尼沉思片刻说道，"他是个好人。"

"那他妻子还活着吧？"

"还活着，但是病得很重，快油尽灯枯了。"

"这种货色才活得长久呢！"

"凯蒂！"约翰尼被妻子的话吓了一跳。

"我才不管，"凯蒂接着说，"我不怪她和混混结婚，还给那混混生了孩子，那是她的权利。但是，我怪她不按时吃药，让麦克肖恩警官这么好的人承受痛苦。"

"话可不能这么说。"

"我希望她死，早点儿死。"

"嘘，凯蒂。"

"我就是这么想的，这样一来，麦克肖恩警官就可以再婚——娶一个乐观健康的女人，他们一起生许许多多健康的孩子，这是一个好男人应得的。"

妻子的话让约翰尼陷入了沉默。听妈妈这么讲，弗兰茜内心产生了一种莫名的恐惧。于是，她站起来走到爸爸跟前，用力地握住了爸爸的手。月光下，约翰尼的双眼因为吃惊而瞪得老大，片刻后他把弗兰茜拉到身边，紧紧地抱住了女儿。约翰尼没说什么，只说了一句"快看月亮怎么在水面上漂动"，想以此来转移女儿的注意力。

组织游玩后不久，民主党就开始为选举日做准备，他们把印有马蒂·马奥尼头像的胸章发给附近的孩子们，弗兰茜也领到了一些。弗兰茜久久地盯着胸章，对她来说，马蒂·马奥尼这个人可真神秘，简直像圣灵一样——随处可见，却又无处能见。胸章上面的男人面容温和，留着大背头和八字胡，跟那些寻常政客没什么两样。弗兰茜希望能见一见他本人——哪怕一面也好。

孩子们很兴奋，把领到的胸章拿来交易或游戏。尼利把他的陀螺卖给了一个男孩，换了十枚胸章。弗兰茜去糖果店老板吉姆普那里花十五枚胸章买了一分钱的糖果。（吉姆普和民主党有约定，事后他可以把这些胸章兑换成钱。）弗兰茜到处寻找胸章上的马蒂·马奥尼，发现到处都有马蒂·马奥尼的影子。这位先生在男孩们玩投球游戏时出现在球上，在被火车压扁的迷你瓶盖上，在尼利的口袋里和一堆乱糟糟的东西混在一起，在污水中漂浮着，也在下水道腐烂的泥土里。甚至在教堂的祷告仪式结束后，坐在弗兰茜旁边的彭克·帕金斯也不像往常一样向教会捐两分钱，而是捐了两枚马蒂·马奥尼的胸章代替。随后，彭克·帕金斯跑去糖果店，花两分钱买了四支甜卡牌香烟。马蒂·马奥尼的形象满大街都是，但弗兰茜从来没见过他本人。

选举前一周，弗兰茜、尼利和男孩们一起收集"选举柴"，其实就是选举用的木柴，这些木柴在选举之夜会被用来点燃篝火。弗兰茜把收集到的木柴存放在地下室里。

选举那天，弗兰茜起得很早，她看到有人来敲门。约翰尼去开门时，那人问："这里是诺兰家吗？"

"是。"约翰尼回答。

"十一点的时候去投票点，"那人核对了名单上的名字，然后递给约翰尼一支雪茄，"马蒂·马奥尼的一点心意。"之后，那个人就去找下一个民主党选民了。

"就算没人叫你，你也会去的，对吧？"弗兰茜问爸爸。

"没错，但他们给我们每个人指定一个时间，这样就能错开……这样一来，大家就不会挤成一堆。"

"为什么？"弗兰茜追问道。

"因为……"约翰尼回避了这个问题。

"我来告诉你为什么，"凯蒂打破了他们的对话，"那是因为他们想掌握谁去投票了，怎么投的。每个人什么时候该去投票，他们一清二楚，要是那个人不去给马蒂投票，准会有他的好果子吃。"

"你们女人懂什么。"约翰尼边说边点燃了那支"马蒂"牌雪茄。

选举那天晚上，弗兰茜帮着尼利把之前攒的木柴拖出来，把它们投到篝火里。他们这堆篝火是街区里燃得最旺的，这当然有他们姐弟俩的功劳。弗兰茜和其他孩子围成一圈，像印第安人那样围着火堆跳舞，和他们一起唱起那首叫《坦慕尼》的歌曲。当火堆烧得只剩灰烬时，男孩们从犹太商人的推车里偷来土豆，把它们埋在灰里烤着吃。孩子们把这么烤的土豆叫作"老鼠"，但由于土豆太少不够分，弗兰茜一口也没捞到。

弗兰茜站在大街上等待选举结果。街角有一栋房子，两扇窗户间挂着床单，有人用一盏神奇的灯把数字投影到床单上。每当上面出现新的数字时，弗兰茜就和其他孩子一起大喊："又有一个地方的选举结果出来了！"

马蒂·马奥尼的照片不时出现在屏幕上，底下的人声嘶力竭地欢呼。那一年，民主党人当选总统，民主党州长也获得了连任。不过，弗兰茜只知道马蒂·马奥尼获胜了。

选举结束后，政客们便把承诺抛诸脑后，心安理得地休息，直到新年来临。那时候他们才会忙碌起来，还是为了下一次选举。每年的 1 月 2 日是民主党总部的妇女节，只有在这一天，女人们才能进入这个男人说了算的地方。女人们能在这里喝上雪莉酒，吃上撒满瓜子仁的美味糕点。在这整整一天里，来民主党总部大厅的女人络绎不绝，马蒂·马奥尼的手下会殷勤地招待她们，而他本人却从未露过面。这些女人离开时，会在大厅的玻璃盘里留下自己精心制作的名片。

尽管凯蒂瞧不上民主党，但并不妨碍她每年都到民主党总部去。妇女节这天，凯蒂穿了一套整理熨烫过的灰色套装，上面还有一些穗带装饰，她还戴上了那顶翠绿色的天鹅绒帽子，而帽子半掩着她的右眼，看起来别有一番风情。在民主党总部外面的小摊前，凯蒂花了十分钱，让小贩给她制作了一张名片，名片上写着"约翰·诺兰夫人"，大写的字母上面还装饰了鲜花和天使图案。这十分钱本应该存到锡罐子里，但凯蒂觉得，反正一年也就奢侈这么一回。

全家人都在等凯蒂回来，听她说说妇女节聚会的事。

"今年的妇女节怎么样？"约翰尼问道。

"和往年一样，去的还是一群熟面孔。很多女人穿了新衣服，要是我没猜错的话，她们是为了妇女节特意买的。当然，要数那些妓女穿得最华丽，"凯蒂直言不讳道，"她们的人数也是正经女人的两倍。"

第二十五章

　　约翰尼常常会生出一些人生感慨，每当他感觉生活过得很艰难，就会去借酒消愁。弗兰茜能分辨出爸爸什么时候喝得比平时多。每当约翰尼喝多时，他走起路来就小心翼翼，尽管身形有一点点歪斜。当约翰尼真正喝醉时，他整个人会变得异常安静，从不会和别人争论什么，也不会唱歌，也不像平时那样多愁善感，他会变得沉默寡言。不了解约翰尼的人都会误以为他很清醒，其实是他喝醉了，因为约翰尼清醒的时候，他唱起歌来歌声嘹亮，心情就像喝醉酒的人一样亢奋。反倒是约翰尼真正喝醉时，不了解情况的陌生人只会觉得他这个人安静、深沉、不爱管闲事。

　　弗兰茜很怕爸爸喝醉——倒不是因为酗酒不道德，而是爸爸一喝醉就像变了一个人一样，他不会和任何人讲话，包括弗兰茜。醉酒的约翰尼会用一种很陌生的眼光看着她。就连凯蒂跟他说话时，他也会一反常态地把头转向另一边。

　　每次约翰尼酒醒后，他都会深深意识到自己应该做一个好父亲，必须教孩子们一些有用的东西。所以，他往往在一段时间内不让自己喝酒。在此期间努力工作，把业余时间都用来陪孩子成长。约翰尼的育儿理念和玛丽不谋而合，他们都想把自己所知道的全部传给孩子。这样的话，孩子们在十四五岁时就能拥有三十岁的见识和阅历。照这样下去，根据约翰尼的估算，等弗兰茜和尼利到三十岁的时候，会比他自己三十岁的时候聪明两倍。约翰尼觉得孩子们需要学习知识——他认为孩子们最需要学习的是地理学、公民学和社会学，所以，他带着弗兰茜和尼利去了布什维克大道。

布什维克大道是布鲁克林老城区的一条高档大道，这里道路宽阔，两旁绿树成荫，路边的房子用巨大花岗岩砌成，看上去富丽堂皇，给人的印象比较深刻。住在这里的都是一流的政治家、有钱的酿酒商人和富裕的外国移民们。这些人移民来这里时，坐的是头等舱而不是经济舱，随他们一起移民来美国定居的还有金钱、精美的雕像和走私的油画。

这个时候汽车已经问世了，但住在这里的大多数人出行还是乘坐漂亮的私人马车。约翰尼指着路上一辆行驶的马车，给弗兰茜一一讲解马车上的物件，弗兰茜一脸敬畏地看着马车。那辆马车看起来很小巧，车身涂着精致的油漆，还装饰着一簇一簇的白色绸缎，车厢顶上有一把女士用的优雅流苏伞，可爱的柳条凳分别摆在车厢两边，前面拉车的是一匹小矮马。不知是谁家的幸运儿们坐在马车上，家庭女教师陪坐在前面。弗兰茜盯着那个一看就很有能力的家庭教师——她仿佛是来自另一个世界的女人，身上披着斗篷，头上戴着洗得很干净的软帽，此时正坐在座位上驾着那辆马车。

弗兰茜又看到了一辆实用型的黑色双座马车，拉车的是一匹高脚马，赶马的是一个看起来玩世不恭的小伙子，小伙子手上戴着小山羊皮手套，而手套边向后卷起来，看起来就像他把袖口穿反了一样。

弗兰茜还看到了一辆几匹马拉着的家庭马车，那辆马车看起来很稳当，不过，并没有给弗兰茜留下深刻印象。因为在威廉斯堡的每个殡仪馆都有这样的马车，所以没什么好稀奇的。

弗兰茜最喜欢的是载客马车，这种马车通常只有两个轮子，车厢还配了一个很新颖的门，当乘客在凳子上坐下时，那门竟然会自动关闭，这是一件多么神奇的事啊！（弗兰茜那时还天真地以为，自动门的设计是为了不让乘客被飞起来的马粪溅到。）弗兰茜心想，如果她是男人，这就是她想要干的工作，就赶着一模一样的马车去载客。噢，到时候她只用威风凛凛地坐在那高高的座位上，把马鞭放在自己触手可及的位置！不仅可以穿那件有大纽扣和天鹅绒领子的大衣，还可以戴那顶系带打结的扁高帽！还能在腿上盖一条价格不菲的毯子！

弗兰茜小声模仿那赶车人的吆喝："去凯瑞奇吗，先生？凯瑞奇去不去？"

"无论是谁，"被民主冲昏头脑的约翰尼说，"都可以坐那种马车，只要，"他接着说，"只要你有钱。所以，你看我们生活的国家是多么自由。"

"可是乘坐那种马车的人得付钱啊，那有什么好自由的？"弗兰茜问道。

"起码你有选择的自由。只要你有钱，不管你是谁，都可以乘坐它们。你是小孩子，不知道以前的情况，在你爷爷奶奶以前生活的国家，有的人就算有钱也不一定能坐上那样的马车。"

"要是我们能免费乘坐，那不是更自由的国家吗？"弗兰茜坚持自己的看法。

"不是你说的这么回事。"

据说，纽约市的新任市长就住在布鲁克林的布什维克大道，这个不知从哪儿听来的说法引起了约翰尼的兴趣。

"仔细看看这条街，弗兰茜，告诉我，未来的市长住在哪儿？"

弗兰茜环顾了四周，低下头回答道："我不知道，爸爸。"

"那里！"约翰尼提高嗓门大声宣布道，"就是那栋门前有两根灯柱的房子。将来不管你走到哪儿，如果你看到门前有两根灯柱的房子，那么你就应该知道，世界上最伟大城市的市长住在那里。"

"他要两根灯柱做什么？"弗兰茜打心里想知道。

"因为这是美国，在我们这样的国家里，"约翰尼的语气很含糊，但充满了爱国之情，"政府是民有、民治、民享的，跟我们以前国家的政府不同，新国家不会从这个世界上消失。"说完，约翰尼开始低声唱歌，很快他就被自己的情绪感染，开始放声高歌起来。弗兰茜也加入爸爸的歌声里。他们一起唱道：

> 你是一面古老的旗帜，
> 你是高高飘扬的旗帜，
> 愿你永远迎风飘扬……

路过的人们都好奇地盯着"街头卖唱"的约翰尼，一位好心的女士还扔给他一分钱硬币。

弗兰茜还记得另一件事情，也跟布什维克大道有关。印象中的那一天，布什维克大道满是玫瑰花的香味，路上没有车辆行驶，人行道上的行人也被警察拦住，紧接着是警察骑着马在开道，马队后面跟着一辆大大的敞篷汽车，车里坐着一个和蔼可亲的男人，那男人脖子上戴着玫瑰花环。一些路人看到那个男人，激动得流下了眼泪。弗兰茜紧紧地抓着爸爸的手，她听到周围的人说：

"我不敢想！他竟然来自咱们的布鲁克林。"

"你真是糊涂，他不光来自布鲁克林，他现在还住在布鲁克林呢！"

"真的吗？"

"真的。他现在就住在布什维克大道。"

"快看他！快看！"一个女人大声喊道，"他这么有本事，不过，看起来就像我丈夫一样普通。但是，他比我丈夫更帅。"

"敞篷车里一定很冷。"一个男人说。

"我有点好奇，他那个东西有没有被冻坏。"另一个男孩下流地打趣道。

一个脸色苍白的男人拍了拍约翰尼的肩膀，"哥们儿，"那男人问道，"你相信地球的极点有一根柱子吗？"

"当然，"约翰尼回答说，"不就是咱们的新市长爬上去，然后把美国国旗挂上去的吗？"

就在这时，一个小男孩大声叫道："他来了！"

"嘀——嘀——嘀——嘀！"

当敞篷汽车驶过人群时，人群中发出的赞叹声让弗兰茜激动不已，她也被这种兴奋冲昏了头脑，不由自主跟着人群尖声喊道："库克万岁！布鲁克林万岁！"

第二十六章

1914 年，第一次世界大战爆发前夕，提起感恩节，大多数在布鲁克林长大的小孩有一段温馨的回忆。到了这一天，孩子们会花一分钱去买面具，然后把自己精心装扮一番，再上街到处讨要吃的，不给就"砸门"。

弗兰茜给自己精心挑选了一个黄色的面具，面具上面还留着中式长须。尼利买了一个笑容狰狞、露出黑色牙齿的惨白面具。约翰尼在最后一刻赶回来，给他们每人买了一个锡喇叭，红色的喇叭给了弗兰茜，绿色的喇叭给了尼利。

尼利的化装过程非常有趣。他会穿上妈妈不要的连衣裙，为了方便走路，那条长裙的前面被剪到尼利的脚踝处，裙尾则脏兮兮地拖在地上。接着，尼利把报纸塞在自己胸口处，营造了一个丰满的胸部。尼利脚上那双前端包铜的鞋子在裙子下面十分显眼。现在是北半球的十一月，为了避免被冻坏，尼利又在裙子外面套了一件破毛衣。穿好衣服后，尼利戴上了他那顶令人毛骨悚然的"死亡"面具，再找来一顶爸爸不要的旧礼帽戴上。只是爸爸的帽子对他来说太大，不能在他头顶规规矩矩地立起来，而是压在了他的耳朵上。

弗兰茜则穿了一件妈妈的黄色胸衣，一条亮蓝色裙子，扎上一条红色腰带。她用一条红色大手帕在下巴处打了个结，把那个黄色中式面具固定好。天气太冷了，凯蒂让弗兰茜再戴上一顶紫色的毛绒帽（凯蒂自己这么称呼这顶帽子）。弗兰茜提着去年复活节用过的篮子，然后在篮子里放了两个核桃就出发了。

大街上挤满了戴着面具、穿着盛装的孩子们，他们用小锡喇叭吹出震耳欲聋的声音。有的孩子太穷了，买不起面具，就用火烧过的软木把脸涂黑。其他家境富裕的孩子则穿着从商店买来的各色服装：有清凉的印度服、牛仔套装和粗棉布做成的荷兰女佣装。敷衍一点的干脆把一条脏床单披在身上，就算是节日装扮了。

在熙熙攘攘的人流中，弗兰茜被一群孩子挤在中间，大家挨家挨户地敲门。一些商店的店主会锁上门不让他们进去，但大多数店主会给孩子们准备东西。最近这几个星期，糖果店老板都在攒碎糖，老板把这些攒下的碎糖装在小袋子里，无论哪个小孩来都有份。老板这么做也是出于无奈，因为他的糖果店生意可全指望着这群小屁孩呢，他可不想自己的糖果店被这群小孩抵制。面包店则会烤出一批批松软的面包，在当天把它们发给孩子们。小孩子是社区商店的消费主顾，他们爱去那些对他们好的商店。正是深知这一点，面包店的老板非常乐意在这天送面包给孩子们。蔬菜水果店则给他们一些快坏掉的香蕉和有点烂的苹果。还有一些商店并不做小孩子的生意，于是，他们干脆什么也不给，反倒是给孩子们上了一堂关于"乞讨"的思想教育课。孩子们也不是吃素的，只一个劲儿地敲这些店的门作为"回报"，因此，就有了"砸门"这么一说。

到了中午时分，感恩节的活动到这里就结束了，弗兰茜终于能脱下这一身笨重的行头，此时她脸上的面具也皱巴了（面具是由廉价的纱布制成，经过大量上浆，然后在模具上干燥成型）。一个男孩抢走了弗兰茜的锡喇叭，还用膝盖把它毁成了两半。尼利流着鼻血跑回来，原来是他和另一个想抢他篮子的男孩打了一架。尼利没说这场架谁打赢了，不过他手里除了自己的篮子外，还多了一个篮子。

弗兰茜和尼利回家后吃了顿丰盛的感恩节晚餐，有炖肉和凯蒂自制的面条。接下来的一整个下午，他们都在听约翰尼讲他小时候过感恩节的趣事。

这一年的感恩节，弗兰茜撒了她人生中第一个精心编造的谎言，不过最后还是被识破了。也正是在这次机缘巧合下，她决定以后要当一名作家。

那是感恩节的前一天，有学生在教室里排练。四个被老师选中的女孩要每人朗诵一首感恩节诗歌，而且她们还被要求手里拿一个象征感恩节的东西。第一个女孩手拿干瘪的玉米，第二个女孩拿着火鸡的脚，代表整只火鸡，第三个女孩拎着一篮子苹果，第四个女孩则拿着一个小碟子大小的价值五分钱的南瓜饼。

排练结束后，火鸡脚和玉米被扔进了垃圾桶。老师准备把苹果带回家，她问班里的学生有没有人想要那个南瓜饼。尽管班上的三十个孩子个个都在咽口水，个个都想把手举起来，可最终还是没人举手。这个班里贫穷的、挨饿的学生不在少数，可他们自尊心太强，不会要别人施舍的东西。老师看底下没人回应，于是让人把南瓜饼扔掉。

弗兰茜实在不忍心看到这么漂亮的馅饼就这样被扔进垃圾桶，她自己长这么大还从来没有吃过。对弗兰茜来说，只有坐华盖马车的有钱人和印第安勇士才能吃得上这么精美的馅饼。弗兰茜渴望自己能尝一尝那是什么味道，电光石火间，她编了一个谎言，并立刻举起了手。

"很好，有人要它。"老师说。

"不是我自己要，"弗兰茜挺直腰杆撒谎道，"是一户非常穷的人家，我想拿来送给他们。"

"很好，"老师说，"这才是感恩节真正的意义。"

当天下午，弗兰茜在回家的路上吃了那块南瓜饼。出于良心上的过意不去，加上南瓜饼本身不熟悉的味道，弗兰茜并不喜欢这个南瓜饼，它吃起来就像在吃肥皂一样。下星期一上课前，老师在学校大厅遇到了弗兰茜，便问她那户穷人家喜不喜欢她送的南瓜饼。

"他们非常喜欢。"弗兰茜告诉老师。看到老师饶有兴致的模样，弗兰茜开始兴致勃勃地编起故事来，"他们家里有两个金发蓝眼的小女儿。"

"还有呢？"老师接着问道。

"还有……还有……她们是双胞胎。"

"真有意思。"

弗兰茜来了灵感，"其中一个叫帕梅拉，另一个叫卡米拉。"（这两个名字是弗兰茜以前为自己并不存在的洋娃娃取的。）

"你说过，她们家非常非常穷。"老师说道。

"对，她们很可怜。医生说她们已经三天没吃东西了，要是没有我带去的南瓜饼，她们会饿死的。"

"那个不起眼的小南瓜饼，"老师动容地感慨道，"却挽救了两条人命。"

弗兰茜发现自己越说越离谱，她讨厌自己身体内的某样东西，居然让她撒下这样的弥天大谎。老师弯下腰来，用手搂住弗兰茜。弗兰茜看到老师眼里有泪水，于是，她的内心彻底崩溃了，悔恨像苦涩的洪水一样涌上心头。

"我撒谎了，"弗兰茜最终向老师坦白道，"其实是我自己吃了馅饼。"

"我知道。"

"不要给我家里写信，"弗兰茜担忧地向老师恳求道，因为她现在住的房子是假的，"我会每天放学后留下来……"

"我不会因为你有想象力而惩罚你。"

老师耐心地向弗兰茜解释了撒谎和讲故事的区别：撒谎是因为说话者本身出于羞愧或怯懦；而讲故事则是在现实的基础上加以虚构，只不过在讲出来的时候没有完全按照事实，而是按照想象中的情况讲出来而已。

听完老师的耐心解释，弗兰茜终于解开了心里的疙瘩。最近一段时间以来，弗兰茜说话时总喜欢夸大其词，她不会原原本本地把事实讲出来，而是赋予它们一些具有色彩、刺激和戏剧性的转折。对于弗兰茜出现的这种倾向，凯蒂很生气，警告她说话必须说真话，不要添油加醋，但弗兰茜做不到只讲未经修饰的真相，她总想着加点儿什么东西进去。

虽然凯蒂自己也有讲故事的天赋，至于约翰尼呢，他也生活在一个虚实参半的世界里，但是他们却试图压制孩子身上出现的这些东西。也许凯蒂和约翰尼有充分的理由，也许他们就是因为清楚，正是因为他们自己具备这种想象的天赋，所以在面对生活中的贫困和残酷时，他们才会如此忍受。要是没有这种想象力，他们会变得更清醒，会更能看清事物的本质，并且讨厌它们，然后想办法把它们变得更好。

弗兰茜一直记得那位和蔼的老师曾对自己说过的话："弗兰茜，也许很多人会觉得你讲的这些故事是可怕的谎言，因为它们不是人们眼中的真相。以后再有一件事情发生的时候，你要实事求是地说出来，但你可以按照你的想象写出事情的经过。你说话时要按照实际发生的说，讲故事时可以发挥自己的想象力，这样你就不会把两者弄混了。"

这是弗兰茜听到的最好的建议。像很多孤独的小孩子一样，她很多时候无法分辨真相和想象，老师的这番话让她豁然开朗。从那以后，她开始试着把自己的观察、感受和经历写成一个个小故事。而跟别人讲话时，也尽量实话实说，但总还是忍不住要略加渲染。

那年弗兰茜十岁，这是她第一次找到写作这条路，写什么无关紧要，重要的是写故事的尝试让她在真实和虚构的世界之间找到了分界线，不然的话，她就会变成一个满嘴谎话的大骗子。

第二十七章

在布鲁克林，圣诞节是一段令人神往的时光。早在它还没到来之前，空气中就弥漫着浓浓的圣诞氛围了。圣诞节来临的第一个迹象，是莫顿先生会在学校里教孩子们唱圣诞颂歌，但真正意义上的圣诞来临还得看商店橱窗。

只有当你还是个孩子的时候，你才会知道摆满洋娃娃、雪橇等玩具的商店橱窗有多么吸引人。不用花钱就能看到这么多琳琅满目的好东西，对弗兰茜来说，透过橱窗随便欣赏跟真正拥有它们没什么区别。

当弗兰茜转过街角，看到一家商店已经为圣诞节装饰一新时，她别提有多兴奋了！那家商店一尘不染的橱窗里铺着撒满金粉的棉絮，上面摆着头发染成亚麻色的洋娃娃。不过，弗兰茜更喜欢洋娃娃头发是咖啡和奶油混合的颜色。洋娃娃的肤色完美无瑕，身上穿着弗兰茜从未见过的衣服。这些洋娃娃被装在薄纸包装盒里，它们的脖子和脚踝都被缠着胶带，胶带穿过包装盒背后的小孔，让盒子里的洋娃娃保持着站立的姿势。洋娃娃浓密的睫毛下，一双深蓝色的眼睛直勾勾地盯着弗兰茜，还伸出那完美的小手，那人见人怜的模样仿佛在恳求："求你了，你真的不想做我的妈妈吗？"弗兰茜从来没有拥有过一个洋娃娃，她家里只有一个五分钱买来的两英寸的小娃娃。

商店橱窗里还摆着雪橇！要是谁能拥有它，不亚于把天方夜谭变成了现实！崭新的雪橇上画着人们想象中的花纹装饰——深蓝色花朵和亮绿色叶子。雪橇板被漆成了黑色，硬木制成的光滑的转向杆则被涂上了清漆，涂过清漆后看起来闪闪发亮。每个雪橇板上都印有文字，如"玫瑰花蕾！""木兰花！""雪王！""飞行者！"之类的。弗兰茜心想："如果我能拥有其中的一个雪橇，那么我这辈子再也不会向上帝要求别的东西了。"

商店橱窗里还有镍制成的闪亮的溜冰鞋，溜冰鞋的鞋身是由棕色皮革和镀银的轮子制成，光是那镀银的轮子就足以让人移不开眼。溜冰鞋摆在那里蓄势待发的模样，仿佛只需要轻吹一口气，它们就可以开始自由地滑行。两只溜冰鞋一只架在另一只上面，摆在撒了云母粉的雪白棉絮上。

各家商店橱窗里还摆放着许许多多不可思议的东西，弗兰茜看得目不暇接，甚至头晕目眩，因为一路看下来，她给橱窗里的每个玩具都编了一个小故事。

圣诞节前一周，社区里陆续有人在卖云杉。云杉的枝条被捆住，用来抑制它们野蛮生长，当然也有可能是为了方便运输。卖云杉的小贩在一家商店前的路边租下一块空地，竖起两根杆子，在它们之间拉一条绳，把云杉靠在绳子上排成一排。整整一天，小贩们在这条充满芳香的"云杉街道"上走来走去，不停地对着因为没有手套而被冻僵的手指哈气，他们可怜巴巴地看着停下脚步的路人。那些逗留的人中，只有几个人买了云杉，其中一些人还会讨价还价，翻来覆去地挑毛病。大多数人只是摸一摸树，然后趁人不注意的时候悄悄折一截树枝，这样他们就可以不花一分钱把云杉的香味带回家了。冬天的街道又冷又静，空气中弥漫着云杉和橘子交织的味道，这种味道是独属于圣诞节的，在这段时间里，这条穷街陋巷也会变得如此美妙。

这附近有一个不近人情的规定，那就是平安夜零点一过，假如小贩的云杉还没有卖出去，等到那时就不用买树了，小贩们会把树全部"甩卖"，确实是这样，只不过是真的会"甩"给你。

在救世主诞生前，也就是平安夜的零点，孩子们会聚在没有卖出去的云杉树前等着小贩把树甩过来。小贩会从最大的树开始甩，再依次甩出所有的树，直到甩完为止。孩子们会根据自身的情况量力而行，如果有一个孩子接住了小贩甩出的树并且没有摔倒，那这棵树就属于他了，要是摔倒了，他就失去了赢得这棵树的机会。只有身体敦实的和年龄大的孩子会选择去接大树，其他人则静候时机，要是估摸有戏，他们就会站出来接树。小孩子们等着接一英尺高的小树，当他们成功拿下时，一个个会高兴得尖叫起来。

这年平安夜，弗兰茜十岁，尼利九岁，凯蒂第一次同意他们下楼尝试接一棵树回来。还在平安夜早上的时候，弗兰茜就相中了一棵树，她整个下午和晚上都站在那棵树旁边，祈祷它不会被人买走。令她高兴的是，那棵树一直没有卖掉。它是所有树里面最大的，因此价格比较高，没人能买得起。这棵树足有十英尺高，它的树干被白色的绳子捆住，树顶被修剪得整齐利落。

卖树的小贩拿起这棵树，弗兰茜还没来得及开口，一个名叫彭克·帕金斯的18岁男孩径直地走上前去。他是这附近出了名的小霸王，以命令的口吻让小贩把树扔给他。小贩非常讨厌彭克那傲慢的样子，于是，他环顾四周，向别的孩子问道："还有人想试试吗？"

弗兰茜走上前去，大胆地说道："我，先生。"

卖树的小贩发出一阵轻视的嘲笑，其他孩子们也在偷着乐，几个在旁边看热闹的成年人同样因为弗兰茜的不自量力而哈哈大笑。

"不行，你太小了。"小贩立刻表示反对。

"我和我弟弟，我们加在一起就不小了。"

弗兰茜拉着尼利一起走过去。等他们走得近些，小贩看清了眼前的姐弟俩。一个是十岁的瘦弱小女孩，因为营养跟不上，脸颊都瘦得凹陷了，只有下巴还保留着孩童的圆润。另一个是金发蓝眼的小男孩，看上去天真无邪，眼神清澈见底。

"两个人一起不公平。"小霸王彭克嚷嚷着反对道。

"闭上你的臭嘴。"卖树的小贩不客气地回了一句，他可是有绝对的权利，"这两个孩子当真是初生牛犊不怕虎，其余的人往后站，看看他们有什么本事。"

其他人自觉让出一条道来，弗兰茜和尼利站在这头，卖树的小贩站在那头。围观的人群就像一个人形漏斗，弗兰茜和尼利站在漏斗嘴部。小贩抡起手臂正要甩出手中的树，可是当他看到对面的两个孩子是那么弱不禁风时，那一刻他体会到了耶稣在客西马尼园^①的内心挣扎是什么滋味。

"哦，耶稣啊，"小贩的内心备受煎熬，"我为什么不直接把树给他们，再对他们说一声圣诞快乐，然后让他们开心地离开。这棵树对我来说有什么用处呢？反正卖不出去的树也

---

① 客西马尼园（Gethsemane）：《圣经》记载，在耶稣受难前夜，他带着几个门徒来到了位于耶路撒冷附近的客西马尼园。在那里，耶稣感受到了巨大的精神压力和苦闷。

留不到明年。"当小贩站在那里陷入纠结时,其余的孩子们正目不转睛地盯着他。"但是,"小贩在心里辩解道,"要是我这么做,那人人都想让我把树白送给他们,明年就不会有人花钱从我这里买树了,全都盘算着等我把树白送给他们。我还没有无私到那种地步。确实,我不够慷慨,不够无私,做不出那样伟大的事。我得为我自己和我的孩子着想。"终于,小贩下定决心,"管他呢!对面那两个小孩必须学会适应这个社会,他们会习惯的,他们必须学会给予,学会接受惩罚。这该死的世道不会给予人们什么,而是一味地向人们索取!索取!索取!"当小贩拼尽全力把树甩出去的时候,他的心在痛斥:"这是一个该死的、腐烂的、混账的世界!"

弗兰茜眼睁睁看着那棵树离开了小贩的手,时间和空间仿佛在那一刻定格,突然间,一个黑暗而可怕的东西划破长空飞来,距离弗兰茜越来越近,弗兰茜的大脑瞬间变成空白,记不起生活中曾经的点点滴滴——只有醒目的黑暗和离她越来越近的庞然大物。云杉砸到他们身上的时候,弗兰茜被撞了一个趔趄,尼利则被撞得差点跪下去,好在弗兰茜手疾眼快地拉住了他。树落地时,弗兰茜的耳边只剩下刚才树飞过来的嗖嗖声,身边只有无边夜幕的黑暗、那棵云杉的郁郁葱葱和刺痛皮肤的树枝。紧接着,弗兰茜的头感到一阵剧痛,那是她刚才被撞到的地方。此刻,尼利也在瑟瑟发抖。

一些大男孩把树挪开时,发现弗兰茜和尼利手拉着手顽强地站在那里。尼利的脸被树枝擦伤了,血流了下来。他充满了困惑的蓝眼睛瞪得大大的,鲜红的血让他的皮肤显得更白了。此刻,他比任何时候都更像一个婴儿。弗兰茜和尼利一直保持着微笑,因为他们赢得了今晚最大的一棵树。一些男孩为他们大叫:"好哇!好哇!"刚才准备看笑话的几个大人也为他们鼓起掌来，就连卖树小贩也欣慰地骂道："快带着你们的树滚吧，两个小崽子。"

弗兰茜听到了那些脏话，她确实听到了，不过这样的脏话在底层人中间并没有什么确切的含义，他们这样的人表达自己的情感时不善言辞，掌握的词汇量又很有限，于是他们创造出了这种独特的表达——根据说话的方式和语气，同样的话可能意味着不同的意思。所以，弗兰茜听到自己被人叫"小崽子"，她也回以微笑，她知道那个人实际上说的是："再见——愿上帝保佑你。"

把这么大一棵树拖回家可不容易。弗兰茜和尼利使出吃奶的劲把树往回拉，路上他们还遇到一个捣蛋的小男孩。那个小男孩一边跑，一边大声地喊："免费搭车喽！"然后一屁股坐在树上，让弗兰茜和尼利拖着他走。后来，小男孩自己玩腻了，便没趣地离开了。

从某种意义上来讲，弗兰茜和尼利花了特别长时间才把树弄回家是件好事，因为这样的话，他们赢得这棵树带给他们的胜利感会持续得更久。在拖树回家的路上，弗兰茜听到一个女人说："我从来没见过这么大的云杉！"还有一个男人在弗兰茜和尼利身后喊道："你俩一定是抢了银行才买了这么大的树。"他们拖着树走到街角时，警察拦住了他们，假装检查了一下这棵树，并且郑重地提出，他愿意花十分钱买下这棵树，如果他们能送上门，就再多给他们五分钱。弗兰茜骄傲极了，说哪怕给一块钱都不卖，尽管她知道警察是在开玩笑。警察摇摇头，说他们要是错过这么好的机会可太傻了，接着他把价钱涨到二十五分钱，弗兰茜还是微笑着摇摇头说："不卖。"

这一幕讨价还价像是圣诞节话剧表演，表演的场景是一个街角，时间是一个寒冷的平安夜，角色是一个善良的警察、弗兰茜自己和弟弟尼利。弗兰茜知道所有人的台词，警察的话正按预定的台词进行，弗兰茜高兴地接着他的台词往下讲，他们对话时的微笑可以看作舞台说明。

好不容易把树拖到楼下了，现在弗兰茜和尼利不得不呼叫爸爸下来帮忙了。听到喊声，约翰尼跑下楼来，万幸的是，他今天走起路来身子笔直，没有东倒西歪，说明他没有喝多。

约翰尼看着眼前这棵大树，惊讶之余更多的是高兴。约翰尼假装不敢相信他们赢回了这么大一棵树，弗兰茜则想方设法地让爸爸相信，虽然她知道爸爸是在逗他们玩。

于是，约翰尼在前面拉，弗兰茜和尼利在后面推，三人在狭窄楼层里艰难前行。约翰尼此刻心情很好，不禁唱起歌来，虽然现在已经很晚了。楼梯间里回荡着他的《平安夜》，墙壁吸收了他清晰温暖的声音，让其略微停顿，然后再回荡出来。楼道里的门嘎吱一声开了，邻居们都出来围观，看着这不属于他们却又意想不到的"礼物"，脸上都是又惊奇又感激的表情。

廷莫尔家的两姐妹站在门口，她们灰色的头发上还夹着卷发器，身上的睡衣皱皱巴巴的，外面披了一件宽松的外套。两姐妹加入了约翰尼的演唱，不过，她们唱得柔弱而忧伤。

弗洛茜·嘉迪斯、她的妈妈和她那个得了肺痨的弟弟亨尼，也都站在家门口看着。约翰尼看到亨尼哭了，还以为是自己唱的歌惹得他难过了，于是赶紧闭上了嘴巴。

弗洛茜穿着舞会服装，正等着舞伴接她去参加一场化装舞会。她身上是克朗代克舞厅女孩的着装，脚上穿着若隐若现的黑色丝袜和高跟鞋，一条红色丝袜带系在膝盖上，手里还晃悠着一个黑色的面具。此时，弗洛茜微笑地看着约翰尼的眼睛，把手放在臀部，魅惑地靠在门框上——可能她自己觉得这个姿势很魅惑。

约翰尼说了一句话，其实别无他意，只是想逗亨尼开心："弗洛茜，圣诞树上还没有天使，辛苦你扮演一下如何？"

弗洛茜本想用一句不雅的话回答约翰尼，她原本想说，要是自己爬到那么高的地方，她的底裤还不得被风吹走。不过，话到嘴边她又改变了主意，或许是因为那棵让人自豪的云杉树，现在却如此卑微地被人拖着，出现在狭窄的楼道里，因为孩子们喜气洋洋的脸庞，因为邻居们难得的善意，因为过道里那些亮着的灯光。一瞬间，弗洛茜对自己未说出口的话语感到羞愧，只回答了一句："哎呀，你可真会拿我开玩笑，约翰尼。"

凯蒂双手抱胸，独自站在最高一层的楼梯上，她听到了约翰尼他们在唱歌，也看到了他们艰难地上楼，凯蒂此时思考着一个问题。

"两个孩子觉得这样的日子很不错，"凯蒂心想，"他们会觉得还不赖——因为树是免费的，约翰尼对他们很好，跟邻居们一起唱歌很开心，他们会庆幸自己又活过了一个圣诞节。可他们永远也意识不到，我们住在肮脏的房子里和街道上，和一群没出息的人做邻居。约翰尼和孩子们看不到，我们的邻居不得不从脏乱的生活中寻找一丁点儿的幸福，他们是多么可怜啊！无论怎样，我的孩子们必须离开这里，他们一定要比我和约翰尼过得好，比周围的邻居过得好。可是，我该怎么做呢？每天给他们读一页书，在锡罐子里存几枚硬币，这些还远远不够。我们缺的是钱！钱会让他们过得更好吗？一定会的，有钱起码生活会更容易一些，但是光有钱还不够。就拿麦克加里蒂这个人来说，他在街角开了一间酒吧，他有很多很多钱，他老婆还戴钻石耳环呢，可是，他老婆生的孩子反而不及我的两个孩子聪明优秀。他的孩子吝啬又贪婪，还看不起穷人。记得有一次，我在街上看到他女儿正在吃一大袋糖果，一群饿极了的孩子看着她，她不仅没有分一些给他们，还把自己吃不完的糖果全扔进了下水道。这样看来，这不光是钱的问题。麦克加里蒂的女儿每天都戴着款式不同的发饰，她的每个发饰都值五十分钱，够我们全家人一天的开支了，但她的头发却很稀疏，而且还是不好看的浅红色。我的尼利虽然戴着变形的破帽子，可是他有一头浓密的金色鬈发。我的弗兰茜虽然没钱戴漂亮的发饰，可是她的头发又长又油亮。这些东西能用钱买到吗？不能。也就是说，一定有比钱更加重要的东西。"

"反观杰克逊小姐，她在为穷人开办的社区中心教书，为慈善机构做事，住在顶楼的一间小房子里。杰克逊小姐只有一件体面的衣服，但她洗得很干净，熨得很整齐。别人和她说话时，她会真诚地直视对方的眼睛，听她说话。哪怕你已经生病了，听了之后都能立刻痊愈。杰克逊小姐就是这样的，她自己虽然住在肮脏的街区，却一尘不染，就像是戏剧里的女演员一样，可远观但不可亵渎，这就是她和麦克加里蒂夫人之间的区别。麦克加里蒂夫人确实很有钱，但是她太胖了，还和给她丈夫送啤酒的司机乱搞。麦克加里蒂夫人和这个清贫的杰克逊小姐到底有什么本质区别呢？"

凯蒂想到了一个答案，这个答案非常简单，却让凯蒂醍醐灌顶、茅塞顿开。教育！对！就是教育！是教育让麦克加里蒂夫人和杰克逊小姐之间天差地远！教育能让一个人出淤泥而不染。至于证据，杰克逊小姐就是最好的证明，她受过教育，而麦克加里蒂夫人没有。其实，这就是凯蒂的母亲玛丽一直告诉她的话，只是当时玛丽没有找到"教育"这个最恰当的词语。

弗兰茜和尼利艰难地把云杉树拖上楼梯。听着两个孩子稚嫩的声音，凯蒂萌生了一些关于教育孩子的打算。

"弗兰茜很聪明，"凯蒂想，"将来一定要让她念中学，或许还能更进一步。别看她现在普普通通，将来总有一天她会有大出息的。可是，弗兰茜受到教育后，她终归会和我渐行渐远。因为，现在我已经感觉到弗兰茜在疏远我，她不像尼利那么爱我。我能感觉到她的疏远。弗兰茜不理解我，她唯一理解我的地方，就是我不理解她。也许将来她接受了更高的教育，她会以我为耻——会嫌弃我说的话，但是以她的性格，就算是这样想的，她应该也不会表现出来。不仅如此，弗兰茜可能还会试图改变我。她会来看我，试着让我过得更好。到那个时候，我可能会对她不好，因为我心里清楚她比我有本事。随着年龄的增长，她会想明白很多事，她会弄清楚很多事，她会发现我不像爱尼利那样爱她。然而事实就是这样，我也没有办法，她或许永远也不会理解。有时候我觉得她现在就已经知道了，所以她离我越来越远，总有一天她会想办法离开我。她转到那个离家很远的学校，就是她离开我的第一步。但是，我的尼利永远不会离开我，这就是我最爱他的原因。尼利会黏着我，理解我。我想让尼利长大后当一名医生，他一定能当一名医生，不过，他也许会去拉小提琴。尼利这孩子有音乐天赋，大概是从他爸那继承的，上钢琴课以来，他的进步远远超过我和弗兰茜。不可否认，约翰尼有音乐天赋，但这样的天赋能捞到什么好处呢，只是毁了他。要是他不会唱歌，那些人就不会请他喝酒。既然唱歌不能让他自己和我们这个家变得更好，那又有什么意义呢？但是，尼利跟他爸爸不一样，他会受到良好的教育，我必须想出改变现状的办法。约翰尼也许不会一辈子和我们在一起，亲爱的上帝，我曾经爱他爱得那么炽烈——尽管现在我对他的爱并没有完全磨灭，但是他一穷二白……一穷二白。上帝啊，原谅我这么说吧。"

就在弗兰茜他们爬楼梯的时候，凯蒂就已经在心里想清楚了一切。邻居们看着她——虽然能看到凯蒂那张漂亮有活力的脸，但是他们根本看不穿她内心汹涌的痛苦和坚毅的决定。

把树运进屋后，弗兰茜他们在地上铺了一张床单，不让掉落的松针直接落到粉色玫瑰地毯上。这棵圣诞树被装进一个大锡桶内，桶内用砖头撑住树干，然后把桶放在前厅。云杉树干上的白绳子被剪掉后，整个树枝散开来，铺满了整个前厅，其中一些枝条搭在钢琴上，几把椅子搁在错落枝条的空隙间。尽管他们一家穷得买不起圣诞树装饰品，但是那棵树立在那里就已经有十足的圣诞氛围了。那一年的圣诞节前厅很冷——因为他们没钱买多余的煤，但是房间里有一股干净、清冽的芳香。圣诞节之后的一个星期，弗兰茜每天都穿着毛衣，戴好帽子，去前厅的树底下坐好久，享受着它独有的芬芳和葱郁。

这样一棵神秘的大树，现在却被囚禁在前厅的锡水桶里，真是意想不到！

尽管那年弗兰茜他们家里很穷，但他们度过了一个非常美好的圣诞节，两个孩子都得到了圣诞礼物，凯蒂给了他们每人一条连体羊毛裤和一件长袖羊毛衫，不过穿在身上扎得有些发痒。

艾薇送了一副多米诺骨牌给弗兰茜和尼利，约翰尼便教他们怎么玩，但尼利并不感兴趣，于是就只剩弗兰茜和约翰尼一起玩。每当约翰尼输的时候，他会假装自己很沮丧。

外婆玛丽给两个孩子带来了自己亲手做的礼物——每人一件无袖的天主教肩衣。为了制作它，玛丽先在红色的羊毛织品上剪下两个小椭圆形，在一个椭圆上面用蓝色纱线绣了一个十字架，在另一个椭圆上绣了一颗金色的心，那颗心上有象征耶稣受难时戴的荆棘王冠，一把黑色的匕首穿过了那颗心，两滴殷红的血从匕首尖滴下。十字架和那颗心都绣得非常小，不仔细看根本看不出针脚。最后，两个带有图案的椭圆被一根绳子连接在一起，就制成了一件无袖的天主教肩衣。玛丽把肩衣带过来之前，已经把它们拿到神父那里接受过祝福了。玛丽把肩衣从弗兰茜头上套下去时，用德语说了句"神圣的圣诞"，接着补充了一句"愿天使与你同在"。

茜茜姨妈给弗兰茜的圣诞礼物是一个小包裹。弗兰茜打开一看，发现这其实是一个小小的火柴盒，盒子表面的包装纸皱巴巴的，纸上还画着一朵小紫藤花。弗兰茜推开火柴盒，里面是十枚分别用粉红色薄纸包着的小金币，这些小金币都是用一分钱的硬币做成的。茜茜姨妈说，她用香蕉油蘸上金粉，给每枚硬币都镀上了一层"金"。在收到的所有礼物中，弗兰茜最喜欢茜茜姨妈送的礼物。收到这些小金币才短短一个小时，弗兰茜就已经打开看了十几次。光是看着那蓝色的包装纸和火柴盒内壁的薄木片，弗兰茜就感到心满意足了，更别提那十枚包裹在梦幻薄纸中的金币了，它们就像永不落幕的奇迹。所有人都觉得这些硬币很漂亮，要是就这么花掉，实在太可惜了。白天的时候，弗兰茜不小心在什么地方弄丢了两枚，为此，凯蒂便建议她把剩下的金币全部存到锡罐子里，并答应她以后打开锡罐子的时候会还给她。弗兰茜对妈妈说的话深信不疑，认为把金币存到锡罐子里才是最安全的，可是这样的话，那些漂亮的硬币从此不能再见天日了，想想真令人难过。

约翰尼也给弗兰茜准备了一份特别的礼物。那是一张明信片，上面的图案是一座教堂，教堂屋顶因为有云母粉，所以看起来流光溢彩，比真正的白雪还要夺目。教堂窗户是由亮橙色纸张做成的小方格。这张明信片的神奇之处在于，当弗兰茜举起它时，阳光会穿过教堂窗格，在亮晶晶的雪地上投下金色的影子，简直美得不可方物。凯蒂说既然明信片上一个字也没写，那弗兰茜可以留着它，明年还能再当作礼物转送给别人。

"不，那可不行。"弗兰茜果断拒绝了妈妈的提议，她双手握住卡片，把它紧紧地贴在胸前。

凯蒂笑了。"弗兰茜，你怎么这么经不起开玩笑，以后进入社会可怎么办？"

"圣诞节就别说教孩子们啦。"约翰尼来当和事佬了。

"孩子说不得，酒可以醉得，是吧？"凯蒂突然发起了脾气。

"就只喝了两杯，凯蒂。"约翰尼语气软了下来，"圣诞节，别人请客嘛。"

弗兰茜默默走进卧室，并关上了门，因为她不忍心听到爸爸被妈妈责骂。

晚饭前，弗兰茜给家人分发圣诞礼物。给妈妈的礼物是一个女帽饰针筒，这个礼物是弗兰茜花一分钱从奈普药店买回的试管改造而成的。弗兰茜先用蓝色缎带把试管外层包裹起来，再在上面系上一根带子，妈妈平时可以把这个饰针筒挂在她的梳妆台旁边，用来收纳插在女帽上的饰针。

弗兰茜给爸爸的礼物是一根怀表链，是弗兰茜借助线轴和四颗钉子，用两根鞋带编成的。先用四颗钉子固定住线轴，再让线轴转动起来，弗兰茜凭着自己的心灵手巧，编了一条长长的怀表链。约翰尼并没有怀表，但是，他把一个铁制水龙头垫圈系在这条表链上，整天带在身边，假装自己戴着一块真的怀表。

弗兰茜给尼利准备了非常精美的礼物——是她花五分钱买回来的弹珠。这颗弹珠看起来像猫眼石一样漂亮，明显胜过那些普通的弹珠。实际上，尼利已经有一箱"弹珠"了，不过，它们都是用黏土做成的棕色和蓝色的小玩意，花一分钱就能买到二十个。因为之前的弹珠不怎么样，所以尼利无法和他的小伙伴玩一些对弹珠要求高的游戏。尼利试玩了一下这颗新弹珠，只见他用弯曲的食指裹住弹珠，大拇指抵在弹珠后面蓄势待发。看来这个礼物很好，也很适合尼利，弗兰茜非常庆幸自己给尼利买的是弹珠，而不是一把玩具手枪。

尼利把刚收到的弹珠塞进口袋里，就立刻向大家宣布，他也给每个人准备了礼物。说完，尼利跑进卧室，从他的小床底下拿了一个黏糊糊的袋子出来。尼利把袋子推给妈妈，说道："你把它们给分了吧。"他自己则站在角落里。凯蒂替他打开了袋子，原来尼利的礼物是每人一根条纹棒棒糖。收到这份礼物，凯蒂变得欣喜若狂，不但说这是她收到的最漂亮的礼物，还抱着尼利连亲了三次。弗兰茜努力让自己不去嫉妒弟弟，可是，妈妈明显对弟弟的礼物更加青睐。

就在圣诞节的这周，弗兰茜再一次撒谎了。这一次的起因是，艾薇带来两张票，说是某个新教团体发的，专门组织信教的穷人去看圣诞演出。到时候，舞台上会有一棵装扮得十分漂亮的圣诞树，会给观众上演一场圣诞话剧，给大家唱圣诞颂歌。更重要的是，每个去看演出的孩子都会得到礼物。

　　凯蒂直言去不了，退一步说，信天主教的孩子去参加新教活动，这话听起来多少有些不合规矩。艾薇劝她包容一些，凯蒂最后终于被说动了，同意弗兰茜和尼利去观看这次圣诞演出。

　　演出在一个大礼堂里举行，男孩子坐在一边，女孩子则坐在另一边。这次活动的初衷很好，只是表演的节目是纯粹宗教性质的，节目的内容十分无聊。演出结束后，教堂的修女们顺着过道走过来，给每个孩子发圣诞礼物，女孩子得到的是棋盘，男孩子则是纸牌。舞台上，一曲颂歌唱罢，一位女士带着一个小女孩登上舞台，宣布今天还有特别的惊喜。小女孩打扮得很精致，怀里抱着一个漂亮的洋娃娃。那个洋娃娃大概有一英尺高，有真人一般的黄色头发和忽闪忽闪的蓝眼睛，还有逼真的眼睫毛。

　　那位女士领着小女孩，向下面的观众介绍："这个小女孩名叫玛丽。"说完，小女孩微笑着向台下鞠了一躬，下面的女孩子朝她回以微笑，一些大点儿的男孩子则向她吹起了口哨。舞台上的女士接着说："玛丽的妈妈给她买了这个洋娃娃，还给洋娃娃做了跟玛丽一模一样的衣服。"

　　玛丽走到舞台前，把洋娃娃高高举起，向大家展示。然后，她让那位女士拿着洋娃娃，自己则拎起裙角向观众行了个屈膝礼。那位女士说得确实不假，洋娃娃身上蓝色蕾丝花边的丝绸连衣裙、粉色发饰、黑色高级皮鞋和白色丝袜，简直跟玛丽的着装一模一样。

　　"现在，"那位女士宣布，"玛丽要把这个以她的名字命名的洋娃娃送出去。"舞台上的玛丽优雅地笑了笑。"她想把这个娃娃送给观众席上同名的穷孩子。"话音刚落，底下的女孩子们开始窃窃私语，议论声就像一阵风卷过玉米地似的。"下面的观众里有叫玛丽的穷孩子吗？"

回应女人的是一阵沉默，观众中至少有一百个玛丽，但是"穷"这个形容词却让她们哑口无言。真正的玛丽不会站起来，不管她多么想要这个娃娃，她不想成为观众中所有可怜小女孩的代表。下面的小女孩们开始窃窃私语，说自己家里并不穷，有比台上那个女孩更好的洋娃娃和衣服，只是她们不想穿而已。弗兰茜麻木地坐在座位上，心里却非常想要得到那个洋娃娃。

"啊？"那位女士有些诧异，"叫玛丽的一个都没有吗？"她停顿了一会儿后又问了一遍，回答她的还是沉默。于是，她只好遗憾地宣布："可惜没人叫玛丽，那这个洋娃娃只能被带回家了。"旁边的玛丽微笑着向台下鞠了一躬，转身准备带着洋娃娃离开舞台。

弗兰茜再也忍耐不住了，这跟上次老师要把南瓜饼扔进垃圾桶的情形一样。弗兰茜站了起来，把手高高地举在空中。那位女士看到了弗兰茜高举的手，及时把玛丽叫回了舞台。

"啊！我们的观众里确实有一个玛丽，不过她非常害羞，好在确实是玛丽。玛丽，请上台来。"

弗兰茜的脸烧得通红，她沿着那条漫长的过道，似乎走了好久才走到舞台，却在跨台阶时一个趔趄，下面的男孩子发出一阵哄笑，女孩们也在低声窃笑。

"你叫什么名字？"那位女士问道。

"玛丽·弗兰茜斯·诺兰。"弗兰茜低声答道。

"大声点。看着下面的观众再说一遍。"

弗兰茜只好转向观众，很难为情却又不得不大声重复道：

"我叫玛丽·弗兰茜斯·诺兰。"弗兰茜从台上望下去，只见下面所有人的脸看起来就像系在粗绳上的气球一样。弗兰茜想，要是她一直盯着这些"气球"看，这些"气球"没准会飘到天花板上去。

一旁的小玛丽走上前来，把洋娃娃放在弗兰茜的怀里，弗兰茜的手臂自然地环住，好像她就是为了这个洋娃娃而生的。小玛丽又和弗兰茜握了握手。弗兰茜尽管此刻十分窘迫，但她无法忽视小玛丽那白皙的手。小玛丽手背上细细的血管是淡蓝色的，椭圆形的指甲非常精致，就像闪闪发光的粉红色贝壳。

弗兰茜笨拙地往自己的座位走去，那位女士总结道："现在你们都看到了，这就是真正的圣诞精神。玛丽是一个非常富有的小女孩，她在圣诞节收到了许多漂亮的洋娃娃，但她一点儿也不自私，她想和同名的小玛丽分享她的喜悦，于是她便把这个洋娃娃送给了那个也叫玛丽的可怜小女孩。"

听到这话，弗兰茜眼里噙满泪水，"为什么他们不能单纯地送出这个娃娃，"她的心里充满了痛苦，"不要那么刻意强调我的贫穷和她的富有，为什么他们就不能默默地把娃娃送出去呢？"

这还不是弗兰茜遭受的全部耻辱。当她走下舞台，沿着过道往回走的时候，很多女孩向她靠过来，压低声音嘲笑她："小乞丐，小乞丐，小乞丐。"

弗兰茜走回座位的这一路上，"小乞丐"的声音不绝于耳。那些女孩子觉得她们自己比弗兰茜更富有，实际上，她们和弗兰茜一样穷。不过，她们身上有弗兰茜没有的东西——自尊。弗兰茜深知这一点，但她对自己通过撒谎得到这个洋娃娃没有任何愧疚，因为她以牺牲自己的自尊心为代价。

弗兰茜还记得老师曾告诉她，谎言可以写下来而不是说出来，也许她不应该上去领娃娃，而应该写一个关于它的故事。但是不行！她不要这样！得到洋娃娃比写洋娃娃的故事要好。这场活动最后，大家站起来一起唱美国国歌《星条旗之歌》。弗兰茜把自己的脸贴着洋娃娃的脸，感受到了娃娃身上的彩绘瓷器散发出的清爽细腻的气味，还有洋娃娃发丝间美妙难忘的气味。弗兰茜摸着洋娃娃的新衣服，感觉好像身在云端一般不真实。弗兰茜的脸颊不经意间碰到了洋娃娃的眼睫毛，那一刻，弗兰茜欣喜得颤抖起来。孩子们合唱出最后一句歌词：

> 在这自由的国度，
> 在这勇士的家园。

弗兰茜紧紧握着洋娃娃的一只小手，她的拇指因为太过兴奋而抽动了一下，却误以为是洋娃娃的手在动，她差点相信这个洋娃娃是活的。

回到家后，弗兰茜骗妈妈说，这个洋娃娃是作为奖品送给她的。她不敢说出事情的真相，因为凯蒂讨厌任何带有施舍意味的东西，要是让凯蒂知道了事情的真相，她一定会把娃娃扔掉的。尼利没有揭穿弗兰茜的谎话，所以，弗兰茜才得以名正言顺地拥有了这个娃娃。在弗兰茜的心灵深处，又多了一个谎言所带来的负担。于是那天下午，她写了一个故事，讲述了一个小女孩非常想要一个洋娃娃。如果能得到洋娃娃，她愿意让自己的灵魂下到炼狱中去。这个故事感染力很强，但是，弗兰茜读完后想的却是："这样的交易对故事中的小女孩来说没什么，可为什么我心里没有因此变得好受一些呢？"

弗兰茜决定下周六去忏悔，她已经下定决心，无论神父给她什么样的惩罚，她都会自行加倍赎罪。可即便这样，她内心的挣扎仍然没有好转。

弗兰茜想啊想，终于想到一个可以弄假成真的好办法，那就是天主教的孩子接受坚信礼^①时，都会选一个圣徒的名字作为中间名，这不就行了，多么简单的解决方案！等她受礼时选用玛丽的名字就好了。

当天晚上，在完成《圣经》和莎士比亚的阅读任务后，弗兰茜向妈妈打听坚信礼的事情。

"妈妈，我受坚信礼时能选玛丽作为我的中间名吗？"

"不行。"

弗兰茜刚燃起的希望被猝不及防地浇灭。"为什么？"

"因为你出生受洗时，你的名字取自你安迪大伯的未婚妻弗兰茜。"

"这个我知道。"

"还有呢，你名字里原本就有玛丽，这个名字取自你的外婆。所以，其实你的大名叫玛丽·弗兰茜斯·诺兰。"

弗兰茜把洋娃娃放到自己的小床上，自己静静地躺在一边，以免打扰到它。弗兰茜在夜里不时醒来，低声唤着"玛丽"，用自己的手指轻盈地抚摸着洋娃娃的小鞋，颤抖着摩挲洋娃娃那光滑柔软的皮革。

这是弗兰茜第一个，也是最后一个洋娃娃。

---

① 坚信礼：是天主教成年礼之一。根据天主教教义，孩子在一个月时受洗礼，十三岁时受坚信礼。孩子只有被施坚信礼后，才能成为教会正式教徒。坚信礼也是七种圣事之一，其他六种分别为洗礼、圣体圣事、和平圣事、神父圣事、婚姻圣事和临终圣事。

第二十八章

对凯蒂来说，未来就是一眨眼的事，她总是将"不知不觉又要到圣诞节了"挂在嘴边。学校刚刚放假，她会说："一转眼学校就要开学了。"春天气温转暖时，弗兰茜脱掉保暖裤，高兴地扔到一边，凯蒂却让她捡起来，还对她说："用不了多久，你又会穿上它们，冬天很快就到了。"

"妈妈在说什么呢？春天这才刚开始，至于冬天，还早着呢。"弗兰茜心里嘀咕着。

小孩子对未来没什么概念，下周就像未来一样遥远，两次圣诞节之间隔着的一年就像一个世纪那么漫长，弗兰茜十一岁以前对时间的认知就是这样。

十二岁生日来临前，弗兰茜对时间的认知发生了变化，未来好像来得更快了，日子似乎变短了，就连每周的天数好像都变少了，这一切改变都跟亨尼·嘉迪斯的死有关。尽管弗兰茜早就听说亨尼要死，而且已经听到过太多次了，也确信亨尼真的会死。可是，他的死亡应该是很久很久以后的事。但是，这一天却突然到来，原本未来才会发生的事情提前到了现在，而且随着时间推移还会成为过去。死亡让弗兰茜懂得了这个道理，但并不是每一次死亡都是。弗兰茜九岁的时候，她的外公就去世了，那是在弗兰茜第一次领受圣餐的一个星期之后，她依稀记得那时离圣诞节似乎还很遥远。

对弗兰茜来说，周遭的一切变化得太快，以至于她积攒了许许多多的疑惑。弟弟尼利比她小一岁，个子却突然开始猛蹿，甚至比她高了一个头。她的好朋友莫迪·多纳文搬走了，时隔三个月再见到莫迪时，弗兰茜发现她好像变了，变得更加有一种成熟女孩的味道了。

弗兰茜从前一直坚定地认为妈妈永远是对的，可是随着年龄的增长，现在她发现，就算是妈妈，有时也会犯错。妈妈能看到爸爸身上的优点，并且很欣赏，可这些优点在别人看来完全不值一提。小时候常去的那家茶叶店里的天平也不像当初那样光亮了，店里的漆柜还缺了一只角，看起来很破败。

弗兰茜不再关注富商托莫尼先生每周六晚上从纽约回来。她突然觉得托莫尼先生怎么会这样，想去纽约，去了之后又舍不得家里，还想回来，可依然惦记着纽约，这岂不是很傻吗？既然他有的是钱，还那么喜欢纽约，那他为什么不直接搬到纽约去住呢？

周围的一切都在改变，这让弗兰茜陷入了恐慌，时间从她身边悄悄溜走了，她此时此刻的生活又将被什么取代呢？到底是什么变了？明明她每天晚上还像往常一样读一页《圣经》和莎士比亚，每天也都照常练一小时钢琴，每次都会把硬币存进锡罐子里，那家废品回收站还在那里，商店也还是老样子，这些都没变。原来，变的是她自己。

弗兰茜把烦恼告诉了爸爸。约翰尼看了看她的舌头，还摸了摸她的脉搏，然后一脸无奈地摇摇头说："你这病很重，非常重。"

"什么病呀？"

"你长大了。"

长大会破坏之前的许多东西，比如破坏家里揭不开锅时做的有趣游戏。以前，每当家里穷得一分钱都拿不出来，食物也吃光时，凯蒂会跟弗兰茜和尼利做一个游戏，假装他们是去北极的探险家，不幸被暴风雪困在了山洞里，随身只剩下了最后一点食物，他们必须熬到救援的到来。凯蒂把厨柜里仅剩的食物分成几份，告诉弗兰茜和尼利，这就是他们的口粮。如果他们吃完后还是觉得饿，凯蒂就会鼓励他们："坚持一下，救援队很快就会来。"要是家里宽裕了，凯蒂会买很多食物，还会买一个小蛋糕庆祝他们得救了。凯蒂会在蛋糕上插一面小旗子，告诉他们："我们成功了，孩子们，我们终于到北极了。"

　　在一次这样的"营救"之后，弗兰茜好奇地问妈妈："探险家挨饿受冻总能理解，他们最终发现了北极，可我们像他们那样挨饿，究竟是为了什么呢？"

　　凯蒂的脸色突然显得有些疲惫，她回了一句让弗兰茜不太理解的话："还是被你发现了。"

　　随着年龄的增长，弗兰茜开始讨厌戏剧——准确地说，不是戏剧本身，而是戏剧里那些俗套的剧情，她很不满意在关键时刻的剧情走向。

　　弗兰茜爱去剧院。她曾经想成为一名手风琴师，后来想成为一名学校教师，第一次领圣餐后，她想成为一名修女。十一岁时，她想成为一名演员。

　　住在威廉斯堡的孩子，别的事情可能不太清楚，对剧院可是了如指掌。那个年代，附近的剧院有布莱尼、科尔斯·佩顿和菲利普·莱西姆等，还有拐角处的文化馆。莱西姆剧院就在街角。当地居民最初叫它"莱斯"，后来叫着叫着就成了"虱子"。只要能凑够十分钱，弗兰茜每个星期六下午都会去文化馆（除非夏天关门）看戏剧。她经常在演出开始前一个小时就来排队，只为买到第一排的座位。

弗兰茜很喜欢一个叫哈罗德·克拉伦斯的男主角。一个周六的演出结束后，弗兰茜先在舞台出口等着哈罗德·克拉伦斯，然后悄悄地跟到他的住处。哈罗德住在一个破旧的褐沙石房子里，屋里陈设简单，没有一点装饰。哈罗德在大街上看起来像旧时代的演员，他的脸像婴儿一样粉嫩，仿佛涂了一层油彩，走路时双腿挺直，目不斜视，嘴里叼一支看起来很贵的雪茄。进屋前，哈罗德会扔掉手里的雪茄，原因竟然是房东禁止他这样的大人物在屋内抽烟。弗兰茜站在路边，虔诚地寻找那被哈罗德丢弃的烟头，找到后立刻从雪茄上取下雪茄环戴在自己手上，一戴就是一个星期，假装这是哈罗德给她的订婚戒指。

星期六的一场演出，哈罗德和他的剧团上演了话剧《神父的心上人》，剧中哈罗德扮演的一名英俊的乡村神父爱上了女主角格里·莫尔赫斯。不知怎的，女主角不得不在一家杂货店谋生。这时出现了一个女反派，也爱上了年轻英俊的神父，总想着挑衅女主角。一天，女反派大摇大摆地走进女主角工作的杂货店，从女反派身上穿戴不菲的皮草和钻石可以看出，她并不是当地的村民。进店后，女反派高傲地说要买一磅咖啡。折磨人心的时刻到了，她竟然要求女主角把咖啡磨碎。观众席发出了同情女主角的哀叹，他们还议论纷纷，说这么美丽、文弱的女主角怎么可能转得动那架咖啡机的大轮子？可是这关系到女主角能不能保住自己的工作。于是，女主角使出浑身力气，可咖啡机的大轮子却纹丝不动。为了保住工作，女主角不得已向女反派苦苦哀求，告诉对方自己非常需要这份工作，可得到的却是女反派不近人情的一句：

"快磨！"正当女主角心灰意懒时，英俊的哈罗德神父从天而降。看到眼前发生的这一幕，他用一个充满戏剧性但不太恰当的动作，把宽大的神父帽扔到舞台一边，然后硬着头皮走到机器前替女主角磨起了咖啡，就这样，哈罗德神父拯救了差点丢掉工作的女主角。当新磨咖啡的芳香在剧院里弥漫时，全场先是出现了惊愕的寂静，然后开始骚动起来。舞台上居然有真正的咖啡！这简直是戏剧里的现实主义！虽然每个人都对咖啡粉司空见惯，但在舞台上见到还真是头一次。女反派咬牙切齿地说："又失败了！"哈罗德把女主角拥在怀里，这时舞台帷幕缓缓落下。

中场休息时，一些捣蛋小孩向票价三十分钱的雅座上的观众吐口水，弗兰茜并没有跟他们一样，她在思考这出戏的另一种结局。男主角在关键时刻从天而降帮女主角磨咖啡，这一切听起来很美满，可要是男主角没来会怎样？这样的话，女主角就会丢掉工作。然后呢，又会怎样？女主角会因为饥寒交迫而不得不再找一份工作，她会像妈妈凯蒂一样去给人当清洁工擦地板，或者像弗洛茜·嘉迪斯那样靠男人养着。杂货店的这份工作对女主角来说很重要，剧本里是这么说的。

接下来周六上演的戏剧也没能让弗兰茜感到满意，那出戏的剧情是失踪已久的男主角在紧要关头及时赶回来，帮女主角支付房租的故事。要是男主角在路上耽搁了，来不及怎么办？那房东就会让女主角一家人在一个月内搬出去——至少在布鲁克林是这样的。在一个月的时间里，事情或许会出现转机。但要是没有，女主角一家人就得滚蛋，为了生计他们会找一些力所能及的活儿，美丽的女主角也许会去工厂做计件的苦活，她那个腼腆的弟弟不得已要去街上卖报纸，她的母亲不得不去做清洁工。尽管处境很艰难，但可以肯定的是，他们一定会活下去，弗兰茜冷静地想着结局。想死——麻烦着呢。

弗兰茜想不明白，为什么剧中的女主角不嫁给那个坏人，这样不仅可以解决他们家房租的问题，而且那个坏人还那么爱她，愿意为她鞍前马后，不辞辛苦，至少在男主角连个人影都见不着的时候，是他一直陪在女主角身边。

弗兰茜给这出戏写了第三幕——假设发生的另一种结果。她采用对话的形式将这出戏写了出来，因为对话的形式相对容易。如果写成故事，还得在文中向读者解释，但是写对话就不用，因为每个人物说的话就可以解释他们的行为了。在对话写作方面，弗兰茜对自己非常有信心。这一次，弗兰茜又改了志向，长大后不当演员了，她要当一个剧作家。

第二十九章

　　同一年夏天，约翰尼忽然想到，两个孩子长这么大还没看过海，实在遗憾，是时候带他们去看看大海了。于是，他决定带弗兰茜和尼利去卡纳西划船，顺便带他们去深海钓鱼。实际上，约翰尼自己从来没有钓过鱼，也没有划过船，但他此时此刻却萌生了这些想法。

　　有点意外的是，约翰尼还想带一个人跟他们一起出行——邻居家的小蒂莉。小蒂莉是一个四岁的小女孩，约翰尼之前没见过她，一次都没有。他这次之所以产生了这个想法，全是因为小蒂莉的哥哥——古西，约翰尼想着做点儿什么去温暖这个小女孩，于是，便想到了带她一起去卡纳西游玩。

　　小蒂莉的哥哥古西是一个六岁的男孩，他是附近出了名的小霸王。古西身体壮实，下唇很厚，生性刁蛮。他出生那会儿，跟别的小孩没什么区别，也是喝着妈妈的奶水长大。但除了这一点，他跟别的小孩，不管是死的还是活的，就没有什么共同之处了。古西九个月大时，他妈妈想要给他断奶，可是古西不肯，要是不给他吃奶，他就干脆不吃不喝，躺在他的婴儿床里一直哭个不停。古西的妈妈担心把他饿着，于是只好妥协，又重新开始给他喂奶。就这样，古西心满意足地吃上了奶，这一吃就吃到他快两岁时，直到他妈妈怀了蒂莉后才断奶。为此，古西闷闷不乐地等了九个月，其间不管什么样的牛奶他都不喝，反倒开始喝上了黑咖啡。

小蒂莉出生后，古西妈妈又有了奶水。古西第一次看到襁褓中的妹妹吃妈妈的奶时，他整个人变得歇斯底里，躺在地上，大声尖叫，脑袋就朝地上撞，一连四天水米不进，人也变得消瘦了很多。古西妈妈被他的举动吓坏了，觉得让他再吃一次奶也没什么大不了的。令古西妈妈没想到的是，这是她犯下的最大的一个错误。重新喝到奶的古西就像久旱逢甘霖一样，从此便一发不可收拾。

再次喝到奶水后，古西便抢走了妈妈所有的奶水，而体弱多病的小蒂莉就只能去喝奶粉了。

古西那时三岁了，身体看起来比同龄人要壮实，他和别的男孩一样，会穿着过膝短裤和笨拙的铜尖鞋。只要古西看到妈妈解开衣服，就会朝妈妈飞奔而去。他妈妈喂奶时是蹲着的，所以，古西站着就能喝到奶水。古西一只胳膊肘搭在妈妈的膝盖上，双脚洋气地叉开站着，两只眼睛在房间里四处扫视。古西能站着喝奶并没什么了不起的，因为他妈妈的乳房就像小山一样大，蹲下来时几乎就搁在了膝盖上。古西喝奶的情景，不禁让人联想到一个可怕的大男人，把脚搭在酒吧的脚垫上，嘴里叼着一支粗大的白色雪茄正在猛吸。

邻居们发现古西三岁还没断奶，都在背后议论纷纷。古西爸爸也非常生气，因为古西一天不断奶，他就一天不能和妻子同房，所以他责怪妻子，怪她生了个怪物。古西妈妈也很清楚，古西已经长大，不能再给他喂奶喝了，如果古西一直吃奶，不吃其他食物的话，那他的牙齿以后可能会发育不良。古西妈妈痛定思痛，苦苦思索，终于想出了一个让古西断奶的法子。

这天，古西妈妈拿来一罐刷炉子用的黑涂料和一把刷子，自己悄悄在卧室里把左胸涂黑，又用口红在乳头附近画了一张又大又丑的嘴巴，那嘴里还长着吓人的獠牙。一切准备就绪后，古西妈妈扣好衣服，来到厨房，坐在平时给古西喂奶的窗边的椅子上。古西看到妈妈来了，就把正在玩的骰子往洗脸盆里一扔，立马跑过去要吃奶。像往常一样，古西又叉开双脚，把胳膊肘搭在妈妈的膝盖上，等着吃奶。

　　"古西想要喝奶吗？"古西妈妈温柔地说道。

　　"要！"

　　"来吧，好好喝。"

　　突然，古西妈妈将衣服猛地掀开，把刚才画的那可怕的左胸袒露在古西面前。古西被眼前的图案吓瘫了，愣了一下，然后尖叫着跑到床下藏起来。古西在床底待了整整二十四个小时后才从里面颤抖着爬出来。从此以后，古西又开始喝上了他的黑咖啡。以后每当他看向妈妈的胸部，都会想起那只怪物，浑身便不寒而栗。就这样，古西终于彻彻底底地断奶了。

　　古西妈妈向邻居们说了这次戒奶成功的经验，而她开创的这种新式断奶方法被人叫作"古西断奶法"。

　　约翰尼听说了古西的事情，他对古西并没有什么好印象，他担心的是小蒂莉。小蒂莉从出生起就被抢走了一些重要的东西，以后她在成长过程中免不了会遭受更多的挫折。约翰尼有一个打算，那就是带着小蒂莉跟他们一起去卡纳西划船，说不定能帮小蒂莉消除坏哥哥带给她的心理阴影。约翰尼让弗兰茜去问小蒂莉的家人愿不愿意让小蒂莉跟他们出去游玩。小蒂莉妈妈此时正头大呢，于是爽快地同意了他们的邀约。

　　下周日一到，约翰尼就带着三个孩子出发了。这时弗兰茜十一岁，尼利十岁，小蒂莉三岁。约翰尼穿着燕尾礼服，里面穿的是新的假衬衣和假领子，弗兰茜和尼利穿的则是平常的衣服。为了纪念这特别的一天，小蒂莉妈妈给孩子穿了一件便宜但别致的蕾丝连衣裙，裙子上面还镶着深粉色的丝带。

在去卡纳西的电车上，约翰尼带着孩子们坐在前排。一路上，约翰尼和司机畅谈起了时政，那情景就像两个相熟已久的朋友一样。约翰尼一行人的目的地是终点站卡纳西。下车后，他们看到一个小码头和一间小棚屋。码头上停泊着几条进了水的手划船，船身被磨损的绳索拴着，在水里漂来荡去。小棚屋上面有一块牌子，上面写着"出租渔具和渔船"，下面有一块更大的牌子写着"此处有活鱼出售"。约翰尼和老板进行了一番讨价还价，还跟他交了朋友。老板邀请约翰尼进屋开开眼，带他参观自己睡前垂钓时用的好玩意。

当约翰尼进屋去大开眼界的时候，弗兰茜和尼利在小棚屋外面百思不得其解，睡前垂钓有什么好开眼的。小蒂莉则穿着蕾丝连衣裙安安静静地站在那里。

约翰尼从屋里出来了，手里拿了一根鱼竿和一个生锈的铁罐，铁罐里装满了带泥巴的蚯蚓。老板挑了一只好点儿的小船，把绳子解开，交给约翰尼，说了一句"祝你好运"，然后就回屋了。

约翰尼把刚得到的装备放到船底，又帮助孩子们上了船。接着，约翰尼蹲在码头上，手里拽着小船的绳子，给孩子们讲等会儿他该怎么上船。

"上船的方法有对有错，"约翰尼一本正经地说，其实除了上次民主党组织的乘船出游外，他并没有任何坐船的经历，"正确的做法是推一把船，然后，在它漂向大海的时候跳上

256

去。就像这样。"

指导完毕，约翰尼按照自己刚才说的，直起身子，猛推一下小船——亲自给孩子们示范如何跳上船去——再然后……他就一下掉进了水里。三个孩子瞬间就愣住了，明明约翰尼前一秒还在码头上，怎么下一秒就落水了呢？

水的深度大概能到约翰尼的脖子。约翰尼从水中探出头来，露出了他的小胡子和圆顶礼帽。令人意想不到的是，他的礼帽竟然还没有掉落。约翰尼自己也和船上的孩子们一样蒙了，盯着他们好一会儿后才反应过来，气呼呼地说："你们几个缺心眼的，竟然还笑！"

约翰尼狼狈地爬上船，还差一点把船弄翻了。弗兰茜和尼利都憋着不敢笑，尤其是弗兰茜，憋得肋骨都疼了。尼利不敢和弗兰茜对视，因为他知道，要是他们俩目光一碰上，肯定会笑出声来。小蒂莉还是像刚才一样，安静地站在一旁。被海水"洗礼"过后，约翰尼的假领子和衬衫都变成了一摊纸泥，于是，他只好把它们脱下来，全部扔到了海里。小插曲过后，约翰尼将船摇摇晃晃地划向大海，一路上约翰尼都默不作声，企图给自己挽回一点儿颜面。当小船划到一个貌似还不错的地方时，约翰尼大声向孩子们宣布，现在船要"抛锚"了。孩子们本以为"抛锚"是一件精妙绝伦的事，却没想到，原来抛锚就是把船上系着铁块的绳子扔到海里，这么大的落差顿时让人有些失望。

约翰尼笨手笨脚地把活蚯蚓穿在鱼钩上，孩子们都被那蠕动的虫子吓到了。钓鱼的过程其实很简单，就是先将蚯蚓穿到鱼钩上，再将鱼钩用力抛出去，然后静静地等上一段时间，最后再把咬钩的鱼拉上来。之后再重复刚刚的步骤。

太阳越来越毒，约翰尼的燕尾服被晒干了，成了一件硬邦邦、皱巴巴的夹克，三个孩子也被晒得头昏眼花。

钓鱼似乎持续了好几个小时，约翰尼宣布他们该吃饭了。听到这个好消息，孩子们欢呼雀跃。约翰尼将钓竿收起并放好，然后拉起船锚，带着大家划船回去。可是船好像在海上转起了圈圈，而且转着转着就离码头越来越远了。最后，他们在离码头几百码开外的地方上了岸。约翰尼把船系好，让孩子们在船上等着他，他自己则一个人上了岸，说要请孩子们好好吃一顿大餐。

过了一会儿，约翰尼回来了，手里拿着热狗、越橘馅饼和草莓汽水。约翰尼和孩子们坐在摇摇晃晃的小船上，他们旁边是破旧的码头，海水是黏稠的绿色，散发着一股腐臭的鱼腥味。就在这样的环境里，他们吃了午饭。约翰尼又回到了码头，在那里喝了些酒。几杯下肚，他想起刚刚责怪孩子们的话，心里有些过意不去，于是告诉他们，要是想笑话他落水，那就尽情笑话吧。可是，这时却没有一个人笑了，大概是因为没有刚才的气氛。弗兰茜心想，爸爸这个人真有趣。

"这才是生活，"约翰尼感慨道，"远离生活的喧嚣。啊哈，没有什么事儿比乘船出海更有意义了，我们要远离一切烦扰。"约翰尼最后意味深长地说道。

吃过这顿难忘的午餐后，约翰尼继续带孩子们出海。他划啊划，只见他帽檐下面冒出了豆大的汗珠，而且开始流个不停，胡子尖上打的蜡也化了，原本精心打理的胡子现在变成了一团乱糟糟的毛发。可约翰尼还自我感觉良好，一边划船一边放声歌唱：

扬帆，扬帆，激情挥洒在汹涌的大海上。

约翰尼一直不停地划啊划，可船却在不停地兜圈子。他们没能出海，约翰尼的手上还起了许多水泡，最后约翰尼不得不放弃划船出海的计划。约翰尼宣布，他们现在要划回岸边。在约翰尼的努力下，船转的圈越来越小，他们离码头越来越近。此时，三个孩子身上被太阳晒得通红，没被太阳晒到的皮肤则成了豆绿色。要是约翰尼早一点儿发觉，他就会知道热狗、越橘馅饼、草莓汽水和穿蚯蚓可没给孩子们带来什么好处。

他们的船终于在码头靠岸了，约翰尼一马当先地跳到了码头上，孩子们有样学样，也跟着跳上码头。除小蒂莉掉进水里外，弗兰茜和尼利都成功了。约翰尼趴在码头上，伸手把小蒂莉捞了上来。被捞起来的小蒂莉站在岸上，她的蕾丝裙被打湿了，也坏掉了，她依然没有说话。尽管当时天气很热，但约翰尼还是跪在地上，将外套脱下，把它裹在湿漉漉的小蒂莉身上。约翰尼的衣服在小蒂莉身上显得很长，衣服的两只袖子垂在岸边的沙地上。约翰尼抱起小蒂莉，不停地在码头上来回踱步，轻轻地拍着小蒂莉的背，还给她唱摇篮曲。小蒂莉不明白发生了什么，为什么她会被送上船，为什么她会掉进水里，为什么这个男人如此紧张。尽管小蒂莉心里有很多疑问，可是她却什么也没说。

约翰尼觉得小蒂莉应该安抚得差不多了，于是把她放下来，自己进了小棚屋。他可能是进去开开眼界，也可能进去来个睡前垂钓。最后，约翰尼花了二十五分钱从老板那里买了三条比目鱼，鱼用报纸包着。约翰尼拎着湿漉漉的鱼走出来，他向孩子们解释，他出门前答应给凯蒂带一些新鲜的鱼回家。

"事情的关键在于，"约翰尼嘱咐道，"我们要把在卡纳西钓的鱼带回家，至于是谁钓的并不重要，重要的是我们去钓鱼了，而且把鱼带回家了。"

孩子们明白他的意思了，原来约翰尼是想让凯蒂以为鱼是他们钓的。

约翰尼说他这不是撒谎，只是不完整的真相而已。孩子们心领神会。

四个人坐上了回家的电车，车厢里有两条对坐的长板凳。约翰尼一行人看起来十分古怪。首先是约翰尼，他穿着浸过海水后变得皱巴巴的裤子，身上的汗衫全是大洞，头上戴着圆顶礼帽，脸上留着杂乱的小胡子。接下来是小蒂莉，她的外套还是湿漉漉的，而海水陆续滴在地板上，汇成了咸咸一小摊。最后是弗兰茜和尼利，他们脸上的皮肤是砖红色的，两个人十分僵硬地坐着，努力让自己保持正常。

陆续有人上车，坐在他们对面的人都好奇地打量着他们。约翰尼坐得笔直，把鱼放在自己的腿上，无视自己汗衫上的大洞。他将视线越过对面乘客的头顶，假装若无其事地研究起泻药的广告来。

上车的人越来越多，尽管车厢很拥挤，但是没人愿意坐在他们旁边。更令人尴尬的是，一条鱼从湿漉漉的报纸里滑到了地板上，弄得鱼身沾满了灰尘。看着死鱼那一动不动的眼睛，小蒂莉还是一句话没说，但她实在忍不住了，直接吐在了约翰尼的外套上。弗兰茜和尼利仿佛收到信号一样，也吐了。约翰尼坐在那里，腿上放着两条光不溜丢的鱼，脚边还躺着一条鱼，他只能死死地盯着座位对面的广告，此时此刻他真恨不得找个地缝钻进去。

这一趟一波三折的出海旅行结束后，约翰尼把小蒂莉送回了家。约翰尼觉得有必要向小蒂莉的妈妈解释清楚，可还没等他开口，小蒂莉的妈妈看到女儿不仅浑身湿透，而且脏兮兮的，一下子就尖叫起来，还把那件外套扯下来扔到约翰尼脸上，骂约翰尼简直就是在人间的恶魔。约翰尼试图向她解释，但她就是不听，一个劲儿地埋怨约翰尼。小蒂莉仍然没说话。

最后，约翰尼终于找到机会插上了一句话："女士，你的女儿是不是不会说话啊？"

听约翰尼这么一说，小蒂莉的妈妈变得更加歇斯底里，冲着约翰尼大声叫道："都怪你，都怪你。"

"你不能让她说点儿什么吗？"

小蒂莉的妈妈抓住小蒂莉摇了又摇，"说话啊！"她尖叫道，"你倒是说点儿什么啊。"

终于，小蒂莉张开嘴，微笑着说："谢谢。"

凯蒂痛骂了约翰尼一顿，怪他不会带孩子。弗兰茜和尼利都被太阳晒伤了，而且因为中暑，身体忽冷忽热。看到约翰尼唯一的那套礼服被糟蹋得破破烂烂，凯蒂都快哭了，因为清洗、熨烫这件礼服就要花一块钱，而且还不能恢复如初。至于约翰尼带回的那些鱼，它们已经腐烂得不成样了，凯蒂只好将它们丢进垃圾桶里。

弗兰茜和尼利上床睡觉了，可是他们一会儿打寒战，一会儿发烧，还伴随着一阵阵恶心。不过，当想起约翰尼掉进水里的滑稽模样时，他们就会止不住地笑。

约翰尼坐在厨房的窗前反思自己，一直反思到后半夜，他试图弄明白为什么一切都这么糟糕。以前他唱过很多首关于坐船的歌，关于大海的歌。他很想知道，为什么现实不像歌里唱的那样。按理说，孩子们应该带着对大海深深持久的爱，兴高采烈地回来，他也应该带着一大堆鱼回来。可是为什么，为什么他们没有像歌里唱的那样？为什么他的手起泡了，衣服坏了，两个孩子晒伤了，鱼腐烂了，小蒂莉的妈妈不领自己的情，甚至埋怨自己？他想不通——实在是想不通。

原来歌里唱的都是骗人的。

第三十章

"今天，我成为一个女人。"在十三岁那年的夏天，弗兰茜在日记中这样写道。看着本子上的这句话，弗兰茜又低下头看了看自己那细如竹竿的双腿，心不在焉地挠了挠腿上被蚊子叮的包，接着提笔画掉刚刚写的这句话，重新起了个头："很快，我将成为一个女人。"弗兰茜低头看了看自己那跟洗衣板一样平的胸，于是干脆地把这页撕掉，换了一页重写。

"狭隘，"弗兰茜用力握紧铅笔在纸上写道，"会引发战争、大屠杀、钉十字架和私刑，会让大人们彼此生怨，会驱使他们虐待小孩。世界上存在的大部分恶毒、暴力、恐怖、心碎，跟它有关。"

写完这段话后，弗兰茜将它大声读了一遍，不过这一遍的感觉就像罐头里的食品，已经失去了食材最初的新鲜感。弗兰茜合上日记本，把它收起来放好。

那年夏天的一个星期六，是一个最应该被记入日记的日子，那是弗兰茜一生中最快乐的日子之一，因为她的名字第一次出现在了报纸上。到了年底，学校会印一份校刊，上面会刊登每个年级的最佳学生作文，弗兰茜写的那篇《冬日时光》入选了七年级中写得最好的作文。

校刊十分钱一份，弗兰茜只能到星期六时才能凑齐这么多钱去买，可是学校星期五就放暑假了，弗兰茜很担心自己买不到。不过好在锅炉房的詹森先生说他星期六会在学校附近工作，如果弗兰茜到时带十分钱来，他会给弗兰茜一份校刊。

买到校刊已经是星期六下午了，弗兰茜站在家门口，把校刊翻到印有她作文的那一页，她此刻多么希望会有人来家里啊，这样的话，她就可以给那些人看看自己写的作文了。

吃午饭时，弗兰茜曾试图给妈妈看一眼自己买回的校刊，但凯蒂急着赶回去工作，根本没有时间看。吃饭的工夫，弗兰茜向妈妈提起这件事不下五次，说自己有文章在报纸上发表了。最后，凯蒂敷衍地回道："好，我知道了。我看到了。你以后还会有更多的文章被发表，慢慢你就习惯了，现在先别太嘚瑟。我还得去洗碗呢。"

约翰尼今天去工会总部等活，他得星期天回来后才能看到这篇文章，但弗兰茜知道，要是爸爸看到自己的文章被发表了，一定会很高兴。弗兰茜走在大街上，把那份承载着她荣耀的报纸夹在胳膊下爱不释手。弗兰茜不时瞥一眼校刊上自己的名字，就像第一次看到时那样兴奋。

这时，一个叫乔安娜的年轻女子推着婴儿车从家里出来，看样子是带她的孩子到外面晒太阳。一些出来买东西的家庭主妇们看到乔安娜露面，纷纷在人行道上停下来，对着乔安娜的后背指指点点。说的无非是"你瞧，乔安娜还没有结婚，她这下可有大麻烦了，她这孩子可是私生子"之类的闲言碎语。在这一片，街坊邻居们把私生子叫作"野种"。这些"好心"的妇女觉得乔安娜根本没有权利像一个骄傲的母亲一样，带着自己的孩子在街上转悠。她们觉得，乔安娜应该带着那个私生子去没人的地方待着。

弗兰茜对乔安娜这个人和她车里的宝宝很好奇，她曾听父母提起过乔安娜。当乔安娜推着婴儿车经过她的身边时，她仔细打量了车里的婴儿，那是一个漂亮的小宝宝，此时正乐呵呵地坐在推车里。也许乔安娜是个坏女孩，但可以肯定的是，她把自己的孩子养得很好，很可爱，也很干净，比街上那群嚼舌根的女人的孩子养得好多了。小宝宝戴着一顶漂亮的流苏帽，身上穿着干净的白色衣服，脖子上还戴着围兜。推车的遮阳盖干干净净的，上面的刺绣有许多花纹式样，这透露出妈妈强烈的爱心。

　　乔安娜在一家工厂工作，平时都是她妈妈帮忙照顾孩子，她妈妈没脸带孩子出来，所以只有到了周末，乔安娜不工作的时候，小宝宝才能跟着她出来透透气。

　　这孩子长得真漂亮，就像乔安娜一样。弗兰茜想起爸爸妈妈对乔安娜外貌的描述。

　　"她的皮肤像玉兰花花瓣。"（爸爸从来没见过玉兰花。）

　　"她的头发乌黑发亮得像乌鸦的翅膀。"（爸爸也没见过乌鸦。）

　　"她的眼睛深邃而明亮，就像森林中的池塘。"（爸爸从来没去过森林，更没见过池塘，他唯一知道的"池"是赌池，就是每个人投一枚十分钱硬币，然后猜测道奇棒球队的比分，谁要是猜对了谁就能从赌池里赢走所有的硬币。）

　　尽管约翰尼用词不太妥当，但是乔安娜确实如他所言，长得很漂亮。

　　"你说得也许没错，"凯蒂接过约翰尼的话，"但是，长得漂亮有什么好的呢？美貌反而会给她带来不幸。我听说她妈妈一辈子没结过婚，却有两个孩子。儿子现在被关进了监狱，女儿走了她的老路，生下了这个私生子。乔安娜他们一家子从根儿上就不正，不用为他们感到可惜。当然，"凯蒂接着以一种漠然的态度补充道，"这不关我的事，我也不能把她怎么样，我不会因为乔安娜做错了事就跑去唾弃她，同样也不会因为她做错了事，反而把她带回自己家收留下来。乔安娜生这个孩子身体上也要遭罪，并不亚于正经结婚后生孩子的痛苦。如果她的本性不坏，那么她就会从痛苦和耻辱中吸取教训，不应再重蹈覆辙。如果她天性很坏，那么流言蜚语对她也造不成什么影响。所以，我要是你，约翰尼，我就不会为她感到太难过。"

这时，凯蒂突然转向弗兰茜说道："乔安娜就是前车之鉴。"

这天下午，弗兰茜看到乔安娜推着婴儿车在街上走来走去，心想：妈妈为什么说乔安娜是"前车之鉴"呢？乔安娜对自己的孩子很自豪，从她身上看不出半分"前车之鉴"的惨痛。乔安娜只有十七岁，她对每个人都很友善，希望能和他们和睦相处。她会对那些板着脸的良家妇女投以微笑，要是对方皱起眉头，乔安娜就会收回脸上的笑容。乔安娜还会朝在街上玩耍的小孩微笑，有的小孩也朝她微笑。乔安娜也对弗兰茜微笑了，弗兰茜很想回一个微笑，但是她不能，她怎么能和妈妈口中的"前车之鉴"交朋友呢？

那些良家妇女提着一袋袋蔬菜或是牛皮纸包好的肉，一整个下午似乎都无事可做，时不时聚在一起窃窃私语。当乔安娜路过她们身边时，她们就不吱声了，等乔安娜一走开，她们就又开始说三道四。

每当乔安娜路过那群聚在一起的女人时，尽管她的脸颊很红，但她把头抬得比平时更高，她的裙摆也更飞扬，走路的姿势也更挺拔、更骄傲。乔安娜推着车一路走，不时停下来整理婴儿的被单，摸摸婴儿的脸颊，温柔地对他笑笑。这样温馨的场景令那些女人越看越恼火，乔安娜怎么敢这样！她凭什么表现得好像她有权利那样做似的？

这群女人大多都有孩子，她们教育孩子时不是吼叫就是打骂。她们中不少人讨厌晚上躺在她们身边的丈夫，她们已经没有了闺房之乐，却又不得不履行作为妻子的义务，她们一边承受，一边祈祷不要让自己再怀上孩子。这样违心的顺从让她们的丈夫变得更粗暴、更丑恶。对这些女人中的大多数来说，行房事对她们夫妻双方来说都是一场折磨，越早结束越好。因此，她们越发厌恶乔安娜，因为乔安娜和孩子父亲之间的关系似乎不是这样。

乔安娜能感受到来自那群女人的敌意，但她并不打算退缩，反而寸步不让，不肯向闲言碎语妥协，不会把自己的孩子整天关在家里。有的话就必须挑明，那群女人率先向乔安娜发难，她们再也忍不住了，她们今天必须做出点什么。

乔安娜又一次经过她们身边时，其中一个瘦瘦的女人向她喊道："你就不为自己感到羞耻吗？"

"为什么要感到羞耻？"乔安娜反问。

乔安娜的话激怒了那个女人。"还为什么，"瘦女人向其他女人说道，"我来告诉你为什么，因为你不要脸，私生活不检点。你没有资格带着你的野种出现在街上，你会让那些正经出生的孩子看到你们。"

"这是一个自由的国家。"乔安娜反击道。

"对你这种人谈什么自由，滚出这条街，滚出这条街。"

"你试试看！"

"滚出这条街，你这个荡妇。"瘦女人骂道。

乔安娜的声音带着几分颤抖："请你说话放尊重些。"

"对荡妇说话讲什么尊重。"另一个女人插话了。

一个路过的男人停下来看了一会儿，他碰了碰乔安娜的胳膊，"你听我说，姑娘，你还是回家吧，等这阵风波平息下去再说。你跟她们吵是吵不赢的。"

乔安娜把胳膊甩开。"不关你的事！"

"我是好心，姑娘，是我多嘴了。"男人见状先走了。

"你怎么不跟他一起走呢？"瘦女人嘲讽道，"你好好伺候他一晚上，能拿二十五分钱呢。"其他女人都因为这句话笑了出来。

"你们这是嫉妒。"乔安娜说。

"她说我们是嫉妒，"瘦女人向周围的人夸张地讲道，"嫉妒什么，你？"（她说"你"时声音很大，仿佛这就是乔安娜的名字。）

"嫉妒什么，嫉妒男人喜欢我。你真该庆幸你已经结婚了，"乔安娜告诉那女人，"不然你这种货色永远也嫁不出去。我打赌，你丈夫每次完事后都要啐你一脸吧，我猜一定是这样的。"

"荡妇！你这个荡妇！"瘦女人恼羞成怒，尖叫起来，然后凭着一种在遥远的基督时代就存在的人类本能，从水沟里捡起一块石头，向乔安娜扔去。

其他女人好像收到了统一的号令，也纷纷朝乔安娜扔石头，有一个女人甚至朝她扔马粪。一些石头砸中了乔安娜，而一块尖锐的石头砸中了小宝宝的额头。顿时，鲜血顺着小宝宝的脸庞汩汩流出，弄脏了他颈间原本干净的围兜。小宝宝嘤嘤地大哭起来，伸出双手要妈妈抱。

几个女人本来还想扔石头，见此情形，又悄悄把石块扔回了水沟里，她们的挑衅到这里算结束了。突然间，她们为自己感到羞愧，她们最初并不想伤害孩子，只是想把乔安娜从这里赶走。于是，她们各自散开，悻悻地回家了。一些在旁边看热闹的孩子又去玩耍了。

此刻，乔安娜泪如雨下，心疼地把孩子从推车上抱起来。小宝宝嘤嘤地哭着，仿佛连大声哭泣的权利都没有。乔安娜将自己的脸和孩子贴在一起，她的泪水与孩子的血混在一起。那一群女人赢了，乔安娜如她们所愿，抱着孩子回家去了，只剩下小宝宝的小推车还停在人行道上。

弗兰茜目睹了刚才的一切，包括所有细枝末节，甚至每个人说的每一句话。她回想起乔安娜是如何对自己微笑的，而自己又是如何把头转过去的。想到这些，弗兰茜责怪自己当时为什么不对乔安娜微笑？自己为什么没有那么做？现在她的报应来了——以后每当她想起这件事，她都会恼恨自己当时没有微笑，她会为这件事后悔一辈子。

一些小男孩开始在空荡荡的推车周围玩追人的游戏，他们抓着推车的扶手，把推车拉过来又推过去。弗兰茜上前赶走了他们，把推车推到乔安娜家的门口，并给推车上了刹车。有一个规矩是大家都能遵守的，那就是主人家放在自家门口的东西，别人不能碰，因为那东西是有主的。

弗兰茜手里还拿着载有她作文的校刊，她站在推车旁边，再一次依依不舍地看了看上面的字：《冬日时光》，作者弗兰茜·诺兰。弗兰茜很想做点什么，以弥补自己刚刚没有对乔安娜微笑的过错，她想到了用自己的作文，那篇令自己骄傲的作文，尽管她是那么地想给爸爸、艾薇姨妈和茜茜姨妈看，她还想永远地将这篇作文收藏起来。每次看到自己的作文，弗兰茜都会涌现出美好、温暖的感觉，要是把它送人了，她就没办法再得到一份了。一番苦苦的挣扎后，弗兰茜把校刊翻到印有自己作文的那一页，将它塞到了推车里小宝宝的枕头下面。

弗兰茜发现小宝宝的枕头上沾了几滴血，眼前不禁浮现出小宝宝脸上带血，伸手要抱抱的模样。一股痛苦的浪潮涌上弗兰茜的心头，这阵浪潮过后，弗兰茜感到体力不支，浪潮却又接二连三地向她袭来。弗兰茜回到家里的地下室，独自坐在最黑暗的角落里，坐在一堆麻布袋上，等着那浪潮再次袭来。每当一波结束，新的一波又起时，弗兰茜的身体都会颤抖。她坐立不安，紧张地等着它们停止，要是它们不停下来，她会死的，真的会死。

过了一会儿，浪潮越来越小，每次间隔的时间也越来越长。弗兰茜开始思考她从乔安娜身上得到的教训，不过不是妈妈告诉她的那种。

弗兰茜回忆起印象中的乔安娜。晚上从图书馆回家，弗兰茜经常路过乔安娜的家，有时就能看到乔安娜和一个男子在门厅紧紧相拥。那个男人温柔地抚摸着乔安娜漂亮的头发，乔安娜抬起手轻抚男人的脸颊。在路灯的照耀下，乔安娜的脸显得宁静而梦幻。他们俩从这一刻的开始，竟然铸就了羞耻，还带来了孩子。为什么？为什么呢？明明这个开始缱绻又正确，可结局为什么会是这样呢？

弗兰茜又想起其中一个向乔安娜扔石头的女人，那个女人结婚三个月后孩子就出生了。弗兰茜还记得当时的情况，她在路边看到了一行人赶去教堂举办婚礼，新娘踏上雇来的马车时，在她身上象征着处女的婚纱下，腹部隆起的妊娠纹清晰可见。新娘父亲紧紧抓着新郎的手，新郎的眼圈是黑黑的，人看起来非常悲伤。

乔安娜没有父亲，也没有男性亲属，没人帮她揪着新郎的胳膊去教堂。这就是乔安娜吃的亏，弗兰茜得出结论——不是乔安娜不好，而是她不够聪明，没有把那个男子带去教堂结婚。

弗兰茜并不了解整件事的来龙去脉，其实那个男人很喜欢乔安娜，并且愿意为他自己的一时冲动埋单——正如人们所说的那样——娶乔安娜为妻。但当那个男人告诉家里人他要娶乔安娜时，他的妈妈和三个姐姐立刻跳出来，七嘴八舌地说了一大堆，劝他最好不要这样做。

她们告诉男人，别犯傻了，乔安娜不是什么好姑娘，她的家庭就不是什么好人家。还有，你怎么断定孩子就是你的？她能跟你，就能跟其他男人。那个女人狡猾得很，但逃不过我们的眼睛，因为我们都是女人。你这个人就是太善良了，才会相信她的鬼话，相信你是她孩子的爸爸。她在骗你，别被骗了，我的儿啊。别被骗了，我的傻弟弟啊。你如果非要结婚，那也必须娶一个好女孩，一个结婚前不经过神父主持仪式就不会和你同房的女孩。如果你执意要和乔安娜结婚，那你就不再是我的儿子，也不再是我们的弟弟。就算你结了婚，你也不敢保证那孩子是你的，当你去工作时，你还会担心，担心你早上离开家后，谁会偷偷爬上你老婆的床。好儿子，好弟弟，这就是那个女人的伎俩。我们一清二楚，因为我们都是女人，我们知道她玩的是什么花招。

男人耳根子软，他家里人一劝也就听了。他的家人给他一笔钱，他去泽西岛找了一个新的住处，也有了新的工作。男人的家里人不告诉乔安娜他到底去哪里了，于是，曾经相爱的两个人就再也没见过面。乔安娜一直没结婚，却把孩子生下来了。

弗兰茜惊恐地发现，自己有些不对劲，这时，心中的潮水似乎停止了对她的冲击，她用手按住心脏，试图感受那颗破碎的心是如何跳动的。她曾听爸爸唱过很多关于心脏的歌：破碎的心、疼痛的心、舞动的心、静止的心、因喜悦而跳跃的心、因悲伤而沉重的心。她相信心脏真的会这样，她很害怕，怕自己的心因为乔安娜的孩子而在体内破碎。这时，一股鲜血离开她的心脏，从体内流出来了。

弗兰茜迅速上楼，回到自己的房间，照了照镜子，发现镜中的自己很憔悴，眼睛下面出现了黑圈，头也很痛。她干脆躺在厨房的旧沙发上，等着妈妈回来。

弗兰茜跟妈妈说了自己在地下室的感受，她没有提乔安娜。凯蒂叹了口气说："这么早？你今年才十三岁，我以为还要等一年，我当年是十五岁。"

"那……那……这没什么吧？到底发生了什么事啊？"

"正常，每个女人都会经历的。"

"可我还不是女人。"

"这意味着你正在从一个女孩变成一个女人。"

"那它会消失吗？"

"过几天就消失了，不过一个月后又会重来。"

"那它会持续多长时间？"

"会很久，会持续到你四十岁甚至五十岁时。"凯蒂沉思了片刻，"你外婆生我的时候已经五十岁了。"

"哦，这个跟生孩子有关。"

"对。你要永远记得洁身自好，因为你现在能生孩子了。"凯蒂说这话时，弗兰茜脑海里一闪而过乔安娜和她的孩子。"别让男孩子亲你。"凯蒂叮嘱道。

"亲一下就会生孩子吗？"

"这倒不会，但是亲完之后往往会有别的事情发生。"凯蒂补充道，"记住乔安娜的下场。"

凯蒂并不知道今天街上发生的事情，乔安娜也只是她随口举的例子。弗兰茜却以为妈妈能看穿她的内心，于是，她对妈妈的敬畏又增添了几分。

记住乔安娜，记住乔安娜吧。弗兰茜哪里会忘记这个女人呢？从那一刻起，从那些女人用石头扔乔安娜开始，弗兰茜开始讨厌那些女人，讨厌她们的弯弯绕绕，讨厌她们恶语伤人，讨厌她们同是女人却要伤害彼此。在所有扔石头的女人中，没有一个人敢站出来为乔安娜打抱不平，因为她们很害怕像乔安娜一样遭人唾弃，而只有路过的一个男人站出来说了一句话。

大多数女人有一个共同点：她们都经历过生孩子时撕心裂肺的痛，这本应该成为让她们凝聚在一起的纽带，让她们彼此关爱，去共同对抗伤害她们的男人。但事实却并非如此，巨大的分娩阵痛让女人在收缩子宫的同时，也收缩了她们的内心和灵魂，以至于她们聚在一起时只为一件事：践踏别的女人，不管是扔石头还是讲恶毒的流言蜚语，似乎只有在做这件事时，她们才会团结一致。

男人就不同了，他们可能会互相憎恨。但是，他们会团结一致对抗这个世界，对抗任何一个想伤害他们的女人。

弗兰茜打开自己的日记本，在那段关于狭隘的段落下面，空了一行写道：

"只要还活着，我就不会去结交女性朋友。我也不会再相信任何女人，不过妈妈或许可以例外，有时候艾薇姨妈和茜茜姨妈也可以排除在外。"

第三十一章

弗兰茜十三岁那年，发生了两件大事：一件是欧洲爆发了第一次世界大战，另一件是一匹马爱上了艾薇姨妈。

艾薇的丈夫威利和他那匹叫"鼓手"的马是八年的死敌，威利对那匹马很刻薄，总是踢它，打它，骂它，使劲勒它的缰绳。那匹马也不甘示弱。按理说，老马识途，那匹马清楚送货的路线，到地点会自动停下来，等威利上车后，它才会再次出发。可是最近，那匹马总是在威利一下车后就开始撒欢地跑，而且跑得很快，威利常常要追半个街区才能追上它。

中午的时候，威利送完牛奶回家吃饭，吃完饭后把马车送回马厩，再给马和马车清洗一番。这匹马有一个惯用的伎俩——每当威利给它洗肚子时，它就会尿威利一身。其他车夫会站在边上看威利的尴尬相，久而久之，威利再也不想被同事笑话，于是便把马牵到家门口洗刷。夏天还行，冬天实在是太冷了。每到冬天很冷的时候，艾薇就会下楼跟威利说，这么冷的天给马洗刷太不人道了，况且用的还是冷水。那匹马似乎知道艾薇在给自己打抱不平，当艾薇和丈夫争论的时候，那匹马就在边上可怜兮兮地嘶叫，还把头靠在艾薇的肩膀上。

在一个寒冷的日子里，那匹马亲自动手了，或者如艾薇所说，它动蹄了。艾薇向弗兰茜他们讲述了故事的前因后果，弗兰茜听得津津有味，她还没见过有谁能像艾薇姨妈一样，把故事讲得绘声绘色。艾薇能模仿所有的角色，甚至包括那匹马。她会用一种有趣的方式，把每个人的内心旁白加进去。据艾薇描述，当时整个事情是这样的：

威利正在家门口用冷水和坚硬的黄肥皂给"鼓手"洗刷，那马冷得浑身发抖。艾薇在窗前看到了下面这一幕。威利俯下身去擦洗马肚子时，马肌肉紧绷，威利的第一反应是这马又要在他身上撒尿了，于是忍无可忍的他终于爆发了，他快速躲开，然后一拳打在马肚子上。突然受到袭击的马儿抬起后腿就踢在了威利的脑袋上。威利摔倒在马肚子下，躺在地上不省人事。

艾薇赶紧跑出来，那匹马看到她高兴得发出嘶鸣，不过艾薇这会儿可没工夫管它。马回头看到艾薇正准备把威利拖出来时，它开始走动起来。也许它是想把马车拉到其他地方，为昏迷的威利腾出地方；也许它是想一不做二不休，让马车从威利身上压过去。艾薇赶紧大声制止："吁——吁——"它这才停了下来。

有个小男孩去找警察，警察叫来了救护车，救护车上的医生不能确定威利是脑震荡还是骨折，于是便把他送到了格林庞特医院。

威利受伤的事情解决了，但是，马和装满空牛奶瓶的马车还得送回马厩。尽管艾薇从来没驾过马车，但如今这种情况下她也只能硬着头皮上了。艾薇找来一件丈夫的旧大衣穿在身上，又在头上裹了一条披肩，然后爬上马车座位，拿起赶马的缰绳，向马儿喊道："鼓手，回去啦。"马儿向后摆了摆头，深情地看了艾薇一眼，便欢快地出发了。

艾薇不知道马厩在哪儿，幸好"鼓手"知道回去的路。

"鼓手"是一匹很聪明的马，每到一个十字路口，它都会停下来，让艾薇四处观察，如果一切如常，艾薇就说一声："快走，小子。"如果有另一辆马车过来，艾薇会说："等一下，小子。"就这样，艾薇驾着"鼓手"顺利地回到了马厩，"鼓手"也得意扬扬地回到它的老位置。其他车夫一看来了个女车夫，都很惊讶。艾薇驾车回来这事在车夫中引起了很大的骚动。马厩老板闻声跑出来，艾薇便把事情的原委如实地告诉了他。

"我早就料到会有这么一天。"马厩老板说，"威利不喜欢那匹马，那匹马也不喜欢他。现在出了这档子事，当务之急是我们得找个人顶替威利。"

艾薇担心丈夫因为此事丢了工作，便问能不能由她代替受伤的丈夫送牛奶。她说送牛奶时天还灰蒙蒙的，没人看得出来。听到艾薇的话，老板忍不住笑了。艾薇告诉他，他们每周很需要那二十二块五。在艾薇的苦苦哀求下，再加上她娇小漂亮，还那么固执勇敢，最后老板拗不过她，给了她一份送货名单，并且说其他男车夫会帮她装车。老板还说，"鼓手"清楚送货路线，艾薇驾着它去送货应该不是什么难事。还有个车夫建议，艾薇送奶时带上一只狗，免得牛奶被贼偷走。老板也觉得这样很稳妥，便定下艾薇凌晨两点到马厩报到。就这样，艾薇竟成了这里第一个送牛奶的女车夫。

艾薇和大家相处得不错，马厩里的伙计们都很喜欢她，说她比威利好相处。尽管艾薇是个很现实的人，但是她温柔又有女人味，男人们都喜欢她说话时轻声细语的样子。"鼓手"也很殷勤，尽可能地配合她，每到一个送牛奶的房子前，就自动停下来，直到她回到座位上，稳稳坐好，才再次出发。

跟威利一样，艾薇也在吃饭时把"鼓手"牵回家。天气太冷，为了不让马儿冻着，艾薇还从房间拿了一床旧被子给马盖上。艾薇把马儿吃的燕麦拿到楼上，在烤箱里加热几分钟后才喂给它吃。艾薇觉得冰冷的燕麦不利于消化，而这匹马喜欢吃温热的燕麦。马儿吃完燕麦后，艾薇还会喂它半个苹果或一块糖。

艾薇觉得天气这么冷，不能在室外给马洗刷，于是把马牵回了马厩。黄色的肥皂太硬了，于是她换成了甜心牌肥皂，并且给马洗刷完后还会用一条旧浴巾把马的身体擦干。其他人主动提出帮她洗刷马和马车，都被她婉拒了。可是有两个男车夫为这事争吵了起来，甚至都动手打架了。最后，艾薇让他们一人洗一天，一直轮流下去，这事才算解决了。

艾薇会用马厩老板办公室的煤炉给"鼓手"烧热水，她从来没想过用冷水给马洗刷。她用温水和香香的肥皂给马洗刷完毕后，再用毛巾小心翼翼地一点一点把水擦干。艾薇给"鼓手"洗刷的时候，"鼓手"从来没有捉弄过她，全程都在舒服地哼哼唧唧。艾薇给它擦干时，它会愉快地抖抖皮毛；艾薇给它擦脖子时，它会把硕大的头靠在艾薇娇小的肩膀上。看这样子，那匹马是深深爱上了艾薇。

威利伤好回来后，"鼓手"十分抗拒和他一起送牛奶，于是马厩老板不得不重新给威利安排一辆新的马车和一条新的路线。但是"鼓手"也不配合其他车夫，老板正打算把它卖掉时，忽然有了主意，车夫里有个家伙说话口齿不清，还带着娘娘腔，就让他去驾驶这匹马好了。没想到效果不错，"鼓手"很配合他。

于是，"鼓手"的工作又回到了正轨，但每天中午它都会拐到艾薇住的那条街上，站在她的门前，直到艾薇下来，给它一点儿苹果或糖，再轻轻抚摸它的鼻子，叫它好孩子，它才肯乖乖回到马厩。

"它真是一匹有趣的马。"弗兰茜听到这个故事后这样评价。

"它可能如你所说的很有趣，"艾薇姨妈回应道，"但更重要的是，它知道自己想要什么。

第三十二章

在十三岁生日那天，弗兰茜在日记里写道：

12月15日，现在我成少女了，新的一年会发生什么呢？我好想知道。

年纪越来越大，可弗兰茜的日记却越写越少。一开始，她写日记的原因是，小说里女主人公都会写日记，她们会在日记里写下她们多愁善感的情绪。弗兰茜以为自己的日记也会像她们那样，实际上，她的日记里面除了对演员哈罗德·克拉伦斯有过浪漫的描述，其他全是平平无奇的生活琐事。临近年底时，她随手翻了翻日记本中的几页：

1月8日，外婆玛丽·罗姆利有一个漂亮的雕花盒子，这个盒子是她曾祖父一百多年前在奥地利做的。外婆在里面放了一条黑色裙子和白色衬裙，还有鞋子和丝袜，这些都是她的陪葬品，她说她死后不想穿寿衣。威利姨父说，他死后想被火化，然后把他的骨灰从自由女神像上撒下来，他觉得他下辈子会成为一只鸟，所以他希望这辈子能有一个好的开始。艾薇姨妈说，威利姨父已经是一只鸟了，只不过是一只疯疯癫癫的杜鹃鸟。我当时笑了，还因此被妈妈骂了一顿。我特别想知道，烧成灰比埋在土里好吗？

1月10日，爸爸今天生病了。

3月21日，尼利从麦卡伦公园偷了褪色柳，送给了格雷琴·哈恩。妈妈说他现在太小了，不该去招惹女孩，以后有的是时间。

4月2日，爸爸已经三个星期没去工作了，他的手出了点问题，抖得很厉害，什么都拿不动。

4月20日，茜茜姨妈说她要生孩子了，我不信，因为她肚子平平的，我听见她跟妈妈说，她的孩子怀在背后，我很好奇是不是真的。

5月8日，爸爸今天生病了。

5月9日，爸爸今晚去上班了，但又回来了，他说人家不需要他。

5月10日，爸爸生病了，他白天做噩梦，还大喊大叫，我只好去找来茜茜姨妈。

5月12日，爸爸已经一个多月没有工作了，尼利想辍学，办一个工作证。但是，妈妈不答应。

5月15日，爸爸今晚去工作了，他说从现在开始他要负责任，他骂了尼利，说他不该有办工作证的想法。

5月17日，爸爸生病回家了，一些孩子在街上跟着他，取笑他，我很讨厌那些小孩。

5月20日，尼利去送报纸了，但他不让我掺和。

5月28日，回收站的卡尼今天没有捏我的脸蛋，他捏了其他地方。我觉得我已经长大了，不能再去卖废品了。

5月30日，佳恩达老师说要把我写的《冬日时光》发表在校刊上。

6月2日，爸爸今天生病回家了。尼利和我帮着妈妈搀扶爸爸上了楼。爸爸哭了。

6月4日，今天我的作文得了A。作文题目是《我的理想》，我只犯了一个小错误，我写成了"剧情作家"，佳恩达老师说，正确的词应该是"剧作家"。

6月7日，今天有两个人把爸爸送回家，他生病了。妈妈不在家，我把爸爸扶到床上休息，给他喝了黑咖啡。妈妈回来后，肯定了我的做法。

6月12日，廷莫尔小姐今天教了我舒伯特的《小夜曲》，妈妈学得比我快，她已经学到了《汤豪瑟》选曲中的《夜空之星》，尼利说他比我们俩都学得快，他现在可以不看谱弹《亚历山大的拉格泰姆乐队》。

6月20日，今天去看了演出，看的是《黄金西部的女孩》，这是我见过最好的演出，血从天花板上滴落的情景真的很震撼。

6月21日，爸爸离开了两个晚上。我们不知道他去了哪里，他回家时又生病了。

6月22日，妈妈今天翻开了我的床垫，发现了我的日记，并全部看完了。我写有"醉酒"的地方，她让我把它们画掉，写成"生病"。幸好我没在日记里写妈妈的坏话。如果我以后有了孩子，我不会读他们的日记，因为我相信，哪怕是孩子，也应该有自己的隐私。如果妈妈再翻看我的日记本并读到这里，我希望她能明白我的意思。

6月23日，尼利说他交了女朋友，妈妈说他年纪还太小了，但我很想知道他的女朋友长什么样。

6月25日，威利姨父、艾薇姨妈、茜茜姨妈和茜茜姨妈的男朋友今晚来我家了。威利姨父喝了很多啤酒，还哭了，他说他的新马贝西比以前的"鼓手"还难对付，我不厚道地笑了，结果又被妈妈骂了一顿。

6月27日，今天读完了《圣经》，现在我们得重新开始。我们已经把莎士比亚读了四遍了。

7月1日，狭隘……

弗兰茜下意识地把手放在日记本上，遮住这段字。等了一会儿，她以为当时的那种痛苦会再次袭来，但奇怪的是，那种感觉现在已经不复存在。弗兰茜翻过这一页，读下一条日记。

7月4日，麦克肖恩警官今天把爸爸送回家。一开始我们还以为他被捕了。爸爸生病了。麦克肖恩警官给了我和尼利一人一枚硬币，妈妈让我们还回去。

7月5日，爸爸还在生病。不知道他还能不能再工作。

7月6日，我们今天开始玩北极探险的游戏。

7月7日，北极。

7月8日，北极。

7月9日，北极。预期的救援还没有到。

7月10日，我们今天打开了锡罐子，里面有八块零二十分钱。茜茜姨妈以前送给我的金币都变黑了。

7月20日，锡罐里的钱都用完了，妈妈去帮麦克加里蒂夫人洗衣服挣钱。我帮着熨衣服，不小心把麦克加里蒂夫人的裤子烫了一个大洞，从此妈妈再也不让我熨衣服了。

7月23日，这个夏天，我在亨德勒餐厅找了一份工作——在午饭和晚饭的用餐高峰期洗碗，用那种桶装的洗涤剂做清洗。星期一会有人来餐厅回收油渣，星期三他们会送一桶洗涤剂过来。这个世界上，什么东西都不会被浪费。我现在每周能挣两块钱，还能解决伙食问题，工作算不上辛苦，但我不喜欢洗涤剂。

7 月 24 日，妈妈说我在不知不觉中已经是个女人了，我也不太懂。

7 月 28 日，弗洛茜和福兰克决定，等福兰克一涨工资，他们俩就立刻结婚。福兰克说，照威尔逊总统①这么个管法，美国迟早会被卷入欧洲的战争。因此，他想赶紧结婚生孩子，免得将来被抓壮丁。弗洛茜说，情况不该是这样，他们俩应该是为了真爱才结婚的，我也不知道他们谁说得对。我还记得前几年弗洛茜在福兰克洗马时追求他的场景。

7 月 29 日，爸爸今天没有生病。他要去找一份工作。他让妈妈不要再去给麦克加里蒂夫人洗衣服了，还让我辞掉在餐厅的工作。爸爸说我们早晚会发财，到时候，我们一家就搬到乡下去，我听完爸爸的话一头雾水。

8 月 10 日，茜茜姨妈说她马上就要生孩子了，我感到很困惑，她的肚子明明看起来像比萨饼一样平。

8 月 17 日，爸爸已经工作三个星期了，这段时间我们的晚餐吃得不错。

8 月 18 日，爸爸生病了。

8 月 19 日，爸爸生病了，因为他失去了工作。亨德勒先生不愿意让我再去餐馆工作，他说我不可靠。

9 月 1 日，艾薇姨妈和威利姨父今晚来了，威利姨父自编自唱了一首《福兰克和约翰尼》，歌曲里面有些脏话。艾薇姨妈站在椅子上，打了威利姨父的鼻子。我笑了，又被妈妈骂了一顿。

9 月 10 日，今年是我上学的最后一年，佳恩达老师说，

---

① 威尔逊总统：即伍德罗·威尔逊（Woodrow Wilson），是美国历史上的第28 任总统，任期为 1913 年至 1921 年。他试图使美国在第一次世界大战中保持中立，但由于德国的潜艇战和其他事件，最终促使美国于 1917 年加入协约国，并参与到战争中。

如果我的作文一直得A，她考虑让我写一出毕业话剧。我已经有想法了，到时候，我会写一个穿白裙子的女孩，头发垂在身后，她就是"命运"女神。其他的女孩依次上台讲述她们想要什么，她们从"生活中"能得到什么，而"命运"女神将会告诉她们答案。戏剧最后，一个身穿蓝色衣服的女孩将张开双臂，问道："这样的日子值得活下去吗？"然后大家齐声回答她"值得"，当然，到时候剧本里的台词我会押韵。我给爸爸讲了我毕业话剧的构思，但他病得太重，一句也没听进去，可怜的爸爸。

9月18日，我问妈妈我能不能留双马尾，妈妈说不行，因为那是妇女才留的发型。妈妈的意思是我很快就要变成一个女人了吗？太好了，这样一来，我就可以自己做主了，我想把头发剪短。

9月24日，今晚我洗澡的时候，发现自己变成了一个女人。确实是时候了。

10月25日，真好，这本日记本快被我写满了，我早就厌倦了写日记，一年到头也没什么大事。

弗兰茜翻到日记的最后一页，还能写最后一条日记。早点写完就能早点结束这项工作，以后就不用再费心了，想到这里，弗兰茜拿起笔蘸了点儿墨水。

11月2日，每个人的生活都绕不开"性"，大人写文章抨击它，神父主张遏制它，人们甚至用法律去约束它，但它仍然无处不在。学校里的女孩们都喜欢一个话题，那就是男孩和性。她们对这个话题很好奇，那我好奇吗？

弗兰茜对着最后一句话思考了许久，右眉不自觉地皱了起来，然后把这句话画掉，重新写上："我很好奇，性究竟是什么？"

第三十三章

没错，威廉斯堡的青少年们都对"性"有着强烈的好奇心，对"性"这个话题的讨论也很广泛。小一点儿的孩子，就和对方互相交换（你给我看，我就给你看），大一点儿的孩子则通过玩"过家家"或扮演"医生"之类的游戏来探索身体的奥秘，还有胆子大的孩子干脆"荷枪实弹"去实践出真知。

在威廉斯堡，大家都对性闭口不谈，而每当孩子们问到与之相关的问题时，他们的父母都不知道该怎么回答，他们不知道怎样措辞才是正确的。关于性行为，每对夫妻都有他们自己独有的说法，可这些话都是夜深人静时夫妻俩悄悄在床上说的，很少有妈妈敢让这些闺房内的话见光，更别提原原本本地讲给孩子听了。孩子们长大后，他们对性也会有特殊的叫法，这些同样不能传给他们的孩子。

对于性这个棘手的问题，凯蒂并没有知难而退，她的应对策略是兵来将挡。凯蒂从不主动跟孩子讲关于性的事情，但当弗兰茜问到她时，她则会知无不言。有一次，弗兰茜和尼利还小的时候，他们准备一起向妈妈问一些问题，他俩站在妈妈面前，弗兰茜做代表向妈妈发问。

"妈妈，我们是从哪里来的？"

"上帝把你们送来的。"

凯蒂一家子信奉天主教，所以，让孩子们相信这个回答并不难，难的是弗兰茜接下来的问题。"那上帝是怎么把我们送到你身边的？"

"我跟你们说不清，因为会涉及很多高深的词，你们根本听不懂。"

"说一说嘛，看看我们能不能听懂。"

"要是你们能听懂，我就不用在这里多费口舌了。"

"那你就换个说法，告诉我们是怎么来到这个世界的。"

"不行，你还太小，要是我告诉了你，你就会到处告诉其他孩子，要是弄得尽人皆知，他们的妈妈就会找上门来，说我是一个不知羞耻的女人。到时候，免不了和她们一番争吵。"

"那好吧，你能告诉我们男孩和女孩有什么不同吗？"

凯蒂想了一会儿，"男孩和女孩最主要的区别是，小女孩坐在马桶上尿尿，小男孩能站着尿尿。"

"但是妈妈，"弗兰茜说，"在那个黑灯瞎火的厕所里，我害怕时也会站起来尿尿。"

"我，"尼利向妈妈坦白，"我坐着时……"

凯蒂打断了尼利的话，"嗯，每个女人身上都有些男人的特征，男人身上也会有女人的特征。"

说到这里，这场关于性的讨论就结束了，因为这对孩子们来说太难懂了。

正如弗兰茜在日记中所写的，当她变成了一个女人，再去找妈妈谈话，说自己对性很好奇，妈妈则直截了当、毫无保留地将自己知道的全部告诉了她。在讲述过程中，凯蒂好几处用了非常不雅的词语，但她言辞间十分坦率、笃定，因为她也不知道该用什么词替代，也从来没有人教过她，而且在凯蒂她们那个年代，根本没有书籍能让她们正确地学习性知识。虽然凯蒂的解释很直白，但是听起来并不令人反感。

弗兰茜比大多数邻居家的孩子都幸运，因为她在该知道的年纪知道了一切，她不需要和其他女孩一起躲进黑暗的走廊里去交换那些难以启齿的秘密，也不用绕来绕去地学习这些隐晦的知识。

大家对正当性行为讳莫如深，对犯罪性行为却高谈阔论。在每个城市的贫穷和拥挤的地区，几乎每个小区都有流氓出没，这深深困扰着每个家庭的父母们。那一年弗兰茜十四岁，威廉斯堡就出现了这么一个恶徒。长期以来，他一直猥亵小女孩，尽管警方一直在通缉他，但一直没能将他抓捕归案，其中一个很重要的原因是，当那些女孩受到侵犯时，女孩的父母为了不让孩子受到众人的歧视，不被同伴视为异类，他们通常会保持缄默。

直到有一天，弗兰茜所在的街区有一个小女孩被杀害了，这样的事情才引起广泛关注。那个遇害的小女孩才七岁，平时很安静、听话。那天放学后，她没有按时回家。刚开始，她妈妈并没有多想，以为是孩子贪玩在路上耽搁了。直到吃完晚饭后，小女孩还没有回家，她的家人这才开始四处寻找。他们问了小女孩所有的玩伴，得到的回答都是自从放学后，就再也没人见过小女孩。

这事瞬间引起了家长们的恐慌，他们赶紧把还在街上玩耍的孩子叫回家，把他们锁在房间里。麦克肖恩警官带着六名警察过来了，他们开始搜查楼顶和地下室。

最终，小女孩十七岁的哥哥在附近的地下室里找到了她，小女孩小小的身体躺在一辆破旧的玩具推车上，内衣和裙子都被撕破了，鞋子和红色的袜子则被扔在一堆灰烬上。警察审问小女孩的哥哥时，他非常激动，回答起问题来结结巴巴，于是，警察把他当作嫌疑人抓走了。麦克肖恩并不傻，他这么做是为了让凶手放松警惕，凶手一旦感觉又安全了，便会出来再次作案。这一次，警察准备守株待兔。

家长们也纷纷采取行动，告诉孩子们那个杀人犯所犯下的罪行（都这时候了，去他妈的合适的措辞）。他们再三告诫家里的小女孩，不要接受陌生人的糖果，不要和陌生人说话。放学时，妈妈们都到校门口接自家孩子。出了小女孩这事，原本热闹的街头现在变得空无一人，就像《格林童话》中的花衣魔笛手把孩子们全都掳到了某个山寨里，整个社区都笼罩在恐惧中。约翰尼也很担心弗兰茜的安全，还专门去弄了一把枪来。

约翰尼有一个朋友叫波特，在街角一家银行当守夜人。波特四十岁了，娶了一个二十出头的女孩。他总是疑神疑鬼，怀疑妻子趁他在银行值夜时偷情。对于这个困惑，波特想了很久之后得出一个结论：要是他妻子真有这事，那对自己来说也是一种解脱，因为他宁愿直面令人心碎的现实，也不想像现在这样日日夜夜胡思乱想。于是，波特让约翰尼帮自己值夜，他则出其不意地回家查岗。波特和约翰尼说好了，如果波特觉得有必要回家一趟，他就会让警察敲三次约翰尼家的大门。每次敲门声响起，只要约翰尼在家，他就会像消防员听到铃声一样跳下床，匆匆穿好衣服后便跑向银行，好像这是他自己的人生大事一样。

波特离开后，约翰尼接替他躺在窄窄的床上，隔着薄薄的枕头，约翰尼隐约能感受到头底下硬邦邦的手枪。此时，约翰尼多么希望有人能来抢银行，这样他就可以挺身而出，成为一个英雄。只可惜，约翰尼每次来值夜的时间都白费了，因为既没有歹徒来抢银行，他的朋友也没能捉奸在床。波特每次偷偷溜回家时，他的妻子都是一个人在床上熟睡。

约翰尼听说了小女孩遇害的案子后，便去银行找好朋友波特，问他还有没有多余的枪。

"有是有，你要它干吗？"

"我想借一把，波特。"

"你要枪干什么用，约翰尼？"

"我们那条街有个小女孩被杀了，凶手现在还逍遥法外。"

"真希望警察早点抓住他，约翰尼，我真希望他们能早点儿抓住那个丧尽天良的恶魔。"

"我家里也有女儿。"

"嗯，对，我懂你的担忧，约翰尼。"

"所以，我想找你借一把枪。"

"可你无证持枪是违反《沙利文法》的。"

"你擅离职守，让我替你值夜，肯定也违反了法律，你怎么担保我就不是抢劫犯？"

"别开玩笑，约翰尼。"

"反正都违反了一条，再多一条也没事。"

"行了，行了，我借给你。"波特打开书桌抽屉，从里面拿出一把手枪。

"现在我教你怎么用，如果你想杀人的话，你就像这样对准他们，"波特拿枪指着约翰尼，"然后扣动扳机就行了。"

"我听懂了，让我试试。"轮到约翰尼拿枪，他把枪对着波特比画了一下。

"话又说回来，"波特说，"我自己从来没有真用过这玩意儿。"

"我也是有生以来第一次摸枪。"约翰尼回道。

"那咱们可得小心点,"波特小声提醒道,"里面装满了子弹的。"

听完波特的话,约翰尼哆嗦了一下,小心翼翼地把枪放下。"好险,波特,咱俩差点儿擦枪走火打死对方。"

"我的天,你说得没错。"波特想想也有些后怕。

"手指轻轻这么一扣,就能杀死一个人。"约翰尼沉思道。

"约翰尼,你该不会想自杀吧?"

"怎么会?喝酒喝死多好。"约翰尼开始大笑,笑着笑着脸上的笑容突然僵住了。

约翰尼拿着枪准备离开,波特告诉他:"要是你抓到了那个浑蛋,务必告诉我一声。"

"一定。"约翰尼答应道。

"那行,再见。"

"再见,波特。"

回到家后,约翰尼把家人叫到身边,跟他们说了这把枪的事情,他千叮咛万嘱咐,让弗兰茜和尼利千万不要碰这把枪。"这个小圆管里装了五条人命呢。"约翰尼夸张地解释道。

弗兰茜觉得,眼前这把枪看起来就像一个怪异的招手手势。只不过它一招手,就意味着将有一个人死亡。约翰尼把枪放到枕头下,弗兰茜很乐意不用看到那个瘆人的手势。

这把枪在约翰尼的枕头下放了一个月,一直没派上用场。凶手没有再作恶,他貌似已经离开这里,去别的地方作案了。于是,妈妈们开始放松警惕,但像凯蒂这样谨慎的妈妈还是有的,每当孩子到了放学时间,她们仍然会留心学校门口或走廊,因为凶手习惯潜伏在黑暗的走廊里寻找受害者,凯蒂觉得还是小心驶得万年船。

就当大多数人觉得风平浪静时，那个变态又开始作案了。

一天下午，凯蒂正在她家隔壁的一栋房子里打扫卫生时，街上传来小孩子的声音，凯蒂知道放学时间到了。她犹豫着要不要回家，去走廊接应一下弗兰茜。自从上次那个案子发生后，凯蒂就一直这么做。但凯蒂转念一想，弗兰茜今年已经十四岁了，完全可以照顾好自己，而且，凶手一般都是挑六七岁的小女孩下手，说不定他已经在别的地方被抓住了，正在蹲大牢呢。要不……凯蒂犹豫了一下，但最终还是决定回家。因为再有一个小时她的肥皂就要被用完了，得回家换一块新的，现在回去还能一举两得。

凯蒂在街上一群放学的孩子中四处张望，一时没有看到弗兰茜的身影，心底隐隐有些不安。然后想到弗兰茜的学校离家要远一些，回来晚点也在情理之中。回到家后，凯蒂决定先热一杯咖啡，等自己喝完咖啡，弗兰茜也该回家了，她那颗悬着的心也就能放下了。凯蒂走进卧室，查看枪还在不在枕头底下，枪当然在，凯蒂突然觉得自己很傻。很快，她喝完了咖啡，拿上一块新的黄肥皂，准备接着回去打扫。

弗兰茜跟往常一样按时到家，她打开走廊的门，打量了一下走廊，发现狭长的走廊里没有人，这才关上了身后的实木门。走廊里的光线也随着关门变得暗淡。弗兰茜穿过走廊正准备上楼梯，就在她踏上第　级台阶时，她看到了那个人！

那人从通往地下室的楼梯口走出来，他走得很轻，但步子很急。他又瘦又矮，身上穿着一件破旧的深色西装，西装里面是一件无领衬衫，没有系领带。他浓密的头发披在前额，几乎把眉毛都盖住了。他长着一个鹰钩鼻，嘴巴抿成了一条线。即使在昏暗的环境中，弗兰茜也能感觉到他淫秽的眼睛。

弗兰茜又迈上一级台阶，将对面那人也看得更清楚了，可这时她的双腿突然就像灌满了水泥一样，怎么也抬不起来，同时她的双手死死地抓住楼梯栏杆，身体再也不能动弹，原来那人竟然敞开裤子朝她走来。弗兰茜惊恐地盯着那个男人裸露的下体，他的那个地方看起来就像有一条白色虫子在蠕动，跟他脸上和手上的丑陋黑色形成了强烈的对比。弗兰茜胃里一阵恶心，就像之前看到一条大肥蛆在老鼠尸体上爬来爬去一样。

弗兰茜试图高声呼喊"妈妈"，可是，当时她的喉咙像被什么堵住了，发不出一丁点儿声音，就像做了一个可怕的噩梦，在梦里试图尖叫，却发不出任何声音。弗兰茜被吓得动不了，一步也不敢动弹，紧紧抓着栏杆的双手疼得厉害。那人向弗兰茜逼近，弗兰茜迈不开腿，一步也迈不了，只能在心里不停地向上帝祈祷，希望哪个住在这里的人能快快出现。

这时，凯蒂手里正拿着新的黄肥皂，脚步轻盈地走下楼梯。当她走到弗兰茜所在的那层时，发现一个男人正在朝弗兰茜逼近，弗兰茜则被对方吓得紧紧抓着栏杆一动不动。凯蒂急忙屏住呼吸，这时没人发现她的存在。

凯蒂不声不响地转过身，一溜烟地跑回家，从门口的脚垫子下拿出钥匙开门，直到这时，她都保持着镇定。有那么短短的一瞬间，凯蒂不知道自己现在应该干什么，她先是把肥皂放在洗衣盆的盖子上，再从枕头下拿出枪，当场试了试如何瞄准，然后用围裙盖住自己拿枪的手。枪拿在手中的这一刻，凯蒂的手开始颤抖起来。她不得不用双手去稳住枪，保持着这个姿势跑下楼梯。

这时，那个恶魔已经到了楼梯下面，他灵活得像猫一样跳上两级台阶，伸出一只胳膊勒住弗兰茜的脖子，同时用手掌捂住弗兰茜的嘴，以防她大喊大叫。那家伙又用另一只手勾住弗兰茜的腰，企图把她强行拽走。两人在挣扎中，那人不小心滑了一下，他裸露的下体碰到了弗兰茜的腿。一瞬间，弗兰茜的心里就像燃起了一团火焰，把她的身体从瘫痪状态激活，她开始不停地踢腿、挣扎。那个变态用身体把弗兰茜压制在栏杆上，把她死死抓住栏杆的手指一根一根地掰开，然后把那只手扭到弗兰茜的身后，用自己的身体死死地压住，接着又去掰弗兰茜的另一只手的手指。

就在这时，楼道里有动静传来，弗兰茜抬起头，看到妈妈正朝这里跑过来。因为凯蒂双手握着枪，身体不好保持平衡，所以她跑的姿势有些笨拙。那人看见有人来了，虽然没看到对方手里拿着枪，但还是不情愿地放开了弗兰茜。那人朝下面退了两级台阶，眼神一直警惕地盯着凯蒂。弗兰茜依然定在原地，那只手还在紧紧抓着栏杆，她已经无法松开自己的手。那人下到了台阶底部，后背贴着墙，准备逃往地下室。凯蒂停下脚步，跪在台阶上，双手举起那把枪，透过两根栏杆之间的缝隙，朝那人身体裸露的部分扣动了扳机。

一声震耳欲聋的枪响后，凯蒂的围裙被子弹打穿了一个洞，随后，弥漫出一股衣服被烧焦的味道。与此同时，那个变态张大了嘴巴，露出一口肮脏的烂牙。他立刻就倒在了地上，捂住肚子的双手也松开了，而他裸露的下体上溅满了鲜血。狭窄的走廊里，充斥着一时无法散去的硝烟。

听到楼道里传来了枪声，住在这里的女人们尖叫起来，走廊的门砰的一声打开了，这栋房子的住户和街上的行人全都涌了进来，很快就把这里围了个水泄不通。

凯蒂抓住弗兰茜的手，试图拉她上楼，但她的手仿佛被焊在了栏杆上，怎么也松不开。情急之下，凯蒂用枪托敲了一下弗兰茜的手腕，这才让弗兰茜麻木的手指放松下来。凯蒂拉着弗兰茜往家走，上楼梯、过走廊的时候，她们不断遇到陆续出来的女人。

"怎么了？怎么了？"她们尖叫着问道。

"现在没事了，没事了。"凯蒂告诉她们。

弗兰茜磕磕绊绊地跟在妈妈身后，膝盖止不住地发软。到最后一个走廊时，弗兰茜终于瘫软在地，凯蒂只好把她拖进家门。进屋后，凯蒂让弗兰茜躺在厨房的沙发上，然后插好门上的链条。凯蒂把枪小心地放在那块黄肥皂旁边。她的手无意间碰到枪口，发现枪口还有些烫，后知后觉的她终于知道枪有多大威力了。凯蒂以前从来没开过枪，她以为太热了可能容易让枪走火，于是赶紧打开洗衣盆的盖子，把枪扔进泡着脏衣服的水里。那块黄肥皂见证了今天发生的这一切，凯蒂顺手把它也丢了进去。做完这些，凯蒂来到弗兰茜的面前。

"他伤害你了吗，弗兰茜？"

"没有，妈妈，"弗兰茜怯懦地回道，"但是他……他的……我想说的是……碰了我的腿。"

"碰到了哪里？"

弗兰茜指了指腿上蓝色袜子上面的一处地方，凯蒂仔细看了一下，弗兰茜这里的皮肤光洁如初，并没有受伤。对此，弗兰茜很吃惊，她本以为这里的皮肤会烂掉。

"你的腿没有事。"凯蒂说。

"可是我明明感觉他碰到了我，"弗兰茜痛苦地大喊，"我要把这条腿锯掉。"

外面的人一个劲儿地敲凯蒂家的门，想要知道今天楼道里发生了什么事，凯蒂起身把门闩上，并没有理会他们。她给弗兰茜倒了一杯滚烫的黑咖啡压惊，自己则在房间里走来走去，止不住地发抖，这下她也不知道下一步该怎么办了。

刚才那一道枪声响起时，尼利原本还在街上闲逛，当他看到大人们全都挤进他家那栋楼的走廊时，他也跟着挤了进去。尼利爬上楼梯，从栏杆上方看过去，那个变态在他刚才摔倒的地方缩成了一团，一群女人扯掉了他身上的裤子，围观的人都用鞋跟踩他，踢他，骂他，往他身上吐口水。在乱哄哄的骂声中，尼利听到了姐姐弗兰茜的名字。

"弗兰茜·诺兰？"

"对，就是弗兰茜·诺兰。"

"你确定吗，弗兰茜·诺兰？"

"我亲眼所见。"

"她妈妈……"

"弗兰茜·诺兰！"

接着，尼利听到了救护车的声音，他以为姐姐已经不幸遇害了。于是，他一边哭，一边跑上楼梯。到了家门口，尼利尖叫着敲门："让我进去，妈妈！让我进去！"

凯蒂让尼利进了门，尼利看到沙发上躺着的弗兰茜，哭得更大声了。弗兰茜也跟着他一起号啕大哭。"好了！别哭了！"凯蒂大声制止道，她使劲地摇了摇尼利，尼利才渐渐停止了哭泣。

"快去找爸爸，不管他在哪里，都要把他找回来。"

尼利立刻照妈妈说的去做，最终在麦克加里蒂的酒吧里找到了爸爸。约翰尼刚准备悠闲地享用一杯下午酒，尼利就告诉他家里出事了，他急忙放下酒杯跟着尼利跑回了家。救护车停在门口，由于围观的人实在太多，约翰尼和尼利根本就挤不进去，甚至连救护车上的医生也进不去。四名警察努力拨开人群，为医生开出一条道来。

约翰尼带着尼利从邻居的地下室进了院子，又互相扶着翻过院子的木栅栏来到自己家的院子，最后顺着防火梯往家里爬。精神高度紧绷的凯蒂看到窗外出现了一顶男人的帽子，被吓得高声尖叫，疯狂地跑来跑去找那把手枪。约翰尼最后能逃过这一劫，全靠凯蒂忘了自己刚才把枪扔哪儿了。

约翰尼跑向弗兰茜，尽管女儿已经十四岁了，约翰尼还是把她紧紧抱在怀里，不时地摇着，像哄婴儿一样哄她睡觉。弗兰茜坚持要把那条被变态碰到的腿锯掉。

"那人伤到弗兰茜了吗？"约翰尼问。

"没有，但我把他打倒了。"提起那个变态，凯蒂冷冰冰地说。

"你用枪打的？"

"还能用什么？"凯蒂给约翰尼看了看她围裙上的洞。

"你打中了？"

"尽我所能打中了。但弗兰茜回来后一直在念叨她的腿，那人的……"凯蒂的眼睛朝尼利瞟了一眼，"……那玩意儿，你知道的，碰到了她的腿。"凯蒂指了指弗兰茜的腿。约翰尼顺着凯蒂手指的地方望过去，但是什么伤口也没看到。

"糟糕透顶，这事发生在弗兰茜身上。"凯蒂说，"这孩子记忆力一向很好，她恐怕一辈子都不会结婚了，她会永远活在阴影里。"

"腿的事我来处理。"约翰尼信誓旦旦地说道。

约翰尼把弗兰茜放回到沙发上，再找来石炭酸，兑上一些水，开始替弗兰茜擦拭那条被碰到的腿。弗兰茜的腿有了灼烧感，她感觉那个变态在自己身上犯下的罪恶正在被一点一点洗去。

有人在使劲敲门，约翰尼他们没有应答，因为他们不希望这时候有外人跟着添乱。见没人开门，一个爱尔兰口音的警察在门外大声喊道：

"开门，警察执法，快点。"

凯蒂这才开了门。一名警察走了进来，他后面跟着一个挎着包的实习医生。警察指着弗兰茜。

"受害人是她？"

"是的。"

"医生，到这边来，给她做个检查。"

"不行。"凯蒂抗议道。

"这是规定。"警察平静地回答道。

凯蒂只好把医生和弗兰茜带到了卧室，在这里，本就吓坏的弗兰茜还要忍受那羞耻的检查。医生做了一个快速而仔细的检查，然后把仪器放回包里，并对他们说："弗兰茜没事，那个人没有侵犯到她。"

医生把弗兰茜肿胀的手腕握在手里端详。"这伤是怎么弄的？"

"她手麻了，我只好用枪敲了她一下，让她放开栏杆。"凯蒂向医生解释道。

医生注意到弗兰茜的膝盖上也有伤。"这又是怎么搞的？"

"我拖着她在地上走弄的。"凯蒂如实回答。

"那这又是什么？"医生指着弗兰茜腿上被灼烧的皮肤问道。

"那是她爸爸用石炭酸给她洗的，那里就是那个男人碰到的地方。"

"我的天！"医生惊叹道，"你想让她三度烫伤？"医生赶紧再次打开包，从里面拿出冷却膏给弗兰茜敷上，然后给她小心地包扎起来。"上帝啊！"医生又说，"你们两个给她造成的伤害比那个歹徒还要多。"医生抚平弗兰茜的裙子，拍拍她的脸颊，轻声说："你没有事的，小姑娘。我要给你一些东西帮你入睡。当醒来时，你只要记得，那是一个噩梦，仅此而已。就是一场噩梦，听到没有？"

"听到了，医生。"弗兰茜感激地说。她又一次见到了一根针头，她想起了很久之前接种疫苗的事情。她很担心，自己现在的手臂干净吗？面前的医生会怎么说？

"真是一个勇敢的女孩。"当针扎进去时，医生夸奖道。

"想不到，医生竟然站在我这边。"弗兰茜模模糊糊地这么想着，没过多久就睡着了。

凯蒂和医生来到厨房，约翰尼和警察坐在桌旁。警察宽厚的手掌里握着一支铅笔，正在一个小本子上认真地做笔录。

"孩子没事吧？"警察问。

"没事，"医生告诉他，"只是受了惊吓。"医生向警察眨眼示意。

"等孩子醒了，"医生对凯蒂嘱咐道，"记得告诉她，她只是做了一个噩梦，其他的不要多说。"

"多少钱，医生？"约翰尼问。

"不要钱，哥们儿，政府报销。"

"谢谢你。"约翰尼低声感谢道。

医生见约翰尼双手颤抖，便掏出一瓶酒向他扔去。"拿去！"约翰尼不解地看着他。"拿着喝吧，哥们儿。"医生坚持说道。约翰尼感激地喝了一大口。医生又把酒瓶子递给凯蒂。"你也喝点，夫人，你看起来好像也需要。"凯蒂也喝了一大口。

这时，旁边的警察发话了。"你把我当什么啊？摆设吗？"

酒瓶从警察手里转回来时，里面的酒已经不多了，医生叹了口气，仰头一饮而尽。警察也叹了口气，转向约翰尼。

　　"现在，告诉我，你把枪放哪儿了？"

　　"我枕头底下。"

　　"知道了，我现在要把它带回警察局去。"

　　凯蒂忘了自己把枪放到哪里了，她走进卧室翻了翻枕头，枪竟然不在了。凯蒂满脸焦急地回来了。

　　"怎么会，枪不在枕头底下！"

　　警察笑了。"当然不在了，因为你把它拿出来打浑蛋了。"

　　过了很久，凯蒂才想起自己把枪扔到洗衣盆里了。她把枪捞出来交给警察。警察擦干上面的水，取出里面的子弹，问了约翰尼一个问题。

　　"你有持枪许可吗，哥们儿？"

　　"没有。"

　　"那就难办了。"

　　"这不是我的枪。"

　　"那是谁给你的？"

　　"没……没人。"约翰尼不想给波特惹麻烦。

　　"那你是怎么得到它的？"

　　"我捡的，对，我在排水沟里捡的。"

　　"你捡到的时候这枪就已经装满子弹、上好油了？"

　　"对。"

　　"这就是你的口供？"

　　"对。"

　　"听起来也说得过去，哥们儿，一旦说了可不要改。"

　　救护车司机已经把凶手送到医院了，这会儿他回来准备接医生离开这里。

"医院？"凯蒂问，"他没死？"

"没死。"医生回答凯蒂，"我们会把他治好，让他能自己走向电椅，再被执行死刑。"

"抱歉，"凯蒂如实说道，"我原本打算杀了他的。"

"在他昏过去之前，我从他那里得到了一份口供。"警察说道，"之前那个小女孩就是他杀的，他还犯了两起别的案子，我已经得到了他认罪的证据，还有周围目击证人的签名。"警察拍了拍装着证据的口袋，"要是因为这件事升官，我一点儿也不感到意外。"

"但愿吧，"凯蒂冷冷地说，"总要有人从中获得一些好处。"

第二天一早，弗兰茜醒了，约翰尼说，她昨天做了一场噩梦。随着时间的推移，弗兰茜的记忆越来越模糊，那件事确实像一场噩梦。那件事并没有给弗兰茜留下心理创伤，因为身体上的痛楚让她心理上的感受变得模糊了。她的身体在楼梯上承受了短暂的痛苦，虽然只有短短的三分钟，但对她起到了麻醉的作用。再加上医生给弗兰茜注射了针剂，后续发生的事情在弗兰茜脑海中就变得模糊不清了。甚至在出庭作证时，她讲到实实在在发生在自己身上的经历，那感觉就像在说虚幻的台词一样。

后面还需要出庭作证，工作人员事先告诉凯蒂，这只是程序性的东西而已。弗兰茜几乎记不得了，只记得她和妈妈分别讲了事情的经过，没说别的什么。

"我当时正从学校往家走，"弗兰茜作证说，"当我进了走廊后，一个男人走了出来，他在我呼救前抓住了我。就在他试图把我拖下楼梯时，我妈妈来了。"

凯蒂说："我走下楼梯时，看见那个男人在拖拽我女儿，我跑上楼去拿出了枪（时间没多久）。在他试图逃往地下室时，我朝他开了一枪。"

弗兰茜担心妈妈会因为开枪杀人而被抓，但是他们并没有抓妈妈，法官甚至还跟妈妈和她握了握手。

弗兰茜遭遇变态这事在报纸上的报道有些走样。原因是一个喝醉了的记者，每晚都会例行公事给警察局打电话，询问警察的最新笔录，从而获取一手消息。但他把"诺兰"和负责这个案子的警察的名字搞混了，于是这家报纸的半个专栏报道的是，威廉斯堡的欧里瑞太太在她家走廊里开枪打死了一个淫棍。第二天，另外两家报纸也分别用了相当的篇幅报道这件事，不过他们报道的是，威廉斯堡的欧里瑞太太在她家的走廊里被一个淫棍开枪打死了。

最终，这件事慢慢淡出人们的视野。不过，凯蒂还是成了邻居眼中的英雄。随着时间的推移，他们淡忘了杀人的变态，只记得凯蒂·诺兰开枪打了一个人。于是，一提起凯蒂，大家都说没事别去招惹她，小心被她开枪打死。

石炭酸给弗兰茜的腿留下的疤痕一直存在，不过那疤痕越来越小，最后只剩硬币那么小了。弗兰茜慢慢习惯了它的存在，随着年龄的增长，她很少再注意到自己腿上的伤疤了。

至于约翰尼，则被罚了五块钱，因为他无证持枪，违反了《沙利文法》。另外，波特的妻子最终和一个跟她年龄相仿的意大利人私奔了。

几天后，麦克肖恩警官来找凯蒂，当时凯蒂正拖着一大桶垃圾去路边，麦克肖恩警官怜香惜玉，帮了凯蒂一把。凯蒂见过麦克肖恩警官一次，是在那次民主党组织的野餐活动上。麦克肖恩警官问弗兰茜，凯蒂是不是她的妈妈。其实，还有一次，麦克肖恩警官和别人一起把喝得烂醉的约翰尼送回家，只不过那时候凯蒂不在家。凯蒂还听说，麦克肖恩警官的妻子得了绝症肺结核，现在人在疗养院，大家都说他的妻子没几日光景了。"麦克肖恩警官在妻子死后会再婚吗？"凯蒂很好奇。"他当然会的。"凯蒂自问自答，"他是一个英俊、正直的男人，还有一份好工作，不知有多少女人抢着要他。"

麦克肖恩警官摘下了帽子。"诺兰夫人，我和警察局的同僚都十分感谢你帮我们抓住了凶手。"

"不必客气。"凯蒂客套地回应道。

"为了表示感激，这是我们大家的一点儿心意！"说着，麦克肖恩警官掏出来一个信封。

"钱？"凯蒂问道。

"没错。"

"你们留着吧！"

"你肯定需要这笔钱，毕竟你的丈夫没有稳定的工作，而且还有两个孩子要养活。"

"不劳你操心，麦克肖恩警官。我现在工作很卖力，我们不需要别人的帮助。"

"说得在理。"

麦克肖恩警官把信封放回口袋。"这个女人，"他一边打量凯蒂一边心想，"身材姣好，皮肤白皙，满头鬈发乌黑发亮。单论勇气，她能以一敌六。我已经是一个四五十岁的中年人，而她还是一个年轻的姑娘。"（凯蒂此时已经三十一岁了，但看起来比实际年龄小多了。）"我跟她有相同的遭遇，都是结婚的运气不好，确实不好。"麦克肖恩警官知道约翰尼经常酗酒，知道他这样下去活不了多久，于是对他充满了同情。同样地，麦克肖恩警官对妻子莫莉也充满同情。他不想伤害约翰尼或者莫莉，也从来没想过对弥留之际的妻子不忠。"如果我心中有那样的念头，会伤害他们吗？"他问自己，"当然了，这事还需要等一等，等多久呢？或许两年？或许五年？以前没有一点儿希望的日子都过来了，再多等几年又何妨。"

麦克肖恩警官再次向凯蒂表达谢意，然后向她道别。在和凯蒂握手告别时，麦克肖恩警官心想："总有一天，她会成为我的妻子，如果上帝同意，她也愿意的话。"

凯蒂不知道麦克肖恩警官在想什么。她当真不知道吗？也许吧。

凯蒂突然想起了什么，于是叫住了对方，并说道："我希望有一天你能得到你应得的幸福，麦克肖恩警官。"

第三十四章

　　弗兰茜听茜茜姨妈对妈妈说，她要有一个孩子了，弗兰茜感到很奇怪，为什么茜茜姨妈不说"生孩子"而要说"有孩子"？原来这里面大有玄机。

　　茜茜一共有三任丈夫，但茜茜和他们都没有孩子。在柏树山那一带的圣约翰公墓里，一块小小的墓地里葬着茜茜十个夭折的孩子，他们每块墓碑上的出生日期和死亡日期都是同一天。茜茜今年已经三十五岁了，一直没有孩子的她做梦都想要一个自己的孩子。凯蒂和约翰尼经常说起这事，凯蒂甚至担心哪天茜茜会去绑架一个小孩。

　　茜茜想收养一个孩子，但她的丈夫约翰不同意。

　　"我是不会给别的男人养种的，懂吗？"约翰的态度很坚决。

　　"你不喜欢孩子吗，亲爱的？"茜茜甜言蜜语地哄道。

　　"我当然喜欢孩子，但前提必须是我自己的孩子，而不是社会上的那些混混生的孩子。"约翰骂那些人，却没想过他自己也曾经是个"混混"。

　　大多数情况下，约翰都会像面团一样任由茜茜摆布，但在这件事情上，约翰的态度却异常强硬。他坚持认为，如果他们家要有孩子，那孩子一定得是他的，不能是别人的。

　　茜茜知道约翰是认真的，甚至对他的态度肃然起敬，可茜茜太想要一个活蹦乱跳的孩子了。

通过一次偶然的机会，茜茜得知马斯佩斯家有个名叫露西亚的十六岁女孩。这个女孩和一个已婚男人纠缠不清，还怀上了对方的孩子。露西亚是跟着父母从意大利的西西里岛移民过来的。为了不让家丑外扬，露西亚的爸爸每天只让女儿喝水和吃面包，他的打算是，让女儿撑到分娩时即可，到时候女儿一定体力不支，能一尸两命最好。为了防止妻子趁自己不在家时给女儿送食物，他每天早上上班前会拿走家里所有的钱。直到下班回家时，他才会买一大袋食物回来，还不允许家里人偷拿。一家人都吃过后，他才给女儿送去每天定量的半个面包和一壶水。

听说露西亚怀着孩子还在挨饿，竟有这么残忍的事，茜茜得知后大为震惊。她想出了一个办法，想必那家人会很乐意等孩子一出生就送人。茜茜决定登门拜访，如果他们都是精神正常、身体健康的人，那她就领养露西亚肚子里的孩子。

茜茜第一次上门时，露西亚的妈妈不让她进屋。第二天，茜茜又来了，这次她在大衣上别了一枚徽章。茜茜敲了敲门，当门被打开一条缝时，她指着胸前的徽章，不由分说要进去。露西亚的妈妈吓坏了，以为茜茜是移民局的，赶紧让她进了家门。好在露西亚的妈妈不识字，不然她就会看到茜茜徽章上写的是"家禽检查员"了。

茜茜进门后开始"执行公务"，把露西亚这个准妈妈吓坏了。由于长期吃不饱饭，露西亚明显面黄肌瘦，双眼无神。茜茜威胁露西亚的妈妈说，如果她不对女儿好一点儿，自己就会逮捕她。露西亚的妈妈眼泪直流，用蹩脚的英语给茜茜讲，女儿是如何让家里蒙羞，又讲了丈夫如何打算饿死女儿和她肚子里的孩子。茜茜和露西亚还有露西亚的妈妈谈了一整天，她们大部分时间是用手比画着交流。最后，露西亚的妈妈终于听明白了，茜茜的意思是，露西亚生下孩子后，她愿意领养。露西亚的妈妈感激地吻了吻茜茜的手。从那天起，茜茜便成了他们家信赖的朋友。

茜茜的丈夫早上去上班后，茜茜收拾完房间，就给露西亚做了一锅好吃的。茜茜带着食物来到露西亚家里，这些食物她采用的是爱尔兰和德国的烹饪手法。茜茜是这么打算的，孩子还在娘胎里，吃了这些东西，等生下来后，就没那么像意大利人了。

茜茜把露西亚照顾得很好。天气好时，茜茜带着她去公园，让她坐着晒会儿太阳。在她们这段不同寻常的相处中，茜茜成了露西亚最信任的朋友。露西亚很感激茜茜，因为茜茜是这个世界上唯一善待她的人。他们一家人（除了露西亚的爸爸，他到现在还不知道有茜茜这号人存在）都喜欢茜茜，他们通力合作，不让露西亚的爸爸发现真相。每当听到露西亚的爸爸上楼的脚步声时，他们会赶紧把露西亚锁回黑屋子里。

这家人说不了几句英语，茜茜也不懂他们的意大利语，经过几个月的相处，他们从茜茜身上学到了一些英语，茜茜也从他们那里学到了一些意大利语，现在他们可以正常交谈了。茜茜从来没有告诉过他们自己的名字，所以他们就称茜茜为"自由女神"。自由女神是一座手持火炬的雕塑，是他们来美国后看到的第一个地标性建筑。

茜茜为露西亚还没出生的孩子紧锣密鼓地张罗着。所有事情都安排妥当后，茜茜向自己的朋友和家人宣布，她又要有一个孩子了。大家早就习以为常，因为茜茜不是正在生孩子，就是在准备生孩子的路上。

茜茜找了一个不知名的接生婆，提前支付了接生孩子的钱。茜茜让凯蒂帮忙，在一张纸上写了茜茜的名字，以及茜茜的丈夫约翰的名字，还有茜茜娘家的姓。茜茜告诉接生婆，孩子一出生就赶紧把这张纸送去卫生局登记。

这个接生婆不会说意大利语（茜茜在雇她的时候已经确认了这一点），她以为纸上写的是孩子亲生父母的名字，茜茜要确保孩子的出生证明能办妥。

茜茜把假怀孕这事装得像真的一样，就连最开始几周的孕吐都要假戏真做。露西亚说自己感觉到了胎动，茜茜转头就跟丈夫说她也胎动了。

露西亚开始阵痛的那天下午，茜茜也回家躺在床上。约翰下班回家后，茜茜告诉他孩子要出生了。约翰看着躺在床上的妻子，她分明像芭蕾舞演员一样苗条。约翰不信，但茜茜坚持说是。约翰只好去找岳母玛丽，玛丽过来看了一眼茜茜，断定她不是生孩子。茜茜却发出一声令人毛骨悚然的尖叫，说她痛得要死。玛丽若有所思地看着茜茜，也不知道茜茜葫芦里卖的是什么药，但她知道和茜茜争论没什么意义。如果茜茜说她要生孩子了，那她就是要生孩子了，没什么好说的。

约翰抗议道："你看看她多瘦，她肚子里根本没有孩子，看见了吗？"

"说不定这孩子会从她脑袋里生出来，你看她脑门够大吧。"玛丽说道。

"得了，净胡扯。"约翰还是不信。

"你凭什么这么笃定？"茜茜问道，"圣母玛利亚不就是没有男人就生出了孩子吗？如果玛利亚能做到这一点，我相信我比她更容易，好歹我已经结了婚，有了男人。"

"谁知道呢？"玛丽说。她转向百思不解的约翰，温柔地劝道："世上有很多事情是男人不理解的。"玛丽让约翰不要再多想了，好好吃完她做的美味晚餐，只管上床去好好睡个觉。

约翰怎么也想不通，他躺在茜茜身边彻夜难眠。时不时地，他用胳膊肘支起身子，盯着妻子看，又用手摸摸妻子平坦的腹部。茜茜这一晚却睡得香极了。

第二天早上，约翰去上班时，茜茜告诉他，下班回家后就能当爸爸了。

"我投降了。"备受折磨的约翰喊道，然后继续去那家通俗杂志社上班了。

茜茜急忙赶往露西亚的家里。露西亚的爸爸去上班一小时后，露西亚生下了一个健康、漂亮的女婴，茜茜打心眼儿里高兴。

茜茜让露西亚接着给孩子喂十天的奶，等一切走上正轨了，茜茜再把孩子带回家去。茜茜去外面买了一只烤鸡和一个馅饼，露西亚的妈妈把这只烤鸡做成了意大利风味的鸡肉，茜茜又去意大利杂货铺赊了一瓶基安蒂葡萄酒，一起享用了这顿美味的晚餐，大家就像庆祝节日一样，每个人都很开心。

生完孩子后，露西亚的肚子又平了，她身上不再有任何显眼的标志提示那段耻辱的过往。现在一切都和以前一样了……或者说等茜茜把孩子接走，一切都能和以前一样了。

不管有没有必要，茜茜一天给孩子换三回衣服，每隔一个小时就给孩子洗一次澡，每隔五分钟就给孩子换一次尿布。茜茜给露西亚也洗了澡，把她洗得干干净净的。茜茜一遍又一遍地洗着露西亚的头发，直到它们像绸缎一样散发出光泽。茜茜为露西亚和孩子做多少都嫌不够，直到露西亚的爸爸快下班时，她才不得不离开。

露西亚的爸爸回到家，照例走进黑暗的房间给女儿送吃的。他打开煤气灯，发现女儿今天容光焕发，身边还睡着一个胖嘟嘟、吃饱喝足的婴儿。他大吃一惊，仅凭面包和水！！！他越想越害怕，这算得上一个奇迹了！显然，圣母玛利亚显灵了。在意大利，圣母玛利亚很灵验，想到自己曾经那么残忍地对待亲生女儿，这下会受到圣母玛利亚的惩罚了。懊悔之余，他赶紧给女儿端来满满一盘意大利面条；露西亚拒绝了他，说自己已经习惯了喝水和吃面包。

露西亚的妈妈也站在露西亚一边，说正是因为面包和水，才孕育出了完美的婴儿。露西亚的爸爸越发相信这是奇迹。他试图疯狂地弥补露西亚，但母女俩都要惩罚他，都不接纳他表现出的任何善意。

当天晚上，茜茜的丈夫回来了，茜茜正平静地躺在床上。约翰开玩笑地问道："你今天生孩子了吗？"

"生了，一个女孩。"茜茜无力地回道。

"嗬，继续编故事！"

"孩子是在你今天早上离开一小时后出生的。"

"不可能！"

"我发誓！"

约翰环视了一下房间。"那么，孩子在哪里？"

"在科尼岛的保育室里。"

"哪里？？？"

"孩子才七个月，生下来只有三磅重。所以，你才看不出我怀孕了。"

"你在撒谎，对不对？"

"等我恢复了体力，我亲自带你去科尼岛，看看保温箱里的孩子。"

"你到底想干什么？想要把我逼疯吗？"

"我打算十天后把孩子带回家，就在她长出指甲以后。"茜茜继续说道。

"茜茜，你到底在说什么？！今早你有没有生孩子，你心里清楚得很。"

"我说我生了一个孩子，三磅重，正在保温箱里，这样她就不会死。我准备十天后接她回家。"

"我服了！懒得跟你说！"约翰嚷嚷道，出门去喝酒了。

十天后，茜茜如约把孩子接回了家。孩子个头儿很大，大约有十一磅，茜茜的丈夫约翰最后一次发表了自己的意见。

"对一个才十天大的婴儿来说，这个头儿是不是太大了点？"

"那是因为你也很壮啊，亲爱的。"茜茜低声哄道。听完这话，约翰脸上露出了得意的神色，茜茜搂住丈夫，"我现在很有感觉，"茜茜附在约翰耳边说道，"如果你想和我睡觉的话。"

"你还别说，"约翰尽兴之后说道，"这孩子看起来确实像我。"

"对，尤其是耳朵。"茜茜漫不经心地回道。

几个月后，露西亚一家返回了意大利，他们很高兴能从这里离开，因为美国带给他们的只有悲伤、贫穷和耻辱。从那以后，茜茜就再也没听到过他们的消息。

每个人都知道那孩子不是茜茜的——那不可能是她的，但茜茜坚持说孩子就是她的，也没再做任何解释。时间长了，周围的人不得不接受她的说法，毕竟这世界上偶尔还是会有奇迹发生的。茜茜给孩子取名叫莎拉，但后来大家都叫孩子小茜茜。

茜茜把孩子的身世只告诉了凯蒂一个人。当初茜茜让凯蒂帮忙写出生证明上的名字时，便告诉了她事情的原委。弗兰茜也知道这个秘密，是因为有一天夜里，弗兰茜被各种声音吵醒，醒来后听到妈妈和茜茜姨妈在厨房里谈论婴儿的事情。弗兰茜发誓，她要永远帮茜茜姨妈保守秘密。

除了露西亚一家、凯蒂和弗兰茜，约翰尼是唯一知道这件事的局外人，是凯蒂告诉他的。弗兰茜听到爸爸和妈妈在厨房说起这件事，他们都以为弗兰茜和尼利睡得很熟。约翰尼站在茜茜丈夫的立场上为他打抱不平。

"对一个男人，任何一个男人来说，这都是不光彩的手段。应该有人告诉他事情的真相，我得去告诉他。"

"不行！"凯蒂严厉阻止道，"约翰现在很开心，就让他一直这样下去吧。"

"开心吗？替别的男人养私生子？我反正看不出来。"

"约翰爱茜茜爱得发疯，他总是患得患失，如果茜茜离开他，无异于要了他的命。你也知道茜茜这个人，她换了一个又一个男人，换了一任又一任丈夫——就是为了能生一个孩子。茜茜原本打算离开约翰，但现在她有了这个孩子，从现在开始，茜茜将变得跟以前不一样。我把话撂在这儿，她从此以后肯定会安定下来，做一个好妻子，好得让约翰都配不上。约翰又能算什么？"凯蒂继续说，"茜茜会是一个好母亲，这个孩子将会成为她生活的全部，茜茜再也不需要换男人了。你就别跟着添乱了，约翰尼。"

"你们罗姆利家的女人我真搞不懂。"约翰尼无可奈何，突然想到了什么，"你老实交代，你有没有像茜茜那样对我？"

作为回应，凯蒂让弗兰茜和尼利起床，两个孩子穿着睡袍站在约翰尼面前。"你好好看看他们。"凯蒂厉声说道。

约翰尼看着儿子，就好像自己在照一面魔术镜。他在镜子里看到了一模一样的自己，只是比例缩小了。约翰尼又看了看女儿，弗兰茜长得跟凯蒂一样，只是看起来更严肃些，可眉眼长得像自己。弗兰茜突发奇想，她拿起一个盘子，学着爸爸唱歌时将帽子举在胸前的样子，唱道：

　　　　他们叫她多情萨尔，

　　　　一个独特的女孩儿……

弗兰茜那唱歌的表情和手势简直和约翰尼完全一样。

"我知道了，我知道了。"约翰尼像犯了错似的小声说道，他吻了吻孩子们，又拍了拍他们的后背，让他们回去睡觉。弗兰茜和尼利离开后，凯蒂凑到约翰尼耳边，小声对他说了些什么。

"不会吧？"约翰尼听完十分惊讶。

"是真的，约翰尼。"凯蒂平静地说。

约翰尼戴上帽子，看样子是要出去。

"你要去哪里，约翰尼？"

"出去。"

"约翰尼，你回来的时候别……"凯蒂朝卧室门望去。

"好的，凯蒂。"约翰尼保证道，他轻轻地吻了吻凯蒂，然后便出门去了。

弗兰茜半夜醒来，她也不知道是什么把自己从睡梦中唤醒。啊！爸爸到现在还没有回家，一定是这个原因。只有爸爸回家了，她才能睡得安稳。一旦醒着，她就会忍不住去想一些事情，她想到了茜茜姨妈的孩子，进而想到出生，又想到出生对应的必然结果——死亡。弗兰茜不愿想到死亡，但是死亡又是每个人都逃不掉的命运，正当她与死亡的想法做斗争时，她听到爸爸轻声唱着歌上楼来了。约翰尼唱的是《莫莉·马龙》的最后一段，弗兰茜哆嗦了一下，因为爸爸从来没有唱过那一段。从来没有！今天为什么……

> 她死于热病，
> 没有人能救她，
> 我就这样失去了
> 亲爱的莫莉·马龙……

弗兰茜没有起身，因为家里是这样约定的，约翰尼回来晚时都是凯蒂给他开门，因为凯蒂不想吵到孩子们睡觉。约翰尼的歌快唱完了，凯蒂没听见，也没起床开门。

弗兰茜跳下床去给爸爸开门，还没等她走到门口，爸爸就已经唱完了。她打开门时，爸爸静静地站在那里，手里拿着帽子。爸爸的视线越过她的头顶，直直地看着前方。

"你赢了，爸爸。"弗兰茜说。

"是吗？"约翰尼平静地反问道，径直走进房间，其间没有看弗兰茜一眼。

"你在我开门前唱完了这首歌。"

"是，我唱完了这首歌，确实。"约翰尼落寞地坐在靠窗的椅子上。

"爸爸……"

"关上灯，睡觉去吧。"（灯一直亮着，为了等他回来。）

弗兰茜关了灯，"爸爸，你喝……你生病了吗？"

"不，我没醉。"约翰尼在黑暗中清晰地说道。弗兰茜知道他说的是真话。

　　弗兰茜回到自己的小床上，把脸埋进枕头里，不知道为什么，眼泪止不住地流了下来。

第三十五章

　　还有一个星期就又到圣诞节了。弗兰茜刚过完十四岁生日。尼利，用他自己的话说，一不留神就十三岁了。今年的圣诞节情况不好，约翰尼有些反常，因为他不喝酒了。当然，往常他也有不喝酒的时候，但那是他在工作时。现在他既不喝酒，也不工作。关键是，他现在酒倒是没喝，人反而像喝醉了一样。

　　约翰尼已经有两个多星期没有和家里人说话了。弗兰茜记得爸爸最后一次和她说话还是在那天晚上，当时，爸爸回家时清醒地唱着《莫莉·马龙》的最后一段。从那以后，爸爸就再也没有唱过歌。他在家里进进出出，却不和家里人说话。他总是在外面待到很晚，回家时人也很清醒，家里没有人知道他去了哪里。

　　现在，约翰尼的手颤抖得很厉害，吃东西的时候几乎拿不住叉子。突然间，他整个人看起来苍老了许多。

　　就在昨天，他们吃晚饭的时候，约翰尼回来了。约翰尼看着他们，似乎想开口，但最后什么也没说，而是闭了一下眼睛，然后就进了卧室。约翰尼不再像往常一样在某个时间点做某件事，而是不分白天黑夜地在家里进进出出。在家里待着时，他总是闭着眼睛、衣着整齐地躺在床上。

　　凯蒂一声不吭。她有一种不祥的预感，仿佛她的内心充斥着悲剧。凯蒂的脸很消瘦，脸颊有一些凹陷，只不过她的身体还算丰腴。

圣诞节前的一周，凯蒂又找了一份工作。比起以前，她每天起得更早，做起清洁工作来更加麻利，这样刚到下午没多久，她就把活儿给干完了。接着，凯蒂要赶到位于格兰德街波兰区的戈林百货公司，她会在那里从下午四点干到晚上七点，给百货公司的售货员送咖啡和三明治。由于圣诞节生意繁忙，这些售货员没时间去吃晚饭。正好，凯蒂很需要每天送餐挣的这七十五分钱。

快到七点时，尼利卖完报纸回到家，弗兰茜也从图书馆回来了。屋里没生火，他们只能一直等着，等妈妈挣钱买一捆木头回来。由于天气实在太冷了，弗兰茜和尼利便穿好大衣，戴上帽子。弗兰茜看到晾衣绳上挂着妈妈之前洗好的衣服，她准备把它们收进屋，可是，衣服已经被冻得硬邦邦了。那样子奇形怪状的，不太好从窗户拉进来。

"来，让我试试。"尼利指着一条冻住的长睡衣说。睡衣的两条长长的裤腿张着，任凭尼利怎么努力，都没能把它从窗户拉进来。

"我要打断这该死的裤腿。"弗兰茜一边说，一边狠狠地捶打着裤腿。

就这样，裤腿便噼里啪啦地软下来，弗兰茜恶狠狠地把它拉进窗户。那一瞬间，她看起来就像凯蒂一样。

"弗兰茜？"

"什么？"

"你……你说脏话了。"

"我知道。"

"上帝会听到的。"

"随他去吧！"

"真的，上帝可以，他什么都看得到，什么都听得到。"

"尼利，你真的相信上帝能看到我们这个小小的破房间吗？"

"我敢说他一定会的。"

"你错了，尼利。上帝正忙着照顾雏鸟，不让它们从巢穴中掉下来，还忙着照看花朵，好让它们吐露芬芳。上帝才没闲工夫管我们呢！"

"别这么说，弗兰茜。"

"我就要说。如果上帝像你说的那样，能看到所有人的疾苦，那他一定能看到我们现在过的苦日子，他会看到我们在家里很冷，什么吃的都没有；他会看到妈妈没有那么强壮，做不了那么多粗活；他会看到爸爸现在这个样子，考虑为他做点儿什么。如果真如你所说，上帝就会那样做！"

"弗兰茜……"尼利不安地环顾房间。

弗兰茜将尼利的一举一动看在眼里。"我已经长大了，不能再逗尼利了。"弗兰茜心想，于是大声说，"我们不说这个了，尼利。"于是，他们聊了点别的事情，直到妈妈回家。

凯蒂急匆匆地走了进来，她拿了一捆两分钱买的木柴，一个袋子，袋子里面装了三根香蕉，还有一罐炼乳。凯蒂把纸和木头塞进炉灶，很快就生好了火。

"好了，孩子们，我想，我们今天的晚餐只能吃燕麦片了。"

"又吃这个？"弗兰茜嘟囔道。

"不难吃的，"凯蒂说，"我买了炼乳，我们还可以把香蕉切片放在上面。"

"妈妈，"尼利说道，"不要把我的炼乳和燕麦片搅拌在一起，炼乳就放在上面。"

"把香蕉切片，然后和燕麦一起煮吧。"弗兰茜建议道。

"我要单独吃一整根香蕉。"尼利抗议道。

凯蒂中止了他们的争论，"我给你们每人一根香蕉，你们想怎么吃就怎么吃。"

燕麦粥煮好后，凯蒂舀了两碗放在桌上，接着在每个碗旁边各放了一根香蕉，又把两罐牛奶分别打了孔。

"你不吃吗，妈妈？"尼利问道。

"我一会儿吃，现在不饿。"凯蒂叹了口气。

弗兰茜说："妈妈，如果你现在不想吃东西，那你能不能去弹钢琴，这样我们就像在餐厅吃饭一样。"

"前厅冷。"

"点上油炉吧。"弗兰茜和尼利齐声说道。

"好吧。"凯蒂从橱柜里拿出一个便携式油炉，"你们知道的，我弹得不怎么样。"

"你弹得很好，妈妈。"弗兰茜真诚地说。

凯蒂很高兴，她跪下点燃油炉，"你们想听什么？"

"来一首《小叶子》吧。"弗兰茜叫道。

"我要听《欢迎甜蜜的春天》。"尼利喊道。

"我先弹《小叶子》，"凯蒂决定了，"就当作给弗兰茜的生日礼物。"

说完，凯蒂便提着炉子去了前厅。

"我要把我的香蕉切成片放在燕麦粥上，我要把它切得很薄很薄，这样我就可以吃到很多香蕉了。"弗兰茜说。

"我要把香蕉整个吃掉，"尼利说，"我要慢慢地吃，这样就可以吃很久。"

凯蒂开始弹弗兰茜点的歌，这首歌是莫顿先生教孩子们的，凯蒂边弹边唱：

> 来吧，小叶子，
>
> 风儿轻轻唤你，
>
> 和我一起在草地嬉戏，
>
> 穿上你的红色金衣。

"得了，那是小孩子才唱的歌。"尼利打断道，弗兰茜停止了跟唱。

凯蒂弹完弗兰茜点的歌后，便开始弹鲁宾斯坦的《F大调旋律》[①]，莫顿先生也教过孩子们这首歌，不过名字用的是《欢迎甜蜜的春天》，歌词也修改过。尼利开始跟唱：

> 欢迎，甜蜜的春天，
>
> 我们用歌声迎接你。

在这首歌高音部分，尼利突然急转直下，唱成了低音，逗得弗兰茜咯咯直笑，尼利也跟着笑，很快就笑得唱不下去了。

"你知道妈妈如果现在坐在这里会说什么吗？"弗兰茜问道。

"什么？"

"她会说，'不知不觉春天就来了'。"两人哈哈地笑了起来。

"圣诞节快到了。"尼利说。

---

① 鲁宾斯坦的《F大调旋律》：是19世纪的一首钢琴独奏曲，由俄裔德国作曲家安东·鲁宾斯坦创作。歌曲柔美，旋律优雅，以F大调为基调，展现了浪漫主义时期典型的旋律表达和情感流露。

"还记得我们小时候，"弗兰茜回忆道，"如果圣诞节要来了，我们会闻到什么味道吗？"

"我们现在再闻闻，看看还能不能闻到。"尼利突然提议，随即便把窗户打开了一条缝，然后把鼻子凑过去，"还能闻到。"

"你闻到了什么？"

"雪的味道。你还记得吗？咱俩小时候，常常对着天空喊：'羽毛孩，羽毛孩，从天上多摇一点儿羽毛下来。'"

"那时候，我们还以为下雪是因为天上住着一个羽毛孩。我也来闻闻，"弗兰茜也想参与，便把鼻子凑到窗缝旁，"嗯，我也闻到了，是橘子皮和圣诞树混合在一起的味道。"闻完后，他们关上了窗户。

"有一次，你为了得到一个洋娃娃，撒谎说你叫玛丽，我从来没有对别人说起过这事。"

"嗯，我也一样，"弗兰茜感激地说，"还记得有一次，你用咖啡渣做香烟，烟做好后你吸了一口，结果火星落在你的衬衫上，烧了一个大洞，还是我帮你把衬衫藏起来的。"

"你知道吗？"尼利想了一会儿，接着说道，"妈妈后来找到了那件衬衫，还在洞上缝了一块补丁，可奇怪的是，她从来没有责问过我。"

"妈妈真有意思，"弗兰茜觉得妈妈的做法让人捉摸不透。炉里的火苗灭了，但房间还是温暖的。尼利坐在炉子上，那里已经不烫了。妈妈曾警告过他，坐在热炉子上会长痔疮，但是尼利不怕，他喜欢暖和。

弗兰茜和尼利的日子算得上很快乐，能吃饱喝足，还有妈妈弹钢琴，一切是那么安宁美好。他们回忆起以往的圣诞节，或者用弗兰茜的话说，他们追忆起往事。

他们正在聊天时，外面有人在猛敲门。"是爸爸。"弗兰茜说。

"不是，爸爸上楼时总唱着歌，我们一听就知道是他。"

"尼利，那天晚上过后，爸爸回家时就再也没有唱过歌了……"

"让我进去！"约翰尼在屋外大声喊道，他使劲敲着门，好像要把门撞开似的。听到声音后，凯蒂从前厅跑了出来。凯蒂打开门，约翰尼冲了进来。弗兰茜和尼利盯着爸爸，他们从来没见过爸爸现在这副狼狈模样。以前的爸爸总是穿戴整齐，现在他不仅外套脏了，而且似乎整个人刚掉进了水沟里，他的礼帽瘪了，大衣和手套甚至不知去向，只剩他冻得冰冷而发红的手在颤抖。

约翰尼冲向桌子。"没有，我没喝醉。"约翰尼嚷道。

"没人说你……"凯蒂准备说些什么。

"我终于戒掉了。我讨厌它，我讨厌它，我讨厌它！"约翰尼敲着桌子。他们知道爸爸说的是实话。"从那天晚上起，我一滴酒也没沾……"约翰尼突然停下来，"但是没有人会再相信我了，没有人……"

"好了，约翰尼。"凯蒂安慰道。

"你怎么了，爸爸？"弗兰茜问道。

"嘘！别烦你爸爸。"凯蒂打断道。凯蒂试着和约翰尼说话，"约翰尼，早上的咖啡还剩一些，现在还热着呢。晚餐我们喝了牛奶。我一直在等你回来，这样我们就可以一起吃饭了。"说着，凯蒂给约翰尼倒了一杯咖啡。

"我们已经吃过了。"尼利说。

"好了！"凯蒂说。她把牛奶倒进咖啡里，坐在约翰尼对面，"约翰尼，快趁热喝。"

约翰尼盯着眼前的杯子，突然一把推开，杯子当啷一声掉到地板上。凯蒂见状，深吸了一口气。约翰尼把头埋在胳膊里，哭得浑身发颤。凯蒂走到他身边。

"怎么了，约翰尼？你这是怎么了？"凯蒂安抚地问道。

过了一会儿，约翰尼抽泣着说："那些人今天把我赶出了工会联盟，他们说我是乞丐和酒鬼，他们还说这辈子都不会再给我工作。"约翰尼虽然止住了哭泣，但声音里带着惊恐继续说道："他们还想逼我交出工会徽章。"说着，约翰尼把手放在他翻领上带着的那枚绿白相间的徽章上。弗兰茜难受得说不出话来，以前爸爸经常说，这枚徽章就像一个装饰品，戴上它不输一朵玫瑰。爸爸曾经多么为自己是一名工会成员而自豪啊。"但我不会退让的。"约翰尼抽泣着说道。

"这没什么的，约翰尼，你只要好好休息，重新振作起来，他们会乐意接纳你的，你是一个优秀的侍者，也是他们最好的歌手。"

"我已经不行了。我无法再唱了。凯蒂，现在我一唱歌，他们就嘲笑我。我之前的几份工作，就是雇我供他们寻乐子。事情到了这个地步，我已经彻底完了。"约翰尼哭得更伤心了，他一直在哭，好像永远也停不下来。

弗兰茜想回卧室，把头埋在枕头下，可就在她慢慢走向门口时，妈妈看到了。"待在这儿！"凯蒂厉声说道。

转头，凯蒂又和约翰尼说："来，约翰尼。休息一会儿，你就会好点的。油炉点着了，我把它拿到卧室去，这样里面就会很暖和了。我会一直陪着你，直到你睡着为止。"凯蒂伸出双臂搂住约翰尼，约翰尼却轻轻地推开了她的胳膊，独自走进卧室，不过，此时约翰尼的哭声小一些了。凯蒂对弗兰茜和尼利吩咐道："我要去陪你们的爸爸，你们俩该干什么干什么。"两个孩子不解地望着妈妈。"这样看我干什么？我没事。"弗兰茜和尼利于是扭过头去，凯蒂走到前厅去拿油炉。

弗兰茜和尼利沉默了很久，也没有看对方。最后还是尼利开口说道："还要继续追忆往事吗？"

"算了吧。"弗兰茜答道。

第三十六章

三天后，约翰尼去世了。

那晚约翰尼上床休息后，凯蒂一直陪在他身边，直到他入睡。为了不打扰他休息，凯蒂后来去了弗兰茜的房间。不知道夜里什么时候，约翰尼起身穿好衣服，一个人悄悄出去了，直到第二天晚上家里人也没有见到他的身影。约翰尼失踪的第二天，全家人到处找他，他们找遍了所有他以前常去的地方，却被告知约翰尼已经有一个星期没来了。

当天晚上，麦克肖恩警官过来，带凯蒂去了附近的天主教医院。一路上，他尽可能委婉地告诉凯蒂关于约翰尼的事。据麦克肖恩警官说，那是早上的时候，有人发现约翰尼蜷缩在一户人家的门口。警察赶到时，他已经不省人事了。约翰尼内着衬衫，外穿一件礼服，扣子扣得严严实实，脖子上还挂着圣安东尼①勋章。警察帮忙联系了天主教医院的救护车。除了刚刚说的这些信息，约翰尼身上没有任何可以证明自己身份的东西。后来，那名警察回警察局交差，在报告中描述了昏迷者的情况。麦克肖恩警官例行公事复查报告，发现了这段描述，第六感告诉他这人是约翰尼。他赶到医院一看，

---

① 圣安东尼：是4世纪古罗马时期的埃及僧侣，也是圣安多尼修道会的创始人。他曾在埃及的荒野中过着隐修的生活，专注于祈祷、禁欲和体恤他人，被认为是医治动物疾病和帮助救济穷人的保护神。

那人竟然真是约翰尼·诺兰。

凯蒂赶到医院时，约翰尼还活着，但医生告诉她，约翰尼得了肺炎，已经回天乏术，只有几个小时可活了。他们带凯蒂去见约翰尼，约翰尼的床搁在长走廊似的病房里，这里还摆着另外五十张床。约翰尼一直处于昏迷的状态。凯蒂谢过麦克肖恩警官，并向他道别。麦克肖恩警官知道凯蒂想要单独和约翰尼待一会儿，便知趣地离开了。

约翰尼病床的四周挂着帘子，暗示着死亡即将降临。有人搬来了一把椅子，凯蒂坐在床边，守了约翰尼一整天。躺在病床上的约翰尼呼吸急促，脸上还挂着泪痕。凯蒂一直守在病床前，直到约翰尼去世。在此期间，约翰尼一直未能睁开眼睛，也没有和妻子说上一句话。

凯蒂从医院回到家时，已经是晚上了，她决定第二天再告诉两个孩子他们的爸爸已经去世的噩耗。"让他们好好睡一觉吧，"凯蒂心想，"再无忧无虑地睡一晚。"凯蒂回到家后只对孩子们说，他们的爸爸生病住院了，病得很重，便不再多说。看妈妈的神态，弗兰茜和尼利也不敢多问。

天刚亮，弗兰茜就醒了，她环顾卧室，看见妈妈正坐在尼利床边，低头盯着尼利的脸出神。妈妈眼圈发黑，似乎一夜未眠。凯蒂看到弗兰茜醒来后，告诉她赶快起床穿好衣服，然后又轻轻地摇了摇尼利，叫醒尼利后，让他也赶紧起床穿衣服。之后，凯蒂就去了厨房。

卧室很暗、很冷，弗兰茜哆嗦着穿好衣服，然后等尼利穿好一起出去，因为她不想独自面对妈妈。凯蒂坐在窗户边，弗兰茜和尼利走到她面前。

"你们的爸爸死了。"凯蒂告诉孩子们。

弗兰茜一动不动地站着，既不惊讶也不悲伤，总之没有任何感觉，妈妈刚刚说的话对她来说好像没有任何意义。

"不用为他难过。"凯蒂命令道，她接下来说的话弗兰茜也没听懂，"你们的爸爸现在总算是解脱了，也许他比我们还幸运。"

医院的一名护理员和一家殡仪馆有往来，医院里一有人死亡，护理员就会立即给殡仪馆送消息。这位殡仪馆老板的脑子挺好使，远胜他的竞争对手，因为他会主动去找生意，其他人则等着生意找上门。这个有生意头脑的老板一大早就来找到凯蒂。

"诺兰夫人，"老板偷偷瞄了一眼写有凯蒂名字和家庭地址的纸条，"你的悲痛我感同身受，我只能说，人人都会经历丧亲之痛。"

"你想做什么？"凯蒂直截了当地问。

"做你的朋友，"在凯蒂误会之前，老板急忙说下去，"在有些细节上……这个……关于遗体，那什么……"老板快速地瞥了一眼纸条，"诺兰先生的遗体。我希望你能把我当作一个能够带来安慰的朋友，你能放心地把诺兰先生的身后事交给我。"

凯蒂知道他的来意了，"办一场最简单的葬礼要花多少钱？"

"钱的事你不用担心，"老板没有直接回答，"我会给诺兰先生办一个风风光光的葬礼，因为没有人比诺兰先生更让我尊敬了（其实他根本不认识约翰尼）。我一定会将葬礼办到最好，你不用担心钱的问题。"

"钱我倒是不担心，因为我根本就没钱。"

老板舔了舔嘴唇。"当然，有保险也行。"这话看起来是在陈述，实则是在问凯蒂。

"有保险，但不多。"

"啊！"老板高兴地搓了搓手，"这个我可以代为效劳，保险赔偿手续太烦琐了，拿到钱需要花很长时间。但是现在，我可以帮你代办好这一切，而且分文不取，你只要签了这个，"说着，他从口袋里抽出一张纸条，"把你的保单给我，我先垫一部分钱给你应急，保单我就拿走了。"

所有殡仪馆都有这种"垫付服务"，这是他们获知保险赔偿金有多少的技巧，一旦他们得知了具体的金额，他们的喊价大约在保险赔偿金的80%，再留一点儿钱给死者家属置办丧服，这样的结果大家都满意。

凯蒂拿出保单放在桌子上，老板假装没看，但是他那双老练的眼睛一下就捕捉到了金额：两百块钱。凯蒂在他拿出的纸条上签完字后，他又谈了一会儿其他的事情。最后，他总结道："我是这么安排的，诺兰夫人。我会为诺兰先生准备一场四辆马车的葬礼，用上镍做把手的棺材，收你一百七十五元钱，平时我都收两百元钱，这次真是一分没赚你的。"

"不赚钱，你为什么要这样做？"凯蒂问道。

老板不慌不忙。"我这么做是因为我喜欢诺兰先生，他是一个出色的人，一个努力工作的人。"他说这些话时，凯蒂看向他的眼神充满了惊讶。

"我没想好，"凯蒂犹豫了一下，"一百七十五……"

"这里面还包含做弥撒的费用。"老板急忙补充道。

"行吧。"凯蒂有些恍惚，她不想再继续谈论这个问题了。

老板拿起桌上的保单，装作才看到上面的金额。"你看！这是两百块的保单，"他故作惊讶地说道，"也就是说支付了葬礼费用后，你还剩二十五元钱。"话音落下，他把腿伸直，从自己的裤袋里摸出钱来。"那个，我的意思就是，在这种时候，身上有点儿现金方便些……其实要我说，不管什么时候都是。"他善解人意地对凯蒂笑了笑，"所以我先自掏腰包把办完葬礼剩下的钱给你。"说完，他拿出二十五元钱的新钞放在桌子上。

凯蒂向老板表示感谢，老板倒没有愚弄凯蒂，凯蒂也没有再深究，因为凯蒂知道，干这行就是这样，对方只是在做他的生意。老板嘱咐凯蒂去主治医生那里开死亡证明，"你告诉他们，我会来收拾……拉走……呃，我会来接走诺兰先生。"

凯蒂再次踏进医院时，她被人领到了医生的办公室，约翰尼生前所在教区的神父也在，神父此行是为了给约翰尼的死亡提供证明。神父看到凯蒂后，向她做了一个十字架的手势，以示上帝保佑，还和她握了握手。

"我知道得有限，诺兰夫人知道得更详细。"神父对医生说。

医生问了凯蒂一些必要的问题，比如约翰尼的姓名、籍贯和出生日期等。最后凯蒂问了医生一个问题。

"你在下面写的是什么——我是说他的死因那栏你写的是什么？"

"急性酒精中毒和肺炎。"

"他们说约翰尼死于肺炎。"

"肺炎确实是导致他死亡的直接原因，但急性酒精中毒是导火线，真要说起来的话，酒精中毒可能才是导致他死亡的主要原因。"

"我不希望你写——"凯蒂缓慢而稳定地说道,"他死于饮酒过度,你只写他死于肺炎就好。"

"女士,我必须客观、全面地书写事实。"

"人都已经死了,至于怎么死的还重要吗?"

"这是法律规定……"

"你听着,"凯蒂说,"我有两个好孩子,他们长大后肯定会有一番作为。如你所说,他们的爸爸死于酗酒,但这不是他们的错。要是我能跟他们说,他们的爸爸死于肺炎,你不知道这是在帮我多大的忙。"

神父走过来,握住医生的一只手。"你可以办到的,医生,"神父说,"这对你来说没什么害处,却能帮到别人,不要再为了一个死去的小伙子争论了,就写他死于肺炎,这不是撒谎。此外,这位女士今后都会念着你的好,为你祈祷。"神父最后补充道,"这对你来说,并不是什么难事。"

突然,医生想起,面前的神父是这家天主教医院董事会的成员,而自己又想升任主任医师。"那好吧,"医生做了让步,"我可以这么做,但是千万别说出去,我都是看在神父您的面子上。"接着,医生在"死因"后面空白处写下了"肺炎"二字。

就这样,约翰尼死于酗酒这件事,从此查无记录。

凯蒂拿着殡仪馆老板给的二十五元钱给家人购置了丧服,她给尼利买了一套新的黑西服,这是尼利长这么大以来拥有的第一套有长裤的西服,一时间心里又喜又悲。凯蒂给自己买了一顶新的黑帽子,并按照布鲁克林的习俗戴上了三英尺长的寡妇面纱。弗兰茜则得到了一双新鞋,这双鞋她已经盼了很长时间了。凯蒂决定不给弗兰茜买黑大衣,因为她个子长得比较快，明年冬天就穿不上了。所以，凯蒂让弗兰茜穿上了一件旧的绿大衣，再往她手臂上戴一条黑带即可。弗兰茜很乐意妈妈这么安排，因为她原本就讨厌黑色，担心自己穿上那黑色衣服后，会忍不住陷入深深的悲痛之中。买完这些后，凯蒂把剩下的一点儿钱全部放进了锡罐子里。

殡仪馆老板来了，他说约翰尼此时安置在殡仪馆，已完成了仪容整理，晚上就能将他送回家了。凯蒂没好气地告诉他，细节就不必多说给孩子听了。

可是，更难的还没登场。

"诺兰夫人，你得把地契给我。"

"什么地契？"

"墓地的地契啊，我得拿着这个去挖墓地。"

"我还以为已经包含在一百七十五元钱里了。"

"不，不，不，我这都算便宜了，光是那口棺材就要……"

"我不喜欢你，"凯蒂直截了当地说道，"也不喜欢你们这一行。但是，"凯蒂又用超脱的口吻补充了一句，"人死了总得有人埋。一块地多少钱？"

"二十元。"

"我上哪儿去凑……"凯蒂话音顿住，"弗兰茜，去拿把螺丝刀来。"

凯蒂他们撬开了那个锡罐子，里面有十八块零六十二分钱。

"这不够啊，"殡仪馆老板说，"不过，剩下的钱我掏了。"他伸手过来拿钱。

"钱我会一分不差地凑齐，"凯蒂告诉他，"但我要看到地契才会交钱。"

老板和凯蒂激烈地争论了一番，最后老板走了，走时他说下次会带地契来。凯蒂让弗兰茜去茜茜姨妈家借了两元钱。老板带着地契回来时，凯蒂想起了妈妈十四年前被骗的教训，于是，她逐字逐句地仔细读了一遍地契，还让弗兰茜和尼利也读了一遍。老板斜靠在墙边上等着他们，站姿从一只脚换到另一只脚，直到凯蒂一家三口对地契都满意无误了，凯蒂才把钱递过去。

"我骗你干什么，诺兰夫人？"老板小心地把钱收好，然后问了这么一句。

"世上有些人为什么要骗人？"凯蒂反问道，"但他们的确骗了人。"

锡罐子被放在桌子中间，它在这个家已经有十四年的历史了，罐子身上的锡条都已经坏掉了。

"我们要把它钉回去吗，妈妈？"弗兰茜问道。

"不用了，"凯蒂缓缓地说道，"我们已经不需要了。你看，我们现在有了一小块地。"凯蒂把折好的地契放在破烂的锡罐子上面。

棺材被安放在前厅，弗兰茜和尼利一直待在厨房，就连睡觉也是在厨房里，他们不想看到爸爸躺在棺材里的样子。凯蒂照顾到两个孩子的情绪，没有强行让他们去看约翰尼的遗体。

前厅的屋子里摆满了悼念的鲜花，不到一周前把约翰尼赶出去的工会，这时却送来了一束巨大的白色康乃馨，那花看起来就像一个枕头。花束上有一条紫色的丝带斜穿而过，上面写着金色的字："致我们的好兄弟。"辖区内的警察也送来了一个插满红玫瑰的十字架，以感念约翰尼他们家对抓住凶手做出的贡献。麦克肖恩警官以自己的名义送了一束百合花。约翰尼的妈妈、凯蒂娘家和一些邻居也送来了花，还有几十个凯蒂从未听说过的约翰尼的朋友也送来了花，就连约翰尼生前常去的酒吧的老板麦克加里蒂也送来了一个人造月桂树叶的花圈。

"我要把它扔进垃圾桶里。"艾薇读到麦克加里蒂送来的花圈上的卡片时，愤愤不平地说道。

"没必要，"凯蒂虚弱地说，"这事怪不着麦克加里蒂，约翰尼死前没去他那里。"

约翰尼死前欠麦克加里蒂三十八块钱，也不知是什么原因，麦克加里蒂没向凯蒂提起此事，反而默默地将欠款一笔勾销了。

停放棺材的房间里弥漫着玫瑰、百合和康乃馨的味道，从那以后，弗兰茜一直很讨厌这些花。但想到这些花承载着大家对约翰尼的思念，凯蒂心里很欣慰。

就在他们要给约翰尼盖上棺材的前一刻，凯蒂来到厨房，来到弗兰茜和尼利身边，她把手搭在弗兰茜的肩膀上，轻声说道："我听一些邻居在交头接耳，他们说你不去看爸爸最后一眼，是因为他算不上一个好爸爸。"

"他是一个好爸爸。"弗兰茜激烈地反驳道。

"对，他是。"凯蒂赞同弗兰茜的话，她在一旁等待着，等着孩子们自己做决定。

"来吧，尼利。"说完，弗兰茜和尼利手拉着手来到棺材跟前。尼利飞快地看了一眼躺在那里一动不动的爸爸，怕自己哭出来，于是跑出了房间。弗兰茜则站在原地，眼睛盯着地面，不敢抬头看棺材里的爸爸。最后，她终于鼓起勇气抬起头来。她始终不敢相信，爸爸已经不在人世了！约翰尼身上还穿着那件燕尾礼服，这套衣服已经被清洗和熨烫过了。那些人给约翰尼穿上了新的衬衫和衣领，还替他在领口处精心打了一个领结。约翰尼的衣襟上别了一朵康乃馨和他视若珍宝的工会徽章。约翰尼的头发还是那么金光闪闪，微微卷曲，不过有一缕头发不太"听话"，散在他的额边。约翰尼的眼睛紧紧闭着，好像只是睡着了一般。躺在那里的他看起来很年轻、很英俊，像意气风发的贵族。弗兰茜第一次正视爸爸的眉毛，发现它们长得如此精致。约翰尼的胡子被修剪过，看起来像平常一样英俊迷人。这一刻，所有的痛苦、悲伤和担忧的神色都从约翰尼的脸上离开了。他的脸很光滑，看起来还像个男孩，实际上他今年已经三十四岁了，但是现在他看起来更年轻，像一个刚过二十岁的大男孩。弗兰茜注视着爸爸的手，它们被交叉着安放在一个银色的十字架上。约翰尼的中指上有一圈白色的痕迹，这里曾经戴着他和妈妈结婚时妈妈送给他的戒指（妈妈把戒指摘了下来，准备等尼利长大后传给他）。弗兰茜记得，前一段时间爸爸的手总是在颤抖，奇怪的是，这双手现在竟然如此安静。约翰尼的手指又长又直，看起来是那么纤细、迷人。弗兰茜直直地盯着爸爸的手，恍惚间看到它们在动，心里十分害怕，想跑出这房间去。可屋子里那么多人在看着自己，他们会说自己跑开是因为……不，他是一个好爸爸。他是！他是！他是！他是！他是！他是！他是！弗兰茜伸出手，将爸爸额间的碎发捋回原处。茜茜过来搂着弗兰茜，低声悲切地安慰道："时候到了。"弗兰茜退后一步，站到了妈妈的身边，眼看着屋子里的那些人给爸爸合上了棺盖。

给约翰尼做弥撒时，弗兰茜和尼利分别跪在妈妈的两旁。

弗兰茜的眼睛一直盯着地板，不敢看祭坛前那满是鲜花覆盖的棺材。她偷偷看了一眼妈妈，发现妈妈面纱下的脸很苍白、很安静。妈妈就那样落寞地跪着，眼睛直直地盯着前方。

神父走下祭坛，绕着棺材走了一圈，在棺材的四个角洒上圣水。这时，坐在过道对面的一个女人哭得呼天抢地。虽然约翰尼已经不在了，但是凯蒂对自己的丈夫仍有强烈的占有欲，这种嫉妒让她猛地转身盯着这个为约翰尼大哭的女人。凯蒂仔细端详了那个女人，然后慢慢回过头，任思绪翻涌。

"希尔蒂·奥黛尔老了，"凯蒂心里默默感慨，"她一头黄发就像蒙了灰尘，她比我大不了多少……也就三十二三岁。那年，我十七岁，她十八岁，她声泪俱下地指责约翰尼，说：'凯蒂可是我最好的朋友。'约翰尼则回应她：'我没那么好，我不该给你错误的暗示。'希尔蒂对约翰尼说的那句'你想说的是，我走我的路，你走她的路'就像是发生在昨天。希尔蒂，希尔蒂……算了，让她哭吧，"凯蒂心想，"她爱约翰尼，就让她哭吧，而我哭不出来，就让她……"

凯蒂、约翰尼的妈妈、弗兰茜和尼利乘坐同一辆马车，紧跟着为首的灵车去了墓地。弗兰茜和尼利背对车夫坐着，而这么坐着弗兰茜就看不到队伍最前面的灵车，只能看到紧跟在后面的送葬马车，这个安排正合弗兰茜的心意。艾薇姨妈和茜茜姨妈坐在后面的马车上，两位姨父因为工作抽不开身而没能来，外婆玛丽要留在家里帮茜茜照看宝宝。弗兰茜很希望外婆也能坐在后面那辆马车里。

一路上，约翰尼的妈妈怨天恨地，一直哭个不停。凯蒂则呆呆地坐在车里，一言不发。马车车门紧闭，车厢里散发着一股草料和马粪的味道，这种潮湿难闻的气味、四人同乘的拥挤、反向坐着的方式以及前所未有的紧张，让弗兰茜不禁犯起了恶心。

到了墓地，那里有一个平平无奇的木箱立在深坑旁边，大家帮忙把盖着布的棺材放进那个木箱里，再把木箱连带棺材移进墓坑里。棺材入土时，弗兰茜移开了目光。

约翰尼下葬这天，天空很阴沉，还吹着寒风，弗兰茜脚边不时有冰冷的灰尘在飘转。不远处，有一个一周前新立的墓，一些人正在摘那座坟墓前铁架上枯萎的花朵。他们有条不紊地干着活，把摘下来的花整整齐齐地放在一起，把铁架码成一堆。他们的工作是合法的，因为他们从公墓管理员那里买下了这项特许权，他们会把铁架卖给花店，供花店循环使用。没有人指责他们这样做，因为他们还算有职业操守，花没枯萎，他们是不会来摘的。

有人递了一把又湿又凉的土到弗兰茜手里。凯蒂和尼利走到墓坑旁，把手中的土朝里面丢了进去。弗兰茜学着妈妈和尼利的样子，慢慢走到墓坑边上，闭上眼睛，缓缓张开握着泥土的手。一秒钟后，她听到砰的一声轻响，那难受的感觉再次涌上心头。

葬礼结束后，前来送葬的马车往不同的方向驶去，每个来哀悼约翰尼的人都回自己家去了。约翰尼的妈妈和一些住在她家附近的送葬者一起走了，临走前她甚至没和凯蒂他们道个别，整个葬礼期间，她都没有和凯蒂他们说过话。茜茜、艾薇、凯蒂、弗兰茜和尼利挤同一辆马车回去，由于车上坐不下五个人，弗兰茜只好坐在艾薇姨妈的腿上。回家的路上，所有人都很安静，艾薇试图讲一些威利和新马之间的趣事让他们高兴一点儿。可是如今，没有人笑得出来，他们根本就听不进去。

到了离家不远处的理发店时，凯蒂让马车停下来。

"你去一下，"凯蒂告诉弗兰茜，"把你爸爸放在那里的杯子拿回来。"

弗兰茜不知道妈妈说的是什么。"什么杯子？"她问。

"你就说要拿杯子就行了。"

弗兰茜下车走进那家理发店，店里没有顾客，只有两个理发师在，其中一个理发师坐在靠墙一排的椅子上，他的左脚踝搭在右膝上，手里抱着一把曼陀林①，正在弹《我的太阳》。弗兰茜知道这首歌，因为莫顿先生曾在学校里教过，不过莫顿先生教的时候说这首歌的名字叫《阳光》。另一个理发师坐在一张理发椅上，正在对着长镜自我欣赏。弗兰茜进去时，那个自恋的理发师从椅子上站了起来。

"理发吗？"他问。

"我来拿我爸爸的杯子。"

"你爸爸叫什么名字？"

"约翰尼·诺兰。"

"唉，实在可惜。"理发师叹了口气，从架子上的一排杯子中取出一个来，那是一个厚厚的白杯子，杯子上用烫金印刷字体写着"约翰尼·诺兰"，杯子里有一块用了很久的白色肥皂，还有一把看起来久经风霜的刷子。理发师先把杯底的肥皂抠出来，把它和刷子放进一个更大的但没有名字的杯子里，然后开始清洗约翰尼的杯子。

等待期间，弗兰茜环顾了一下理发店，她从来没进过理发店。这里有肥皂、干净毛巾和月桂油的气味。屋里还有一个煤气炉子，燃烧时发出嘶嘶声。那位弹曼陀林的理发师弹完一曲，又从头开始弹奏。店里很温暖，曼陀林的声音很清

---

① 曼陀林：是一种弹拨乐器，起源于意大利，是流行于南欧、中东和美国蓝草乐等音乐风格中的重要乐器，外形类似吉他。

脆,可是,弗兰茜听着却那么悲伤。弗兰茜在心里唱着莫顿先生教他们的歌词:

> 哦,亲爱的,
> 今天多么美丽,
> 暴风雨已经过去,
> 天空湛蓝,晴空万里。

　　每个人的生活都有秘密,弗兰茜喃喃自语,比如爸爸,他从来没跟我说起过理发店,可他一周要来这里刮三次胡子。爸爸凡事追求完美,他给自己买了杯子,就像那些家境好的人一样。他不用店里的杯子打出的泡沫刮胡子。爸爸有钱的时候,一周会来这里三次,坐在其中一张椅子上,看着眼前的镜子,和店里的理发师谈古论今——或许他们会聊布鲁克林棒球队表现如何,抑或是民主党今年能否赢得大选。也许在理发师弹曼陀林的时候,爸爸会跟着音乐一起唱歌。弗兰茜坚信,爸爸一定在这儿唱过歌,因为对他来说,唱歌就像呼吸一样重要。弗兰茜还在想,爸爸在这里等待时,会不会躺在长椅上阅读《警察公报》呢?
　　理发师把洗好擦干的杯子递给弗兰茜。"约翰尼·诺兰是个好人,"他说,"转告你妈妈,就说是我,约翰尼的理发师说的。"
　　"谢谢。"弗兰茜感激地回应道,然后在曼陀林悲伤的乐声中走出理发店,并随后带上了店门。
　　回到马车上,弗兰茜把杯子递给妈妈。"这是属于你的,"凯蒂说,"爸爸的结婚戒指会给尼利。"
　　弗兰茜看着爸爸那烫金的名字,五分钟内她第二次感激地说了句"谢谢"。

约翰尼在这个世上活了三四十年，不到一个星期前，他还在这些街道上行走，可现在，家里只剩下他曾经用过的一个杯子、戴过的一枚戒指和两条没有熨烫过的侍者围裙，再没有别的东西可以证明他曾来过这个世界，因为入土时他穿走了他这辈子唯一的礼服，随他而去的还有他的珍珠装饰纽扣和一枚 14K 金的领扣。

当凯蒂他们回到家时，邻居们已经为他们整理好了屋子：前厅的家具回到了原来的位置上，枯叶和掉落的花瓣被扫了出去，窗户被打开了，屋里的各种气息也被风吹散了。邻居们给他们带来了煤，在他们家厨房的灶台上生起了火，为桌子铺上了一块新的白布。桌子上有廷莫尔家端来的她们自己烤的面包，面包被摆在盘子里，已经切成了片。弗洛茜·嘉迪斯和她妈妈买了许多切成片的腊肠，足足装了两个盘子。旁边放着一篮子切好的黑麦面包，边上摆着咖啡杯，而咖啡正在炉子上热着。还有人在桌上放了一壶真正的奶油。所有这一切，都是他们在凯蒂一家去送葬时准备好的。做完这些，他们锁上门，把钥匙放在门口的垫子下面，默默地离开了。

茜茜、艾薇、凯蒂、弗兰茜和尼利围坐在桌边。艾薇给凯蒂倒了一杯咖啡，凯蒂坐在那儿，盯着手中的杯子看了很久，想起约翰尼最后一次坐在这张桌子前的情景，她再也忍不住了，像约翰尼那次发脾气一样推开杯子，把头埋在胳膊里，趴在桌子上号啕大哭起来。茜茜搂着她，用温柔的声音劝慰道："凯蒂，凯蒂，别这么哭，别这么哭，你肚里的孩子生下来会命苦的。"

第三十七章

　　葬礼结束后的第二天，凯蒂一直躺在床上，弗兰茜和尼利从没见过妈妈这样，一时不知如何是好，两人只能在房间转来转去。

　　晚上，凯蒂起床给他们做了一些晚餐。他们吃完后，就被妈妈"撵"了出去。凯蒂说他们需要出去透透气。

　　弗兰茜和尼利沿着格雷厄姆大街向百老汇那边走去。这天晚上很冷，四下寂静无声，天空没有下雪，街道上空无一人。现在是圣诞节后的第三天，别的孩子都在家里玩他们的新玩具。街上灯光时暗时明，一阵刺骨的海风贴着地面吹来，吹起了水沟旁肮脏的碎纸片。

　　在过去短短几天里，弗兰茜和尼利被迫长大了。约翰尼去世后，今年的圣诞节就这么无声无息地过去了，就连尼利十三岁生日也在这几天悄悄溜走了。

　　弗兰茜和尼利走到了灯火通明的歌剧院外墙前。由于长期阅读形成了习惯，他们总是看到什么就读什么，于是他们停下脚步，不由自主地看了看本周演出的节目单。

　　在六行节目单的下面，有一行大字预告。

　　"下周！这里！情歌王肖恩西·奥斯本献唱，精彩不容错过！"

　　情歌王……情歌王……

自从爸爸去世后，弗兰茜没有流过一滴眼泪，尼利也没有。可是现在，看到"情歌王"三个字，弗兰茜觉得所有的眼泪都凝结在喉咙里，像石块一样结实地卡在了那里，而且还在不断变大……变硬。弗兰茜觉得，要是这个石块不赶紧熔化了，变成泪水释放出来，她也会像爸爸一样死去的。弗兰茜看了看尼利，发现他的眼泪早已夺眶而出，此时，弗兰茜再也忍不住心中的悲痛，大声哭了出来。

　　弗兰茜和尼利走进一条偏僻小巷，坐在人行道的边上。尼利虽然在哭，但他没忘记坐下来之前在地上铺一张手帕，这样就不会弄脏他的新长裤了。他们紧紧地挨在一起，不光因为冷，还有孤独。他们坐在寒冷的街道上，无声地哭了许久，直到流干了所有的眼泪后，他们开始回忆起爸爸。

　　"尼利，为什么爸爸一定要死？"

　　"我猜是上帝希望他死。"

　　"为什么？"

　　"也许是为了惩罚他。"

　　"惩罚他什么？"

　　"我不知道。"尼利伤感地说道。

　　"你相信是上帝让爸爸来到这个世界上的吗？"

　　"是的。"

　　"那上帝是想让他活着的，不是吗？"

　　"我想是的。"

　　"既然这样，他为什么让爸爸死得这么早？"

　　"也许是为了惩罚他。"尼利重复道，除了这个，他不知道还能回答什么。

　　"如果你说的是真的，那上帝能有什么好处呢？爸爸已经死了，他都不知道自己受到了惩罚。是上帝把爸爸创造成这样，却又对他说'我谅你也翻不了天'，我敢打赌，上帝一定这么说过。"

"你还是别这么说上帝了。"尼利担心地说。

"人人都赞美伟大的上帝，"弗兰茜不屑地说，"说他无所不知，无所不能，如果他真那么伟大，那他为什么不帮助爸爸，反而像你说的那样惩罚爸爸？"

"我说的惩罚只是也许。"

"如果上帝掌管着整个世界，"弗兰茜说，"他要管日月星辰、飞禽走兽、繁花茂林，还有世界上这么多人，他那么忙，不是吗？他根本没时间惩罚一个人，一个像爸爸这么微不足道的人。"

"我觉得你还是不要这么谈论上帝了，"尼利不安地说，"他可能会抛下一个雷把你劈死。"

"随他的便，"弗兰茜愤懑地喊道，"我就坐在水沟边，让他把我劈死吧。"

说完，他们十分恐惧地等着雷劈下来。可是，接下来什么也没发生。弗兰茜再次开口，这次她的语气比之前平和了几分。

"我信耶稣基督和他的母亲圣母玛利亚。耶稣曾是一个活生生的婴儿，他也像我们一样，夏天光着脚丫子。我看到过他的一幅画像，画像上他还是个小男孩，没有穿鞋。他长大后也会去钓鱼，就跟我们的爸爸一样。坏人能伤害他，但伤害不了上帝。耶稣不会像上帝一样到处惩罚人，他深知世间疾苦，所以，我永远信仰耶稣基督。"

提到耶稣的名字时，作为天主教徒，他们本能地画了一个十字。

弗兰茜把手放在尼利的膝盖上，小声地说："尼利，除了你，我谁也不告诉，我再也不会相信上帝了。"

"我想回家。"如此大逆不道的话，让尼利害怕得发抖。

凯蒂给两个孩子开门，看到他们的脸上虽然疲惫，但很平静，"嗯，说不定他们已经哭出来了。"她想。

弗兰茜看了看妈妈，又迅速转移视线。"我们不在的时候，"她想，"妈妈应该哭了又哭，直到再也哭不出来为止。"他们很默契地谁也没提哭的事。

"你们肯定被冻坏了，"凯蒂说，"所以，我给你们准备了一个温暖的惊喜。"

"什么惊喜？"尼利问道。

"一会儿你就知道了。"

惊喜居然是"热巧克力"，这是可可和炼乳，再加上沸水搅拌而成的糊状物。凯蒂把它倒进杯子里。"这还没完呢，"凯蒂说，接着她从围裙口袋里拿出三颗糖来，往每个杯子里各放了一颗。

"妈妈！"弗兰茜和尼利异口同声、欣喜若狂地喊道。热巧克力非常稀罕，通常只有他们过生日时才能喝到。

"妈妈真了不起。"弗兰茜用勺子舀着糖，看溶化的糖变成白色的圆圈浮在黑巧克力上，心想，"妈妈知道我们哭了，但她却不问，妈妈从来不……"突然，弗兰茜想到了最能贴切形容妈妈的话，"妈妈从来不拖泥带水。"

确实，凯蒂从不拖泥带水，每当她用自己那双美丽却饱经沧桑的手干活时，总是干脆利落，不管是把折断的花扔进一大杯水里，还是拧干拖地的抹布（右手向内，左手向外），都是如此。每当凯蒂说话时，她总是开门见山，用最简洁、明了的词语去表达。她的决断总是清晰而又果敢。

凯蒂告诉他们："尼利已经长大了，不能再和姐姐睡在一

个房间里了。所以，我整理出了你的房间……"她毫不犹豫
地接着说道："……你爸爸和我的卧室，从现在起，就是尼利
的房间了。"

尼利把目光转向妈妈，他有了自己的房间！梦想成真了，
他的两个梦想都实现了，一条长裤和一间自己的房间……可
是一想起这些好东西是怎么来的，尼利眼中兴奋的眼神又转
为了悲伤。

"我搬去你的房间住，弗兰茜，"凯蒂本能地这么表达，
而不是说，"你来和我合住一个房间。"

"我也想拥有自己的房间，"弗兰茜在心里羡慕地想着，
"但是，只能这么安排了，让尼利单独住一间。家里一共就两
个屋子，总不能让他和妈妈一起睡吧。"

凯蒂看穿了弗兰茜的心思，她补充说道："等天气变暖和
了，弗兰茜就可以去睡前厅了，我们把她的小床搬到那里，
白天在上面盖一个漂亮的床罩，看起来就像一间私人卧室。
好吗，弗兰茜？"

"好的，妈妈。"

过了一会儿，凯蒂提议道："我们已经有好几个晚上没有
阅读了，现在我们要继续下去。"

"所以，事情还是要继续下去。"弗兰茜惊讶过后，便从
壁炉架上拿来《圣经》。

"因为今年我们没能过成圣诞节，"凯蒂解释说，"那我们
直接跳过前面的章节，去看耶稣的诞生吧。你俩轮流读，从
你开始，弗兰茜。"

弗兰茜读道："……就这样，他们在马厩里，玛利亚分娩
的日子到了，她生下一个儿子，她把孩子包在襁褓中，放到
马槽里，因为旅馆没有他们的容身之所。"

凯蒂重重地叹了口气，弗兰茜停止阅读，抬起头来关切地询问妈妈的情况。"没，没什么，"凯蒂回答，"继续读。"

　　"算着应该到了胎动的时候了。"未出世的孩子在凯蒂肚子里轻轻动了动。"约翰尼是因为这个即将出生的孩子，"凯蒂默默地想，"才终于决定戒酒的吗？"那天晚上，凯蒂在约翰尼耳边悄悄告诉他，他们又要有一个孩子了。他当时听到这个消息时，有没有试着去改变？又或者说，正因为如此，他才想在死前做出一些改变？"约翰尼啊……约翰尼……"凯蒂又叹了口气。

　　弗兰茜和尼利轮流读着耶稣诞生的故事，读到这里时，他们想到的都是爸爸的死，但是每个人都没有说出口。

　　当弗兰茜和尼利准备去睡觉时，凯蒂做了一件十分不寻常的事。之所以说不寻常，是因为她向来不是一个感情外露的女人，此刻她却把两个孩子搂在怀里，亲吻他们，向他们道晚安。

　　"从现在开始，"她说，"我既是你们的妈妈，也是你们的爸爸。"

第三十八章

圣诞假期结束前，弗兰茜告诉妈妈她不准备回学校了。

"你不喜欢学校吗？"凯蒂问。

"不，我喜欢。但我现在十四岁了，去办工作证也容易了。"

"你为什么要去工作？"

"帮你分担。"

"不行，弗兰茜，我希望你回学校去，距离你毕业只剩几个月了。几个月的时间一晃就过了。你能在今年夏天时拿到毕业证，说不定尼利也可以。暑假去拿工作证也不迟。但是到了秋天，学校开学的时候，你们都去给我念中学，不要再想工作的事了，乖乖回学校去吧。"

"但是，妈妈，我们怎么才能熬到夏天呢？"

"自然会有办法的。"

凯蒂心里并不像她说的那样有底气。她时常想起约翰尼，虽然丈夫一直没有固定的工作，但是偶尔某个星期六或星期日，他好歹能挣回三块钱。即使在日子最艰难的时候，约翰尼也总有办法帮家里渡过难关。但是现在，约翰尼不在了。

凯蒂算了一下，只要她继续打扫三套公寓，他们的房租问题就能解决，就能一直免下去。尼利每周去送报纸，会有一块五的收入，这些钱可以用来买煤取暖。不过，这些钱只够他们晚上烤火用。等等！他们每周还要交二十分钱的保险费（凯蒂的保险费是每周十分钱，两个孩子每人五分钱）。嗯，这样的话就只能早点睡觉，少用一些煤了。

至于身上的行头，根本不在凯蒂的考虑的范围之内。幸好之前给弗兰茜买了新鞋，给尼利买了西装。那么，现在他们最大的问题是食物。要是能重新去给麦克加里蒂夫人洗衣服，每周就能再多挣一块钱。然后，再多找几份打扫的工作……是的，日子总归要过下去。

就这样，凯蒂坚持到了三月底（凯蒂肚子里的孩子预产期是五月），这时，凯蒂的身子已经很笨拙了，她不得不挺着大肚子站在厨房熨衣服，或笨拙地趴在地上用手和膝盖擦地板。雇她的人都闪到一边，不忍直视。出于同情，他们起初会帮她干活。可是后来，他们发现自己不仅要出钱，还得出力。于是，他们陆续告诉凯蒂，不再需要她了。

有一天，凯蒂拿不出二十分钱交保险。她家的保险代理人，同时是她娘家的老朋友，对凯蒂现在的处境很清楚。"我不能眼看着你的保险失效，诺兰夫人。何况你都交了这么久的保险。"保险代理人说。

"你不会因为我迟了几天交保费就让我的保险失效吧？"

"我也不想，可是公司有规定。这样吧，你可以先把孩子的保单兑现了。"

"我不知道还能这么干。"

"很少有人知道，一些人停交保费，公司那边也不会说。等时间一长，他们之前交的保费就进了公司的口袋。要是公司知道我跟你说了这些，恐怕我的饭碗就保不住了。我心里是这么想的，这么多年来，我给你们罗姆利这一大家子、你，还有你的丈夫、儿女办理保险，我在你们中间来来回回办业务，替你们传递生老病死的消息，搞得我自己都以为我是你们家的一员。"

"我们不能没有你。"凯蒂说。

"诺兰夫人，现在你照我说的做——先把两个孩子的保单兑现了，你自己则继续缴纳保费。你想，要是你孩子不幸出了什么意外，上帝保佑，你怎么着也能让他们入土为安。可反过来，你有什么三长两短，要是没有保险赔偿，你的孩子可没能力把你埋了，你看是不是这么个道理？"

"是的，他们确实做不到。我的保费还得继续交，我可不想死后被当作穷光蛋埋在波特的地①里，这样我的孩子们会永远抬不起头来，无论是他们，还是他们的孩子，还是他们孩子的孩子。所以，我会继续交我的保费，我接受你的建议。现在，你告诉我具体该怎么做。"

凯蒂按照代理人出的主意，兑现了两份儿童保险，拿到二十五块钱，这笔钱支撑他们一家挨到了四月底。再有五个星期，凯蒂肚里的孩子就要出生了，再过八个星期，弗兰茜和尼利就要毕业了。可是，这八个星期要怎么才能熬过去呢？

三姐妹围坐在凯蒂家的餐桌旁，讨论凯蒂接下来的日子该怎么办。

"要是我手头宽裕的话，我肯定会帮忙。"艾薇说，"但是你也知道，自从威利被马踢过后，他就有些不对劲。他和老板关系不好，和同事之间的关系相处得很僵，没有马愿意配

---

① 波特的地：源自《圣经》中的一则故事，犹大为了30枚银币而背叛耶稣，后来出于悔恨，他用这些钱买了一块地，专门埋葬无家可归的外乡人。在现代，波特的地通常是指政府或慈善组织为那些无家可归、无亲无故、无名或贫穷的人提供集体埋葬的地方。

合他送牛奶。所以，他们让威利留在马房，干一些清扫粪便、清理碎瓶子之类的活儿，他的薪水也缩减到了每周十八块钱，这些钱对我们这样有三个孩子的家庭来说就是杯水车薪，我现在也在找零工。"

"要是我能想到办法……"茜茜开口说道。

"不用了，"凯蒂坚定地拒绝道，"你让妈妈跟你一起住就已经分担很多了。"

"没错，"艾薇也同意，"我和凯蒂老是担心，过去妈妈一个人独自生活，她还要时不时地出去打扫卫生挣几个钱。"

"妈妈花不了多少钱，养她也没什么麻烦的，"茜茜说，"我家约翰不介意接她过来一起住。虽然约翰每个星期只赚二十块，我们现在又有了孩子。我倒是想回到原来的工厂上班，但是妈妈岁数大了，照顾不了孩子，也看不了家。她都八十三岁了，我如果出去工作的话，就必须雇人来照顾她和孩子。要是我有工作的话，我就能帮上你了，凯蒂。"

"你也是有心无力，茜茜。"凯蒂很理解茜茜的处境。

"目前只有一个法子，"艾薇提议，"那就是让弗兰茜辍学，去办工作证。"

"可我希望她能读到毕业，成为诺兰家族中第一个拿到毕业证的人。"

"毕业证又不能当饭吃。"艾薇继续劝道。

"你就没有可以帮上忙的男性朋友吗？"茜茜问凯蒂，"你长得这么漂亮，你懂的。"

"可能有，那也得等她身材恢复了才行。"艾薇泼了一盆冷水。

在一瞬间，凯蒂想到了麦克肖恩警官。"没有，"凯蒂回答，"我没有男性朋友。我身边一直只有约翰尼，没有别人。"

"我觉得艾薇说得有理，"茜茜也劝道，"我也不想这么说，但是目前只能让弗兰茜去工作了。"

"要是弗兰茜没拿到毕业证，以后她就永远上不了中学了。"凯蒂不同意。

"唉，"艾薇叹了口气，"那你们就只能考虑天主教的慈善机构了。"

"真到了那一天，"凯蒂平静地表态，"我们一家到了靠领救济金度日那一天，我会关上门窗，等孩子们熟睡后，再打开煤气阀门，和他们一起去死。"

"不许这么说。"艾薇厉声制止，"你想活下去，对不对？"

"对。但是，我想活得有意义。我不想为了施舍而活着，我不想接受施舍只为下一次能继续得到施舍。"

"话又说回来，"艾薇继续回到之前的话题，"这个家只能弗兰茜去工作，而且只能是她，因为尼利今年才十三岁，办不了工作证。"

茜茜把手搭在凯蒂手臂上。"辍学没有那么可怕，弗兰茜这孩子打小就聪明，她看了这么多书，以后她会以不同的方式继续接受教育的。"

艾薇站起来，"哎！我们得走了。"走之前她把一枚五十分钱的硬币放在桌子上，担心凯蒂会拒绝，艾薇便故作刻薄地说，"别以为那是送你的，早晚你得还给我。"

凯蒂笑了。"你不用这样，我用亲姐姐的钱有什么好顾虑的。"

茜茜则另辟蹊径，她在俯身亲吻凯蒂的脸跟她道别时，悄悄把一块钱塞进了凯蒂的围裙口袋。"有需要随时叫我，"茜茜说，"我一定来，哪怕是大半夜，但是记得让尼利来，弗兰茜一个女孩不安全，煤场那片的街道很黑。"

茜茜和艾薇走后，凯蒂独自坐在餐桌旁，直到深夜。"我需要两个月时间……就两个月，"她想，"亲爱的上帝，给我两个月，我只要短短的两个月。到那时，我的孩子会出生，我也会好起来，弗兰茜和尼利到时候也毕业了。我但凡能自己去劳动，我绝不会向您奢求任何东西。可是，我现在身不由己，只能向您寻求帮助。就两个月……两个月……"说完，凯蒂祈盼能有一道温暖的亮光降临，因为这意味着上帝听到了她的祷告，可是并没有亮光出现，于是凯蒂又试了一次。

　　"圣母玛利亚，您是耶稣的母亲，您自己也有孩子，想必您能理解我的心情。圣母玛利亚……"凯蒂等着，可是这一次依然没有神迹降临。

　　凯蒂把茜茜给的一块钱和艾薇的五十分钱放在桌子上，"这些钱能让我们多撑三天，"凯蒂想着，"那……之后呢？"凯蒂实在是走投无路，只好低声求助："约翰尼，无论你在哪里，你就再帮帮我们娘儿仨，再帮帮我们……"凯蒂等着，这一次光芒出现了。

　　这一次，还真是约翰尼帮了他们。

　　约翰尼死后，酒吧老板麦克加里蒂一直忘不了约翰尼，倒不是麦克加里蒂良心发现，不是，真不是。麦克加里蒂的酒吧并不会强迫别人进入，他的酒吧除了保持门的合页润滑良好，让人轻轻一推就能进来，并不比其他酒吧更吸引人。他酒吧里提供的免费晚餐也不比别的酒吧好，娱乐活动也仅限于顾客自娱自乐。

　　麦克加里蒂就是想念约翰尼，跟钱没有任何关系，就这么简单。说来约翰尼还总是欠他酒钱呢。他喜欢约翰尼光顾他的酒吧，因为约翰尼的存在让他的酒吧提升了一个档次。想象一下，一堆卡车司机、挖沟工人中间，坐着一个身材顾长、风度翩翩的年轻男子，那场面确实令人称奇。"诚然，"麦克加里蒂不得不承认，"约翰尼·诺兰的确喝了太多的酒，可是他不在我这里喝，也会到别的地方去喝。但他这个人不是酒鬼，几杯酒下肚后，他既不会骂人，也不会找人打架。没错，"麦克加里蒂得出一个结论，"约翰尼这人不错。"

麦克加里蒂很怀念和约翰尼聊天的日子，"那家伙可真能聊，"他心里想，"他会跟我从南方的棉花田聊到阿拉伯的海岸，再聊到阳光明媚的法国，就好像他真的去过那些地方一样，实际上他只在歌里听过。我很喜欢听约翰尼聊那些遥远的地方，"麦克加里蒂沉思了一会儿，"最重要的是，我喜欢听他聊他的家庭。"

麦克加里蒂曾经有一些关于家的憧憬。他梦想中的家远离酒吧，远到他只能在每天早晨酒吧歇业后乘电车回家。家里有贤妻在等着他，为他准备好热咖啡和好吃的东西。吃完后，他们会聊酒吧以外的其他事情。家里还有干净、漂亮、聪明的孩子，他们会因为自己的爸爸经营一家酒吧而感到羞愧，这反而会让麦克加里蒂感到骄傲，因为这意味着他这个人能生出有品位的孩子。

以上都是麦克加里蒂关于婚姻生活的想象。后来，他与梅结婚了。梅是一个身材优美、性感迷人的女孩。她的头发是深红色的，嘴唇很丰满。但婚后没多久，梅就变成了一个身材臃肿且非常邋遢的女人，成为布鲁克林人口中的"酒吧女"。结婚头一两年，麦克加里蒂和梅相处得还好。可是一天早上，麦克加里蒂醒来后发现，一切都偏离了自己的预期。梅永远也不可能成为他梦想中的妻子，因为梅喜欢酒吧，她坚持要租下酒吧楼上的房间，她不想去法拉盛那里买房子，不愿意做家务，只喜欢没日没夜地待在酒吧里，和那些来喝酒的顾客聊天侃地。梅生的两个孩子像混混一样整天在街上跑，逢人就到处吹嘘自己的爸爸开了一家酒吧。令麦克加里蒂极为失望的是，两个孩子非但不以他为耻，反以他为荣。

麦克加里蒂知道妻子对自己不忠，但他不在乎，只要这事没传到尽人皆知、大家都在背后嘲笑自己的地步就行。几年前，麦克加里蒂对妻子的身体就没有了欲望，他对妻子和其他男人在一起时的嫉妒心理也随之消散，他不想和妻子睡觉，也不想和别的任何女人发生关系。不知道为什么，在他心目中，愉悦谈话跟激情性爱画了等号。麦克加里蒂想要一个可以倾诉的女人，一个可以让自己倾诉内心所有想法的女人。他还希望对方热情而聪慧，能和自己亲密无间地聊聊天。麦克加里蒂心想，要是自己真能找到这样一个女人，那一定能唤醒他内心深处的雄性气质。麦克加里蒂苦苦追求着伴侣双方的肉体和心灵的统一。长期以来，找到一个亲近的女人并与之说说私房话，成了他一直无法实现的愿望。

麦克加里蒂在做生意时，常常会暗中观察人性并总结出自己的结论。然而，他的结论缺乏哲思，也并非他独创。事实上，麦克加里蒂的结论很无聊，但这些结论对他来说很重要，因为这些都是他自己一个人钻研出来的。结婚的前几年，麦克加里蒂试图和妻子分享自己的结论，但妻子只会敷衍他"是这样"，有时会回应他"是这样的"。渐渐地，麦克加里蒂越来越不能和妻子交流内心的想法，于是慢慢地不再履行丈夫的职责，妻子也开始对他不忠。

麦克加里蒂在灵魂上有巨大的罪恶感。他恨自己的两个孩子。麦克加里蒂的女儿艾琳和弗兰茜同龄。艾琳长了一双粉红色眼睛，头发呈淡红色，也可以称为粉红色。艾琳这个人心眼坏，但是并不聪明，自从上学以来，留级了很多次，所以十四岁的她到现在还在读六年级。至于麦克加里蒂的儿子吉姆，今年十岁，除了屁股大得塞不进裤子，全身上下没什么突出的优点。

麦克加里蒂做了另一个不切实际的梦——梦中，妻子找到他，向他坦白两个孩子不是他亲生的。不是亲生的倒也罢了，麦克加里蒂要是知道孩子是别人的，反而会更爱他们，更加客观地对待他们的坏和蠢，还会同情他们，并帮助他们。但是一想到这两个孩子是自己的，他就讨厌他们，因为他在两个孩子身上看到了自己和妻子最糟糕的缺点。

八年来，约翰尼每次来麦克加里蒂的酒吧，都会和他聊聊天。约翰尼总是对自己的妻子和孩子赞不绝口。

在和约翰尼促膝长谈的那八年里，麦克加里蒂玩了一个只有他自己才知道的秘密游戏：假装自己就是约翰尼，而约翰尼口中的妻子和孩子，则假装他们是梅和自己的孩子。

"我想给你看样东西，"有一次，约翰尼来酒吧时，他从口袋里掏出一张纸，骄傲地对麦克加里蒂说道，"我女儿在学校写的这篇作文，得了'A'，她今年才十岁。你坐好了，我念给你听听。"

约翰尼在读那篇作文时，麦克加里蒂就假装那是自己的女儿写的。又有一天，约翰尼带来一对做工有些粗糙的木制挡书架，兴致勃勃地把它们放在吧台上。

"给你看样东西。"约翰尼骄傲地说，"这是我儿子尼利在学校里做的。"

"我儿子吉姆在学校里做的。"麦克加里蒂一边欣赏挡书架，一边像约翰尼那样自豪地在心里对自己说。

还有一次，为了和约翰尼聊一会儿，麦克加里蒂主动找了个话题："你觉得我们国家会参战吗，约翰尼？"

"巧了，"约翰尼答道，"我妻子和我从昨晚一直聊到今天早上，我们一直在讨论这件事，最终还是我说服了她，我认为威尔逊总统不会让我们卷入战争。"

　　麦克加里蒂暗暗思忖，如果换成自己和妻子彻夜谈论这件事，那将会是什么情形。最后，妻子对他说："你说得有道理，吉姆。"这又将是多么伟大的景象。麦克加里蒂想象不出来，因为这样的场景，永远也不可能发生在他和妻子身上。

　　自从约翰尼死后，麦克加里蒂的秘密梦想就此破灭，他也曾试着自己一个人接着玩那个游戏，可无一例外都失败了，他需要约翰尼这样的人来给自己搭档。

　　正当凯蒂三姐妹在厨房为了凯蒂一家的生计而愁眉不展的时候，麦克加里蒂心里有了一个主意——反正自己的钱多得花不完，然而除了有很多钱，他什么都没有。那倒不妨花些钱去接济约翰尼的孩子们，让他们代替约翰尼续上自己未尽的梦。麦克加里蒂估摸着凯蒂现在大概过得很拮据，便想给弗兰茜和尼利找点简单的活儿干，以此来帮助他们家渡过眼前的难关——麦克加里蒂确实有这样的能力，除此之外，他自己说不定还能因此得到一些回报。就比如，这两个孩子会像他们的爸爸一样和自己聊聊天。

　　麦克加里蒂把自己的想法告诉梅，说他想去拜访一下凯蒂，为故去约翰尼的孩子们做点什么。梅一脸戏谑地告诉他，他要是敢登门，不出意外，肯定会被凯蒂撵出来的。麦克加里蒂倒是觉得，凯蒂应该不至于让自己吃闭门羹。麦克加里蒂一边刮胡子，一边回忆起之前凯蒂亲自登门，感谢他给约翰尼送去了一个花圈。

　　约翰尼的葬礼结束后，凯蒂挨家挨户上门感谢那些送花的人。凯蒂来到麦克加里蒂的酒吧，从前门直接走进去，压根没管旁边侧门上标注的"女士通道"。凯蒂昂首穿过一众盯着她看的男人，径直地走到麦克加里蒂面前。麦克加里蒂看见凯蒂找上门来，急忙把围裙一角塞进腰带里，表明他今天不当值，是专程从酒吧后厨出来见她的。

"我这次来是感谢你送的花圈。"凯蒂说。

"哦，那个啊。"麦克加里蒂这才松了一口气，他原本以为凯蒂是来找他算账的。

"有劳你想得这么周到。"

"我挺喜欢约翰尼这人。"

"我知道。"凯蒂伸出手，麦克加里蒂愣了一会儿才反应过来，凯蒂是要和他握手。

"你不会记恨我吧？"

"记恨你什么？"凯蒂反问道，"约翰尼享有自由，而且还是白人。他已经过了 21 岁的法定投票年龄。"说完，凯蒂转身走出了酒吧。

麦克加里蒂断定，只要是一番好意前去，凯蒂这样的女人不会赶他出去。

麦克加里蒂坐在凯蒂家的厨房椅子上，局促不安地向凯蒂说明来意。弗兰茜和尼利正在厨房做作业，弗兰茜假装低头看书，其实在竖起耳朵偷听麦克加里蒂和妈妈说了些什么。

"我和老婆商量过了，"麦克加里蒂撒了一个善意的谎，"她同意我的想法，我们想雇你女儿，活儿不辛苦，你知道的，也就是铺几张床、洗几个盘子。至于你儿子，我可以让他去我的酒吧。我的酒吧给客人提供免费午餐，尼利可以来帮助准备食材，像剥鸡蛋和切奶酪块之类的。我让他只待在后厨干活，不会让他接触到吧台。他们每人放学后来工作一个小时左右，周六来工作半天，我每周给他们每人发两块钱。"

听到麦克加里蒂的提议，凯蒂的心猛地一跳。"一周能挣四块钱，"凯蒂的大脑飞速运转，"再加上尼利送报纸挣的一块五，这下两个孩子都不用辍学了，我们一家三口还能吃饱，这笔钱可真是雪中送炭啊。"

"你觉得怎么样，诺兰夫人？"麦克加里蒂问了问凯蒂。

"这得看孩子们的意思。"凯蒂按捺住内心的激动。

"怎么样？"麦克加里蒂朝弗兰茜和尼利喊道，"你们觉得呢？"

弗兰茜假装刚刚听到的样子。"您刚刚说什么？"

"你愿意上我家做家务吗？"

"我愿意，先生。"弗兰茜回道。

"那你呢？"麦克加里蒂看向尼利。

"我也愿意，先生。"尼利也赞成。

"那就这么定了。"麦克加里蒂转向凯蒂，"当然，他们只是临时来我这儿帮帮忙，直到我们正式找到人来接管家务和厨房工作为止。"

"不管怎么说，我也希望他们只是临时的。"凯蒂说。

"你最近手头可能有点紧，"麦克加里蒂把手伸进裤兜里，"我先预付他们第一周的薪水吧。"

"不用了，麦克加里蒂先生，等他们赚了钱，自然能在周末领到工资，然后带回家来。"

"好吧。"麦克加里蒂没有把手从裤兜里拿出来，而是握住一沓厚厚的钞票，他想着，自己那么有钱，却什么也买不来，而凯蒂他们那么需要钱，却过得一贫如洗。突然间，麦克加里蒂又想到了新的说辞。

"诺兰夫人，想必你知道我和约翰尼之间的约定吧。以前我赊账给他喝酒，他把赚到的小费都给我。嗯，约翰尼死的时候，还剩一些钱在我这里。"麦克加里蒂拿出厚厚一沓钞票。弗兰茜看到这么多钱时，眼睛瞪得大大的。麦克加里蒂本来想说，自己还欠约翰尼十二块钱，准备现在就把这笔钱还给凯蒂。当他取下钞票上的橡皮筋时，他暗中观察了凯蒂的反应，发现凯蒂双眼眯起，一脸不信的模样。于是，麦克加里蒂不得不改变原来的打算。他想，要是自己说还欠约翰尼十二块钱，凯蒂肯定不会相信。"当然了，也没剩多少，"麦克加里蒂假装云淡风轻地说，"也就两块钱，但我觉得，这钱应该还给你。"麦克加里蒂拿出两张钞票递给凯蒂。

凯蒂摇摇头。"我知道你并不欠我们的，真要论起来，应当是约翰尼还欠你的钱。"被凯蒂拆穿后，麦克加里蒂有些不好意思，只好把钱收回裤兜里。钱在裤兜里紧挨着大腿，那感觉有些不舒服。"但是，麦克加里蒂先生，我发自内心感谢你的好意。"凯蒂说。

听到凯蒂真诚的感谢，麦克加里蒂敞开了心扉，于是打开了话匣子。麦克加里蒂跟凯蒂说起自己在爱尔兰的童年，聊起自己的父母以及兄弟姐妹，谈及自己理想中的婚姻是什么样的，还倾诉了他多年来对于婚姻的追求。麦克加里蒂没有提及自己的妻子和孩子，似乎想要把他们完全排除在自己的故事之外。麦克加里蒂最后还提到了约翰尼，说约翰尼每天是怎么跟他聊一些家长里短的。

"就说说你家这窗帘吧，"麦克加里蒂一边说，一边用他那厚实的手臂挽起厨房的半扇窗帘，这半扇窗帘是用黄色印花棉布做成的，上面还有红玫瑰图案。"约翰尼跟我说过，这是你用一件旧衣服改成的。他还说，这幅窗帘让厨房看起来美轮美奂，坐在这里，就像身处吉卜赛人的马车里一样。"

"吉卜赛人的马车，"听到麦克加里蒂的赞美，弗兰茜干脆不再假装学习，开始用新的眼光打量着厨房的这幅窗帘，"爸爸居然说过这样的话，我还以为他当时根本没注意到，谁让他一句话都没说过呢。爸爸不仅注意到了，还向面前的这个人夸赞过。"听到麦克加里蒂提到爸爸曾说的话，弗兰茜一度觉得爸爸并没有死。"爸爸对眼前这个人说过这些话。"因为这层缘故，弗兰茜对麦克加里蒂这个人更感兴趣了，她仔细观察了眼前这个男人——双手厚实，脖子又红又短，头发稀疏。"谁会想到，"弗兰茜心想，"在他这样的外表之下，竟然会有如此细致的内心。"

麦克加里蒂滔滔不绝地讲了两个小时，凯蒂一直专注地听着，她并不关注麦克加里蒂说了什么，她只是想从他嘴里听到关于约翰尼过往的一切。麦克加里蒂中途停顿时，凯蒂都会立刻问他："真的？"或"后来呢？"又或者"然后……"当麦克加里蒂笨嘴拙舌地想要表达一个想法时，凯蒂会率先想到并替他说出来。麦克加里蒂内心激动无比，感觉自己寻觅这么久今天终于遇到了知己。

说着说着，麦克加里蒂察觉到此时的自己似乎和平常不太一样。他感觉失去的男子气概此刻在心中又重新被激荡起来，这倒不是他和凯蒂同处一室的缘故。单论此时的凯蒂，身材臃肿走样，麦克加里蒂看了只会打退堂鼓。麦克加里蒂的改变，不是因为面前坐着这个女人，而是因为他们之间高度契合的聊天。

一直聊到天色渐晚，麦克加里蒂已经说得声音嘶哑，整个人疲惫不堪，几乎讲不出一个字。这对他来说是一种全新的、平静的疲倦。尽管不情愿，但麦克加里蒂这个时间得回酒吧看看了。那里这会儿应该挤满了一群下班回家路过酒吧的男人，他们来到酒吧就是想喝上一杯。麦克加里蒂不想看到妻子此时待在吧台接待那些客人，于是慢慢站起身来。

"诺兰夫人，"麦克加里蒂整理了一下头上的棕色礼帽，"我能时不时过来找你聊聊天吗？"凯蒂摇了摇头，"只是单纯地找你聊聊天。"麦克加里蒂继续恳求道。

"那也不行，麦克加里蒂先生，"凯蒂尽可能温和地拒绝。麦克加里蒂叹了一口气，转身离开了凯蒂家。

日子忙碌起来也好，这样弗兰茜就不会那么想爸爸了。现在，她和尼利每天早上六点就要起床，他们先帮妈妈打扫两个小时的卫生，然后收拾收拾去上学。凯蒂现在干不了重活，所以，弗兰茜负责擦三个前厅的门铃的铜底座，用油浸过的布擦亮每个扶手。尼利则负责打扫地下室，以及铺着地毯的楼梯。他们俩每天要把装满的垃圾桶拖到路边去。这项工作对他们来说有些困难，因为就算他们俩使出吃奶的劲也搬不动那个大垃圾桶。后来，弗兰茜想了一个办法，她和尼利先把垃圾桶推倒，再把垃圾倒出来，然后把空垃圾桶滚到路边去，最后再把垃圾重新装回垃圾桶里。这个办法很不错，尽管他们为此要来来回回跑好几趟。他们只给妈妈留下洗刷铺着油毡的走廊这个活儿。好在三个房客都表示，在凯蒂生孩子前，由他们自己清洗走廊。他们的善举简直帮了凯蒂一个大忙。

放学后，弗兰茜和尼利必须先去教堂，因为今年春天他们都要行坚信礼了。相关事项的学习结束后，他们才去麦克加里蒂的酒吧干活。麦克加里蒂说得没错，弗兰茜和尼利的工作内容的确很轻松。弗兰茜按照麦克加里蒂说的，先是整理完四张凌乱的床，然后洗完几个早餐盘子，最后打扫房间，整个过程用了不到一个小时。

尼利每天的行程跟弗兰茜差不多，只不过他比弗兰茜多了一样——送报纸，有时尼利要到晚上八点钟才能回家吃饭。尼利在麦克加里蒂酒吧的工作是剥四五十个熟鸡蛋，再把硬奶酪切成小方块，然后再给每个小方块插上一根牙签，最后把腌黄瓜切成条。

麦克加里蒂按捺了几天，直到弗兰茜和尼利都熟悉了这里的工作，他才打算让孩子们像他们的爸爸生前一样和自己聊天。麦克加里蒂走进厨房，找了个地方坐下来，看着尼利干活。"他和他爸爸简直就像一个模子里刻出来的。"麦克加里蒂在心里评价道。麦克加里蒂在后厨坐了一会儿，估摸着尼利已经适应了自己的存在，便清了清嗓子。

"最近你有没有做木制挡书架呀？"麦克加里蒂问道。

"没……没有，先生，"尼利被麦克加里蒂这个突如其来的问题惊了一下，结结巴巴地答道。

麦克加里蒂想等着尼利继续说下去，可尼利一直没有再开口，他手上剥鸡蛋的速度倒是变得更快了。麦克加里蒂又试着问了一次："你觉得威尔逊总统会让我们远离战争吗？"

"我不知道。"尼利如实回答。

麦克加里蒂又等了很久。尼利只当他是来监督自己干活的，为了好好表现，尼利干得更加麻利，甚至提前完成了当天的工作。当尼利把最后一个剥好的鸡蛋放在玻璃碗里并抬起头时，麦克加里蒂心想："啊！现在他要和我说话了。"

"就只有这些活吗？"尼利问道。

"就这些。"麦克加里蒂还在等。

"那，我就先走了。"尼利大胆请求道。

"好吧，小子。"麦克加里蒂叹了口气，一直看着尼利走出后门，"要是他能转过身来，和我聊一些……私底下的话就好了。"麦克加里蒂想是这么想的，不过尼利却没有如他所愿，直接头也不回地离开了。

第二天，麦克加里蒂又试着去找了弗兰茜。他来到楼上弗兰茜干活的房间，静静地坐在那里，始终没说一句话。弗兰茜有些害怕，一边打扫一边朝门口移动，"要是他朝我扑过来，"弗兰茜暗自盘算着，"我可以从这里跑出去。"麦克加里蒂安安静静地坐了很长时间，原本是想让弗兰茜适应他的存在，却不想自己的存在把弗兰茜吓得不轻。

"最近作文有没有得'A'呀？"麦克加里蒂问道。

"没有，先生。"

麦克加里蒂等了一会儿。"你认为我们会卷入这场战争吗？"

"我……我不知道。"弗兰茜慢慢靠近门。

麦克加里蒂察觉到了弗兰茜的害怕。"我可能吓到她了，她一定以为我跟她那次在走廊里碰到的变态一样。"随即，麦克加里蒂大声安慰道："别怕，别怕，我这就走。要是你还不放心的话，我走后你可以把门锁上。"

"好的，先生。"弗兰茜回答他。麦克加里蒂走后，弗兰茜心想："也许他来只是想和我聊聊天，可是我确实没什么能跟他聊的。"

梅也来找过一次弗兰茜，当时，弗兰茜正双膝跪在地上，吃力地清理洗脸池下方水管后面的污垢。梅见状让她先起来，不用再管那块污垢了。

"上帝爱你，孩子。"梅说，"用不着让自己这么累死累活地工作，等你我都死了，这房子还杵在这儿呢。"

梅从冰箱里拿出一块玫瑰色的果冻，把它切成两半，将其中一块放到一个盘子里。梅在果冻上面淋了一些鲜奶油，又拿来两个勺子放在桌子上，随后坐下来，她让弗兰茜也坐下尝尝。

"我不饿。"弗兰茜撒谎道。

"不管你饿不饿，都可以尝尝，在我这儿不用这么拘谨。"梅说。

这是弗兰茜第一次吃果冻和鲜奶油，味道真是好极了。她好不容易才克制住自己的举止，不能让自己表现出狼吞虎咽的样子。弗兰茜一边吃一边想："哎呀，麦克加里蒂太太人真好，她丈夫也不错。不过，他们可能彼此不太适合吧。"

梅和吉姆·麦克加里蒂坐在酒吧后面的一张小圆桌旁，他俩像往常一样安静而匆忙地吃着晚饭。与平常不同的是，梅这会儿把手搭在丈夫的胳膊上，麦克加里蒂因为这意料之外的触碰而心动了一下，用他那明亮的小眼睛直视着妻子迷人的眼睛。可是，麦克加里蒂从妻子的眼神里面看到了怜悯。

"没用的，吉姆。"梅温和地说。

麦克加里蒂内心激动不已。"她知道我的苦楚了！"麦克加里蒂心里想着，"看来……看来……她能理解！"

"俗话说得好，"梅继续说道，"钱不能买到一切。"

"我知道，"麦克加里蒂说，"那我让他们走吧。"

"再等几个星期，等凯蒂的孩子出生再说，这段时间我们多帮帮他们家。"说完，梅起身走向外面。

麦克加里蒂坐在那里，还没有从刚才的震惊中恢复过来。"我们竟然交流了，"他吃惊地想着，"我们没有提名字，也没有明确事是什么，但她知道我在想什么，我也知道她在想什么。"麦克加里蒂急忙出去追上妻子，他想留住他们之间今天这种难得的默契。可是，他却看见，站在酒吧尽头的妻子，正被一个五大三粗的卡车司机揽着腰肢，那人在她耳边低语着什么，妻子则用手捂住嘴，却掩饰不住笑意。

看到麦克加里蒂走来，搂着梅的卡车司机灰溜溜地移开了自己的胳膊，快速闪到一群人的旁边。麦克加里蒂走到吧台后面，再一次看了看妻子的眼睛，发现他们刚才的心意相通已经荡然无存。麦克加里蒂又开始重复着每天晚上都一样的活儿，他脸上的表情也恢复成往日的一潭死水。

玛丽·罗姆利老了，没办法一个人在外行走，她想在凯蒂生产前和凯蒂见上一面，便托他们家的保险代理人捎了一句话。

"女人生孩子，"玛丽对保险代理人说，"就像到鬼门关走一遭，有时候回不来。你跟我的小女儿说，在她经历磨难前，我想再见她一面。"

保险代理人把玛丽的话捎到了。到了星期天，凯蒂便带着弗兰茜去看望玛丽，尼利则当了"逃兵"，因为他要参加一场坦艾克街球队组织的球赛，他想去当投球手。

茜茜家的厨房既宽敞又暖和，光照很充足，房间被打扫得一尘不染。

玛丽坐在火炉旁的一把摇椅上，这是她从老家奥地利带来的唯一一件家具，这把摇椅已经有一百多年的历史了。

茜茜的丈夫坐在窗户边，正抱着婴儿喂奶。凯蒂带着弗兰茜先问候了茜茜和玛丽，最后向茜茜的丈夫打招呼。

"你好，约翰。"凯蒂问候道。

"你好，凯蒂。"约翰回答。

"你好，约翰姨父。"

"你好，弗兰茜。"

接下来的谈话里，约翰没有再说过一句话。弗兰茜一直盯着约翰姨父，觉得他很奇怪。所有人都觉得约翰只不过是茜茜暂时的丈夫而已，就像茜茜以往流水般的丈夫和情人一样，弗兰茜不知道约翰姨父本人会不会觉得他自己也是暂时的。其实约翰姨父的真名叫史蒂夫，但茜茜每次都叫他"我家约翰"，所以茜茜的家人说起他时，也是叫他"约翰"或者"茜茜家的约翰"。弗兰茜想知道约翰姨父工作的出版社里的人是不是也这么称呼他。他抗议过吗？他有没有说过"听好了，茜茜，我叫史蒂夫，不是约翰，回去告诉你的姐妹们，叫我史蒂夫"这种话呢？

"茜茜，你越长越胖了。"玛丽说。

"女人生完孩子，长胖很正常呀。"茜茜一本正经地说，然后转向弗兰茜，微笑着说，"你想抱抱小宝宝吗，弗兰茜？"

"啊，我想！"

听到茜茜和弗兰茜的对话，茜茜的丈夫一声不吭地站了起来，把怀里的婴儿和奶瓶交给弗兰茜，然后走出了房间。屋子里没人觉得他的做法有什么不妥。

弗兰茜坐在约翰姨父刚刚坐过的椅子上，她以前从来没有抱过婴儿，于是便学着之前看到的乔安娜的样子，用手轻轻抚摸婴儿软乎乎、胖嘟嘟的脸颊。在摸到小宝宝皮肤的一瞬间，弗兰茜的指尖仿佛触电一般，电流沿着她的手臂，传到全身。"长大以后，"弗兰茜下定决心，"我也要生一个这样的小宝宝。"

弗兰茜抱着孩子坐在边上听妈妈和外婆聊天。茜茜在一旁做面条，准备做够一个月吃的。只见茜茜拿出一团黄面团，先用擀面杖把面团擀平，再把擀平的面团卷起来，之后再用一把锋利的刀把卷起的面团切成细细的长条，最后再把切好的面条晾在一个由细长的榫钉制成的架子上。晾面条的架子就放在厨房的炉子前，或许是为了更好地晾干面条。

弗兰茜感觉茜茜姨妈就好像变了个人，她不再是以前那个茜茜姨妈了。并不是说她比平时胖了，她的变化跟长相无关，究竟是哪里不一样了，弗兰茜到现在还没想明白。

玛丽想详细地了解凯蒂最近过得怎么样，凯蒂便事无巨细地全都说给她听。凯蒂讲了弗兰茜和尼利去麦克加里蒂那里工作的事情，又讲了孩子们如何用赚来的钱支撑起这个家。说到这些，凯蒂想起了上次麦克加里蒂到家里来，和自己在厨房聊到约翰尼的情景。

凯蒂说："我跟你说，妈妈，要是麦克加里蒂没出现，我都不知道该怎么办才好。在他到家里来的之前几个晚上，我心急火燎，十分绝望，甚至祈求死去的约翰尼能帮帮我们孤儿寡母。我这么做很傻，我知道。"

"这不傻，"玛丽说，"他在天上听到了你的祈祷，所以帮你渡过了难关。"

"鬼帮不了人的，妈妈。"茜茜插话道。

"鬼并不全都是那种穿门而进的东西。"玛丽回答茜茜，"凯蒂刚刚说了，她的丈夫生前是如何跟那个酒吧老板聊天的。经过这么多年的日积月累，约翰尼早已在那个酒吧老板身上留下了自己的印记。所以，凯蒂向约翰尼求助时，酒吧老板灵魂里的约翰尼的点滴印记就听到了，于是这些点滴印记便汇聚在一起，来帮助凯蒂了。"

听到外婆说的话，弗兰茜的大脑飞速转动起来，"要这么说的话，"弗兰茜心想，"麦克加里蒂先生那天说了那么久关于爸爸的事情，他把爸爸的一点一滴全都还给了我们，现在他的心里已经没有爸爸的印记了。正因为如此，他才想跟我们谈话，可是我们做不到像他希望的那样和他聊天。"

凯蒂准备起身回家的时候，茜茜给她装了满满的一盒面条带回家。

弗兰茜和外婆吻别，外婆紧紧地抱着她，用德语在她耳边轻声叮嘱："在接下来的一个月里，你不光要尊重妈妈、听妈妈的话，还要爱她、理解她。"

外婆说的话弗兰茜一句也听不懂，但还是答应了一句："好的，外婆。"

坐电车回家的路上，弗兰茜把装满面条的盒子放在自己的膝盖上，因为妈妈现在挺着肚子，她的膝盖放不下。一路上，弗兰茜都在思考："如果外婆刚刚说的都是真的，那这世界上就没有真正意义上的死亡。爸爸虽然死了，但是他还活在我们身边。活在跟他一个模子里刻出来的尼利身上，活在陪伴他多年的妻子身上，活在爸爸自己的妈妈身上。奶奶生下了爸爸，爸爸虽然走了，但奶奶依然健在。也许有一天我也会生一个儿子，他会长得像我的爸爸，遗传爸爸所有的优点，但他不会喝酒。我的儿子将来也会有自己的儿子，照这么说，也许这世界上并不存在真正的死亡。"弗兰茜想到了麦克加里蒂这个人，"没有人会相信他身上竟然有我爸爸的影子。"弗兰茜又想到了麦克加里蒂夫人，想起她是怎么热情招待自己吃果冻的，突然间，弗兰茜茅塞顿开，她明白茜茜姨妈为什么跟以前不一样了，于是便跟妈妈说出了自己的发现："茜茜姨妈没有用味道很浓的香水了，对吗，妈妈？"

"对，她再也用不上了。"

"为什么？"

"因为她有了孩子，还有了男人照顾她和孩子。"

弗兰茜还想问点别的，但是看到妈妈疲惫地闭上了眼睛，将头靠在座位上。妈妈脸色很苍白，看起来很疲倦。因此，弗兰茜决定不再打扰妈妈，她要靠自己想通这里面的关联。

"肯定是这样，"弗兰茜想，"一个女人之所以用浓烈的香水，是因为她想要一个孩子，是想找个男人和她生孩子，并且能照顾她自己和孩子。"弗兰茜把这条宝贵的知识归入她不断收集的知识库中。

想着想着，弗兰茜的头开始痛起来，她也不知道是因为抱了小宝宝太过兴奋，是因为想念爸爸生前的点点滴滴，是因为想清楚了茜茜姨妈为什么不再用香水，还是因为早上起得太早而又忙活了一整天，抑或是到了每个月那几天，所以现在头很疼。

"算了，"弗兰茜总结道，"我觉得让我头疼的是生活，而不是别的。"

"别傻啦，"凯蒂轻声说，但她仍然闭着眼睛靠在椅背上，"你茜茜姨妈家的厨房太热了，我都热得头疼。"

听到妈妈说的话，弗兰茜震惊得跳了起来，难道妈妈闭着眼睛也能洞穿自己的心思不成？弗兰茜细细回想，原来刚刚忘了自己是在思考，才将最后面那句关于生活的总结脱口而出。弗兰茜被自己的傻瓜行为逗笑了，自从爸爸去世后，这还是她第一次笑，妈妈也睁开眼睛跟着笑了起来。

第三十九章

　　到了五月，弗兰茜和尼利分别行了坚信礼，这时弗兰茜十四岁半了，尼利则比她小一岁。茜茜现在的裁缝手艺已经十分精湛了，她给弗兰茜做了一条白色薄纱连衣裙，凯蒂则到处凑了点钱，给弗兰茜买了一双白色的鞋子和同色的长丝袜，这还是弗兰茜人生中收到的第一双丝袜。尼利则穿着爸爸去世时妈妈给他买的黑色西装。

　　这附近有一个传说，据说人在坚信礼那天许下三个愿望，那这些愿望以后都会实现。第一个要许下希望渺茫的愿望，第二个要许自己能办到的愿望，第三个要许长大以后的愿望。弗兰茜的第一个愿望是希望自己的棕色直发能变成像尼利那样的金色鬈发；第二愿望是希望自己能像妈妈、艾薇姨妈、茜茜姨妈那样拥有一副好嗓子；第三个愿望是希望自己长大后能周游世界。尼利的愿望则是：第一，变得非常富有；第二，学习取得更高的分数；第三，长大后不会像爸爸那样酗酒。

　　在布鲁克林，大家都约定俗成，孩子行坚信礼这天，都会去找专业的摄影师给他们拍照。凯蒂没有钱，只好让邻居弗洛茜·嘉迪斯帮忙，用她的盒式照相机给弗兰茜和尼利照一张快照。

　　弗洛茜让弗兰茜和尼利站在人行道上，然后给他们拍照。

弗洛茜没有注意到，就在她按下快门的一瞬间，正好有一辆电车从弗兰西和尼利的背后驶过。弗洛茜把洗出的照片放大并装进相框，作为坚信日礼物送给了弗兰茜。

照片送过来时，茜茜也在。凯蒂接过照片打量起来，茜茜和弗兰茜则站在她身后看。弗兰茜以前从来没有照过相，她这是第一次看到别人眼中的自己。照片中的她僵硬地站在路边，身体背对着水沟，身上的裙子被风吹得歪七扭八。尼利挨着弗兰茜站着，他穿着熨烫一新的黑色西装，看起来阔气、英俊，比大他一岁的弗兰茜还高出一个头。照片中，太阳斜照在屋顶上，尼利站的地方光线明亮，阳光衬得他的脸庞清晰透亮，而弗兰茜站的地方则是暗处，显得她阴沉而愤怒。两人身后，留下了一辆电车驶过的模糊侧影。

茜茜对他们说："我敢打赌，这张照片一定是世界上唯一一张有电车的坚信礼照片。"

凯蒂也说："这张照片拍得不错，比在照相馆里由纸板做成的教堂橱窗背景下拍得更自然。"说完，凯蒂把这张照片挂到了壁炉架上。

"你选了什么名字，尼利？"茜茜问道。

"我用了爸爸的名字，现在我叫科尼利厄斯·约翰·诺兰。"

"这名字一听就是当外科医生的料。"凯蒂夸道。

"我用了妈妈的名字。"弗兰茜向大家郑重宣布，"现在我的全名是玛丽·弗兰茜·凯瑟琳·诺兰。"弗兰茜内心充满期待，但妈妈并没有夸自己，说这个名字听起来像作家。

"凯蒂，你有约翰尼的照片吗？"茜茜问。

"没有别的，只有我们结婚那天照过的一张，怎么了？"

"没什么，我只是感慨时间过得可真快啊，你觉得呢？"

"确实，"凯蒂叹了口气，"这是我们唯一能确定的事情。"

坚信礼结束后，弗兰茜不用再去教堂学习相关内容了，于是每天空出了一个小时，她准备把这一个小时用来写小说，她要向新来的英语老师佳恩达小姐证明，对于美，她有自己的追求。

　　自从约翰尼走后，弗兰茜就不再写鸟儿、树木和我的印象之类的题材了。她很想念爸爸，所以，她写的都是关于爸爸的往事。她想告诉别人，尽管爸爸身上有很多缺点，但他是一个好爸爸，是一个和蔼可亲的人。弗兰茜前面写了三篇关于爸爸的作文，都没有像往常一样得 A，而是得了 C，第四篇作文发下来时，作文后面多了一行字，老师让她放学后留下。

　　放学后，所有孩子都回家了。教室里只剩下佳恩达小姐和弗兰茜两个人，还有一本大词典，弗兰茜的四篇作文就放在佳恩达小姐的桌子上。

　　"你的作文怎么了，弗兰茜？"佳恩达小姐问。

　　"我不知道。"

　　"你是我最优秀的学生之一，你之前的作文写得都很好，我很喜欢，可最近这几篇……"佳恩达小姐轻蔑地扫了一眼桌子上的作文。

　　"我有查拼写，书写上也下了功夫，可是……"

　　"我说的是你的作文主题。"

　　"您不是说可以自由选择吗？"

　　"但贫穷、饥饿和酗酒这些主题都很丑陋，我们承认社会上存在这些东西，但我们不会去写。"

　　"那写什么呢？"弗兰茜不自觉地学起了老师的口吻。

　　"写东西要充分运用想象，在想象中发现美。作家和艺术家一样，必须永远追求美。"

“那什么才是美？”弗兰茜不解地问道。

“我觉得济慈的‘美就是真，真就是美’就说得很贴切。”

听完，弗兰茜鼓起勇气向佳恩达小姐说道：“我写的那些故事就是真的。”

“胡说！”佳恩达小姐愠怒道，不过，她缓和了一下自己的语气继续说道，“我们所说的真理，是指星星亘古不变，太阳永远东升西落，人身上真正高贵的品质，比如拳拳爱子之心，以及赤诚爱国之情这些。”佳恩达小姐情绪饱满地向弗兰茜解释道。

“我明白了。”弗兰茜回答道。

佳恩达小姐还在继续说教，弗兰茜则在心里暗暗和她较劲。

“酗酒既不真，也不美，它是一种恶习。那些喝醉的人应该被关进监狱里，而不是被写进作文里。世上有那么多工作可以做，只要你想去做。穷人之所以穷，是因为他们懒，懒并不是美。”

（可我妈妈一点儿都不懒！）

“饥饿也不是美，它不应该存在的，因为我们有运行良好的慈善机构，没人还会挨饿。”

听到“慈善机构”这个词时，弗兰茜本能地咬牙切齿，因为妈妈平生最讨厌这个词。于是，在妈妈的影响下，弗兰茜和尼利也讨厌这个词。

佳恩达小姐继续向弗兰茜说道：“我也不是嫌贫爱富，其实我家里也不富裕，我爸爸只是一名神父，工资很低。”

（但你的爸爸好歹有工资吧，佳恩达小姐。）

“而在我妈妈身边干活的，都是一帮没有受过训练的女仆，她们大多数是从乡下来的女孩。”

（我算是明白了，佳恩达小姐，你说你家很穷，穷得只剩一帮女仆。）

"很多时候，我们没有女仆，我妈妈不得不亲自做所有的家务。"

（佳恩达小姐，我妈妈不光要做自己家所有的家务，还要做比这多十倍的清洁工作。）

"我想上州立大学，但家里负担不起，我爸爸就把我送到了一所教会大学。"

（但你好歹读过大学啊。）

"相信我，去那里上学的都是穷人。我也尝过挨饿的滋味。每一次我爸爸的工资被拖欠的时候，我们全家连饭都吃不上。我记得有一次，我们只能喝茶水，吃面包果腹，就靠这些挨了三天。"

（原来你也知道饥饿是什么滋味啊。）

"如果别的都不写，只写贫穷和饥饿，那就太无趣了，你说对吗？"

弗兰茜没有回答佳恩达小姐的问题。

"对吗？"佳恩达小姐再一次问道。

"对，老师。"

"目前，你的毕业演出剧本，"佳恩达小姐从办公桌抽屉里拿出一份薄薄的手稿，"有的地方确实写得不错，但有的地方你就写偏了。比如，"佳恩达小姐随手翻开一页，"命运问眼前的男孩：'你长大后的理想是什么？'男孩回答：'我想成为一名医生，我要修补人们病恹恹的身躯。'你这个想法很好，弗兰茜，但是你写得很有问题，命运告诉小男孩：'当医生是你的理想，但是你看，这将会是你以后的结局。'接着，一束光照在一个修补垃圾桶的老人身上。老人自言自语道：'曾经我以为自己是人类身体的修补者，如今却在……修补……'"读完，佳恩达小姐抬起头，"你不是在逗我吧，弗兰茜？"

"我没有，老师。"

"经过我们刚才的谈话，想必你已经清楚，为什么毕业演出我不用你的剧本了吧？"

"我明白了。"弗兰茜难过得心都要碎了。

"现在碧翠丝·威廉姆斯有一个更好的想法，她准备写一个仙女挥舞着手中的魔术法杖，紧接着，身着盛装的男孩和女孩陆续走出来，他们每个人代表一年中的一个节日，每个人会朗读一首关于他代表的那个节日的诗歌。碧翠丝的这个主意非常不错，只可惜碧翠丝不会押韵。你想不想把碧翠丝这个想法付诸实践，为每个节日写一首诗呢？我相信碧翠丝是不会介意的，到时候，我们可以在节目单上注明，这个创意出自她。这对你们俩都很公平，不是吗？"

"这的确很公平，老师。但我不想用她的创意，我想用我自己的创意。"

"你的想法值得表扬，那我就不多说了。"佳恩达小姐站起来，"我花这么多时间和你说这些，是因为我相信你的前途不可限量。既然我们今天已经把话说开了，我相信你以后不会再写那些污秽的故事了。"

污秽？弗兰茜在脑海里翻来覆去地搜索这个词，她的字典里还没有这个词，"污秽——那是什么意思？"

"我——跟你——说过的，遇到——不认识的单词——该怎么做。"佳恩达小姐慢悠悠地像唱歌一样地回答。

"哦！我差点忘了。"弗兰茜拿起那本大字典，在上面查到了佳恩达小姐说的这个词。"污秽：肮脏。"肮脏？弗兰茜想到了爸爸还活着时，他每天都会穿着整洁如新的衣服，里面的衬衫领子也是新的，他那双鞋虽然破旧但一天要擦两次。肮脏？爸爸在理发店还有自己专门的杯子呢！第二个意思是卑鄙，弗兰茜看不懂是什么意思，便直接跳过了。第三个意思是恶心，怎么可能！爸爸还会跳舞，他身材颀长，跳起舞来动作优雅，他才不可能恶心呢。这个词别的意思还有卑鄙和下流，弗兰茜还记得，爸爸对自己是那么温柔慈爱，大家明明都那么喜欢爸爸。看完这些释义后，弗兰茜的脸变得滚烫，她看不清后面的注解，因为所有的文字在她眼里全都变成了红色。弗兰茜愤怒地转向佳恩达小姐，因为太过生气，所以她的脸看起来有几分扭曲。

"不许你用那个词来形容我们！"

"我们？"佳恩达小姐茫然地问道，"我们在谈论你的作文，你在说什么？弗兰茜！"佳恩达小姐的声音中显出了震惊，"我很惊讶！像你这样平时规规矩矩的女孩，要是被你妈妈知道你在学校里对老师无礼，你妈妈会怎么说？"

弗兰茜被佳恩达小姐的话吓坏了，要知道，在布鲁克林，对老师无礼几乎等同于要被抓去管教的重罪。"请您原谅，请您原谅，"弗兰茜卑微地重复道，"我不是故意的。"

"我理解了，"佳恩达小姐温和地说，她搂着弗兰茜，两人一起走到门口，"我们之间的谈话你听进去了。污秽是一个丑陋的词，我很欣慰你讨厌我用它，说明你真的听懂了。也许你不再喜欢我，但你一定要相信，我是为了你好。总有一天你会明白我说过的话，你会为此感谢我的。"

弗兰茜希望所有大人都能停止说这句"我是为了你好"，她听了太多"将来你会感谢我的"，这样的话都快压得她喘不过气来了。照他们这么说，等自己长大后，还得把对自己说过这些话的人找出来，上前挨个感谢他们。

佳恩达小姐把弗兰茜四篇"污秽"的作文和剧本还给她，并嘱咐道："你拿回家后，把它们统统扔进炉子里烧掉。你要亲自点燃火柴，等火燃起来时，你再不停地念'我在烧掉丑陋，我在烧掉丑陋'。"

放学回家的路上，弗兰茜一直在回想佳恩达小姐今天和她说过的话。她知道佳恩达小姐这个人并不刻薄，她也是为了自己好，但对弗兰茜来说，这似乎并不会真给她带来好处。弗兰茜开始意识到，在一些受过教育的人看来，自己的生活可能是令人厌恶的。她很想知道，等她将来接受了更多教育后，她会不会为自己的出身感到羞耻？会不会为自己的家人感到羞耻？会不会为英俊、随和、善良、体贴的爸爸感到羞耻？会不会为勇敢、直率的妈妈感到羞耻？（妈妈一直以外婆为骄傲，尽管外婆英文单词一共也不认识几个）会不会为诚实的尼利感到羞耻？羞耻？不会的！要是教育让一个人对自己的出身感到羞耻，那么这样的教育不要也罢。"我会证明给佳恩达小姐看，"弗兰茜暗暗发誓，"我要让她知道我有想象力，我一定会证明给她看的。"

一回到家后，弗兰茜就开始写小说。故事里的女主角叫雪莉·诺拉，是一个含着金汤匙出生的富家女。弗兰茜给自己的小说取名为《这就是我》，可是，小说里的内容却和她真实的生活一个天上，一个地下。

弗兰茜的小说已经写了二十多页了。到目前为止，小说还只是在描写雪莉家各种豪华的家具、精美的服饰，以及一顿又一顿的美味佳肴。

等这本小说写完了，弗兰茜准备让约翰姨父拿到出版社去出版。弗兰茜满怀期待地想象着，将来她把自己出版的书递给佳恩达小姐时会是什么样子。弗兰茜在脑海中构想了这一幕场景，她和佳恩达小姐的对话如下：

弗兰茜

（把书递给佳恩达小姐。）

我相信你在这里面找不到任何污秽的东西，就当它是我的学期作业，希望你不要介意，它已经出版了。

（佳恩达小姐简直惊掉了下巴，不过，弗兰茜没有注意到。）

还是印刷出来看着方便一些，你不觉得吗？

（佳恩达小姐阅读这本书时，弗兰茜漫不经心地盯着窗外。）

佳恩达小姐

（看完后。）

弗兰茜，你写得太好了！

弗兰茜

你说什么？

（假装在回忆。）

哦，你在说这本小说啊，也就是我闲来无事的时候瞎写的，写没见过的东西花不了多长时间。要是写真实的事情，就得花更多的时间，因为你必须先去经历一遍。

弗兰茜去掉了后面这句话，因为她不想让佳恩达小姐看出自己的内心曾经受到过伤害，于是做了修改。

弗兰茜

你说什么？

（假装在回忆。）

哦！你说的这本小说啊，希望你能喜欢。

佳恩达小姐

（怯怯地。）

弗兰茜，能……能请你给我签个名吗？

弗兰茜

当然可以。

（佳恩达小姐拧开钢笔帽，将笔尖一头朝向自己，递给了弗兰茜。弗兰茜在小说的扉页上签下：M.弗兰茜·K.诺兰敬赠。）

佳恩达小姐

（看着书上的签名。）

签名多么与众不同！

弗兰茜

这是我的全名。

佳恩达小姐

（怯怯地。）

弗……弗兰茜？

弗兰茜

您像以前一样叫我就行，随意些。

佳恩达小姐

我能请你在签名前面写上"致我亲爱的朋友穆里尔·佳恩达"吗？

弗兰茜

（停顿了一下。）

这有什么难的？

（带着讽刺的微笑。）

我总是写你让我写的东西。

（弗兰茜书写题词。）

佳恩达小姐

（低声说。）

谢谢。

弗兰茜

佳恩达小姐……这不重要……可以请您为我的作品打一个分吗……看在我们曾经师生一场的分上？

（佳恩达小姐拿起红笔，在书上写下大大的A+。）

这是一个多么美好的梦想啊！想到这些，弗兰茜开始干劲十足地写下一章。她写啊写，早一天写完，她的梦想就能早日成真。弗兰茜接着写道：

"帕克，"雪莉·诺拉问贴身女仆，"晚餐厨师都准备了什么？"

"我想可能有玻璃罩呈上来的松鸡胸脯，再配上温室芦笋、进口蘑菇和菠萝奶油甜点吧，雪莉小姐。"

"听起来真没劲。"雪莉说。

"是，雪莉小姐。"女仆恭敬地回道。

"你知道吗？帕克，我这会儿突然心血来潮。"

"您只管吩咐。"

"给我多拿些甜点来，我要自己决定今天晚餐吃什么。我要十几份俄式甜点，一些草莓酥饼，一夸脱①冰激凌——要巧克力味的，还要一些酥脆饼和一盒法国巧克力。"

"好的，雪莉小姐。"

就在这时，一滴水落到了本子上。弗兰茜抬头望去，不对，屋顶没有漏水，原来是自己的口水。弗兰茜饿极了，便去炉子边，看看锅里有什么可吃的。锅里只有一根没肉的骨

_____

① 夸脱：体积单位，1夸脱约等于946毫升。

头和一锅汤。家里只有面包盒里还有一些面包，面包有点硬，但有总比没有好。弗兰茜切了一片面包，又给自己倒了一杯咖啡，她把面包放进咖啡里蘸着吃，这样面包吃起来就软一些了。弗兰茜一边吃一边欣赏自己的小说，她有了一个惊人的发现。

"弗兰茜·诺兰，"弗兰茜自言自语道，"在这个故事里，你写的和佳恩达小姐讨厌的那些故事有什么两样，你写的还是饥饿，只不过换了一种扭曲、迂回、愚蠢的方式去写而已。"

想到这里，弗兰茜更加恼怒。她把本子撕得粉碎，丢进了火炉。当火舌吞噬纸张时，弗兰茜心里的怒火也被烧得更旺了，她跑到床底下拿出之前所有的作文纸，把写爸爸的四篇小心翼翼地拿出来放在边上，把其他的全都塞进了火炉，她把曾经所有写得很华丽、得了 A 的作文都烧掉了。那些纸被烧黑、烧卷之前，纸上的句子变得格外清晰，其中一句是"一棵巨大的白杨树，高大挺拔，在天空的映衬下宁静而苍凉"，还有一句是"天空蔚蓝，穹顶如弓，这是一个完美的十月天"，另一句的结尾写着"……蜀葵像漫天散落的夕阳，燕草像浓缩的天堂。"

"我从来没见过白杨，穹顶如弓这个说法是我在一篇文章上看到的，这些花我也只在种子目录上见过。我的那些作文之所以得了 A，是因为我很会撒谎。"弗兰茜戳了戳炉子里的纸张，让它们能烧得更快一些。当里面的纸化为灰烬时，弗兰茜在嘴里不停地念叨："我在燃烧丑陋，我在燃烧丑陋。"当最后一束火苗熄灭时，弗兰茜对着炉子，出人意料地宣布："我的写作生涯到此结束。"

突然间，弗兰茜感到恐惧和落寞。她想要爸爸，她想要自己的爸爸。爸爸不可能死，他不可能会死，过不了多久，他就会唱着《莫莉·马龙》上楼来。自己会像往常一样给爸爸开门，爸爸会对自己说"你好，小歌星"。她要告诉爸爸，自己做了一个可怕的梦，梦到爸爸死了，还会告诉爸爸佳恩达小姐都对自己说了些什么。爸爸总有办法安抚自己，弗兰茜等啊等，竖起耳朵听爸爸有没有回来。也许这一切只是一场梦，但可惜不是，因为没有一个梦能有这么长。这是真的，爸爸永远地走了。

弗兰茜把头埋在桌子上，泣不成声。"妈妈不像爱尼利那样爱我，"弗兰茜边哭边说，"我试着让妈妈爱我，陪在妈妈身边，妈妈去哪儿我就去哪儿，妈妈让我做什么我就做什么，但我做不到让她像爸爸那样爱我。"

哭着哭着，弗兰茜想起了妈妈坐电车时的样子。当时妈妈仰着头，闭着眼睛坐着，她还深深记得，妈妈当时的脸色是多么的苍白和疲惫。妈妈是爱自己的，这一点毋庸置疑，只是她不会像爸爸那样表达出来。妈妈这个人很好，她随时都可能会生产，可她直到现在依然坚持在外面工作。要是妈妈生孩子时不幸死了怎么办？一想到存在这种可能，弗兰茜害怕得全身的血液都变得冰冷。要是没有了妈妈，她和尼利该怎么办？他们能去哪儿呢？艾薇姨妈和茜茜姨妈两家都很穷，没办法收留他们。到时候，他们连住的地方都没有。除了妈妈，他们在这个世界上没有任何人可以依靠。

"亲爱的上帝，"弗兰茜祈祷道，"求您不要让妈妈死。我知道我对尼利说过我不相信您。我那是瞎说的！我信您！求您不要惩罚妈妈。她这辈子没做什么坏事，您不要因为我说过不再相信您就把妈妈带走。如果您能让她活着，我就把我的作品献给您。只要您让她活着，我就再也不写故事了。圣母玛利亚，求您的儿子耶稣去上帝那儿帮我求求情，不要让我妈妈死掉。"

弗兰茜觉得现在祈祷为时已晚了，因为上帝记得她曾经说过不信上帝的话，上帝会惩罚她，像带走爸爸一样从她身边带走妈妈。想到这里，弗兰茜吓得魂不附体，害怕妈妈现在已经死了，于是一股脑儿冲出房间去寻找妈妈的踪迹。此时凯蒂不在家里打扫卫生，弗兰茜便跑去第二栋房子里找，边跑边喊："妈妈，妈妈！"但是，她跑遍了三层，也没有看到妈妈的身影。接着，弗兰茜跑到第三栋房子，也是最后一栋，妈妈不在一楼，也不在二楼，只剩下最后一层楼。如果妈妈不在那里，那她一定是死了。弗兰茜尖声喊道："妈妈！妈妈！"

"我在上面，"凯蒂的声音从三楼悠悠传来，"别整天咋咋呼呼的。"

听到妈妈的回应后，弗兰茜悬着的心终于落下了，此时她已经近乎崩溃。她不想让妈妈发现自己哭过，想用手帕擦擦泪痕，但是身上没有手帕，便只好用裙子将脸上的眼泪擦干，才缓缓走上最后一层楼梯。

"你好呀，妈妈。"

"是尼利出什么事了吗？"

"没有，妈妈。"（妈妈凡事总是第一个想到尼利。）

"那就好。看你也挺好！"凯蒂微笑着说，她猜想弗兰茜一定是在学校出了什么事，如果女儿愿意倾诉的话……

"妈妈，你喜欢我吗？"

"要是我连自己的孩子都不喜欢，那我这个人就太可笑了，不是吗？"

"你觉得我和尼利一样好看吗？"弗兰茜焦急地等待着妈

妈的回答，她知道妈妈从不撒谎，等了许久妈妈才开口。

"你有漂亮的双手，浓密又亮丽的长发。"

"那你觉得我和尼利一样好看吗？"弗兰茜继续追问道，她多么希望妈妈能骗骗自己。

"弗兰茜，我知道你想通过这个问题证实你心里想的，但是我现在太累了，和你一时半会儿也讲不清楚。在妈妈生下孩子之前，你要多一点耐心。我喜欢你和尼利，我觉得你们俩都是很棒的孩子。现在这时候尽量不要让妈妈担心你们。"

弗兰茜听到妈妈的话懊恼不已，一想到妈妈就快要生产了，还在笨拙地跪在地上擦地板，顿时无比心疼，于是她跪在妈妈旁边。

"起来吧，妈妈，剩下的走廊让我来打扫，我现在有时间。"说着，弗兰茜把手伸进水桶里。

"别！"凯蒂急忙阻止，她把弗兰茜的手从水里拿出来，用自己的围裙给她擦干。"你不要碰桶里的水，那里面有苏打和碱，你瞧瞧我这双手成什么样了。"凯蒂伸出她那形状优美却满是伤痕的双手，"我不希望你也变成我这样，我希望你永远有一双漂亮的手。再说了，我马上就做完了。"

"帮不上你的忙，那我坐在旁边看看行吗？"

"要是你没有别的事要做的话，也行。"

弗兰茜坐在一旁看着妈妈干活。妈妈还健在，现在就在自己身边，这种感觉真幸福，就连妈妈打扫屋子的声音也那么安心和动听，妈妈手中的刷子"唰——唰——唰——唰——"，拖把"沙——沙——沙——沙——"，她把刷子和拖把扔进水桶里时，它们会发出"砰——砰——"的声音。然后，妈妈又把水桶推到下一个地方。

"弗兰茜，你没有女性朋友吗？"

"没有，我讨厌女人。"

"这不正常，有时和你年龄相仿的人聊聊天对你有好处。"

"那你有女性朋友吗，妈妈？"

"没有，我讨厌女人。"凯蒂如实回答。

"瞧，你和我一样。"

"但我曾有过一个女性朋友，我通过她认识了你爸爸。所以你看，女性朋友有时还是很有用的。"凯蒂说着玩笑话，她手里刷子的唰唰声仿佛在说着约翰尼当年对希尔蒂说的那句"你走你的路，我走我的路"。想到刚过世的丈夫，凯蒂强忍住眼里的泪水，"没错，"她继续说，"你需要朋友，除了尼利和我，你从来不跟任何人说话。你永远都是只读你的书，写你的故事。"

"我已经放弃写作了。"

听到这句话，凯蒂当下就明白了弗兰茜为何反常，弗兰茜的心事一定和她的作文有关，"你今天的作文得分不好吗？"

"不是，"弗兰茜嘴上撒谎，心里却对妈妈能一眼看穿自己的心事感到钦佩不已。弗兰茜站起身来，"我该去麦克加里蒂酒吧干活了。"

"等等！"凯蒂把刷子和拖把放进桶里，"我今天的活也干完了，"她伸出双手，"扶我起来。"

弗兰茜抓住妈妈的手，用力一拉，妈妈笨拙地站起身来。"陪我一起走回家去吧，弗兰茜。"

弗兰茜提着桶，凯蒂一手扶着栏杆，一手搭在女儿肩膀上。凯蒂沉重的身子靠着弗兰茜，慢慢地走下楼去。弗兰茜紧紧跟着妈妈的步子。

"弗兰茜，我随时都可能生产。如果你一直在我附近，我心里就会很踏实。你要时刻留意我，我工作的时候，你时不时来找我，看看我好不好。我现在只能依赖你了，尼利是指望不上的，因为女人生孩子的时候是指望不上一个男孩的。我现在非常需要你，我知道你时刻在我身边时，我才会安心。所以，这段时间你要跟紧我。"

听到妈妈的话，弗兰茜心中泛起无限温情。"妈妈，我永远不会离开您。"

"真是我的好女儿。"凯蒂搂紧了她的肩膀。

"也许，"弗兰茜想，"妈妈不像爱尼利那样爱我，但她更需要我，说不定，被需要和被爱一样好，甚至更好。"

第四十章

　　两天后，弗兰茜回家吃午饭，下午就没去学校上课。凯蒂躺在床上，让尼利下午去上学。弗兰茜想去找艾薇姨妈和茜茜姨妈来，可妈妈却告诉她还没到时候。

　　弗兰茜一个人在家操持大小事务，感觉责任重大，这也让她颇感自豪。她先把房间打扫干净，又看看家里有什么吃的，再计划着晚上吃什么。每隔十分钟，她还要给妈妈垫好枕头，询问妈妈要不要喝水。

　　下午刚过三点，尼利气喘吁吁地从学校跑回来，把书往角落里一扔，问妈妈需不需要他去叫人。凯蒂被尼利着急忙慌的模样逗笑了，告诉他不到万不得已，不要耽误艾薇姨妈和茜茜姨妈做事。见妈妈没事，尼利便去上班了，凯蒂叮嘱他转告麦克加里蒂先生，弗兰茜要在家陪自己，能不能让尼利代替弗兰茜把活都干了。麦克加里蒂不仅爽快答应了，还帮着尼利一起准备酒吧的免费晚餐，所以尼利在四点半时下了个早班。尼利回到家早早吃了晚饭，他还要接着出去送报纸，他早一些去送，就能早些回家。晚饭的时候，凯蒂说她什么都不想吃，只想喝杯热茶。

　　弗兰茜给妈妈泡好茶，可妈妈又不想喝了。弗兰茜很担心妈妈的身体，因为妈妈刚才什么东西也没吃。尼利马不停蹄地出去送报纸了。弗兰茜又给妈妈端来一碗炖肉，想让妈妈多少吃一点儿，妈妈却冲弗兰茜发火，说别来烦她，她想吃的时候自己会说。弗兰茜感到很委屈，但没有让眼泪流下来，只是很无奈地把炖肉倒回锅里。过了一会儿，凯蒂又呼叫弗兰茜了。听妈妈的声音，她似乎没有刚才那么生气了。

"几点了？"凯蒂问。

"还有五分钟到六点。"

"你确定钟没走慢？"

"没有，妈妈。"

"也许快到时候了。"凯蒂有些担忧。

弗兰茜从前厅向窗外张望，从这里可以看到沃伦诺夫珠宝店旁边的大时钟。"我们的钟是对的。"弗兰茜向妈妈担保。

"天黑了吗？"凯蒂躺在床上无从得知外面的情况，哪怕外面是日头高高的正午，阳光透过通气窗进来后也只剩下暗淡的光线。

"没有，外面天还亮着。"

"这里太黑了。"凯蒂焦虑地说。

"我去把蜡烛点上吧。"

弗兰茜来到墙边一个挂小架子的地方，上面放着一尊圣母玛利亚的石膏像，而圣母充满怜悯地将双手伸向世人。圣母脚下是一个厚厚的红玻璃杯，里面装满了黄蜡和烛芯。玻璃杯旁边还有一个花瓶，花瓶里面插着纸做的红玫瑰。弗兰茜找来一根火柴点燃了烛芯，烛光透过厚厚的玻璃杯，发出暗淡的红宝石般的光芒。

"现在几点了？"过了一会儿，凯蒂又问道。

"六点十分了。"

"你确定钟既不慢也不快？"

"一秒不差。"

凯蒂很满意，但五分钟后，她又问了一次弗兰茜什么时间了，好像她有一个重要的约会要参加，很担心会迟到似的。

六点半的时候，弗兰茜又告诉了妈妈一遍时间，还跟她说再有一个小时尼利就会回来了。

"尼利一回来，就让他去找艾薇姨妈，让他别走着去，那样耽搁时间，给他五分钱坐车去。告诉尼利，先找艾薇姨妈，因为她家比茜茜姨妈家离得近。"

"妈妈，要是中途你突然生了，我不知道该怎么办。"

"哪有那么快，一下子就能把孩子生出来。现在几点了？"

"还有二十五分钟到七点。"

"确定吗？"

"确定，妈妈。虽说尼利是男孩，但我觉得他在你身边陪着，比我更合适。"

"为什么？"

"因为他总能给你很大的安慰，"弗兰茜说这话时没有恶意，也没有嫉妒，只是简单地陈述事实，"换作是我，我……我……不知道该说什么才能让你感觉好些。"

"现在几点了？"

"还有二十四分钟到七点。"

凯蒂沉默了很久才开口，她说话声音很小，仿佛是在自言自语："不，男人在这个时候不应该出现。然而，那些生孩子的女人却想让自己的丈夫陪在身边，她们想让男人听到每一声呻吟，看到她们流出的每一滴血，体会到她们每一次撕心裂肺的痛苦，让男人和她们一起受苦。通过这种扭曲的快感，那些女人又能从中获得什么呢？她们似乎是在报复，因为上帝让她们成为女人。""现在几点了？"不等弗兰茜回答，凯蒂继续说道："结婚前，女人如果被男人看到她们头上顶着卷发器，或者没穿胸罩，她们会为此羞愧得要死。可是当她们结了婚有了孩子，却又想把最为丑陋的一面展现给男人。我不知道为什么，我也搞不懂。男人目睹自己带给女人的痛苦和折磨，便不再觉得他们之间感情有多美好，这就是为什么许多男人在妻子生完孩子之后会变得不忠。"凯蒂这时意识有些模糊，渐渐不清楚自己在说些什么。她太想念去了天堂的约翰尼了，所以极力为他不在身边的事实开脱。"除了上面说的，还有一点就是，如果爱一个人，你会宁愿独自承受痛苦，也不愿让对方陪你一起遭罪。所以，等你以后生孩子的时候，不要让你丈夫进屋陪伴你。"

"我知道了，妈妈。现在已经七点过五分了。"

"去看看尼利回来了没有。"

弗兰茜在家附近看了看，尼利还没有出现。凯蒂想起了刚刚弗兰茜说的尼利才是她的安慰这个说法。

"不，弗兰茜，现在你才是妈妈的慰藉。"凯蒂叹了口气，"要是孩子生下来是个男孩，我们就叫他约翰尼。"

"太好了，妈妈，这样我们家又有四个人了，一切都会好起来的。"

"嗯，会的。"说完，凯蒂沉默了很久。等她再次开口问时间时，已经是七点十五分了，尼利很快就该到家了。凯蒂让弗兰茜用报纸把尼利的睡衣、牙刷、毛巾和肥皂包好，她打算让尼利今晚去艾薇姨妈家过夜。

弗兰茜把包着尼利洗漱用品的报纸夹在胳膊下，去街上好几趟才看见尼利。尼利正在往家里跑，弗兰茜也跑着迎上去，立刻把包裹、车费拿给他，并告诉他妈妈对他的嘱咐，让他赶紧去叫艾薇姨妈。

尼利问道："妈妈还好吗？"

"很好。"

"你确定？"

"确定，我听到电车开过来了，你最好赶紧去。"

尼利急忙向电车跑去。

弗兰茜从街上回来时，凯蒂的脸上汗涔涔的，下嘴唇上依稀有血迹，看样子好像是被咬破的。

"妈妈，妈妈！"弗兰茜摇晃着妈妈的手，将妈妈的手贴在自己脸上。

凯蒂气息微弱地说："用冷水拧一块布给我擦擦脸。"弗兰茜照做后，凯蒂突然想到了过去发生的一些遗憾。"毋庸置疑，你是我的安慰。"凯蒂想起一件看似无关紧要，其实对弗兰茜来说很要紧的事。"我一直想看看你那些得了 A 的作文，只可惜一直没有时间。现在我终于得空了，你能读一篇给我听听吗？"

"现在恐怕不行，因为我把它们全都烧掉了。"

"你用心思考，把它们写下来，交上去给了老师，又慎重思考一番，最后把它们全都烧了。从头到尾，我一篇也没来得及看。"

"没关系的，妈妈。反正它们写得也很一般。"

"可是，我良心过意不去。"

"它们没什么好的，妈妈，我知道你平时很忙，抽不出时间。"

凯蒂心想："我总能找到时间陪尼利，就算没有也能挤出一点。"凯蒂大声地告诉弗兰茜她此时内心真实的想法："尼利这孩子需要更多的鼓励，而你跟我一样，内心强大，这一点足以支撑你走下去。尼利不一样，他需要来自外界更多的鼓励。"

"没关系的，妈妈。"弗兰茜重复道。

凯蒂说："我这么做也是没办法，但我永远良心不安。现在几点了？"

"快七点半了。"

"再给我用毛巾擦一下，弗兰茜。"凯蒂好像突然想到了什么，"一篇也没有了吗？"

其实弗兰茜还留着四篇怀念爸爸的作文，可是想到佳恩达小姐曾经对自己说过的那些话，弗兰茜继续撒谎说："一篇也没有了。"

"那你就给我念念莎士比亚作品里的内容吧。"

弗兰茜把莎士比亚的作品拿了过来。

"就读'这样一个夜晚'那段吧，我想在这个孩子出生前，心里想一些美好的事情。"

书上的字很小，弗兰茜要点亮煤气灯才能看清。灯光亮起时，弗兰茜才看清妈妈的脸，那张脸灰白而扭曲，看起来不像平日里的妈妈，倒像很痛苦的外婆。凯蒂避开了灯光的照射，弗兰茜赶紧关上了灯。

"妈妈，这些内容我们已经读过很多遍，我几乎已经烂熟于心了，我不需要点灯，也用不着看书。妈妈，我把这段背给你听。"弗兰茜背诵出那段 [1]：

> 这样一个夜晚，月光皎洁，
> 甜美的微风轻轻亲吻树木。
> 在这样一个夜晚，它们沉默无声，
> 特洛伊罗斯……

"几点了？"

---

[1] 以下内容出自莎士比亚的四大喜剧之一《威尼斯商人》。

"七点四十。"

> ……他登上特洛伊城墙，
>
> 望向希腊人的帐篷叹息，
>
> 克瑞西达就在对面休憩。

"你能分清特洛伊罗斯、克瑞西达谁是谁吗，弗兰茜？"

"我能，妈妈。"

"等以后有时间了，你讲给我听听。"

"没问题，妈妈。"

凯蒂痛苦地呻吟着，弗兰茜继续为她擦掉脸上的汗水。凯蒂伸出双手，就像那天在走廊里要弗兰茜扶她一样。弗兰茜紧握住妈妈的手，双脚都在绷紧发力。凯蒂使劲抓着弗兰茜，有那么一瞬间，弗兰茜感觉自己的胳膊都要被卸下来了。最后，妈妈放松了下来，松开了紧紧抓住弗兰茜的手。

在不知不觉中，一个小时过去了。在这段时间里，弗兰茜背诵了她烂熟于心的篇章，像鲍西娅的演讲、①马克·安东尼的葬礼致辞、② "明日复明日"③ 之类的莎士比亚作品中的经典

---

① 鲍西娅的演讲：出自莎士比亚的《威尼斯商人》。女主人公鲍西娅的父亲在去世前为她留下三个盒子：金盒子、银盒子和铅盒子，求婚者必须选择合适的盒子来赢得鲍西娅的青睐。鲍西娅向求婚者们解释了各项选择的意义，并阐明了正确的选择应基于真爱而非外貌或财富。她强调了自由的价值，表示不希望被父亲预设的规则束缚，而是希望有自由选择自己伴侣的权利。这段话刻画出一个聪明、坚定的女性形象。

② 马克·安东尼的葬礼致辞：出自莎士比亚的《凯撒大帝》。凯撒大帝被暗杀后，他的生前好友马克·安东尼被邀请在葬礼上致辞。马克·安东尼通过运用巧妙的修辞技巧，激发起公众对凯撒遇刺的怒火，让公众站在暗杀势力的对立面，引发了后续一系列的政治动荡和冲突。

③ 明日复明日：出自莎士比亚的《麦克白》。麦克白在妻子自杀、自己的王国被敌人包围，而他自己的命运似乎注定了失败和死亡时，说出了这句独白，是麦克白在沮丧、绝望和孤独中反思生命的虚无和短暂，体现了一种对存在和生活彻底悲观的态度。

桥段。

弗兰茜背诵时，凯蒂有时会提问，更多的时候则是掩面呻吟。凯蒂一度精神恍惚，不知道自己在做什么，只是不停地问弗兰茜时间，也不去管弗兰茜回答的是几点。弗兰茜则不停地给妈妈擦汗。在这短短的一个小时，凯蒂已经向弗兰茜伸手求助了三四次。

八点半的时候，艾薇来了，弗兰茜这才松了一口气。"你茜茜姨妈还有半个小时就到，"艾薇边说边往卧室赶，她看了一眼凯蒂，然后转身去弗兰茜的小床上扯下床单，把床单一头系在凯蒂的床柱上，另一头放在凯蒂的手里。她给凯蒂出了一个主意："你试一下这个，换种方式。"

凯蒂虚弱地问："现在几点了？"她用力拽了拽床单，脸上又冒了些汗。

"你还能管得住时间？"艾薇打趣道，"你现在哪儿都去不了。"凯蒂被逗笑了，可随即一阵疼痛又取代了她脸上的笑容。"我们点一盏亮一些的灯吧。"艾薇做出了决定。

"煤气灯太亮，会伤到妈妈的眼睛。"弗兰茜反对道。

艾薇便从客厅的灯上取下玻璃球，在玻璃球的外层涂上肥皂，然后把它罩在煤气灯上。当煤气灯被点燃时，发出的是柔和的光晕，而不是刺眼的光线。尽管现在是五月，天气很暖和，但艾薇还是准备把火生起来。艾薇吩咐弗兰茜，先去把水壶装满水，然后放到炉子上烧着。再去把搪瓷脸盆洗干净，往里面倒上一瓶橄榄油，把它放在炉子旁边备用。最后把洗衣篮里的脏衣服倒出来，在篮子里面铺上一条看起来破烂但是洗干净的毯子，然后把篮子放在炉子旁边的两把椅子上。艾薇把所有的餐盘都放进烤箱里加热，又吩咐弗兰茜把加热后的盘子放在洗衣篮的毯子上，等盘子变冷后，就把它们拿出来，再换上烤箱里新的热盘子。

"你妈妈有没有准备小宝宝的衣服？"

"我们有这么不负责吗？"弗兰茜反问道，接着便拿出了一套简单但齐全的婴儿服，包括四件手工缝制的法兰绒衣服、四条头饰带、一打手工缝制的尿布和四件破旧的衬衫，衬衫是她和尼利小时候穿过的。"除了衬衫，其他都是我亲手做的。"弗兰茜骄傲地向艾薇姨妈说道。

"嗯，我看你妈妈这回要生个男孩。"艾薇一边预测，一边检查衣服上蓝色羽毛状针脚。"算了，还是要等生下来才说得准。"

茜茜来了之后便跟着艾薇进了卧室，她们让弗兰茜在外面等着，弗兰茜只好乖乖待在外面听她们讲话。

茜茜说："该把接生婆请来了，弗兰茜知道她住哪儿吗？"

"我没打算请接生婆，"凯蒂拒绝了，"我哪里拿得出五块钱去请接生婆。"

"好吧，也许我和茜茜能想办法凑点钱，"艾薇说，"如果……"

"听我的，"茜茜站了出来，"我生了十个——不——十一个孩子，你生了三个，凯蒂生了两个，咱们加一起都生了十六个了，生产经验绝对丰富。"

"好吧，那就由我们来接生。"艾薇拿定了主意。

说完，艾薇关上了卧室的门。现在，在外面的弗兰茜只能听到她们的讲话声，却听不清她们说了什么。她很不喜欢姨妈们把自己关在门外。在她们到来之前，这里全都是自己在忙活。弗兰茜按照艾薇姨妈的吩咐，把凉了的盘子从篮子里拿出来放回烤箱，再拿出两个热盘子放回篮子里，她现在的工作就是一直干这个。弗兰茜觉得世界上好像只剩她一个人了，她多么希望尼利这时能在家，这样他们就可以聊聊天，说说以前的事情了。

弗兰茜猛地睁开打架的眼皮，自己刚刚可能睡着了。她摸了摸篮子里的盘子，它们已经变冷了。于是，她赶紧换上热盘子，因为艾薇姨妈说篮子要一直保温，孩子一生下来就得用。自从弗兰茜打瞌睡醒来后，卧室里的动静好像变了，里面不再是悠闲的踱步声，也不再是平静的说话声。听响动，两个姨妈似乎在来回跑动，她们步子急促，说话也很简短。弗兰茜看了看时钟，现在已经是九点半了。这时，艾薇姨妈从卧室出来，并带上了身后的门。

"这里有五十分钱，弗兰茜，你拿着，去买四分之一磅甜黄油、一盒苏打饼干和两个脐橙。跟老板说你只要脐橙，就说是给生病的女人买的。"

"可现在商店都关门了啊。"

"去犹太城买，他们会一直开到天亮。"

"我明天早上再去买吧。"

"赶紧去！"艾薇姨妈提高分贝命令道。

弗兰茜不情愿地离开妈妈去犹太城。从最后一层楼梯下来时，弗兰茜听到了一声嘶哑的尖叫，她顿住了赶路的脚步，一时间不知道自己是该往回跑，还是继续出门去买东西。可是想起艾薇姨妈那不容置疑的命令，又只好继续下楼去。走到大楼门口时，楼上又传来一声更加痛苦的尖叫。弗兰茜终于来到了街上。

公寓的某套房子里，一个尖嘴猴腮的卡车司机，正命令他不情愿的妻子上床睡觉。听到凯蒂第一声惨叫时，男人不由得脱口而出："天哪！"凯蒂第二声惨叫传来时，他没好气地说："可别号一整晚，让老子睡不着觉。"他那娇小的妻子则一边哭，一边解衣服。

弗洛茜·嘉迪斯和她的妈妈坐在厨房里。弗洛茜正在缝一套白色绸缎婚服，这是为她和福兰克的婚礼准备的。他们的婚事已经拖了很久。嘉迪斯太太正在给亨尼织一只灰色的袜子，尽管亨尼已经去世了，但他活着的时候，嘉迪斯太太总是给他织袜子，一时间还改不掉这个习惯。凯蒂的第一声惨叫传来时，嘉迪斯太太漏织了一针。

弗洛茜感慨道："男人拥有一切乐趣，而我们女人有的只有痛苦。"嘉迪斯太太用沉默来表示赞同。当凯蒂的惨叫再次传来时，嘉迪斯太太浑身跟着颤抖。

弗洛茜说："缝这衣服居然还要缝两只袖子，真的很有趣。"

"是啊。"

弗洛茜和妈妈各自忙手里的活儿，过了一会儿，弗洛茜才再次开口："我想知道这值得么，我是说生孩子这事。"

嘉迪斯太太想起了自己死去的小儿子，还有手臂有残疾的女儿。嘉迪斯太太不知道该用什么话回答女儿的问题，只是低头织着手中的毛线。嘉迪斯太太找到刚刚漏针的地方，聚精会神地补了起来。

廷莫尔家的两个老处女姐妹躺在床上，她们在黑暗中碰了碰彼此。"你听到了吗，莉齐？"麦吉问道。

"她就要生了。"莉齐回道。

"这就是很久之前哈维向我求婚，我没有答应他的原因。我害怕像凯蒂现在这样，我很害怕。"

"我不知道怎么说才正确。"莉齐说，"有时候我觉得，忍受痛苦的折磨，去战斗，去嘶吼，甚至去忍受那种可怕的痛苦，都比……一潭死水要好。"等到凯蒂的第二声尖叫消失，莉齐接着说，"至少凯蒂知道她自己活着。"

莉齐的话，让麦吉陷入了沉思。

公寓每层有三套房间，凯蒂家的对面没有人住，剩下的一套房子里住着一个波兰裔的码头工人和他老婆，还有四个孩子。凯蒂惨叫的声音传来时，码头工人正用桌上的啤酒罐往杯子里倒啤酒。"这女人啊！"他轻蔑地哼了一声。

"你，闭嘴！"码头工人的老婆怒吼道。

凯蒂的每一声惨叫，都会让这栋楼里的所有女人一起绷紧神经，跟她一起承受痛苦。这是她们唯一的共同点——对生育之痛刻骨铭心。

弗兰茜沿着曼哈顿大道走了很长一段路，才找到一家还在营业的犹太人开的奶制品店。她又去了另一家商店买饼干，最后找到一家卖脐橙的水果摊。买齐东西往家走时，弗兰茜瞥了一眼奈普药店的大钟，发现现在已经快十点半了。其实，她并不关心现在是几点，她只是觉得时间对妈妈来说似乎很重要。

弗兰茜走进家里的厨房时，她察觉到屋内好像跟自己刚出门时有些不一样。现在有一种新的安宁的感觉，还有一种说不清道不明的味道，新奇的感觉中带着一点淡淡的芳香。茜茜站在摇篮前。"你有个小妹妹了，"茜茜姨妈突然告诉弗兰茜，"你感觉怎么样？"

"妈妈现在怎么样了？"

"你妈妈现在很好。"

"原来，这才是你们把我支开，让我去商店买东西的原因。"

"我们觉得你现在虽然才十四岁，但是已经懂得不少了。"

艾薇从卧室里走出来说。

"我只想知道一件事，"弗兰茜愤愤地说，"是妈妈让我出去的吗？"

"是，弗兰茜，是你妈妈让你这么做的。"茜茜温柔地安抚道，"她说不想让她爱的人跟着一起受折磨。"

"那好吧。"弗兰茜的态度温和下来。

"你不想过来看看小宝宝吗？"

茜茜站到一边，弗兰茜掀开宝宝头上的毯子，她可真漂亮，皮肤雪白，黑色鬈发毛茸茸的，已经长到了额前，就像妈妈的头发一样。宝宝忽地睁了一下眼睛，弗兰茜看到她眼珠的颜色就像牛奶中混入了蓝色。茜茜解释说，所有小孩子生下来时眼睛都是蓝色的，也许随着年龄的增长，它们会变得像咖啡豆一样黑。

"她长得真像妈妈。"弗兰茜断定。

"我们也是这么觉得的。"茜茜说。

"宝宝没事吧？"

"很好。"艾薇告诉她。

"没有肢体畸形或者别的什么问题吗？"

"当然没有。你怎么会有这种奇怪的想法？"

弗兰茜之所以担心孩子生下来会有问题，是因为妈妈生产前一直在用奇怪的姿势趴在地上打扫，不过她没有跟艾薇姨妈说。

"我能进去看看妈妈吗？"弗兰茜谦恭地问，那一刻她觉得在自己家里反倒像个陌生人。

"你可以把这个盘子端进去给你妈妈。"

弗兰茜接过装着两块黄油饼干的盘子，把它端到妈妈面前。

"我回来了，妈妈。"

"好的，弗兰茜。"

凯蒂又像之前的样子了，只是她现在看起来很疲惫，没有力气抬头，弗兰茜便拿着饼干喂她吃。饼干吃完后，弗兰茜端着空盘子站在一旁，凯蒂一句话也没再说。这在弗兰茜看来，妈妈和自己又像以前那么生分了，前几天她和妈妈之间的亲密感此刻荡然无存。

"你之前想的是男孩的名字，妈妈。"

"对，但女儿也不错。"

"妹妹很漂亮。"

"她是黑色的鬈发，尼利是金色的鬈发，我可怜的弗兰茜是棕色的直发。"

"我喜欢棕色的直发。"弗兰茜小孩子气地回应道。她想知道妹妹叫什么，可是，妈妈现在看起来很陌生。她不想直接问，于是，她拐了个弯，"要我把名字写出来送到卫生局吗？"

"不用了，神父来帮她洗礼的时候会顺便送去。"

"好。"

凯蒂听出了弗兰茜语气中的失望。"把墨水和书拿来，我让你把她的名字写下来。"

弗兰茜从壁炉架上拿起那本《圣经》，那是茜茜姨妈十五年前送的。她看了看扉页上的四行字。前三条是爸爸工整的字迹。

1901 年 1 月 1 日，凯瑟琳·罗姆利和约翰尼·诺兰结婚。
1901 年 12 月 15 日，弗兰茜斯·诺兰出生。
1902 年 12 月 23 日，科尼利厄斯·诺兰出生。

第四条是妈妈刚劲的字迹。

1915 年 12 月 25 日，约翰尼·诺兰去世，享年 34 岁。

茜茜和艾薇跟着弗兰茜进了卧室，她们也很好奇凯蒂会给孩子取什么名字，莎拉？伊娃？露丝？还是伊丽莎白？

"照我说的写，"凯蒂口述，"1916 年 5 月 28 日，"弗兰茜用笔在墨水瓶里蘸了蘸，"安妮·洛瑞·诺兰出生。"

"安妮，这名字也太普通了。"茜茜嘟囔了一句。

"为什么，凯蒂？你为什么给孩子取这个名字呢？"艾薇耐心地问道。

"这是约翰尼生前曾经唱过的一首歌。"凯蒂向她们解释道。

弗兰茜写下"安妮·洛瑞"这个名字时，眼前浮现出爸爸边弹钢琴边唱歌的模样，爸爸当时唱着："安妮·洛瑞，我的最爱，就在那里……"爸爸……爸爸啊……

"……约翰尼曾经说过，这首歌来自一个更美好的世界，"凯蒂接着说，"用他唱过的歌给孩子取名，要是他在天有灵，我相信他会喜欢的。"

"这个名字真好听，"弗兰茜夸赞道，就这样，安妮·洛瑞就成了这个孩子的名字。

第四十一章

　　洛瑞很乖，大部分时间吃饱了就睡，即使醒着，也是安安静静地躺在那儿，用她那双深蓝色的眼睛盯着自己的小拳头。

　　凯蒂选择给孩子喂母乳，不仅因为这是母亲的本能，还有一个原因就是——她没钱买鲜奶。因为不放心把刚出生的孩子一个人放在家里，所以凯蒂每天早上五点就开始工作。她先打扫其他两栋房子，一直打扫到将近九点。这时，弗兰茜和尼利上学去了，凯蒂才开始打扫他们住的那栋房子。其间，她把房门虚掩着，这样洛瑞哭闹时她就能第一时间听到。凯蒂每天都累得筋疲力尽，总是吃完晚饭就上床睡觉了。弗兰茜很少能和妈妈打照面，就好像妈妈不在这个家一样。

　　洛瑞出生之后，麦克加里蒂没有按原计划解雇弗兰茜和尼利。相反，他的酒吧现在非常需要他们。因为 1916 年春天，麦克加里蒂的酒吧生意突然火爆起来，总是人满为患。这个国家此时正在发生翻天覆地的变化，来他酒吧的客人，就像全国其他地方的美国人那样，喜欢聚在一起"侃大山"。街角酒吧就是这群人唯一的聚会场所，是专属于穷人的俱乐部。

　　弗兰茜在酒吧楼上的房间干活，隔着薄薄的地板，能听到楼下的高谈阔论。她常常停下手中的活儿，竖起耳朵听楼下那群人说了些什么。是的，外面的世界一天一个样，这一次弗兰茜很确信是世界在变化，而不是她自己在变化。弗兰茜在倾听那些声音的同时，也从他们口中获知了世界的变化——

这是真的，上边儿要禁酒，要不了几年，我们整个国家都没酒喝了。

我们这些辛辛苦苦工作的人喝口酒的权利总该有吧。

你不服就跟总统提意见去，看看你说话好使不好使。

这是一个人民的国家，如果我们不想禁酒，就不该禁。

这当然是人民的国家，但他们才不管那些呢，照样禁。

那我就自己酿，我家老头子以前就在家酿过酒，用一蒲式耳葡萄……

得了吧！女人永远不可能有投票权。

那可不一定。

要是女人也能投票，那我媳妇必须跟我投一样的。不然，我就会扭断她的脖子。

我老婆才不会去投票站，跟那群流浪汉一起排队投票呢！

未来我们国家说不定会出一个女总统呢。

他们不会让女人来掌管政府的。

现在的管理者不就是女人吗？

活见鬼。

幸亏有威尔逊，我们才没被卷入战争。

他就像个大学教授！

现在，我们白宫需要的是一个优秀的政治家而不是一个教书的。

汽车已经问世，马车很快就要成为过去式了。底特律那群家伙正在制造廉价的汽车，到时候咱们工人也能人手一辆。一个工人能开上属于自己的车，这日子越来越有盼头了。

飞机这玩意，也就是一时流行，长久不了的。

电影这东西估计能发展下去，现在布鲁克林的剧院关了一家又一家。就我个人而言，我就挺喜欢看卓别林的电影，但我家那口子更喜欢去剧院看演出。

无线电简直是有史以来最伟大的发明。它通过空气就能传播，不需要连电线，只需要一台机器先将声音收进去，再戴上耳机就能听见……

还有一种被叫作"半麻醉"的东西，听说女人生孩子的时候用上这个，一点儿痛都感觉不到。我一个朋友跟我媳妇提起时，我媳妇说早就该发明这种东西了。

你在瞎讲什么啊！煤气灯早就落伍了，现在就连最廉价的公寓里都装上电灯了。

也不知道现在的年轻人都怎么了，全都跳舞跳入魔了，跳舞……跳舞……

我把自己的名字从舒尔茨改成了斯科特。法官问我想去哪里？为什么要改？他还说舒尔茨是个好名字，那个法官自己也是德国人。知道吗？你听我说，哥们儿，当时我跟法官说，我受够了自己的祖国，就凭他们在战争期间对比利时婴儿犯下的种种恶行，我就再也不想和德国有任何瓜葛了。我跟法官说，我现在已经是美国人了，当然要取一个美国名字。我就是这么跟他说的，我才不管他是不是法官。

我们国家也要参战了，兄弟，我有预感。

那今年秋天选举时，我们继续投威尔逊，他不会让我们卷入战争的。

别相信他们的竞选承诺，民主党总统就是主张打仗的。

林肯是共和党人。

但美国南方有一个民主党总统，是他们民主党挑起了南北内战。

我们还要忍气吞声到何时，那些浑蛋又击沉了我们的一艘船，他们还要击沉我们多少艘船，我们才能鼓足勇气过去把他们痛扁一顿？

我们得置身事外，咱们国家发展得这么好，让他们打去吧，别把我们拖下水。

我们不想打仗。

要是我们宣战了，我第二天就去参军。

你也就过过嘴瘾，你都五十多岁了，他们不会要你的。我反正宁可坐牢，也不去前线当炮灰。

人必须得为自己的信仰而战，我很乐意去当兵，我这个人没什么顾虑，反正我得了双侧疝气这病。

打仗也挺好，到时候，资本家们就需要我们这些工人去给他们造船造炮，需要农民去给他们种粮食。到时候看他们拿我们怎么办，他们的命脉就会掌握在咱们工人的手里。资本家们没话跟我们说，我们可有话跟他们讲。到时候，我们也让他们尝尝汗流浃背的滋味。要我说，这仗早打早好。

就像我跟你说过的那样，现在干啥都是机器了。有一天，我听到一个笑话，说是一哥们儿和他媳妇，他们吃饭穿衣全靠机器。他们两口子来到一个婴儿机前，在投了钱之后，里面出来了一个婴儿，那哥们儿大喊："还我过去快乐的好日子。"

过去快乐的好日子，是啊，已经一去不复返了。

再给我倒满，吉姆。

弗兰茜停下手中的活，试着把自己听到的一切零零碎碎的信息拼凑起来，试着理解这个纷乱中剧变的世界。在她看来，从洛瑞出生到自己毕业前的那天，整个世界发生了天翻地覆的变化。

第四十二章

　　弗兰茜还没来得及适应小妹妹洛瑞的到来，她就迎来了
毕业典礼。

　　凯蒂分身乏术，无法同时去参加两个孩子的毕业典礼，
所以，她决定去参加尼利的毕业典礼。凯蒂这么做是对的，
不应该因为弗兰茜执意转了学，就剥夺了尼利本该享有的权
利。虽然弗兰茜理解妈妈的选择，但心里难免有些伤感。要
是爸爸还在，他一定会来见证自己毕业的。最后，茜茜去参
加弗兰茜的毕业典礼，艾薇则在家帮忙照顾洛瑞。

　　1916 年 6 月的最后一天晚上，弗兰茜最后一次向她深爱
的学校走去。自从茜茜有了孩子，她整个人变得安静了许多。
茜茜现在走在弗兰茜身边，显得非常沉稳，就连两个穿着制
服的消防员从她身边路过时，茜茜都没有拿正眼瞧过他们。
要知道，曾经有一段时间，茜茜可是对制服非常狂热的。

　　弗兰茜希望茜茜姨妈没有变，要不然，自己该有多孤独
啊。她把手悄悄地伸向茜茜姨妈，茜茜姨妈轻轻捏了捏她的
手。茜茜的举动给了弗兰茜一丝安慰，看来茜茜骨子里还是
原来的茜茜。

　　毕业典礼开始了，毕业生坐在礼堂的前面，来宾则坐在
后面。校长语重心长地对这群孩子说，美国早晚会被卷入战
争的旋涡，在座的他们即将进入一个动荡的世界，战后必定

是满目疮痍，一个新的世界等着他们去建设。校长鼓励孩子们接受高等教育，将来他们才能更好地建设新世界。弗兰茜被校长的话深深打动，她在心里暗暗发誓，自己一定要谨遵校长的教诲，把这薪火传递下去。

毕业演出开始了，弗兰茜眼里闪着泪光。耳边响起枯燥冗长的对白，弗兰茜暗自比较后心想："明明我写的剧本更好，我可以删掉垃圾桶那部分，只要老师能让我写剧本，她说什么，我就做什么。"

话剧演出结束后，毕业生们列队上台，领取毕业证书。终于毕业了！他们向国旗宣誓，高唱美国国歌《星条旗之歌》。

毕业典礼的仪式结束了。现在，弗兰茜即将面对她的煎熬时刻。

因为按照惯例，女孩子会在毕业时收到花束，但是礼堂内不允许摆放鲜花，所以鲜花都会被送到她们的教室里，由老师替她们摆在课桌上。

弗兰茜必须回一趟教室，她要找老师领取成绩单，还要收拾书桌上的铅笔盒和留言本。弗兰茜站在教室外面局促地等待着，因为她知道，全班只有她的桌子上没有鲜花。她很确定，因为她没有告诉妈妈毕业送花的习俗，她知道家里根本拿不出钱来买这些华而不实的东西。

在教室外挣扎一番后，弗兰茜决定长痛不如短痛，随即跨进教室。弗兰茜径直地走向老师，甚至没勇气看向自己的课桌。教室的空气中弥漫着浓浓的花香，周围的女孩们在叽叽喳喳地谈论着她们收到的花，有的在开心地尖叫，有的则在骄傲地炫耀。

弗兰茜从老师那领到了自己的成绩单：4个 A 和 1个 C-，

唯一的 C- 是她的英语成绩。曾经，她是学校里作文写得最好的，而现在，她的英语成绩沦落到勉强及格。突然间，弗兰茜恨透了这所学校和学校里所有的老师，尤其是佳恩达小姐。心中的恨意让弗兰茜不再介意自己有没有收到鲜花，反正这也是个愚蠢的习俗。"我去我的课桌拿回我的东西，"弗兰茜从心里打定主意，"要是有人和我说话，我就让他们闭嘴，然后我会永远踏出这所学校，不会跟任何人说再见。"做好心理准备后，弗兰茜昂起头向课桌走去。"没有花的桌子就是我的。"可奇怪的是，弗兰茜一圈看下来，教室里根本没有空的课桌，每张桌子上都放着鲜花。

弗兰茜走到自己的桌子前，她想，一定是哪个女孩暂时把花放到了她的桌上。于是，弗兰茜准备把花拿起来，然后递给那花的主人，再冷冷地对她说一句："你不介意吧？我要从我桌子里拿点儿东西。"

弗兰茜拿起桌上的鲜花——那是两打深红如烈焰般的玫瑰，玫瑰被插在一束蕨类植物中间。弗兰茜学着别的女孩的样子，把花抱在自己怀里，短暂地拥有了这不属于自己的鲜花。弗兰茜找到玫瑰中间的卡片，想看看这花的主人到底是谁。弗兰茜翻出卡片，上面竟赫然写着："送给弗兰茜，祝你毕业快乐，爱你的爸爸。"

卡片上写的居然是她的名字！送花人居然是自己的爸爸！

字是爸爸一笔一画写的，用的还是放在家中橱柜里那熟悉的黑色墨水。看着爸爸的字迹，弗兰茜有些恍惚，这一切都像一场梦，一场光怪陆离的梦。

洛瑞的出生是梦，自己去麦克加里蒂那里工作是梦，今天的毕业演出是梦，她的英语成绩不好也是梦。现在梦醒了，一切都会好起来，爸爸现在一定在大厅里等着自己。

可当弗兰茜来到大厅，大厅里却只有茜茜姨妈一个人在等着自己。"爸爸真的死了。"弗兰茜失落地发现。

"是的，"茜茜说，"你爸爸已经去世六个月了。"

"爸爸没死，茜茜姨妈，他还给我送花了。"

"是这样的，弗兰茜，一年前，你爸爸给了我两块钱和一张写好字的卡片，他告诉我：'等弗兰茜毕业时，帮我送束花给她，我怕我忘记了。'"

听到茜茜姨妈的解释后，弗兰茜的眼泪像决堤的洪水一般夺眶而出，因为她现在确信了，这一切都不是梦。此刻决堤的泪水是因为之前的工作太辛苦，因为担心妈妈也会像爸爸一样离开，因为自己没有机会写毕业剧本，因为自己一向引以为傲的英语成绩却这么差，还因为担心自己是唯一收不到花的人。

茜茜把弗兰茜带到学校的厕所，将她推进其中一个隔间，并命令她："想哭就大声哭出来，使劲哭。不过你要快点儿，要不然，你妈妈会埋怨我们怎么这么慢。"

弗兰茜站在厕所隔间里，紧紧地抱着怀里的玫瑰，早已哭得泣不成声。每次厕所的大门被打开，从外面进来一群叽叽喳喳的女孩时，弗兰茜就假装冲厕所，让自己的哭声淹没在水声里。很快，弗兰茜就释放完了心中所有的委屈。弗兰茜整理好心情走出来时，茜茜递给了她一张用冷水打湿的手帕。弗兰茜擦眼睛时，茜茜关切地问她感觉好点没有。弗兰茜点了点头，并恳求茜茜姨妈再稍等片刻，她要去和大家告别。

弗兰茜先走进校长办公室，和校长握了握手。

"别忘了母校，弗兰茜，有空回来看看我们。"校长说。

"我会的。"弗兰茜答应道，接着她又去和班主任老师道别。

老师告诉她：“我们会想你的，弗兰茜。”

弗兰茜从课桌里拿出铅笔盒和留言本，和班上的女同学一一告别。她们围着弗兰茜，一个搂着她的腰，另外两个亲吻她的脸颊，跟她说再见。

“以后来我家看看我，弗兰茜。”

“以后记得写信给我，弗兰茜，让我知道你过得怎么样。”

“弗兰茜，我家现在有电话了，有空给我打电话，明天就打给我吧。”

“在我的留言本上写两句吧，弗兰茜？等你以后出名了，我就拿去卖。”

“我要去夏令营了，我给你留下地址，到时候写信给我，好吗，弗兰茜？”

“我九月就要去女子中学读书了，你也来女子中学吧，弗兰茜。”

“别听她的，跟我一起去东城区中学吧。”

“女子中学！”

“东城区中学！”

“伊拉斯莫霍尔中学才是最好的，弗兰茜，和我一起去吧，只要你愿意，我会把你当我唯一的朋友。”

“弗兰茜，你还没让我在你的留言本上写字呢。”

“我也没写。”

“我要写，我也要写。”

女孩们纷纷在弗兰茜空空如也的本子上留下自己的名字。“她们人都很好，”弗兰茜心想，“这些年我原本可以和她们做朋友的，我一直以为，她们不想和我做朋友。现在看来，是我错了。”

女孩们在本子上写的留言，有的写得又小又挤，有的写得又散又乱，所有的签字都是孩子们稚嫩的笔迹。她们一边写，弗兰茜一边跟着念道：

祝你好运绵长，祝你快乐无边！
再祝你生个男孩，
等他头发变长，有点卷曲的时候，
再添个女孩！

——弗洛伦斯·菲茨杰拉德

等你以后结婚了，
要是丈夫冲你发火，
你就用火钳揍他，
然后潇洒离婚。

——珍妮·莉

黑夜拉开帷幕，
天空中繁星点点，
无论你在天涯海角，
我们永远是朋友。

——诺琳·奥利里

　　碧翠丝·威廉姆斯翻到本子的最后一页，写道：

我要在最后看不见的地方，
写下我的名字，
我要发泄我的不满！

"她居然写了'文友'。"弗兰茜想，看来她还在为毕业剧本这事耿耿于怀。

弗兰茜和班里的女孩们告别后，来到大厅，对茜茜姨妈说："我还有一个人要去告别。"

"就数你毕业花的时间最长。"茜茜假装埋怨道。

在灯火通明的办公室，佳恩达小姐独自一人坐在书桌前，看来，她并不受孩子们欢迎。因为到目前为止还没有人来向她道别。弗兰茜进来时，佳恩达小姐急切地抬起头来，"你是来跟我道别的吧？"她得意地问道。

"是的，老师。"

佳恩达小姐不想就这样算了，她还得最后摆一次老师的谱，"你的英语成绩是这么回事，我原本可以让你不及格的，但最后我还是决定让你及格了，这样你就能和全班同学一起毕业了。"说完，佳恩达小姐等着弗兰茜对自己感恩戴德。没想到，弗兰茜却站在那里一言不发。

"怎么，你不打算谢谢我吗？"

"谢谢你，佳恩达小姐。"

"你还记得上次我找你谈的话吗？"

"记得，老师。"

"那你自那之后为什么变得冥顽不灵，甚至再也没交作业了？"

弗兰茜无言以对，这个问题她无法向佳恩达小姐解释，只是伸出手说了句："再见，佳恩达小姐。"

佳恩达小姐有些吃惊。"那就再见了。"佳恩达小姐回应道。最后，佳恩达小姐和弗兰茜握了握手。"以后你就会知道我是对的，弗兰茜。"可回答她的依旧是弗兰茜的沉默。

"对吗？"佳恩达小姐追问道。

"是，老师。"

弗兰茜走出这个房间，从这一刻起，她不再像之前那样讨厌佳恩达小姐了。尽管她并不喜欢佳恩达小姐，但她为佳恩达小姐感到难过，因为佳恩达小姐除了对自己认为正确的事固执己见，再也没别的了。

詹森先生站在学校的台阶上，跟每个孩子一边握手一边说："再见，愿上帝保佑你们。"詹森先生对弗兰茜又多说了一句："你一定要好好学习，将来努力工作，为咱们学校争光。"弗兰茜向他保证，自己会做到的。

回家的路上，茜茜叮嘱道："记住，别告诉你妈妈这花是谁送的，别让她想起你爸爸来。你妹妹洛瑞的病才刚好，就别让你妈妈再伤心了。"茜茜和弗兰茜商量好了，就说这花是茜茜送的。于是，弗兰茜取出花里的卡片，把它放进自己的铅笔盒里。

弗兰茜和茜茜姨妈回到家后，她们告诉了凯蒂这个善意的谎言，凯蒂虽然嘴上抱怨："茜茜，你不该乱花钱。"但弗兰茜看得出来，妈妈很高兴。

大家都很喜欢弗兰茜和尼利的毕业证书，但大家都一致认为，弗兰茜的那张证书更漂亮，这多亏了詹森先生的一手好字。

"这是诺兰家的第一张毕业证书。"凯蒂说。

茜茜说："希望不是最后一张。"

"我要让我的每个孩子都拿到三张毕业证书，"艾薇说，"小学的，中学的，还有大学的。"

"二十五年后，"茜茜比画着，"咱们家族的毕业证书加起来得有这么高。"茜茜踮起脚尖，比画离地六英尺的高度。

凯蒂最后一次检查两个孩子的成绩单，尼利的品德和体育得了 B，其他科目都是 C，凯蒂夸道："不错，儿子。"轮到弗兰茜时，她略过所有的 A，盯着唯一的 C- 问道：

"弗兰茜，有些出乎我的意料，你这科英语成绩是怎么回事？"

"妈妈，我不想说这个。"

"英语可是你最拿手的科目。"

弗兰茜提高了分贝重复道："妈妈，我不想说这个。"

"她在学校的作文总是写得最好的那个。"凯蒂向茜茜和艾薇解释道。

"妈妈！"弗兰茜近乎尖叫地制止道。

"凯蒂，别说了！"茜茜大声劝道。

"那好吧，"凯蒂向女儿妥协了，她突然意识到自己有些唠叨，并为自己的表现感到羞愧。

艾薇岔开话题。"我们到底还去不去聚会了？"她问道。

凯蒂说："等我把帽子戴上。"

茜茜在家照顾洛瑞，艾薇、凯蒂则带着弗兰茜和尼利去了谢弗利冰激凌店，庆祝孩子们毕业。冰激凌店里挤满了来庆祝毕业的人，孩子们都拿着毕业证书，女孩们还捧着毕业花束。每张桌子的座位上，孩子们都有爸爸或妈妈陪着，有的则是爸爸妈妈一起陪着。凯蒂一行人在店里面找了一张空桌坐下。

孩子们大呼小叫，家长们喜笑颜开，服务员脚步匆匆，这家店里好不热闹。有些孩子十三岁，有些孩子十五岁，但大多数和弗兰茜一样，今年十四岁。店里的男孩大多数是尼利的同学。尼利大声地和他们打着招呼，大家玩得很开心。

尽管弗兰茜几乎不认识这些女孩，但她还是兴高采烈地向她们打招呼，就好像她们是自己认识多年的好朋友一样。

环顾四周的家长，弗兰茜为自己的妈妈感到十分骄傲。其他孩子的妈妈头发花白，而且她们大部分很胖，胖得椅子都快装不下她们的屁股了。再看看自己的妈妈，她的身材是那么苗条，一点儿也不像快三十三岁的人。"妈妈的皮肤光滑白皙，头发乌黑卷曲，她永远都那么美。"弗兰茜心想，"要是让妈妈穿上一身白裙子，怀里再抱一束红玫瑰，她看起来就跟十四岁的毕业生没什么两样了，除了眉间的皱纹。自从爸爸去世后，妈妈的这条皱纹似乎变得更深了。"

凯蒂他们开始点单。弗兰茜很想要苏打冰激凌，她每次都会点不同口味的冰激凌，这样她就可以尝遍世界上所有种类的冰激凌了。这次轮到菠萝味了，于是弗兰茜便点了这个。尼利点了巧克力味的冰激凌，凯蒂和艾薇则点了香草味的。

看着店里这些人，艾薇灵机一动，临时编了一些小故事，逗得弗兰茜和尼利笑个不停。弗兰茜不时看向妈妈，妈妈并没有跟着他们一起笑，而是慢条斯理地吃着冰激凌。凯蒂眉间的皱纹又深了几分，弗兰茜知道，妈妈肯定有满腹心事。

此时，凯蒂正在心里谋划："我的两个孩子，如今到了十三四岁，比我现在三十二岁受到的教育还多，但这还不够。想当年，我在他们这个年纪时，还一无所知，直到结婚生子也依然懵懂无知。真不敢想，那时的我竟然相信世界上真的有什么巫婆的咒语，听信接生婆跟我讲的鱼市老女人的故事。两个孩子现在已经超过了我，至少他们不会像我那么无知。

"我供他们读到了小学毕业，现在家里的情况让我没办法帮他们走得更远。我之前的计划——让尼利去当医生，让弗兰茜上大学——现在看来，都行不通了。家里还有一个嗷嗷待哺的洛瑞……这两个孩子现在有足够的能力走下去吗？我也不知道。他们已经读完了莎士比亚……念完了《圣经》……还会弹钢琴，尽管现在他们已经没有再练琴了。我教会了他们干净、诚实、不接受别人的施舍，但这些就够了吗？

"他们很快就要去讨好自己的老板，和新认识的人打交道。他们会走上另一条路，是好的还是坏的呢？要是他们整天忙于工作，晚上就没时间回家陪我了。尼利会去找他的朋友。而弗兰茜呢？会阅读……去图书馆……看演出……听免费讲座或音乐会。至于我，则在家照顾小洛瑞，洛瑞这个孩子，她的起点也比我高。

"等洛瑞小学毕业了，弗兰茜和尼利说不定能看着她上中学，我必须更努力，让洛瑞以后过得更好。弗兰茜和尼利小时候总是吃不饱，穿不暖，我恨不得把最好的东西都给他们。现在，为了生计，他们不得不出去工作，他们都还是十三四岁的孩子。唉，要是今年秋天能让他们上中学就好了，求上帝保佑，我愿意少活二十年，每天都夜以继日地工作。当然，我现在还不能死，因为洛瑞会没人照顾。"

一阵响彻全店的歌声打断了凯蒂的思绪，那是一首当下正流行的反战歌曲。有人起头，其他人也跟着唱了起来。

> 生孩子，不为让他当兵，
> 养大他，只求一世开心。

凯蒂又继续陷入了沉思。"没有人能救我们于水火，没有人。"凯蒂想起了麦克肖恩警官，洛瑞出生时，他还送来了一大篮水果。九月的时候，麦克肖恩警官就要从警察局退休了。届时，他会参与竞选他家乡的议员——皇后区的议员，人人都说他一定能够当选。凯蒂听说麦克肖恩的妻子生了很重的病，很可能活不到麦克肖恩警官当选的那一天了。

"他肯定会再娶一个的。"凯蒂心想，"他这么做也合情合理，想必到时候他会娶一个很精明的女人……帮助他在政界如鱼得水……就像每一个成功政客背后的女人那样。"凯蒂盯着自己那双饱经风霜的手看了很久，然后把它们放在桌子下面，好像为它们感到很羞耻。

弗兰茜注意到了妈妈的举动。"妈妈也许是在想麦克肖恩警官吧。"弗兰茜猜想。因为在很久以前的那次民主党野餐会上，麦克肖恩警官注视着妈妈，妈妈后来便戴上了棉手套。"麦克肖恩警官喜欢妈妈，"弗兰茜心想，"那妈妈知道这个情况吗？她肯定知道，因为妈妈似乎无所不知。我敢打赌，只要妈妈愿意，麦克肖恩警官就能娶到妈妈。但他别想让我叫他爸爸，我爸爸已经死了，不管将来我妈妈嫁给谁，那个人对我来说都只是某某叔叔。"

那些人还在唱着：

> 如果全世界的母亲都说，
> 我的孩子不上战场，
> 那世界就不会有战争。

"上战场……尼利。"凯蒂又想到，"尼利今年才十三岁，如果战争真来了，感谢上帝，还没等尼利到入伍年龄，战争应该就结束了。"

艾薇改了改他们唱的歌词，压低了自己的声音，对弗兰茜他们唱道：

谁敢把胡子留在他肩膀上？

"艾薇姨妈，你唱得好古怪。"弗兰茜评价道，她和尼利因为这歌词已经笑得喘不过气来了。凯蒂突然从思绪中清醒过来，抬起头微笑着看向他们。这时，服务员拿来了账单，所有人都默不作声地看向凯蒂。

"我希望她不会傻乎乎地给人小费。"艾薇心想。

"妈妈知道应该多给五分钱的小费吗？"尼利想。

"不管妈妈怎么给，"弗兰茜心想，"都是对的。"

平时，在冰激凌店不用给小费。要是有特殊的庆祝活动，这种时候就应该给服务员五分钱小费。账单上写着三十分钱，凯蒂钱包里只有一枚五十分钱硬币，她把这唯一的硬币拿出来放在账单上。服务员拿去后，找回来四个五分钱硬币，服务员把四枚硬币排成一排，然后在边上徘徊，等凯蒂拿起三个，给他留一个作为小费。凯蒂看着四枚硬币。"这可以买四块面包了，"她在心里挣扎着，四双眼睛齐齐注视着凯蒂的手，只见她毫不犹豫地把四枚硬币都推给了服务员。

"不用找零了。"凯蒂阔气地说道。

弗兰茜按捺住想站在椅子上为妈妈欢呼的冲动。"妈妈真了不起，"弗兰茜不停地在心里称赞道。服务员高兴地捞起四枚硬币，轻快匆忙地离开了。

"这些钱都能买两杯冰激凌了。"尼利心疼地说道。

"凯蒂啊，凯蒂，你真傻。"艾薇也不赞同。

"确实傻，但这可能是我们最后一次庆祝毕业了。"

"麦克加里蒂明天会给我们四块钱的工资。"弗兰茜帮妈妈辩解道。

"可他明天也会解雇我们。"尼利补充道。

"也就是说，在弗兰茜和尼利找到新的工作之前，你们只能靠这四块钱维持生计了。"艾薇总结道。

凯蒂回答："没关系，这一次，就让我们体验一下百万富翁的感觉吧。如果二十分钱就能买到这种感觉，那价格倒是真的便宜。"

艾薇想起以前，凯蒂同意弗兰茜把一点没喝的咖啡倒进水槽的事，便不再说什么了，她这个妹妹有很多让人捉摸不透的地方。

庆祝结束后，艾尔比·西德摩尔，一个有钱杂货店老板的儿子，来到弗兰茜他们桌前。

"明天和我一起去看电影吗，弗兰茜？"艾尔比几乎一下子说了出来，然后，他又急忙补充道，"我请客。"

（一家电影院面向毕业生推出周六场的电影，只要五分钱就能看两场，前提是他们需要出示毕业证书。）

弗兰茜看向妈妈，妈妈点头同意了。

"可以，艾尔比。"弗兰茜这才接受了他的邀请。

"那我先走了，明天下午两点，不见不散。"艾尔比说完便离开了。

"这可是你第一次约会，"艾薇打趣道，"来许个愿吧。"说完，她伸出小拇指，弗兰茜也伸出小拇指，并勾住了艾薇姨妈的手指。

"我希望我们能永远像今天晚上一样，穿着白色的裙子，拿着红玫瑰，可以花钱不眨眼。"弗兰茜许了一个愿。

第四卷

第四十三章

　　"你已经掌握要领了，"领班对弗兰茜说，"过不了多久，你就会成为一名出色的'花枝工'。"领班走后，弗兰茜开始了她的第一份正式工作，现在是她第一天上班的第一个小时。

　　按照领班刚刚说的，弗兰茜左手拿起一根一英尺长的闪闪发光的铁丝，右手拿起一张墨绿色的纸条，先用湿海绵上的水打湿纸条的一端，再用拇指、食指和中指把纸条缠绕在铁丝上。缠上绿纸的铁丝被放在一边，经过包装，原来的铁丝摇身一变，变成了一根"花枝"。

　　每隔一会儿，满脸痘痘的跑腿工马克就会来把花枝带走，分给"花瓣工"，"花瓣工"会把纸玫瑰花瓣穿在花枝上，再由另一个女孩把花萼穿在玫瑰花下面，然后把它交给"叶片工"。"叶片工"会挑出一簇叶子，每簇叶子有三张深色而有光泽的叶子，"叶片工"把叶子固定在花枝上，然后再把半成品交给"收尾工"。"收尾工"会用更厚的绿色纸条缠绕在花萼上，再顺着花枝往下缠。到这一步，花枝、花萼、花朵和叶子浑然一体，就像原本长这样似的。

　　工作一阵后，弗兰茜的背疼了起来，肩膀也传来一阵阵钻心的疼痛。她想，自己一定已经裹了上千根花枝了，该到午饭时间了。弗兰茜转过身看了看钟，发现自己才工作了一个小时！

"看钟干活。"一个女工嘲笑道。弗兰茜抬起头，虽然被吓了一跳，但嘴上什么也没说。

渐渐地，弗兰茜掌握了缠花枝的节奏，这项工作似乎变得容易多了。第一步，把已经裹好的花枝放在一边，接着再拿起一根新的铁丝和一张新的纸条；第二步，用海绵蘸湿纸条；然后是第三、四、五、六、七、八、九、十步，花枝就裹好了。很快，这种节奏变成了条件反射，弗兰茜不必数数，也不必集中精力，背放松了，肩膀也不疼了。弗兰茜的思想得到了放空，她开始一边工作，一边思考起问题来。

弗兰茜不禁想道："也许自己这辈子就这样了，每天工作八小时，裹铁丝赚的钱拿去买食物、付房租，只有这样，我才能继续活下去。然后，接着回来裹更多的铁丝。有些人出生后，从早忙到晚，就是为这个而忙碌。当然，有些女工会嫁人，嫁给跟她们过着同样生活的男工，那女孩们能从婚姻中得到什么呢？也许是在工作和生活之余，能多一个人聊聊天。"但弗兰茜很清楚，女孩们得到的这些东西并不会长久，因为自己见过太多的工人夫妻，在孩子出生后，家里处处都需要用钱时，他们夫妻之间除痛苦的抱怨和争吵外，很少相互交流。弗兰茜心想，"这些人被生活困住了，为什么呢？因为，"弗兰茜想起外婆反复说过的观点，"这些人没有受到过足够的教育。"想到这里，弗兰茜越来越害怕，她怕自己永远也上不了中学，怕自己再也接受不到更多的教育，也许这辈子都要与这堆铁丝为伍了……包裹铁丝……

一……二……三、四、五、六、七、八、九、十……

弗兰茜想起自己十一岁那年，在罗什面包房里看到的那个双脚脏污的老头，当时她心里的恐惧跟现在一模一样。在慌乱之中，弗兰茜加快了手上的节奏。这样她就只能集中精力工作，脑海中便没有胡思乱想的余地了。

"一看就是新来的。"一位过来人冷嘲热讽地说道。

"想在老板面前表现一番呗。"一个"花瓣工"点评道。

虽然手上的速度加快了，但没过多久，弗兰茜又适应了这个节奏，大脑再次得以放空。弗兰茜偷偷地观察和她一样坐在长桌旁的女工们。她们有十几个人，都是波兰人和意大利人。她们中最小的看上去有十六岁，最大的差不多三十岁，而且个个肤色黝黑。不知道为什么，那些女工都穿着黑色裙子。她们丝毫没有意识到，黑裙子配黑皮肤并不好看。弗兰茜是她们中唯一一个穿格子连衣裙的人，她觉得自己在她们中间看起来像一个傻乎乎的小孩。眼尖的女工注意到了弗兰茜瞪向她们的大眼睛，于是，便用她们独有的羞辱方式回敬弗兰茜。坐在桌子另一端的女工率先发难。

她宣布："这张桌子上有个人脸很脏。"

"不是我。"旁边的人一个接一个回答。

到弗兰茜这里时，所有人都停下了手头的工作，静静地等着看弗兰茜怎么说。弗兰茜不知道该怎么接话，只好保持沉默。

"新来的女工什么也没说，"那个挑事的女工说道，"所以，她承认了自己的脸很脏。"

听到那个女工说的话，弗兰茜的脸变得火辣辣的，不自觉加快了干活速度，希望这事能早点儿翻篇。

"有个人脖子很脏。"新一轮的提弄又开始了。

"不是我。"其他女工依次回答道。

轮到弗兰茜时，她也跟着说了一句"不是我"，但是这事并没有平息，反而留给了她们更多的话柄。

"新来的女工说她的脖子不脏。"

"她自己说的呢！"

"她怎么知道？她能看到自己的脖子吗？"

"如果是脏的，她会承认吗？"

"她们到底想要我做什么？"弗兰茜不解地想，"做什么呢？她们想激怒我，然后让我破口大骂？再让我放弃这份工作？还是想看我哭，就像很久以前我看到那个小女孩拍打黑板擦那次？不管她们想要干什么，我都不会退让！"弗兰茜的头都快低到手中的铁丝上了，只剩十个手指飞快地工作着。

这个令人讨厌的游戏持续了一上午，唯一能让弗兰茜喘口气的时候是马克进来的那一刻。那群女工会暂时放松对弗兰茜的攻击，转而对马克进行"迫害"。

"新来的女工，你可要小心马克哟，"她们假装好心提醒弗兰茜，"他这个人可进过监狱，有两次是因为强奸，还有一次是拐卖妇女。"

这个马克一看就是对异性毫无兴趣的那种人，因此，女工们的指控纯属无稽之谈。弗兰茜看着眼前这个不幸的男孩每次被嘲讽得涨红了脸时，都会打心眼里为他感到难过。

一个上午就这样过去了，就在弗兰茜觉得时间无休无止的时候，一阵铃声响了起来，这意味着她们的午餐时间到了。女工们放下手中的活儿，纷纷拿出自己装午餐的纸袋。她们将袋子撕开，铺在桌子上当桌布，把包有洋葱的三明治摊在上面，开始吃饭。干了一上午的活儿，弗兰茜的手又热又黏，她想洗手后再吃，就问旁边的女工洗手间怎么走。

那女孩用蹩脚的口音，而且十分夸张地回答道："我不会说英——语。"

"我不太听得懂你在说什么，"另一个用地道的英语嘲笑了弗兰茜一上午的女工回答道。

"洗手间是什么？"一个胖胖的女工问。

一个机灵鬼回答她："可能是跟洗衣机差不多的地方吧。"

马克正在收箱子，他站在门口，两只手抱着重重的箱子，喉结起伏了两下，弗兰茜第一次听到马克开口说话。

"钉死耶稣基督的十字架就该用来钉死你们，"马克激愤地说道，"你们连为一个新来的姑娘指个路都不肯。"

马克说得太有趣了，弗兰茜惊讶地看着马克，实在忍不住了，便大笑起来。马克咽了口唾沫，转身消失在大厅里。这时，气氛发生了微妙的变化，餐桌上响起了一阵嘈杂的声音。

"她笑了！"

"嘿，新来的姑娘笑了！"

"笑了！"

一个年轻的意大利姑娘过来挽着弗兰茜的胳膊说："跟我来，我带你去。"

到了洗手间，她为弗兰茜打开水龙头，在装有液体肥皂的玻璃碗上捶了几下，将液体肥皂挤出来。弗兰茜洗手时，她在一旁热心地等着。弗兰茜正准备用那条明显没怎么用过的白毛巾擦干双手时，她一把将弗兰茜拉住。

"别用那条毛巾，新来的。"

"为什么？它看起来很干净啊。"

"用了它会很危险，有些在这里工作的姑娘很不检点，得了某种病，你要是用了这条毛巾，会被她们传染的。"

"那我用什么擦手呢？"弗兰茜挥舞着自己湿漉漉的双手。

"像我们一样用衬裙擦擦就行。"

弗兰茜在自己的衬裙上擦干了手，惊恐地看向那条致命的毛巾。

回到工作间时，弗兰茜发现自己的纸袋已经被铺平了，上面摆放着妈妈为她准备的两个腊肠三明治，还有人放了一个漂亮的西红柿在上面，大家都笑着欢迎她回来。那个带头捉弄她一上午的姑娘拧开一个威士忌的酒瓶，喝了一大口，然后把瓶子递给弗兰茜。

"喝一杯吧，新来的，"那姑娘命令道，"这些三明治这么干，没有水可不好下咽啊。"

弗兰茜缩了缩脖子，匆匆谢绝了她的好意。

"喝吧！里面只是凉茶而已。"

弗兰茜想到洗手间会让人染病的毛巾，果断地摇摇头拒绝道："不了。"

"啊，"那姑娘惊呼一声，"我知道你为什么不喝我瓶子里的水了，肯定是安娜塔西亚在洗手间说的话吓到你了。新来的，你别听她胡诌。那消息是老板放出来的，目的是不让我们用毛巾，这样他每周就能省下洗毛巾的几块钱了。"

"是吗？"安娜塔西亚问道，"我看你们都不用那条毛巾，我还以为……"

"说什么鬼话，吃饭时间就半小时，我们哪有闲工夫洗手。快喝吧，新来的。"

弗兰茜拿起瓶子喝了一大口，冰凉的茶很浓，沁人心脾。弗兰茜感谢了那个姑娘，然后还想感谢送给自己西红柿的人。可是，每个姑娘都说西红柿不是她们送的。

"你们在说什么？"

"什么西红柿？"

"没看到西红柿啊。"

"新来的姑娘自己带了西红柿来，她却不记得了。"

她们拿弗兰茜开玩笑。但现在，这个玩笑却变成了一种温馨的陪伴。弗兰茜很享受这段短暂的午餐时间。更值得高兴的是，弗兰茜终于知道她们想从自己身上得到什么了。原来她们只是想让自己笑一笑，这么简单的一件事，自己居然到现在才发现。

　　接下来的一天，她们过得很愉快。姑娘们告诉弗兰茜不要累坏了脖子，因为这是季节性工作，等秋季订单完成后，她们就会被工厂解雇。订单完成得越快，她们就会被解雇得越快。弗兰茜很高兴能听到这些年长的、更有经验的工人的实话，于是就听从了她们的建议，放慢了干活的速度。她们讲了一下午的笑话，弗兰茜也跟着一起笑，不管是好笑的还是下流的。当她加入她们取笑马克的行列时，她的良心也只受到了一点点谴责。马克就像殉道者一样，每天苦着个脸，他不知道，只要他笑一次，就没有后面这么多麻烦事了。

　　星期六中午刚过几分钟，弗兰茜在法拉盛站台等着尼利一起回家。弗兰茜手里拿着一个信封，里面装着五块钱，这是她第一个星期的工资。尼利也有五块钱要拿回家。他们约好了一起回家，把挣到的钱交给妈妈，然后再小小地庆祝一下。

　　尼利在纽约市中心的一家交易所跑腿，这份工作是茜茜的丈夫托他在交易所工作的朋友安排的。弗兰茜别提有多羡慕尼利了，因为每天尼利都要坐电车穿过威廉斯堡大桥，去一座陌生的城市，而自己只需步行就能到布鲁克林北边上班。还有，尼利每天都能在餐馆吃饭。刚开始时，尼利和弗兰茜一样，也是从家里带午餐去上班，可是他遭到了同事的嘲笑，说他是从布鲁克林来的乡巴佬。从那以后，妈妈就每天都给尼利十五分钱的饭钱。尼利告诉弗兰茜，他会在一个叫"自助咖啡馆"的地方吃东西，在那里，只要往槽里投五分钱，就会出来咖啡和奶油，不多不少，正好一杯。弗兰茜多么希望自己也能穿过威廉斯堡大桥去上班，去自助餐厅用餐，而不是天天吃从家里带的三明治。

电车到站后，尼利胳膊下夹起一个扁平包装袋，沿着台阶小跑下车。弗兰茜观察到尼利下车时是前脚掌着地，整只脚都能站在台阶上，而不是脚后跟着地，这样能让他站得很稳，爸爸以前就总是这样下楼梯的。尼利说什么也不肯告诉弗兰茜他袋子里装的是什么，说要是告诉她的话就没有惊喜了。他们在附近一家快打烊的银行前停下脚步。弗兰茜请出纳员把他们手里的旧钞换成新钞。

出纳员问他们："你们要新钞干什么？"

弗兰茜解释说："这是我们领的第一笔工资，我们想把它换成新钱带回家。"

"第一次发工资，真的吗？"出纳员问道，"这让我不禁想起了过去，想起了很久以前的往事。我还记得第一次带工资回家的情景，那时我还是个孩子……在长岛曼哈塞特的一个农场干活……"后面排队的人不耐烦地躁动起来，出纳员却开始了自传式的讲述。最后，他说："……当我把第一笔工资交给我妈妈时，我看到泪水在她眼眶里打转。是的，是真的，泪水真的在她眼眶里打转。"

出纳员撕开一捆新钞的包装纸，用新钞换了弗兰茜他们手里的旧钞，"这是送给你们的礼物，"出纳员从现金抽屉里拿出两枚 1916 年新铸的金色一分硬币给弗兰茜和尼利，并解释道，"这是附近一带的第一批新币，你们先别花，自己留着。"接着，出纳员从自己兜里掏出两枚旧硬币放进抽屉里补上亏空，弗兰茜向出纳员道谢。

就在他们离开时，排在后面的男人边说边把胳膊搭在柜台上，也说了起来："我还记得我把我第一笔工资带回家给我的老母亲时……"

弗兰茜跨出银行大门时，她有些好奇，排在他们后面的每个人会不会都要讲一遍他们第一次领工资的故事。弗兰茜由衷地感慨道："看来，每个工作的人都会经历一件共同的事情，他们都会记得自己第一次领工资时的情形。"

"是啊。"尼利表示同意。

当他们转过一个街角时，弗兰茜喃喃自语道："泪水在她的眼眶里打转。"她以前从未听过这种说法，所以那说法引起了她的兴趣。

"怎么可能？"尼利也想知道，"眼泪又没有脚，是没法转的。"

"那个出纳员不是这个意思，他的意思就像人们说的'我一整天都待在床上'一样。"

"'打转'不是这么用的吧。"

"就是这样，"弗兰茜反驳道，"在布鲁克林，打转（stood）就是待着（stay）的过去式。"

"我想大概是这样的吧。"尼利同意了，"我们从曼哈顿大道回家吧，不走格雷厄姆大道了。"

"尼利，我有个主意，我们瞒着妈妈做一个锡储蓄罐，把它钉在你的衣柜里。我们先把新币存进去，如果妈妈给我们零花钱，我们就每人每周存十分钱。等圣诞节的时候我们再打开它，给妈妈和洛瑞买礼物。"

"还有我们自己的礼物。"尼利补充道。

"行，我给你买，你给我买，到时候，我会告诉你我想要什么。"

就这样，弗兰茜和尼利约好了一起存钱。

两人走得很快，超过了那些从废品回收站回家一路闲逛的孩子。经过斯科尔斯街时，他们朝卡尼回收站的方向看了看，发现查理糖果店的人还不少呢。

"小屁孩们。"尼利轻蔑地说，并把自己口袋里的几枚硬币弄得叮当作响。

"你还记得吗，尼利，我们以前去卖废品的时候？"

"那是好久以前的事了。"

"是啊。"弗兰茜说。事实上，距离他们上一次去卡尼那里卖破烂，才过去两个星期。

回到家，尼利把袋子递给妈妈并说道："这是给你和弗兰茜的。"妈妈打开袋子，里面是一磅洛夫特花生糖。"这不是我用工资买的。"尼利神秘地说道。弗兰茜和尼利让妈妈去卧室休息，接着，她们把十张崭新的钞票放到桌子上。然后，把妈妈叫了出来。

"这是给你的，妈妈。"弗兰茜大手一挥说。

"哦，天哪！"凯蒂说，"我简直不敢相信。"

"还不止这些，"尼利说完，从口袋里掏出八十分零钱放在桌上并解释道，"这是我干活麻利，人家给的小费，我存了一个星期，本来可以存更多的，但我花掉了一些，去买了花生糖。"

凯蒂把桌上的零钱推给了尼利，并说道："你赚的小费就留着自己花吧。"

（妈妈就像爸爸一样，弗兰茜心想。）

"好吧，那我分给姐姐二十五分钱。"

"不用，"凯蒂从破杯子里拿出五十分钱，"这是给弗兰茜的零花钱，每周都有五十分钱。"弗兰茜高兴极了，她从来没想过自己能有这么多零花钱。

弗兰茜和尼利跟妈妈连声道谢。

凯蒂看了看桌上的糖果，又看了看崭新的钞票，然后看了看懂事的孩子们。她咬了咬嘴唇，突然转身走进卧室，反手关上了门。

"妈妈生气了吗？"尼利低声问道。

"没有，"弗兰茜解释道，"妈妈没有生气，她只是不想让我们看到她哭。"

"你怎么知道她会哭呢？"

"因为妈妈刚才看到钱的时候，我看见她的泪水在眼眶里打转。"

第四十四章

弗兰茜刚工作两个星期，就要下岗了。老板的解释是让她们歇几天，姑娘们互相交换了一下眼神，"歇几天的意思是，这一歇就是六个月。"安娜塔西亚向弗兰茜解释道。

姑娘们打算去格林庞特的一家工厂，那里现在急需人手赶制冬季的圣诞红和冬青树订单。要是那里的活儿也干完了，那她们就再去找别的工厂。反正她们不是在工作，就是在找工作的路上。这群姑娘在布鲁克林一带打零工，做些季节性的工作，常常从一个区辗转到另一个区。

姑娘们邀请弗兰茜和她们一同前去，但弗兰茜想尝试一份新的工作。她的想法是，反正都要工作，那为什么不多尝试几种，让生活更加丰富多彩呢？就像吃不同的冰激凌一样，以后她就可以告诉别人，什么工作她都尝试过。

凯蒂在《世界报》上看到一则广告，说要招一名档案员，要求年龄十六岁，要填写宗教信仰，没有相关经验的人也可以申请。弗兰茜便花一分钱买来信纸和信封，认认真真地填了一份申请表，并按照广告上的地址寄了过去。虽然弗兰茜今年才十四岁，但妈妈和她都觉得，冒充十六岁对她来说并不难。所以，弗兰茜在信中说自己十六岁了。

两天后，弗兰茜收到一封回信，上面有正式的信头，上面的图案是一把剪刀放在一张折叠的报纸上，报纸旁边放着一罐糨糊。这封信来自纽约运河街的模范新闻文摘局，回信上面写着：请诺兰小姐前往面试。

茜茜陪着弗兰茜去买面试穿的衣服。茜茜给她选了一件成熟的裙子，以及她人生中的第一双高跟鞋。当弗兰茜穿上新衣服时，茜茜和凯蒂都立刻断言，这下她看起来绝对有十六岁。不过，弗兰茜的一头长辫子看起来很幼稚。

"妈妈，求求你让我剪短发吧。"弗兰茜恳求道。

凯蒂表示不赞成。"你这头发留了十四年，你想把它剪掉，我不同意。"

"哎呀，妈妈，你真的跟不上潮流了。"

"你为什么非要像男孩子一样留短发？"

"这样更容易打理呀。"

"打理头发是我们女人的乐趣。"

"但是凯蒂，"茜茜也帮着劝道，"现在很多女孩剪短发。"

"那是她们傻，她们不知道女人的头发就是自己的秘密武器。白天的时候，女人可以把头发别起来。到晚上和男人独处一室的时候，再把发针一取，头发就像有光泽的绸缎般披散开来，让她们在男人面前更有魅力。"

"晚上灯一灭，管他黄猫白猫，都成了黑猫。"茜茜不怀好意地说道。

"别带坏孩子！"凯蒂大声制止茜茜说下去。

"要是我也剪了短发，那看起来就跟大明星艾琳·卡塞尔一样了。"弗兰茜坚持说道。

"犹太妇女结婚时会把头发剪掉，她们之所以这么做是为了不让别的男人再觊觎她们；修女会把头发剪掉，目的是证明她们已经斩断情丝；你一个年纪轻轻的小姑娘，瞎剪什么头发。"

弗兰茜正要争辩一番，凯蒂却说道："别再跟我扯这些了。"

"行吧。"弗兰茜向妈妈妥协了，"等我到十八岁，我就自己做主了，到时你再瞧瞧。"

"等你到了十八岁，你就是剃光头，我也不会再管。可是现在嘛……"凯蒂把弗兰茜的两条粗辫子盘在头顶，又从自己头上取下发夹把它们固定住，"好了！你现在就像戴了一顶耀眼的皇冠。"凯蒂退后一步，打量着弗兰茜，夸张地说道。

"这下看起来真像个十八岁的大姑娘了。"茜茜说道。

弗兰茜照了照镜子，这发型很成熟，虽然她心里很满意，但她是不会向妈妈服软的。弗兰茜故作抱怨地说："要是一辈子顶着这头长发，那不得难受死了。"

凯蒂却说："你要是一辈子只因为这事头疼的话，那可太幸福了。"

第二天早上，尼利陪弗兰茜去纽约面试。电车离开马西大道车站，驶上威廉斯堡大桥时，弗兰茜注意到车里许多人齐刷刷地站了起来，然后又整齐划一地坐下。

"他们在干什么啊，尼利？"

"刚刚我们上桥的地方有一家银行，银行里有一个大钟。他们刚刚是站起来看时间，看看自己迟到没有。我敢打赌，每天绝对有不下一百万人看过那个钟。"尼利答道。

弗兰茜曾经想象过，第一次坐车经过这座心心念念的桥时，一定会很激动。但是，经过这座桥时的感觉并不比她昨天第一次穿上成人衣服来得更刺激。

面试时间很短，最后，弗兰茜被录用了。她的工作时间是九点到五点半，午餐时间只有半小时，工资是每周五块钱。弗兰茜上班的第一件事，就是老板领着她熟悉工作环境。

十位读报工坐在桌面倾斜的长桌前，来自各州的报纸会分到他们手上，每天随时都有来自美国各州各城市的海量报纸涌入文摘局。读报工们把挑出的报纸做上标记，并将需要的装箱，然后在正面写下总数和自己的工号。

　　这些标记好的报纸会被打包送到印刷厂，印刷厂里有一台手动印刷机，机器上面装有一个可调节日期的装置，除了这个装置，还有一排排活动的字母。印刷工在印刷机上调好日期、报纸名字和各州各城市的名称，然后根据标记总数印制相应数量的纸条。

　　然后，纸条和报纸被送到裁纸工那里，裁纸工站在一张倾斜的大桌前，用一把锋利的弯刀把标记好的报纸段落裁下来。裁纸工裁下报纸有用的部分，把废报纸扔到地上，短短十五分钟后，地上的废报纸就到弗兰茜腰那么高了。专门有一名男工来收集地上的这些废纸，并把它们打包带走。

　　之后，印好字的纸条和裁下的报纸会交到贴纸工手上，由他们把剪报贴在纸条上，最后再归类、收集、装入信封寄出。

　　对于如何归档剪报，弗兰茜很快就上手了。两个星期后，她就记住了档案盒上两千多个名字和标题。之后，老板安排她跟那些读报工一起干活。又过了两个星期，弗兰茜开始一门心思研究那些写有客户信息的卡片，这些卡片比档案盒上的标题详细多了。老板觉得弗兰茜已经记牢了客户订单，就安排了俄克拉荷马州的报纸给她读。刚开始，弗兰茜标记好的报纸在被送到印刷厂前，老板都会仔细检查，并指出她的错误。等到弗兰茜熟练到不需要检查时，老板又安排了宾夕法尼亚州的报纸给她。不久，又加了纽约州的报纸给弗兰茜。到八月底时，弗兰茜读的报纸已经超过了文摘局里所有的读报工。她对自己的这份工作充满了热情。除此之外，她还有一双明亮的眼睛（弗兰茜是这里唯一一个不戴眼镜的读报工），而且，她还练就了一目十行的本事，只要扫一眼，弗兰茜就能看完报纸上的内容，并快速判断出里面的内容是否值得标记。弗兰茜每天读的报纸能达到一百八十份到两百份，排在第二的读报工也才读一百份到一百一十份而已。

是的，弗兰茜是文摘局里看报看得最快的那个，但也是工资最低的那个。

虽然在弗兰茜刚开始看报时，她的工资就已经涨到了每周十块钱，但是速度排在第二的每周能拿二十五块钱，其他人每周则能拿到二十块钱。弗兰茜从来没跟文摘局的人闲聊过，所以她根本不知道自己的工资在他们当中有多么低。

虽然弗兰茜喜欢读报，并为每周能挣十块钱而感到自豪，但她其实并不开心。最初，能去纽约工作让她兴奋不已。在她小时候，图书馆里一朵平淡无奇的金莲都能让她兴奋好久，想必来到纽约这座伟大的城市会让她兴奋百倍。然而，事实却并非如此。

第一个让弗兰茜失望的就是那座让她魂牵梦萦的威廉斯堡大桥。从前和爸爸一起在屋顶上望过去，她还以为穿过那座大桥时会感觉自己像一个长着轻纱翅膀的仙女在空中飞舞一样。然而实际上，坐电车过桥并没有什么特别的，就跟经过布鲁克林的寻常街道一样。桥上也有人行道和车道，跟百老汇的差不多，就连电车轨道都是一样的。电车驶过大桥时没有任何新鲜的感觉。第二个让弗兰茜失望的是纽约这座城市，因为这里除了建筑更高，人群更拥挤，其他的和布鲁克林并没有什么区别。弗兰茜不禁有了这样一个疑惑，难道从现在开始，所有新事物都会令人失望吗？

弗兰茜经常看美国地图，幻想着自己穿越那些平原、山脉、沙漠和河流，这将会是一件多么美妙的事情啊！在不断经历现实的洗礼后，对这些也会同样感到失望吗？弗兰茜曾经想过徒步穿越这个伟大的国家，比如，她从早上七点就出发，然后一直向西走，一步一步地用自己的脚丈量山川大地。可是在这段向西走的旅程中，她会忙着数自己的脚步，她会想到自己是从布鲁克林出发，一步一步走到这里来的。这样一来，她就没心思注意沿途的山脉、河流、平原和沙漠，她只会觉得有些东西很奇怪，它们让自己想起了布鲁克林，而还有一些东西也很奇怪，只因它们与布鲁克林如此不同。"我想世界上已经没有什么新鲜事了。"弗兰茜失落地得出结论，"如果说有什么新的或与众不同的东西，那么，布鲁克林一定也有。只不过我对布鲁克林的一切司空见惯了，即使遇到也不会注意到而已。"弗兰茜觉得自己现在的心境就像亚历山大大帝，为没有新世界可以征服而感到惆怅。

　　弗兰茜努力让自己适应纽约的快工作节奏。对她而言，每次去纽约上班都是一种紧张的折磨。要是能提前一分钟到达，她就会松一口气；如果晚到一分钟，她就会提心吊胆，毕竟要是哪天倒霉，正好碰上老板心情不好，那她肯定就会成为老板发泄的对象。所以，弗兰茜学会了如何节约时间。比如，在电车靠站前，她早早地就挪到了车门的位置，等车一停下，她就能第一个跨出车门。下了车，弗兰茜就像小鹿一样，灵敏地穿过人群，第一个跑上通往街道的台阶。去办公室的路上，弗兰茜会紧贴路边的房子走，这样她就能急转弯。过马路时她干脆斜穿，这样就能省去上下人行道的时间。到了办公大楼，尽管操作员大喊"电梯满了"，但弗兰茜仍然会硬着头皮挤进去。所有这些都是为了提前一分钟到达上班地点，而不是在九点以后。

有一次，为了能让自己的出行更加从容，弗兰茜比往常提前十分钟就从家里出发了。尽管时间充裕无须着急，但弗兰茜还是像往常一样跨出电车，奔上台阶，匆忙穿过繁华的街道，最后挤进满员的电梯。结果到办公室一看，弗兰茜比平时提前了十五分钟。偌大的房间里空无一人，弗兰茜的心里不免觉得凄凉和失落。当其他人在九点前几秒钟匆匆赶来时，弗兰茜觉得自己就像他们中的叛徒一样。第二天早上，弗兰茜又多睡了十分钟，恢复了原来的出行时间。

弗兰茜是文摘局里唯一一个来自布鲁克林的姑娘，其他人分别来自曼哈顿、霍博肯和布朗克斯，还有一个大老远从新泽西州贝永赶来这里上班。这些读报工里年龄最大的是一对姐妹，她们来自俄亥俄州。弗兰茜刚来这里的第一天，两姐妹中的一个就对弗兰茜说："你有布鲁克林口音。"这句话听起来像是震撼人心的定罪，让弗兰茜对自己的言谈举止产生了深深的自卑感。从那以后，弗兰茜开始小心翼翼地发音，生怕把"girl"（女孩）念成"goil"，把"appointment"（约会）念成"apperntment"。

文摘局里只有两个人弗兰茜能毫无顾忌地与之交谈。一个是老板，他毕业于哈佛大学，他说话时总喜欢把"a"音拖得很长，但他讲话简练，用的词也不像那些读报工一样故作高深。那些读报工大多数其实只是中学毕业，只不过常年的阅读让他们积累了丰富的词汇。另一个就是阿姆斯特朗小姐，她是除了老板这里唯一的一个大学生。

阿姆斯特朗小姐是指定的纽约市读报工，她的办公桌在房间的最里面，那里东面和北面都有窗户，房间里的光线非常适合阅读。阿姆斯特朗小姐只读来自芝加哥、波士顿、费城和纽约的报纸。纽约市的每期报纸刚一出刊，就会有专门的邮差给阿姆斯特朗小姐送来。阿姆斯特朗小姐把手里的报纸读完后，不用像其他读报工一样，帮落后的同事赶进度，她可以在等待下一版报纸送来的间隙，钩钩毛线或修修指甲。阿姆斯特朗小姐的工资最高，每周能拿三十块钱。她是一个友善和睦的人，总想着找弗兰茜聊天，有了她的关照，弗兰茜在这里工作的日子就没有那么孤独了。

有一次在洗手间，弗兰茜无意中听到有人说，阿姆斯特朗小姐其实是老板的情人。弗兰茜听别人说过情人，但从未在现实生活中见过。于是，弗兰茜先入为主，把阿姆斯特朗小姐当作老板的情人打量起来。阿姆斯特朗小姐并不漂亮，她的脸看起来像猿猴一样，嘴巴宽阔，鼻孔粗大，身材也只是还过得去。弗兰茜把视线移到阿姆斯特朗小姐的双腿上，发现她的腿修长而纤细，线条优美，穿着最漂亮的丝袜，踩着昂贵的高跟鞋，这衬得她双腿的弧度好看极了。因此，弗兰茜总结道："原来成为情人的秘诀是拥有一双勾人的美腿。"

弗兰茜低头看了看自己那双像竹竿一样的腿，"我想，我永远也不是当情人的那块料。"她叹了口气，又回到了寡淡无味的现实生活中。

文摘局里形成了一个小团体，他们是由裁纸工、印刷工、装订工、打包工和送报工组成的。这些工人虽然不识字，但脑瓜子灵光，他们自称他们的小团体为"俱乐部"。他们觉得那些受过良好教育的读报工看不起他们。出于报复的心理，他们总是会隔三岔五挑拨读报工之间的关系。

弗兰茜这个人身份很矛盾，因为从背景和受教育程度来看，她属于俱乐部的一员，但从能力和智慧来看，她又属于读报工群体。俱乐部中的精明工人看中了弗兰茜这一点，有心利用她当传话人，故意把办公室里的流言蜚语告诉她，希望可以由她转告给读报工，从而制造读报工之间的不和。但弗兰茜跟读报工的关系并不好，根本没机会向他们转达。所以，谣言常常到弗兰茜那里就停止了。

有一天，当裁纸工告诉弗兰茜阿姆斯特朗小姐将在九月离开，而她，弗兰茜，将会被提拔为纽约市读报工时，弗兰茜只觉得又是一个谣言，目的是让其他读报工嫉妒自己。阿姆斯特朗小姐要是真走了，那该有多少人对她那个位置虎视眈眈。她是一个只有小学文化的十四岁小女孩，怎么可能有资格接替阿姆斯特朗小姐这样的三十岁大学毕业生的工作。光是想想就觉得荒谬。

转眼到了八月底，弗兰茜担心起来，对于让自己上中学的事，妈妈只字未提。弗兰茜非常想回到学校。这么多年来，她从妈妈、外婆那里听到过很多关于接受高等教育的话。耳濡目染之下，她也非常渴望自己能接受更多的教育，同时为自己目前缺乏教育而感到自卑。

弗兰茜动容地回忆起那些在本子上为她留言的女孩们，她想再次成为她们中的一员。弗兰茜和她们原本在同一条起跑线上，可现在的她却停滞不前。她本该做的是和同龄人一起去上学，而不是和这群老女人们在一起抢饭碗。

弗兰茜不喜欢在纽约工作，每天蜂拥而至的人群让她感到害怕。她感觉自己正在被推向一种还没有准备好的生活方式。在纽约工作，弗兰茜最害怕的是身处拥挤的车厢。

有一次在车上，弗兰茜手拉着吊环，被拥挤的人群紧紧地簇拥着，连胳膊都放不下来。这时，她感觉到一只男人的手放在了自己身上。无论她如何扭动，都无法摆脱那只手。车子转弯时，弗兰茜随着人群摇摆，那只手却搂得更紧了。

拥挤的人群让弗兰茜根本无法扭头去看那是谁的手，她只能绝望地站在原地，无助地忍受着这种屈辱。她本可以大声呼喊，并提出抗议。但是，她羞于将自己的窘境摆在人前。于是，就这样持续了很久，随着车厢里人群渐渐疏散，她才得以换到车厢的另一个地方。

从那以后，站在拥挤的车厢内对弗兰茜来说就成了一种可怕的折磨。

一个星期天，弗兰茜和妈妈带着洛瑞去看外婆，弗兰茜把自己在车上被男人揩油的事告诉了茜茜姨妈。本以为能从茜茜姨妈那里得到安慰，但她没想到的是，茜茜姨妈的反应却像听到了一个天大的笑话。

"在车上被一个男人摸了，换作是我，"茜茜告诉她，"我才不会困扰呢。这说明你的身材很好，有些男人经受不住诱惑而已。唉！我一定是老了！已经很多年没男人占我便宜了。想当年，我哪一次出去坐车，回家时不是青一块紫一块的。"茜茜语气里满是骄傲。

"这有什么值得炫耀的吗？"凯蒂问道。

茜茜没有回答这个问题。"你有一天也会这样的，弗兰茜，等你到了四五十岁的时候，你的身材就会变成中间勒紧的燕麦麻袋，到那时你会回想起你年轻的时候，怀念那些男人想捏你的日子。"

凯蒂反驳道："如果她真的回想起来，那也是因为你让她想起来的，而不是什么美好的回忆。"凯蒂转向弗兰茜，"你呢，以后坐车的时候不要抓着吊环，把手放下来。你往口袋里放一根锋利的长针。以后要是再有男人把手放在你身上，你就用长针好好教训他。"

弗兰茜按照妈妈说的做了，学会了在不抓紧吊环的情况下稳稳站着。坐车时，她的手紧紧握住外衣口袋里的长针。她希望有人再来捏自己，这样的话，长针就有用武之地了。"茜茜姨妈说被男人捏是一件好事，可是我不喜欢，我想等自己到了四五十岁，能有比被陌生人捏更美好的事情让我怀念。真的为茜茜姨妈感到害臊……"

"我怎么回事？我竟然在这里指责茜茜姨妈，她平时对我那么好。我虽然对现状不太满意，但我应该为自己有一份这么有趣的工作而感到幸运才是。想想看，我原本就喜欢读书，现在竟然能一边看书一边挣钱。每个人都认为纽约是世界上最棒的城市，而我却实在喜欢不起来，看来，我是这个世界上最不知足的人了。唉，我真希望能回到小时候，以前所有的事情都是那么美好！"

劳动节①前夕，老板把弗兰茜叫到他的私人办公室，告诉她阿姆斯特朗小姐要结婚了。老板清了清嗓子补充说，其实阿姆斯特朗小姐要嫁的人就是他。

老板的一番话击溃了弗兰茜对情人的认知，她一直以为男人是不可能娶情人为妻的。他们会像丢弃破手套一样把情人丢在一边，而现在阿姆斯特朗小姐非但没有成为破手套，还要嫁给老板做他的妻子。

"所以我们现在需要一个新的读报工顶上阿姆斯特朗小姐的空缺，"老板解释道，"阿姆斯特朗小姐本人建议我们……啊……她说让你试试，诺兰小姐。"

弗兰茜的心猛地一跳。阿姆斯特朗小姐？纽约市的读报员！文摘局里最令人羡慕的工作！原来之前俱乐部的传言是真的。弗兰茜的又一个成见被打破了。原本她一直以为所有

———————————

① 劳动节：是美国的一个公共假日，每年9月的第一个星期一，具体日期每年都可能不同，用于庆祝和赞扬工人对社会和经济的贡献。

的谣言都是假的。

老板打算以后每周给弗兰茜十五元钱。他心里盘算着，只用花一半的工资，就能得到媲美自己妻子的读报工，真是太划算了。想想弗兰茜也该心痒难耐了，毕竟她这么年轻，就能拿到每周高达十五元钱的工资。弗兰茜说她已经十六岁了，但她看起来只有十三岁。当然，只要弗兰茜能胜任工作，她多大岁数与自己无关。就算自己真的雇用了童工，法律也拿自己没辙，到时候只要一口咬定是弗兰茜自己谎报年龄就行了。

"会给你涨一点儿工资。"老板和蔼地说，弗兰茜开心地笑了，老板却愁眉苦脸了。他想："我是不是太沉不住气了？也许弗兰茜根本没想过要加薪。"于是，老板急忙掩饰自己的失误，"那个……我们会根据你的工作情况，酌情给你涨一点儿工资。"

"我不确定……"弗兰茜疑惑地说道。

"等她真的满十六岁，"老板盘算着，"她肯定会让我涨工资的。"不如现在做个顺水人情，"我们每周给你十五元钱，从……从……"老板犹豫了一下，做生意心慈手软可不是什么好事，"从十月一日开始。"说完，老板靠在椅子上，感觉自己就像上帝怜悯众生一样伟大。

"我是说，我大概不会在这里待太久了。"

老板觉得弗兰茜肯定是在跟自己讨价还价，便应对自如地大声问道："为什么呢？"

"劳动节后我就要回学校了，原本想等事情定下来之后再告诉你的。"

"上大学？"

"中学。"

老板暗暗思忖："那就只能让品斯基去顶替阿姆斯特朗了，不过品斯基现在的工资已经是每周二十五元钱了，要是让她坐上阿姆斯特朗的位置，那她肯定会要价三十元钱，那我就又回到了原来的开支。这个诺兰可比品斯基强多了，关键是便宜。都怪那该死的婆娘，谁说女人结婚后就不应该工作？她可以继续工作，反正肥水不流外人田，把这钱省下来买房子多好。"

老板继续开口挽留："哦！那太遗憾了。我不是不赞成高等教育，但我认为读报也是一种很好的教育，是与时俱进的高质量现代教育，在学校学的知识……只是一成不变的书本，读的是死书。"老板不屑地说道。

"我……我得回家和我妈妈商量一下。"

"没问题，你回家好好跟你妈妈说说，你的老板是怎么看待教育这件事的。另外，"他闭上眼睛，仿佛下了血本一般，"我们决定每周付你二十元钱，从十一月一日开始，"他又刨去了一个月。

"那可真不少了啊。"弗兰茜老老实实地回应道。

"我们坚信，只有高薪，才能留住人才。还有……啊……诺兰小姐，你千万不要跟别人说你将来能拿到二十元钱，因为你比他们拿得都多，"老板撒了个谎，"如果他们知道了……"他摊开双手，做了个无奈的手势，"所以，你明白了吗？没事不要和他们在洗手间闲聊。"

弗兰茜向老板保证，自己一定会严守秘密，这才让老板安下心来。老板在纸上签了字，表示他们之间的这场面谈正式结束。

"就这样吧，诺兰小姐，请务必在劳动节后的第二天给我答复。"

"好的，先生。"

每周二十元钱！弗兰茜惊呆了。早在两个月前，每周能挣五块钱的时候，她就已经很高兴了，现在居然能挣二十元钱！威利姨父都四十岁了，每周也只能挣到十八元钱而已。约翰姨父很聪明，一周也就挣二十二元五。弗兰茜家附近很少有男人一周能挣二十元钱，更何况，他们还要养家糊口。

"有了这笔钱，我们家所有的问题都能迎刃而解了。"弗兰茜心想，"我们可以在某个地方租一套三室一厅的房子，妈妈不用出去工作，洛瑞也不会总是没人陪了。要是我能解决家里的这些困难，那我就会变得不可或缺。"

"可我还是想回去上学！"

弗兰茜想起家里人经常念叨教育的重要性。

外婆：读书能让你挺直腰杆。

艾薇姨妈：我要让我的三个孩子每人拿三张毕业证书。

茜茜姨妈：等妈妈离世了——愿上帝保佑她长命百岁——孩子大到可以上幼儿园了，我就再出去工作。我会把工资存起来，等小茜茜长大了，我会让她上最好的大学。

妈妈：我不希望我的孩子也过着和我一样辛苦的生活，只有教育才是唯一的出路，教育能让他们以后的路好走一些。

"这份工作确实很好，"弗兰茜心想，"至少，目前看起来还不错。但长此以往，我的眼睛也会像他们一样近视的。所有年纪大的读报工都戴上了眼镜。阿姆斯特朗小姐曾经说过，读报这份工作全靠一双好眼睛。其他读报工刚开始的时候也看得很快，就像我现在一样，但他们现在……我必须保护好我的眼睛……下了班以后，就不能再看书了。"

"要是妈妈知道我一周能挣二十元钱，也许她就不会让我再回学校了。这也不怪她，因为我们已经受穷很久了。妈妈对所有的事情都很公平，但这笔钱可能会让她作出不同的判断，这不是她的错。在妈妈决定让我上学之前，我先不告诉她要涨工资了。"

弗兰茜跟妈妈说起了要回去上学的事情，妈妈也觉得是时候该和两个孩子好好谈一谈了。吃完晚饭后，他们就讨论起了这个问题。

在吃过晚饭、喝完咖啡后，凯蒂说学校下周就要开学了（其实这根本没必要，因为大家都知道）。"我希望你们两个都能上中学，但遗憾的是，今年秋天只有一个人能去。我把你们拿回家的工资一分一分地攒下来，这样明年你们俩就都能上学了。"凯蒂说完，等了很久，两个孩子都没有回答她，"怎么了？你们不想上中学了吗？"

弗兰茜僵硬地开口了，她知道妈妈现在掌握着谁能去上学的"生杀大权"。她希望自己的话能给妈妈留下好印象。"我想去！妈妈，我这辈子最想做的事就是回学校去。"

"我不想去。"尼利拒绝道，"别逼我回去，妈妈。我喜欢这份工作，过了今年，我就能涨两块钱工资。"

"你以后不想当医生了吗？"

"不想，我现在想当经纪人，像我老板一样赚大钱。将来有一天，我会进军股市，赚他个百八十万。"

"我的儿子会成为一名伟大的医生。"

"你怎么知道？说不定，我会像莫伊尔街的胡勒医生一样，龟缩在地下室里给人看病，整天穿着邋里邋遢的衬衫。总之，我学到的东西已经够多了，我不需要再回学校了。"

"尼利不想回学校。"凯蒂近乎恳求地对弗兰茜说，"你知道这意味着什么，弗兰茜。"

凯蒂的意思不言而喻，这意味着"尼利必须回去上学"。

弗兰茜咬着嘴唇，现在哭是不行的，她必须保持冷静，必须保持清晰的思维。

"我不回去！"尼利带着哭腔喊道，"不管你说什么，我都不回去！我现在能工作赚钱，我想一直这样。我已经是同龄人眼中的大人物了。要是我回到学校，那我就又混成穷学生了。再说，家里需要我去挣钱，妈妈，你不想再过吃不饱、穿不暖的日子了吧？"

"你必须回去上学，"凯蒂无视尼利的哭诉，"弗兰茜一个人挣钱就够了。"

弗兰茜再也忍不住，哭着质问妈妈："为什么尼利不想上学，你却坚持让他去上学？而我那么想上学，你却不让我去？"

"对啊。"尼利附和道。

"因为如果我不逼他，他就永远回不去了，"凯蒂说，"而你，弗兰茜，无论什么样的处境，你都会拼命想办法回去的。"

"你为什么总是这么肯定？"弗兰茜向妈妈抗议，"再过一年，我就太老了，回不去了。尼利今年才十三岁，明年去上学也来得及。"

"老什么老，明年秋天你才十五岁。"

"是十七岁，"弗兰茜纠正道，"而且快满十八岁了，太老了，不能去学校了。"

"你在说什么傻话？"

"我没有说傻话。上班的时候，我跟人家说自己十六岁，我的言行举止必须看起来像十六岁，而不是十四岁。明年我就十五岁了，但我处处看起来都比现在大两岁。那时候我就太老了，不能再变回女学生了。"

"尼利下周回学校，"凯蒂坚持己见，"弗兰茜明年也会回去。"

"我恨你们两个。"尼利发泄道，"要是你们再逼我回去，我就离家出走。我一定会的！"说完便摔门而出。

凯蒂脸上露出极痛苦的神色，弗兰茜也替妈妈感到难过。"别担心，妈妈。尼利不会跑的，他只是嘴上说说而已。"听完弗兰茜的话，妈妈很欣慰，可这却让弗兰茜很生气，"不过，我会走的。我不会大吵大闹，等你不需要我挣钱回家的时候，我就会一声不响地离开。"

"你们以前那么听话懂事，现在一个个的都怎么了？"凯蒂凄然地发问。

"岁月侵蚀了我们。"

凯蒂对弗兰茜的回答一脸疑惑，弗兰茜却岔开了话题："我们的工作证一直没办呢。"

"这确实很难办，每人要先花一元钱，请神父给你们办洗礼证，然后我还要和你们一起去市政厅，可我那时候每隔两个小时就得给洛瑞喂一次奶，实在抽不开身。我们都觉得，让你们俩谎称十六岁更省事，别人也看不出来。"

"你的考虑没错，但说我们十六岁，我们就得有十六岁的样子，而你依然把我们当成十三四岁的孩子。"

"我多希望你爸爸还在，你的心思我无法理解，你爸爸能理解。"

想起善解人意的爸爸，弗兰茜心里又是一阵疼痛。痛过之后，她告诉妈妈，从十一月一日起，她的工资会翻四倍。

"二十元钱！！！"凯蒂惊讶得张大了嘴巴。"哦，天哪！"这是凯蒂惊讶时常有的表情。"你什么时候知道的？"

"星期六。"

"你瞒到现在才告诉我。"

"我没有存心隐瞒。"

"你肯定觉得，如果我知道了，就会让你放弃学业继续去工作。"

"没错。"

"可是我刚刚说尼利应该回学校的时候并不知道，你也看到了，我做的都是我认为正确的事，并不是金钱至上。你看不出来吗？"凯蒂恳切地问道。

"我看不出来，我只看到你更偏心尼利。你为他铺好了所有的路，而到了我，却说我自己能想出办法。总有一天，我也会变得心口不一，妈妈。我会做我认为对我来说正确的事，哪怕违逆你。"

"我不担心，因为我知道我的女儿值得信任，"凯蒂说得恳切又庄重，这倒让弗兰茜为自己说过的话感到惭愧。"我也信任我的儿子。他现在很生气，是因为我让他去做他不想做的事，但他会克服的，而且会在学校里好好学习。尼利是个好孩子。"

"是，尼利是个好孩子，"弗兰茜承认道，"哪怕他很坏，你也会视而不见。可你对我……"弗兰茜的声音因抽泣而变得粗重。

凯蒂猛地叹了口气，却什么话也说不出来了。她起身收拾桌子，当她把手伸向一个杯子时，弗兰茜第一次看到妈妈的手颤颤巍巍。凯蒂的手颤抖着，怎么也握不住那个杯子。当弗兰茜把杯子递到妈妈手里时，她看到那杯子上有一条大裂缝。

弗兰茜心想："我们家以前就像一个坚固的杯子，杯子完整无缺，能很好地装下东西。自从爸爸去世后，杯子上就出现了第一道裂缝。今晚我和妈妈的争执又让它多了一道裂缝。很快还会有更多的裂缝，这个杯子最终会破碎，我们这个家也会变成碎片，再也不是一个整体。我不希望这样的事情发生，但今天的争吵和我脱不了关系。"弗兰茜发出和妈妈一样沉重的叹息。

凯蒂走到洗衣篮子前，尽管刚刚的争吵很激烈，但小洛瑞却在篮子里面睡得很香甜。凯蒂摸索着用双手从篮子里抱出熟睡的洛瑞，独自坐在窗边的摇椅上，紧紧地将洛瑞抱在怀里，落寞地摇晃着。

看到妈妈此时的模样，弗兰茜愧疚极了。"我不该对妈妈这么苛刻，这辈子除了辛苦和劳累，妈妈得到了什么？现在到了只能在婴儿身上寻求安慰的地步。也许妈妈现在想的是，她现在这么疼爱洛瑞，而洛瑞也要完全依赖她，可是将来长大后，洛瑞也会像我和尼利一样叛逆。"

弗兰茜笨拙地伸出手去摸妈妈的脸颊。"好了，妈妈。我今天不是故意的。你说得对，我会照你说的做。还有，尼利必须去上学，我们俩会看着他毕业。"

凯蒂把手叠在弗兰茜的手上。"这才是我的好孩子。"她欣慰地说道。

"不要再因为我顶撞你而生气了，妈妈。是你教我要为正确的事情去争取，我……我认为我没错。"

"我知道，我也很高兴，你能为你本该拥有的东西去争取。不管发生什么，你都会挺过来的，这点你跟我一样。"

"这就是问题所在，"弗兰茜想，"我和妈妈太像了，但我们都不了解对方，因为我们对自己都不太了解。爸爸和我截然相反，但我们都能懂彼此。妈妈理解尼利，因为他们之间也不同。我真希望我能和尼利一样，跟妈妈有所不同。"

"那我们现在和好如初了吗？"凯蒂笑着问道。

　　"当然。"弗兰茜回以微笑，并亲吻了妈妈的脸颊。但她们内心深处其实都清楚，今晚的这道裂痕会永远存在，她们母女之间的关系再也回不到从前了。

第四十五章

又到了一年一度的圣诞节，但和以往不同的是，今年弗
兰茜他们有钱买圣诞节礼物了，冰箱里堆了很多食物，房间
里也一直保持着暖和。弗兰茜从寒冷的街上回到家时，就像
进入了爱人温暖的怀抱。不过话又说回来，弗兰茜挺想知道
爱人的怀抱究竟是什么感觉。

弗兰茜没有去念中学，因为她意识到，自己挣的钱能让
一大家人过得更好。凯蒂也讲理，弗兰茜的工资涨到二十元
钱时，她给弗兰茜的零花钱也涨到了五元，用来让她坐车、
吃饭和买衣服。此外，凯蒂还以弗兰茜的名义在威廉斯堡银
行存了五元钱，说这是为了将来弗兰茜念大学存的。家里还
剩十元钱和尼利拿回家的一元钱，凯蒂把这笔钱管理得井井
有条。虽然不是什么大富大贵，但1916年的物价很低，弗兰
茜他们一家过得还挺滋润。

尼利去东城区中学读书了，他发现很多以前的老同学也
在，于是便兴高采烈地接受了现实。尼利在业余时间又回到
麦克加里蒂的酒吧打零工，每周挣两元钱，凯蒂会拿出一元
钱给他当零花钱。因此，尼利便成了学校里的风云人物，他
不仅零花钱比大多数男孩多，而且还对《裘力斯·凯撒》了
如指掌。

弗兰茜和尼利打开锡罐，里面有将近四元钱，尼利又放

了一元钱进去，弗兰茜则放了五元，这样他们就差不多有十元钱可以用来买圣诞礼物了。圣诞节前一天下午，他们带着妈妈和洛瑞一起上街去买圣诞节礼物。

弗兰茜和尼利打算先给妈妈买一顶新帽子。在帽子店里，凯蒂怀里抱着洛瑞，坐在椅子上试戴帽子。弗兰茜和尼利则站在椅子后面看着妈妈试戴。弗兰茜想给妈妈买一顶翠绿色的天鹅绒帽子，可是找遍整个威廉斯堡，都没有找到这个颜色的帽子。凯蒂觉得买一顶黑色的就行了。

"买帽子的是我们，不是你。"弗兰茜告诉妈妈，"我们不是说好了，你就不要再戴发丧时才会戴的黑色帽子了。"

"妈妈，试试这顶红色的。"尼利建议道。

"算了，我试试橱窗里那顶深绿色的吧。"

"这是刚上的新款。"女店主从橱窗里将帽子拿出来，"这个呀，叫苔藓绿。"女店主把帽子中规中矩地平戴在凯蒂头上。凯蒂随手轻轻一拨，帽子便斜着遮住了一只眼睛。

"就是这个了！"尼利宣布。

凯蒂也相中了这顶帽子。"我喜欢，多少钱？"她问女店主。

女店主长长地吸了一口气，凯蒂他们也做好了讨价还价的准备。

"是这样的……"女店主开始铺垫。

"你直接说多少钱？"凯蒂利落地重复道。

"在纽约市内，如果你想买同款得花十元钱，不过……"

"我要是有十元钱，我还不如去那里买。"

"话怎么能这么说呢？跟这一模一样的帽子，在沃纳梅克起码要七元五，"女店主停顿了一下，"这样吧，我五元钱卖给你了。"

"我只打算出两元钱。"

"你们还是麻溜地出去！"女店主大声喊道。

"好吧。"凯蒂抱起孩子，站了起来。

"你瞧瞧你这么急做什么？"女店主把凯蒂推回到椅子上，又拿来一个袋子把帽子塞进去，"四元五，你把它带回家。相信我，我婆婆来买，我都不会这么便宜卖给她。"

"我信，"凯蒂心想，"要是你婆婆真的像我那个恶婆婆一样，就说得通了。"不过，凯蒂还是坚持道："帽子是不错，但我只拿得出两元钱。街上还有这么多帽子店，我花两元钱买一顶，虽然没有这顶好，但也足够挡风了。"

"你听我说，"女店主的声音低沉而真诚，"他们说，钱对犹太人而言就是一切，但我不一样。要是好帽子遇到了合适的主人，我这个人就巴不得成人之美。"她把手放在心口，"我赚……赚多赚少无所谓，我一分钱不挣你的。"她把袋子推到凯蒂手里，"四元钱给你，我按进货价给你，"她叹了口气，"相信我，我就不适合当个商人，我应该去当个画家。"

讨价还价还在继续进行，当价格谈到两元五时，凯蒂知道，女店主应该不会再让步了。凯蒂起身假装离开，但这一次的试探，女店主并没有阻止她。弗兰茜向尼利点了点头，尼利便拿出两元五付给了女店主。

女店主叮嘱道："千万不要跟别人说你在我这儿买得这么便宜。"

"我们不会的，"弗兰茜向她保证道，"请帮我们把帽子装进盒子里。"

"盒子要单独收费，十分钱，我按成本价卖给你。"

"用袋子装就行了。"凯蒂阻止道。

"这可是你的圣诞节礼物，"弗兰茜不同意，"必须得用盒子装。"

尼利又掏出十分钱，女店主用纸巾将帽子包好，放进盒子里。"我这么便宜卖给你，你以后可要多来照顾我的生意，不然下次你再来可不会这么便宜了。"凯蒂回以微笑，他们一行人离开时，女店主送了句吉祥话："祝你戴着健健康康。"

"谢谢。"

当店门关上的时候，女店主立马嫌恶地骂道："狗娘养的！"还朝他们的背影吐了一口唾沫。

四人来到街上，尼利感慨道："怪不得妈妈五年才买一顶新帽子，原来买帽子这么麻烦。"

"麻烦？"弗兰茜并不觉得，"怎么会，明明很有趣啊！"

接下来，他们准备去塞格勒的店里给洛瑞买一套毛衣毛裤。

塞格勒一看到弗兰茜，便数落起她来："你总算来了！是不是别的店没有你要买的东西，所以你又想起来我这儿了？还是说，别的店虽然价格便宜，但质量不怎么样，对不对？"

塞格勒转头向凯蒂解释道："这么多年来，这个女孩一直来我这里给她爸爸买假衬衫和衣领，现在她已经整整一年没来了。"

凯蒂解释道："她爸爸一年前去世了。"

塞格勒用手掌敲了一下额头。"哎！瞧我这嘴，说话没个把门的。"他满怀歉意地说道。

"没关系。"凯蒂表示谅解。

"是这样的，我一直没听人说，直到现在才知道。"

"我想也是。"凯蒂说。

"今天，"塞格勒轻快地问道，"你们想看点什么？"

"给七个月大的婴儿穿的毛衣。"

"正好我这里有。"

塞格勒从一个盒子里找出一套亮蓝色衣服，他把衣服拿到洛瑞身上比画时，上衣只到洛瑞的肚脐，裤子只到洛瑞的膝盖下面一点儿。接着，他们又试了试其他的尺码，终于找到了两岁孩子穿的尺码，对洛瑞来说正好合适，塞格勒欣喜若狂。

"我做了二十年生意，在格兰德街十五年，格雷厄姆街五年，还从来没见过谁家七个月的孩子长这么大个的。"凯蒂他们听完塞格勒的夸赞，脸上都洋溢着自豪。

塞格勒这里不用讨价还价，因为他店里的东西都是一口价。

尼利数了三元钱给塞格勒，他们当即给洛瑞穿上了新衣服。洛瑞头上戴一顶毛绒帽子，帽子拉下来盖住了耳朵，看起来很可爱。这套亮蓝色毛衣衬得她皮肤更加红润了。洛瑞看起来很开心，对谁都咧着嘴笑，还露出两颗小牙，好像知道这是给她买的圣诞礼物。

"希望你能喜欢，"塞格勒用德语说道，而后双手合十祈祷，"希望你穿上它健健康康的。"这一次的祝福后面没有出现像上一家那样的唾沫星子。

凯蒂带着洛瑞和新买的帽子先回家了，弗兰茜和尼利继续他们的圣诞购物。他们给威利姨父家的孩子们买了一些小礼物，还给茜茜姨妈的孩子买了些东西。然后，就是他们自己的礼物了。

尼利说："我告诉你我想要什么，你去帮我买吧。"

"行，你要什么？"

"鞋套①。"

"鞋套？"弗兰茜提高分贝问道。

"我要珍珠灰的。"尼利坚定地说。

"如果你非得要这个……"弗兰茜不太理解。

"中号的。"

"你怎么知道自己穿什么尺寸？"

"我昨天进去试过了。"

尼利给了弗兰茜一元五，弗兰茜按照他说的尺寸去店里买好了鞋套，让人把它们包在一个礼品盒里。大街上，两人互相皱着眉头庄重地看着对方，弗兰茜把礼物交给尼利。

"这是我送给你的礼物，圣诞快乐。"弗兰茜说。

"谢谢。"尼利回答得很正式，"那，你想要什么？"

"我想要工会大街附近那家商店橱窗里的黑色蕾丝舞裙。"

"那是妇女穿的吗？"尼利不安地问道。

"嗯哼，腰围24，胸围32。两块钱。"

"你自己去买吧，我才不要跟人说这些。"

不过，尼利最后还是勉强去买了回来。

弗兰茜得到了她梦寐以求的舞裙。那裙子上下都是蕾丝，仅靠黑色缎带把它们连接起来。尼利对这个礼物持保留意见。

"还记得那次吗？"经过卖圣诞树的路边时，尼利说，"我们让那个人把最大的圣诞树扔给我们。"

"我记得！每次我头疼的地方，就是当时被圣诞树砸到的地方。"

"还有爸爸帮我们把树搬上楼梯时唱歌的模样。"尼利回

---

① 鞋套：通常由布料或皮革制成，用于覆盖和保护鞋子的上部和脚踝以下的部分，既可以保护鞋子免受灰尘、污垢和水淋湿，又能让穿着看起来更加优雅和时尚。

忆道。

那天，他们提起爸爸好几次，每一次弗兰茜都会感到一阵温柔，而不是像以往一样的悲痛。她忍不住去想："我是不是忘记爸爸了？以后，会不会再难想起爸爸的点点滴滴？这应该就是外婆曾经说过的'随着时间的推移，一切都会逐渐淡忘'。爸爸去世的第一年确实难挨，我们提起爸爸时，会说那是去年的事了，去年他在选举日投了票，去年感恩节他和我们一起吃了饭。而到了明年，再提起他时……就会是两年前的事了。随着时间的流逝，我们对爸爸的记忆会变得越来越模糊。"

"看！"尼利抓着弗兰茜的胳膊，指着木盆里一棵两英尺高的冷杉。

"它在长高呢！"弗兰茜喊道。

"不然呢？它们生下来就是要成长的。"

"我知道，不过，它们总是被人砍掉，就像它们生来就是为了被人砍掉一样。我们把它买下来吧，尼利。"

"它太小了。"

"可是它有根啊，总会慢慢长大的。"

弗兰茜和尼利把树带回家后，凯蒂仔细看了看，似乎想起了什么，眉头皱得更深了。"等过了圣诞节，"凯蒂说，"我们把它移到外面的防火梯上，让它晒晒太阳，经常给它浇水，每个月还可以给它施一次马粪。"

"不要啊，妈妈，"弗兰茜抗议道，"你别让我们去拾马粪。"

小时候，拾马粪是弗兰茜和尼利最害怕做的家务之一。曾经，外婆在窗台上种了一排鲜红色的天竺葵，它们长得很壮，颜色也很艳丽。每个月弗兰茜或尼利都要拿着两个雪茄盒上街去捡光溜溜的马粪。当他们把马粪交给外婆时，外婆会给他们两分钱的辛苦费。弗兰茜一直以捡马粪为耻，有一次，她向外婆提出抗议。

外婆却回答说："唉，现在的年轻人不如我们那时候，我在老家奥地利时，我的兄弟们捡的马粪多到得用大车装，他们都是强壮又可敬的人。"

"做这些事情的人，"弗兰茜心想，"可真得强壮。"

凯蒂提议："现在我们拥有了一棵树，就得照顾它，让它茁壮成长。如果你觉得不好意思，可以等天黑了再去。"

"现在马车太少了，大部分是汽车。马车很难弄到。"尼利还在坚持。

"那就去鹅卵石铺成的街上去找，那些地方汽车到不了。要是那里也没有，你们就等一匹马车经过的时候，跟在它身后，直到捡到马粪为止。"

"天哪，"尼利抱怨道，"我真后悔买了这棵树。"

"这有什么难的？"弗兰茜说，"现在我们跟以前不同了，我们现在有钱了，我们可以给街区的小孩五分钱，让他们去帮我们捡不就行了吗？"

"对啊。"尼利这才如释重负。

"我想，"凯蒂说，"你会乐意亲手照顾自己的树的。"

弗兰茜反驳道："富人和穷人的区别在于，穷人做什么事都得靠自己的双手，而富人不一样，他们雇人做事。我们已经不再是穷人了，我们可以花钱让别人帮我们做一些事情。"

"那我还是继续当我的穷人吧。"凯蒂说，"我就喜欢用自己的双手。"

弗兰茜和妈妈为了不可能发生的事情争论起来，尼利像往常一样，每到这个时候，就会觉得无聊。为了转移话题，尼利说："我敢打赌，洛瑞一定和那棵树一样高。"他们把洛瑞抱起来，放在树旁边量了量。

"和这棵树一模一样的高度。"弗兰茜模仿塞格勒先生的语气说道。

"不知道他俩谁长得快点？"尼利说。

"尼利，我们从没养过小狗和小猫，我们就把这棵树当作宠物吧。"

"得了吧，树哪能当宠物呀。"

"为什么不能？它也有生命和呼吸，不是吗？我们给树取个名字吧，就叫它'安妮'，妹妹叫'洛瑞'，他们合起来就是爸爸曾经唱过的那首歌。"

"你知道你现在什么样吗？"

"不知道，我什么样？"

"你现在就像个三岁小孩，就是这样。"

"我知道，这不是很好吗？今天，我不是外人眼中的诺兰小姐，不是文摘局那位十七岁的首席读报工。一切好像又回到了从前，回到了我把卖废品的钱都交给你保管的时候，我感觉自己还是一个小孩子。"

"你就是一个刚满十五岁的孩子。"凯蒂说。

"是吗？等你看到尼利给我买的圣诞礼物，你就不会这么想了。"

"是你让我给你买的。"尼利纠正道。

"就你聪明，有本事你让妈妈看看你让我给你买的礼物，快拿出来给妈妈看看啊。"弗兰茜催促道。

尼利刚把礼物拿出来时，和之前弗兰茜一样，凯蒂也提高了调门："鞋套？"

"是给脚踝保暖用的。"尼利向妈妈解释道。

弗兰茜向妈妈展示了她的舞裙，妈妈惊讶地说了声："哦，天哪！"

弗兰茜满怀希望地问道："你觉得这是不是街上那些女人穿的衣服？"

"要是她们这么穿，我敢肯定她们都会冻得患上肺炎。好了，让我们来看看今天晚饭吃什么。"

"你不反对吗？"弗兰茜很失望，因为妈妈并没有表现出很震惊的样子。

"这有什么好反对的，所有女人都会经历一段想穿'黑色蕾丝裙'的时期，只不过你比大多数人早一些而已，你的新鲜劲儿很快就会过去的。我觉得我们可以把汤热一下，然后喝喝汤，再吃点儿肉和土豆……"

"妈妈总是自以为她什么都懂。"弗兰茜感觉有了挫败感。

到了圣诞节早上，凯蒂带着孩子们一起做弥撒。凯蒂为约翰尼的灵魂祈祷，希望他能安息。

凯蒂今天戴上了新帽子，她看起来非常漂亮。小洛瑞也穿上了她的新衣服，模样很可人。尼利穿上了他的新鞋套，很有男子气概地一路上抱着小洛瑞。在他们经过斯塔格街时，几个在糖果店前晃悠的男孩冲尼利直喝倒彩，尼利的脸涨得通红。弗兰茜知道，他们是在笑尼利的鞋套。为了不让尼利伤心，弗兰茜假装他们是因为尼利抱着孩子才取笑他的，并提出由她来抱孩子。尼利拒绝了，他心里很清楚，那些男孩是在取笑他的鞋套。威廉斯堡的这群土鳖真是见识短浅，尼利颇为愤懑，决定回家后就把鞋套收进盒子里，等他们搬到一个更上档次的社区后再拿出来。

弗兰茜穿上这身舞女裙，可冻得直打哆嗦。每当刺骨的寒风吹开她的外套，灌进她单薄的衣衫时，她冷得感觉就像没穿衣服一样。"我希望——啊，我真希望我现在穿着我的法兰绒长裤。"弗兰茜默默在心里哀叹，"妈妈说得对，穿这衣服肯定会得肺炎，但我不能告诉妈妈，那样会让她更骄傲。我回去还是把这身蕾丝舞裙收起来，等夏天到了再穿。"

到了教堂，尼利把洛瑞放在长凳上，让她舒服地躺着，他们一家四口人占了一整条前排的座位。几个迟到的人以为有空位，就在座位入口处行了个礼，准备进去时却看到一个小孩占了两个位置。他们凶狠地瞪了凯蒂一眼，凯蒂则稳稳地坐在座位上，毫不示弱地瞪了回去。

在弗兰茜心中，这里算得上布鲁克林最漂亮的教堂了。这个教堂由古老的灰色石块砌成，教堂顶端的双尖塔直冲云霄，比附近最高的公寓还高。教堂内部有高高的拱形天花板、狭长的深色玻璃窗和精心雕刻而成的祭坛。这里麻雀虽小，但是五脏俱全。看到祭坛，弗兰茜立刻无比骄傲，因为这是她的外公五十多年前雕刻的。当时外公还是个刚从奥地利来的年轻人，平日里一毛不拔，这也算是他为教会做的一点贡献。

抠门的外公把当时刨出来的碎木头收集起来带回了家。他把碎木片拼接黏合在一起，用这些沐浴过圣恩的木头雕刻出三个小十字架。外婆在女儿们的婚礼上给了女儿们每人一个十字架，并嘱咐她们将来把十字架传给长女。

凯蒂的十字架被高高地挂在家里壁炉上方的墙上，等弗兰茜结婚时，十字架就会传到她手上。一想到自己的十字架来自那个精美的祭坛，弗兰茜就感到十分自豪。

今天，祭坛上摆满了鲜艳的圣诞红和翠绿的枞树枝，细长的白色镶金蜡烛被点燃，烛光在树叶间摇曳。复制的茅草马棚被放在祭坛的栏杆里，圣母玛利亚、圣父约瑟夫、国王和牧羊人的手工雕刻小像围着马槽里的圣婴耶稣。弗兰茜知道，一百年前他们还未移民时，耶稣的诞生在他们的祖国也是这样一番场景。

神父走进来，祭坛侍童紧随其后。神父的法衣外面套了一件白色缎面大氅，前后都有一个金色十字架。弗兰茜清楚，这件大氅象征着一件无缝的衣服，据说是玛利亚为耶稣织的，耶稣被钉死在十字架时穿的就是它。那些人把耶稣钉死在十字架之前，从他身上取下了这件衣服。在耶稣遇害的骷髅地，那些士兵不想破坏这件衣服，便扔骰子决定衣服归谁。

弗兰茜沉浸在自己的思绪中，一不小心错过了弥撒的开始部分。她重新回到现实。

"当然，我没有奢望自己生来就是天主教徒，就像我没有奢望自己生来就是美国人一样，但事实摆在眼前，我既是天主教徒又是美国人，真令人高兴。"

神父沿着弧形台阶登上讲坛，"请为约翰尼·诺兰的灵魂安息祈祷，"神父用洪亮的声音重复道，"请为约翰尼·诺兰的灵魂安息祈祷。"

"诺兰……诺兰……"叹息声在教堂的穹顶回荡。

近千人跪在地上，为这个只有十几个人认识的灵魂做了简短的祈祷。

弗兰茜也为炼狱中爸爸的灵魂祈祷："仁慈的耶稣啊，您有慈爱之心，曾为他人的悲痛而忧伤，请您怜悯我们这些在炼狱中的亲人。上帝，您爱自己的儿子，求您听听我的祷告……"

第四十六章

"再过十分钟，"弗兰茜宣布，"就到 1917 年了。"

弗兰茜穿着长袜，和尼利并排坐在厨房的炉子前，两人都把腿搭在炉膛里。凯蒂在卧室休息，睡前反复叮嘱他们，一定要在新年前五分钟把她叫醒。

弗兰茜继续说："我有一种预感，1917 年将比以往任何一年都重要。"

"你每年都这么说，"尼利回应道，"第一次，你说 1915 年将是最重要的一年，之后变成了 1916 年，现在又成了 1917 年。"

"会很重要的。首先，到了 1917 年，我就真正满十六岁了，而不是在办公室里冒充十六岁。还有就是，我们周围正在发生一些重要的变化，房东正在安装电线。再过几个星期，我们就能用上电，以后再也不用煤气了。"

"挺好。"

"然后房东还会把这些炉子拆了，换成暖气。"

"天啊，我会想念这个炉子的。你还记得两年前，我坐在炉子上那会儿吗？"

"我当时特别怕你会着火呢。"

"我现在就想坐在炉子上。"

"坐吧。"

尼利坐在炉盘边缘，炉子暖烘烘的，但不烫。

"还记得吗？"弗兰茜继续回忆道，"以前我们在炉盘上演算题目，有一次爸爸给我们买回来一块真正的黑板擦，然后这块炉盘就变成了黑板，只不过它是躺着的黑板。"

"是啊，那是好久以前的事了。唉，你不能因为我们能用上电和暖气，就说 1917 年会很重要吧。别的房子早就有了，这没什么稀奇的。"

"最重要的一件事是，我们国家会参战。"

"什么时候？"

"快了，也许下个星期……或者下个月。"

"你怎么知道？"

"我每天都要看报纸啊，傻弟弟，每天要看两百多份。"

"哇，天哪！我希望到时候能赶上参军。"

"谁要参军？"他们惊愕地环顾四周，发现原来是妈妈，她此时正站在卧室门口。

"我们随便瞎聊的，妈妈。"弗兰茜解释道。

"你们忘记了叫我，"凯蒂责怪道，"我迷迷糊糊听到了外面的钟声，现在一定是新的一年了吧。"

弗兰茜推开窗户，外面天寒地冻，万籁俱寂，一点儿风也没有。院子对面房子的背面黑沉沉的，仿佛在沉思。他们一起站到窗前，听到了从教堂传来的欢快的钟声。一声接一声的钟声紧随而至，盖住了前面的余音。街上传来口哨声，还有汽笛的鸣叫声，原本漆黑的窗户一扇扇打开，牛角罐子摇动的声音也加入这场大合奏中。还有人朝天上开了空枪。一时间，欢呼声、叫喊声此起彼伏。

1917 年到了！

一阵喧闹声后，空气中充满了等待。这时，有人开始唱歌：

> 旧日朋友怎能忘记，
> 怎能不放心上？

弗兰茜他们也跟着唱起来，邻居们也一个接一个地加入进来，最后大家都在合唱。就在他们唱得高兴时，一些不合群的声音出现了。一群德国人唱起了一首德国儿歌，歌声和刚才的《友谊天长地久》混杂在一起。

> 啊，这是一座小花屋，
> 小花屋，
> 小花屋，
> 啊，你真美丽，
> 啊，你真美丽，
> 啊，你这美丽的小花屋。

有人向那群德国人喊道："闭嘴，你们这些恶心的家伙！"作为回应，那群德国人的声音反而更加高昂了，甚至盖过了《友谊天长地久》。

作为报复，爱尔兰人改了这首歌的歌词，并在漆黑的后院唱出来：

> 啊，这是一首该死的歌，
> 该死的歌，
> 该死的歌，
> 啊，你真恶心。

啊，你真恶心。

啊，你这该死的德国歌。

犹太人和意大利人撤出"战斗"，纷纷关上了自家的窗户，只留下德国人和爱尔兰人在进行激烈的比拼。德国人唱得更起劲了，越来越多的德国人加入进来，直到他们完全盖住了爱尔兰人的歌声，就像他们盖过之前的《友谊天长地久》。最后，德国人赢了，他们发出胜利的欢呼声，这场无休止的唱歌争霸终于结束了。

弗兰茜打了个冷战。"我不喜欢德国人，"她说，"他们太……太执着了，他们想要什么，就一定会想方设法弄到手。"

黑夜再一次安静下来，弗兰茜牵起妈妈和尼利的手，"跟我一起来。"她提议道。他们三人从窗户探出头喊道："大家新年快乐！"

一瞬间的寂静过后，黑暗中传出一声浓重的爱尔兰口音："诺兰全家，你们也新年快乐！"

"那人会是谁呢？"凯蒂疑惑道。

"新年快乐，你这个下三烂的爱尔兰佬！"尼利向黑暗中回应道。凯蒂赶紧捂住他的嘴，把他拉开，弗兰茜则把窗户关上。三个人都歇斯底里地大笑起来。

"真有你的！"弗兰茜喘着气说，笑得眼泪都出来了。

"他知道我们是谁，他会打……打……上门来的。"凯蒂咯咯地笑着，笑得浑身无力，不得不扶着桌子，"那人是……是谁？"

"是奥布莱恩老头，上个星期我去了他的院子，他把我骂了出来，那个下三烂的爱尔兰佬……"

"嘘！"凯蒂制止道，"新的一年开始了，不管你做什么，一整年都会这样。"

"你也不想到处说'下三烂的爱尔兰佬'吧？"弗兰茜问，"再说，你自己也是爱尔兰人。"

"你不也是。"尼利毫不示弱。

"我们都是爱尔兰人，除了妈妈。"

"我嫁给了爱尔兰人。"凯蒂说。

"那么，我们三个爱尔兰人要不要在跨年夜喝一杯呢？要喝吗？"弗兰茜问。

"喝吧，"妈妈允许了，"我来调酒。"

凯蒂拿出了一瓶上好的陈年白兰地，这是圣诞节时麦克加里蒂送给他们的。凯蒂在三个高脚杯里各倒了一小杯，往每个杯子里倒入打散的鸡蛋和牛奶，再加一点儿糖，又在上面撒了一些磨碎的肉豆蔻。

凯蒂认为喝酒是一件大事，但她并不紧张，调酒时的手仍然很沉稳。她一直担心两个孩子会像他们爸爸一样嗜酒如命，所以，她必须采取一些措施。她觉得，由于孩子们的叛逆天性，一味反对喝酒说不定会让他们觉得，越是禁止的东西，就越令人着迷。相反，如果她对此轻描淡写，孩子们可能会认为醉酒是一件很稀松平常的事。最后，凯蒂决定，喝酒这事既不能因噎废食，也不能放任不管，酒只能作为偶尔的放松，重要节日可以适当地喝点儿，比如新年。凯蒂给两个孩子每人递了一杯酒，仔细观察他们的反应。

"我们为了什么而干杯呢？"弗兰茜问道。

"为了一个希望，"凯蒂说，"希望我们家永远像今晚这样团聚在一起。"

"等等！"弗兰茜想起来，"把洛瑞抱来，让她和我们一起。"

凯蒂把熟睡中的洛瑞从摇篮里抱出来，抱进温暖的厨房。洛瑞睁开了眼睛，抬起头，露出两颗牙齿，懵懂地笑着，然后把头靠在妈妈的肩膀上，又睡着了。

"现在！"弗兰茜举起酒杯说，"为我们永远在一起干一杯。"他们一起碰了碰杯子。

尼利尝了一口"大杂烩"酒，皱了皱眉头，说还不如只加纯牛奶呢。接着，他把酒倒进了水槽，又往新杯子里倒了冷牛奶和酒。弗兰茜也跟着照做，凯蒂对此有些担忧。

"好喝，"弗兰茜说，"很好喝，但没有香草冰激凌汽水一半好喝。"

"我在瞎操心什么呢？"凯蒂在心里庆幸道，"毕竟，他们除了是诺兰家的孩子，也是我们罗姆利家的孩子，而我们家是没人喝酒的。"

"尼利，我们到屋顶上去吧，"弗兰茜心血来潮地提议道，"看一看新年伊始整个世界的样子。"

"好。"尼利同意道。

"先把鞋穿上，"凯蒂关心地命令道，"再把外套裹上。"

弗兰茜和尼利沿着摇摇晃晃的木梯往上爬，尼利把挡板推到一边，他们便登上了屋顶。

夜色朦胧，今晚没有风，空气冰冷而寂静。星光灿烂，低垂在半空中。天上的星星数不胜数，它们发出的光芒让天空呈现出深邃的钴蓝色。今晚没有月亮，但这满天繁星比月亮还要明亮。

弗兰茜踮起脚尖，张开双臂，"啊，我想拥抱这一切！"她高声喊道，"我想拥抱夜晚——这个没有风的寒冷夜晚。星星离我们那么近，那么亮，我想紧紧地抱住它们，直到它们喊出：'放开我！放开我！'"

"别离边缘那么近，"尼利担心地说，"真怕你从屋顶上掉下去。"

"我好想有一个人，"弗兰茜惆怅地想着，"我好想有一个人，能紧紧地抱着我。我需要的不仅仅是拥抱，我需要的是有人理解我现在的感受，理解是拥抱的前提。"

"我爱妈妈、尼利和洛瑞，但我需要有另外的人去爱，用不同于我爱他们的方式去爱。"

"如果我告诉妈妈我的想法，她会说：'是吗？当你有这种感觉时，就不能再和男孩子在黑乎乎的走廊里纠缠了。'妈妈也会担心，担心我像茜茜姨妈一样，见一个爱一个，但这跟茜茜姨妈不是一回事，因为我想要的更多，我想要的理解多于拥抱。如果我告诉茜茜姨妈和艾薇姨妈，她们会跟妈妈一样来教育我。虽然茜茜姨妈结婚时才十四岁，艾薇姨妈十六岁，妈妈结婚时也只是个少女，但她们都忘了这个事实。轮到我时，她们会说我太小，不该有这种想法。也许我还小，才十五岁，但在某些事情上，我的心理年龄比实际年龄要成熟得多，可是没有人让我牵挂，没有人理解我，也许有一天……有一天……"

"尼利，如果你必须死，现在就死不是很好吗——在你相信一切都很完美的时候去死，就像这个夜晚一样完美。"

"你知道你为什么有这种想法吗？"尼利问道。

"不知道，怎么了？"

"你喝那杯酒喝傻了，没错。"

弗兰茜握紧双手，向尼利逼近，"你别这么说！不准你这么说！"

尼利向后退了几步，被弗兰茜突如其来的凶狠吓坏了。

"呃……呃……没什么大不了的，"他结结巴巴地坦白道，"我自己也喝醉过一次。"

好奇心转移了弗兰茜的怒气，"真的吗，尼利？你没骗我？"

"真的，有一次，我的一个哥们儿拿了几瓶啤酒，我们躲在地下室里喝的，我喝了两瓶，喝醉了。"

"喝醉是什么感觉？"

"首先，你会觉得天旋地转。接着，一切就像——你知道那种一分钱买来的万花筒吧，你从这边看进去，用手转动另一边，里面彩色的花瓣就会不停地变换，每次转动后的组合都不一样。不过，我当时主要是头晕，之后我就吐了。"

"照你这么说，那我也喝醉过。"弗兰茜承认道。

"也是喝啤酒？"

"不是，去年春天，在麦卡伦公园，我有生以来第一次看到郁金香的时候。"

"你都没见过郁金香，你怎么知道那是郁金香？"

"我看过照片啊。当我见到了郁金香——看着它的叶子，看着它浓烈的红色花瓣和黄色的花蕊——那一刻，我感觉好像世界都颠倒了，所有的东西都像万花筒里的颜色一样，就像你刚刚说的那样。我当时头晕得厉害，不得不坐在公园的长椅上休息。"

"你那会儿也吐了吗？"

"没有，"弗兰茜答道，"今晚我在这个屋顶上也有同样的感觉，我知道这不是喝了那杯奶酒的缘故。"

"哦！"

弗兰茜想起了什么。"妈妈刚才让我们喝酒是在试探我们，我知道。"

"可怜的妈妈，"尼利说，"不过她不用担心我，我再也不会喝醉了，因为我不喜欢那种呕吐的感觉。"

"她也不用担心我。我不需要醉酒，我可以沉醉于郁金香之类的东西，还有今天这样的夜晚。"

"我想，这的确是一个美妙的夜晚，"尼利表示同意，"它是如此的安静和明亮……近乎……神圣。"

弗兰茜的内心竟期待着，要是爸爸还在身边……

尼利唱道：

寂静的夜晚，

神圣的夜晚，

一切平静，

一切光明。

"尼利就像爸爸一样。"弗兰茜很欣慰。

弗兰茜眺望整个布鲁克林，星光下这座城市明暗交错。弗兰茜朝远处望去，那些平坦的屋顶鳞次栉比，偶尔会有一栋年代久远的屋子是斜顶。还有那些屋顶上的烟囱……在一些屋顶上，鸽子笼的影子若隐若现……有时，隐约能听到鸽子沉睡时发出的咕咕声……远处教堂顶上的双塔尖，仿佛在黑暗中沉思……在街道的尽头，那座巨大的桥梁像一声叹息，横跨东河，消失在……对岸，桥下是漆黑的东河。远处是在薄雾笼罩的灰色天际线下的纽约，看起来就像一座由纸板剪成的城市。

"没有哪个地方会像这里。"弗兰茜说。

"这里是哪里？"

"布鲁克林啊，这是一个神奇的地方，神奇得那么不真实。"

"它跟其他地方比没什么两样啊。"

"不是的！我每天都去纽约市内，但那里就跟这里不一样。有一次我去贝永看望生病在家的同事，贝永也跟这里不一样。布鲁克林很神秘，像一场梦，这些房子和街道看起来很不真实，这里的人也是。"

"他们很真实——他们打架、互相抱怨的样子，还有他们贫穷、肮脏的样子都很真实。"

"但这就像在梦里一样，他们贫穷，他们打架，他们自己感受不到，就好像这一切都发生在梦里一样。"

"布鲁克林和其他地方没什么不同，"尼利坚定地重复道，"只是你的想象让它不同而已。不过没关系，"他宽宏大量地补充道，"只要你开心就好。"

尼利，很像妈妈，又很像爸爸，他结合了两个人的特点！弗兰茜很爱弟弟，很想抱住他，亲亲他。但是尼利跟妈妈一样，不喜欢感情外露。要是弗兰茜亲他，他肯定会生气，然后把弗兰茜推开。考虑到这些，弗兰茜只是向他伸出了手。

"新年快乐，尼利。"

"你也一样。"

他们在新年夜郑重地握了握手。

第四十七章

在圣诞假期这一段时间里，诺兰家就像回到了过去那段时光。但新年过后，一切又回到了约翰尼去世后的状态。

首先，没有了钢琴课，弗兰茜已经几个月没弹钢琴了。尼利晚上会在附近的冰激凌店弹钢琴。他是拉格泰姆曲子的专家，爵士乐更是他的拿手好戏。尼利能让钢琴说话，人们都这么说，他的演奏很受欢迎。他可以通过弹曲子换来免费的汽水。到了周六晚上，有时冰激凌店主会给尼利一块钱，请他弹一晚上。弗兰茜不太赞成这种做法，并告诉了妈妈。

"我不会让尼利再这么继续下去的，妈妈。"弗兰茜说。

"但这么做有什么坏处呢？"

"你不会想让他养成弹琴免费换东西的习惯吧，就像……"弗兰茜犹豫了。

凯蒂替她说出了后半句："像你们的爸爸一样？不会的，尼利永远不会的。你爸爸从来不在外面唱他喜欢的歌，比如《安妮·洛瑞》或《夏日最后的玫瑰》，他唱的都是人们喜欢听的《甜蜜的阿狄丽娜》和《老磨坊旁的溪流》。尼利则不一样，他弹的都是自己喜欢的曲子，根本不介意别人是否喜欢。"

"那么，妈妈你的意思是，爸爸只是一个卖艺人，而尼利是一个艺术家。"

"嗯……算是。"凯蒂的承认无疑是在反驳弗兰茜。

"我认为你对尼利的母爱有点过头了。"看到妈妈皱起眉头，弗兰茜结束了这个话题。

自从尼利开始读中学，他们就不再读《圣经》和莎士比亚的作品了。尼利向妈妈报告说，他们正在学校里学习莎士比亚的《裘力斯·凯撒》，而且每次开会校长都会念《圣经》，这对他来说已经够了。弗兰茜也请求晚上不要再看书了，因为她白天看了一整天的书，眼睛已经够累了。凯蒂没有强求，觉得他们已经长大了，可以读也可以不读——那就如他们所愿吧。

每到晚上，弗兰茜总会感到很孤单，家里人平时只有吃晚饭时才能聚到一起，洛瑞也会在餐桌旁，坐在适合小孩的高脚椅子上。吃过晚饭，尼利会出去，不是和他的朋友们在一起，就是去某个冰激凌店弹奏钢琴。凯蒂会看报纸，到了八点，便会带着洛瑞上床睡觉。（妈妈现在仍然五点起床，趁弗兰茜和尼利早上在家能看着洛瑞，自己去把大部分的清洁工作干完。）

弗兰茜很少去看电影，因为电影画面跳跃大，很伤眼睛。再加上大多数剧团已经解散了，没什么演出可看。还有就是，她在百老汇看过大明星巴里穆尔主演的《正义》一剧后，她就更加偏爱话剧演出了。去年秋天，她看了一部她喜欢的电影——俄国剧作家内吉姆娃的《战争新娘》，她原本打算再看一遍，不过报纸上说，战争马上就要来临，这部电影因此被禁了。弗兰茜还有一段美好的记忆，那是曾经到布鲁克林一个陌生的地方，去看杰出的法国女演员萨拉·伯恩哈特的独幕剧。伯恩哈特已经七十多岁了，但她在舞台上看起来只有三十多岁。弗兰茜听不懂法语，但她知道这出戏是围绕这位女演员被锯掉的腿而展开的。伯恩哈特扮演一个在战争中失去一条腿的法国士兵。弗兰茜不时在表演中听到"Boche"（德国佬，对德国人的蔑称）这个词。弗兰茜永远忘不了伯恩哈特那一头红头发和那副金嗓子，演出结束后，她把节目单珍藏在自己的剪贴本里。

在几个月的漫漫长夜中，唯有那三个看演出的夜晚才如此充实。

1917年的春天来得很早，甜美温暖的夜晚让弗兰茜感到心神不宁。她出去散步，在街上走，在公园里走，无论走到哪里，都能看到小伙子和姑娘走在一起，他们不是手挽手，就是坐在公园长椅上搂着对方的胳膊，又或是依偎着站在一起，相互凝视，心有灵犀。除了弗兰茜，世界上每个人都有爱人或朋友。在整个布鲁克林，她似乎是唯一形单影只的人。

1917年3月，大街小巷都在谈论着即将到来的、不可避免的战争。公寓里住着一个寡妇，她膝下只有一个儿子，很担心自己的儿子被抓壮丁死在战场上。于是，寡妇给儿子买来一把小号，让他赶紧学会吹小号，将来好借机加入军乐队。据说军乐队只在阅兵和检阅时演奏，不用像其他士兵一样上前线拼命。整栋楼的人都被寡妇儿子那杀猪般的吹奏声折磨得痛不欲生。一个被折磨得快要发疯的人灵机一动，告诉那个寡妇一个"内部消息"——军乐队会率领士兵冲锋，而且总是死在最前面。寡妇一听，吓得赶紧把小号拿到当铺当了，还把当票销毁了。从此，这栋楼再也听不到令人痛苦的吹奏声了。

每天吃晚饭时，凯蒂都会问弗兰茜："打仗了吗？"

"还没有，但随时都有可能。我希望它能快点来。"

"你想要战争来临？"

"不，我不想，但如果非打不可，那就越快越好。战争开始得越早，结束得也就越早。"

　　不过，茜茜闹出了一场大动静，让大家暂时忘记了战争就快到来的事。

　　茜茜已经褪去了年轻时的放浪不羁，按理说，人到中年也该安定下来了，可她却疯狂地爱上了和她结婚五年多的约翰，在罗姆利大家庭里激起了不小的波浪。不仅如此，茜茜还在十天内先后经历了丧偶、离婚、结婚和怀孕一连串大事件。

　　一天下午快下班时，威廉斯堡最受欢迎的报纸《标准联盟报》像往常一样被送到弗兰茜的办公桌前。按照习惯，弗兰茜会把报纸带回家给妈妈，让她吃完晚饭后看看。第二天早上，弗兰茜再把报纸带回办公室阅读并做上标记。由于弗兰茜从不在工作以外的时间看报纸，所以这份报纸给妈妈之前，她并不知道上面写了什么。

　　吃完晚饭后，凯蒂坐在窗边翻看报纸，刚翻到第三页，她就发出了"天哪！"的惊呼。弗兰茜和尼利闻声跑过去，站在妈妈身后。凯蒂指着一个标题——《英雄消防员丧生》，下面是一个小字体的副标题——《原计划下个月退休并领取养老金》。

　　看完这则报道，弗兰茜发现这位英雄消防员竟然是茜茜姨妈的第一任丈夫，因为照片上就是二十年前的茜茜姨妈——当时才十六岁的茜茜姨妈，留着高耸的蓬松发髻，穿着宽大的裙裤。茜茜姨妈的照片下面有一个标题——《英雄消防员的遗孀》。

　　"天哪！"凯蒂重复道，"照这么说，那个消防员离婚后再也没结过婚，他这么多年来一直保留着茜茜的照片。他死后，一定是有人翻看了他的遗物，这才发现了茜茜！"

"我必须马上赶到茜茜那里，"凯蒂一边脱下围裙去拿她的帽子，一边解释道，"要是让你约翰姨父看到了可不得了，你茜茜姨妈之前告诉他自己离过婚了。现在他知道了真相，还不得杀了你们的茜茜姨妈，最起码也会把她赶出家门。"凯蒂补充道："茜茜和孩子，还有你们的外婆，都将会无家可归。"

"约翰姨父看起来人很好，"弗兰茜不以为然，"我觉得他应该不会那么做。"

"我们不知道他会做出什么来，我们对他一无所知。他在这个家里就像一个陌生人，一直以来都是。上帝保佑，但愿我能来得及。"

弗兰茜坚持要和妈妈一起去，尼利同意留在家里照顾妹妹，条件是她们回来必须向他详细描述事情的经过，不能遗漏每一个细节。

弗兰茜和妈妈赶到茜茜姨妈家时，看到茜茜姨妈满脸通红。外婆把孩子抱到前厅，坐在黑暗中祈祷，希望能平安无事。

约翰先讲了他听到的版本。

"我在店里正干着活儿呢，那些人跑到我家里，对茜茜说：'你丈夫刚刚没了，你知道吗？'茜茜以为他们说的是我。"约翰突然转向茜茜，"当时你哭了吗？"

"我哭得可伤心了，隔壁街区都能听到我的声音。"茜茜向丈夫保证，约翰似乎很满意这个回答。

"他们问茜茜怎么处理遗体，茜茜就问有没有保险，那人不但有，而且有五百元钱，这保险是十年前买的，一直以来用的还是茜茜的名字。接着，你们瞧茜茜有多忙！她让他们把遗体弄到了斯派克特殡仪馆，你们知道吗？她竟然花了五百块钱搞一个葬礼。"

"我不处理好他的后事不行啊，"茜茜向约翰道歉，"毕竟我现在是他唯一在世的亲属了。"

"这还没完，"约翰继续说道，"现在他们还要给茜茜一笔养老金，我不会容忍的！"他突然吼道，"当初我娶她的时候，"他平复了一下心情继续说道，"她跟我说她已经离过婚了，现在事实摆在眼前，她根本就没有离婚。"

"天主教不允许离婚。"茜茜为自己辩解道。

"你又没在教堂结婚。"

"我知道，所以我从来没觉得我结过婚，也就不存在离婚这一说。"

约翰举起双手，叹道："我投降！"当初茜茜坚持说那个孩子是她生的时候，约翰发出的也是这种绝望无助的呼喊。"我真心实意娶她，你们知道吗？而她又是怎么对我的？"约翰控诉道，"她倒好，让我俩成奸夫淫妇了。"

"别这么说！"茜茜厉声制止道，"我跟你不是奸夫淫妇，只是重婚而已。"

"现在必须结束这一切。为第一个丈夫你守寡了，那你就得去跟第二个离婚，然后再来跟我结婚，明白吗？"

"好，约翰。"茜茜温顺地应道。

"我的名字不叫约翰！"茜茜丈夫吼道，"是史蒂夫！史蒂夫！史蒂夫！"每重复一次自己的名字，他就使劲地砸一次桌子。每砸一次，桌上蓝色玻璃糖碗里的勺子就跟着跳起来一次。忽然，他伸手指着弗兰茜的脸。

"还有你！从现在开始，我是史蒂夫姨父，听懂了吗？"

弗兰茜呆呆地盯着眼前像变了个人一样的姨父。

"嗯？你怎么不说话？"见弗兰茜没有反应，约翰咆哮道。

"你……你……你好，史蒂夫姨父。"

"这还差不多。"约翰的情绪得到了安抚，随即从门后的钉子上取下帽子，戴在头上。

"你要去哪里，约……不是，史蒂夫？"凯蒂担心地问道。

"在我还小的时候，每次家里来客人，我老爸都会去买冰激凌招待他们。现在这是在我家，你们是客人，我当然得出去买一夸脱草莓冰激凌，懂了吗？"说完，约翰便出去了。

"他是不是很好？"茜茜叹息道，"女人就是容易爱上这样的男人。"

"这样看来，罗姆利家终于出了一个男人。"凯蒂苦涩地评论道。

弗兰茜走进黑暗的前厅，街边的灯光照进房间来，外婆正坐在窗前，怀里抱着熟睡的小茜茜。外婆挂着琥珀色念珠的手在不停地颤抖。

"您现在可以停止祈祷了，外婆。"弗兰茜告诉她，"一切平安，姨父出去买冰激凌了，您看到了吗？"

"荣耀归于圣父、圣子和圣灵。"外婆颂赞道。

之后，史蒂夫以茜茜的名义，给她的第二任丈夫写了一封信，根据茜茜记忆中的地址寄过去。为确保万无一失，史蒂夫还在信封上写了"请转交"的字样。在信中，茜茜请求对方同意离婚，这样她就可以再婚。一个星期后，一封厚厚的信从威斯康星州寄回来。茜茜的第二任丈夫在信上说，他现在过得很好，七年前已经在威斯康星州登报离婚，没多久就再婚了，现在定居在威斯康星州，有一份好工作，是三个孩子的爸爸。他还在信上写到，他现在的生活非常如意，并以挑衅的语气说自己打算保持这种状态。最后，他还附上了一份几年前的新闻剪报，证明他登报离婚的事实，以及一份离婚证复印件（理由是茜茜对自己的遗弃行为）和三个活泼孩子的照片。

茜茜没想到这么顺利就离婚了，她心里很高兴，准备给前夫寄一个镀银的泡菜盘子作为迟到的结婚礼物。她觉得有必要写一封贺信，但是，史蒂夫拒绝帮她代笔。于是，茜茜只好请弗兰茜帮忙。

"你就写，说我希望他能幸福。"茜茜念道。

"可是姨妈，他都已经结婚七年了，事情已成定局——不管幸不幸福，就是这样了。"

"第一次听说某人结婚了，礼貌的做法就是祝他幸福。你就按我说的写吧。"

"好吧。"弗兰茜写了下来，接着问，"还有什么？"

"再写一些关于他孩子的话……他们很可爱……像……"这话卡在茜茜的喉咙里。茜茜突然想明白了，原来前夫寄照片过来是想告诉自己，那些早产而死的孩子不是他的错。茜茜的心受到了伤害，"你就写我现在有个女儿了，漂亮又健康，要在'健康'下面画一条线。"

"但是，史蒂夫姨父的信中只说了你打算结婚，你却这么快就有了孩子，可能会让人觉得你的说法很可笑。"

"照我说的写，"茜茜命令道，"再写，下星期我要生第二个孩子了。"

"茜茜姨妈，你不会，是真的吧？！"

"当然不是。但我不管，我就要这么写。"弗兰茜如实写了下来，"还要写别的吗？"

"说谢谢你的离婚文件，然后说我在他登报前一年就拿到离婚证明了，只是我事情多，忙得忘记告诉他了。"茜茜牵强地总结道。

"你这可不是实话啊。"

"我确实比他先离婚，只不过我是在心里离的。"

"好吧，好吧。"弗兰茜向姨妈投降了。

"写我现在非常开心，并且会一直这样，就像他现在一样。你在这些话下面也画一条线。"

"天哪，姨妈，你一定要事事都占上风吗？"

"对，就跟你妈妈一样。还有你艾薇姨妈和你，不也是这样吗？"

听到这里，弗兰茜不再反对了。

史蒂夫拿到离婚文件，重新迎娶了茜茜。这一次，是卫理公会的神父为他们主持的婚礼仪式。这是茜茜第一次在教堂结婚，她相信这次才算是真正的结婚，只有死亡才能将她和史蒂夫分开。史蒂夫终于如愿以偿。他很爱茜茜，一直害怕失去茜茜。茜茜在离开她的前两任丈夫时，都是那么漫不经心，没有一丝遗憾。史蒂夫害怕有一天茜茜也会离开自己，带走自己深爱的孩子。史蒂夫知道茜茜笃信教会，天主教也好，新教也罢，只有在教堂举办过婚礼，才会对茜茜有约束力。在婚礼仪式结束后，史蒂夫第一次从他和茜茜的这段关系中感到幸福、安稳和有主见，而茜茜更是疯狂地爱上了他。

之后的一天晚上，凯蒂上床睡觉后，茜茜过来了。茜茜告诉凯蒂不用起来，说就在卧室和凯蒂聊聊天。弗兰茜坐在厨房的餐桌旁，正在她的旧笔记本上粘贴诗歌。她在办公室里放了一把剪刀，用于把自己喜欢的诗歌和故事裁下来，把它们粘在剪贴本里。弗兰茜有不同的剪贴本，一本叫《诺兰古典诗集》，另一本叫《诺兰当代诗集》，还有一本叫《安妮·洛瑞之书》。她在《安妮·洛瑞之书》里收集的是童谣和动物故事，准备等洛瑞长大些读给她听。

黑暗的卧室里传来凯蒂和茜茜聊天的声音，听起来节奏很舒缓。弗兰茜一边粘贴，一边听着里面传来的声音。

"……史蒂夫，他这个人真好，做事很得体。"茜茜说道，"当我意识到这一点时，我都为从前有过那么多情人而痛恨自己——当然，我是指除丈夫以外的那些人。"

"你没跟别人说过这话吧？"凯蒂担心地问道。

"我看起来有那么傻吗？我衷心希望他是我的第一个，也是唯一一个。"

"女人这么讲，"凯蒂说，"通常意味着她要开始改变了。"

"你是怎么知道的？"

"要是一个女人从来没有谈过恋爱，那她就会拼命地折腾，想着自己本该拥有的乐趣再也没有了，想着机会可能要稍纵即逝，于是就会折腾到发生改变为止。要是这个女人有很多情人，她会一边觉得自己不对，觉得很后悔，一边继续这么做下去，因为她知道，女人的青春本就没几年。要是这个女人一开始就觉得和男人在一起没什么好的，如果事情发生了一些改变，她反而能欣然接受。"

"我不打算有什么改变。"茜茜愤愤地说，"首先，我还年轻；其次，我不想变得人老珠黄。"

"可这一天早晚会降临到我们所有人身上。"凯蒂叹息道。

茜茜声音里带着恐惧："到那一天，再也不能生孩子了……不男不女的……变胖……下巴上长出胡子。真到了那一天，我先自杀！"她激动地喊道，"不过，"茜茜得意地补充道，"我离改变还远着呢，因为我又怀上了。"

黑暗的卧室传来一阵响动，弗兰茜不用看都能想到，妈妈双肘撑着床，从床上坐起来的样子。

"不行，茜茜！不要！你不能再经历一次了，这种事情发生了十次——前面十个孩子都夭折了，这一次恐怕会更难，你都快 37 岁了。"

"这个年纪生孩子还不算太老。"

"不，我是说，要想再一次从打击中恢复过来，这个年纪对你来说太难了。"

"你不用担心，凯蒂。这个孩子肯定会活下来的。"

"你每次都这么说。"

"这一次我很确定，因为我觉得上帝站在我这边。"茜茜平静而自信地说道。过了一会儿，她又说："我向史蒂夫坦白了小茜茜是怎么来的。"

"那他说了什么？"

"他一直都坚信孩子不是我生的，但我坚持就是我生的，结果把他搞糊涂了。后来他说，只要孩子不是我和另外一个男人生的就没关系。这个孩子自打出生起就跟了我们，他真的觉得这就是他自己的孩子。说来也巧，这个孩子长得像他，跟他一样是黑眼睛、圆下巴，耳朵也是小小的，朝内长。"

"孩子的黑眼睛是从露西亚那里遗传的，而世界上有一百万人是圆下巴和小耳朵，要是史蒂夫觉得孩子长得像他会让他开心，那也可以吧。"沉默许久后，凯蒂再一次开口，"茜茜，你有没有问过那户意大利人家，孩子的爸爸到底是谁？"

"没有，"茜茜想了很久才回答，"但我想起了是谁告诉我那个女孩遇到了麻烦，还有她的住址。"

"谁？"

"史蒂夫。"

"哦，天哪！"

两个人相对无言，沉默了很长时间，然后凯蒂打破了僵局："当然，这一定是偶然。"

"必须是，"茜茜表示同意，"那是史蒂夫店里的一个伙计告诉他的，他说那个伙计就住在露西亚那个街区。"

"当然，这一定是偶然。"凯蒂重复了一遍，"你知道，布鲁克林经常发生这种玄乎的事，就像有时候我走在街上，想到一个我可能五年没见过的人，然后我拐过一个弯，那个人就朝我走过来了。"

"我知道，"茜茜回答，"有时候，我正在做一些我这辈子从未做过的事情，突然感觉自己以前好像做过同样的事情——也许是在我的上辈子里……"茜茜的声音越来越小。

过了一会儿，茜茜又说："史蒂夫以前总说，他永远也不会帮别人养孩子。"

"所有男人都这么说，命运就是这么爱捉弄人。"凯蒂继续说道，"几件巧合的事情凑在一起，说什么的都有。你认识那个女孩只是误打误撞，史蒂夫店里的那家伙一定告诉了十几个人，史蒂夫只是不小心听到并跟你提起。你和那家人在一起也只是凑巧，恰巧那个婴儿的下巴是圆的而不是方的。如此种种，都不能叫巧合了，而是……"凯蒂停下来，想找一个词形容。

厨房里的弗兰茜听得津津有味，忘了自己是在"偷听"，当她听到妈妈停顿下来措辞时，她不假思索地说了出来。

"你想说这是缘分吗，妈妈？"弗兰茜朝卧室大声喊道。

卧室里传来令人震惊的寂静后，聊天才再次开始。只不过，这次声音更小了。

第四十八章

　　弗兰茜的桌子上放着一份报纸，这是一份"号外"，刚印好就直接从报社寄过来了，连标题上的墨迹都还没干。报纸已经在桌上放五分钟了，但弗兰茜却迟迟没有动笔做标记。她盯着报纸上面的日期：1917 年 4 月 6 日。标题赫然有六英寸高，但只有一个单词：WAR（战争），三个字母的边缘模糊不清，整个词看起来像在战栗。

　　弗兰茜联想到，五十年后，她会告诉她的孙子们，当年她是如何来到办公室，坐在办公桌前，像往常一样工作，却突然看到了宣战的消息。弗兰茜总听见外婆絮叨过往，她知道人老了就爱回忆年轻时候的事情。

　　但弗兰茜不想回忆往事，她想活在当下，或者退一步讲，哪怕是像以前一样重新再活一次，也总好过回忆。

　　弗兰茜决定把生命中的这段时光完全定格在此时此刻，也许这样，她就能把这段时光当作一个鲜活的东西来保存，而不会把它变成一种叫作回忆的东西。

　　弗兰茜把眼睛凑近书桌的表面，仔细观察上面的木头花纹。接着，她用手指沿着放铅笔的凹槽来回摩挲，将凹槽的触感刻在心头。然后，她用刀片在包裹着铅笔的报纸上划开一道口子，随后用手捏住纸的一角，观察着那纸张呈螺旋状被撕下。弗兰茜把废纸团扔向金属垃圾桶，数着它落下的时间，她全神贯注地听着，生怕错过它落地时微不可察的"啪"的一声。弗兰茜把指尖按在还没干透的标题上面，看了一下自己墨迹斑斑的指尖，然后在一张白纸上按下自己的手印。

弗兰茜顾不上第一页和第二页可能提及的客户，自顾自地撕下报纸的头版，小心翼翼地将报纸折成长方形，并用拇指压出折痕。她把折好的报纸装进文摘局寄剪报用的蕉麻纸信封里。

弗兰茜打开抽屉去拿钱包，她第一次留意到抽屉发出的声音。她仔细聆听了钱包卡扣发出的"咔嗒"声，又摸了摸钱包的皮革，想要记住触摸它的感觉，还看了看钱包里面黑色丝绸的内衬。她注意到了钱包里硬币上的日期，找到了一枚 1917 年新铸的分币，她把这枚硬币也装进了信封。接着，弗兰茜打开口红盖子，用口红膏体在手上画了一条线，口红那纯正的颜色、质地和香味都令她很满意。她又依次翻看了粉饼盒里的粉末、指甲锉上的棱角、手帕上的线头以及那把不太灵活的梳子。她还注意到，钱包里有一张破旧的剪报，上面是她从俄克拉荷马州的报纸上剪下来的一首诗。这首诗的作者曾经住在布鲁克林，在布鲁克林的公立学校读过书，年轻时编辑过《布鲁克林鹰报》。这是弗兰茜第二十次重读这首诗，这一次，她要把诗里的每一个字都牢牢地记在心底。

青涩是我，年老亦是我。
愚蠢是我，睿智亦是我。
漠不关心，又古道热肠。
柔情似水，又坚毅如山。
既是稚童，亦是成人。
心有猛虎，亦嗅蔷薇。

弗兰茜把那首破旧的诗文装进信封里，然后对着小镜子端详着自己的辫子，观察它们是怎么被缠在头上的。从镜中看去，纤细的黑色睫毛长短错落。然后，目光转向鞋子，手顺着丝袜往下抚摸，第一次感受到丝袜表面竟然不是光滑的，而是粗糙的。再看看自己穿的裙子，竟然发现布料是针织的，而把裙子下摆往后一翻，就看到了裙子的蕾丝花边是菱形图案。

　　弗兰茜心想："如果我能把这段时间的每一个细节都定格在脑海中，那我就能永远留住这一刻。"

　　弗兰茜用刀片割下自己的一缕头发，包在印有她的指纹和口红印的方形纸里，一并折好并放进信封，然后在信封上写道：弗兰茜·诺兰，1917年4月6日封存，时年15岁零4个月。

　　弗兰茜心想："如果五十年后我打开这个信封，我还会像现在一样，不会再老去。现在离五十年还有很长很长的时间……有几百万个小时。但从我今天来上班到现在，已经过去了一个小时……我的生命又少了一个小时……我生命的所有时间又少了一个小时。"

　　"亲爱的上帝，"弗兰茜祈祷道，"请让我的生命每分每秒都过得很充实！快乐也好，悲伤也好，冷也好，暖也好，饿也好，饱也好，衣衫褴褛也好，光鲜亮丽也好，真心也好，假意也好，诚实也好，说谎也好，扬善也好，作恶也好，总之，不要让我虚度每一寸光阴。我睡觉时，请让我一直做梦，这样就不会浪费生命的一点一滴。"

　　送报员走了进来，把另一份城市报纸搁在弗兰茜的桌子上，这份报纸的标题只有两个字：宣战。

　　一瞬间，弗兰茜感觉天旋地转，眼前闪过五颜六色的色彩，她把头埋在墨迹未干的报纸上，低声哭了起来。一位年长的读报工从洗手间回来，在弗兰茜的办公桌旁停了下来，看到哭泣的弗兰茜，再联系到标题，细想便知道了原因。

"啊，战争！"读报工叹了口气，"我想，你一定是有心上人或兄弟要上战场了吧，是也不是？"读报工文绉绉地问道。

"是的，我有一个弟弟。"弗兰茜如实回答。

"我深表同情，诺兰小姐。"说完，读报工回到了自己的办公桌。

"我又醉了，"弗兰茜心想，"这次是因为报纸的头条，更糟糕的是，我好像很爱哭。"

战争的来临很快影响到文摘局的生意，文摘局几乎濒临倒闭。首先，文摘局一位每年为巴拿马运河等剪报支付数千块钱的大客户，在宣战后第二天来信说，由于他的地址现在暂时不确定，以后他会每天亲自来文摘局取剪报。

不过几天后，两个行动沉稳、步履沉重的人来文摘局找到老板。其中一个人把手掌伸到老板面前，老板看到上面的文字后吓得脸色大变。接着，老板从那位大客户的档案盒里拿出厚厚一叠剪报，两人翻看后又把它们还给了老板。随后，老板把剪报装进一个信封里，信封就搁在他的办公桌上。那两人藏进老板办公室的卫生间里，并让卫生间的门虚掩着。他们在里面静候了一整天，就连中午饭都是派人去买来一袋三明治和一盒咖啡，就地草草解决的。

大客户于下午四点半来文摘局取当天的剪报，老板若无其事地把一个鼓鼓的信封递给他。就在他把信封揣进大衣口袋时，藏在卫生间的两个人走了出来。其中一个拍了拍大客户的肩膀，他叹了口气，从口袋里掏出信封交了出来。另一个也拍了拍他的肩膀，他双脚立正，僵硬地鞠了一躬，便被两人夹在中间带了出去。老板当天急性肠胃炎就发作了，于是只好匆匆回家。

晚上回家时，弗兰茜告诉妈妈和尼利，白天在他们办公楼里抓到了一个德国间谍。

第二天，一个看起来很干练的人提着公文包来了。老板回答了他很多问题，那人把老板的回答填在打印出来的表格里。接下来，就是让老板"肉疼"的环节了，他不得不开出四百块钱支票给那个人——非客户原因取消订阅需要支付赔偿金。那人离开后，老板急忙去借钱存入银行，让支票能按期兑现。

从那以后，文摘局的生意每况愈下。老板不敢再接新客户的单子，无论他们看起来多么清白。戏剧季快结束了，演员的订阅量也在跟着减少。以往每逢春季书籍出版，都会有数百名作者客户花五块钱订阅文摘，以及数十名花一百块订阅的出版商客户。以前如洪水般的生意如今变成了涓涓细流。各家出版社都推迟了重要刊物的出版，想等着事态稳定下来再说。许多研究人员因担心自己会被征召入伍，也纷纷取消了订阅。就算订单还跟往常一样多，文摘局也支撑不下去了，因为员工们流失严重。

政府预计战时会出现人手紧缺的情况，于是便在三十四街大邮局举行了考试，面向社会招聘女员工。许多读报工去参加并通过了考试，马上就能去上班了。原来文摘局里的那些"俱乐部"成员几乎全都去了军工厂上班，他们不但收入比原来增加了两倍，还因为无私的爱国精神受到了大家广泛的赞誉。老板娘不得不回来重操旧业，老板则解雇了弗兰茜之外的所有读报工。

偌大的办公楼空空荡荡的，老板尝试着仅靠三个人把生意做下去。弗兰茜和老板娘负责读报、归档和办公室工作，老板则整天无精打采地裁着报纸，打印着模糊不清的地址纸条，粘贴着歪歪扭扭的剪报。

到了六月中旬，老板实在撑不下去了，他决定卖掉所有办公设备，解除办公楼的租约，这就算应付了向客户退款的问题，并留下一句话："让他们告我去吧。"

弗兰茜给她唯一知道的一家纽约剪报社打电话，问他们还需不需要读报工，得到的回答是不需要，他们那里从来不招新的读报工。"我们对老员工很好，"对方告诉弗兰茜，"永远不需要换人。"弗兰茜觉得对方说得很在理，表示自己理解，然后挂了电话。

留在文摘局的最后一个上午，弗兰茜一直在看求职广告。要是还找办公室类的工作，那她又得从档案员做起，除非你是速记员和打字员，否则根本没机会。所以，弗兰茜跳过了所有办公室类工作。总的来说，弗兰茜喜欢工厂里的工作，喜欢工厂里的人，喜欢在用手工作的时候放空头脑，但是妈妈肯定不会再让她去工厂上班了。

弗兰茜看到一则招聘广告，几乎是工厂与办公室的完美结合——在办公室里操作机器。一家通信公司正在招收女学徒，教她们用电传打字机打字，每周会付十二块五的工资，工作时间是下午五点到凌晨一点——如果她能得到这份工作，起码晚上有事可做了。

弗兰茜去向老板辞别时，老板说最后这一周的工资先欠着，还说有她的地址，到时候会寄给她。弗兰茜告别了老板和老板娘，也告别了她最后一周的工作。

通信公司的办公室在一栋摩天大楼里，从这里可以俯瞰纽约市中心的东河。弗兰茜递交了前老板一封高度认可的推荐信后，就和其他十几个姑娘一起，填写了一份申请表。弗兰茜参加了一个能力测试，回答了一些看起来很愚蠢的问题，比如一磅铅和一磅羽毛哪个更重之类的。显然，弗兰茜轻松地通过了测试，得到了一个编号和一把储物柜的钥匙，但是她需要为此支付二十五分钱的押金，通信公司让她第二天下午五点钟来报到。

弗兰茜下午到家时还不到四点，凯蒂正在打扫卫生。看到弗兰茜上楼，凯蒂脸上露出了担忧的神色。

"别这么担心，妈妈。我没生病。"

"哦，"凯蒂松了口气，"我还以为你失业了呢。"

"我下岗了。"

"哦，天哪！"

"前一周的工资拿不到了，不过，我又找了一份新的工作……明天去上班……每周十二元五。后面应该还会涨工资。"

凯蒂正准备发问。"妈妈，我累了，现在什么也不想说，有什么事我们明天再谈。我不想吃晚饭，只想好好睡一觉。"说完，弗兰茜便上楼去了。

凯蒂坐在台阶上，开始为将来的日子发愁。自从战争开始，食物和其他商品的价格都在飞涨。过去一个月里，家里已经没有余钱存进弗兰茜的账户。现在，每周十元钱根本不够用，洛瑞每天都要喝一夸脱牛奶，奶粉又很贵，另外还要喝橙汁。现在每周能支配的钱只有这十二元五……除去弗兰茜的日常开销，剩下的钱就更少了。不过，学校很快就要放暑假了，尼利可以去挣钱贴补家用。但到了秋天该怎么办呢？到时候尼利又会回到学校。今年秋天弗兰茜也该去读中学了。可是怎么去呢？钱从哪儿来？凯蒂坐在台阶上，忧心忡忡。

弗兰茜看了一眼熟睡的洛瑞，便回屋脱掉衣服上床睡觉。她双手抱头，凝视着灰蒙蒙的天窗。

弗兰茜心想："我现在才十五岁，却像浮萍一样，工作还不到一年就换了三份工作。我曾经以为，从一份工作换到另一份工作会很有趣，但现在我害怕了。我已经下岗了两次，但都不是我自身的原因。每份工作我都兢兢业业，倾尽所有。而现在，我又要去别的地方重新开始。我现在真的很害怕。这一次，新老板要求我'跳一次'，我会给他'跳两次'，我实在是害怕失去这份工作，因为家里现在全靠我赚钱维持生计。在我工作之前，我们是怎么熬过来的呢？那时候还没有洛瑞，尼利和我个子都很小，吃不了多少。当然，爸爸也挣了一些钱回家。"

"嗯……再见了，大学。再见了，一切都再见了。"弗兰茜把脸转向昏暗的灯光，闭上了眼睛。

上班第一天，弗兰茜坐在一个大房间里，面前摆着一台打字机。打字机键盘上有一个金属防护罩，因为这个罩子的存在，她看不到键盘。房间前面贴着一张巨大的键盘图，弗兰茜一边看图，一边熟悉着防护罩下的字母。

第二天，弗兰茜拿到了一叠需要打出来的电报。她的视线从手中的电报移到前面的键盘图上，手指也在摸索中寻找着每个字母所在的位置。下班时，弗兰茜已经记住了所有字母在键盘上的位置，不用再看墙上的键盘图了。一周后，他们取下了防护罩。不过，取不取已经没什么区别了，因为弗兰茜现在已经掌握了盲打技巧。

一位教员向弗兰茜讲解了电传打字机的工作原理。在接下来的一天里，弗兰茜练习了如何收发电报。然后，她被安排去接收纽约—克利夫兰专线的电报。

弗兰茜觉得这个发明简直是个奇迹，她坐在机器前打字，而文字却可以传到几百英里之外的俄亥俄州的克利夫兰，并在那头的卷筒纸上印出来！同样令人称奇的是，一个在克利夫兰的姑娘打的字竟然能从弗兰茜这头印出来。

　　收发电报的工作很简单，弗兰茜发送一个小时，然后再接收一个小时。中间有两次换班，每次可以休息十五分钟。到了晚上九点还有半小时的吃饭时间。弗兰茜被正式安排去接线时，她的工资已经涨到了每周十五块。总的来说，这份工作还不错。

　　家里适应了弗兰茜新的作息时间。她现在每天下午四点多出门，凌晨两点前回家。她进走廊前会按三次门铃，这样凯蒂就能提高警惕，以确保弗兰茜不会被躲在走廊里的坏人再次伤害。弗兰茜会一直睡到上午十一点，这样凯蒂就不用像以前一样起得那么早，因为有弗兰茜在家照看着洛瑞。妈妈会先打扫他们居住的那栋楼，等她准备打扫另外两栋楼时，弗兰茜已经起床照顾洛瑞了。弗兰茜每晚都要工作，星期天也不例外，但星期三晚上她可以休息。

　　弗兰茜喜欢新的工作时间，这样既排解了夜晚的孤独，又帮了妈妈一个忙，每天还能抽出一两个小时带洛瑞去公园，晒晒太阳，这样对她和洛瑞都有好处。

　　凯蒂心里有一个打算，于是，跟弗兰茜交流了一下。

　　"他们能让你一直上夜班吗？"凯蒂问。

　　"当然！他们巴不得这样，因为没有姑娘愿意上夜班，所以他们才让我这个新来的去上。"

　　"我在想，要不到了秋天，你晚上去上班，白天去学校上学。我知道这很难，但总能想到办法克服的。"

　　"妈妈，不管你说什么，我都不会去上学了。"

"可是，去年你不是闹着要去吗？"

"那是去年，时机刚好，现在太晚了。"

"现在还不晚，别犟了。"

"但我现在去中学能学到什么呢？我不是自负，毕竟我每天看八个小时的报纸，看了将近一年，我学到了不少东西，我对历史、政治、地理、写作和诗歌都有自己的想法。我还和形形色色的人打过交道，看他们做什么，如何去生活。我还读过关于犯罪和英雄的故事。妈妈，我什么都读过。我现在没办法乖乖坐在教室里，和一群小屁孩儿在一起，听一个老女人滔滔不绝地讲这讲那。我会一直站起来纠正她。要不就是，我一声不吭，然后恨我自己……窝囊。所以，我不会去上中学。但总有一天，我会去上大学。"

"但你得先上完中学，他们才会让你上大学。"

"读四年中学……不，五年，中间说不定会被什么事情耽搁。然后再读四年大学，等我毕业，都已经是一个二十五岁的老女人了。"

"不管你愿不愿意，不管你做什么，你都会活到二十五岁，还不如趁早去接受教育呢。"

"这件事就这么说定了，妈妈，我不上中学了。"

"你等着瞧吧。"凯蒂咬紧牙关说道。

弗兰茜没有继续反驳，但她咬紧的牙关和妈妈一模一样。

不过，这次谈话让弗兰茜突然有了一个灵感，既然妈妈觉得她可以晚上工作，白天上中学，那她为什么不能这样上大学呢？于是，她研究了一份报纸广告——布鲁克林历史最悠久、最有声望的大学正在贴出暑期课程，这些课程面向的群体是那些想要提前学习高级课程或补课的大学生，以及想要提前自修一部分大学学分的中学生。弗兰茜觉得自己属于后者，尽管她并不是正儿八经的中学生，但她有中学生的水平。

弗兰茜要了一张大学课程表，从中选了三门下午授课的课程，这样她就可以像往常一样睡到十一点，然后去学校上课，上完课直接去上夜班。

弗兰茜选了"法语入门""基础化学"和"复辟时期的戏剧"①三门课。她算了一下学费，加上化学实验费，一共六十多元钱。她在银行的存款有一百零五元。于是，弗兰茜找到妈妈。

"妈妈，我能从你为我存着上大学的钱里拿出六十五元钱吗？"

"你做什么用？"

"当然是上大学。"弗兰茜故意说得很随意。

果不其然，凯蒂提高了调门，重复道："上大学？"

"暑期大学。"

"但——但——但是——"凯蒂说话都变得结巴了。

"我知道，我没有上过中学，但如果我告诉他们，我不想要文凭或任何成绩，我只想上课，也许我就能去读。"

凯蒂从衣柜架子上取下了帽子。

"妈妈，你要去哪儿？"

"去银行取钱。"

弗兰茜被妈妈猴急的模样逗笑了。"都已经下班了，银行已经关门。再说了，这事也不急，离报名还有一周呢！"

这所大学位于布鲁克林高地，是弗兰茜要前往的另一个

---

① 复辟时期的戏剧：这门课程的主要目标是研究和探讨英国复辟时期戏剧，即17世纪后期至18世纪初期（通常是1660年至1710年），这一时期也被称为"复辟时代"，这一时期的戏剧通常以诙谐、讽刺和社交观察为特点。

陌生的地方。在填写报名表的时候，看到"文化程度"这一栏，她的笔停下了。有三个选项可供她选择：小学、中学和大学。想了想，弗兰茜画掉了所有的选项，在后面的空白处写道："私人教育。"

弗兰茜自我说服道："仔细想想，其实我也不算撒谎。"

令弗兰茜感到无比欣慰和惊讶的是，她没有受到任何质疑。收银员收了钱，给了她一张学费收据。她顺利地得到了一个注册号、一张图书馆通行证、一张课程表和一份她要买的教科书清单。

弗兰茜跟着人群来到街区另一头的大学书店。她对照着清单，准备买《法语入门》和《基础化学》。

店员问她："要新书还是旧书？"

"什么新书旧书，我也不知道，我应该买哪种呢？"

"新书。"店员告诉她。

这时，有人碰了碰弗兰茜的肩膀，她转过身来，看到一个衣着光鲜的英俊男孩站在她身后。男孩建议道："买旧书吧，反正内容都一样，价格比新书便宜一半呢。"

"谢谢。"弗兰茜转向店员，坚定地说道，"我要旧书。"

接着，弗兰茜准备去买戏剧课要用的两本教科书，男孩再次碰了碰她的肩膀。

"不用的，你可以在上课前、下课后和休息时间去图书馆借来看。"男孩劝道。

"再次谢谢你。"弗兰茜感谢道。

"举手之劳。"男孩说完后便信步离开了。

弗兰茜的目光跟随着男孩走出书店，心想："天哪，他长得又高又帅，大学就是好。"

坐在去上班的电车上，弗兰茜手里紧紧攥着两本教科书。电车在轨道上飞驰，发出有节奏的声音，仿佛在说：大学——大学——大学。弗兰茜胃里一阵翻涌，感觉特别难受。

她顾不上上班要迟到了，弗兰茜在下一站下了车。她靠在一台投币称重机旁，想知道自己到底怎么了。不可能是吃坏了东西，因为她今天忙得连午饭都忘了吃。这时，她突然想到了什么。

"我的外公外婆爷爷奶奶都不识字，他们的祖先也不识字，我妈妈的姐姐也不识字，我的爸爸妈妈也只读到小学，我从来没有上过中学。但现在，我，M.弗兰茜斯·K.诺兰，就要上大学了。你听到了吗？弗兰茜，你要上大学了！"

"哦，天哪，我又要晕了。"

第四十九章

　　第一堂化学课听下来，弗兰茜春风满面。通过这一个小时的学习，她了解到世间万物都是由不断运动的原子组成，没有任何东西会消失或毁灭，即使被烧毁或腐烂，也不会从地球上消失，而是会变成其他形态——气体、液体或者粉末。一节课下来，弗兰茜觉得，世间万物都充满了生机，在化学的世界里，根本没有真正的死亡，为什么那些有学问的人不把化学当成一门宗教呢？

　　至于《复辟时期的戏剧》这门课，除需要花费大量时间去阅读外，弗兰茜凭借之前在家学习莎士比亚积攒的功底，这门课也能轻松驾驭。戏剧课和化学课弗兰茜都不担心，她担心的是《法语入门》，这门课名字叫"入门"，但是似乎门槛有点儿高。

　　教法语的老师默认自己的学生要么学过这门课，现在只是挂科重修，要么就是在中学学过，所以省略了"入门"环节，一上来就让同学们翻译文章。弗兰茜连母语的语法、拼写和标点符号运用都没学明白，更何况，她从来没接触过法语。看起来，想要通过法语考试简直难如登天，她现在唯一能做的就是每天狂背法语单词，咬着牙坚持下去。

　　坐车时弗兰茜在背单词，休息时间也在背，就连吃饭时桌子上都放着一本法语书。上班的时候，她就利用公司训练室里的一台打字机做课后练习。上课期间，弗兰茜勤勤恳恳，从不缺席或迟到，她只求至少能过两门课程。

在书店偶遇的那个男孩成了弗兰茜的守护天使，他叫本·布莱克，在学校里是个风云人物。本是马斯佩斯中学的在校生，今年即将毕业，他不仅是班长、校刊编辑、橄榄球队中卫，还是一名优秀学生。在过去的三个暑假里，本一直在提前学习大学课程，等今年中学毕业的时候，他将学完一年多的大学课程。

除了学习，本还利用下午的时间去一家律师事务所兼职，主要负责写辩护状、寄送传票、检查合同和纪要，还有查找案子类似的先例。他对本州的法律法规信手拈来，完全能在法庭上独立办理案件。他不光在学校里表现出色，每周还能挣二十五块钱。他兼职的事务所希望他中学毕业后到他们那儿做全职律师，在业余时间里拿下法学学位，最终通过律师资格考试。但是，他瞧不上没上过大学的律师，他已经选好了一所不错的大学，在美国中西部。本准备先拿一个文学学士学位，再进入法学院攻读法律。

十九岁那年，本就把自己的人生道路规划得目标清晰，井井有条。通过律师考试后，他打算接手一家乡村律师事务所。本相信，一个年轻律师在小镇执业，会有更多的政治机会。他甚至连以后去哪儿执业都想好了。他打算继承一位远房亲戚的衣钵，他的这位亲戚是一名乡村律师，虽然年事已高，但执业经验丰富。本和他的这位亲戚一直联系密切，每周都能收到这位亲戚在业务问题上的指点。

本打算接手这位亲戚的律师事务所，等轮到自己担任县检察官（根据约定，那里的检察官由当地律师轮流担任），届时这将成为他政治生涯的起点，他会努力工作，让自己声名远播，受人爱戴，然后竞选当地众议员。接着他会兢兢业业地工作，再次当选，最后努力回布鲁克林当州长，这就是他的人生规划。

令人惊讶的是，所有认识本的人都非常确信，他规划的一切都会实现。

在 1917 年那个夏天，本雄心勃勃的目标——那个幅员辽阔的中西部大草原，正在炽热的阳光下做着美梦——在无边无际的麦田和苹果园里做着美梦——它根本不会想到，将来有一天，一个来自布鲁克林的男孩会来这里，还会成为这里最年轻的州长。

这个男孩就是本·布莱克，一个衣着光鲜、性格开朗、英俊潇洒、才华横溢、自信勃发的人，他不仅深受男孩的喜爱，更令所有女孩为之倾倒。弗兰茜·诺兰也深深爱上了他。

弗兰茜每天都能见到本，本会用钢笔辅导她的法语作业，也会帮她检查化学作业，还会为她解释戏剧中晦涩难懂的地方，同时不仅帮她规划好下一个暑假的课程，还顺便帮她规划人生。

暑假就要结束，弗兰茜想到有两件事马上就要来临，便觉得有些难过。一是不能每天都见到本了，二是法语课恐怕要挂科了。她把对后者的担忧告诉了本。

"别傻傻地担心了，"本轻快地对她说，"你付了学费，而且整个暑假都来听课了，况且你又不是白痴，肯定会考过的。我把话撂这儿，不信你就看。"

"不会过的。"弗兰茜笑着回道，"考试很快就要到了，我一定会不及格的。"

"那我得好好给你补一补课了，需要一整天时间，你看我们去哪儿合适呢？"

"要不去我家？"弗兰茜怯生生地建议道。

"不行，周围会有人。"本思索了一会儿，然后说道，"我知道一个好地方。星期天早上九点，我们在盖茨街和百老汇街的拐角处见。"

时间转眼就到。弗兰茜下了电车，发现本已经在等她了。她很好奇本会带她去什么样的好地方。本领着弗兰茜来到百老汇剧院的舞台门口。剧院门口，一个白发老人坐在阳光下的斜椅上。本对那老人说了句"早，老爸"，便带着弗兰茜跨进了那扇神奇的门。弗兰茜这才发现，本竟然还在星期六给剧院当引座员。

弗兰茜以前从来没来过剧院后台，这一刻她无比激动，仿佛下一秒就要热泪横流。舞台很开阔，剧场的屋顶离地面很远，仿佛消失在天际一般。弗兰茜走过舞台时，特意换了一种步伐，像她记忆中哈罗德·克拉伦斯走路时那样挺拔悠闲地走着。本说话时，弗兰茜缓缓转过身来，用戏剧般低沉的嗓音说道："你（停顿一下，然后意味深长地说），在说话？"

"想不想看个好东西？"本问弗兰茜。

随后，本拉开舞台幕布，那幕布就像巨人的遮阳伞一样被卷了起来。接着，本打开了舞台的脚灯。弗兰茜走到幕布前，望着舞台下面一千个在暗处的空荡荡的座位，又仰起头，望向观众席的最后一排。

"喂，那边的人！"弗兰茜大声喊道，她的声音在黑暗、空旷的剧院里似乎被放大了一百倍。

"那个，"本温柔地问道，"你更喜欢戏剧，还是法语课？"

"当然是戏剧。"

弗兰茜说的是真话。在这样的机缘下，她重新拾起最初的热爱——戏剧。

本一边笑着，一边关掉了脚灯。他拉下幕布，找来两把椅子，面对面放好。不知道他用了什么高招，竟然弄到了五年来的试卷。他把卷子里最常考的和最不常考的题挑出来，重新组合成一张卷子。这一天的补课时间，他主要是给弗兰茜讲这张卷子上的题目和答案。

最后，本让弗兰茜把莫里哀的《伪君子》里面的一页法语原文连同译文一起背下来，他解释说："明天考试会有一道题，对你来说肯定是天书，你就别白费力气了，按我说的去做。你先坦率地说你答不上来，但你可以写出莫里哀的选段和译文来代替，然后你就把我让你背下来的东西写在上面，这样就没问题了。"

"要是碰巧那道题考的就是这一段呢？"

"不会的，因为我选的这段非常晦涩难懂。"

果然如本所料，弗兰茜通过了法语考试，尽管是踩线通过的，但好歹也算及格了，她这样安慰自己。她的化学和戏剧成绩都很不错。

弗兰茜按照本的叮嘱，一个星期后回学校领成绩单，并和他见面。本请弗兰茜去海伊勒喝巧克力汽水。

"你多大了，弗兰茜？"本边喝汽水边问。

弗兰茜的大脑飞快地运转着，她原本十五岁，在外面上班时宣称自己十七岁，本今年十九岁，要是本知道她现在才十五岁，会不会再也不理她了。

本看出了弗兰茜的犹豫，于是说："撒谎可能会更糟哦。"

弗兰茜鼓起勇气，大胆开口："我……十五岁。"说完便羞愧地垂下头。

"我喜欢你，弗兰茜。"

"我爱你。"弗兰茜在心里回应道。

"我喜欢你，我对你的喜爱不亚于我认识的任何一个女孩。不过，我没时间陪女孩子。"

"星期天抽出一个小时也没有？"弗兰茜追问道。

"我为数不多的空闲时间都属于我妈妈，我是她的全部。"

在此之前，弗兰茜从来没有听说过布莱克夫人，但现在她恨这个素未谋面的女人。她霸占了本所有的空闲时间，要是这些时间能留给自己，那该多么快乐啊。

"但我会想你的，"本接着说，"有时间我会写信给你（他们俩的住处相隔半小时路程），如果你需要我——当然不是什么鸡毛蒜皮的事，你可以给我写信，我会想办法来见你。"本给了弗兰茜一张他在律师事务所的名片，角落里印着他的全名"本杰明·富兰克林·布莱克"。

他们在店外热情地握手告别。"明年夏天见。"本边走边回头说道。

弗兰茜一直站在本身后看着他，直到他转过街角。明年夏天才能相见，现在才九月，这中间好像隔着一万年那么遥远。

弗兰茜非常喜欢这所大学，她想在秋天时继续去读，但是学费要三百多块钱，她实在无能为力。她在纽约四十二街图书馆查看课程目录，发现一所对纽约居民免费的女子大学。

弗兰茜带着大学成绩单前去注册，结果被告知没有中学学历不能入学。她解释了之前自己被允许上大学的事，结果人家告诉她，这是两码事，她之前所谓的上大学只有学分，没有学位。但弗兰茜仍旧不死心，难道她现在不能像之前一样只听课，不要学位吗？对方告诉她，如果她过了二十五岁，作为特殊学生，她可以这么做。

弗兰茜只能遗憾地承认，她确实还没有二十五岁。不过，还有另外一条路，那就是她通过这所大学的入学测试或者中学毕业考试，这样的话，不管她以前有没有读过中学，都可以上大学。

弗兰茜参加了考试，除了化学，其他科目都不及格。"哦，好吧！我早该知道的，"她对妈妈说，"如果人人都那么容易就能考上大学，就不会有人再去读中学了。不过你不用担心，妈妈，我现在知道要考什么内容了，我会买书复习，明年再战。明年我一定能通过考试，我说到做到，你就等着瞧吧。"

但是现在，哪怕弗兰茜如愿考上了大学，恐怕也没时间去读了，因为她现在被安排上白班。她现在打字又快又准，所以被安排在白天业务最繁忙的时段上班。不过他们也向她保证，等到了夏天，会让她继续上夜班。她的工资也涨了，现在每个星期能拿到十七块五。

一切又回到了原来的轨迹，弗兰茜不得不再一次独自面对孤独的夜晚，她漫步在布鲁克林的街道上，想起了本对她说过的话——"如果你需要我，可以给我写信，我会想办法来见你。"

是的，她需要本，可是她也确信，要是她在信上写道："我很孤独，请陪我散散步，说说话。"本肯定不会来。在本的字典里，根本没有"孤独"这个词。

街道看起来和往日相同，却又不尽相同。一些公寓的窗户上贴出了金色星星的标志，表明这家有人在前线阵亡。小男孩们依旧在街上晃悠，或聚在糖果店前，不过现在，总有一些男孩穿着卡其布的衣服。男孩们站在一起唱歌，他们唱的是《老棚户区的棚户》《当你戴着郁金香》《亲爱的姑娘》《对不起，我让你哭了》和一些别的歌曲。有时，当兵的会教他

506

们唱军中的歌，像《在那边》《凯迪之歌》《无人区玫瑰》等。

但无论他们唱什么，最后总是以布鲁克林的民歌结尾，比如，《马克瑞妈妈》《当爱尔兰人的眼睛在微笑》《让我叫你甜心》或者《乐队继续演奏》等。

晚上，弗兰茜从他们身边走过，不知道为什么，所有的歌曲听起来都那么忧伤。

第五十章

茜茜的预产期是十一月，凯蒂和艾薇尽可能地不在她面前提起这事，因为她们确定，这一次依然是胎死腹中。当然还有另一方面的考量，她们觉得现在说得越少，以后茜茜记住得就越少。但是茜茜做了一个前所未有的决定，导致她们不得不议论这事。茜茜向大家宣布，她不但要请医生，而且要去医院生产。

茜茜的妈妈和姐妹都惊呆了，因为罗姆利家的女人生孩子从来没请过医生，都是找接生婆、邻家的妇女或自己的妈妈，关起门来悄悄地生。生孩子一直以来都是女人的事，男人通常都是靠边站。至于医院，每个人心里都觉得，那是回天乏术去等死的地方。

茜茜告诉她们，她们跟不上时代了，接生婆已经是过去式。此外，她还骄傲地告诉她们，这件事她做不了主，是她的史蒂夫坚持让她去医院找医生接生的，不仅如此，到时候还将是一个犹太医生给茜茜接生！

"什么？！茜茜，为什么？"凯蒂和艾薇震惊地问。

"因为在女人生产的时候，犹太医生比基督医生更有同情心。"

"我也不是排斥犹太人，"凯蒂说，"但是……"

"我知道，就因为犹太医生看着大卫之星祷告，而我们基

508

督医生看着十字架祷告，这其实跟他们医术高低并没有直接联系。"

"但我还是觉得，在关系到……（凯蒂本想说'死亡'，还好及时刹了车）……'出生'的时候，身边还是得有一个跟你有同样信仰的医生才行吧。"

"哎呀，得了！"茜茜不为所动地说道。

"物以类聚，人以群分嘛，你也没看见犹太人找基督医生啊。"艾薇劝道，她觉得自己说得很有道理。

茜茜反驳道："他们为什么要找基督医生呢？大家都知道犹太医生更聪明。"

这次生孩子和以往一样，整个过程茜茜生得很轻松，再加上艾伦·艾伦斯坦医生医术精湛，茜茜的痛苦比以前减轻了不少。当孩子生出来时，茜茜紧闭双眼，不敢去看。虽然她之前一直坚信这个孩子能活下来，可真到这个时候，她反而心里没底了。一番挣扎后，茜茜终于睁开眼睛，看着躺在旁边桌子上的婴儿。婴儿一动不动，脸色发青，茜茜难过地把头转了过去。

"又是这样，"茜茜想，"又是这样，又是这样，又是这样。都十一次了，上帝啊，您为什么就不能让我如愿一次呢？哪怕十一次里有一次成功也行啊！！！再过几年，我就生不了孩子了，我就不再是一个完整的女人……因为我没办法再孕育生命。上帝啊，您为什么要诅咒我？"

茜茜正在胡思乱想，她突然听到了一个词语，一个她从来没听过的词语——氧气。

"快点，氧气！氧气！"茜茜听到医生说。

茜茜看到医生正在全力抢救自己的孩子，接着她亲眼看见了一个奇迹，这个奇迹比以往妈妈讲给她的任何一个圣徒的奇迹都要伟大。她看到婴儿身上的肤色由青紫变成了白皙，一个看着似乎没有生命的孩子此刻能呼吸了。她第一次听到自己生下的孩子的啼哭声。

"他……他还活着吗？"茜茜不敢置信地问道。

"那不然呢？"医生毋庸置疑地耸耸肩，"你这儿子是我见过最健康的。"

"你确定他能活下来？"

"为什么不能活呢？"医生又一次耸了耸肩膀，"除非你让他从三层楼上掉下去。"

茜茜握着艾伦·艾伦斯坦医生的手，感激地亲吻着。这时候，其他教派的医生肯定会感到尴尬。但是，艾伦·艾伦斯坦并没有像他们那样。茜茜决定给孩子取名"史蒂文·艾伦"。

凯蒂感慨道："我还从来没见过这种事，一个没孩子的女人中途收养了一个孩子，然后扭转了局面，过了一两年，她竟然生下了属于自己的孩子，就像上帝终于被她的善良和诚意感动了一样。这样挺好的，茜茜就有两个孩子了，一个孩子始终还是太孤单了。"

"小茜茜和史蒂文只相差两岁，"弗兰茜说，"跟我和尼利差不多。"

"是啊，他们可以做个伴儿。"

茜茜的孩子竟然活下来了，这件事一度成为罗姆利家族里一大被津津乐道的奇迹，直到威利·弗里特曼的事情给他们带来了新话题。威利想应征入伍，但是他未能如愿。于是，他失望地辞去了送牛奶的工作，回家后就宣布自己是个彻头彻尾的窝囊废。除了躺在床上，威利什么也不干。他已经连续两天没有起床了。他说，只要他活一天，他就在床上躺一天，再也不起来。他还说，他这一辈子都活得很憋屈，现在他就要以一个失败者的姿态死去，而且越快越好。

艾薇没辙了，赶紧叫来了自家姐妹。

艾薇、茜茜、凯蒂和弗兰茜围着那张大床站着，看着"失败者"威利如何继续闹下去。威利扫了一眼围在床边的罗姆利家的女人，哀号道："我是个失败者。"然后，他拉起毯子盖住了自己的头。

艾薇把这件棘手的事交给茜茜处理，弗兰茜看到茜茜姨妈是如何一步步循循善诱的。茜茜先是抱住威利，把这个窝囊了半辈子的男人紧紧抱住，告诉他并不是所有英雄都非得去前线的战壕里，有些在后方军工厂生产的也要冒生命危险，他们一样是英雄。茜茜动之以情，晓之以理，终于劝动了威利，让他意识到自己也能出一份力。威利兴奋不已，当即就跳下床，让艾薇到处给他找裤子和鞋子。

史蒂夫现在是摩根大道一家军需品工厂的领班，他在那里给威利安排了一份薪水不错的工作，加班还可以拿一倍半的工资。

罗姆利家族有一个传统，男人们赚到的小费或加班费都归自己所有。威利用他的第一笔加班费给自己买了一个低音鼓和一对钹，并利用晚上的时间（不用加班的时候）在前厅练习。圣诞节到来之前，弗兰茜送了威利姨父一个一块钱买的口琴。威利把口琴绑在一根棍子上，然后把棍子固定在腰带上，这样他就可以像空手骑自行车一样，不用手拿着也能吹了。他尝试着同时弹吉他、吹口琴、打鼓和敲钹，想一个人组建一支乐队。

就这样，威利晚上会坐在前厅，一边吹口琴、弹吉他、打鼓、敲钹，一边为自己的窝囊继续忧郁着。

第五十一章

　　天气太冷，没法再散步的时候，弗兰茜到社区报名了两门课程：缝纫和跳舞。

　　通过学习，弗兰茜现在已经能够看懂纸样并使用缝纫机了，她希望假以时日，自己也能做衣服。

　　弗兰茜还学会了跳交际舞，尽管她和舞伴都从来没奢望过将来有一天能参加正式舞会。有时，她的舞伴是头发锃亮的大男人，跳起舞来很纯熟，导致她总是束手束脚。有时，她的舞伴是一个穿着及膝裤的十四岁小男孩，而这时她的舞伴则会小心翼翼。经过学习和实践，弗兰茜发现自己喜欢跳舞，而且是发自本能地喜欢。

　　眼看一年又接近尾声了。

　　"弗兰茜，你在看什么书？"

　　"尼利的《几何》。"

　　"《几何》是什么？"

　　"大学入学考试要考的东西，妈妈。"

　　"行，那你别学太晚了。"

　　"我姐姐和妈妈那边有什么新消息？"凯蒂问他们家的保险代理人。

"我刚给你姐姐的两个孩子，莎拉和史蒂文，办了保险。"

"但茜茜从他们出生起就买了保险呀，每个星期交五分钱的那种。"

"有不同类型的，这种是升学保险。"

"什么意思？"

"这个不用等到死后才能理赔，只要两个孩子到了十八岁，投保人就能领到一千块钱，用来给孩子上大学。"

"哦，天哪！先是去医院找医生生孩子，然后是买升学保险。接下来，不知道茜茜还会搞出什么名堂！"

"有我的信吗，妈妈？"弗兰茜下班回家后像往常一样问道。

"没有，只有一张艾薇姨妈寄来的卡片。"

"姨妈说了什么？"

"也没说什么，就是你威利姨父老敲他那个破鼓，他们又要搬家了。"

"他们现在要搬去哪里？"

"你艾薇姨妈在柏树山那边找了一栋独立的房子，也不知道还属不属于布鲁克林。"

"那个地方在布鲁克林东边，和皇后区挨着，在克里森特街附近，也曾经是百老汇电车的最后一站。不过，现在电车线路已经延伸到牙买加社区了。"

玛丽·罗姆利躺在窄窄的白床上，在她头顶光秃秃的墙上，一个十字架格外显眼。她的三个女儿和外孙女弗兰茜守在床边。

"唉，我都已经八十五岁了，恐怕这是我最后一次生病了，我带着从生活中获得的勇气等着死亡来临。我不会说假话，不会对你们说'我死后不要为我感到悲伤'。我爱我的孩子们，也努力去做一个好母亲，我知道你们感到悲伤是人之常情，但是你们要节制点，哭过就过了。要知道，我马上就能获得幸福，去见我终其一生追随的伟大圣徒了。"

在工作休息的间隙，弗兰茜拿出家人的照片给姑娘们看。
"这是安妮·洛瑞，我的小妹妹，只有十八个月大，整天满屋子乱跑，我真想让你们听听她的声音。"
"她好可爱。"
"这是我弟弟，科尼利厄斯，他以后会当一名医生。"
"你弟弟很帅气啊。"
"这是我妈妈。"
"你妈妈真漂亮，而且看起来很年轻。"
"这是我站在屋顶上。"
"屋顶很可爱。"
"明明是我很可爱。"弗兰茜争辩道。
"我们都很可爱。"姑娘们笑了，"我们的主管也'很不错'，这老东西，真希望她早点儿挂掉。"
姑娘们哈哈笑个不停。
"你们在笑什么呢？"弗兰茜不解地问。
"没什么。"她们笑得更厉害了。

"让弗兰茜去，上次我去买德国泡菜，他把我赶了出来。"尼利抱怨道。

"你现在要说买'自由卷心菜①'了，你个笨蛋。"弗兰茜说。

"别骂人。"凯蒂心不在焉地责备道。

"你知道现在汉堡大街都改成威尔逊大街了吗？"弗兰茜问。

"战争会让人的行为变得可笑。"凯蒂叹了口气。

"你要告诉妈妈吗？"尼利忐忑不安地问。

"我不会，但你年纪小了点儿，别和那种女孩约会，别人都说她很不正经。"弗兰茜说。

"谁想要一个乖乖女啊？"

"我不管你这些，你对这个——性——这东西一无所知。"

"管你怎么说，总之我比你懂得多。"说着，尼利把手放在屁股上，尖着嗓子模仿道，"啊，妈妈！一个男的亲了我，我会怀孕吗？会吗？妈妈，会不会？"

"尼利，你居然偷听！"

"没错，那天我就在外面的大厅里，听得一清二楚。"

"你也太没品位了……"

"你不也一样，有好几次，妈妈跟茜茜姨妈或者艾薇姨妈聊天的时候，你本该躺在床上睡觉，却在偷听她们讲话，被我逮个正着。"

"那不一样，我是为了知道事情的真相。"

"那就奇了怪了！"

"弗兰茜，弗兰茜，七点了，该起床了！"

---

① 自由卷心菜：由于德国挑起了第一次世界大战，美国与其政治立场不同，故民间将原来的德国泡菜改成了自由卷心菜，是对德国泡菜贬义的称呼。

"起床干什么？"

"你八点半得去上班。"

"给我说点儿新鲜的，妈妈。"

"你今天十六岁了。"

"新鲜的，我都已经连续两年十六岁了。"

"再等一年，你就真的十六岁了。"

"我可能一辈子都是十六岁。"

"真这样也没什么好奇怪的。"

"我没有偷看，"凯蒂愤愤不平地说，"我需要再拿五分钱付煤气费，我以为你不会介意的，你不也经常在我钱包里找零钱吗？"

"那不一样。"弗兰茜说。

凯蒂手里拿着一个紫色小盒子，里面是过滤嘴香烟，满满的盒子里少了一支香烟。

"好了，现在最糟的情况已经被你看到了，"弗兰茜坦白道，"我抽了一支麦洛牌香烟。"

"这烟闻起来倒是挺香的。"凯蒂说道。

"你就念叨我一顿吧，妈妈，等你念叨完，这事就算翻篇了。"

"那么多士兵死在法国，你偶尔抽支烟，世界也不会毁灭。"

"唉，妈妈，你真扫兴，去年也是，我穿蕾丝舞裙你也不反对。"

"那行，把烟扔了吧。"

"扔了干吗！我要把它们撒在我的衣柜里，让我的衣服闻起来香喷喷的。"

"我在想一件事，"凯蒂说，"与其今年互买圣诞礼物，不如我们把这些钱拿去买一只烤鸡，然后从面包店买一个大蛋糕，再来一磅上好的咖啡，还有……"

"我们有足够多的钱买吃的，"弗兰茜抗议道，"用不着动买礼物的钱。"

"我是想把这些吃的当作圣诞礼物送给廷莫尔家的两位老师，现在没有人请她们上课了——大家都说她们落伍了。她们现在连饭都吃不饱，以前莉齐小姐对我们家挺好的。"

"嗯，好吧。"弗兰茜不太情愿地同意了。

"哎呀！"尼利狠狠地踢了一下桌腿。

"不用担心，尼利，"弗兰茜笑道，"你的圣诞礼物是少不了的，今年我送你一双鹿皮色的鞋套。"

"得了吧，闭嘴！"

"不要说'闭嘴'。"凯蒂随口责备道。

"我想听听你的意见，妈妈。是这样的，我在暑假修大学课程的时候认识了一个男孩，他说他可能会给我写信，但他从来没写过。我想知道，如果我给他寄一张圣诞贺卡，有没有希望？"

"希望？简直自寻烦恼！如果你喜欢他，那就寄。我不喜欢一些女人暧昧来暧昧去的。人生苦短，如果你遇到了心爱的男人，就不要浪费时间胡思乱想了，直接走到他面前对他说：'我爱你，我们结婚怎么样？'"凯蒂看了弗兰茜一眼，有些忧虑，接着又补充了一句，"等你长大，有了成熟的想法后再说吧。"

"我会寄贺卡的。"弗兰茜决定。

"妈妈，我和尼利一致决定，今年就喝咖啡，不要加了牛奶的那种酒。"

"行吧。"凯蒂把白兰地放回橱柜里。

"把咖啡煮得又浓又烫，一半咖啡一半牛奶，我们用 café au lait（法语，牛奶咖啡）为即将到来的 1918 年庆祝。"

"S'il vous plâit（法语，拜托了）。"尼利用法语附和道。

"Wee-wee-wee（法语，好好好）。"凯蒂也用法语回应道，"我也会一些法语单词的。"

凯蒂一手拿着咖啡壶，另一手拿着装热牛奶的平底锅，同时将两者倒入杯中。"我记得，"凯蒂说，"以前我们家里买不起牛奶，你们的爸爸会往咖啡里加一块黄油——如果家里有的话，他说黄油里也有油脂，加在咖啡里一样好喝。"

爸爸……

第五十二章

　　十六岁那年的春天，一个阳光明媚的下午，弗兰茜在五点钟下班后走出办公大楼。她看到同样使用电传打字机的同事安妮塔在大门口，两边各站了一个士兵。其中一个又矮又胖，满面笑容，紧紧挽着安妮塔的胳膊。另一个又高又壮，局促地站在一旁。安妮塔看到了弗兰茜，一下挣开那人的手，并把弗兰茜拉到一边。

　　"弗兰茜，你得帮帮我。这是我男朋友乔伊出国前最后一次休假，我们已经订婚了。"

　　"你们都订婚了，已经万事大吉，用不着我帮忙吧。"弗兰茜开玩笑地说道。

　　"我是说帮帮另一个，乔伊非得带他一起来，真烦人。看来他们是形影不离的好兄弟，一个去哪儿，另一个就跟去哪儿。那个家伙是宾夕法尼亚州一个小镇来的乡巴佬，在纽约没有认识的人。他要是一直赖着当电灯泡，我就没办法和乔伊单独相处了。你得帮帮我，弗兰茜，已经有三个姑娘拒绝我了。"

　　弗兰茜打量了一眼站在十英尺外的那家伙，他外貌并不出众，难怪其他三个姑娘都拒绝帮安妮塔的忙。两人的目光对上，那个男人腼腆地笑了笑。

　　不知怎的，虽然他长得不算帅气，但看起来人品还不赖。

就冲着这个微笑，弗兰茜做出了决定。

"这样吧，"弗兰茜对安妮塔说，"如果我能见到我弟弟，我让他回家带个口信给我妈妈。要是见不到他，我就必须回家，因为我不回去吃饭的话，我妈妈会担心的。"

"那你快点，直接给他打电话。"安妮塔催促道，"给！"她从口袋里掏出钱包，"我出五分钱，你给你弟弟打电话。"

弗兰茜在街角的雪茄店里拨通了电话，刚好尼利还在麦克加里蒂的酒吧，她叮嘱尼利回去告诉妈妈一下这个情况。等弗兰茜打完电话回来，安妮塔和她的乔伊早就没影了，只留下笑得很腼腆的士兵一个人站在那里。

"安妮塔呢？"弗兰茜问。

"应该是丢下你跑了，她和乔伊一起走的。"

弗兰茜大失所望，她原本以为会是四个人组成两对，那现在她该怎么和这个高个子陌生男人相处呢？

"我不怪他们，"高个男子说，"他们想独处。我自己也订过婚，我很理解。这是乔伊最后一次休假，想留给心爱的姑娘。"

"订过婚，嗯？"弗兰茜心想，"起码他不会对我有浪漫的冲动。"

"你不用非得陪着我，"高个男子继续说，"你告诉我怎么去坐三十四街的电车——这座城市对我来说完全是陌生的——我会回到酒店房间。我想，一个人在无事可做的时候，写写信总能打发时间吧。"他露出了腼腆而孤独的微笑。

"我已经给我的家人打过电话，说我不回家了。所以，如果你愿意……"

"愿意？愿意！今天真是我的幸运日！哎，那个，谢谢你，怎么称呼……"

"诺兰，弗兰茜斯·诺兰。"

"我叫利·雷诺，其实是利奥，但大家都叫我'利'。很高兴见到你，诺兰小姐。"他伸出了手。

"我也很高兴见到你，雷诺下士。"弗兰茜和他握了握手。

"噢，你竟然注意到我的军衔了，"利开心地笑了，"我想，你上了一天班，肚子肯定饿了，晚饭……我是说晚餐，你有没有特别想去的地方？"

"其实，叫晚饭也行。我没什么特别想吃的，你呢？"

"我想尝尝炒杂烩，之前就听说过。"

"在四十二街附近有个不错的地方，那里还会演奏音乐，我们就去那儿吧！"

去地铁站的路上，利询问道："诺兰小姐，你介意我叫你弗兰茜吗？"

"不介意。其实，大家都叫我弗兰茜。"

"弗兰茜！"利重复了一遍这个名字，"那么弗兰茜，还有一件事，你介意我假装把你当成我的女朋友吗——就今晚？"

"咦，"弗兰茜心想，"进展这么快。"

为了打消弗兰茜的顾虑，利解释说："我猜你现在肯定以为我很轻浮，其实是这样的，我已经将近一年没和姑娘出去了，再过几天我就要坐船去法国打仗。上了战场生死难料，所以这几个小时，如果你不介意的话，我就当你帮了我一个大忙。"

"我不介意。"

"谢谢你，"利指了指自己的胳膊，"来挽着我，我的'女朋友'。"

他们即将进入地铁时，利停了一下，"叫我'利'。"他要求道。

"利。"弗兰茜照做。

"说'你好，利，很高兴见到你，亲爱的'。"

"你好，利，很高兴见到你……"弗兰茜羞涩地说道，利则收紧了手臂。

餐厅的服务员在他们中间放了两碗炒杂烩和一壶浓茶。

"帮我倒茶，这样更有家的味道。"利对弗兰茜说。

"你要放多少糖？"

"我不加糖。"

"我也是。"

"你看，咱俩的口味完全一样，不是吗？"利说。

两个人都很饿，为了专心吃滑溜溜的炒杂烩，他们都没再说话。每次弗兰茜抬起头看利时，利都会微笑。每当利看她时，她也会开心地微笑。吃饱喝足后，利靠在椅背上，拿出一包烟。

"抽烟吗？"

弗兰茜摇了摇头。"我试过一次，好像并不喜欢。"

"那就好，我不喜欢抽烟的姑娘。"

然后，利开始找话题聊天。聊他所能记得的关于他自己的一切，聊他在宾夕法尼亚州一个小镇的童年时光（弗兰茜在文摘局读报的时候听过这个小镇），聊他的父母兄弟姐妹，聊他现在二十二岁，是如何在一年前入伍当兵的，聊他在军营里的生活，是如何当上下士的。他几乎把家底全都掏给了弗兰茜，除了他在老家订婚的那个姑娘。

弗兰茜也向他讲述了自己的生活，但是只挑开心的事讲——爸爸有多英俊，妈妈有多聪慧，弟弟有多好，妹妹有多可爱。弗兰茜还聊到了图书馆里那个金褐色陶罐，还有她和尼利在新年夜爬到屋顶上说的话。她没有提到本·布莱克，因为她压根就没想起来。

"我这一生都过得很孤独，"弗兰茜说完后，利接着说道，"哪怕在拥挤的派对，我也感到孑然一身。在和女孩接吻时，我觉得自己仿若一人。在兵营时，我也时常感到寂寞，即便有成百上千的战友和我一起。"说到这里，利露出了他独有的孤独的笑容。

"我也是这样，"弗兰茜感同身受，"但是，我还没有接受过任何男孩的亲吻。不过现在，我第一次感觉不再孤独。"

服务员再次给他们几乎装满水的杯子添了点儿水，弗兰茜知道，这是暗示他们在那里坐得太久了，后面还有人等着上桌呢。她问利现在几点了，不问不知道，竟然快到十点了！他们已经聊了将近四个小时！

"我得回家了。"弗兰茜意犹未尽地说。

"那我送你回去吧，你家住在布鲁克林大桥附近吗？"

"不是，我家在威廉斯堡。"

"我倒希望是布鲁克林大桥。我曾经想过，要是有一天能来纽约，我一定要走一走布鲁克林大桥。"

"为什么不现在就去呢？"弗兰茜建议道，"我可以从布鲁克林那边坐电车回家，经过格雷厄姆大道，一直到我家附近的街角。"

于是，他们乘坐地铁来到布鲁克林大桥，在桥上步行。走到一半时，他们停了下来，俯瞰桥下的东河。

两人紧紧靠在一起，利握着弗兰茜的手，抬头仰望曼哈顿方向的天际线。

"纽约市区，我一直想看看它，现在我终于看到了。他们说得没错，这里确实是世界上最美妙的城市。"

"布鲁克林地区更好。"

"但那里没有纽约市区这样的摩天大楼，对吗？"

"确实没有，但那里有一种特别的感觉，我也说不上来，你得住在布鲁克林才知道。"

"我们总有一天会住在布鲁克林的。"利轻声说，弗兰茜的心猛地跳了一下。

就在这时，一个巡逻大桥的警察向他们走过来。"我们最好还是离开这里，"弗兰茜不安地说，"布鲁克林海军的船厂就在那边，那艘涂装过的船就是用来运输士兵的，警察一直在留意附近是否有间谍。"

警察走到他们面前时，利率先开口："我们不会炸毁任何东西，我们只是看看东河。"

"那是，那是，"警察说，"难道我不知道五月的夜晚多么美好吗？我年轻时不也跟你们一样吗？不过那都是很久之前的事了。"

警察对他们笑了笑，利回以微笑，弗兰茜也咧嘴一笑。警察一眼瞥见了利袖子上的军衔。

"那行，再见了，下士。"警察说，"等你到了战场，好好教训教训他们。"

"我一定会的。"利答应道。警察继续巡逻去了。

"那个警察真不错。"利评价道。

"每个人都很好。"弗兰茜高兴地说。

到了布鲁克林大桥的另一头，弗兰茜让利不要再送了，她解释说，她上夜班时经常深夜独自回家。要是利送她回家再回纽约市区，一定会迷路的，布鲁克林的路七拐八绕的很难走，不是本地人根本找不到路。

实际上，弗兰茜只是不想让利看到自己的住处。弗兰茜爱自己的社区，并不以它为耻。可是弗兰茜觉得，在一个不像自己那么了解威廉斯堡的陌生人眼里，那里也许是个又穷又破的地方。

弗兰茜先告诉利，等一会儿该从哪儿坐电车回纽约市内，然后他们一起走到弗兰茜要坐电车的地方。途经一家只有一个窗口的文身店时，他们看到店里坐着一个卷着袖子的年轻水手，文身师正在水手胳膊上文一颗被箭射穿的心。弗兰茜和利停下了脚步，目不转睛地透过窗户往里看。水手用另一只胳膊向他们挥手，他们也挥了挥手回应。文身师抬起头，做了个欢迎进店的手势。

弗兰茜皱起眉头，摇头婉拒道："不用了。"

走过文身店后，利惊讶地说："那个家伙真的在文身！天哪！"

"你可千万别让我逮到你文身。"弗兰茜假装严肃地说道。

"不会的，妈妈。"利顺从地打趣道，两人都笑了。

弗兰茜和利站在街角等电车，这段时间的沉默让两人陷入了尴尬。他们分开站着，利不停地在抽烟，每支烟还没抽到一半就扔掉了。终于，一辆电车出现在他们眼前。

"我的车到了。"弗兰茜说，然后挥了挥右手，"晚安，利。"

利扔掉刚点燃的香烟。"可以吗，弗兰茜？"利伸出双臂。

弗兰茜走向他，接受了他的一吻。

第二天一早，弗兰茜穿上她新买的海军蓝薄纱套装，里面配了一件白色乔其纱衬衫，又穿上只有星期天才舍得穿的漆皮高跟鞋。她和利今天没有约会，两人也没有约定什么时候再见面，但她知道，利会在五点钟等她。弗兰茜正要出门的时候，尼利刚好从床上爬起来，弗兰茜便让他告诉妈妈晚上不用等自己吃晚饭了。

"弗兰茜终于找到男朋友了！弗兰茜终于找到男朋友了！"尼利咋咋呼呼地嚷道。

接着，尼利走到坐在窗边高脚椅上的洛瑞身边。洛瑞面前的托盘上放着一碗燕麦粥，她正忙着用勺子把粥舀起来，然后倒在地上。尼利拍了拍她的下巴。

"嘿，小笨蛋，弗兰茜可算有男朋友了。"

洛瑞的右眉内侧出现了一条淡淡的线（妈妈说这是"家族纹"），两岁的她正试图弄明白尼利说的话。

"弗兰茜？"洛瑞懵懵懂懂地问道。

"好了，尼利，早上是我把洛瑞从床上抱起来的，还给她做了燕麦粥，现在该你喂她了。还有，别叫她笨蛋。"

弗兰茜穿过走廊，来到街上，忽然听到有人叫自己。她抬头看去，只见尼利穿着睡衣从窗户探出头来，正扯着嗓子唱歌——

> 她心花怒放，
> 打扮得漂漂亮亮，
> 要去哪里呀？
> 准备去见情郎。

"尼利，你太可怕了！太可怕了！"弗兰茜对着窗户喊道。

尼利假装听不懂。"什么？你说他很可怕？是长着大胡子，还是长着秃头？"

"赶紧去喂你的孩子。"弗兰茜大声回道。

"你说你要生孩子？弗兰茜，你刚刚是在说你要生孩子吗？"

一个从街上经过的男人朝弗兰茜眨了眨眼睛，两个手挽手走过来的女孩咯咯地笑个不停。

"你这该死的臭小子！"弗兰茜气急败坏地叫道。

"你骂人！我要告诉妈妈！我要告诉妈妈！我要告诉妈妈你骂人！"尼利高声喊道。

弗兰茜听到电车驶来的声音，不得不赶紧跑过去。

弗兰茜下班时，利果然正在等她。

利脸上带着微笑。"你好，我的女朋友。"他把弗兰茜的手牵过来。

"你好，利。很高兴再次见到你。"

"……还要说'亲爱的'。"利提醒道。

"亲爱的。"弗兰茜补充道。

他们这次在自助餐厅吃饭，这也是利想去的一个地方。因为餐厅不让吸烟，而利又不能长时间不吸烟，所以用完咖啡和甜点后，他们没像昨晚一样聊很久。他们决定去跳舞，于是在百老汇附近找了一个舞厅。这里价格便宜，军人还可以享受半价。利花一块钱买了一联二十张票，然后便带着弗兰茜进去跳舞了。

两人刚跳了一半，弗兰茜就发现自己被利笨拙的外表骗了，实际上他的舞步流畅而娴熟。他们紧紧地拥在一起跳舞，根本不用交谈，也能心领神会。

乐队正在演奏弗兰茜最喜欢的一首歌——《某个星期天的早晨》：

> 某个周日清晨，
> 天气晴朗时分。

歌手唱到高潮部分时，弗兰茜也跟着哼起来——

　　　　身着格子布衣，
　　　　我是怎样的新娘。

唱到这句时，她察觉到利的手臂正紧紧地拥着她。

　　　　我知道我的朋友们，
　　　　她们嫉妒得发狂。

　　弗兰茜情不自禁，兴奋得又转了一圈。主唱再一次唱起
了高潮部分，这次是为了向在场的军人们致敬，所以，歌词
稍稍有些变化。

　　　　身着卡其色军装，
　　　　你是怎样帅气的新郎。

　　弗兰茜的手臂也紧紧地抱住利的肩膀，脸颊靠在利的外
衣上，她萌生了十七年前妈妈和爸爸共舞时一样的念头——
只要能永远拥有眼前的这个男人，她愿意为之付出任何代价，
并且甘之如饴。和当年的妈妈一样，弗兰茜也没有考虑到未
来孩子们可能要跟着自己吃苦受累。
　　一群士兵准备离开舞厅。按照惯例，管弦乐队中断了正
在演奏的曲目，转而演奏《直到我们再次相遇》。在场的所有
人都停止了跳舞，唱起了送别他们的歌。弗兰茜和利也手拉
手跟着唱起来，尽管他们都不太清楚歌词写了什么。

　　　　……当白云飘扬，

我会回到你身旁，
那时天空会更蓝。

"再见了，战士们！"
"祝你们好运，战士们！"
"再见了，战士们！"
准备离开的士兵列成一排，唱歌向大家告别。利拉着弗
兰茜向门口走去。

"我们现在就离开，"利说，"让这一刻成为完美的回忆。"

他们沿着楼梯慢慢走了下去，歌声在他们身后飘荡。他
们走到了街上，歌声变得越来越小。

……请每晚为我祈祷，
直到我们阔别重逢。

"让它成为只属于你我的歌吧。"利低声说，"以后你一听
到它就能想到我。"

他们在街上走着，天空开始下雨。他们不得不跑到一家
商店的门口去躲雨。他们站在昏暗的商店门口，握着彼此的
手，看着雨滴落下。

弗兰茜心想："人们总觉得幸福是一种遥不可及的东西，
是一种复杂且难以获得的东西。实际上，许多微不足道的地
方也能窥见幸福。比如，下雨的时候，有一个地方可以避雨；
忧伤的时候，有一杯香醇的咖啡可以暖心；对于男人来说，
有一支烟就能满足；孤独的时候，有一本书可以阅读。而只
要和爱人在一起……做任何事情都能感受到幸福。"

"我明天一早就走。"

"不是去法国打仗吧？"弗兰茜从幸福中惊醒。

"不是，我回家去。我妈妈想让我回去住一两天，然后……"

"哦。"

"我爱你，弗兰茜。"

"可你已经订婚了，你第一次见面就已经告诉我了。"

"是，订婚了，"利面露痛苦，"每个人都订婚了，在我们那个边远小镇，每个人都订婚，或者结婚了。要不就会有别的麻烦。因为在小镇上，没有别的事可做。"

"解释一下，一个男孩去上学，他和一个女孩结伴回家，也许没有别的原因，只因为那个女孩住在他家隔壁。男孩长大了，女孩邀请他去参加自己家的聚会。男孩也会去参加别的聚会——但所有人都让他带着女孩一起，还要带女孩回家。一来二去，就没有别的男孩约那个女孩出去了，每个人都默认那个女孩是男孩的女朋友，然后……如果男孩不把女孩带上，就会像一个负心汉。再然后，没有别的选择，他们就结婚了。如果那个女孩是个正经人家的姑娘（大多数情况下是），而那个男孩又是个半正经的男人，那接下来的一切就会很顺利。他们之间没有轰轰烈烈的激情，只有一种亲切的满足感。接着，他们的孩子出生了，他们会把那种令人怀念的爱倾注到孩子身上。从长远来看，孩子们倒是受益匪浅。"

"没错，我确实已经订婚了，但我和她之间的感情，跟你我之间的感情，完全不一样。"

"但是，你会娶她，不是吗？"

利沉默了很久才回答："不会。"

弗兰茜的内心又雀跃起来。

"你说，弗兰茜。"利低声说道，"该你说了。"

弗兰茜回应道："我爱你，利。"

"弗兰茜……"利的声音有些急切，"我可能会一去不回，我害怕……害怕……我可能会死……死掉，这世上永远不会再有我的痕迹……永远不会……弗兰茜，我们就不能在一起待一会儿吗？"

"我们现在就待在一起啊。"弗兰茜天真地说。

"我是说在一个房间里……就你我……待到我明天早上离开。"

"我……不可以。"

"你不想吗？"

"想。"弗兰茜诚实地回答。

"那为什么……"

"我才十六岁，"弗兰茜勇敢地承认，"我从来没有和……别的男孩一起过，我不知道该怎么做。"

"这没关系的。"

"我从来不在外面过夜，我妈妈会担心的。"

"你可以告诉她，你在一个女性朋友家过夜。"

"我妈妈知道我没有女性朋友。"

"明天……你可以随便想个借口。"

"我不需要借口，我会如实告诉她。"

"真的？"利惊讶地问道。

"我爱你，如果我和你发生关系，我不会感到羞愧……我会感到骄傲和幸福，所以我不想为此撒谎。"

"我竟然不知道，竟然不知道。"利低声自语道。

"你不会希望我们……偷偷摸摸做这事吧。"

"弗兰茜，原谅我，我不该问你这些的，我不知道。"

"不知道什么？"弗兰茜纳闷道。

利抱着弗兰茜，紧紧地抱着弗兰茜，弗兰茜发现他哭了。

"弗兰茜，我害怕……非常害怕。我害怕这一走，就会永远失去你……再也见不到你了。只要你开口挽留，我就会留下来，我们还有明天和后天可以相处。我们一起去吃饭，一起去散步，坐在公园里，或者坐在公交车上聊天，陪着彼此。让我留下来吧。"

"我觉得你该走了，你该回去陪陪你妈妈……我也不知道，但我觉得这么做是对的。"

"弗兰茜，战争结束后，如果我能活着回来，你会嫁给我吗？"

"等你回来，我就嫁给你。"

"真的吗？弗兰茜，真的吗，你真的愿意嫁给我吗？"

"我愿意。"

"能不能再说一遍？"

"等你回来我就嫁给你，利。"

"弗兰茜，到时候，我们在布鲁克林定居。"

"你想住哪儿，我们就住哪儿。"

"那我们就住在布鲁克林。"

"只要你乐意，利。"

"你能每天给我写信吗？每天都写？"

"好，我每天都写。"弗兰茜向他保证。

"你今晚就能给我写信吗？告诉我你有多爱我。这样明天我回家时，就能收到你的信了。"

弗兰茜答应了。

"你能不能答应我，永远不让别的男人吻你？永远不和别的男人约会？一直等我……无论多久，如果我再也回不来，你也不会嫁给别人。"

弗兰茜也答应了。

利要求弗兰茜许下一生的承诺，就如同约定下一次见面一样随意，而弗兰茜也轻易交付了自己的一生，就像她向利挥手问候或告别一样简单。

没过多久，雨停了，星星从天空中探出脑袋来。

第五十三章

当天晚上，弗兰茜按照她和利之间的约定，写了一封信，在信中倾诉了她所有的爱，并再一次强调了她已经做出的承诺。

为了有时间从三十四街邮局寄出这封信，弗兰茜早上提前出门上班。邮局窗口的职员向她保证，信会在当天下午被送到。那天是星期三。

弗兰茜翘首以盼，但也不指望星期四就能收到利的来信，因为时间不够——除非利也在他们分开后立即写信。当然，他可能要收拾行李，早起赶火车，没时间写信。（星期四晚上也确实没有来信。）

星期五那天，弗兰茜在单位一连工作了十六个小时——因为流感的缘故，公司人手不足。当她凌晨两点前回到家时，看到厨房桌子上的糖碗边上放着一封信，她迫不及待地撕开了信封。

亲爱的诺兰小姐。

弗兰茜的兴奋戛然而止，这不可能是利写的，因为他会写"亲爱的弗兰茜"。她翻过第一页，看到署名是"伊丽莎白·雷诺（夫人）"，大概是他的妈妈或者嫂子代写的。也许他生病了，也许军队有规定，即将出国的人不能写信，所以他才让别人代笔。对，一定是这样。弗兰茜开始读信的内容。

　　利告诉了我关于你的一切，我想感谢你在纽约时对他的盛情款待。他星期三下午到家，但第二天晚上就得动身去军队。他只有一天半的时间，我们为他准备了简单的婚礼，只有双方家人和几个朋友……

　　读到这儿，弗兰茜放下信。"我连续工作了十六个小时，"她想，"我一定是太累了。今天我看了成千上万条电报，现在什么也看不进去。总之，我在文摘局养成了坏习惯——总是一目十行地阅读一个专栏，只抓住其中的一个关键字。这样，我先洗洗脸，让自己清醒一下，再喝点儿咖啡，然后再读这封信。这一次我一定要睁大眼睛看清楚了。"

　　热咖啡的时候，弗兰茜用冷水浇了浇脸，想着一会儿再看到信中的"婚礼"部分时，说不定是这样的字眼：他哥哥结婚，利是伴郎，望悉知。

　　凯蒂躺在床上还没睡，依稀能听到弗兰茜在厨房里走来走去的声音。凯蒂紧张地躺在床上……等待着，她也不知道自己究竟在等什么。

　　弗兰茜又读了一遍信的内容。

　　……婚礼，只有双方家人和几个朋友。利让我写信解释他为什么没有给你回信。再次感谢你在他待在纽约期间对他的款待。

　　此致
敬礼

　　　　　　　　　　　　　　　　　伊丽莎白·雷诺（夫人）

结尾又补充了几句：

我读了你寄给利的信，他玩弄你的感情是很卑鄙的，我已经训斥过他了。他让我转告你，他深感抱歉——伊丽莎白·雷诺（夫人）。

读完，弗兰茜感觉自己整个身体都在剧烈地颤抖，牙齿也在发抖。"妈妈，"她哀号道，"妈妈！"

妈妈听弗兰茜讲完了整件事情的来龙去脉，她想："这一天终究还是来了，我再也无法护着孩子们不再受伤。以前家里的食物不够吃时，我假装自己不饿，只为了能让他们多吃一些。在寒冷的冬夜，我起床把自己的毯子盖在他们身上，这样他们就不会冷了。我会杀掉任何试图伤害他们的人——那一次我是真想杀掉楼梯间的那个变态。可是终究有一天，在一个阳光明媚的日子里，他们天真无邪地走出家门，却陷入了我不惜牺牲生命也要让他们免受伤害的悲痛之中。"

弗兰茜把信给了妈妈，妈妈仔细地读着。读着读着，她想自己知道这是怎么回事了。那个男的二十二岁，显然（用茜茜的话来说）很有经验。弗兰茜才十六岁，比他小六岁。尽管弗兰茜涂着鲜艳的口红，穿着成熟的衣服，在不同的地方学到了很多的知识，但她仍然天真无邪。尽管她经历过这个世界上的一些丑恶和大多数的艰难困苦，但她仍然没有被世俗浸染。是的，凯蒂理解女儿为什么会钟情那个男人。

事到如今还能说什么呢？说那个男的不是好人，或者是个滥情的人，见一个爱一个。不，她不能这么残忍地说出事实，况且，弗兰茜也不相信她的话。

"说点儿什么吧。"弗兰茜央求道，"你为什么不说话？"

"我能说什么？"

"就说我还年轻，这个坎儿总会过去的。说啊，你说啊，哪怕骗骗我也好。"

"我知道是个人都会这么说，总会过去的，我也想这么说，但我知道这不是真的。你会重新获得快乐，这一点你不用担心。但是，你可能忘不掉这一段过往，每次你和别的男人坠入爱河时，你都会忍不住想起那个男人身上的某些东西。"

"母亲……"

母亲！凯蒂想起自己一直管玛丽叫妈妈，直到有一天，她告诉玛丽她要嫁给约翰尼，她说："母亲，我要嫁给……"她称呼玛丽为母亲，意味着她已经长大，现在弗兰茜也……

"母亲，他之前让我陪他过夜，我应该去吗？"

凯蒂在脑海里飞快地寻找着答案。

"别拐弯抹角，母亲，告诉我你最真实的想法。"

凯蒂一时有些语塞。

"我向你保证，我绝对不会在婚前和男人发生性关系，如果我要结婚的话，我一定会事先告诉你，这是我向你郑重做出的承诺。所以，你可以直截了当地告诉我，不用担心我知道了还会去故意犯错。"

"有两方面，"凯蒂最后还是说出了自己的想法，"作为一个母亲，我认为一个女孩和一个男人，刚认识不到两天就上床，这实在太可怕了。这样的事情要是发生在你身上，你这一辈子可能就毁了。这是我作为你的母亲要告诉你的话。"

"但作为一个女人……"凯蒂犹豫了一下，接着说道，"从女人的角度来说，这原本是一件非常美好的事情，因为那样无所顾忌地去爱，也许一生只有一次。"

弗兰茜心中在反思："当时我应该答应他的，我再也不会那么爱一个人了。我想跟他去，但我没去，现在我再也不想要他了，他属于另一个女人了。我曾经想去，但我没去，现在一切都太迟了。"弗兰茜把头埋在桌子上，哭了起来。

过了一会儿，凯蒂说："我也收到了一封信。"

其实，这封信几天前凯蒂就收到了。但是，她一直在等待一个合适的时机。她认为现在就是个好时机。

凯蒂又重复了一遍："我收到了一封信。"

"谁……谁来信了？"弗兰茜泣不成声地问道。

"是麦克肖恩先生。"弗兰茜哭得更大声了。

"你不好奇吗？"

弗兰茜努力止住哭声。"好吧，那麦克肖恩先生说了什么？"她毫无波澜地问道。

"没什么，他说下个星期会来看我们。"说完，凯蒂停下来等着，可弗兰茜并没有表现出进一步的兴趣。

"你想让麦克肖恩先生做你的父亲吗？"

弗兰茜抬起头，说道："妈妈！一个男人只是写信说他要来我们家，你就想这么多，你为什么总觉得自己什么都知道？"

"我不知道，我什么都不知道，真的。我只是有一种感觉，当这种感觉足够强烈时，我就会说我知道，但实际上我并不知道。那么，你觉得麦克肖恩这个人当你的父亲合适吗？"

"我自己的生活都过得一团糟，"弗兰茜痛苦地说，"怎么说你也不必征求我的意见吧。"

"我不是在征求你的意见，我只是想知道我的孩子们对他的态度，我才知道该怎么去做。"

弗兰茜怀疑妈妈在这时候提麦克肖恩先生，其实是为了转移自己的注意力。她有点生气，妈妈这招差点就奏效了。

"我不知道，妈妈。我什么都不知道。我什么也不想说了，请你先回去吧。你走吧，让我一个人静一静。"

凯蒂回到床上。

一个人再怎么哭，总会有个尽头，哭过后就会做点别的事情打发时间。现在已经是凌晨五点，弗兰茜觉得不可能睡好了，毕竟七点钟她就得起床。从前一天中午开始，她就没吃过任何东西，只在白班和夜班之间吃了一个三明治，她现在饿极了。于是，她给自己煮了一壶新鲜咖啡，做了一些烤面包，还炒了几个鸡蛋。她惊奇地发现，所有东西吃起来都很可口。但就在她吃东西的时候，她的眼睛看到了写给自己的那封信，眼泪不争气地又流了下来。她把信扔进水槽里，划了一根火柴丢进去。烧完之后，她打开水龙头，任黑色的灰烬被冲入下水道。这下心里舒服了，弗兰茜继续吃自己的早餐。

吃完早餐后，弗兰茜从橱柜里拿出一摞信纸，坐下来写信。她写道：

亲爱的本，你说过，如果我需要你，就写信给你。所以我写……

弗兰茜把信纸撕成了两半。

"不！我不想需要任何人。我想有人需要我……我要别人需要我。"

弗兰茜又哭了，但这次哭得没有之前那么伤心。

第五十四章

　　弗兰茜第一次看到麦克肖恩没有穿制服，而是穿了一身剪裁考究的双排扣灰色西装，看起来很有风度。当然，他不可能比爸爸英俊，但他比爸爸更高、更魁梧。尽管他的头发已经花白，但他身上有一种别样的魅力。可是他对妈妈来说太老了，虽然妈妈快三十五岁了，算不上年轻，可总比五十岁的麦克肖恩年轻多了。但不管怎么说，嫁给麦克肖恩，没有哪个女人会觉得很丢面子。他长着一张精明的政客脸，但是说起话来却温言细语。

　　凯蒂招待麦克肖恩喝咖啡、吃蛋糕，弗兰茜很不情愿地看到，麦克肖恩现在正坐在爸爸生前的座位上。妈妈正在向他讲述爸爸去世后家里发生的一切。听到他们一家翻天覆地的变化，麦克肖恩很惊讶地看向弗兰茜。

　　"去年夏天，这个小丫头竟然上了大学！"

　　"今年夏天她还要去呢。"凯蒂骄傲地说道。

　　"太厉害了！"

　　"而且，她还同时工作，现在，她每周能挣二十元钱。"

　　"又上学又工作，身体还吃得消吗？"麦克肖恩更加吃惊地问道。

　　"尼利中学都读完一半了。"

　　"不会吧？"

"而且他下午和晚上还要去兼职，有时一周能挣五元钱呢。"

"真是个好孩子，真不错。你瞧瞧他那身子骨，多结实啊。"

弗兰茜不明白为什么麦克肖恩老是提到身体好身体坏的，身体好难道不是很正常的事吗？后来，弗兰茜才想明白，麦克肖恩的孩子大多数没长大就夭折了。难怪他觉得身体健康是一件了不起的事情。

"小宝宝呢？"麦克肖恩问道。

凯蒂发话："去把妹妹抱过来，弗兰茜。"

小宝宝在前厅的摇篮里，这里原来是弗兰茜的房间，但大家都觉得小宝宝更需要睡在空气流通的地方。弗兰茜抱起熟睡中的洛瑞。洛瑞一下就睁开了眼睛，仿佛正在等待这一刻。

"再见，弗兰茜？公？公园？"洛瑞咿咿呀呀地问道。

"不是去公园，小乖乖，我抱你去看一个大男人。"

"大男人？"洛瑞疑惑地问道。

"对，一个大男人。"

"大男人！"洛瑞开心地重复道。

弗兰茜把洛瑞抱到厨房。小洛瑞模样长得很可爱，身上穿着粉红色的法兰绒睡衣，头发乌黑浓密，大大的眼睛炯炯有神，小脸像玫瑰一样粉扑扑的。

"啊，小可爱，小可爱，"麦克肖恩逗道，"她真像一朵玫瑰，一朵爱尔兰野玫瑰。"

"如果爸爸还在，"弗兰茜不由得想起爸爸，"他也许会唱《我的爱尔兰野玫瑰》。"她听到妈妈发出一声叹息，她是否也在思念……

麦克肖恩抱起洛瑞，洛瑞坐在他的膝盖上，不自然地坐着，疑惑地转头看向这个陌生男人。凯蒂祈祷这个时候洛瑞千万别哭闹。

"洛瑞，"凯蒂唤道，"这是麦克肖恩先生，跟我说'麦克肖恩先生'。"

洛瑞低下头，眼珠子滴溜往上一转，露出了一个听懂的微笑，然后摇了摇头说："不。男人。"

"不可以说'男人'。"凯蒂纠正道。

"男人！"洛瑞更来劲了，"大男人！"然后，她转头朝麦克肖恩咯咯地笑。接着，她断断续续地说，"带洛瑞再见？公园？公园？"然后，她把脸靠在麦克肖恩的大衣上，闭上了眼睛。

"哎呀呀，哎呀呀。"麦克肖恩不停念叨着，没想到洛瑞这么快就在他怀里睡着了。

"诺兰夫人，或许你在想我今晚为什么会登门拜访，不用想了，我今天来是想问一个私人问题。"听到这里，弗兰茜和尼利起身准备离开。"别走，孩子们。这个问题既关系到你们的妈妈，也关系到你们。"两个孩子又坐了回去。麦克肖恩清了清嗓子，"诺兰夫人，自从你丈夫……愿他在天之灵安息……"

"没错……他已经走了两年半了，愿上帝保佑他安息。"

"愿上帝保佑爸爸安息。"弗兰茜和尼利跟着说道。

"还有我的妻子，她也已经去世一年了，愿上帝让她的灵魂安息。"

"愿上帝让她的灵魂安息。"诺兰一家跟着祷告道。

"我已经等待了很多年，现在说出来，也不算对逝者不敬。凯瑟琳·诺兰，我想和你结为夫妻，如果你答应的话，今年秋天我们就举行婚礼。"

凯蒂飞快地看了一眼弗兰茜，然后皱起眉头。妈妈这是怎么了？弗兰茜此时笑不出来，她压根没想过会有这么一天。

"我有能力照顾你和三个孩子，算上我的养老金和工资，还有我在伍德黑文、里士满希尔两个社区的房产收入，每年总共有一万多块钱。对了，我还有保险。我愿意供两个孩子上大学。我保证我会像过去一样，做一个对婚姻忠诚的丈夫。"

"你考虑清楚了吗，麦克肖恩先生？"

"我不需要考虑，自从五年前第一次在民主党郊游的船上看到你，我就下定了决心。当时我还问了那个小女孩，你是不是她的妈妈。"

"我只是一个没文化的清洁工。"凯蒂说的是事实，但是并没有表现得不好意思。

"说起文化，又有谁教过我读书写字呢，还不是全靠我自学。"

"但像你这样有头有脸的男人，需要一个能帮你上下打点的妻子，一个能帮你招待达官贵人的贤内助。我不是那种女人。"

"那些客人我在办公室招待就好了，家是生活的地方。我不是说你帮不上我的忙，相反，你会是我的好帮手，不过我工作上的事情你就不用操心了，我自己能应付，谢谢。我爱你……"麦克肖恩犹豫了一下，再次直呼凯蒂的大名，"……凯瑟琳，你考虑好了吗？"

"不用了，我不需要考虑，我愿意嫁给你，麦克肖恩先生。我并不是图你的钱财，当然，这一点绕不过去。一万块钱对我们来说真的很多，哪怕是一千元对我们来说也不是一笔小数目。我们家没什么积蓄，但是再难的日子也挺过来了。我也不是图你能供两个孩子上大学，即便没有你的帮忙，我们也会想尽一切办法，不过有你的帮助，确实能让我们轻松不少。我也不图你的高官厚禄，虽说能有个人前显贵的丈夫很不错。我决定嫁给你，只因为你是一个好人，我愿意让你做我的丈夫。"

这是真话，凯蒂早就下定了决心嫁给麦克肖恩——如果对方求婚的话。一个女人要是没有男人来爱，生活是不完整的。这和她对约翰尼的感情不一样，她永远深爱约翰尼，对麦克肖恩则是钦佩，是尊敬。她对麦克肖恩的感情更加沉稳，她知道自己会成为一个好妻子。

"谢谢你，凯瑟琳。我捡了个大便宜，不仅娶到这么年轻漂亮的妻子，还能有三个活蹦乱跳的孩子。"麦克肖恩真诚地说道。

麦克肖恩转向弗兰茜。"作为长女，你同意你妈妈和我在一起吗？"

弗兰茜看向妈妈，妈妈似乎在等她同意，她又看向尼利，尼利点了点头。

"我和弟弟都想让你当我们的……"想到去世的爸爸，弗兰茜的眼泪不禁夺眶而出，怎么也说不出"爸爸"两个字。

"好了，好了，"麦克肖恩安慰道，"我不会让你为难的。"他转向凯蒂，"我不会强迫两个孩子叫我'爸爸'，他们有爸爸，他们的爸爸是这世界上最好的爸爸——他的歌声是那么动听。"

听到麦克肖恩提起爸爸，弗兰茜的喉咙一阵发紧。

"我也不会强迫他们改姓，姓'诺兰'也不错，但我现在抱着的这个小宝贝，她还没见过她的爸爸，能不能让我来做她的爸爸，让我合法收养她，给她取一个你我共同的名字？"

凯蒂看向弗兰茜和尼利。让妹妹姓麦克肖恩，他们却姓诺兰，两个孩子会怎么想呢？弗兰茜点头同意，尼利也点头同意了。

"这孩子就跟你姓了。"凯蒂回答道。

"我们不能叫你'爸爸'，"尼利突然开口说，"我们也许会叫你'老爹'。"

"谢谢你。"麦克肖恩简洁地回应道，他紧绷的神经这才放松下来。接着，他对他们微笑着说，"我现在可不可以抽支烟？"

凯蒂略带惊讶。"这还用问，你随时都可以抽，不用问我。"

麦克肖恩解释道："我可不想还没成功就提前行使特权啊。"

为了让他腾出手抽烟，弗兰茜接过他怀里熟睡的洛瑞。"帮我把她抱上床，尼利。"

"为什么？"尼利喜欢待在这里，不想离开。

"快帮我整理一下摇床的毯子，我抱着洛瑞，总得有个人搭把手吧。"尼利真是不开窍，难道他没看出来麦克肖恩想和妈妈单独待一会儿吗？

在黑暗的前厅，弗兰茜小声问弟弟："你觉得这事怎么样？"

"对妈妈来说，这确实很好。当然，他不会取代爸爸……"

"不，没有人能取代……爸爸。除了这一点，其实，他这个人还不错。"

"洛瑞以后的日子就好过了。"

"安妮·洛瑞·麦克肖恩，再也不用过我们以前那种苦日子了，对吧？”

"苦日子倒是不会有了，但她也体会不到我们曾经的快乐了。"

"对啊，那个时候的我们真的很快乐，是吧，尼利？"

"是啊！"

"可怜的洛瑞。"弗兰茜同情地说道。

第五卷

第五十五章

深夜，有人拍了拍弗兰茜的肩膀，着实把她吓了一跳。看清是谁后，她才放松下来，露出了笑容。那可不，现在是凌晨一点钟，她可以下班了，她的"救兵"来接管机器了。

"再让我发最后一份电报吧。"弗兰茜恳求道。

"有的人就是喜欢工作！""救兵"笑着打趣道。

弗兰茜缓慢地、依依不舍地打出最后一条电报。令人欣慰的是，这条电报是一条新生喜讯，而不是死亡讣告。其实这条电报对弗兰茜来说是告别。她没有告诉任何人她要离开。她担心如果自己一一去道别的话，会忍不住大哭。这一点她跟妈妈很像，都害怕将自己的悲伤展露在别人面前。

下了班，弗兰茜没有直接去储物柜拿衣服，而是在休息室停了下来，那里有几个姑娘正在休息。按照规定，休息时间有十五分钟。她们围着一个弹钢琴的姑娘，一起唱着："呼叫，总部，让我去无人区……"

看到弗兰茜进来，弹钢琴的姑娘看到弗兰茜身上的灰色秋装和羊皮高跟鞋，有了灵感，接着唱起了另一首歌——《贵格小镇的教友》①，其他姑娘也跟着唱起来。其中一个姑娘搂着

---

① 《贵格小镇的教友》："Quaker"是指贵格会（Society of Friends）信仰的人。贵格会是一个基督教教派，强调个体的宗教体验，相信神就住在每个人的心中。因为他们常常在宗教仪式中出于虔诚而颤抖（quake），所以被称为"Quakers"。

弗兰茜，把她拉进人群里，弗兰茜跟她们一起唱道：

> 她心中清楚，她并不迟钝……

"弗兰茜，你今天怎么想着穿一身灰呢？"

"我也说不好，小时候看一个女演员这么穿过，她的名字我不记得了，不过她演过《神父的情人》。"

"那剧挺好看的！"

> 我那教友城中的小教友，
> 瞥过来"我们以后会相见"的眼神……

"嘟——嘟——嘟——嘟——"随着女孩们的哼唱，这一曲完美结束。

接下来，女孩们又一起合唱了《老迪克西兰去了法国》。弗兰茜走到窗边，从二十楼往下看，这里可以看到东河，这是她最后一次从这扇窗户俯瞰东河了。什么东西一旦加上最后一次，都有一种死亡一般的凄凉。弗兰茜心想："我现在还能看到，以后就再也没机会看到了。这是最后一次，我还可以看得那么真切，就像拿着放大镜一样。我现在之所以伤感，是因为从前每天都能见到时，我却不以为然。"

外婆曾说过："看什么东西都要像初见或诀别一样，这样你这一辈子才会过得充满荣光。"

我的玛丽·罗姆利外婆！

外婆去世前饱受了几个月病痛的折磨，突然有一天，天还没亮，史蒂夫姨父赶来告诉他们："我会想念她的，她是一位了不起的老太太。"

"她是一个了不起的女人。"凯蒂说。

弗兰茜想不通的是，威利姨父为什么会选择在这个时候离家出走？东河上，一艘小船从桥下穿过。弗兰茜接着琢磨，会不会因为外婆的去世，罗姆利家少了一个能管他的女人，所以，他觉得自己终于自由了。是外婆的死让威利姨父产生了逃避的想法，还是（就像艾薇姨妈说的那样）他早就打算好了，趁着葬礼上大家无暇顾及时离开？无论事情的真相如何，反正他走了。

威利·弗里特曼，之前他拼命地练习，直到能一个人同时演奏多种乐器。之后他一个人代表一支乐队，参加了一家电影院的业余比赛，获得了一等奖，拿到了十元钱。后来，他就再也没回家，家里人也没有再见过他。

偶尔听别人提到他，说他一个人在布鲁克林的大街上游荡，靠捡破烂为生。艾薇说下大雪的时候，他肯定会回来的，但弗兰茜对此表示怀疑。

艾薇在威利姨父之前工作的地方打工，每周能挣三十元，日子过得还不错。只是到了夜深人静时，和所有罗姆利家的女人一样，想起身边没有了男人帮衬，这样的日子确实很难挨。

弗兰茜站在窗前，俯瞰着河面，印象中威利姨父总是有一种不真实的感觉。不过，对她来说，很多事情像做梦一样。那次走廊里的变态肯定是个梦；麦克肖恩先生这些年一直在等妈妈也是个梦；爸爸离开了我们一直以来都是梦，可是现在回忆起爸爸，他就像一个从来不曾存在过的人。爸爸去世后五个月，洛瑞出生了，她的到来也像梦一样。整个布鲁克林都像一场梦，梦中的一切虚无缥缈。这一切都是梦幻，还是它们原本就是真实的，只有她自己在做梦而已？

这一切，等到了密歇根州的安阿伯市就会有答案。如果到了那里，还有那种不真切的感觉，那一定是她自己在做梦。

密歇根大学就坐落在安阿伯市。再过两天，弗兰茜就要踏上前往安阿伯市的火车了。今年的暑期班结束了，弗兰茜通过了四门选修课。在本的督促下，她还通过了大学的入学考试。这意味着，年仅十六岁的她可以去上大学了。这时候，她已经学完了大一半年的课程。

弗兰茜曾经想报考纽约的哥伦比亚大学或者布鲁克林的阿德尔菲大学，但本告诉她，教育的一部分就是让自己适应新环境，妈妈和麦克肖恩先生都同意她去密歇根大学读书，就连尼利也觉得，去远一点儿的地方上大学是件好事——这样说不定她就能改掉布鲁克林的口音了，但弗兰茜不想改掉自己的口音，就像她不想改掉自己引以为傲的名字一样，毕竟口音代表了她来自某个地方。她本来就是一个布鲁克林姑娘，有着布鲁克林的名字和布鲁克林的口音，她不想做出改变。

本给弗兰茜选了密歇根大学，他说那是一所自由派的州立大学，那所大学的英语系不错，学费也低。既然这么好，为什么本自己不去那里，而要去中西部另一个州上大学呢？本解释说，他以后要在那个州执业，然后从政，所以要提前去和那边未来的政要做同学。

本今年二十岁，参加了大学后备军官训练班，身着军装的他看起来英姿飒爽。

又一次想到本·布莱克！

弗兰茜的思绪回到现实，盯着左手上的戒指，那是本中学毕业的戒指，上面刻着"M.H.S.1918"（马斯佩斯中学，1918），内圈刻着"B.B. 赠 F.N."（本赠给弗兰茜）。本告诉弗兰茜，他很清楚自己内心的想法，可弗兰茜还年轻，不明白心中所想。所以，他把这枚戒指送给弗兰茜，算是他们之间的羁绊。本说，还要再等五年，他才打算结婚，到那时，弗兰茜已经足够成熟，可以看清自己心中真实的想法。到了那天，如果他们之间还有那种羁绊，他会送给弗兰茜另一枚戒指。五年之约还长着呢，弗兰茜可以慢慢做决定，所以，要不要嫁给本并没有让她有很大的压力。

本真的令人钦佩！

1918年1月本从中学毕业后，随即上了大学，选修了数量惊人的课程。暑假的时候，他会回到布鲁克林的大学继续修课，还会做很多兼职。正如他在假期结束时坦白的那样，他做这些是为了能和弗兰茜在一起。现在是1918年9月，本又要回到学校去，开启他的大三生活。

本这个人的品格真好！

他聪明睿智，为人正派，受人尊敬。他清楚自己的想法，绝不会头天向一个姑娘求完婚，第二天就和另一个姑娘结婚。他不会要求别人把对他的爱写下来，然后让外人读出来。他不会……他不会这么做。是的，本很好，弗兰茜以有他这个朋友为荣。弗兰茜又想到了另一个鲜明的对比——利。

利现在身处何方呢？他已经乘船去了法国，奔赴前线，就像弗兰茜现在看到的那艘驶出港口的船一样——巨大的船身涂满了迷彩，船上一千多名士兵的脸上是沉默的苍白。从弗兰茜站的地方望去，就像又长又厚的针垫上插了许多白色的大头针。

（"弗兰茜，我害怕……非常害怕。我害怕这一走，就会永远失去你……再也见不到你了。只要你开口挽留……"）

（"我觉得你该走了，你该回去陪陪你妈妈……我也不知道，但我觉得这么做是对的。"）

利所在的军队是彩虹师——这支军队正在向阿贡森林挺进。他现在会不会已经死在了法国，埋在一个不起眼的白色十字架下？如果他死了，谁会告诉自己？反正不会是宾夕法尼亚州的那个女人——伊丽莎白·雷诺夫人。

同事安妮塔几个月前辞职，去了别的地方工作，或许她会知道消息，但她没有留下联系地址。除了她，再没有任何一个人可以问……可以告诉自己利的消息。

弗兰茜强烈地希望利能死在战场上，这样宾夕法尼亚州的那个女人就永远也得不到他了。可是转念又祈祷道："上帝啊，不要让他死掉，不管他属于谁，我都不会有任何怨言，求求您……求求您！"

哦，时间……就让时间过得快些吧，让我早点忘记他！

（"你会重新获得快乐，这一点你不用担心。但是，你可能忘不掉这一段过往……"）

母亲错了，她一定错了。弗兰茜想要忘记那段往事，现在已经过去四个月了，但她还是忘不了。（如果一直忘不掉，她怎么能重新快乐起来呢？）

时间，你是最伟大的医者，请抚平我的伤痕，让我忘掉痛苦。

（"每次你和别的男人坠入爱河时，你都会忍不住想起那个男人身上的某些东西。"）

本跟他一样，笑起来也很从容。去年，在见到利之前，她一直觉得自己爱上了本。可即便是这样说服自己，弗兰茜还是无法忘掉曾经和利那短暂的交往。

利！利！

休息时间结束后，又来了一波姑娘，现在是她们的娱乐时间。她们围着钢琴，弹了一串关于"微笑"的歌曲。弗兰茜知道接下来自己会面临什么。

弗兰茜告诉自己快跑，快离开这儿，在心痛再次来临之前。可是，她却站在原地动弹不得。

女孩们唱了泰德·刘易斯的曲子《当我的宝贝对我微笑》，接下来肯定会唱《有微笑让你快乐》。

歌词是：

> 你我吻别时，
> 请保持笑意。

（"……以后你一听到它就能想到我。"）

弗兰茜逃也似的跑出房间，从储物柜里拿起她的灰色帽子、新买的灰色钱包和手套，奔向电梯。

她环顾四周，街道像黑夜的峡谷一般幽暗。街上漆黑一片，再无他人，只有一个穿着军装的男人在不远处的门口。男人从黑暗中走来，带着腼腆孤寂的笑容向弗兰茜走来。

弗兰茜紧闭双眼，她曾听外婆说过，罗姆利家的女人能看到她们心爱之人的魂魄。弗兰茜从来不信，因为她一直没见到爸爸，可现在……现在……

"你好，弗兰茜。"

弗兰茜睁开眼睛。不是，面前的人不是鬼魂。

"我猜你肯定会很伤感，毕竟这是你最后一次来工作，所以我来接你回家。惊讶吗？"

"没有，我知道你会来。"弗兰茜回道。

"饿了吗？"

"饿死了！"

"你想去哪儿吃呢，是去自助餐厅喝咖啡，还是去吃炒杂烩？"

"不要，都不要！"

"那去奇尔德餐厅？"

"行，就去奇尔德吃点奶油蛋糕，喝杯咖啡。"

他牵起弗兰茜的手挽着自己。

"弗兰茜，你今天晚上看起来很不对劲，你不会是在生我的气吧？"

"没有。"

"那是看到我很高兴？"

"是的，本。"弗兰茜平静地说道，"今晚能看到你，感觉真好。"

第五十六章

又是一个星期六，不过，这是弗兰茜一家在旧房子度过的最后一个星期六了。明天凯蒂就要举行婚礼，结束后他们会直接从教堂去新家。星期一的上午，搬家工人会来帮他们搬家，他们把家里的大部分家具留给了新来的清洁工，只带走了前厅的家具和一些个人物品。弗兰茜舍不得前厅印有粉色玫瑰的地毯、白色蕾丝窗帘和可爱的钢琴，这些东西会跟着她一起，被放进她在新家的房间里。

即便是最后一个星期六，凯蒂也要坚持去工作。她拿着扫帚和水桶出门时，大家相视一笑。麦克肖恩给了凯蒂一个存有一千块钱的支票账户作为结婚礼物。按理说，凯蒂现在已经很有钱了，不用再去干活养一大家子了。然而，她却坚持要工作到最后一天。弗兰茜觉得，妈妈也许是对这三栋房子很有感情，所以才想在离开前好好打扫一番。

弗兰茜从妈妈的钱包里翻到一本支票，看到里面唯一的一张支付存根，上面写着：

编号：1

日期：1918 年 9 月 20 日

收款人：艾薇・弗里特曼

付款原因：她是我姐姐

总金额：1000元

本次支付：200元

余额：800元

　　为什么是两百，而不是五十或五百？关于这个数字，弗兰茜后来终于明白了，威利姨父的保险理赔金额就是两百。假如他死了，艾薇姨妈能得到两百元。显然，妈妈当威利姨父已经死了。

　　凯蒂没有用支票上的钱去买婚纱。她解释说，在她嫁给麦克肖恩之前，她不想动用这笔钱。为了买下婚纱，她先借用了给弗兰茜存的钱，并承诺婚礼一结束就会还上。

　　最后一个星期六的早晨，弗兰茜把洛瑞抱上婴儿车，推着她去街上。弗兰茜在街角站了很久，看着路上的小孩拖着破烂，沿着曼哈顿大道往卡尼回收站走去。她重新踏上这条曾经走过多年的路。趁着人不多，她走进了查理平价糖果店。弗兰茜拿出五十分钱放在柜台上，说要买下抽奖板上所有的奖品。

　　"这，弗兰茜！天哪，弗兰茜！"老板面露难色。

　　"我不想花时间去抽奖了，你把上面所有的奖品都给我就行了。"

　　"啊这，不行的。"

　　"那里面根本就没有中奖号码，对吧，查理？"

　　"天哪，弗兰茜，人活着总要挣口饭吃，不是吗？干我们这行真的不容易，都是一个子儿一个子儿地挣。"

　　"我一直觉得那些奖品是空的，你应该为自己的行为感到可耻，连这么小的孩子也骗。"

　　"话也不是这么说的，他们在这里花一分钱抽奖，最不济也能得到一分钱的糖果，不过有了抽奖他们才会更有兴趣。"

"这样他们就会一直来你这里抽奖。"

"他们不来我这儿，就会去对面瘸子那家，你知道吗？他们还是来我这里好一些，因为我是有家庭的男人，"查理正经地说道，"起码我不会把女孩往小黑屋里带，不是吗？"

"嗯，行吧，你说的也有几分道理。那你这里有五十分钱的洋娃娃吗？"

查理从柜台下面翻出一个很丑的娃娃。"只有一个，平时都卖六十九分钱的，今儿五十分卖给你。"

"你把它当奖品挂起来，如果真的有哪个孩子抽到了它，我会付钱的。"

"不过，弗兰茜，如果有一个孩子中奖了，那所有的孩子都想着中奖，这个先例可不好开。"

"看在上帝的分上，"弗兰茜激动地说，她并不是对上帝不敬，她的话更像是在祈求，"就让别人赢一次吧！"

"好吧，好吧，好吧！你别激动。"

"我只希望有一个孩子能中奖。"

"我这就把娃娃挂起来，你走之后，我保证不会把抽奖号码从里面拿出来，这样可以了吗？"

"谢谢你，查理。"

"我会告诉中奖的人，这个娃娃叫弗兰茜，有问题吗？"

"别，你可千万别这么说！这么丑的娃娃怎么能叫弗兰茜。"

"你知道吗，弗兰茜？"

"什么？"

"你现在越来越像个大姑娘了，你多大了？"

"还有几个月就满十七岁了。"

"我记得你小时候瘦瘦的，两条腿像竹竿一样。你将来一定是个大美女，虽然算不上出众，但是有一定的气质。"

"这是什么话，不过还是谢谢你。"弗兰茜笑着说道。

"这是你妹妹？"查理冲洛瑞点了点头。

"嗯。"

"再过不久，她就要像你们小时候一样拖着破烂在街上走，卖了钱来我这儿买糖。这附近的孩子长得真是快，前脚还在婴儿车里，后脚就能卖破烂了。"

"她永远不会捡破烂，永远不会来这里。"

"也是，我听说你们要搬走了。"

"没错，我们就要离开这里了。"

"祝你今后一切顺利，弗兰茜。"

弗兰茜带着洛瑞来到公园，把她从婴儿车里抱出来，让她在草地上尽情地撒欢儿。这时，一个卖脆饼的小男孩路过，弗兰茜花一分钱买了一个脆饼，把它捏成碎屑，撒在草地上。一会儿的工夫，一群不知道从哪儿冒出来的麻雀争先恐后地抢着吃碎屑。

洛瑞迈着跌跌撞撞的步子，想要抓住地上的麻雀，就在她离麻雀只有几英寸的距离时，那些麻雀就扑棱翅膀飞走了。每当一只麻雀飞走，洛瑞就被逗得哈哈大笑。

弗兰茜把洛瑞抱回婴儿车上，推着妹妹最后一次去看自己以前的学校。学校离她每天都去的公园只有几个街区的距离，但不知道为什么，自从毕业后，她再也没有回学校看过。

令她感到惊讶的是，学校现在看起来很小。也许学校还是和以前一样大，只不过她的眼睛已经见惯了更宏伟的建筑。

"这是弗兰茜之前上过的学校。"她对洛瑞说道。

"弗兰茜上学校。"洛瑞跟着说。

"有一次，我们的爸爸和我一起到这里来，他当时还唱了一首歌。"

"爸爸？"洛瑞疑惑地问道。

"我忘了，你从来没见过爸爸。"

"洛瑞见过爸爸，男人，大男人。"洛瑞以为弗兰茜说的爸爸是麦克肖恩。

"没错。"弗兰茜同意道。

离开学校两年，弗兰茜从一个小女孩长成了一个大姑娘。

从学校回家时，路过她借用过人家地址的房子。那所房子看起来又小又破，但她仍然很喜欢。

经过麦克加里蒂的酒吧，那里现在已经不是麦克加里蒂的酒吧了。夏天刚来那阵子，他就搬走了。麦克加里蒂对尼利透露，说他嗅觉很灵敏，他预感禁酒令马上就要颁布了。为此，他已经做好了周密的准备。麦克加里蒂在长岛的亨普斯特德高速公路边上买下一大片地方，一批一批往那里的酒窖里存酒，以防万一。禁酒令一出，他会马上开一家俱乐部，名字都取好了，就叫"梅·玛丽俱乐部"。麦克加里蒂补充说，到时候由他妻子穿上制服招待顾客，这正合他妻子的心意。弗兰茜相信，麦克加里蒂夫人一定会很乐意做一名女招待，不过，她希望有朝一日麦克加里蒂先生也能找到自己的幸福。

吃过午饭后，弗兰茜最后一次去图书馆还书，管理员在她的借书证上盖了章，然后像往常一样头也不抬地把借书证塞给她。

"你能推荐一本适合小女孩看的好书吗？"弗兰茜问。

"多大？"

"十一岁。"

图书管理员从桌子下面拿出一本书，书名是《如果我是国王》。

"我不想要这本书，"弗兰茜说，"而且我也不是十一岁。"

图书管理员第一次抬起头看弗兰茜。

"我从小就来这里借书，"弗兰茜说，"直到现在你才正眼看过我。"

"每天有这么多孩子，"图书管理员烦躁地说，"我怎么可能挨个看，你还有别的事吗？"

"我想说，那个金褐色的陶罐……它对我来说很有意义……还有一直在里面盛开的花。"

图书管理员看着弗兰茜口中的金褐色陶罐，里面长着一株粉红色的野紫菀。弗兰茜觉得，没准图书管理员也是第一次看到这个陶罐。

"哦，这个！可能是清洁工放进去的，或者别的什么人。你还有什么事吗？"图书管理员不耐烦地问道。

"我来还借书证，"弗兰茜把盖满日期的皱巴巴的借书证推到桌前。图书管理员拿起来正准备撕成两半，弗兰茜从她手中夺了回来，"我想我还是把它留着吧。"

弗兰茜走出图书馆，最后看了一眼这个破旧的建筑，她知道以后再也看不到它了。人接触过新东西后，眼界会改变。哪怕在未来的某一天，她再回到这里，再看到这一切，也会有所不同。所以，她要牢牢记住图书馆现在的模样。

不，她永远也回不到原来的旧街巷了。

因为在未来，再也没有旧日的街巷可回了。战后，政府要拆掉那些老旧屋子，包括那所女校长经常用鞭子抽打小男孩的学校。之后，这里会被建成模范社区，就连阳光和空气都会经过测量和称重，平等地分给每个住在这里的居民。

凯蒂习惯性地把扫帚和水桶扔到墙角，随着"砰"的一声，意味着她今天收工了。随即，她又扶起扫帚和水桶，轻轻将它们放回原处。

直到最后一刻，凯蒂才穿上她为结婚挑选的翠绿色天鹅绒礼服。当她穿好衣服准备出门时，她有点担忧，这都九月底了，天气还这么热，穿这件天鹅绒礼服会不会太热了。凯蒂有些愠怒，今年的秋天怎么来得这么迟。弗兰茜坚持说秋天已经来临时，凯蒂还为此和她争论起来。

弗兰茜知道秋天已经来了。让暖风继续吹吧！让燥热的天气再持续几天吧！终于，布鲁克林的秋天还是来了。弗兰茜之所以这么笃定，是因为现在一到晚上，街灯一亮，卖炒栗子的人就在街角摆起了小摊。他们在炭火上方支了一口大锅，不断翻炒着栗子，用钝刀子在没炒熟的栗子上划出小十字，然后把它们放回锅里继续翻炒。

是的，当街上有人卖炒栗子时，秋天肯定已经来了——不管天气如何。

中午把洛瑞哄到床上睡觉后，弗兰茜找来一个大号的木制肥皂盒，收拾着她在这个家里最后的一些东西。她从壁炉架上取下十字架，还有她和尼利在坚信礼那天拍的合照，然后用第一次领圣餐时的面纱将它们包好，再放进盒子里。她把爸爸生前的两条侍者围裙叠好放进盒子里，又用一件白色的乔其纱衬衫包好上面写有"约翰尼·诺兰"字样的剃须杯。这件乔其纱衬衫被洗坏了，然后被妈妈丢弃在篮子里，原本打算扔掉的。那个雨夜，她和利在屋檐下躲雨时穿的就是这件衣服。还有那个叫玛丽的洋娃娃和一个精致的小盒子也被收了起来。这个小盒子曾经装过十个镀金的硬币。她那少得可怜的藏书也被收进了盒子里，有新教《圣经》和莎士比亚的作品，还有一卷破旧的《草叶集》，以及她的三本自制书——《诺兰当代诗集》《诺兰古典诗集》《安妮·洛瑞之书》。

弗兰茜走进卧室，翻开床垫，从下面找出一本笔记本和一个方形麻纸蕉信封。她跪在盒子前，打开日记本，随手翻看了三年前9月24日写的日记：

今晚我洗澡的时候，发现自己变成了一个女人。确实是时候了。

弗兰茜一边笑自己当时的傻里傻气，一边把日记本装进盒子里。她拿起信封，封面上写着：

内含：一张毕业证书，四篇文章，1967年再拆封。

那四篇文章就是佳恩达小姐曾经让她烧掉的文章。她想起来了，自己曾发誓，如果上帝不带走妈妈，她愿意放弃写作，一直以来她都在遵守当初的诺言。可是现在，她似乎更理解上帝了，即便她重新开始写作，上帝也不会介意的。也许，某一天她会重新写作。她把借书证放进信封里，在封面写上提示，然后把信封也放进了盒子里。她的行李打包完毕，除了衣服，她所有的财产都在这个盒子里了。

尼利跑上楼来，一边吹着《黑人区舞厅》的口哨，一边脱掉外套冲进厨房。"我赶时间，弗兰茜，家里有干净的衬衫吗？"

"有一件洗干净的，但还没熨，我帮你熨吧。"

弗兰茜把熨衣板垫在两把椅子上，给熨斗加热的同时，往衬衫上洒了点儿水。尼利从柜子里拿出擦鞋工具，把他原本就不染纤尘的皮鞋擦得更加锃亮。

"你要出门吗？"弗兰茜问道。

"嗯，有一场演出，他们请来了范和申克。好家伙，申克那歌唱的……他就像这样坐在钢琴前，"尼利坐在厨房的桌子前，亲自模仿起来，"他就像这样侧着身子，跷起二郎腿，看着台下的观众。他把左手搭在乐谱架上，一边弹唱一边用右手翻曲谱。"尼利模仿偶像唱起《离家很远很远》。

"确实，他唱得好极了，跟爸爸以前……有点像。"

弗兰茜在尼利的衬衫上看到了工会标签，那就先从这里开始熨吧。

（"这枚徽章就像一个装饰品……戴上它简直胜过戴一朵玫瑰。"）

爸爸去世后，他们买什么东西都会买有工会标签的，这也是他们纪念爸爸的一种方式。

尼利通过水槽上方的镜子看了看自己。"你觉得我需要刮胡子吗？"

"五年内都不用。"

"得了，给我闭嘴吧！"

"不能跟对方说闭嘴。"弗兰茜模仿妈妈的语气教训道。

尼利笑了笑，继续擦洗他的脸、脖子、胳膊和手。他边洗边唱：

> 你梦幻般的眼睛里有埃及，
> 你的一举一动有开罗气息。

弗兰茜惬意地熨着衣服。

尼利穿上刚熨好的白色衬衫，再套上深蓝色的双排扣西服，最后又系了一个圆点领结。此时，站在弗兰茜面前的尼利全身散发着清新的味道，他那一头金色的鬈发显得格外光彩照人。

"我这身看起来怎么样啊，小歌星？"

尼利轻快地系上西服的双排扣子，弗兰茜看到他手上带着爸爸的戒指。原来外婆说的是真的，罗姆利家的女人真的有一种神奇的能力，能看到她们深爱之人的灵魂。恍惚间，弗兰茜觉得站在自己面前的是爸爸。

"尼利，你还记得爸爸以前经常唱的《莫莉·马隆》吗？"

尼利把手插进口袋，转过身去，唱起了这首久违的歌：

在都柏林这座迷人的城市，
女孩们是如此曼妙多姿。

爸爸……爸爸……

尼利的嗓音清澈真切，太过英俊，看上去不像真的，尽管他还不到十六岁，但他走在街上，女人都会转过头来赞叹一番。他是那样光彩夺目，以至于弗兰茜觉得和他站在一起，自己就像一个灰头土脸的小丑。

"尼利，你觉得我好看吗？"

"这个嘛！你还不如向圣特蕾莎修女祈祷，要是有奇迹发生的话，你还有救。"

"不要这样，我是认真的。"

"你为什么不学学其他女孩，把头发剪掉，然后烫成卷发呢？为什么你总是梳个辫子盘在头顶？"

"我这么做是因为妈妈，我必须等到十八岁才能剪头发。

你觉得我好看吗？"

"那就等你到了十八岁，再来问我吧。"

"我现在就想知道。"

拗不过弗兰茜的执着，尼利仔细打量了她一番后说道："能及格。"弗兰茜无奈地接受了这个答案。

尼利刚才还说着很赶时间，现在他却不那么着急了，"弗兰茜！麦克肖恩……我是说老爹，今晚会在我们家吃饭，吃完饭我要出去工作，明天他们就会在新家举行婚礼了。星期一我还要回学校去，而你也将踏上前往密歇根的火车。没机会单独跟你说再见了，所以我想趁现在跟你告个别。"

"圣诞节我会回来的，尼利。"

"但那个时候一切都不一样了。"

"我知道。"

尼利站在原地等待，弗兰茜向他伸出右手，想和他握手告别。尼利却拍开她的手，紧紧地抱住她，亲吻她的脸颊。弗兰茜也回以紧紧的拥抱，眼泪夺眶而出。

尼利推开弗兰茜。"哎呀，你们女人真麻烦，"他说，"搞得这么肉麻。"他的声音有些沙哑，听着像是下一秒就要哭出声来。

说完，尼利转身跑出了公寓。弗兰茜跟在他身后来到走廊，目送他下楼梯。尼利在楼梯脚下的黑暗中停顿了一下，转过身来看向弗兰茜。楼梯的光线很暗，但尼利站的地方却很明亮。

真像爸爸……真像爸爸，弗兰茜心想，但尼利的脸比爸爸更刚毅。尼利向她挥了挥手，然后离开了。

下午四点钟。

弗兰茜决定先穿好衣服，再去准备晚餐，这样等本来找她时，她已经收拾妥当了。本买了票，他们准备去看兰亨利·赫尔主演的《回来的人》。这是圣诞节前他们的最后一次约会，因为本明天就要回学校了。弗兰茜很喜欢本，她希望自己能爱上本。要是本不要总是那么胸有成竹就好了，要是本也能磕磕绊绊一次就好了，总之是自己能被本需要一次就好了。也罢，她还有五年时间可以慢慢决定。

弗兰茜穿着白色无袖内衣，站在镜子前梳洗打扮自己。在把手举过头顶擦拭身体时，她想起了小时候坐在防火梯上的情景。对面院子里的姑娘们也像她现在这样，为约会做着准备。那现在会不会也有人在看她，就像她曾经看别人一样？

弗兰茜朝窗户对面望去，隔着两个院子，一个小女孩正坐在防火梯上，膝上放着一本书，手边拿着一袋糖果。小女孩正透过铁栅栏悄悄观察弗兰茜。弗兰茜认识她，她叫弗洛瑞·温蒂，今年十岁左右，身材纤瘦。

弗兰茜梳好长发，编好辫子，再把辫子绕在头上。她换上了新丝袜和白色高跟鞋。在穿上粉红色亚麻连衣裙之前，她在一块方形棉布上撒了一些紫罗兰色的香粉，然后把它塞进了贴身内衣的前面。

隔壁院子里，好像是弗莱波医生家的马车回来了。弗兰茜从窗户探出头去，没错，他们是回来了。不过不是马车，而是一辆栗色的小汽车，车身两侧用烫金字体写着弗莱波医生的名字。洗车的人也不是脸色红扑扑的福兰克，而是一个不用服兵役的长着一双罗圈腿的家伙。

弗兰茜看了看对面的院子，发现弗洛瑞还在隔着防火梯的铁栅栏盯着自己。弗兰茜向她挥挥手，叫道："你好，弗兰茜。"

"我不叫弗兰茜，"小女孩大声回道，"我叫弗洛瑞，你又不是不知道。"

"我知道。"弗兰茜说。

弗兰茜向院子里望去，那棵曾经把她家的防火梯包裹得像城堡一样的天堂树已经被砍掉了，因为住在这里的主妇们抱怨说，树枝和晾衣绳缠在了一起，于是房东找了两个人来，把树砍倒了。

但这棵树并没有死……它没有死。

树桩上又长出了一棵新树，树干沿着地面继续生长，一直长到没有晾衣绳的地方，然后又开始向天空生长。

然而，那棵叫"安妮"的小树，那棵被全家精心呵护的冷杉树，早已经枯死。反观院子里的这棵树，这棵被人们砍倒的树……这棵被人们围着生篝火，还试图彻底烧掉树桩的树——它竟然还活着！

它还活着！没有什么能摧毁它！

弗兰茜又看了一眼在防火梯上看书的弗洛瑞·温蒂。

"再见，弗兰茜。"她低声说。

然后，关上了窗户……